SPÄTE FAMILIE

1

Ich bin tot, schreit er mit aufgeregter Stimme, sein magerer Körper zappelt vor mir, ich bin wirklich tot, tot für immer, sein Mund ist aufgerissen, entblößt seine weißen, locker gewordenen Milchzähne, die nur noch an Fäden hängen. Ich bin nur ein Traum, singt er, du träumst die ganze Zeit, am Schluss findest du heraus, dass du keinen Sohn hast, für einen Moment schweigt er und betrachtet mein Gesicht mit tanzenden Augen, mein Erschrecken vergrößert sein Vergnügen, seine neue Boshaftigkeit, die an diesem Morgen geboren wurde, sechs Jahre nach ihm, und ihn schon einhüllt wie die Gewänder, die er früher so gern getragen hat.

Ein Kreis von Kuscheltieren umgibt ihn, mit glanzlosem Fell und ewiger Erwartung im Blick, und er hüpft zwischen ihnen herum wie eine Seifenblase, auf seiner Brust baumelt ein ausgeschnittenes Papierherz, darauf mit großen Druckbuchstaben sein Name, damit die neue Lehrerin weiß, wer er ist, damit sie nicht durcheinander kommt, damit die anderen Kinder ihn sich einprägen, und auch die Wände, die ihn umgeben werden und jetzt noch nackt sind, in wenigen Tagen werden sie mit Zeichnungen von Tieren und Pflanzen bedeckt sein, mit Szenen der Fantasie, voller Heldenmut, in Farben der Erde, des Blutes und der Kohle, wie in den Höhlen prähistorischer Menschen, bevor die Schrift erfunden wurde.

Ich presse meine Lippen zusammen, an ihnen klebt der Geschmack von trockenem, an den Rändern versengtem Gummi, die ganze Wohnung scheint den Geruch eines

Schwelbrandes zu verströmen, als wäre in irgendeiner Ecke ein brennender Reifen versteckt und schickte trübe Schwaden in unsere Richtung. Mein Blick bleibt an den Bücherregalen hängen. Gestern noch waren sie übervoll, jetzt gähnen Löcher in ihnen, starren mich strafend an wie die leeren Augenhöhlen eines Skeletts, wie wenig lassen wir zurück, nur weißlicher Staub ist von den Büchern geblieben, die uns in aller Stille Jahr um Jahr angeschaut haben.

Er hat das Gefühl, er habe für alle Ewigkeit meine Aufmerksamkeit verloren, er springt vor mir herum, er versucht es wieder, steigert seine Mitteilung, du bist tot, verkündet er laut jubelnd, richtig tot, tot für immer, du träumst nur, dass du lebst, das Haus hier ist nicht wirklich, der Stuhl da ist nicht wirklich, und auch ich bin nicht wirklich, das träumst du alles nur, gleich wirst du sehen, dass alles ein Traum ist.

Seine kleinen, immer schmutzigen Hände mit den kurz geschnittenen Fingernägeln fuchteln herum, suchen den Weg zu mir, jetzt kniet er vor mir auf dem Teppich, es scheint, als wäre er besiegt, schon wird sein Kopf von meinen Knien angezogen, aber sofort richtet er sich auf, packt einen Teddybären und wirft ihn mit aller Kraft in meine Richtung, ich fange den weichen goldenen Teddy, drücke ihn fest an meine Brust, wiege ihn hin und her, um seine Eifersucht zu erregen, um mir und ihm auf diese Art den Trost seiner Unschuld zurückzugeben.

Gib ihn her, er gehört mir, verlangt er, den hat mir Papa aus Scotlag mitgebracht, aber ich verstecke den Teddy hinter meinem Rücken, Scotland, sage ich, und meine Stimme krächzt, als hätte ich seit Jahren nicht mehr gesprochen, sag Scotland, und er kommt näher, und ich habe das Gefühl, als wollte er umarmt werden wie früher als kleines Kind, ich reagiere sofort, strecke ihm die Arme entgegen, aber dann wirft er sich auf mich, reißt mir den gefangenen Teddy mit triumphierendem Gebrüll aus der Hand, jetzt hab ich dich reingelegt, schreit er, Schläue blitzt in seinen Augen auf, und schon umkreist er den Wohnzimmertisch, wie ein Tänzer mit einer antiken Bibel, Teddy Scotlag, trillert er, nur im Traum gehör ich dir.

Erstaunt beobachte ich ihn, als sähe ich ihn zum ersten Mal, seine unbeugsame, unzweifelhafte Existenz verwirrt mich an diesem Morgen mehr als sonst, ein richtiger Junge, so zeigt er sich, keine Fantasiegestalt, keine Figur aus einem Kinderbuch, keine Frucht der Liebe, in die man manchmal ihrer Süße wegen beißt, kein wunderbares Spielzeug, ein Junge, der die Schale zwischen sich und der Realität mit lautem Jubel durchbrochen hat, mit geballten Fäusten. Ich versuche mir all das Wissen, das ich in den letzten sechs Jahren über ihn zusammengetragen habe, zu vergegenwärtigen, sortiere das Durcheinander von Dingen, deren Bedeutung unheimlich wichtig ist, beachte aber besonders die Randgebiete, denn wie bei einer komplizierten Untersuchung können gerade sie die Lösung bringen: Er weigert sich, seine Haare schneiden zu lassen, im Schlaf bedecken die Locken sein Gesicht und hängen ihm bis in den Mund, er liebt es, im Gehen zu essen, er schwenkt die Arme, er isst mit der Begeisterung eines wilden Tiers, und wenn es dunkel wird, zeigen sich Falten auf der Stirn, sein Rücken wird krumm vor Sorge, wie soll er die kommende Nacht mit all ihren Gefahren überstehen, doch am Morgen ist er fröhlich, als sei sein Sieg endgültig und vollkommen. Sein Herz ist voller Leidenschaft für seine Dutzende von Kuscheltieren, er zieht ihnen seine Babysachen an, er teilt sie in Familien auf, verleiht jedem eine eigene und komplizierte Familiengeschichte.

In unseren Fotoalben sucht er nur sich selbst. Ein Bild, auf dem er nicht zu sehen ist, treibt ihm die Tränen in die

Augen, Ereignisse, an denen er nicht teilgenommen hat, machen ihn wütend, alles, was vor seiner Geburt passiert ist, lässt ihn rebellieren. Alle Kuchen, die ich gebacken habe und von denen er nichts essen konnte, alle Schneetage, die wir erlebten und die er nicht genießen konnte, alle Ausflüge, die wir vor seiner Geburt gemacht haben und an denen er nicht teilgenommen hat, vor allem wenn wir mit dem Flugzeug geflogen sind, ohne ihn. Wo war ich damals, fragt er missmutig, schon in deinem Bauch? Als hätte ihm seine Anwesenheit im Bauch trotz allem ermöglicht, an diesem Vergnügen teilzuhaben, und wenn ich bekenne, nein, du warst noch nicht in meinem Bauch, dann suhlt er sich in seinem Schmerz, wo war ich dann, fragt er, gequält von der Vorstellung seiner Nichtexistenz, und ich beeile mich, ihn zu beruhigen, du warst in meinem Herzen, vom Tag meiner Geburt an warst du schon in meinem Herzen.

Er ist ein akribischer und eifriger Historiker seines kurzen Lebens, er hält seine Erinnerungen heilig, jedes Ereignis, an dem er teilgenommen hat, bekommt eine ungeheure Bedeutung, wieder und wieder betont er die Details, um wie viel Uhr bin ich geboren, wer hat mich als Erster gesehen, das bin ich, ruft er, vor Wonne schmelzend, wenn sein kleines Gesicht zum ersten Mal im Album auftaucht, wer hat mich fotografiert, wer hat mir diese Mütze gekauft, und doch schämt er sich bei seinen Nachforschungen, ich erinnere mich an alles, ich frage einfach nur, sagt er, ich erinnere mich auch an das, was passiert ist, bevor ich geboren wurde, in deinem Herzen war ein kleines Fenster, und durch das Fenster habe ich hinausgeschaut und alles gesehen, alles, betont er, fast drohend, als hätte er von seinem Versteck aus auch Dinge beobachtet, die man nicht tut.

Er schläft mit Licht, drei Nachtlampen stehen auf seiner Fensterbank, sein Bett ist voller Kuscheltiere. Er wacht mit

Gebrüll auf, sein Blick gleicht ihrem, glatt, klar, erwartungsvoll. Er wacht pedantisch über sein Eigentum, alte Schnuller, Babykleidung, gestrickte Schühchen, er weigert sich, sich von diesen Dingen zu trennen, als könnte sein Leben plötzlich in umgekehrter Richtung verlaufen und er würde sie bald wieder brauchen. Er hasst Veränderungen, und jedes einmalige Ereignis verwandelt sich in eine verpflichtende Gewohnheit, einen Ausflug in irgendeinen Vergnügungspark, ein Gedächtnisspiel beim Schlafengehen, alles, was wir einmal getan haben, sollen wir bis ans Ende unserer Tage wiederholen. Er hasst es, wenn man ihm beim Spielen zuschaut, er hasst es, wenn ihm die Sonne in die Augen scheint, versucht, das Licht zu verjagen wie eine lästige Fliege, er kann nicht schwimmen, er kann seine Schnürsenkel nicht binden, er hat Angst davor, Fahrrad zu fahren, seine Eltern haben sich gestern getrennt.

Komm zu mir, Gili, sage ich, mir ist schwindlig von deinem Gehopse, aber er hat sich schon von mir abgewandt, sein Interesse gilt der Tür, dort hantiert jemand mit einem Schlüssel, Mama, ein Einbrecher, flüstert er ängstlich, kontrolliert mit einem schnellen Blick die Kuscheltiere, die auf dem Teppich verstreut herumliegen, welches würde mitgenommen werden, von welchem würde er sich trennen müssen, und ich stehe auf und gehe zur Tür, wo habe ich den Schlüssel hingelegt, aber zu meiner Überraschung geht die Tür mit einem entschlossenen Knarren auf. Papa, ich habe gedacht, du wärst ein Einbrecher, jubelt Gili, die Angst, die sich als unbegründet herausgestellt hat, erlaubt ihm ein Gefühl des Triumphs und der Erleichterung, als habe er eigenhändig eine Verbrecherbande besiegt. Amnon, wie bist du denn hereingekommen?, frage ich schnell, versuche, die Freude durch einen strengen Ton zu kaschieren, wir hatten doch abgemacht, dass du deinen Schlüssel hier lässt. Er stellt sich unschuldig, hat die Antwort schon parat, was soll das heißen, ich habe dir meinen Schlüssel dagelassen, weil du noch einen zweiten wolltest, aber ich habe ihn vorher nachmachen lassen, und sofort beugt er sich in seiner ganzen Länge zu dem Jungen, seine Augen werfen mir über Gilis schmalen Rücken hinweg einen Blick zu, meinst du etwa, ich soll keinen Schlüssel zur Wohnung meines Sohnes haben? Angenommen, ich gehe abends unten vorbei und höre ihn weinen und kann nicht zu ihm hinaufgehen. Oder angenommen, ich sehe Rauch aus dem Fenster kommen und kann nicht hinein, um das Feuer zu löschen. Gili unterstützt ihn begeistert, stimmt, Mama, dann würden meine Tiere verbrennen, willst du, dass mein Teddy Scotlag verbrennt?

Ich seufze, darüber unterhalten wir uns später, du solltest ihn jetzt zur Schule bringen, sonst kommt er an seinem ersten Tag zu spät, aber Amnon richtet sich schwerfällig auf, zeigt mir ein gekränktes Gesicht, einen Moment noch, was ist los mit dir, du hast deinen Kaffee schon getrunken, nicht wahr, aber ich noch nicht. Er geht zum Wasserkessel, füllt ihn bis zum Rand mit Wasser, als wollte er unzählige Tassen Kaffee für viele Gäste bereiten, die im Wohnzimmer sitzen und warten. Frag nicht, knurrt er, ich habe keine Sekunde geschlafen, der Kühlschrank dort macht einen Krach wie eine Planierraupe, und ich schaue ihn überrascht an, es fällt mir schwer, den Ton seiner Stimme einzuordnen, hat er etwa schon vergessen, dass ich verantwortlich bin für seine Leiden, oder warum sonst lässt er mich jetzt so unschuldig an ihnen teilnehmen, als wären wir gemeinsam von einem Schicksalsschlag getroffen?

Dann schlaf heute hier, wie immer, Papa, unser Kühlschrank macht überhaupt keinen Krach, Gili postiert sich stolz vor dem Kühlschrank, wie ein routinierter Verkäufer, er reißt die Tür so weit auf, dass der kühle Atem die Küche füllt. Unser Kühlschrank ist leise, Papa, er legt sein kleines Ohr daran, er wird dich nicht aufwecken, du wirst schon sehen, und ich wecke dich auch nicht, und zögernd verspricht er, ich werde euch nie mehr mitten in der Nacht aufwecken. Ich gehe zum Wasserkessel, kippe ihn aus und lasse nur wenig Wasser darin. Gili, wir haben es dir doch erklärt, wir haben endlos darüber geredet, unsere Trennung hat nichts mit dir zu tun, auch nichts damit, dass du uns manchmal mitten in der Nacht aufweckst, Eltern trennen sich wegen ihrer eigenen Probleme, nicht wegen der Kinder, im Gegenteil, sie werden ihre Kinder immer lieb haben, mehr als alles andere auf der Welt. Wie bequem ist es doch, sich hinter diesem Wort zu verstecken, diesem trügerischen, autoritären, verantwortungsbewussten Wort Eltern, nicht Mama und Papa, nicht Papa und ich, nicht wir, wir beide, Amnon und Ella.

Vor mir schnauft wütend der Wasserkessel, und ich mache ihm schnell einen Kaffee, erfülle die Pflicht einer Gastgeberin, kippe kalte Milch in die Tasse und zische, trink schnell, er muss rechtzeitig dort sein, er kennt kein einziges Kind in seiner Klasse, wie soll er sich denn einfügen, wenn du ihn zu spät hinbringst, und Amnon kichert, ich kann mir nicht vorstellen, dass alle anderen Kinder um halb neun schon miteinander vertraut sind, immer wird er die Probleme anderer herunterspielen und seine eigenen aufbauschen. Wie soll ich heute bloß unterrichten, sagt er seufzend, ich habe nicht eine Sekunde geschlafen, und ich ignoriere seine Worte, richte meinen Blick auf die hellbraune Flüssigkeit, zu hell für seinen Geschmack, erst wenn er ausgetrunken hat, wird er gehen, er wird seine Klagen mitnehmen, so wie er gestern seine Bücher mitgenommen hat, und verschwinden.

Gili, wir gehen, verkünde ich, aber er ist nicht mehr da, wo ist er eigentlich, ich gehe in sein Zimmer und sehe seine Fußsohlen, die aus der Tiefe des Kleiderschranks lugen, auf dem Teppich liegen Teile seiner alten Verkleidungen, hier bin ich, schreit er, ich bin ein Zauberer, er springt aus dem Schrank hervor, auf dem Kopf den Zauberhut, in der Hand den blauen Zauberstab und über den Schultern den Sternenumhang, sein neuestes Kostüm, und ich erinnere mich, wie Talja und ich im Gedränge vor dem Purimfest auf den Wühltischen nach Kostümen gesucht haben, umgeben von unzähligen Frauen und Kindern, und ausgerechnet dort, an einem Ort, an dem man unmöglich etwas hören konnte, brachte ich es über mich, ihr die klaren Worte ins Ohr zu flüstern, und Talja schlug die Hand vor den Mund und schrie, du bist nicht normal, Ella, wage es ja nicht, ihn zu verlassen, willst du das Leben deines Sohnes zerstören?

Ich bin der große Zauberer, verkündet er noch einmal, der Hut rutscht ihm in die Stirn, verdeckt seine kastanienbraunen Locken, lässt ihn älter aussehen, wie ein Rabbi hat er sich vor uns aufgestellt, ein zwergwüchsiger Rabbi, der uns trauen will, uns vermählen mit seinem Zepter, und Amnon schaut ihn verärgert an, so willst du in die Schule gehen? Was hast du bloß in deinem Kopf, heute ist doch kein Purim, zieh sofort das dumme Zeug aus. Gili fängt an zu diskutieren, na und, so will ich es eben, in seinen Augenwinkeln blitzen schon die Tränen, die dort immer lauern und auf eine günstige Gelegenheit warten, und ich beeile mich zu sagen, das macht nichts, soll er doch so gehen, was kann schon passieren, und ich sehe bereits vor mir, wie er zögernd die Tür zum Klassenzimmer öffnet, die Kinder starren ihn überrascht an, auf ihren Gesichtern erscheint Spott, schaut ihn euch an, ein Zauberer ohne Feiertag, verunsichert und besiegt, ein Zauberer, der nicht zaubern kann.

Aber als sie sich von mir verabschieden, sitzt Gili stolz auf den Schultern seines Vaters wie auf einem Thron, sie haben sich sekundenschnell in ein zweiköpfiges Geschöpf verwandelt, der untere Kopf kahl, rasiert, der obere mit einem Hut bedeckt, werden sie von dem dunklen Treppenhaus verschluckt, und ich lausche gespannt dem Echo der Schritte, der Stimme, hell wie die eines Vogels, die sich fast überschlägt vor Eifer, und mir kommt es vor, als habe uns wirklich ein Einbrecher überrascht, begehrlich und schnell, der vor meinen Augen alles raubt, was ich gesammelt habe, alle Familienschätze von Generationen, und mir nur leere Schubladen übrig lässt, gähnende Regalfächer, einen Kinderpyjama, der im Ehebett zwischen zerwühlten Decken versteckt ist und noch den ängstlichen Geruch der Nacht bewahrt hat, und wieder denke ich an den Moment, als wir auf einmal drei wurden, als wir Gili, das Baby, in diese Wohnung gebracht haben, in einer geliehenen Tragetasche, seine Beine waren nackt, denn Amnon hatte aus Versehen zwei Baumwollhemdchen gebracht statt eines Hemdchens und einer Strampelhose, und ich denke auch an die starke Sehnsucht, zusammen mit beiden im Bett zu liegen und meine neu geborene Familie mit einer dünnen Decke zuzudecken, ich auf einer Seite, er auf der anderen und das Baby in der Mitte, uns trennend, und beide streicheln wir staunend die wunderbare Haut, und auch die weiche Herbstsonne stiehlt sich zwischen die Laken, streift mit ihrem durchsichtigen Feuer unsere Fingerspitzen.

Aber so blieb es nicht, und jetzt sind wir keine drei mehr, nie wieder werden wir drei sein, und es scheint, dass wir in diesem neuen Abschnitt auf einmal zu viert sind, zwei Paare trennen sich, ich und mein Gili, Amnon und sein Gili, der dazu bestimmt ist, ein vollkommen anderer mit mir und mit ihm zu sein, zwei Paare, die sich umso weiter voneinander entfernen werden, je älter das Kind wird, eine Hälfte von ihm gehört schon nicht mehr mir, und mir kommt es vor, als sähe ich ihn in zwei Teile geschnitten, welches Teil wählst du, Mama, das obere oder das untere, das rechte oder das linke, denn heil und ganz werde ich schon nicht mehr sein, auch wenn ich heil aussehe, immer wird eine Hälfte von mir nur das Ergebnis deiner Fantasie sein.

Das ist eine lebenslängliche Wunde, sagte Talja damals, die kohlschwarzen Augen vorwurfsvoll aufgerissen, die Hände voller Kostüme, du verwundest Gili und dich selbst, du wirst es ohne Amnon viel schwerer haben, wie kann man einen Ehemann für nichts verlassen? Wenn niemand auf einen wartet? Wie kann man eine Familie auseinander reißen, einfach so? Aber ich protestierte, es ist nicht einfach so, Talja, du weißt genau, dass es nicht einfach so ist.

Du hast keine Ahnung, was du sagst, beharrte sie, die Kostüme, in glatte Plastikfolie verpackt, rutschten in ihren Händen weiter nach unten, und ich starrte sie wie hypnotisiert an, welches Kostüm wird herunterfallen, wenn es das Brautkleid ist, wäre es ein Zeichen dafür, dass meine Ehe null und nichtig ist, ist es die Königin der Nacht, dann hieße es, dass aus der Scheidung nichts wird. Talja drückte beide an ihre Brust, man verlässt keinen Ehemann wegen romantischer Träume, entschied sie laut, die anderen Frauen, die in den Kostümen wühlten, warfen uns neugierige Blicke zu, bereit, ihre Meinung zu sagen, ihren Beitrag zu meinem Leben zu leisten, und ich zog Talja von dort weg, was schreist du so, beruhige dich, man könnte glauben, dass du es bist, die ich verlasse.

Das sind keine Träume, versuchte ich ihr auf dem Heimweg klar zu machen, das ist etwas ganz anderes, etwas viel Grundlegenderes, es ist Luft, mir fehlt Luft, ich möchte einfach ohne ihn sein, ohne ständige Diskussionen, ohne Streitereien, ohne Beschuldigungen, nicht mehr verletzt werden und nicht mehr verletzen, nicht enttäuschen und nicht mehr enttäuscht werden, ich habe die Nase voll von diesen Reibereien, wie Sandpapier, das die ganze Zeit aneinander reibt, wozu brauche ich das, sag es mir, wozu brauche ich ihn? Sie knabberte nervös, mit einer kindlichen Bewegung, an einem Fingernagel, du hast mich nicht überzeugt, wenn ihr kein Kind hättet, würde ich sagen, von mir aus, es kann nicht viel passieren, aber nun, da Gili gerade mal sechs ist, Amnon zu verlassen, nur weil er ein bisschen nervt?

Ich unterbreche sie, es ist nicht so, dass er ein bisschen nervt, er erstickt mich, er quält mich und macht mich schwach, früher habe ich ihn mal bewundert, und jetzt erscheint mir jedes Wort, das aus seinem Mund kommt, ganz und gar überflüssig, es ist nicht nur, dass ich aufgehört habe, ihn zu lieben, ich achte ihn auch nicht mehr, ich habe die Nase voll von seinen Ansprüchen, seinen Beschwerden, es geht ihm schlecht mit sich selbst, und er lässt es an mir aus, und seit Gilis Geburt ist es viel schlimmer geworden, ich habe keine Kraft und kein Interesse mehr, sie beide zu versorgen, und wenn ich wählen muss, ziehe ich Gili vor, ich erziehe ihn sowieso fast allein, es hat Jahre gedauert, bis ich kapiert habe, dass Amnon sich nicht ändern wird, dass unser Leben sich nicht ändern wird, ich will dieses Leben nicht mehr, das ist mein gutes Recht.

Du redest über Recht und ich über Pflicht, sagte sie schnell, als ich vor ihrem Haus stehen blieb, ich bin so erzogen, dass die Familie heilig ist, du magst mich für beschränkt halten, aber diese Regel hat Gültigkeit für mich, und ich habe Angst, dass du es erst begreifst, wenn es zu spät ist, du wirst eine Familie zerstören, Ella, und dabei hast du keine Ahnung, wofür, und du weißt auch noch nicht, wie viel du verlieren und wie wenig du gewinnen wirst. Hör auf, Talja, beruhige dich, sagte ich, ich habe ja nicht vor, gleich morgen zum Rabbinat zu rennen, ich lasse mir nur alles durch den Kopf gehen, du bist die Erste, der ich es überhaupt erzählt habe. Sie nahm seufzend die Kostüme, das kleine Brautkleid reizte mich durch sein vollkommenes, strahlendes Weiß, ich wäre lieber die Letzte gewesen, sagte sie lapidar, schau, das wird vorbeigehen, es ist eine Art Virus, der uns von Zeit zu Zeit befällt, und dann kommt es uns vor, als müssten wir uns nur von unseren Männern trennen und all unsere Probleme wären gelöst, aber vergiss es, Ella, das ist eine Illusion.

Ich wundere mich, woher dieser Wind kommt, sammle alle Kuscheltiere, die er im Wohnzimmer zurückgelassen hat, auf, und werfe sie auf sein Bett, das immer voller wird, so voll, dass kein anderes Geschöpf mehr darauf Platz hat, bestimmt kein lebendiger Junge aus Fleisch und Blut, und wieder schickt mir der kühle Wind einen Schauer über den Rücken, ein Herbstwind, der dieses Jahr überraschend früh gekommen ist, woher nur, die Fenster sind zu, und die Tür habe ich geschlossen, nachdem sie weggegangen waren, aber jetzt steht sie wieder weit offen, und er kommt herein, schnell und leise, trotz seiner Größe, schließt rasch die Tür hinter sich. Ich erschrecke, ihn zu sehen, ohne das Kind auf den Schultern, wie ein Baum, von dem die Vögel aufgeflogen sind. Amnon, was ist geschehen? Wo ist Gili?

In der Schule, wo sollte er sonst sein, antwortet er mit einem säuerlichen Lächeln, lehnt sich an die Tür, sein Blick wandert über mein Gesicht, hinterlässt ein unangenehmes Kitzeln, aber ich bin hier, ich habe dir Kaffee gebracht, er hält mir ein Papptablett mit zwei Bechern Kaffee hin.

Das ist genau das, was ich dich fragen wollte, sage ich trocken, was tust du hier? Er greift, wie üblich, sofort an, ich verstehe dich nicht, Ella, du hast doch gesagt, ich soll herkommen, erinnerst du dich nicht, es ist kaum eine halbe Stunde her, und du hast es schon vergessen? Und ich streite es ab, was soll das, ich habe es eilig, ich habe nicht gesagt, dass du jetzt kommen sollst, du träumst, und die beiden Becher scheinen zu zittern vor Kränkung, als er sagt, du hast doch gesagt, wir reden nachher darüber, erinnerst du dich noch? Du hast mich eingeladen, zu kommen und mit dir zu reden.

Amnon, wirklich, schreie ich ihn an, ich meinte einfach, dass wir irgendwann darüber reden, das war keine Verabredung, ich habe gleich einen Termin, ich habe jetzt keine Zeit für Gespräche, ungeduldig nehme ich ihm das Tablett aus den Händen, stelle es auf den Küchentisch, ein drohendes Rauschen begleitet meine Schritte, so werde ich aus deinen Händen den Scheidungsbrief entgegennehmen, ich werde mit gesenktem Kopf durch den Saal schreiten, feindliche Blicke werden mich begleiten, weiße Bärte werden über schwarzen Gewändern hängen, geschieden, geschieden, werden sie rufen, nicht mehr verehelicht, und du wirst dort stehen, wirst dich wie selbstverständlich zu meinen Feinden gesellen, und unter uns werden die Autos über die Hauptstraße rasen, sich aufeinander stürzen wie brünstige Tiere.

Wann bist du verabredet, fragt er, kommt mit vorsichtigen Schritten auf mich zu, sein Blick flattert zur Wanduhr, die wir zur Hochzeit bekommen haben, so ist er zwischen den Tonscherben herumgelaufen, an jener vom vielen Staub grauen Ausgrabungsstätte, wo ich ihn zum ersten Mal sah, wir sollten bei jeder Bewegung so vorsichtig sein wie Ärzte, hat er immer wieder betont, denn die Vergangenheit, die hier vor uns liege, sei nicht weniger hilfsbedürftig als ein kranker Körper, und ich habe aus der Grabungsstätte hinaus zu ihm aufgeblickt wie ein Tier aus seiner Höhle und darum gebetet, dass er mich wahrnehmen möge.

In einer Stunde, sage ich, betrachte besorgt seine müden Augen, die mich mit bläulicher Trauer anblicken, warum fragst du? Und er flüstert, dann haben wir doch noch genug Zeit, seine Lippen zittern nervös, die Knöpfe seines grauen Hemds springen fast von alleine auf, entblößen eine schwere gerötete Brust, und ich weiche vor ihm zurück, bis ich an den Küchentisch stoße, die noch immer heißen Kaffeebecher zerquetschen knirschend unter meinem Hintern, die duftende, schäumende Flüssigkeit läuft über den Tisch, nein, wir werden uns nicht gegenübersitzen und genüsslich Kaffee trinken, die Finger um die warmen Pappbecher gelegt, wir werden nicht über den verfrühten Herbst klagen, uns nicht entspannt an das erinnern, was in der Nacht geschehen ist, den Moment der Nähe wieder aufleben lassen, wenn wir uns an das Wunder erinnern, das zu vollbringen uns wieder gelungen ist, wir werden nicht mit nachsichtigem Vorwurf über den leichten Schlaf unseres Sohnes sprechen, wie oft er aufgewacht ist und wen er geweckt hat, wir werden uns nicht an dem Wort erfreuen, das er am Morgen gesagt hat, nicht an dem Traum, den er uns in allen Einzelheiten erzählt hat, wir werden uns nicht mit einem versöhnlichen Seufzer anschauen, bevor wir unseren Tag beginnen, ein Seufzer, in dem Unbehagen liegt, aber auch Gelassenheit, ein Seufzer, der sagt, da sind wir, trotz allem, Amnon und Ella, und so wird es morgen sein und übermorgen und im nächsten Herbst.

Lass das jetzt, sagt er, ich mache nachher sauber, als wäre das noch immer seine Wohnung, mit allen Rechten und Pflichten, und ich reibe meine nass gewordene Hose, die duftende warme Flüssigkeit breitet sich juckend auf meinem Oberschenkel aus, doch noch schneller scheint sich der Zorn in mir auszubreiten, warum hast du Kaffee mitgebracht, schimpfe ich, warum bist du überhaupt gekommen, schau, was du angerichtet hast, es fällt mir schwer, seinen großen, schwerfälligen Körper direkt anzuschauen, seine Anwesenheit ist mir Hindernis und Störung, jetzt muss ich mich noch einmal waschen, nachdem ich mich schon gewaschen habe, ich muss mich noch einmal anziehen, nachdem ich mich schon angezogen habe, wenn Talja hier wäre, würde sie endlich verstehen, wie belastend diese Zusammenstöße sind, wie leicht die Freiheit beschnitten wird, auch wenn nur vom Hosenwechseln die Rede ist und von sonst nichts.

Ich muss mich umziehen, zische ich und gehe demonstrativ zum Schlafzimmer, aber seine Schritte folgen mir, begleiten mich durch den Flur wie der Kaffeeduft, bleiben vor dem Kleiderschrank stehen, sein Atem kommt näher, lass mich dir helfen, sagt er, bückt sich und versucht, mir die eng sitzende Hose auszuziehen, sein rasierter Schädel drückt sich an meinen Oberschenkel, seine Zunge versucht, die Kaffeetropfen abzulecken, sein Mund bläst Atem an meine Haut, und ich versuche seinem Griff zu entkommen, lass mich los, Amnon, was tust du da, und er flüstert, ich mache dich sauber, du willst doch sauber sein, oder nicht? Und ich verlange, Schluss, hör auf damit, du machst es uns beiden schwer, lass mich los, Amnon, zwischen uns ist es aus, es ist tot, tot für immer.

Seine Glatze drückt sich zwischen meine Oberschenkel, als wäre er genau in diesem Moment gewaltsam da hervorgebrochen, für dich ist es vielleicht tot, aber bei mir lebt es, seine Stimme klettert an meinem Körper hoch, klebrig und feindlich wie eine giftige Raupe, warum gilt dein Willen mehr als meiner? Wer bist du überhaupt? Und ich sage, ich habe gedacht, wir hätten diese Gespräche abgeschlossen, ich habe gedacht, du hättest schon verstanden, dass du dich mir nicht aufdrängen kannst, und er zischt, sei still, ich frage dich nicht, was ich tun soll, so wie du mich nicht gefragt hast, was du mir antust. Lass mich in Ruhe, Amnon, ich versuche, seinen Kopf wegzuschieben, meine Hände gleiten über ihn, als wäre er in Folie verpackt, lass, ich muss mich anziehen, ich habe keine Zeit, meine Arme strecken sich zum Schrank, es gelingt ihnen, eine Hose herauszuzerren, aber meine Beine sind noch gefangen in seinen Armen, an seine Schultern gedrückt, an seinen dicken Nacken, aus dem sich sein Schildkrötenkopf schiebt, eine riesige Schildkröte hält mich gefangen, und ich schlage auf den harten Rückenschild, versuche, mich zu befreien, genug, Amnon, es reicht, ich will dich nicht, kapierst du das nicht, ich will dich nicht mehr. Vor meinen Augen, neben dem Fach, aus dem ich die Hose genommen habe, flimmern die leeren Fächer, es scheint, als habe der ganze Schrank seine Stabilität verloren und neige sich wie eine Waage, deren eine Schale geleert worden ist.

Aber du bist meine Frau, wir sind verheiratet, murmelt er mit naiver Verwunderung, und überraschenderweise lockert er seinen Griff, und ich versuche einen schwerfälligen Sprung über seinen Rücken, mit gespreizten Beinen, rutsche über seinen Kopf wie früher in der Turnhalle über das Pferd.

Zu meinem Erstaunen reagiert er nicht, er kniet immer noch da, den Kopf gesenkt, als kniete er vor einer Fantasiegestalt und flehe um ihr Erbarmen, auf seinem grauen Baumwollhemd zeigen sich Inseln bitteren Schweißes, lassen es an seiner Haut kleben. Ich starre sie wie hypnotisiert an, beobachte, wie sie plötzlich größer werden, nicht ich werde es sein, die dein Hemd wäscht, nicht ich werde es auf dem Bügel in die Sonne hängen, nicht ich werde es in den Schrank räumen, sein Platz wird nicht in diesem Schrank sein, und die Befreiung von der Verantwortung für das

Schicksal dieses Hemdes erfüllt mich plötzlich mit einer unerhörten Freude, als habe mich nur dieses Hemd all die Jahre vom Glück getrennt.

Amnon, hör zu, ich richte meine Worte an seinen feuchten Rücken, du kannst mich nicht zwingen, bei dir zu bleiben, ich will so nicht mehr leben, wie oft habe ich versucht, mit dir zu reden, und du hast mir kaum zugehört, und auf einmal fällt es dir ein, jetzt, wo es zu spät ist, und als er nicht antwortet, wende ich mich von seinem Rücken ab, folge den Kaffeespuren bis zu Gilis Zimmer und setze mich erschöpft auf sein Bett. Dutzende trockener Knopfaugen schauen mich an, prüfen mich mit neugierigen, tadelnden Blicken, als wäre ich mit meinem glatten, fellosen Körper und den feuchten Augen hier unerwünscht, und statt zur Dusche zu eilen und die Tür hinter mir zu verriegeln, fange ich unwillkürlich an, sie so zu ordnen, wie er es mag, familienweise, Löwe, Löwin und Löwenjunges, Tiger, Tigerin und Tigerjunges, alle schmiegen sich Wange an Wange, Fell an Fell, besorgt bemerke ich das Fehlen seines Lieblingsbären, bestimmt ist er in dem zerwühlten Bettzeug verschwunden, ich schüttle die Decke aus, hebe das Kissen hoch und spähe unter das Bett. Was suchst du, fragt er, seine entblößte glatte Brust hebt und senkt sich schwer, das zerknitterte Hemd hält er in der Hand wie einen Lumpen, so habe ich ihn das erste Mal gesehen, vor zehn Jahren, halb nackt, mit zusammengekniffenen Augen über das Ausgrabungsfeld spähend, nur dass seine Brust damals so dick mit dunklem Staub bedeckt war, dass ich ihre Nacktheit nicht erkannte.

Teddy Scotland, antworte ich, und er sagt, er ist im Auto, ich nehme ihn mit zu mir, damit Gili bei mir etwas zum Spielen hat, ich richte mich auf, aber Gili kann ohne ihn nicht schlafen, wieso soll der Bär bei dir sein, du kannst die

Familie nicht einfach auseinander reißen. Ach nein, zischt er spöttisch, was du nicht sagst, das kann ich nicht? Du meinst wohl, mit einer Bärenfamilie darf man das nicht, mit Menschen aber schon? Vielleicht bist du ein bisschen durcheinander, und es ist umgekehrt wahr. Vielleicht hast du ein Spielzeugherz, so wie diese Tiere hier, komm, er nähert sich mir mit leicht geöffnetem Mund und gesenkten Lidern, seine Hände, vorgestreckt, als wäre er blind, reißen meine Bluse auf, komm, prüfen wir das ein für alle Mal, was du da hast, ein Spielzeugherz, das ist alles, ein kaputtes Spielzeugherz, und ich werde auf das dicht bevölkerte Bett gestoßen, auf dem es nicht mal genügend Platz für einen kleinen Jungen gibt, seine Hände drücken meine Brust, als wollte er sie abreißen, seine Stimme ist heiser, ich werde dich reparieren, du wirst schon sehen, ich wechsle dein kaputtes Herz aus, ich setze dir ein neues ein, du wirst mich lieben, du wirst mich lieben wie früher.

Als ich ein Kind war, hatte ich keinen Ehemann. Ich schlief allein in einem schmalen Bett, ich wachte allein auf. Vor meinen Augen wandelte sich der Himmel, löschte mit seinem blauen Licht das Feuer des Sonnenaufgangs, das auf meinem Bett brannte, und wenn ich in die Schule ging, hatte ich keinen Ehemann, und wenn ich von der Schule nach Hause kam, hatte ich keinen Ehemann, auch nicht, wenn ich an meinem dunklen Resopalschreibtisch saß und meine Hausaufgaben machte, und wenn ich in meinem Bett neben dem Fenster lag und den Mond betrachtete, hatte ich keinen Ehemann, der Himmel streckte mir schwarze behaarte Arme entgegen, wie ein riesiges vorzeitliches Geschöpf mit einem einzigen Auge, das sich öffnet und schließt, und wie die Götzenpriester, die barfuß auf dem Felsen standen und der aufgehenden Sonne zusahen, betete ich um die Ankunft des zweiten Auges, denn ich wusste, dass nur dann der Schlaf auf mich fallen würde wie Manna vom Himmel, und auch damals hatte ich keinen Ehemann.

Bitterer männlicher Schweiß befeuchtet meine Haare, seine Schulter sinkt auf meinen Arm, seine Hände liegen auf meiner brennenden Brust, lass mich, seufzt er, lass mich dein Herz reparieren, der dunkle Vorhang verwandelt die Sonnenstrahlen in trübes Licht, Vorbote des Kommenden, und mein Blick wandert zur Wand, traurige Augen in der Farbe abfallender Blätter schauen von Gilis Bild von seinem letzten Geburtstag herab, sie begleiten unser Tun, und mir ist, als wäre das nicht das Foto, das vor ein paar Wochen geknipst wurde, sondern ein Foto aus der Zukunft, das Bild des jungen Mannes, zu dem er heranwachsen wird. Amnons raue Hände tasten über mein Gesicht, kneten die Wangen, streicheln den Hals, kneifen den Bauch, als suchten sie unter der Haut die Entscheidung, die ihm vorgelegt wurde und die er noch immer nicht akzeptieren kann, die Entscheidung, ihn zu verlassen, und seine Hände versuchen nun, sie aus meinem Körper zu ziehen, wie man einen Dorn heraushzieht, und ich bemühe mich schon nicht mehr, mich zu befreien, denn mein Körper wird zerquetscht unter seinem Gewicht wie ein Laib Brot auf dem Boden des Einkaufskorbs, und es ist nicht nur das Gewicht seines Körpers, sondern das Gewicht unseres gemeinsamen Lebens, das Gewicht unserer Tage als Familie, jeder einzelne Tag, jedes einzelne Jahr, seit ich ihn zum ersten Mal auf dem Tel Jesreel gesehen habe, bis zu diesem Morgen in Jerusalem, das Gewicht der Liebe und des Streits, der Feindschaft und des Mitleids, der Anziehung und des Überdrusses, und das Gewicht unseres Kindes, das geboren wurde, und unserer Kinder, die niemals mehr geboren werden.

Seine glatten feuchten Schultern, sein brennender Atem, sein Gesicht, das die dunkelviolette Farbe einer Aubergine angenommen hat, wie Gili im Moment seiner Geburt, da liege ich auf dem Rücken, erleide die Schmerzen der Geburt, während ein großes, kahlköpfiges und starkes Kind versucht, meinen Körper aufzureißen, ein ungewolltes Kind, das mir seine Anwesenheit aufzwingt, vielleicht gibt es ja ein Wort, einen Blick, eine Bewegung, um ihn von mir zu entfernen, um diesen groben schwerfälligen Körper dazu zu bringen, dass er das mit Plüschtieren bedeckte Kinderbett verlässt, aber so ein Wort scheint noch nicht gefunden zu sein, und vielleicht ist es auch gut so, denn die Erinnerung an diesen Morgen ist der nahrhafteste Vorrat, den ich in mein neues Leben mitnehmen kann, und je mehr er mich abstößt, je mehr er mich enttäuscht, desto geschützter bin ich vor Reue und Sehnsucht, jetzt betrachte ich ihn nicht mehr wie einen Fremden, seinen Gesichtsausdruck, der wechselt wie der Himmel, das ist kein Schock der Fremdheit, sondern der Nähe, und dieser Morgen ist nicht anders als die anderen Morgen unseres Lebens, und obwohl er sich mir nie aufgezwungen hat, ist mir klar, dass es auch im letzten Herbst hätte passieren können, ich hätte auch damals bewegungslos unter ihm liegen und mit Ehrfurcht und Erregung an jene Tage denken können, an denen ich keinen Ehemann hatte.

Die Augen der Löwin ruhen auf mir, als ich die Lippen aufeinander presse, ich werde ihm noch nicht einmal meine Stimme geben, mir ist, als fühlte ich Steine gegen meinen Rücken drücken, wie damals, in unseren ersten Nächten, noch nicht einmal eine Decke war unter uns ausgebreitet, dort, auf dem Ausgrabungsfeld, tagsüber schürften wir unter der lockeren Erde und nachts unter unserer Haut, seine hellen Augen leuchteten über mir, warfen das ganze Licht auf mich zurück, das sie an dem langen heißen Tag gesammelt hatten, er verströmte den Geruch uralten Staubs, und seine Hände, die am Tag sorgfältig die Scherben klassifiziert hatten, wanderten über meinen Körper, als versuchten sie, seine Schriftzeichen zu entziffern, einen Buchstaben nach dem anderen, und ich dachte an die sidonische Königin, die hier vor mir gelebt hatte, als würde uns beide höchstens eine Generation trennen, wie sie mit geschminkten Augen und frisierten Haaren durch das Fenster schaute, dem nahenden Feind entgegen, und wie ihre Eunuchen sie im Stich ließen, wie ihr Blut an die Wände des Palastes spritzte. Ihr Unglück ist unser Glück, sagte er, diese Siedlung wurde kurz nach ihrer Gründung zerstört und nicht wieder aufgebaut, und gerade weil sie nur so kurze Zeit existierte, hat sie eine so ungeheure Bedeutung, und ich hielt seine Hand, an den langen Tagen waren wir Fremde, in den kurzen Nächten Königskinder, die zwischen den Ruinen des Palastes herumliefen und die kurze goldene Zeit ihres Königreichs wieder auferstehen ließen, und ich dachte nicht, dass ich ihn wiedersehen würde, ich dachte, nach Beendigung der Ausgrabung würde er aus meinem Leben verschwinden, so heimlich, wie er darin aufgetaucht war, er würde den Glanz der nicht enträtselten Vergangenheit mit sich nehmen, aber er deutete auf mich, einen Moment bevor ich in den Bus stieg, und sagte mit abgrundtiefem Ernst, wie ein Heerführer, der seine Soldaten wählt, du kommst mit mir.

Vielleicht steht das alte Bild, das mich jetzt bewegt, auch vor seinem inneren Auge, aber ihn erfüllt es mit Zorn, wer bist du überhaupt, dass du es wagst, mich zu verlassen, ohne mich wärst du nichts, eine armselige Freiwillige bei der Ausgrabung, ich habe dir zu deiner Karriere verholfen, und so dankst du es mir, merk dir, damit ist es jetzt vorbei, so wie ich dich aufgebaut habe, werde ich dich auch zerstören, und plötzlich, wie ein letzter, vernichtender Fluch, rollt er sich von mir herunter und spritzt die weißliche Flüssigkeit auf meinen Unterleib, und sofort verbirgt er sein Gesicht im Fell der Löwin, die neben mir liegt, als habe man ihm mit einer Keule auf den Kopf geschlagen, atmet schwer und wimmert, Ella, verzeih mir, ich weiß nicht, was in mich gefahren ist, ich bin vollkommen zerstört vor Kummer, komm, versuchen wir es noch einmal, ich weiß, dass du es nicht leicht hast mit mir, aber ich liebe dich, glaube nicht, dass es so leicht ist, Liebe zu finden, die findet man nicht einfach auf der Straße, und zwischen uns gibt es sie, verachte das nicht, Ella, antworte doch, er streichelt mein Gesicht, seine Finger berühren meine Lippen, als versuchten sie, die richtigen Worte herauszuziehen, er fleht, weine nicht, es tut mir Leid, dass ich so über dich hergefallen bin, das wird nie wieder vorkommen, nur gib uns noch eine Chance, Gili ist doch so klein, willst du ihm schon das Leben zerstören, und ich schweige, die Erinnerung an jene vergangenen Tage senkt sich über mich, erstickt mich unter einer Lawine von Erde, das ist die Erde, die für ihn so unendlich wertvoll ist, denn in ihr sind die aufschlussreichen Daten erstarrt, die schon Tausende von Jahren auf ihre Exegese warten.

Mit fast geschlossenen Augen betrachte ich sein trügerisches Gesicht, für einen Moment siegt seine Schönheit, im nächsten seine Hässlichkeit, wie sehr hat er sich seit damals verändert, Gilis schmales Bett drückt uns aneinander, und ich sage ohne Stimme, ich habe es mir geschworen, ich habe es mir geschworen, nie wieder wirst du mir so nahe kommen, und mit erstaunlicher Leichtigkeit löse ich mich, stoße seinen Körper von mir, der weich und luftig geworden ist, als habe er sich in ein mit Schaumstoff gefülltes Plüschtier verwandelt. Sein Gesicht ist noch immer in den Hals der Löwin vergraben, sein Rücken schaukelt über den Plüschtieren, die seinen Geruch aufsaugen, der Gili nachts im

Schlaf und tagsüber beim Spielen begleiten wird. Was willst du von mir, stöhnt er, ich bin doch nicht so schlecht, na gut, ich bin manchmal launisch, aber was ist daran so schlimm, was ist nur los mit dir, ich verstehe nicht, was mit dir ist, und ich treibe ihn zur Eile an, steh schon auf, ich will nichts mehr von dir, ich habe auch keine Lust, dir noch einmal zu erklären, was mit mir los ist, begreifst du überhaupt, was du gerade getan hast? Wenn es noch die geringste Chance für einen Neuanfang gab, hast du sie jetzt endgültig zerstört, du kannst dir nur selbst die Schuld geben. Demonstrativ kühl beobachte ich, wie er langsam aufsteht, sich das zerknitterte Hemd überstreift, wütend seine Jeans hochzieht, mit schwerem Gesicht, den breiten Unterkiefer gekränkt vorgeschoben, und es ist, als zöge neben ihm auch die Frau, die hier mit ihm gelebt hat, ihre Kleider an, verletzt, bitter, enttäuscht, und die Vorstellung, mich auch von ihr zu trennen, ist wunderbar und Schwindel erregend.

Ich bedaure das, was ich getan habe, sagt er, seine heisere Stimme wird immer erzürnter, aber was du getan hast, ist sehr viel schlimmer, du hast keine Ahnung, wie sehr es dir noch Leid tun wird, du spielst mit dem Feuer, Ella, du bist selbstsicher geworden und spielst mit dem Feuer, du wirst es noch bereuen, und ich zische, verschone mich mit deinen Drohungen, aber lass bloß den Schlüssel hier, und er nimmt den Schlüssel aus seiner Tasche, schwenkt ihn vor meinem Gesicht hin und her, wie man einen saftigen Knochen vor einem Hund hin und her schwenkt, das ist es, was du jetzt willst? Dann merk dir, den bekommst du nicht, diese Wohnung gehört auch mir, und wenn du mich hier nicht sehen willst, dann zieh gefälligst selbst aus, hörst du, und sofort geht er zur Tür, öffnet sie lautstark und schließt sie hinter sich mit einem energischen dreimaligen Umdrehen des Schlüssels ab, als ließe er eine leere Wohnung zurück.

2

Du hast dich schon wieder verspätet, stellt er düster fest, sein Gesicht glänzt wie das einer pharaonischen Bronzestatue, aus seinen Augen blitzen mir Warnzeichen entgegen, und ich murmle, entschuldige, ich hatte einen wichtigen Termin, wie immer schiebe ich eine berufliche Verpflichtung vor, denn nur dies lässt er gelten. Er steht in der Tür seines Zimmers, macht mit der Hand eine aggressive Bewegung, wie ein Polizist, der den Verkehr regelt, und ich betrete den erleuchteten Raum, dessen Wände mit Büchern bedeckt sind, sie reichen bis zu der hohen gewölbten Decke und scheinen sogar über sie hinauszuwuchern wie Farn, sie schauen mich von oben herab an, fordern mich mit ihrer vollkommenen Unverletzlichkeit heraus, nur sie sind geschützt vor seiner Aggression, und er zieht sie uns immer vor. Er setzt sich an seinen großen Schreibtisch, vor den Computer, neben dem wie immer eine Glasschale steht, mit einem in Scheiben geschnittenen Apfel darin, fährt sich mit den Fingern durchs Haar, legt ein Bein über das andere, die Ränder seiner kurzen Hose sind umgeschlagen wie der Saum eines Rocks, und ich schaue zum Fenster, eine schmale, gerade Palme wärmt sich dort sorglos in der Sonne, winkt mir Anteil nehmend mit ihrer Löwenmähne zu.

So habe ich in meiner Kindheit vor ihm gesessen, in Erwartung des Tadels, Ella, ich muss dir ein paar Dinge mitteilen, hat er immer förmlich angefangen, er bestellte mich in sein Zimmer, das mir damals erstickend und ausweglos wie ein unterirdischer Verhörraum vorkam, und ich blickte verstohlen zu meiner Mutter, was habe ich getan? Was will er von mir? Und sie verzog mitleidig ihr Gesicht, ich habe keine Ahnung, aber die Tür schloss sich vor ihren Augen, und das heisere Klimpern seiner Gefängnisschlüssel war nur für mich zu hören, und dann sagte er, was er zu sagen hatte, mit ernster Stimme, langsam und gemessen, als lausche ihm ein großes Auditorium, er habe den Eindruck, dass mein Kopf nicht frei sei zum Lernen, er sei nicht zufrieden mit meinen Noten, er sei nicht zufrieden mit der Kleidung, die ich trüge, mit der Gesellschaft, in der ich mich in der letzten Zeit herumtriebe, mit den Büchern, die ich läse. Meine Mutter habe ihm zu verstehen gegeben, so drückte er es immer aus, als handelte es sich um eine geheime Botschaft, als gäbe es keine Worte zwischen ihnen, sondern nur eine geheime Verständigung über Zeichen und Gesten, meine Mutter habe ihm zu verstehen gegeben, dass ich schon einen Freund hätte, und er wolle mich warnen, nicht zu weit zu gehen und nichts zu tun, was ich später bereuen müsste.

Deine Mutter hat mir zu verstehen gegeben, dass du und Amnon vorhabt, euch zu trennen, fängt er an und verstummt sofort wieder. Seine Stimme ist dröhnend und zornig, als säße nicht nur ich hier vor ihm, seine einzige Tochter, sondern ein großes Publikum aufsässiger Frauen, eine revolutionäre Massenbewegung, die seinen Seelenfrieden bedrohte und die er mit allen Mitteln zum Schweigen bringen müsste. Ist das endgültig, fragt er, als hoffe er, der laute, durchdringende Ton, in dem er diese Frage stellt, würde ein sofortiges Verneinen zur Folge haben und er könnte dieses Treffen schnell beenden und zu seinen eigenen Angelegenheiten zurückkehren. Ich gestehe mit schwacher Stimme, wir wollten versuchen, ein paar Monate getrennt zu leben, und er räuspert sich, darf man fragen, warum, oder handelt es sich um zu private Dinge, bei dem Wort privat beginnt er, nervös mit dem nackten Fuß zu wippen, und ich sage, wir passen einfach nicht zusammen, es geht uns nicht gut miteinander, deshalb haben wir beschlossen, nicht weiterzumachen. Der Plural macht es mir einfacher, als stünde in diesem Moment Amnon neben mir und bestätigte meine Worte. Wir schauen uns nicht mehr in die Augen, fahre ich fort, dabei bemühe ich mich, wie immer, wenn ich bei ihm bin, um eine gepflegte Ausdrucksweise, damit er nicht sagen kann, deine Sprache verkommt, was liest du in letzter Zeit? Und dann schweige ich, ich bin nicht bereit, mehr als drei Sätze zu diesem Gespräch beizusteuern, denn es ist kein Gespräch, noch nie hat es zwischen uns ein Gespräch gegeben, und ich betrachte schweigend das Wippen seines Fußes, bestimmt wird er gleich wie unabsichtlich mein Knie treffen, ein scharfer, gut gezielter Schlag, um meine Bewegungsfähigkeit zu schwächen, um meine Pläne zu stören.

Du weißt, dass ich mich noch nie in deine Privatangelegenheiten eingemischt habe, sagt er mit fester kühler Stimme, aber diesmal fühle ich mich verpflichtet, auf die Sache einzugehen, weil es sich hier nicht nur um dich und Amnon handelt, zwei erwachsene Menschen, die sich Fehler erlauben können, es geht um einen kleinen Jungen, der den Preis für diesen Fehler bezahlen muss, doch er hat nichts, womit er bezahlen könnte, seine Kasse ist leer. Und schon schweigt er und prüft die Wirkung seiner Worte, die Wirkung seines Eröffnungsschlags, sorgfältig geplant, wie er seine Vorlesungen plant, als erwarte er, dass ich wie eine fleißige Studentin sofort einen Block und einen Stift zücke, um das Gesagte zu notieren, Wort für Wort, es geht hier um einen kleinen Jungen, der für den Fehler bezahlen muss, doch er hat nichts, womit er bezahlen könnte, seine Kasse ist leer, leer.

Und dann wird er sich in einen Gläubiger verwandeln, fährt er fort zu dozieren, seine Stimme, die an große Säle gewöhnt ist, schlägt gegen die Wände des Zimmers, eine Schuld, die nicht bezahlt werden kann, und schon bald kommen die Gläubiger, es sind die Gläubiger der Seele, von denen ich spreche, Ella, sie sind sogar gefährlicher als die der Unterwelt, und sie pfänden das Wenige, das er hat, das bisschen seelische Stärke, verstehst du, worauf ich hinauswill?

Du übertreibst, Vater, protestiere ich schwach, die Zeiten haben sich geändert, heute regt man sich über Scheidungen nicht mehr so auf, ich kenne einige Kinder, deren Eltern sich scheiden ließen und denen nichts passiert ist, sie haben eine Mutter und einen Vater und sie lernen, mit ihrem Leben zurechtzukommen. Das Wichtigste für ein Kind ist, dass seine Eltern glücklich sind, sage ich, es ist besser, sie sind getrennt und glücklich als zusammen und unglücklich. Aber er macht eine ablehnende Handbewegung, als hätte ich einen ganz und gar unsinnigen Einwand vorgebracht, und verkündet, das sind die hohlen Sprüche der neuen Zeit, die Menschen heutzutage haben es eilig wie Tiere, sie sind ihren Trieben ausgeliefert, und es gibt nichts Gefährlicheres als den Trieb, das habe ich dir doch schon erklärt, als du ein junges Mädchen warst. Wie es Bremsen in einem Auto gibt, braucht auch der Mensch seine Bremsen, ein Auto ohne Bremsen wird zerschmettert, und so geht es auch dem Menschen, und ich sage dir, er hebt drohend den Finger, ich kenne deinen Sohn, er ist nicht wie die anderen Kinder, er ist sensibel und schwach, und ich warne dich, wenn du diesen Prozess nicht stoppst, wird es zu einer Katastrophe kommen.

Eine Katastrophe, murmle ich, wovon sprichst du, was für eine Katastrophe könnte passieren, es wird eine Weile schwer für ihn sein, dann wird er darüber hinwegkommen, wie alle darüber hinwegkommen, Kinder überleben schlimmere Dinge als eine Scheidung. Und er hebt wieder die Stimme, seine Lippen werden blau, als würde ihm das Blut in den Adern erstarren, eine Katastrophe, hör zu, Ella, deine Katastrophe ist gewiss, und an deinem Glück lässt sich zweifeln, denn wer garantiert dir, dass du ohne Amnon glücklich sein wirst, ich erinnere mich nicht, dass du glücklich warst, bevor du ihn trafst, hör gut zu, ich bitte dich nur um eines, dass du über meine Worte nachdenkst und sie ernst nimmst. Amnon ist heute Morgen hierher gekommen, nachdem er bei dir gewesen war. Er demütigt mich genüsslich wie ein listiger Kriminalbeamter beim Kreuzverhör, er hat mir zu verstehen gegeben, dass der Plan zur Trennung von dir stammt, dass alles von dir abhängt, deshalb habe ich einen Rat für dich, Ella, eine einfache und nützliche Lösung, die zu akzeptieren Amnon heute Morgen bereits zugestimmt hat, nämlich einen Bund zu schließen, in des Wortes tiefster Bedeutung, ihr müsst euch gegenseitig versprechen, euch niemals zu trennen, weil ihr diesen Jungen zur Welt gebracht habt. Ein Kind auf die Welt zu bringen ist ein verpflichtender Akt, verpflichtender als alles andere, von dem Moment an, da man ein gemeinsames Kind hat, muss man zusammenbleiben, du wirst sehen, wenn ihr erst diesen Bund geschlossen habt, wird alles einfacher sein, ihr werdet eure Probleme mit Leichtigkeit überwinden, wenn ihr wisst, dass ihr keine Wahl habt, du wirst nicht glauben, welche Erleichterung du fühlen wirst, wenn du ein für alle Mal die Möglichkeit eines anderen Lebens mit einem anderen Partner für dich ausradierst. Ich schlage dir die Option auf ein vollkommenes Glück vor, Ella, das ist die Veränderung, nach der du suchst, denn Schwierigkeiten erwarten dich überall, das Leben selbst ist schwer, eine neue Familie zu gründen ist schwer, ich erleichtere es dir, indem ich dir helfe, auf gefährliche Optionen zu verzichten, schließlich wirst du dich überall beweisen und stellen müssen, da ist es doch besser, sich für die bereits bestehende Familie anzustrengen, mit dem Mann, den du zum Vater deines Kindes gewählt hast.

Genug, Vater, du verstehst es nicht, ich schüttle den Kopf und halte mir die Ohren zu wie damals, als ich ein Kind war, hilflos seinen hochmütigen Ansprachen ausgesetzt, seiner absoluten Selbstgerechtigkeit, ich kann nicht bei Amnon bleiben, zwischen uns ist es aus, über welch einen Bund sprichst du, wir trennen uns, wir heiraten nicht, aber er bringt mich sofort zum Schweigen, mit einer abschätzigen Handbewegung, seine Zinnaugen sind kalt, hör zu, Ella, ich kenne dich besser, als du denkst, du hast alle paar Jahre Anfälle von Selbstzerstörung, bisher war das deine Angelegenheit und ich habe mich nicht eingemischt, aber jetzt geht es auch um Gili. Ich betrachte mich als Gilis Bevollmächtigten, und ich sage dir, dass der Junge eure Trennung nicht ertragen wird, und wenn du mich zwingst, es auszusprechen, bitte, der Junge wird das nicht aushalten, er wird nicht überleben, er wird ausgelöscht werden.

Ausgelöscht, flüstere ich, weißt du überhaupt, was du da sagst? Er setzt endlich, endlich seinen nackten Fuß auf den Boden, der schwarz-weiß gefliest ist wie ein Schachbrett, ich habe keine Wahl, ich muss deutlich mit dir sprechen, es geht hier um Leben und Tod, Ella, du suchst das Glück, er spuckt das Wort aus, als handelte es sich um etwas Ekliges, eine bittere Lüge, das einzige Glück entsteht aus deinen Verpflichtungen der Familie gegenüber, die du gegründet hast, und glaube ja nicht, dass ich deine Gefühle missachte, wenn du, Gott behüte, einen brutalen Ehemann hättest, würde ich dir raten, ihn zu verlassen, ich würde dir jede Hilfe anbieten, aber ich kenne Amnon, ich kann mir vorstellen, um welche Probleme es sich handelt. Das ist Verwöhntheit, er hebt die Stimme, das ist nur die unerträgliche Verwöhntheit eurer Generation, und du wirst einen schrecklichen Preis dafür bezahlen müssen, verstehst du, was ich dir zu sagen versuche, oder muss ich noch deutlicher werden?

Es ist schon spät, ich muss Gili vom Kindergarten abholen, ich unterbreche ihn, als wäre es nur der Zeitmangel, der zwischen uns steht und uns daran hindert, das Gespräch fortzusetzen, und als ich schon stehe, spüre ich plötzlich, wie ein Zittern durch meine Beine fährt, und habe das Gefühl, als würden die Wände des Zimmers schwanken und die Bücherregale über mich herfallen und mich mit ihren giftigen, von gelehrtem Staub bedeckten Fingern festhalten, zwischen seinen Büchern werde ich heute begraben sein, unter den dicken Steinwänden, und wer wird dann den Jungen abholen? Diese alltägliche Aufgabe scheint plötzlich eine ganz außergewöhnliche Bedeutung zu haben, den Jungen rechtzeitig abzuholen, bevor eine Katastrophe passiert, und ich bewege mich auf die Zimmertür zu, als ginge es um mein Leben, und er verfolgt mich, er lässt nicht locker, versprich mir nur, dass du ernsthaft über meine Worte nachdenkst, sie sind lebenswichtig, schreit er mir nach. Ich öffne schnell die Tür zum Flur und schlage sie meiner Mutter an den Kopf, die gebückt an der Wand lehnt und aufmerksam gelauscht hat, was hat er von dir gewollt, fragt sie flüsternd, mit ängstlicher Stimme, bietet mir ihre leichtgewichtige Empathie, und ich, unfähig, nur einen Moment länger hier zu bleiben, sage, wir sprechen später, Mama, ich muss schnell zum Kindergarten.

Wieso Kindergarten, er ist doch in der ersten Klasse, schimpft sie, als hätte sie mich bei einem schrecklichen Fehler ertappt, wieso sagt sie Kindergarten, höre ich sie erstaunt zu meinem Vater sagen, bevor er zu seinem großen Schreibtisch zurückgeht, und mir kommt es vor, als würden sich all ihre Vorwürfe in dieser Nebensächlichkeit zusammenfinden, wieso Kindergarten, er ist doch schon in der ersten Klasse.

Geschlagen gehe ich die Treppe ihres Hauses hinunter, wie eine Gefangene, die zu spät geflohen ist und bereits die Fähigkeit verloren hat, sich an der Freiheit zu erfreuen, das nackte Geländer, das der Sonne ausgesetzt ist, brennt unter meinen Fingern, aber ich lasse es nicht los, eine Stufe nach der anderen gehe ich hinunter, und auf der letzten sinke ich zusammen, lege die Arme um meine Knie, die Angst schwillt in mir an, das Gefühl der Katastrophe ist so real, als wäre sie schon eingetreten, in dem Moment, als er die Drohung aussprach, mit seinen bläulichen Lippen, deine Katastrophe ist gewiss und an deinem Glück lässt sich zweifeln, und ich lege den Kopf auf meine zitternden Knie und das Tageslicht scheint mir vor den Augen zu verlöschen, Trauer senkt sich über mich.

Am Gehweg gegenüber hält geräuschvoll ein Taxi, sein Hupen mischt sich mit dem fernen Heulen einer Sirene, ich stehe schwerfällig auf. Sind Sie frei, frage ich den Fahrer, und er sagt, ich bin bestellt worden, haben Sie mich bestellt? Ich sage, nein, aber tun Sie mir einen Gefallen, bringen Sie mich zur Stadtmitte, das ist wirklich nicht weit, und er sagt, warten Sie einen Moment, mal sehen, ob es auf meinem Weg liegt, und da nähert sich mit schnellen Schritten ein kräftiger Mann in dunklem Anzug, mit ordentlich frisierten weißen Haaren, mit welcher Eile muss er sich die kurze Hose ausgezogen und seinen beherrschten Ausdruck wieder angenommen haben, wie sorgfältig hat er darauf geachtet, unser Gespräch pünktlich zu beenden, während ich geglaubt habe, ich hätte es getan, und da gleitet er auch schon in das Taxi, das ihn erwartet, winkt mir gleichgültig zu, als wäre ich eine seiner Studentinnen, deren Namen er vergessen oder noch nie gewusst hat, und ich bleibe am Straßenrand stehen, mit einem vollkommen Fremden wäre ich ins Taxi gestiegen, aber nicht mit dir, Vater, dieses einfache Wort kränkt mich wie das lapidare Bellen eines Hundes, wenn man gerade eine Explosion gehört hat, Vater, Vater, bellen die Hunde zwischen dem Explosionsgeräusch und dem Heulen des Krankenwagens, Vater, Vater, was hast du zu mir gesagt?

Er wird nicht überleben, er wird ausgelöscht werden, hast du gesagt, als handelte es sich um das Schicksal alter Völker aus der Vorzeit, Hethiter, Babylonier, Sumerer, Akkadier, ganze Imperien, die vom Erdboden verschwunden sind, aber hier handelt es sich um einen kleinen, kaum sechsjährigen Jungen, der noch nicht gelernt hat, Fahrrad zu fahren, und dem es schwer fällt, sich die Schnürsenkel zu binden, einen Jungen, der sich vor der Dunkelheit fürchtet, und ich glaube seine Stimme zu hören, nachts, wenn er schlecht geträumt hat, laut und erschrocken, Mama, Mama, komm, komm schnell, und ich komme, meine Sohlen schlagen auf den warmen Asphalt, ich muss ihn sehen, ihn vor der Katastrophe retten, die hier verkündet wurde, auf dem Gipfel dieses Treppenbergs, der in Wolkendunst gehüllt ist wie der Berg Horeb.

Wie eine Frau, deren Haus brennt, renne ich durch die Straßen, verbreite Unruhe um mich, streue Schrecken in die Herzen der Vorübergehenden, als hätte mich eine geheime Nachricht erreicht und triebe mich vorwärts, die Nachricht von einem nahen Anschlag, einem Erdbeben, eine Schleppe beunruhigter Blicke begleitet mich, und irgendwie scheine ich nicht vom Fleck zu kommen, die grauen Straßen halten mich fest wie lästige Greise.

Eine Radfahrerin mit kurzen Haaren strengt sich bei der Steigung an, ihre Bluse ist so feucht wie Amnons Hemd am Morgen, wie sorgfältig hat er es wohl zugeknöpft und mit den Händen glatt gestrichen, als er an der Tür des Hauses stand, vor dem ich jetzt fliehe, bevor er mich mit frommer Miene an die Obrigkeit verriet, und ich vergrößere meine Schritte, schaue mich misstrauisch um, es kommt mir vor, als liefe ich nicht allein durch die Straßen, denn in diesem Moment ist auch der Fluch meines Vaters auf die Straße gelangt, und mit ihm laufe ich um die Wette, ihn muss ich besiegen, ihn, der mit schwarzen Flügeln neben mir fliegt, und auch wenn meine Rippen schmerzen und meine Knie nachgeben, ich muss vor ihm ans Ziel kommen, denn dort wartet ein kleiner Junge auf mich, kaum sechs, der sich weigert, sich die Haare schneiden zu lassen, der Sonne in den Augen hasst, dessen Eltern sich gestern getrennt haben.

Aus den offenen Fenstern der Klassenzimmer dringt Schullärm wie Meeresbrausen, mit wilder Kraft, Hunderte von Kindern sitzen auf kleinen Stühlen, halten Bleistifte und Farben in den Händen, und eines von ihnen gehört mir, und ich muss es sofort sehen, und ich werfe mich gegen das Tor, versuche, es aufzudrücken, aber zu meiner Überraschung ist es abgeschlossen, ein großes Schloss hängt daran, und darüber ein Schild mit ungelenker Handschrift, der Wachmann macht seine Runde, bittet um Ged. Die letzten Buchstaben sind verwischt wie auf einer alten Inschrift, niemand macht sich die Mühe, sie zu ergänzen, und hundert Jahre später werden die Forscher vielleicht stirnrunzelnd die verschiedensten Interpretationen anbieten, bis eine weitere Inschrift gefunden wird, eine unbeschädigte, die ein Licht auf das Rätsel wirft, bittet um Ged, wie einfach hört sich das an, aber nicht für mich, nicht jetzt, und ich betrachte feindselig das Tor, das in einem provozierend fröhlichen Grün gestrichen ist, als wäre es von Anfang an nicht zum Schutz meines Sohnes bestimmt, sondern um mich von ihm zu trennen, ich taxiere es, wie man einen Gegner taxiert, bevor man ihn schlägt, ich habe keine Wahl, ich muss es besiegen, ich werde nicht warten, bis die lange Runde des Wachmanns zu Ende ist, ich schaue mich um, vergewissere mich, dass niemand zusieht, steige mit dem Fuß auf den Griff und halte mich an den Stäben fest.

Es ist erstaunlich leicht, auf das Tor zu steigen, eine starke Hand scheint mich an den Haaren zu packen und hinaufzuziehen, und schon bin ich oben, zu meinem Verdruss steht unten jetzt ein junges Mädchen, seine Haare sind blond und lockig, es schaut überrascht und amüsiert zu mir herauf, ich ignoriere es, hebe den Fuß vorsichtig über das Tor, aber dort, auf Gilis Seite, gibt es nichts, woran ich Halt finden könnte, keinen Vorsprung, es ist zu hoch und zu glatt, und ich weiß mir nicht zu helfen, eine zusätzliche, unüberwindbare Hürde ist zwischen uns aufgebaut, mein Sohn, vielleicht würde ich den Rückweg antreten, wenn ich kein Publikum hätte, wenn da unter mir das junge Mädchen nicht wie angewurzelt stünde und wartete, geduldig, genau wie es auf dem Schild steht, und ich beschließe, vorläufig auf meinem Platz zu bleiben, als wäre ich nur aus Spaß heraufgestiegen, um einen Blick auf den vernachlässigten Hof zu werfen, und so betrachte ich von meinem Aussichtspunkt aus das Schulgelände, sehe sogar den alten Wachmann, der langsam auf das Tor zugeht, erfüllt von seinem Auftrag, denn schließlich liegt die Sicherheit Hunderter Kinder in seinen Händen, ich winke ihm liebenswürdig zu, damit er sich nicht in mir täuscht und mich mit seiner Waffe bedroht.

Der Anblick meiner Gestalt auf dem Tor unterbricht seine gemächliche Patrouille, er kommt schnell auf mich zu, mit wackelndem Bauch, mit missbilligend erhobenen Händen, sagen Sie, sind Sie verrückt, oder was, schreit er stotternd, können Sie sich denn nicht gedulden, da steht es doch, und ich halte mich an den Stäben des Tores fest, es tut mir wirklich Leid, ich habe es schrecklich eilig, ich habe ein Baby allein zu Hause gelassen, und ich muss meinen großen Sohn abholen, aber mir scheint, dass diese verzweifelte Ausrede seinen Zorn nur noch steigert, wer lässt schon ein Baby allein zu Hause, schimpft er, alle hier sind verrückt, wegen meines Vergehens fällt er ein Urteil über alle Eltern, es sieht so aus, als würde er mich als Strafe für diese allgemeine Verwahrlosung hier auf dem Tor hängen lassen, zwischen Himmel und Erde, ewiger Schande preisgegeben. Mit offenem Abscheu schüttelt er den Kopf, öffnet langsam und bedächtig das Schloss, lässt das junge Mädchen durch das Tor gehen, es schreitet erhobenen Hauptes, als wäre dies der endgültige Beweis dafür, dass Geduld sich auszahlt, und ich versuche, genauso hinunterzusteigen, wie ich hinaufgestiegen bin, mein Fuß tastet blind nach dem Griff, rutscht darauf aus, und ich falle auf den glühend heißen Asphalt des Gehwegs, knapp neben einen Kinderwagen.

Auch wenn ich mir wehgetan habe, ich werde es ihm nicht zeigen, mühsam richte ich mich auf, klopfe meine Kleidung ab, lächle den Wachmann freundlich an, als hätte ich diesen Absprung von vornherein so geplant, als wäre ich nur dafür auf das Tor geklettert, ich versuche, mich mit Eleganz zu bewegen, wenn ich den Schmerz leugne, wird er verschwinden, Hauptsache, ich bin drinnen und werde Gili gleich retten, mit Mühe steige ich zu dem Klassenzimmer im Kellergeschoss hinunter, dort werde ich von den hellen Mangolocken empfangen, die ich vorher von oben gesehen habe, es ist wieder dieses junge Mädchen, ich werde wütend, was sucht sie hier, ich habe gehofft, sie nie mehr zu treffen. Aus der Nähe sieht sie nicht mehr so jung aus, auch nicht so klein, wie sie von oben gewirkt hatte, sie ist kein junges Mädchen, sondern eine Mutter, deshalb werde ich sie nun jeden Tag sehen müssen, sie betrachtet mich mit amüsierter

Neugier und bedeutet mir mit einem Blick auf die geschlossene Klassentür, sie sind noch nicht fertig.

Aber ich habe heute schon bewiesen, dass ich mich von verschlossenen Türen nicht aufhalten lasse, ich stoße die Tür mit Gewalt auf, Dutzende von Augen wenden sich mir zu, seine herbstlaubfarbenen Augen unter dem Zauberhut erkenne ich sofort, er springt auf, rennt schnell durch die Klasse, und erst als er in meine Arme fällt, atme ich erleichtert auf, es geht ihm gut, nichts ist ihm passiert, ich beschnuppere ihn wie eine Katze, kindlicher Schweißgeruch vermischt mit dem Duft von Schokoladenbrotaufstrich, Klebstoff und Sand, Vergnügen und Sehnsucht, der Duft meiner Liebe.

Einen Moment, Mutter von Gil'ad, wir sind noch nicht fertig, die Lehrerin unterbricht unser Glück, ich bin gezwungen, mich zu entschuldigen, versuche in aller Eile, eine neue Ausrede zu finden, eine Lüge, die nicht enttarnt werden kann, am besten nichts Schockierendes, entschuldigen Sie, wir haben es heute wirklich sehr eilig, wir haben ein Familienereignis, aber sie bleibt stur, Sie werden noch eine halbe Stunde warten müssen, wir sind mitten in der Arbeit, geh zu deinem Platz zurück, Gil'ad, aber er klammert sich an mich, weint an meinem Hals, ich will nach Hause, ich will nicht an meinen Platz zurück, und ich versuche, ihn zu beruhigen, es ist in Ordnung, Gili, ich warte vor der Tür auf dich, es dauert nicht lange, plötzlich erkenne ich das Ausmaß meines Fehlers, warum musste ich ihn vor den Kindern bloßstellen? Beschämt schaue ich die Lehrerin an, die schnell und entschlossen auf uns zukommt, ihn aus meinem Arm zieht, der Zauberhut fällt ihm vom Kopf, als er gedemütigt zu seinem Platz geht, verlegen wegen seines Weinens, dem Spott ausgesetzt.

Ich ziehe mich ebenfalls zurück, verlasse schnell das

Klassenzimmer und falle fast in die Arme der lockenköpfigen Frau, die mich mit offenem Mund anstarrt, als wäre ich ein Zirkustier, das sein Publikum mit Kunststücken verblüfft, das Erstaunen auf ihrem Gesicht verwandelt sich schon fast in Worte, ich habe keine Wahl, ich muss ihr zuvorkommen, den Eindruck korrigieren, scharf, demonstrativ, und ich lächle sie an, ich benehme mich nicht immer so, sage ich ehrlich, es ist wirklich ein ganz besonderer Tag, und sie kichert, Sie müssen sich nicht entschuldigen, wenn man ein Baby zu Hause lässt, darf man keine Sekunde vergeuden, ihre Stimme ist dunkel, heiser vom Rauchen, und ich stottere, hören Sie, das stimmt nicht ganz, aber ihr Kichern verwandelt sich schon in lautes Lachen, in Ordnung, ich verstehe, Sie haben kein Baby zu Hause, und ich werde von ihrem Lachen angesteckt, wieso ist das eigentlich so klar, und sie wirft einen raschen Blick auf meinen mageren Körper, Sie sehen wirklich nicht aus wie kurz nach einer Geburt.

Ich habe nie im Leben ein Baby allein zu Hause gelassen, darauf können Sie sich verlassen, ich musste nur schnell eine Ausrede finden, um den Wachmann zu beruhigen, sage ich, und sie betrachtet mich mitleidig, ich hatte nicht den Eindruck, dass es geholfen hat, im Gegenteil, und ich klammere mich dankbar an ihren ermutigenden Blick, als wäre ich genau darauf angewiesen, auf das Verständnis einer fremden Frau. Gehen wir raus auf die Wiese, schlage ich ihr vor, wir haben noch eine halbe Stunde, und sie nickt, gern, und läuft mit schnellen Schritten neben mir die Treppe hinauf, bewegt ihre Arme beim Gehen, als würde sie im Fluss rudern, und ich versuche, mit ihr Schritt zu halten, ihre Anwesenheit beruhigt mich. Auch wenn sie etwas distanziert ist, etwas zerstreut, scheint sie die Welt der Vernunft zu verkörpern, von der ich mich für einen Moment entfernt habe und in die zurückzukehren sie mir hilft.

Der skeptische Blick des Wachmanns folgt mir, als ich leicht hinkend an ihm vorbeigehe, ihn ignoriere, ihm insgeheim eine neue Arbeit wünsche, um nicht Tag für Tag diesem vorwurfsvollen Blick begegnen zu müssen, doch sie grüßt ihn liebenswürdig, deckt mich mit ihrer Höflichkeit, und da haben wir schon den mickrigen Park vor uns, der an den Schulzaun angrenzt, umgeben von Ölbäumen, die so krumm sind wie rheumatische Greise. Früher sind wir mit Gili hierher gekommen, wenn es sehr heiß war, er liebte es, barfuß in den Bewässerungskanälen herumzulaufen und Spielsachen schwimmen zu lassen, aber nun sind die Kanäle trocken, der vergangene trockene Winter zwingt zu einem sparsamen Umgang mit Wasser. Wir suchen uns einen schattigen, sauberen Platz und strecken uns aus, der Schmerz in meinem Bein pocht, aber ich ignoriere ihn, lege mich neben sie und frage, wessen Mutter bist du, und gebe sofort traurig zu, ich kenne eigentlich noch kein Kind in der Klasse, auch mein Sohn kennt noch keines richtig.

Jotam ist mit Freunden aus dem Kindergarten gekommen, sagt sie und fügt schnell hinzu, und ich heiße Michal, sie zieht eine Schachtel Zigaretten aus der Tasche, die hellorange geschminkten Lippen, die sich um die Zigarette schließen, verziehen sich plötzlich zu einem Lachen, das war ein toller Anblick, du da oben auf dem Tor, wie eine Katze, die auf einen zu hohen Baum geklettert ist, und während sie lacht, klatscht sie begeistert in die Hände, ihr Blick trifft meinen und lässt ihn nicht los, bis ich in ihr Gelächter einstimme, mit einem leichten Unwillen, ist es wirklich so komisch gewesen, ist ihr in der letzten Zeit nichts Witzigeres begegnet, dass sie sich mit einem solchen Vergnügen auf meine Demütigung stürzt? Ich entschuldige mich wieder, als wäre ich auf das Tor ihres Hauses geklettert und hätte versucht, dessen Schloss aufzubrechen. Ich musste meinen

Jungen sofort sehen, sage ich, ich weiß, dass das seltsam klingt, aber ich hatte keine Wahl, ich war bereit, alles zu tun, um hineinzukommen, und sie sieht mich von der Seite an, ihre Augen haben die Farbe der ausgeblichenen Wiese, die uns umgibt und die den ganzen Sommer über kein Wasser bekommen hat, und ihre Lippen halten noch immer ein Lächeln fest, die Reste des breiten Lachens, und ich schweige, warte auf die Frage, die sie gleich stellen wird, bereite mich schon auf eine Antwort vor, überlege, wie weit ich in die Einzelheiten gehen will, und in mir erwacht das Bedürfnis, ihr alles zu erzählen, alles, von diesem Morgen, vom Fluch meines Vaters, und sie sogar um ihre Meinung zu fragen, ob eine Scheidung wirklich eine unheilbare Krankheit ist, die Kinder tötet, aber zu meinem Erstaunen fragt sie nichts, sie liegt entspannt auf dem Rücken, die Haare um den Kopf gebreitet wie ein Fächer, ihr blaues Leinenhemd spiegelt das Blau des Himmels. Sie scheint einen kleinen Mittagsschlaf machen zu wollen, nach dem vergnüglichen Schauspiel, das ich ihr geboten habe, sie hat kein Interesse an einer Erklärung, und mit plötzlicher Feindseligkeit beobachtete ich ihre Bewegungen, ihr ist nicht anzumerken, ob sie meine Worte gehört hat und ob es übertriebene Höflichkeit oder mangelndes Interesse ist, das sie dazu bringt, die Augen zu schließen, da, auf dem blassgrünen gemähten Rasen, auf dem Ameisen in fieberhafter Geschäftigkeit wimmeln, sie kommen schon in einer langen Reihe auf uns zu, gierig nähern sie sich ihren Haaren, als wären Brotkrümel darin versteckt, und ich warne sie nicht, ich beobachte aus dem Augenwinkel, wie sie näher kommen, du hast schon wieder Ameisen in den Unterhosen, sagte meine Mutter zornig, während sie meine Unterhosen aus dem Wäschekorb zerrte, und fuchtelte mit dem fast schwarz gewordenen Stück Stoff herum, auf dem Ameisen wimmelten, sie gehen nur auf deine Unterwäsche, warf sie mir immer wieder erstaunt vor, als wäre das meine Schuld.

Nun, da sie die Augen geschlossen hat, kann ich sie ganz genau betrachten, ihr schwarzer Wickelrock entblößt blasse Oberschenkel, sie sehen sehr weiblich aus, wie ihre übrigen Gliedmaßen, die bewegungslos daliegen, ihr Kinn, zum Himmel gerichtet, ist leicht fliehend, eine goldene Uhr, die aussieht wie ein Armreif, schmückt ihr Handgelenk, das locker auf ihrer Stirn liegt, am Finger trägt sie einen breiten Ehering, ich werfe einen Blick auf meine Hand, ein heller Hautstreifen zeigt die Stelle, an der sich bis vor kurzem, fast zehn Jahre lang ein Ring befunden hat. Ein metallisch schwarzer Rabe hüpft auf kräftigen Beinen in unsere Richtung, wie angelockt von ihrem in der Sonne glänzenden Schmuck, und ich beobachte ihn, wie wagemutig er ist, gleich wird er ihr mit seinem gebogenen Schnabel den Goldring vom Finger ziehen und mit triumphierendem Geschrei über den Park flattern. Sie richtet sich auf und hebt erschrocken den Zeigefinger, schau, vermutlich hat sie den Raben bemerkt, aber sie sagt, dein Fuß, falls das überhaupt ein Fuß ist, und tatsächlich sieht er wie ein verfärbter Teigklumpen aus, den man in der Sonne vergessen hat, er quillt zwischen den Riemen der Sandale hervor, und erst da glaube ich dem Schmerz, der mich umfängt.

Du bist schlimm gestürzt, sagt sie, endlich verschwindet das Lächeln von ihren Lippen, das musst du röntgen lassen, ihre Hände gleiten sanft über meinen Knöchel, prüfen den Zustand des Knochens, ich denke, er ist nicht gebrochen, entscheidet sie, er scheint verstaucht zu sein, mach dir kalte Umschläge, wenn du zu Hause bist, und ich frage erstaunt, was, bist du eine Ärztin? Und sie sagt, nein, eigentlich nicht, ihre Lippen verziehen sich leicht, sie wirft einen Blick auf ihre Uhr und springt schnell auf, schau, wir waren so früh dran und jetzt sind wir zu spät, und als ich versuche, mich zu erheben, befiehlt sie, bleib hier, steh nicht auf, ich bringe dir deinen Jungen.

Aber er kennt dich nicht, protestiere ich, er wird nicht mit dir gehen, und sie sagt, verlass dich auf mich, mach dir keine Sorgen, und erst als sie sich entfernt hat, fällt mir ein, dass ich ihr gar nicht gesagt habe, wer mein Junge ist, vielleicht bringt sie mir einen anderen her, und vielleicht werde ich den Irrtum gar nicht bemerken, vielleicht werde ich ihn lieben, wie ich Gili liebe, und Gili wird ebenfalls abgeholt werden, von einer anderen Mutter, die den Irrtum nicht bemerkt, und vielleicht ist das seine Rettung, eine Mutter, die den Vater nicht verlässt, eine Mutter, die keine Familie zerstört.

Ich bin in diesem armseligen Park allein zurückgeblieben, ich und die Raben und die Abfallhaufen, die in der Sonne gären und einen fauligen, bitteren Geruch verströmen, nur in der Ferne, neben der Hauptstraße, hat sich eine Gruppe Soldaten ausgestreckt, ihre Uniformen werden von der Farbe des Rasens verschluckt, sie liegen bewegungslos im Schatten der Olivenbäume, zwischen ihnen stolzieren Raben umher, hüpfen über Felsvorsprünge, stoßen ununterbrochen ihre drohenden Rufe aus, als teilten sie sich gegenseitig schlechte Nachrichten mit, wie jener Rabe, der dem ersten Menschen vom Mord an seinem Sohn Abel berichtete. Ich scheine auf dem Stern der Raben gelandet zu sein, ihre harten Gesetze sind mir auferlegt, aber die Raben sind die treuesten Vögel, sie verbinden sich mit ihrem Partner für das ganze Leben, und deshalb wurden sie von den alten Ägyptern in ihrer Hieroglyphenschrift als Symbol der Ehe ausgewählt, und nun breche ich ihr Gesetz, sie sammeln sich um mich, als wäre ich ein Stück Aas, gleich werden sie mich an den Kleidern packen und verschleppen, ich schwebe über meine Wohnung, die ich bald verlassen muss, über das Haus meiner Eltern, die ich nicht mehr wiedersehen werde, über die vernarbten Plätze der armen Stadt, die sich zur Herrscherin über andere Städte gemacht hat, die reicher und schöner sind als sie, diese hochmütige, freche Stadt, die sich eine prächtige Vergangenheit erdichtet hat, von der sie lebt, der es gelungen ist, die ganze Welt von ihrer Bedeutung zu überzeugen, und die nicht voraussah, dass diese Bedeutung zum Fluch werden würde, ich werde auf die alten Mauern hinunterschauen, die mir vertrauter sind als die neuen Viertel, bis die Raben mich plötzlich am Rand der Wüste fallen lassen werden, genau an der Stelle, wo die Stadt mit einem Schlag aufhört.

Schritte kommen näher, helle zwitschernde Stimmen, kleine rennende Füße in Sandalen, die vom Sommer abgenutzt sind, wie ein Gespann von Clowns hopsen sie vorwärts, in den Händen ein knallfarbiges Wassermeloneneis, das, schon halb geschmolzen, über ihre Finger rinnt, Kriegsbemalung auf den Gesichtern, und einen Moment lang fällt es mir schwer, sie zu unterscheiden, ich hatte erwartet, neben ihr einen Jungen mit weizenblonden Locken zu sehen, aber zu meiner Überraschung hat er glatte schwarze Haare, die wie eine glänzende Pilzhaut um seinen Kopf liegen, seine Augen sind dunkel und ernst, er ist etwas kleiner und knochiger als mein Gili, und trotzdem sieht er ihm auf eine seltsame Weise ähnlich, und Gili hüpft fröhlich an seiner Seite, dünnbeinig wie eine Laubheuschrecke, nichts erinnert mehr an seine Tränen, stolz zeigt er mir sein luxuriöses Eis, als hätte er es sich mit Arbeit verdient, und besonders stolz ist er auf seinen neuen Freund, der ihm plötzlich zugefallen ist. Zwischen all den anderen fremden, beängstigenden Kindern, deren Namen durch die Luft schwirren wie Hüte, die noch nicht die passenden Köpfe gefunden haben, ist plötzlich ein Junge deutlich hervorgetreten, und er betrachtet ihn zufrieden und mit einer leichten Angst, als könnte er so plötzlich, wie er aufgetaucht ist, auch wieder verschwinden und ihn in seiner bedrückenden Einsamkeit zurücklassen.

Sie lässt ihre Last neben mir fallen, zwei Ranzen, ein Zauberhut, ein Zauberstab und ein Umhang, zwei Getränkeflaschen, und streckt sich in genau derselben Haltung wie vorhin wieder neben mir aus, und ich richte mich auf und danke ihr mit einem Lächeln, ihr seht euch überhaupt nicht ähnlich, stelle ich fest, und sie betrachtet ihren Sohn prüfend, nein, gibt sie zu, er sieht aus wie sein Vater, und ich strecke in meiner Fantasie die Glieder des Jungen und stelle enttäuscht einen knochigen Mann neben sie, sehr gerade, sehr ernst, und sie sagt, die Lehrerin lässt dir ausrichten, dass morgen Nachmittag ein gemeinsamer Empfang des Schabbat gefeiert wird, und ich höre unwillig zu, morgen, frage ich, aber warum, wozu soll das gut sein? Sie schaut mich erstaunt an, du weißt, wie das ist, der Anfang des Schuljahres, da wollen sie die Familien kennen lernen, das ist nicht so schlimm, und ich zische böse, das passt mir jetzt überhaupt nicht, ich habe nicht vor, hinzugehen.

Wegen deines Fußes, fragt sie, und ich sage, nein, es ist nicht der Fuß, und wieder warte ich, dass sie weiterfragt, und wieder schweigt sie, ihre Lippen saugen an der Zigarette, die sie sich ansteckt, für dich ist es vielleicht nicht schlimm, denke ich wütend, du nimmst deinen Mann und deinen Sohn und ihr geht hin, und dann kehrt ihr nach Hause zurück und esst zu Abend, aber mir wird ubel bei dem Gedanken, neben Amnon zu sitzen und eine normale Familie zu spielen und mit scheinheiligen Leuten Schabbatlieder zu singen. Bis vor kurzem war das noch ganz natürlich, leicht wie das Atmen, und ich frage mich verwundert, vielleicht ist das nur der Anfang, vielleicht besteht jeder Tag im Leben geschiedener Menschen aus einer Abfolge von Hürden, jedes einfache Ereignis verheddert sich zwischen ihren Fingern. Amnon wird mit ihm hingehen, entscheide ich, schließlich fällt mir das Laufen schwer, und ich strecke mich wieder neben ihr aus und schaue schweigend unseren Kindern zu, die wie kleine Hunde über die leeren Kanäle springen, Gilis Lachen wird von einem angenehmen Wind zu mir herübergeweht, es ist hell und voller Freude und verbreitet eine süße Ruhe in meinem Herzen. Warum bin ich so erschrocken, es wird keine Katastrophe geben, schließlich lassen sich fast alle scheiden oder haben sich scheiden lassen oder werden es tun, vielleicht plant ja auch diese Frau, die hier neben dir liegt, in diesem Moment ihr neues Leben, lass dir von niemandem Angst einjagen, es geht ihm gut, er hat eine Mutter, er hat einen Vater, er hat einen Freund, er hat ein Eis, was braucht ein Junge mehr?

Sie springt wieder auf, ich muss los, sie sieht immer älter aus, je mehr Zeit vergeht, vor meinen Augen hat sie sich von einem jungen Mädchen in eine Frau verwandelt, erst habe ich mich gewundert, dass sie schon einen Sohn hat, und jetzt, da ihr die Sonne aufs Gesicht fällt, erschlafft ihre Haut, und ich wundere mich, dass ihr Sohn so jung ist. Jotam, wir müssen Maja vom Ballett abholen, ruft sie, ihre Stimme klingt verärgert, als hätte sie ihn schon ein paarmal gerufen, und Jotam schlendert missmutig zu uns herüber, aber Mama, es gefällt mir hier, und sie sagt, wir kommen ein andermal wieder her, los jetzt, Maja wartet auf uns.

Wir gehen jetzt auch, sage ich schnell, und sie dreht sich zu mir, kannst du überhaupt gehen? Sie streckt mir ihre bleiche Hand hin, unter ihrer Haut schlängeln sich bläuliche Adern wie Bachläufe, und ich erhebe mich schwerfällig, das Gehen ist plötzlich zu einem komplizierten Vorgang geworden, der Vorsicht und Voraussicht verlangt, und sie beobachtet gereizt meine Bewegungen, ich bringe euch heim, schlägt sie vor, wo wohnt ihr? Nicht weit von hier, sage ich und stütze mich auf dem Weg zum Auto auf ihren Arm, eine plötzliche Bürde für das Leben einer völlig fremden Familie.

Mama, ist Papa schon zu Hause?, höre ich Gili vom Rücksitz aus fragen, und während ich noch versuche, eine passende Antwort zu finden, kommt sie mir zuvor und antwortet, es war ihr Sohn, der gefragt hat, nicht meiner, sogar ihre Stimmen ähneln einander, noch nicht, er kommt am Abend, und zu meinem Erschrecken höre ich Gili flüstern, sag mal, schläft dein Papa bei euch zu Hause? Jotam ist erstaunt, ja, er wohnt doch da, außer wenn er beim Reservedienst ist oder im Ausland, und Gili fährt mit geheimnisvoller Stimme fort, mein Papa hat in der Nacht in einem Kühlschrank geschlafen, aber der Kühlschrank hat so einen Lärm gemacht, dass er nicht einschlafen konnte. Was erzählst du da, Gili, ich mische mich ein, lache gezwungen, rede keinen Unsinn, du hast nicht verstanden, was Papa gesagt hat, aber er ignoriert mich und fügt hinzu, du hast Glück, dass deine Eltern sich nicht streiten, und Jotam sagt, manchmal streiten sie sich und manchmal nicht, was soll das heißen, alle Eltern streiten sich manchmal, und Gili sagt, aber meine streiten sich für immer.

Schön, wir sind angekommen, verkünde ich, obwohl wir erst am Anfang der Straße sind und noch viel zu viele Schritte vor mir liegen, komm schon, sie haben keine Zeit, ich treibe ihn zur Eile an, und vielen Dank, Michal, du hast mich heute gerettet, wirklich, und sie wirft mir einen grünen Blick zu, und auf ihrem Gesicht liegt wieder der Ausdruck erstaunter Neugier, als säße ich wieder oben auf dem Tor. Willst du, dass ich dich ins Haus bringe, fragt sie, und ich sage, das ist nicht nötig, es ist wirklich ganz nah, ich komme zurecht, aber ihr Blick begleitet mich, während ich mich schwerfällig humpelnd vorwärts bewege, ein Blick voller Beunruhigung und Erstaunen und sogar Bedauern, als wäre ein langer trauriger Brief, der an mich adressiert ist, irrtümlich bei ihr gelandet.

Mama hinkt, Mama hinkt, er springt um mich herum, flattert mit seinem schwarzen Umhang wie eine Fledermaus, und ich befehle ihm, gib mir die Hand, Gili, mir fällt das Gehen schwer, aber er macht keine Anstalten, mich zu stützen, und auch als er sich schließlich dazu herablässt, mir seine klebrige Hand hinzustrecken, scheint sein ganzes Gewicht an ihr zu hängen und mich auf den Gehweg zu ziehen, auf dem schon die ersten herabgefallenen Blätter liegen.

Der Schmerz pocht mit schweren klaren Schlägen in meinem Fuß, wie die Glocke einer Kirche, und ich höre ihm ängstlich zu, so sehr zieht er meine Aufmerksamkeit auf sich, baut eine klare Trennwand, die von Sekunde zu Sekunde höher wird, zwischen dem, was bisher war, und dem, was ab jetzt sein wird, zwischen dem, was ich bisher war, angeblich eine verheiratete Frau, die eine Familie hat, eine Wohnung, ein gesichertes, wenn auch begrenztes Eigentum, und dem, was ich in Kürze sein werde, eine geschiedene Frau mit Kind, ohne Partner, ohne Wohnung, die vorläufig nichts hat, aber irgendwann vielleicht alles haben wird, und dieses zweifelhafte Vielleicht, das plötzlich, nach langer Abwesenheit, in mein Erwachsenenleben eingedrungen ist, wird immer größer, und mir ist, als könne es jeden Schmerz lindern, und während ich da auf dem Sofa liege, das Bein auf einem Berg Kissen, die Gili fröhlich für mich aufgetürmt hat, habe ich das Gefühl, es handelte sich um Geburtswehen, die mein neues Leben ankündigen, schmerzhaft, aber auch mit Freude, das neue Leben, das ich zwar noch nicht kenne, das mich aber mit dem Geschrei eines

Neugeborenen einlädt, es mit beiden Händen zu ergreifen und an die Brust zu drücken.

Mama, schieß ins Tor, bittet er, du hast versprochen, dass du ins Tor schießt, er steht gebückt vor einem unsichtbaren Fußballtor zwischen zwei Wänden, und ich seufze, vielleicht morgen, Gili, du hast doch gesehen, ich kann nicht mal stehen, wie soll ich da spielen, aber er beharrt, nein, nicht morgen, heute, mir ist langweilig, sein Gesicht wird immer röter, gleich wird es sich zu einem Weinen verzerren, und ich versuche, ihn zu beruhigen, komm, spielen wir etwas anderes, Domino oder Monopoly, und während ich noch weitere mögliche Spiele aufzähle wie eine Kellnerin die Tagesgerichte, mischt sich ein schlaues Lächeln in seine Tränen, und er bekennt, ich habe Papa schon angerufen, dass er kommt und mit mir Fußball spielt, weil du nicht kannst, er wird gleich kommen.

Die plötzliche scharfe Trennung zwischen seinem Willen und meinem trifft mich wie ein Faustschlag, schließlich ist er mein kleiner Junge, mein Augapfel, Fleisch von meinem Fleisch, mein einziger Sohn, fast bis zur Unerträglichkeit geliebt, dessen Wille sechs Jahre lang mein Wille war, seine Freude meine Freude, sein Kummer mein Kummer, und da hat sich plötzlich diese Diskrepanz zwischen uns eingeschlichen, über Nacht, sein Wille ist nicht mehr meiner, seine Freude nicht mehr meine, sein Kummer nicht mehr meiner, und ich habe das Gefühl, dass dies der wirkliche Riss in meinem Leben ist, wie der Riss in der Kleidung eines Trauernden, es ist nicht die zunehmende Entfremdung zwischen Amnon und mir, sondern die Entfremdung zwischen Gilis Wünschen und meinen, die ihn plötzlich gegen mich stellt, das einzigartige, vollkommene Einverständnis, das sechs Jahre zwischen uns geherrscht hatte, stirbt langsam in der Zimmerecke, neben den Spielsachen, die er nicht mehr will, und stattdessen werden sich Spannungen aufbauen, gegensätzliche Bedürfnisse, und ich betrachte ihn mit Unbehagen, wie er den Ball an sich drückt, erwartungsvoll aus dem Fenster schaut, auf dem milchigblassen Gesicht ein Ausdruck, in dem sich Stolz mit Angst vermischt.

Als Amnon hereinkommt, stelle ich mich schlafend, und vielleicht schlafe ich wirklich, denn ihre Stimmen sind so weit weg und so dumpf wie die Stimmen von Traumgestalten, mein schmerzender Knöchel trennt mich von ihnen, befreit mich von jeder Pflicht, und ich gebe mich dem Schmerz hin, der meine Bewegungsfreiheit einschränkt, aber den Geist befreit, ihr Gespräch hüpft durch das Zimmer, weich und elastisch wie der Schaumstoffball, der zwischen ihnen hin und her rollt, und im Schutz meines Dahindämmerns, des bohrenden Schmerzes, der mich fast ohnmächtig werden lässt, verwischen sich ihre Gestalten, bis ich das Gefühl habe, es wären mein Vater und meine Mutter, die bei uns zu Hause auf Zehenspitzen um mich herumgehen, und ich bin krank, ich bin frei, mir Fantasien der Liebe vorzustellen. Ich bin wie eine Katze, die im Bett Junge geworfen hat, ich lecke meine Fantasiegestalten, schmiege mich an sie, male mir mein zukünftiges Leben als Erwachsene mit leuchtenden Farben aus. Ausgestreckt auf dem Sofa und zugedeckt mit einer Decke aus Schmerz, scheine ich noch träge diesem Paar nachzuwinken, das sich entfernt und den Platz für andere Gestalten frei macht, und das Rauschen eines Gesprächs dringt an mein Ohr, und erst da verstehe ich, dass diese natürliche warme Unterhaltung, die mich schon seit sechs Jahren begleitet, hier nicht mehr gehört werden wird. Dieses entspannte Rauschen zwischen einem Vater und seinem Sohn, einem Sohn und seinem Vater wird es noch geben, aber ich werde es nicht mehr hören, und auch unser Rauschen wird ohne Zuhörer bleiben, es wird durch die offenen Fenster auf die Straße treiben und sich in den Stimmen der Familien auflösen, die sich für die Nacht fertig machen, aber niemand wird es hören.

Dieser Abend ist meine letzte Chance, ihr Leben ohne mich mit ihnen zu teilen, ihnen heimlich zuzuschauen, so werden sie an ihren festen Besuchstagen nachmittags zusammen spielen, montags und donnerstags oder sonntags und mittwochs, das haben wir noch nicht ausgemacht, so werden sie zu Abend essen, einander am Tisch gegenüber, in einer anderen Wohnung, und er wird sich nicht die Mühe machen, die Gurke für ihn zu schälen, so wie ich es tue, und er wird nicht, so wie ich, in braunen Ringen die Brotrinde abschneiden, gemeinsam werden sie beschließen, auf das Bad und das Zähneputzen zu verzichten, so wie jetzt, er wird ihm die schmutzigen Sachen neben das Bett legen, damit er sie am nächsten Tag noch einmal anzieht, aber die Geschichte zum Einschlafen wird großzügig lang sein, es wird sein, als wäre ich zu einem archäologischen Kongress gefahren, ich brauche nicht zu fürchten, dass er einen Ausbruch bekommt, so wie in meiner Anwesenheit, oder dass er Gili mit lauten Worten verletzt, ohne mich strengt er sich immer viel mehr an, und Gili gibt sich solche Mühe, ihm zu gefallen, schließlich ist er im Moment seine einzige Stütze. Von meinem Platz auf dem Sofa im dunklen Wohnzimmer aus höre ich, wie sie die Kuscheltier-Familien schlafen legen, den Löwen und die Löwin und ihr Junges, den Tiger und die Tigerin und ihr Junges, ob Gili den bitteren Geruch bemerkt, der an ihnen klebt? Und ich höre, wie Amnon verkündet, schau, da ist auch Teddy Scotland, eine hastige Familienvereinigung auf dem schmalen Bett, auf dem ich an diesem Morgen lag, für alle Ewigkeit Abschied nahm von seinem Körper, aber dieser Körper, der mich jetzt so abstößt, wird von Gili geliebt, ich höre, wie er sich an ihn

schmiegt und in seinen Armen vor Vergnügen schnurrt, und da ist wieder diese Unvereinbarkeit, die so wehtut wie der Knöchel, und ich liege wie erstarrt da, wage nicht, das Bein zu bewegen, versuche, mich an diese Kompliziertheit zu gewöhnen, die zu einem Teil meines Lebens werden wird, ich werde meinen Widerwillen ebenso aushalten müssen wie Gilis Liebe zum Gegenstand meines Widerwillens, ich werde gezwungen sein, Amnon als den geliebten Vater meines Sohnes zu akzeptieren und ihn trotzdem von mir fern zu halten, und ich habe das Gefühl, als müsste ich mich dafür entweder verdoppeln oder teilen, und diese neue Aufgabe ist so schwer, dass sich ein angstvoller Schlaf auf mich senkt, denn noch habe ich alles in der Hand und kann trotzdem nichts ändern, denn dieses vertraute familiäre Rauschen, vertrauter als alles andere, wird schwächer und schwächer gegenüber dem Jubel des neuen Lebens, gegenüber den fröhlichen starken Klängen, die von ihm ausgehen wie von einem Ballsaal im Bauch eines Schiffes.
Zitternd vor Kälte, wache ich mitten in der Nacht auf, und vor meinen Augen fließt ein Strom, grau und trotzdem aufwühlend, immer wird mich der Anblick eines Flusses aufwühlen, der Anblick lebendig fließenden Wassers. In die europäische Hafenstadt, in die ich anlässlich des letzten Kongresses gefahren bin, nahm ich das Echo von wütenden Sätzen mit, die mir viel zu oft entgegengeschleudert wurden, um noch eine Bedeutung zu haben, hör auf, mir zu drohen, du bedrohst nur dich selbst, wer bist du überhaupt, ich habe die Nase voll von deinen Klagen, ich habe genug von dir, merk dir, dass ich nicht bereit bin, so weiterzumachen, ich werde einfach aufstehen und gehen, diesmal meine ich es ernst. Vor dem breiten Fenster des eleganten Hotels war der Fluss zu sehen, eine riesige Eisenbrücke, die sich über ihn spannte, und daneben noch eine Brücke, kleiner als die erste,

wie ein ungenaues Spiegelbild, und über beide Brücken floss ein erbarmungsloser Verkehr, Fahrzeuge in wildem Tempo, Straßenbahnen, die einen Arm nach oben streckten, zerrissen das Spinnennetz der Hochspannungsleitungen, und auf der anderen Seite des Flusses die bunten Fassaden von Häusern, schmal und zerbrechlich, und auf dem Fluss schwammen Schiffe, als schwebten sie über dem Wasser. Wurde dort der Entschluss geboren, plötzlich, aber seit langem vorhersehbar, ist dort das Urteil gefallen, angesichts dieses Flusses, der mit solch überraschender Leichtigkeit die Last der Schiffe trug? Die Stimmen des letzten Streits vor meiner Abreise verfolgten mich, schnaubend und bitter, ich hatte das Gefühl, als stünde er noch vor mir, aggressiv, anklagend, hässlich vor Zorn, nein, das war nicht der Mann, den ich gewollt hatte, das war nicht das Leben, nach dem ich mich sehnte, und sogar ich selbst war erschreckend anders als die Frau, die ich hatte sein wollen, etwas zwischen uns war irreparabel zerbrochen, konnte es sein, dass ich mich mit alldem abfinden musste, dass ich nie mehr ein anderes Leben führen konnte, dass es so schnell zu spät geworden war?

Leise bewegt sich seine Silhouette von einem Zimmer ins andere, er macht die Lichter aus, die Wohnung ist jetzt dunkel und still, wenn jetzt draußen jemand vorbeigeht, wird er sich sicher vorstellen, dass hier eine Familie ruhig schläft, unter wärmenden Decken wegen des Herbstes, die Schlafzimmertür fällt hinter ihm wie selbstverständlich ins Schloss, und ich bin hier, auf dem Sofa, so weit weg von ihnen, als befände ich mich noch in dem Hotel am grau glitzernden Fluss, auf einem anderen Erdteil. Ob so mein Leben aussehen würde, fragte ich mich damals, ob so die Träume meiner Jugend dahinstarben, sie werden ihren Atem mit einem unhörbaren Seufzer aushauchen, Gili wird wachsen, er wird anmutig den Auftrag abwerfen, den ich ihm auferlegt habe, die Lücke zu füllen, deren Größe ich mir nicht habe vorstellen können, und was ist dann, ein neues Kind, eine neue Ausgrabung, eine neue Reise? Eine neue Liebe, die im Geheimen blüht, wie ein Alpenveilchen in den Felsen, schnell vergänglich, nur für ein paar Wochen? Ja, verspreche ich den Schiffen auf dem Fluss, es ist noch nicht zu spät, ich kann noch immer auf mehr hoffen, und ich öffne das Fenster und verkünde mit lauter Stimme, als wollte ich ein großes Publikum überzeugen, das mich vom anderen Flussufer aus betrachtet, es ist aus, meine Damen und Herren, es ist tot und vorbei, für immer aus und vorbei.

3 Gesang empfängt uns, zögerlich wie ein Gebet, das nicht erhört wird, das mit schlaffen Fingern an die Tore des Himmels klopft, als wir verspätet den Schulhof betreten und verlegen vor den Familien stehen, die sich in einem bunten Kreis versammelt haben, dicht gedrängt auf Decken und Matten, jede wie auf einer kleinen Arche Noah, und mit leisen Stimmen singen, wir haben noch nicht einmal eine Decke dabei, und Gili klammert sich an meine Hand, Mama, man braucht eine Decke, murmelt er, alle haben Decken mitgebracht, und ich verteidige mich sofort, das habe ich nicht gewusst, niemand hat es mir gesagt, ich schicke einen vorwurfsvollen Blick zu Amnon, als wäre er verantwortlich für dieses Versäumnis, aber er, ungeduldig wie immer, bahnt sich schon seinen Weg weiter, bedeutet uns mit einer herablassenden Handbewegung, ihm zu folgen.

Schabbat Schalom, Familie Miller, verkündet die Lehrerin mit süßlicher Stimme, kommen Sie, setzen Sie sich, damit wir fortfahren können, sie deutet energisch auf den freien Platz neben ihr, und ich ziehe den widerstrebenden Gili hinter mir her, hüpfe mühsam zwischen Ellenbogen und Knien weiter, trete auf den Rand einer ausgebreiteten Decke, gegen eine Flasche, verschütte Wasser, gegen eine offene Tasche voller Windeln, und wir setzen uns alle drei neben die Lehrerin, für jeden ist unser Anderssein durch das Fehlen einer Decke klar zu erkennen, es ist die abgewetzte häusliche Decke, die die familiären Hinterteile von alters her auf sich vereint, die eine gemeinsame Unterlage für die ganze Familie schafft, und nur wir sind anders, wir gehören nicht zu ihnen und nicht zueinander, müssen auf den nackten Bodenplatten des Hofs sitzen, der traurige Gili zwischen uns schaut sich mit scheuem Blick um.

Wir sind die kürzeste Familie, flüstert er mir bekümmert ins Ohr, und ich beeile mich aus alter Gewohnheit, unsere Ehre zu verteidigen, warum kurz, Papa ist sehr groß, und du auch, aber er begründet es sofort, weil wir nur drei sind. Und wirklich, als ich meinen Blick über die vielen fremden Gesichter wandern lasse, entdecke ich auf fast jeder Decke große und kleine Geschwister, Babys und Heranwachsende, oder auch eine Großmutter oder einen Großvater, festlich gekleidet, mit weißen Blusen und Hemden, sogar ein paar friedliche Hunde, und das Anderssein nimmt zu und brennt auf meiner Stirn wie ein Mal, denn wir werden so bleiben, wir sind wie jemand, der in der Blüte seiner Tage stirbt, wir werden nicht mehr wachsen.

Verstocket euer Herz nicht, wie zu Meriba geschah, wie zu Massa in der Wüste, singen sie beflissen den Text aus dem Gebetbuch, die Lehrerin hält mir das Blatt mit dem Text hin, und ich betrachte ihn, versuche, mit einzustimmen, die Wörter kratzen in meinem Hals, sie sind ein Volk mit irrendem Herzen, und sie haben meine Wege nicht erkannt, daher habe ich in meinem Zorn geschworen, sie werden nicht zu meiner Ruhestätte kommen … Im Schatten des Gesangs finden Gespräche statt, Wörter werden zwischen den Versen gezischt, die meisten der Anwesenden scheinen sich zu kennen, sie haben schon gemeinsame Erinnerungen gesammelt, gemeinsame Feiern zum Empfang des Schabbat, duftende Wärme entsteigt den Decken, als koche dort ein geheimer Eintopf auf versteckten Herdplatten, jede Familie bringt den angenehmen Geruch ihres eigenen Heims mit, des eigenen Atems und der eigenen Gerichte, des eigenen Waschmittels und des eigenen Shampoos, den Duft von Nachgeben und Kompromiss, von Nähe und Gewohnheit, von uralten Machtkämpfen und Freundschaften, die fast unmerklich hinzugekommen sind, und all diese Gerüche zusammen verbinden sich zu einem unendlichen Geheimnis. Ich betrachte sie prüfend, wie sie, aneinander gelehnt, vollendete Gebilde schaffen, geometrische Figuren, bald werden sie mir nicht mehr fremd sein, aber vorläufig kommt mir nur ein Lächeln entgegen, mit fast geschlossenen Lippen, ein träumerisches Lächeln aus schmalen grünlichen Augen, sie sitzt mit übergeschlagenen Beinen da, den Rücken leicht gekrümmt, die Arme um die Schultern ihres Sohns geschlungen, auf ihren Beinen liegt ein älteres Mädchen in einem roten Samtkleid, und hinter ihren glänzenden Locken, die ausgebreitet sind wie ein Fächer, ist die Stirn eines blassen Mannes zu sehen, mit ergrauenden Haaren und dunklen, tief liegenden Augen und dichten Augenbrauen, die sie beschatten, seine Hände massieren ihren Nacken und ihre Schultern, die sich im Rhythmus der Melodie hin und her bewegen.

Dein Gott freut sich deiner, wie sich ein Bräutigam über seine Braut freut ... Die Stimmen der Erwachsenen versuchen, die Stimme der Lehrerin zu begleiten wie eine langsame Karawane, gehorsam, jedoch ohne Begeisterung, während die Kinder schon die Geduld verlieren und kichern. Komme in Frieden, Krone des Gatten, in Freude und Frohlocken inmitten der Gläubigen, des Gott eigenen Volkes, komme, Braut, komme, Braut ... Für einen Moment scheint es, als waren wir bei einer Hochzeit gelandet, ausgerechnet jetzt, am Schabbat unserer Trennung, sind wir dazu verurteilt, gefühlvolle Hochzeitslieder zu singen, und die Lehrerin bestätigt meinen Verdacht mit ihrer lauten Stimme, sie gibt den ratlosen Kindern ein Rätsel auf, wenn Königin Schabbat die Braut ist, wer, glaubt ihr, ist dann der Bräutigam? Ich weiß, ich weiß, Gott, sagt ein Mädchen mit zerzausten roten Haaren, und die Lehrerin sagt, nein, nicht Gott, hört zu, nachdem die Welt erschaffen war, beschwerte sich die Königin der Tage bei dem Ewigen, dass sie keinen Partner habe, während die anderen Tage der Woche einen hätten, und der Herr beruhigte sie und versprach ihr, das Volk Israel werde ihr Partner sein, ihr Bräutigam.

Wie kann das sein, Gili schaut mich zweifelnd an, so viele Bräutigame für eine Braut? Aber die Lehrerin hält sich nicht mit Kleinigkeiten auf, sie scheint diese Geschichte schon dutzendfach erzählt zu haben, sie fährt schnell fort, wisst ihr, vor vielen hundert Jahren trugen die Rabbiner weiße Kleidung und zogen auf das Feld, um die Königin Schabbat willkommen zu heißen, sagt sie und erhebt sich, auf ihrer Oberlippe glänzen Schweißtröpfchen, vielleicht ziehen wir jetzt auch hinaus und sehen, wer als Erster die Königin Schabbat entdeckt. Die meisten Kinder reagieren sofort auf die Herausforderung, sie verlassen die Familiendecken und sammeln sich um ihre Lehrerin, ich versuche, den zögernden Gili anzutreiben, der sich an mich schmiegt und seinen Kopf in meinen Schoß legt, geh, du musst mit den anderen gehen.

In wildem Trab laufen die Kinder an ihm vorbei wie fröhliche Fohlen, gleich werden sie ihn auf ihrer Flucht zertrampeln, und da bleibt einer vor ihm stehen, sein zartes Gesicht erwachsen und ruhig über den schmalen Schultern, komm, Gili, sagt er, ohne zu lächeln, komm mit mir, und plötzlich verfliegt seine Niedergeschlagenheit, sogar dass wir keine Decke haben, ist nicht mehr wichtig, und als wäre er auf einmal ein anderes Kind, springt er auf die Füße, vergisst die traurige Andersheit unserer Familie und läuft mit seinem neuen Freund Jotam los, um die Königin Schabbat zu treffen, die wunderschöne Braut, die jede Woche wieder ihrem Bräutigam angetraut wird, und als mein Blick Michal findet, sehe ich, dass sie zu mir herüberschaut, vermutlich hat sie ihren Sohn zu uns geschickt, und mit meinen Lippen forme ich einen Dank. Zu meiner Enttäuschung reagiert sie nicht darauf, sie starrt vor sich hin, mit leicht geöffnetem Mund, sie scheint meine für sie bestimmten Lippenbewegungen nicht wahrzunehmen, aber über ihre blonden Haare hinweg wirft mir ihr Mann einen fragenden, fast entrüsteten Blick zu, als würde ich mit meinen Zeichen ihre Ruhe stören, und ich wende schnell den Kopf ab, bemüht, nicht mehr zu ihnen hinzuschauen.

Und die ganze Zeit ist er hinter mir, schweigend, was nicht seine Art ist, und ich achte darauf, nicht weiter nach hinten zu rutschen und mich mit dem Rücken an seine Knie zu lehnen, wie es die meisten Frauen um mich herum tun, sondern eine aufrechte und starre Haltung zu wahren, als wäre dieser Mann gar nicht da, dessen Atem ich an meiner Schulter spüre, und die Luft, die sich in seinen Lungen sammelt, bevor sie warm und stickig aus seiner Kehle gestoßen wird, erweckt meinen Widerwillen, bis auf meiner Haut kleine Nadeln des Widerstands wachsen, ich kann spüren, wie er hinter meinem Rücken forschend und hochmütig seine Umgebung beobachtet, auf dem Rückweg wird er die primitive Zeremonie tadeln, die lächerlichen Lieder, und was das überhaupt solle, die Königin Schabbat zu suchen, was für ein Blödsinn, ich habe dir gesagt, du sollst ihn nicht in dieser Schule anmelden, aber ich muss ihm schon nicht mehr zuhören, ich muss mir nicht mehr anschauen, wie schöne Erinnerungen beschämt aus Gilis Gesicht verschwinden, ich muss ihm nicht mehr gut zureden, vielleicht fangen wir zu Hause auch an, den Schabbat zu empfangen, und ich muss nicht mehr seinen Spott hören, wirklich, Ella, ich wundere mich über dich, was haben wir mit diesen Götzendiensten zu tun, diesem jüdischen Feilschen und Handeln?

Wie angenehm wird es sein, ohne ihn nach Hause zu kommen, mich mit Gili zu unterhalten, ohne dass er sich ständig in unser Gespräch mischt und hektisch jeden Gedanken laut kundtut, der ihm gerade durch den Kopf geht, in die Zeitung zu schauen, ohne dass er sagt, lass doch diesen Mist, und zu telefonieren, ohne dass er mich unter allen möglichen Vorwänden unterbricht, ja, das Tor fällt für immer und ewig ins Schloß, ich werde ihn nur noch durch das Tor sehen. Ich schaue mich um, die Frauen geben sich stolz, die meisten sind nicht mehr besonders attraktiv, sie sind im Lauf ihres Lebens zu breithüftigen Bäuerinnen geworden, und trotzdem sind sie stolz, ihre Errungenschaft darzubieten, geschrieben mit verschwommenen Zeichen auf der häuslichen Decke, Flecken von Kaffee und Wein, von Urin, Erbrochenem, Teer und Milch, und hinter jedem Fleck verbirgt sich die glückliche Erinnerung an überwundene Krisen, wisst ihr noch, als die Kinder klein waren, sind wir nach Rama gefahren, und das Baby ist fast ertrunken, erinnert ihr euch, wie wir uns einmal in dem arabischen Dorf verirrt haben, was für eine Angst wir hatten. Ich schaue sie herausfordernd an, ihr werdet es nicht glauben, Schwestern, was ich vorhabe, ich plane einen Neuanfang, ein völlig neues Leben, ich will wieder jung und fröhlich sein, ich will nicht mit einem Sack voller fauligem Groll alt und grau werden, mit einer Ergebenheit, die gärt wie Müll, ihr werdet es schon sehen, ich wende mich aufgewühlt und stumm an ein Publikum, das mich nicht wahrnimmt, als würde sich nur vor meinen Augen ein Wunder offenbaren, eine erstaunliche und einmalige Entdeckung, wie die Verwandlung von Sand in Glas, ich habe vor, das Unwandelbare zu verwandeln, die Zeit zu besiegen, die Naturgesetze zu brechen, während sich mein schweigendes Publikum noch in dem primitiven Zustand vor der Erfindung des Feuers befindet, so wandle ich zwischen Hochmut und Elend, worauf wartet ihr, auf eine Beförderung bei der Arbeit, auf den Jahresurlaub, auf eine neue Wohnung, während sich für mich die Zukunft erneut öffnet und ungeduldige Freude vor mir liegt. Den ganzen Tag haben wir kein Wort miteinander gewechselt, von meinem Platz auf dem Sofa aus habe ich seine Bewegungen feindselig beobachtet, mein schmerzender Knöchel hat mich dazu gezwungen, seine Anwesenheit zu akzeptieren, aber jetzt, da der Schmerz ein bisschen nachgelassen hat, ist mein Entschluss mit voller Kraft zurückgekommen, nein, ich überlege es mir nicht anders, trotz der Warnungen und Drohungen, die ich in den letzten Tagen gehört habe, auch wenn seine Hand plötzlich über meinen Rücken streicht, auch wenn sich seine Stimme mit überraschender Weichheit an mich wendet, Ella, sagt er, was ist bloß auf einmal los mit dir, was für ein Wahnsinn, tut es dir nicht Leid um Gili, es scheint, als würde er gleich diese ganze Schar gelangweilter Eltern zu Hilfe holen, damit sie zwischen uns vermitteln, und ich flüstere, genug, Amnon, du bist zu spät aufgewacht.

Seine Stimme hinter meinem Rücken wird schnell härter, ohne den Kopf zu wenden, weiß ich, dass sein schwerer Unterkiefer sich zornig senkt, seine Augen verengen sich, was fällt dir ein, sag mir das, was sollen diese Kaprice, hältst du dich etwa für eine Sechzehnjährige, hast du das Bedürfnis, dich gegen deinen Vater aufzulehnen, weil du es im richtigen Alter nicht gewagt hast? Es tut mir Leid, Liebling, du hast den richtigen Zeitpunkt verpasst, du bist zwanzig Jahre zu spät dran, mit welchem Recht zerstörst du uns allen das Leben? Seine Stimme wird lauter, nicht nur ich höre seine letzten Worte, auch die benachbarten Familien auf ihren Decken schauen argwöhnisch zu uns herüber, ich stehe sofort auf und verlasse den Kreis, zu meinem Bedauern erlaubt mir der schmerzende Knöchel kein gleichgültiges, anmutiges Schreiten, ich muss schwerfällig zum Zaun hüpfen, wie ein verletzter Vogel, der sich aus dem Maul der Katze rettet.

Wie anders dieser Ort gegen Abend aussieht, wie aus einem Albtraum, im wilden Gestrüpp des Parks, der sich an den Zaun des Schulgeländes anschließt, wachsen menschliche Sträucher, gefangene Paare umarmen einander leidenschaftlich, flüstern miteinander, Paare, die vielleicht ein trauriges Geheimnis haben. In der wachsenden Dämmerung ist es schwer, zwischen Bäumen und Menschen zu unterscheiden, zwischen Menschen und Felsen, es scheint, als wären alle von der gleichen Sehnsucht gepackt, auch ich, aber seine Worte verfolgen mich noch, ich drehe mich um und sehe seinen großen Körper auf mich zukommen in dem ausgeblichenen gestreiften Hemd und der kurzen Hose mit den tiefen Taschen, in denen immer Sandkörner zurückgeblieben sind, begleitet von den Blicken eines Publikums, das nun, ohne uns, noch enger zusammengerückt ist. Ich habe mich ein bisschen umgeschaut, Ella, sagt er, die Hand nach meiner Schulter ausgestreckt, durch den Größenunterschied wirkt sein Blick herablassend, wie immer, ich habe mir diese Frauen angesehen, sie machen doch einen recht zufriedenen Eindruck, glaubst du etwa, sie sind alle mit Engeln verheiratet? Du wirst dich wundern, das sind sie nicht, aber sie geben sich zufrieden mit dem, was sie haben, und versuchen, die Familie zu bewahren, nur du hältst dich immer für benachteiligt, glaubst, dass dir mehr zusteht, nur du kannst nicht schätzen, was du hast, jede Frau hier wäre froh, einen Mann wie mich zu haben. Ich weiche zurück, der Zaun drückt gegen meinen Rücken, siehst du, sage ich, das genau ist dein Problem, du bist so zufrieden mit dir selbst, dass du dich nie ändern wirst, du versuchst noch nicht einmal zu verstehen, warum ich dich nicht mehr will, du fragst nicht, um eine Antwort zu hören, sondern um mir zu beweisen, dass ich mich irre, ich habe die Nase voll von dieser Missachtung, ich habe die Nase voll von dir, ich habe keine Lust, mich mitten im Leben mit dir begraben zu lassen, hast du verstanden?

Du bist ein Ungeheuer, zischt er leise, erstaunt, als spräche er zu sich selbst, du bist unmenschlich, und ich flüstere, prima, dann freu dich doch, dass du mich los wirst, warum solltest du mit einem Ungeheuer zusammenleben wollen? Und er sagt, um mich mache ich mir keine Sorgen, das kannst du mir glauben, ich werde sehr gut ohne dich zurechtkommen, es geht mir nur um den Jungen, und ich unterbreche ihn, plötzlich machst du dir Sorgen um den Jungen? Sechs Jahre lang hast du ihn vernachlässigt, und jetzt erinnerst du dich daran, dass du dir Sorgen um ihn machen solltest? Er bleckt seine großen, auseinander stehenden Zähne gegen mich, ich soll ihn vernachlässigt haben? Ich bin der beste Vater, den es gibt, und wenn ich nicht den ganzen Tag um ihn herumhüpfe wie du, heißt das, dass ich kein guter Vater bin? Schau doch, wie er an mir hängt, nicht weniger als an dir, und ich sage, klar, du bist der einzige Vater, den er hat, etwas anderes kennt er nicht.

Das ist es also, was du suchst, kreischt er, einen neuen Vater für meinen Sohn? Du hast einfach den Verstand verloren, ich werde ihn dir wegnehmen, ich werde vor das Rabbinatsgericht gehen und mir das alleinige Sorgerecht geben lassen, und ich lache spöttisch, du machst mir wirklich Angst, ein Egoist wie du will allein ein Kind aufziehen? Und was ist mit deinen Vorlesungen und deinen Aufsätzen, was ist mit deinem Schlaf und deinem Basketball und deinen Freunden? Bis jetzt hast du doch auf nichts verzichtet, wenn du je auf etwas verzichtet hättest, hätten wir uns nie getrennt, ich schieße die vergifteten Pfeile ab, einen nach dem anderen, wie im Fieber, mir scheint, als wäre sein Herz mit groben roten Pinselstrichen auf sein Hemd gemalt, und ich ziele und schieße, bezweifle den Zweck, kann aber nicht aufhören, hat es überhaupt einen Sinn, die Enttäuschungen aufzuzählen, die sich angehäuft haben?

Die untergehende Sonne taucht den Rabenpark in weiche rote Farbtöne, die Wiesen sind rosa wie die Bettwäsche eines Babys, auf dessen Ankunft alle gewartet haben, Amnons Gesicht, das sich mir nähert, ist rot und wund, als habe man ihm die Haut abgezogen. Er versucht es anders, ich habe nicht vor, dich anzuflehen, ich erlaube mir nur, dich daran zu erinnern, dass man eine Ausgrabung nur einmal durchführen kann, hinterher gibt es keine Chance, das Ganze zu wiederholen. Ich gähne demonstrativ, da hast du ja den richtigen Zeitpunkt erwischt, um mir einen Vortrag zu halten, und er reißt die Augen auf, ich warne dich, ich bin nicht so unbeständig wie du, zischt er, wenn ich gehe, gibt es für mich keinen Weg zurück, ich kenne dich, es wird dir noch Leid tun und du wirst zurückkommen wollen, doch dann bin ich schon woanders, merk dir das, wenn ich etwas hinter mir lasse, dann für immer, du hast nicht mehr viel Zeit. Diesmal ist er es, der mir den Rücken zudreht und weggeht, und ich versuche, ihm einen letzten Pfeil nachzuschießen, hör auf, mir zu drohen, die Zeit ist vorbei, in der mich deine Drohungen eingeschüchtert haben, aber diesmal scheint der Pfeil seinen breiten, sich entfernenden Rücken zu verfehlen, er fliegt durch den Park, ja, die Zeit ist vorbei, ruft er, in der jeder Streit ein Loch in mir aufgerissen hat und ich nicht wusste, wohin mit meinem Kummer, in der ich Groll und Feindseligkeiten nicht ertragen konnte, in der ich mich mit dir versöhnen musste, auch wenn mein Ärger weit entfernt davon war zu verlöschen, nie werde ich mich nach dieser Zeit zurücksehnen, lieber lebe ich alleine als so, in solcher Verletzbarkeit dir gegenüber, ja, immer dir gegenüber, nie neben dir.

Lebt ihr auch alle so, wende ich mich schweigend an das provisorische Lager der anderen Mütter, von einem Streit zum nächsten, von einer Beleidigung zur nächsten, von einer Feindseligkeit zur nächsten, in der Erwartung eines Moments der Feuerpause, die in euch die Erinnerung an ferne Liebe weckt, während ihr euch anstrengt, mit knirschenden Zähnen die Familie zusammenzuhalten, müde und enttäuscht und trotzdem aneinander geklammert wie in einem tiefen Schlaf, oder wisst ihr etwas, was mir verborgen ist, vielleicht haben eure Mütter euch ein Geheimnis zugeflüstert, einen Zauber, der von Generation zu Generation weitergegeben wird und von dem nur ich nichts erfahren habe, erzählt mir, was bringt eure Körperzellen dazu, diese Sanftmut zu produzieren, denn das ist es, was uns fehlt, Sanftmut.

In der Ferne erkenne ich eine Frau, die ein Tuch von ihren Schultern nimmt und es über die Schultern ihres Mannes legt, und diese einfache Handlung lässt mich einen Seufzer ausstoßen, ich lehne mich an den Zaun, betrachte die im Kreis sitzenden Körper, die darauf bedacht sind, die Kleinen zu schützen, die sich in ihrer Mitte versammelt haben, es erinnert an die Überreste vorzeitlicher Siedlungen, eine Reihe von Zimmern, aneinander gedrängt und dazu bestimmt, die Menschenherde bei Nacht zu schützen. Ich erforsche sie hartnäckig, suche nach Anhaltspunkten in den fremden Gesichtern, als würden sich Trümmer vor mir auftürmen, um etwas über jenes fremde Leben zu erfahren, dabei sind es doch keine Ruinen, die daraufhin untersucht werden können, ob sie nach der ägyptischen Elle geformt sind oder nach dem griechischen Fuß, ob es sich um eine Kultstätte handelt oder um ein Wohnhaus, ich habe keine Scherben von Stein- oder Tongeschirr vor mir, diese Fundstücke hier sind beweglich, wenn sie aufstehen und gehen, werden sie nichts zurücklassen, außer vielleicht den Kern eines Pfirsichs, eine aus der Tasche gefallene Münze, einen benutzten Schnuller, dessen Fehlen später viel Unruhe hervorrufen wird, es ist leichter, die steinernen Relikte zu entschlüsseln als die lebendigen, ja, diese Fundstücke hier verändern sich von Minute zu Minute, da ist zum Beispiel Michals Decke, die plötzlich verlassen ist, allein zurückbleibt, ausgebreitet, während ihr Mann, die Tochter an der Hand, finster hin und her läuft. Zerstreut verfolge ich seine Schritte, sehe sein Profil, hart und doch zerbrechlich, warum hat er die Familiendecke verlassen, nicht weit entfernt steht Amnon, groß und ein wenig gebeugt, eine Frau in einem langen Kleid spricht ihn an, während ich meinen Blick über den Rasen schweifen lasse und nach den Kindern Ausschau halte.

Vielleicht hat niemand gemerkt, dass sie verschwunden sind, nicht einmal mehr ihre Stimmen sind zu hören, vielleicht hat die Königin Schabbat sie entführt und in ein anderes Land gebracht und dort wandeln sie in weißen Gewändern wie Engel umher, lange Kerzen in den Händen, und das Wachs tropft auf ihre Hände, auf ihre abgekauten Fingernägel, rinnt über ihre Arme auf ihren leicht gewölbten Bauch, sammelt sich in der ovalen Vertiefung ihres Nabels und läuft über ihre schmalen Hüften auf die Oberschenkel, seht nur, unsere Kinder sind von Kopf bis Fuß mit Wachs bedeckt, unsere Kinder haben sich in Kerzen verwandelt, in Wachsstatuen, und wir werden hier bis zum Morgengrauen bleiben, verwaist, ein vulgärer bunter Haufen, in Trauer vereint, und mit einem Mal kehrt der Fluch meines Vaters zu mir zurück, ergreift Besitz von meinem Inneren, bis ich das Gefühl habe, dass alle seine Stimme hören können, er wird es nicht überleben, er wird ausgelöscht werden, die Stimme ist wirklicher als das freudige Geschrei der zu uns zurückkehrenden Kinder, die auf dünnen Beinen hüpfen, wie weiße Raben, bevor man sie schwarz anstrich, als Strafe dafür, dass sie nicht zu Noahs Arche zurückgekommen sind. Mama, die Königin Schabbat ist schön wie eine Braut, schreit Gili, rennt begeistert auf mich zu, mit roten Wangen und die Hände voller Süßigkeiten, sie hat blonde Haare und einen Brautschleier und ihr Gesicht ist rosa, wir haben sie am Himmel gesehen, sie hat uns Süßigkeiten heruntergeworfen, direkt vom Himmel, und ich drücke ihn an mein Herz, streichle seine verschwitzten Haare, du kostbares Kind, in deinem kleinen Körper habe ich mir ein Haus gebaut, das einzige Haus, in dem ich sicher bin, frei, geliebt, denn das ist das Antlitz der Liebe, ihre Manifestation, Herbstlaubaugen und kleine wacklige Zähne, eine schmale, zarte Nase und mit Schokolade verschmierte Wangen.

Er drückt mir ein klebriges Weingummi in die Hand und rennt zu seinem Vater, ich humple hinter ihm her zu dem Lager, das sich mit Leben füllt, nun, da wir wieder vereint sind, müssen wir zu unseren Plätzen zurückkehren und der Regie der Lehrerin folgen und uns, wie jede Familie, vorstellen, mit Namen und, zu meinem Schrecken, auch mit Hobbys, und schon sind wir an der Reihe, Gili zwitschert mit seiner hohen Stimme, mein Vater heißt Amnon und meine Mutter Ella, und ich Gil'ad, aber ich werde Gili genannt, und als die Lehrerin fragt, und was macht ihr gerne zusammen, zögert er ein wenig, und dann murmelt er leise, wir streiten uns gern.

Man versteht dich nicht, Gil'ad, sagt die Lehrerin, du musst lauter sprechen, und er murmelt, wir streiten uns gern, und die Lehrerin wiederholt seine Worte erstaunt, streiten? Wie schön, und dann macht sie gedankenlos weiter mit Familien, die gerne Picknicks machen, ins Ausland verreisen oder schwimmen und tauchen oder zusammen ins Kino gehen, und ich beobachte beschämt die stolzen Frauen, die mit angespanntem Lächeln ihre Kinder beim Sprechen beobachten, bestimmt hat Amnon Recht und sie kennen ebenfalls Schwierigkeiten und Streitereien, und trotzdem sehen sie zufrieden aus, als hätten sie eine Entscheidung gefällt, vielleicht haben sie wirklich alle einen Bund geschlossen, einen Bund wie der, den mein Vater mir empfohlen hat, der vollkommenes Glück ermöglicht, der die Erwartungen begrenzt und die Träume tötet, dafür aber große Gelassenheit verleiht. Ich überlege, ob ich mich nicht auch danach richten müsste, und wieder lehne ich mich auf, nein, ihr Weg ist nicht meiner, ihr Leben nicht meines, und mir ist, als würde ich einen geheimen Wettkampf zwischen ihnen und mir verkünden, zwischen meinem Weg und ihrem, einen Wettkampf, der heute Abend beginnt, schließlich hat dieses Jahr erst angefangen, wir werden uns alle hier wiedertreffen, an Chanukka, an Pessach, an Purim und an Schawu'ot, dann werden wir sehen, wo ich stehe und wo ihr, und inzwischen bemerke ich, dass die ermüdende Zeremonie zu Ende ist und die Erfrischungen serviert werden, die Kinder gehen wie kleine Kellner zwischen uns herum, verteilen Stücke von mehligen Wassermelonen, die vom Sommer übrig geblieben sind, süße, mit Rosinen bestreute Weißbrotzöpfe, und eine der Frauen steht auf, rank und schlank und geschmeidig, in engen Jeans und einem weißen T-Shirt und mit langen glatten Haaren und einem wunderschönen Baby auf dem Arm, und sagt verlegen, aber begeistert, hört zu, heute Abend machen wir ein Fest, jeder, der kommen will, ist eingeladen.

Aus welchem Anlass gebt ihr das Fest, fragt einer, und sie schaut ihren Mann an und lächelt, als teile sie ein Geheimnis mit ihm, eine leichte Röte steigt ihr in die Wangen, einfach so, sagt sie, wir haben Lust zu feiern, und dann nennt sie ihre Adresse, es wird viel Wein geben und gute Musik, es wird sich lohnen, und ihr Mann stellt sich neben sie, auch er jung und gut aussehend, legt ihr den Arm um die Schultern und erklärt allen Interessierten den Weg, und schon bildet sich eine fröhliche Versammlung um sie, ja, natürlich werden wir kommen, warum nicht, wenn wir jemanden für die Kinder finden, sollen wir etwas mitbringen, ich habe einen wunderbaren Kuchen, was hast du gesagt, wo man abbiegen muss, in die erste Straße nach dem Platz, rechts oder links, und ich wende den Blick von ihnen ab und betrachte die kleinen Flämmchen der Schabbatkerzen, die im Abendwind flackern, wie vom Alter oder von einer Krankheit gelb gewordene Augen.

Friede mit Euch, dienende Engel, Engel des Höchsten …, summen sie mit einem Mund voller Challa vor sich hin, Euer Kommen sei zum Frieden, Engel des Friedens, Engel des Höchsten …, und schon schütteln sie ihre Decken aus und legen sie zusammen, manche sorgfältig, manche unordentlich, sie sammeln ihre Rucksäcke, ihre Kinder, ihre Hunde und ihre Kinderwagen ein und verstreuen sich hastig, wie Wolken, die der Wind auseinander treibt, sie setzen sich in ihre Autos oder laufen leichtfüßig zu ihren Häusern, zu ihrem Schabbatessen, zu ihren Gewohnheiten, manche werden bei den Großeltern essen, andere bei Freunden, wieder andere laden zu sich ein, und ihre Kinder, Gilis zukünftige Freunde, werden begeistert den Tisch decken und die hektischen Vorbereitungen genießen, während wir uns in der Dämmerung langsam vorwärts bewegen, zu unserem ersten getrennten Schabbat, zu unserem neuen getrennten Leben, und ich weiß, dass es schon bald selbstverständlich sein wird, und das, was sich nicht von selbst versteht, wird unsere gemeinsame Vergangenheit sein, und Gili wird sich schon kaum mehr erinnern, wie das war, als wir eine wirkliche Familie waren. In nur zehn Jahren werden wir länger getrennt sein, als wir zusammen waren, aber schon viel früher wird diese gemeinsame Zeit zu einem Märchen werden, es war einmal, da hatten wir eine einzige Wohnung, einen einzigen Kühlschrank, einen einzigen Esstisch, und wir sind immer ganz selbstverständlich nach Hause gegangen, ohne zu planen, mit wem geht er jetzt, mit dir oder mit mir, und bei wem wird er morgen sein.

Auf einen Stock gestützt, den ich unterwegs gefunden habe, bewege ich mich langsam, so werde ich gehen, wenn ich alt und ohne Zukunft sein werde, und ich werde nur den Schatz haben, der mir jetzt fehlt, den Schatz des Wissens, vom Gipfel des Ruinenhügels werde ich auf diese Tage hinunterblicken, und dann werde ich wissen, ob das alles notwendig oder nur Luxus war. Gili und Amnon entfernen sich immer weiter von mir, und ich schaue ihnen nach, während ich ihnen wie zufällig folge, ein groß gewachsener Vater mit seinem Sohn auf den Schultern, und neben ihnen geht keine Mutter, vielleicht wartet sie ja zu Hause auf sie, kocht das Abendessen, und bald wird sie sie mit einem Kuss empfangen, oder sie ist ihnen auf grausame Art entrissen worden, durch einen tödlichen Verkehrsunfall oder durch eine unheilbare Krankheit, oder sie hat sie aus freien Stücken verlassen, um ein neues Leben anzufangen, um gegen die Gesetze der Natur wieder ein junges Mädchen zu sein.

Papa, warten wir auf Mama, höre ich Gili sagen und sehe, wie Amnon unwillig stehen bleibt, sein Gesicht verbirgt, sich bückt und den Jungen herunterlässt, und als ich bei ihnen ankomme, reicht Gili mir die eine Hand, die andere greift nach Amnon, und er sagt, ihr seid die besten Eltern der Welt, besser als alle anderen Eltern, und ich ziehe bei diesem plötzlichen Lob unbehaglich die Schultern hoch, versuche, das Ausmaß des Zorns abzuschätzen, das sich hinter diesen Worten verbirgt. Ja, wiederholt er vor unseren düsteren Gesichtern, wirklich, ich weiß, dass ich euch manchmal ärgere, aber denkt daran, dass ich euch am liebsten habe auf der ganzen Welt, und ihr tut so viel für mich, und ich bringe ihn mit unterdrückter Ungeduld zum Schweigen, es fällt mir schwer, auch nur ein weiteres Wort von ihm zu ertragen, es wäre mir lieber, er würde uns beschimpfen, mit den Fäusten nach uns schlagen, und so gehen wir schweigend weiter, durch seinen schmalen Körper strömt, gegen seinen Willen, die feindliche Stimmung zwischen uns, ganze Reihen von Familien gehen auf ihrem Heimweg von der Synagoge an uns vorbei, die Parfüms der Frauen mischen sich mit den Stimmen der Kinder, sie gehen mitten auf der Straße und machen den wenigen Autos nur unwillig Platz, denn sogar auf der Hauptstraße gibt es kaum Verkehr, es ist, als würde die Stadt endlich still, wie ein Kind, das aufgehört hat zu weinen und das nur noch von seinen schnellen Atemzügen an den vergangenen Schmerz erinnert wird.

Die schmalen Hüften des Jungen zittern im Abendwind, und ich drücke ihn an mich, auf den Bergrücken im kahlen Osten werden Lichter angezündet, eines nach dem anderen, bunt wie Bonbons mit dem Geschmack von Zitronen, Orangen, Trauben und Himbeeren, ein dickflüssiges Licht ergießt sich über die Mauern, als bräche es aus dem Bauch der Erde, es spitzt die Kreuze, die sich auf den Kirchtürmen erheben, wie jene drohenden Holzkreuze, die die Römer auf den Hügeln um die belagerte Stadt errichteten, um den Aufständischen Angst einzujagen und ihnen zu zeigen, welches Ende sie erwartet, falls sie sich nicht ergeben. Heiligtum des Königs, Residenzstadt, auf, erhebe dich aus der Zerstörung, du hast lange geweilt im Tale des Weinens, er erbarmt sich über dich in Liebe.

Schon öffnet sich die Tür zum Treppenhaus vor uns, und Gili zieht uns beide hinter sich her, aber ich sage schnell, mit entschlossener Stimme, wie seine neue Lehrerin, Papa kommt nicht mit uns rauf, Gili, er geht jetzt, morgen wird er kommen und dich für ein paar Stunden abholen, und zu meinem Erstaunen fängt Amnon nicht an zu streiten, mit starrer Miene beugt er sich über ihn, küsst ihn auf die Stirn und rennt fast weg, ohne etwas zu sagen, zu schnell, um Gilis plötzliches Weinen zu hören.

Es wuchs in mir heute Abend ein steinernes Herz, schwer und verschlossen, ich wies seine Tränen zurück, die um Erbarmen flehten, einen Moment lang hatte mich dort, zwischen den anderen Familien, unter dem Eindruck des Schabbat, Schwäche gepackt, aber hier, zu Hause, bin ich wieder stark, und Gili hört auf zu weinen und schläft endlich ein. Wie ein junges Mädchen, das allein zu Hause geblieben ist, feiere ich meine plötzliche Freiheit, kein Mensch wendet sich an mich, spricht mich an, niemand braucht mich, niemand beobachtet genau, was ich tue, meine Anwesenheit weckt keine Unruhe im Herzen eines anderen, und ich warne mich selbst, lass dich ja nicht dazu verführen, den Lügen der Familien zu glauben, erschrecke auch nicht mehr vor wütenden Prophezeiungen, wie leicht und angenehm ist diese häusliche Freiheit, mir kommt die Wohnung wie ein warmer duftender Orangenhain vor, voller bescheidener Wildblumen, und diesmal werde ich nicht zurückgehen, auch wenn ich die flehenden Stimmen meiner Eltern höre, die nach mir suchen, diesmal werde ich nicht zurückgehen.

Ich liege zufrieden auf dem Sofa, erschöpft wie nach einem langen Marsch, der mit einer Steigung endete, und lausche der Stille, die von der Straße heraufdringt, man kann fast hören, wie die Blätter von den Zweigen fallen und langsam auf den Gehweg hinuntertrudeln, ich höre Gili im Schlaf murmeln, lausche den abgerissenen Melodien der Psalmen, die in meinem Kopf nachhallen, Friede mit Euch, dienende Engel, und manchmal ist das Klingeln des Telefons zu hören, das Piepsen des Anrufbeantworters, der eine Nachricht auf die andere häuft, Nachrichten, die mit beunruhigten Stimmen von Amnons nächtlichen Irrfahrten erzählen. Ich höre sie mir widerwillig an, nein, ich bin nicht da, ich stehe euch nicht zur Verfügung, ihr könnt heute Abend nicht mit mir machen, was ihr wollt, denn diese Nacht ist nicht wie alle anderen Nächte.

Ella, gib Antwort, ich weiß, dass du zu Hause bist. Amnon war gerade bei mir, er ist wirklich fix und fertig, du musst ihn anrufen, ich habe Angst, dass er sich etwas antun könnte. Glaub mir, ich würde so etwas nicht einfach dahinsagen. Ich kenne ihn schon, seit er sechs war, und ich habe ihn noch nie in einem solchen Zustand gesehen. Ella, überlege dir gut, was du tust, trotz allem ist er der Vater deines Kindes. Willst du, dass dein Sohn ohne Vater aufwächst? Du solltest ihm noch eine Chance geben, sonst bereust du es vielleicht später.

Ella, hier ist wieder Gabi. Schade, dass du nicht abnimmst. Ich verspreche dir, dass er sich anstrengen wird. Ich weiß, dass du es nicht leicht hast mit ihm, aber er liebt dich wirklich. Vielleicht versucht ihr es mit einer Paartherapie. Was hast du denn zu verlieren? Schon wegen Gili solltest du alles versuchen, sonst wird es dir dein ganzes Leben lang Leid tun.

Ella, hier ist Talja. Amnon ist gerade weggegangen. Er hat

mich gebeten, mit dir zu sprechen. Ehrlich, ich mache mir wirklich Sorgen um ihn, obwohl ich auf deiner Seite stehe. Mach keinen Blödsinn. Gib der Sache noch eine Chance. Ruf mich an, wenn du das hörst. Küsse.

Und da ich nicht antworte, bleiben ihre Stimmen um mich, bohren sich in meine Gelassenheit, niemand wehrt sie ab, niemand vertreibt sie, sie spazieren in der Wohnung herum, greifen an, drohen, und schon bin ich nicht mehr allein, so wie ich es gewollt habe, gegen meinen Willen beherberge ich Gabi, gegen meinen Willen habe ich Talja zu Gast, ich höre ihre Vorwürfe und antworte nicht, und ich sehe den Moment voraus, in dem ihre Stimmen zu meiner Stimme werden.

Mir scheint, als hätte ich nur eine Antwort für sie, aber ausgerechnet die kann ich ihnen nicht geben: Als ich ein Mädchen war, hatte ich keinen Ehemann, ich habe allein geatmet, ich habe mich allein in die staubigen Höhlen der Bücher versenkt, habe allein die Kinderkriege ausgefochten, bin allein barfuß über glühende Sandwege gelaufen, bin allein in einer bewölkten Nacht über einen Zaun geklettert, umgeben von gelben duftlosen Jasminblüten.

Guten Tag, Ella, hier ist Michal, die Mutter von Jotam aus der Schule. Jotam lädt Gili für morgen Vormittag ein. Wenn du keine Zeit hast, ihn zu bringen, können wir ihn abholen. Ruf bitte zurück.

Ella, ich muss dringend mit dir sprechen. Ich versuche, später bei dir vorbeizukommen, wenn Papa schlafen gegangen ist. Ich muss dir etwas Wichtiges sagen.

Aber als ich ein Kind war, hatte ich keinen Ehemann, wie konntest du das vergessen, Mama, du hattest einen Mann, nicht ich, und das war fast der einzige Unterschied zwischen uns, denn auch du wolltest ein Mädchen sein und bist mit mir in die Orangenplantage geflohen, hast an meinem einsamen Versteckspiel teilgenommen, denn ich konnte mich manchmal vor ihm verstecken, du aber nie, und dort hast du die Beleidigungen, die du erfahren hast, vor mir ausgebreitet, du hast mich zur Richterin gemacht, und dein Leid hat zwischen den Bäumen gejammert wie ein Schakal, was hätte ich dir anbieten können, nur meine Zuneigung, genau wie du mir deine angeboten hast, immer heimlich und immer zu einem hohen Preis.

Sie kommt tatsächlich, ohne anzuklopfen platzt sie herein, als wäre meine Wohnung auch die ihre, mein Leben das ihre, in einen Mantel gehüllt, obwohl noch lange nicht Winter ist, sie verströmt den starken Geruch der gebratenen Hühnerkeulen, die sie, einander gegenübersitzend, gegessen haben, er redend und sie ihm lauschend, seinen Teller füllend und nickend, und unter dem Mantel, über den schweren Hüften, trägt sie ihre enge Wollhose und den dicken geschmacklosen Pullover, den sie vor vielen Jahren für mich gestrickt hat, wie du siehst, sagt sie stolz, werfe ich nichts weg, erinnerst du dich, dass ich diesen Pullover mal für dich gestrickt habe, es hat mich Monate gekostet. Ich betrachte die grellen Farben, Olivgrün neben Rot und darunter ein Streifen Gelb, so hast du mich zur Klassenfeier geschickt, und ich habe dir geglaubt, dass dies der allerschönste Pullover sei und ich das allerschönste Mädchen sein würde, und nur in deine Arme konnte ich zurückkehren, mein beschämtes Gesicht hinter den lächerlich weiten Ärmeln versteckt, nur mich hat keiner zum Tanzen aufgefordert, nur mit mir hat keiner gesprochen, und du hast mich getröstet und mir prophezeit, warte es ab, du wirst noch bis zum Wahnsinn geliebt werden.

Schau nur, wie gut er immer noch ist, sagt sie stolz, willst du ihn vielleicht zurückhaben, er hat dir immer so gut gestanden, und ich sage, um Gottes willen, nein, nicht dieses

Ding mit den weiten Ärmeln, ich setze mich ihr gegenüber auf das Sofa, betrachte deprimiert die lächerliche Gestalt, eine zu dicke Frau in alten Kleidern, die nicht der Jahreszeit entsprechen, auch nicht ihrem Alter, und frage, worüber wolltest du mit mir reden?

Papa hat mir von eurem Gespräch erzählt, sagt sie und seufzt, und ich unterbreche sie sofort, Gespräch? Seit wann nennt man so etwas Gespräch, es war eine Verwarnung, oder noch besser, eine Leichenrede, und sie sagt, gut, Ella, du kennst deinen Vater, er ist immer sicher, dass er Recht hat, daran wirst du nichts ändern, vor allem, weil er im Allgemeinen wirklich Recht hat, aber ich kann mir diese altbekannten Ausreden schon nicht mehr gelassen anhören, ich schreie sie an, genug mit diesem Persönlichkeitskult, weißt du überhaupt, wovon du redest, weißt du überhaupt, was er gestern zu mir gesagt hat? Und sie seufzt wieder, na ja, du kennst ihn doch, du weißt, dass er manchmal etwas extrem ist, er nimmt alles sehr ernst, aber das ist nur, weil er sich solche Sorgen macht, er macht sich Sorgen um dich und den Jungen.

Das nehme ich ihm nicht ab, er macht sich nur Sorgen um sich selbst, sage ich, ich habe nicht vor, noch einmal mit ihm zu sprechen, weder darüber noch über etwas anderes, ich bin keine sechzehn mehr, er kann mir nicht mehr vorschreiben, was ich zu tun habe, ich werde Gili wie üblich zu euch bringen, aber mit ihm spreche ich nicht mehr, und sie senkt ihre erloschenen Augen, ihre Finger streicheln über die alte Wolle, hör zu, Ella, das ist es, was ich dir sagen wollte, deshalb bin ich hergekommen, es ist nicht so einfach, du wirst Gili in der nächsten Zeit nicht zu uns bringen können, er will ihn nicht sehen.

Was heißt das, er will ihn nicht sehen, sage ich wütend, verleugnet er seinen einzigen Enkel? Ausgerechnet jetzt, da

Gili eure Unterstützung braucht? Und sie windet sich, es ist nicht so, dass er nicht will, er sagt, er ist nicht in der Lage dazu, es fällt ihm schwer, den Kummer des Jungen zu ertragen, er hat Angst, ihm Schaden zuzufügen, gerade weil er sich solche Sorgen um ihn macht, verurteile ihn nicht, Ella, das gehört sich nicht, und ich fauche sie an, ich soll ihn nicht verurteilen? Früher hast du ihn nicht so glühend verteidigt, früher hast du dir gern von mir angehört, wie schlimm ich sein Verhalten fand, wenn er dich verletzt hat, und jetzt, da er mich verletzt, soll ich das einfach akzeptieren, und du bist auf seiner Seite?

Ich bin nicht ganz auf seiner Seite, murmelt sie, er verlangt von mir, dass ich ihm verspreche, euch auch nicht zu sehen, aber mach dir keine Sorgen, ich werde zu euch kommen, wenn er im Ausland ist, ein Glück, dass er so oft verreist, oder wenn er schläft. Aber wenn er schläft, schläft Gili auch schon, protestiere ich, was soll dieser Blödsinn, willst du damit sagen, dass du es ihm versprochen hast? Und sie sagt, ich hatte keine Wahl, du weißt, wie er ist, und wenn er etwas will, kann man ihm nicht widersprechen, aber ich werde zu euch kommen, ohne dass er es erfährt, ich werde sagen, dass ich einkaufen gehe, und ich werde herkommen, um Gili zu sehen, ein Glück, dass wir so nahe beieinander wohnen, ermutigt sie sich. Kochend vor Zorn stehe ich vor ihr, ich brauche deine heimlichen Besuche nicht, was bin ich für dich, ein Liebhaber, den man nur sehen kann, wenn der Ehemann nicht da ist? Begreifst du überhaupt, was du da sagst? Ich verstehe das nicht, wenn er sich wirklich Sorgen um den Jungen macht, warum ist er dann unfähig, ihm zu helfen, Gili hängt so sehr an ihm, er müsste jetzt eine Quelle der Stärke für den Jungen sein, Gilis Familie bricht auseinander, was spielt es da für eine Rolle, ob es ihm schwer fällt oder nicht, er soll sich zusammennehmen, und sie sagt, vermutlich identifiziert er sich zu sehr mit ihm und kann ihm deshalb nicht helfen, aber reg dich nicht so auf, das geht bestimmt vorbei, in ein paar Wochen wird er sich beruhigt haben und alles wird wieder gut, nimm es doch nicht so schwer.

In ein paar Wochen werde ich nicht mehr wissen, wer ihr überhaupt seid, schreie ich, und auch Gili wird euch schon vergessen haben, du weißt doch, wie das bei Kindern ist, sie haben ein kurzes Gedächtnis, geh jetzt, ich bin nicht bereit, dich unter diesen Umständen zu sehen, nur wenn du offen herkommst, lasse ich dich in die Wohnung, und sie steht erschrocken auf und wickelt sich in ihren überflüssigen Mantel, du übertreibst, Ella, ich hätte nicht gedacht, dass du so reagierst, du übertreibst genau wie er, deshalb habt ihr es auch so schwer miteinander, sie seufzt, weil ihr euch so ähnlich seid. Ähnlich, schreie ich, wie kannst du nur sagen, dass ich ihm ähnlich bin, siehst du nicht, dass er überhaupt kein Mensch ist, unmenschlich ist er, unmenschlich.

Er ist dein Vater, sagt sie, als wäre es meine eigene Schuld, als hätte ich ihn mir ausgesucht, nicht sie, ich hoffe, dass du deine Meinung änderst, Ella, du brauchst mich seinetwegen nicht zu bestrafen, und ich sage, aber was er tut, ist viel schlimmer, er bestraft meinen Sohn, und zwar meinetwegen, und das akzeptiere ich nicht. Warum stellst du dich nicht mal vor ihn und sagst, das ist auch meine Wohnung, und Gili ist hier willkommen, wann immer er Lust dazu hat, und wenn es dir nicht passt, dann geh weg, das würde ich gern mal sehen.

Ich wehre mich auf meine Art gegen ihn, sagt sie leise, und ich stöhne, auf deine Art? Indem du hinter seinem Rücken hierher kommst? Das heißt nicht sich wehren, du lässt es zu, dass er dich mit Füßen tritt, wieso erkennst du das nicht, ich lasse mich von Amnon wegen viel weniger scheiden, ich lasse mich vor lauter Angst, einmal so zu werden wie du, von ihm scheiden, und sie verzieht das Gesicht, greift sich an ihren geschwollenen Bauch, als würde er ihr wehtun, und ich betrachte ihren Zopf, dünn wie ein Mäuseschwanz, den sie sich stur und altmodisch um den Kopf wickelt. Ich hoffe, du hast bessere Gründe für deine Scheidung, Ella, und vergiss nicht, dass eine Ehe ohne Verzicht nicht möglich ist.

Wirklich, frage ich spöttisch, und worauf verzichtet er? Er hat noch nie in seinem Leben nachgegeben oder auf etwas verzichtet, und sie sagt, er hat auf eine Frau verzichtet, die so glänzend ist wie er, er hat eine Frau gewählt, die ihn versorgt, statt eine, die ihm ebenbürtig ist, glaub nicht, dass ich das nicht weiß, und manchmal tut er mir sogar Leid wegen dieses Verzichts, und weißt du, in meinen Augen ist das Liebe. Trotzig strafft sie die Schultern, in deiner Generation ist Liebe zu etwas geworden, was man abwiegt, worüber man verhandelt, er nimmt keine Rücksicht auf mich, aber soll ich deshalb etwa aufhören, ihn zu lieben, und mich in einen anderen verlieben, der auf mich Rücksicht nimmt? Für uns, in meiner Generation, ist die Liebe etwas Schicksalhaftes, etwas, worüber man nicht diskutieren kann, und ich erschrecke wieder, als ich merke, wie groß ihr Stolz ist angesichts ihrer kümmerlichen Errungenschaft, dem Recht, den Professor zu bedienen, dafür zu sorgen, dass er etwas zu essen hat und seine Kleidung sauber ist, ein Stolz, der im Lauf der Jahre sogar noch gewachsen ist. Sie beugt sich zu mir und versucht, mich auf die Wange zu küssen, aber ich weiche mit der Flinkheit zurück, die ich mir für ihre Berührungsversuche angeeignet habe, sie seufzt und sagt, dann gute Nacht, ich hoffe, du änderst deine Meinung noch, ich rufe dich morgen an, und ich sage, nur wenn er seine Meinung ändert, ändere ich auch meine, keine Sekunde eher.

Dann mache ich schnell die Tür hinter ihr zu und spähe durch den Spion in das dunkle Treppenhaus, höre, wie sie nach dem Lichtschalter tastet, bis sie aufgibt und im Dunkeln die Stufen hinuntergeht, und auf dem Sessel ist ein haariges Geschöpf in abstoßenden Farben zurückgeblieben, ich weiß nicht, ob sie es vergessen oder absichtlich dagelassen hat, ich nehme den Pullover auf den Schoß, er riecht nach Bratfett, nach Alter und den Gerüchen meiner Jugend, und ich nehme eine Schere aus der Schublade und zerschneide ihn ganz langsam in kleine Wollfetzen, die auf den Boden sinken und ihn schließlich bedecken, wie ausgerissene Haare.

4 Er wirft das Gewand seiner neuen Trauer ab, als ich ihm von der Einladung erzähle, direkt am Bett, wie ein Geschenk, das ihm die Fee unter das Kissen gelegt hat, wie bei einem verlorenen Milchzahn, Jotam lädt dich ein, zu ihm zu kommen, verkünde ich, als er die Augen aufmacht, und sofort lächelt er erstaunt, wirklich? Heute? Er steht auf, umarmt mich, die nackten Füße auf dem Hals der Löwin, sein harter schmaler Körper drückt sich an mich, sein warmer Kopf liegt auf meiner Schulter, seine Haare streicheln meine Wange, gibt es auf Erden überhaupt eine vollkommenere Nähe als diese morgendliche Umarmung, wenn er aus dem Schlaf zu mir emporsteigt, sich in meinen Armen windet, als würde er eine schmale Strickleiter hinaufsteigen, duftend und hingegeben wie ein Baby, in seinen Wimpern klebt eine gelbliche Kruste, wie erstarrter Eidotter, das Gesicht ruhig, ohne jede Spur des gestrigen Weinens, der verzweifelten Forderungen. Wir ziehen uns schnell an, sage ich, denn Jotam wartet schon, er hat vorhin angerufen, als du noch geschlafen hast, zweimal, ich wiederhole den Namen noch einmal, als wäre er eine Bürgschaft für den Beginn eines gesegneten Tages, er wird mit seinen neuen Freunden beschäftigt sein und nicht darauf achten, dass sein Vater nicht mehr da ist und seine Großeltern verschwunden sind. Seine entschlossene Fröhlichkeit, als wir in den strahlenden Herbstmorgen hinaustreten, macht mir Mut, blasse Wolken ziehen über den Himmel wie leichte Segelboote, und ich habe das Gefühl, dass auch wir ein kleines festes Segelboot sind, nur für zwei Personen bestimmt, wären wir drei, würden wir schwanken und kentern, jetzt, ohne ihn, haben wir es leichter, eine Mutter und ihr Sohn, ein Sohn und seine Mutter, was gibt es Einfacheres?

Du humpelst fast gar nicht mehr, sagt er erstaunt, umkreist mich wie ein Schmetterling, das ist, weil ich dir einen Kuss auf die wehe Stelle gegeben habe, ich bin sicher, dass ich bei Jotam viel Spaß haben werde, aber du bleibst erst mal bei mir, ja? Und ich sage, das ist mir nicht so angenehm, ich kenne seine Eltern kaum, aber er lässt sich nicht beirren, hüpft von einem Haus zum anderen, vielleicht ist es das da, oder das, sein Blick wandert über die Fassaden aus schweren, grob behauenen Steinen, manche Häuser tragen kokette Hüte aus Ziegeln auf dem Kopf, die meisten haben jedoch flache graue Dächer, der lange Sommer hat die wenigen Pflanzen der Stadt ausgedorrt, hat die Farben weggewischt, die Straße wirkt wie ein in der Sonne ausgeblichenes Aquarell, sogar die Geräte auf dem Spielplatz haben ihre Farben verloren, die Rutsche und die beiden Wippen, der zerrupfte Grünstreifen. Gcnau gegenüber vom Spielplatz, hat sie gesagt, da ist das schöne Mehrfamilienhaus, es sieht aus, als wäre es erst kürzlich renoviert worden, alt und neu zugleich, die Steine leuchten in der Sonne, mit schmalen langen Balkons zur Straße, und oben, auf dem obersten Balkon, steht eine kleine Gestalt und winkt und schreit, Gili, hier bin ich.

Vielleicht gehst du allein hinauf, sage ich probeweise, Unbehagen erfasst mich beim Anblick dieses prächtigen Hauses und der dem Schabbat hingegebenen Straße, überall sind festlich gekleidete Menschen mit Gebetbüchern in der Hand auf dem Heimweg von der Synagoge, es scheinen dieselben Menschen zu sein, die wir gestern gesehen haben, als wir nach Hause gingen, es gibt keinen Grund, den Schabbat zu suchen, er verfolgt uns, anhänglich und irritierend, wie ein

Gast, den man zwar erwartet hat, dessen man aber schon bald überdrüssig wird. Es ist mir unangenehm, sie jetzt zu stören, versuche ich ihm klar zu machen, ich kenne sie kaum, sie haben dich eingeladen, nicht mich, und ich erinnere mich an den distanzierten Blick des Mannes, der auf der Matte hinter Michal saß und ihren Nacken massierte, aber Gili bleibt stur, und ich folge ihm, nur für ein paar Minuten, verkünde ich, als sein Rücken hinter der Treppenbiegung verschwindet. Ich glaube Jotams Schritte zu hören, der ihm laut keuchend entgegenhüpft, und plötzlich fällt etwas Großes herunter, saust an mir vorbei und landet mit einem Knall auf dem Marmorfußboden unter uns, ich erschrecke, was war das, aber dann höre ich sie lachen, wir werfen Wasserbeutel, kreischt Gili stolz und übermütig, aber mir fällt es schwer, mich zu beruhigen, der Anblick des hellen Gegenstands, so groß wie ein Säugling, der an mir vorbeigesaust ist, lässt mich nicht los, und ich beschwöre sie, beugt euch nicht über das Geländer, sonst fallt ihr noch selbst hinunter, geht in die Wohnung, dieses Spiel ist wirklich gefährlich, und ich folge ihnen durch die weit geöffnete Tür, ohne zu klingeln, als handelte es sich um meine Wohnung und um meine beiden Kinder, um meine schöne, menschenleere Wohnung. Trotz des höflichen Hüstelns, das ich hören lasse, um mich bemerkbar zu machen, geht keine Tür auf, Jotams Zimmertür wird sogar zugeknallt, Gili ist drin, aber sofort reißt er sie wieder auf und ruft, geh noch nicht weg, Mama, warte noch ein bisschen, und ich frage sofort, Jotam, wo sind deine Eltern? Sie schlafen noch, sagt er, und ich stehe hilflos in der Tür, betrachte widerwillig die gepflegte Wohnung. Ein gemütliches braunes Ledersofa steht auf dem Holzfußboden, davor ein breiter Perserteppich und ein offenbar antiker Schaukelstuhl, an den Wänden hängen dunkle Fotoarbeiten, dazwischen ein großer Spiegel mit einem üppig verzierten Rahmen, ich sehe darin mein besorgtes Gesicht, ungeschminkt, mit wilden Haaren, eine ungebetene Besucherin.

Auf dem Esstisch steht eine armenische Obstschale mit schwarzem Muster, darin purpurfarbene Birnen, die aussehen wie aus Ton, ich kann mich nicht beherrschen und strecke die Hand nach einer aus, um zu prüfen, ob sie echt sind, sie fühlt sich hart und kühl an, ich schaue mich um, ob mich auch keiner sieht, und dann beiße ich hinein, bereit, mit den Zähnen die harte Keramik zu spüren, aber zu meiner Überraschung ist sie saftig und weich, erstaunlich süß, ich beiße noch einmal hinein, laufe zwischen den Möbeln umher. So leben sie also, das sind die Gegenstände, die man zwischen den Trümmern des Hauses fände, wenn es jetzt einstürzen würde, ich versuche die stummen Fundstücke zum Sprechen zu bringen, mit ihrer Hilfe das Wesen der Bewohner und ihren gesellschaftlichen Rang zu bestimmen, als stünde ich vor einem Wohnhaus, das bei einer Ausgrabung entdeckt wurde.

Ich meine, das Knarren einer sich öffnenden Tür zu hören, bereite mich schon darauf vor, Michal freundschaftlich anzulächeln, und schlucke schnell das halb zerkaute Stück Birne hinunter, aber zu meiner Verwirrung ist nicht sie es, sondern ein verschlafener hagerer Mann in einem schwarzen T-Shirt und mit Boxershorts, so rot wie die Birnen und dazu weiß gepunktet, die Shorts sind ihm zu groß, er sieht aus wie ein Junge, der die Unterhose seines Vaters anprobiert, er kommt mit mechanischen kurzen Schritten in meine Richtung, aufrecht und gespannt und in Gedanken versunken wie ein Mondsüchtiger, mit fast geschlossenen Augen, und geht, ohne mich zu bemerken, zur Toilette, die von der Diele abgeht, stellt sich vor die Schüssel und pinkelt konzentriert, sein stotternder Urinstrahl ist durch die weit offen stehende Tür zu hören, ich kann den Blick nicht abwenden, schlage meine Zähne in die Birne, um nicht in Lachen auszubrechen, und zu meiner Überraschung sehe ich, wie er sich über die Toilette beugt, buckelnd wie eine trinkende Katze, sein Kopf verweilt dicht über der Schüssel, bewegt sich hin und her, als hege er Zweifel an seinem Fund, dann richtet er sich auf und verlässt den Raum, ohne die Wasserspülung zu betätigen, und geht in die Küche, drückt auf den Schalter des Wasserkochers und schaut sich um, wie um sich zu vergewissern, dass nichts fehlt, und erst da entdeckt er mich.

Hätte ich nicht plötzlich angefangen zu lachen, hätte er mich vielleicht noch immer nicht bemerkt, aber ich kann mich nicht beherrschen, ich lehne an der Wand und lache so lange, bis es mir wehtut, das Lachen bricht aus meiner Kehle wie ein zäher Brei, und er steht vor mir, mit einem überraschten Gesicht, betrachtet mich feindselig und streicht sich gedankenlos mit der Hand über die Brust, die sich hart unter seinem T-Shirt abzeichnet, und ich halte die rote Birne hoch, als wäre sie ein Glas Wein, mit dem ich ihm zuprostete. Köstliche Birnen habt ihr, murmle ich, ich war sicher, sie seien nicht echt, und er mustert mich mit offenem Unwillen und fragt, kennen wir uns, mit einer kalten Stimme, die deutlich macht, dass er nicht so amüsiert ist wie ich, und ich sage, nicht wirklich, ich bin Gilis Mutter, Michal hat Gili eingeladen, mit Jotam zu spielen, vermutlich sind wir zu früh gekommen. Es tut mir Leid, dass ich Sie in Verlegenheit gebracht habe, füge ich hinzu, und wieder steigt Lachen in mir auf, im Spiegel gegenüber sehe ich meinen Mund, der sich weit öffnet, aber er stimmt nicht in mein Lachen ein, er wirft den Kopf zurück wie ein Pferd. Sie hätten wenigstens etwas sagen können, guten Morgen zum Beispiel, murrt er, Sie hätten mich warnen können, dass ich nicht allein bin, ich habe nicht gewusst, dass ich beobachtet werde, und sofort läuft er zur Toilette und drückt die Wasserspülung, und ich habe das Gefühl, dass auch sie ihn auslacht und jubelnd gurgelt, und ich sage, ich habe Sie nicht beobachtet, ich war einfach hier, es tut mir Leid, vergessen wir es, sagen Sie mir nur bitte, was haben Sie in der Kloschüssel gesucht, es gelingt mir nicht, meine Neugier zurückzuhalten, und er sagt, Blutspuren, und ich wiederhole erstaunt, Blutspuren? Warum? Er sagt, das ist so eine Angewohnheit von Leuten mit einer problematischen genetischen Veranlagung.

Und haben Sie welche gefunden, frage ich ein bisschen besorgt, und er sagt, nein, erfreulicherweise nicht, aber morgen früh werde ich wieder nachschauen, Sie können gerne kommen und mir dabei zusehen, und jetzt zeigt sich auf seinem Gesicht ein verhaltenes, vorsichtiges Lächeln, das erst in seinen Augen auftaucht und plötzlich heller wird. Wollen Sie einen Kaffee, fragt er, wenn Sie nun schon hier sind, trinken Sie etwas, und ich beeile mich zu sagen, nein, danke, ich muss gehen, es sieht so aus, als würde Gili mich nicht mehr brauchen, aber er beharrt darauf, wird von Minute zu Minute freundlicher, warten Sie, der Kaffee ist schon fertig, schnell gießt er das kochende Wasser in eine große Kanne, scharfer Kaffeeduft erfüllt den Raum, und ich lasse mich davon verführen, setze mich an die Anrichte in der modern gestalteten Küche und betrachte, diesmal mit Erlaubnis, die Bilder an den Wänden, die Zettel auf dem Kühlschrank, um nicht zu dem Mann hinüberzuschauen, dem die unabsichtliche Stripteasevorführung langsam Spaß zu machen scheint. Er läuft aufrecht herum, noch immer in Unterhosen, gießt Kaffee ein, stellt eine Zuckerdose und ein passendes armenisches Milchkännchen vor mich hin, dazu eine Schale mit sternförmigen Schokoladenkeksen, und ich schiele mit Unbehagen zu dem langen Flur, gleich wird sie dort auftauchen und ihren Mann mir gegenüber sitzen sehen, in Unterhosen, was wird sie dann bloß denken? Vielleicht ziehen Sie lieber etwas an, schlage ich dem Mann vor, dessen Namen ich nicht weiß, was wird Michal denken, und er grinst, zeigt seine viereckigen hübschen Zähne, mich verlegen zu machen hat Sie doch nicht gestört, und jetzt ist es an Ihnen, verlegen zu sein, und ich genieße seinen herausfordernden Ton, was macht es mir eigentlich aus, es ist sein Problem, nicht meins, trotzdem wünsche ich ihr einen tiefen und langen Schlaf. Ich lausche auf die Geräusche des Hauses, einen Moment lang kommt es mir vor, als hörte ich ein leises Wimmern aus einem der Zimmer, kaum hörbar im Jubel der Kinder, und ich schaue mich fragend um, aber er ignoriert meinen Blick, widmet sich den Schokoladenkeksen, tunkt einen nach dem anderen in seinen Kaffee und steckt sie dann schnell in den Mund, bevor sie sich in der Tasse auflösen, und trotzdem zerbröseln sie in seinen Fingern, schon schwimmen Krümel auf dem heißen Kaffee, und er muss sich mit den abgebrochenen Sternen begnügen, er beginnt kein Gespräch, und auch ich nicht, meine Augen verfolgen sein Spiel mit den Keksen.

Essen Sie doch was, drängt er, und ich sage, ich habe keinen Hunger, und er fragt, möchten Sie etwas anderes? Vielleicht noch eine Birne? Ich schüttle den Kopf, in meiner Hand verbirgt sich aus irgendeinem Grund noch der saftige klebrige Rest der Birne, die ich vorhin ohne Erlaubnis genommen habe, und ich suche nach einer Möglichkeit, sie loszuwerden, finde aber keine, ich finde auch kein Gesprächsthema, ebenso wenig wie er, vielleicht beginnt er auch absichtlich kein Gespräch, weder über die politische Lage noch über die Kinder oder die neue Schule, auch nicht darüber, wo ich wohne und was ich beruflich mache, sondern begnügt sich mit den einfachsten Gesten, als hätten wir das alles schon hinter uns, als wären wir ein Paar, das schweigend und vertraut aufwacht. Ab und zu brechen kichernde Laute aus meinem Mund, dann legt er seinen Keks hin und schaut mich mit einem skeptischen Lächeln an, das seinen Gesichtsausdruck vollkommen verändert, wir scheinen zu Komplizen in einem lustigen Lausbubenstreich geworden zu sein, wie Gili und Jotam, die einen Wasserbeutel durch das Treppenhaus geworfen haben, jetzt nehme ich mit erstaunlicher Nonchalance an dem Spaß teil, belästige ihn nicht mit höflichen Fragen, obwohl ich mich über ein paar Informationen gefreut hätte, ich betrachte seinen hageren Körper, versuche, mich mit dem zu begnügen, was ich sehe, straffe Schultern, nackte jungenhafte Oberschenkel, ein längliches, wie aus Holz geschnitztes Gesicht, zwei senkrechte Falten auf den Wangen, tief liegende, weit auseinander stehende Augen mit schweren Augenbrauen, volle dunkle Lippen, und wenn er mich jetzt küssen würde, würde ich für einen Moment den Berg von Sorgen vergessen, der auf mir lastet. Seine Lippen würden sich auf meine legen wie eine warme Decke im Winter, mich beruhigen und befriedigen, und ich betrachte sie, noch nie habe ich so lebendige, ausdrucksvolle Lippen gesehen, nie dieses Verlangen nach einem überraschenden Kuss gespürt, der eigentlich nicht für mich bestimmt ist. Plötzlich hört er auf zu kauen und schaut mich an, leckt seine Finger mit den bräunlichen Kuppen, und aus seinen Augen unter dunklen Bögen, die wie Regenwolken über ihnen hängen, kommt ein Blick, tief und schwer, und er fragt, ist alles in Ordnung mit Ihnen? Ich versuche zu lächeln, warum fragen Sie das? Er sagt, weil Sie besorgt aussehen, und statt zu antworten, nehme ich mit der freien Hand eine Serviette und wische mir die Tränen aus den Augen, alles in Ordnung, möchte ich sagen, das alte

Lachen und das neue Weinen mischen sich, süß und salzig, eine unmögliche Kombination, und ich presse die Lippen zusammen, um den Seufzer zurückzuhalten, der in mir aufsteigt.

Hören Sie etwas? Vielleicht weint eines der Kinder?, frage ich vorsichtig, und er sagt, nein, ich höre nichts, aber seine Stimme hat den beruhigenden Klang verloren, die Worte rollen schnell über seine Lippen, die scheinbare Gleichgültigkeit ist gespielt, Worte, die etwas verwischen sollen, waren Sie gestern bei der Schabbatfeier? Ich erinnere mich nicht an Sie, ach ja, ihr seid zu spät gekommen, was für eine gezwungene Zeremonie das war, es ist immer dasselbe, warum gibt es nie etwas Überraschendes, ich habe schon genug Zeremonien mit unserer großen Tochter mitgemacht, Gili ist Ihr erstes Kind, nicht wahr, fragt er, und ich antworte, ja, das erste und letzte. Ist es so schlimm, fragt er lächelnd, und ich sage, im Gegenteil, so gut, und er sagt, das verstehe ich nicht. Dann ist das Knarren einer sich öffnenden Tür zu hören, und wir schauen beide zum Flur, eine misstrauische Erwartung zeigt sich auf seinem Gesicht, als könne dort gleich eine weitere fremde Frau auftauchen, aber es sind unsere Kinder, die aus der Tür rennen, und wieder staune ich über die Ähnlichkeit zwischen ihnen und frage mich, ob er sie auch sieht. Papa, kriegen wir Kakao, zwitschert Jotam, kriegen wir Kekse? Sein Vater zieht ihn zu sich heran, krieg ich vorher einen Kuss? Ich habe heute Morgen noch keinen Kuss bekommen.

Wie ein kleiner Affe klettert sein Sohn auf seine Knie und küsst seinen Hals an der Stelle, wo die Haut schlaff ist, und gleichzeitig drücken sich die schönen, vollen, nach Kaffee und Keksen schmeckenden Lippen auf die Stirn des Jungen zu einem lauten, demonstrativen Kuss, aber seine Augen schauen mich dabei an, und ich schiebe meine Zunge über die Lippen, ein angenehmer Schauer durchfährt mich wie die zarte, lang verschüttete Erinnerung an eine frühere Liebe, nicht wie sie war, aber wie sie hätte sein können. Papa, deine Küsse sind zu feucht, Jotam windet sich, befreit sich aus der Umarmung, schnappt sich den Teller mit den Keksen und hält ihn Gili hin, hier, nimm, die haben meine Mama und ich zusammen gebacken, aber Gili streckt die Hand nicht aus, erst jetzt fällt mir auf, dass er mich prüfend betrachtet, mit einem erwachsenen, gekränkten Blick, der mich an Amnons Blick in den letzten Wochen erinnert, und er sagt, ich habe keinen Hunger, obwohl er Kekse sonst nie ablehnt, und Jotam nimmt ihn am Arm, komm schon, gehen wir in mein Zimmer zurück, aber Gili drückt sich plötzlich an mich, legt seinen Kopf auf meine Knie und murmelt, ich will nach Hause.

Nach Hause, fragt Jotam erstaunt und protestiert gekränkt, aber du bist doch gerade erst gekommen, wir haben doch noch nichts gemacht, komm spielen, komm, kleben wir Bilder ein, du kannst meine Doppelten haben, aber Gili weigert sich, seine Fröhlichkeit ist plötzlich verflogen. Bald kommt mein Papa zu mir, versucht er sich herauszureden, ich will daheim auf ihn warten, und Jotam sagt, du kannst deinen Papa doch später sehen, und Gili erklärt ihm geduldig, mit bedrückter Stimme, aber mein Papa wohnt nicht mehr bei uns, später ist er schon nicht mehr da, weil meine Mama nicht erlaubt, dass er bleibt, und plötzlich wenden sich alle Augen mir zu, auch die dunklen, schwarz umringten, und Jotam betrachtet mich zurückweichend, als wäre ich ein Ungeheuer, und fragt, warum erlaubst du nicht, dass er bleibt? Ich versuche zu lächeln, es ist nicht so, dass ich es nicht erlaube, wir haben eine Abmachung, aber das ist wirklich kein Problem, Gili, ich verspreche dir, dass du Papa nachher siehst, ich rufe ihn gleich an und sage ihm, er soll später kommen, aber Gili hält an seiner schlechten Laune fest, lässt sich nicht von seinem Entschluss abbringen, auch nicht durch Jotams aggressive Drohung, dann lade ich dich nie mehr ein, dann bin ich für immer böse auf dich.

He, wie benimmst du dich denn, mischt sich sein Vater sofort ein, siehst du nicht, wie schwer es ihm fällt? Hilft man so einem Freund? Und Jotam jammert schon, gekränkt von dem Tadel gleich nach dem Kuss auf die Stirn, und auch Gili fängt an zu weinen, enttäuscht von sich selbst und aus Angst vor den Folgen seines plötzlichen Entschlusses, der alles verdorben hat, der seinen Stand bei seinem neuen, begehrten Spielkameraden, dem Vertreter der ganzen Klasse, ins Wanken gebracht hat, und ich atme schwer angesichts der zwei gesenkten Köpfe, die jaulen wie kleine Hunde, mir scheint, als sei mir plötzlich der Weg versperrt, aber es ist keine gewöhnliche Straßensperre mit blinkenden Warnlampen, sondern ein kleiner Junge, ungefähr einen Meter groß und fünfundzwanzig Kilogramm schwer, der ausgestreckt auf der Straße liegt und mich am Weiterkommen hindert, und eine Welle von Groll überschwemmt mich, du wirst mich nicht dazu zwingen, mit deinem Vater zusammenzubleiben, du wirst mich nicht zwingen, deinetwegen auf alles zu verzichten und zu dem Leben zurückzukehren, von dem ich genug habe, doch sofort verfliegt der Groll und macht dem Mitleid Platz, mit welcher Sehnsucht er seinen Freund betrachtet, der wieder von den Armen seines Vaters umschlungen ist, mit welchem Neid, als hätte er selbst nie einen Vater gehabt.

Wie vorher der volle Wasserbeutel, so fallen wir die Treppen hinunter, zerplatzen auf dem Boden, und wie das verspritzte Wasser nicht mehr zurückkehren kann, die Treppen hinauf und hinein in den Wasserhahn, so können auch wir nicht mehr durch jene Tür gehen, diese besonders hohe

Metalltür, als wären die Bewohner Riesen, und während wir mit gesenkten Köpfen das Haus verlassen, ist wieder ein explosionsartiges Geräusch zu hören, als eine mit Wasser gefüllte Tüte vor unseren Füßen zerplatzt wie ein wütender Abschiedsgruß. Ich meine, ein Schimpfen zu hören, sehe aber nicht hoch, ich konzentriere mich auf Gili, der demonstrativ die Nase hochzieht und meine Hand, die seine hält, absichtlich fester drückt, bis es mir wehtut.

Aus den Fenstern dringen das Klappern von Tellern und Besteck, Gesprächsfetzen, Kinderjubel, ein spätes Frühstück, das sich von einem Fenster zum nächsten zieht und dessen Düfte sich mischen, Rührei und Salat und Toast und Kaffee, und ich erinnere mich an die noch fast volle Kaffeetasse, die ich zurückgelassen habe, und wieder überschwemmt mich Zorn, was fällt dir ein, sage ich, am Ende wirst du ohne Freunde bleiben, Jotam hat so auf dich gewartet, er wollte unbedingt dein Freund sein, und du hast ihn enttäuscht, das ist wirklich nicht schön von dir, dich so zu benehmen, und er scheint nur auf mein Schimpfen gewartet zu haben, um in herzzerreißendes Weinen auszubrechen, ich will Papa, du hast mir gestern versprochen, dass Papa heute Morgen kommt, Jotam ist mir egal, du bist mir egal, ich will nur Papa, und ich balle wütend die Hand zur Faust, erst da bemerke ich, dass ich immer noch den Rest der roten Birne umklammere, und statt sie in den nächsten Papierkorb zu werfen, stopfe ich sie mir in den Mund und kaue hingebungsvoll. Der Geschmack des Lachens, das ich gelacht, des Kaffees, den ich nicht ausgetrunken, und der Frage, die ich nicht angemessen beantwortet habe, und der Kekse, die ich nicht gegessen, und des Kusses, den ich nicht bekommen habe, füllen meinen Mund statt der besänftigenden Worte für meinen bitterlich weinenden Sohn, und ich bewege den Rest der saftigen Birne zwischen meinen Zähnen, weigere mich, ihn loszulassen, auch als wir schon unsere Wohnung betreten, in der die vertraute Stimme eines Mannes zu hören ist, und Gili schreit, Papa, rennt zur Küche und macht aus irgendeinem Grund den Kühlschrank auf, als könne ihm von dort sein Vater entgegenkommen, aber es ist nicht Amnons Stimme, vom Anrufbeantworter verkündet Gabi, langsam, wie es seine Art ist, eine ausführliche Nachricht, von deren Ende man auf den Anfang schließen kann.

Jedenfalls, Ella, ruf mich sofort an, wenn du von ihm hörst, ich mache mir wirklich Sorgen, er hat gesagt, dass er eine Runde drehen will, aber er ist die ganze Nacht nicht zurückgekommen und geht nicht an sein Handy, und gestern war er wirklich fix und fertig, er hat gesagt, er hat nichts mehr, wofür er leben kann, und lauter solche Sachen, die ich noch nie von ihm gehört habe. Widerwillig greife ich nach dem Hörer, he, Gabi, ich bin gerade reingekommen, was ist los?

Es ist passiert, was ich befürchtet habe, murrt er, er ist völlig am Boden, du kennst ihn doch, er ist daran gewöhnt, dass ihm alles leicht fällt, jetzt ist er zerbrochen, er hält es nicht aus, er kann damit nicht umgehen.

Gestern war er noch ganz in Ordnung, es hat mich beeindruckt, wie gut er damit zurechtkommt, sage ich und weigere mich, in die allgemeine Besorgnis einzustimmen, die Gabi, trotz seiner bekundeten Anteilnahme, ganz offensichtlich auch genießt, aber er wehrt meine Worte ab, was heißt zurechtkommen, er hat versucht, sich zusammenzureißen, wegen Gili, aber bei mir hat er wie eine lebende Leiche gesessen, er hat nichts gegessen und kein Wort gesagt und die ganze Zeit nur geweint wie ein kleines Kind, glaub mir, ich mache mir nicht umsonst Sorgen, ich kenne ihn, seit er sechs war, ich kenne ihn viel besser als du. Ich versuche, mich diesmal nicht in diesen Wettstreit mit ihm ziehen zu lassen, jahrelang haben wir um Amnons Aufmerksamkeit gewetteifert, ohne Ergebnis, und frage, hast du schon bei Uri und Tami angerufen? Oder bei Michael? Und er sagt, klar, ich habe es schon überall versucht.

Wo kann er dann sein, das Erschrecken fängt schon an, in meiner Kehle zu picken wie ein Vogel mit spitzem Schnabel, zu Gabis großer Freude, endlich begreifst du, dass die Lage ernst ist, ruft er, was hast du denn gedacht? Dass er sich freundlich verabschiedet und seiner Wege geht und nebenbei weiterhin ein wunderbarer Vater für Gili ist? Du hast ja keine Ahnung, er ist nicht der starke Mann, wie er uns immer vormacht, innerlich ist er wie aus Papier, das sofort zerreißt, ich weiß das schon seit Jahren, deshalb habe ich mich bei seinen Fehlern oft zurückgehalten, meiner Meinung nach hättest du das ebenfalls tun sollen.

Ich versuche, die Herrschaft über meine Stimme zurückzugewinnen, du übertreibst, Gabi, meinst du wirklich, ich hätte bis an mein Lebensende bei ihm bleiben müssen, aus Mitleid oder aus Angst, dass er zerbrechen könnte? Glaubst du, damit könnte er leben?

Ja, antwortet er bestimmt, damit könnte er leben, und zwar nicht schlecht, und auch du würdest dich letztlich damit abfinden. Warum hast du es so eilig, dich wieder auf den Markt zu werfen? Es hat sich viel verändert, seit du Junggesellin warst, Ella, da ist vor allem dein Alter. Du hast keine Ahnung, wie es da draußen zugeht, welche Typen du treffen wirst, die Leute sind gestört, einer wie der andere, Amnon wird dir im Vergleich zu ihnen wie ein Glücksfall vorkommen, ich will dir das Leid ersparen, Ella, lass ihn zurückkommen, und Schluss, und lass uns beten, dass es nicht schon zu spät ist, dass er sich noch nichts angetan hat.

Aber Gabi, du verstehst nicht, worum es geht, aus irgendeinem Grund möchte ich ihm unbedingt meinen Standpunkt klar machen, ich habe kein Interesse daran, jetzt jemand anderen kennen zu lernen, ich suche nicht nach einem neuen Mann, ich möchte allein sein, und er unterbricht mich grob, das glaubst du nur jetzt, es gibt keine Frau, die nicht mit jemandem zusammenleben will, es gibt keine Frau in deinem Alter, die nicht noch ein Kind haben will, das kaufe ich dir nicht ab, aber es ist ja auch egal. Im Moment darfst du ihn nicht verlassen, du hast ihn aus freiem Willen geheiratet, niemand hat dich gezwungen, im Gegenteil, wenn hier einer gedrängt hat, dann warst du es, korrigiere mich, wenn ich mich irre, stichelt er, eine Heirat ist keine Bagatelle und ein gemeinsames Kind erst recht nicht.

Ich halte dagegen, in welcher Welt lebst du denn, man kann sich immer trennen, wir sind doch keine Katholiken, du bist selbst geschieden, warum sollst du es dürfen und ich nicht? Weil du ein Mann bist und ich eine Frau? Und er antwortet sofort, nein, weil ich gewusst habe, dass die Folgen meiner Scheidung erträglich sein würden, aber eines ist mir klar, Amnon wird es nicht aushalten, und du trägst die Verantwortung, vor allem deinem Sohn gegenüber. Ich atme schwer, es reicht, Gabi, hör auf, mir zu drohen, lass mich erst mal herausfinden, wo er ist, ich ruf dich dann sofort an, aber statt mich auf das Telefon zu stürzen, falle ich ins Bett, begleitet von einem heftigen Schwindelgefühl, und erst als ich mich auf dem unordentlichen Bettzeug ausstrecke, das ich vor gar nicht langer Zeit verlassen habe, denke ich an meinen Jungen, für einen Moment hatte ich ihn vergessen, als hätte ich ihn froh und zufrieden bei seinem Freund zurückgelassen. Mühsam stehe ich auf, sehe ihn in einer Ecke zusammengekauert, vermutlich hat er gelauscht und das Gespräch mitgehört, das nicht für seine Ohren bestimmt war, und ich höre wieder Gabis Stimme, auch meine, Amnon wird es nicht aushalten, und du trägst die Verantwortung, vor allem deinem Sohn gegenüber, es reicht, Gabi, hör auf, mir zu drohen, lass mich erst mal herausfinden, wo er ist, ich ruf dich dann sofort an, ein Gespräch, das gerade erst geführt worden ist und nun schon wie ein historisches Gerichtsdokument klingt, eine Zeugenaussage vor dem himmlischen Gericht, und dann richtet er sich auf und kommt schwankend auf mich zu, Mama, ich bin müde, jammert er, kann ich bei dir schlafen? Natürlich, mein Schatz, sage ich und strecke ihm die Hand hin, komm, wir ruhen uns beide ein bisschen aus, und er legt sich angezogen und mit Sandalen neben mich, dreht mir den Rücken zu und ist zu meinem Erstaunen im nächsten Moment eingeschlafen.

Nie werde ich von diesen Gesichtszügen genug bekommen, ein kleines entschlossenes Geschöpf, ein Tierjunges, noch ohne Krallen, als wäre es gerade geboren worden, ich betrachte ihn genau, die Verstörung ist auf seinem Gesicht abzulesen, werden seine Augen, die meinen ähneln, immer mit den Lippen streiten, die aussehen wie Amnons, ein neues Scheidungskind, das sogar körperlich gezeichnet ist. Nur mir sieht er ähnlich, hat Amnon bei jeder Gelegenheit betont, von dir hat er überhaupt nichts, du bist nur die Leihmutter, ehrlich, schau ihn dir an, und er hat ihn mit einer solchen Befriedigung betrachtet, als wäre Gili seine Verlängerung auf Erden, doch zugleich fällt es ihm schwer, die immer deutlichere Unterschiedlichkeit ihrer Persönlichkeiten zu akzeptieren. Was ist er doch für ein Jammerlappen, hat er oft genug gesagt, ich habe nie gejammert, das hat er von dir, ich konnte in seinem Alter schon lesen und schreiben, ich verstehe nicht, warum er dazu so lange braucht. Er bewegt sich immer zwischen vollkommenem Stolz und vollkommener Distanzierung, und Gili klammert sich dann ängstlich an mich, er weiß, wie leicht Amnons Lob umschlagen kann.

Amnon, er ist nicht du, weder im Guten noch im Bösen, akzeptiere das endlich, habe ich immer wieder auf ihn eingeredet, nimm ihn an, wie er ist, und Amnon schlug sofort zurück, ausgerechnet du musst das sagen, du bist es doch, die nicht bereit ist, mich so zu nehmen, wie ich bin, hör auf, mir eine Moralpredigt zu halten, und ich sagte, das ist doch nicht dasselbe, bei Kindern ist es etwas ganz anderes. Du hilfst ihm wirklich nicht, wenn du ihn die ganze Zeit beschützt, so viel ist sicher, du gibst zu schnell nach, fuhr er mich an, du ziehst ihn auf wie einen kleinen Prinzen, so bereitet man keinen Jungen auf das Leben vor, und ich sagte, aber genau so bist du erzogen worden, vielleicht bist du nur eifersüchtig, weil hier ein weiterer Prinz geboren wurde, und er schnaubte verächtlich, verschone mich mit deinen Theorien, vielleicht wäre es besser, wir würden ihn getrennt erziehen, das ist wirklich nicht gesund für ihn, immer diese Streitereien, und ich sagte, kein Problem, komm, trennen wir uns, aber die Worte, unentschlossen und ohne Nachdruck dahingesagt, lösten sich schnell auf, als wären sie nie ausgesprochen worden, bis die Absicht langsam und unmerklich reifte, sich den Worten anschloss und sie klar und spitz wie Pfeile machte, gegen ihn gerichtet.

Hörst du, Gabi, ich beteilige mich nicht an seinen Spielchen, das ist es doch genau, was er will, dass meine Sorge ihm die Tür nach Hause öffnet, er benimmt sich wie ein pubertierender Junge, der seine Eltern zum Nachgeben zwingen will. Zu was will er denn zurückkehren, zu endlosen Wortgefechten, zu stichelnden Reibereien, ich weiß ja, aus dem Erlöschen der großen Liebe erwächst manchmal Freundschaft, die sogar noch einzigartiger und kostbarer sein kann als die Liebe, aber bei uns ist nur Rivalität aus den

Ruinen gewachsen, bittere, kleinliche, boshafte Rivalität, wir sind wie zwei Geschwister, die nicht aufhören können zu zanken. Obwohl ich jetzt mit Gabi spreche, sehe ich nicht sein Gesicht vor mir, sondern das Gesicht eines groß gewachsenen, gut aussehenden jungen Mannes mit herbstlaubfarbenen Augen und kleinen Muttermalen auf den milchigblassen Wangen, mit empfindsamen Lippen, ich spreche jetzt zu Gili, wie er später sein wird, zu dem jungen Mann, der in gar nicht allzu vielen Jahren vor mir sitzen wird, der einzige Sohn seiner Eltern, ein junger Mann, dessen Leben durcheinander geriet, als er sechs Jahre alt war, und der versucht, das zu rekonstruieren, was sein kurzes Familienleben ausmachte, schließlich bin ich nur ihm Rechenschaft schuldig.

Ich drehe mich auf unserem Ehebett von einer Seite zur anderen, versuche, den Jungen nicht aufzuwecken, und der dunkle Leinenvorhang bewegt sich im Nachmittagswind, verbirgt das Licht und gibt es wieder frei, mir ist, als würde ein Finger mit dem himmlischen Lichtschalter spielen, bis einem die Augen wehtun. Amseln mit gelben Schnäbeln sammeln sich auf einem Ast der grau werdenden Zypresse vor dem Fenster, von Monat zu Monat nimmt die Zahl ihrer grünen Blätter ab und die Zahl der Würmer zu, die ihre Blätter abnagen, man wird den Baum vor dem Winter fällen müssen, ich glaube, diesmal wird er der Gewalt des Windes nicht mehr standhalten.

Ich spüre den Zorn des Baums und drehe mich auf den Bauch, ein tiefer Hunger geht von ihm aus, gleich wird er eine gierige Hand nach meiner Kehle ausstrecken, um sich etwas zu pflücken, was seinen Hunger stillen kann, und mir fallen die Sternenkekse ein, die Jotams Vater gierig vor meinen Augen verschlang, ich wünschte, ich hätte jetzt solche Kekse neben mir, und mit ihnen die kräftigen Lippen, die sich nicht von ihnen lösten, meine Lippen schieben sich ihnen entgegen, spannen und wölben sich, mein ganzes Gesicht besteht aus hungrigen Lippen, wie provozierend er die Stirn seines Sohnes geküsst und mich dabei angeschaut hat, ich kichere leise unter der Decke, wie ein junges Mädchen, das sich ein aufregendes Geheimnis bewahrt, und ich beuge mich über den schlafenden Gili und küsse ihn zart auf die Stirn, feucht, lange.

Genau über seinem Kopf, wie eine Blase, die aus seinem Unterbewusstsein aufsteigt, hängt das eingerahmte Foto, ich betrachte es und nehme es von der Wand, der wacklige Nagel, der es gehalten hat, fällt sofort heraus, streut etwas Kalkstaub auf Gilis Gesicht, ich blase vorsichtig darüber, betrachte das Bild, drei lächelnde Gesichter, wie drei drohend erhobene Finger, ein irritierender Beweis dafür, dass wir auch noch Momente des Glücks haben konnten, und sie sind gar nicht so lange her. Hier drängen wir uns unter einem schwarzen, mit Schneeflocken bedeckten Regenschirm zusammen, Amnon bückt sich angestrengt, hält den Schirm wie einen Schutzschild über uns, Gili sitzt auf seinem Schoß, mit roten Wangen, das Gesicht voller Schnee, und ich, ich muss zugeben, dass ich das bin, lächle zufrieden zwischen meinen beiden Männern, eine Hand im roten Fäustling auf Amnons Arm, eine Sonnenbrille auf der Nase, nein, niemand hätte es ahnen können, nichts auf dem Bild deutet auf das nahe Ende hin. Wir waren an jenem überraschend weißen Morgen hinuntergegangen in den Hof, das Glück des Jungen hat uns angesteckt, und haben die Nachbarn gebeten, uns zu fotografieren, dann machten wir uns noch die Mühe, das Foto zu rahmen und aufzuhängen.

Ja, es gab solche Tage, als ich nicht mehr wollte, als dass wir drei zusammen waren, drei in einem Haus, drei im Auto, drei im Flugzeug, wie ein kleines Mädchen zwischen

Vater und Mutter, bleib bei uns, lauf nicht weg, bat ich immer, und Amnon sagte dann etwas von Arbeit, von dringenden Telefongesprächen oder Terminen, früher waren wir zu zweit, zischte er, hast du schon vergessen, was das ist, ein Paar? Und trotzdem – wie natürlich, wie selbstverständlich war diese Dreiergruppe, die da im Schnee stand, im Auto fuhr, zu Abend aß, doch von nun an wird jedes Treffen zu dritt so traurig sein wie eine Begräbnisfeier, und auch nach Jahren, wenn der Schmerz abgestumpft sein wird, werden ein einziges Wort, ein einziger Blick ausreichen, um uns zu erinnern, heute ist der hundertste, der zweihundertste, der fünfhundertste Tag seit unserer Beerdigung.

Plötzlich ist nichts mehr unschuldig, nicht der Schlaf des Jungen noch der Blick des fremden Mannes mit seinem Mitgefühl für ein Leid, das nicht seines ist, nicht die Kekse, die sich im Kaffee auflösen, und nicht das Telefon, das nicht abgenommen wird, alles erzeugt Angst, und einen Augenblick lang blendet das neue Leben meine Augen mit einem unerträglichen Glanz, dann wieder wirkt es dunkel und bedrohlich wie ein Urwald. Dort gehen wir zwischen Bäumen spazieren, sie sind lang und schlank wie Lanzen, und suchen einen Friedhof, um unsere Liebe zu begraben, bevor es Abend wird, wollen wir zurück sein, um nicht mit der Leiche die Nacht verbringen zu müssen. Mit bloßen Händen graben wir in der feuchten Erde, wo finden wir einen passenden Platz für sie, eine Liebe, die sich abgenutzt hat, die krank geworden ist, ihr Körper wie der eines Menschen, der in seiner guten Zeit stark und stabil war, eine Liebe, die nun aber, da sie auf der Bahre zu Grabe getragen wird, so klein aussieht wie ein Vogel, und alle Nahestehenden wundern sich, ist sie das wirklich, wie auffällig klein sie in den Monaten ihrer langen Krankheit geworden ist. Gleich wird sie von der Erde verschluckt werden, aber wir sind dazu verurteilt, das Haus unseres Lebens neu aufzubauen, genau über dem frischen Grab, wie die Bewohner einer zerstörten Stadt immer wieder zurückkommen und ihre Häuser auf den Trümmern aufbauen, nichts ahnend gehen wir darauf umher, im Sommer mit Sandalen und im Winter mit schweren Schuhen, wir werden das Haus mit neuen Teppichen auslegen und Möbel hineinstellen, und nur manchmal erinnern wir uns erschauernd an die Leichen unter dem Fundament unseres Hauses.

Der kalte Luftzug eines Herbstabends weckt mich aus dem düsteren Schlummer, die Decke klebt an Gilis Körper, und ich zittere in meinen Kleidern vor Kälte, aber meine Glieder schlafen noch, wie kann ich so aufstehen und die Decke vom Schrank holen, und wieder betrachte ich den toten grauen Baum, vielleicht wird er über mir zusammenbrechen und mich mit seinen Zweigen bedecken, eine letzte Barmherzigkeit zum Abschied, bevor der schwere und bedrückende Winter kommt, und wieder schlafe ich ein, umarme die trockenen Zweige, und in das Schweigen dieses seltsamen lähmenden Tages dringt über den Anrufbeantworter wieder die aggressive Stimme Gabis, meines alten Feindes, der Amnon schon seit Jahren gegen mich aufhetzt und versucht, ihn mit seinen Geschichten für die Freuden des Junggesellenlebens zu begeistern. Ella, er ist verschwunden, ich weiß nicht, wo er noch sein könnte, niemand hat etwas von ihm gehört, sein Handy ist ausgeschaltet, wir müssen gemeinsam überlegen, was wir machen sollen, sonst rufe ich die Polizei an, und erst da stehe ich auf, meine schläfrige Schwäche ist plötzlich verschwunden, und ich werde von einer fieberhaften Wachheit gepackt, das Herz pocht in meiner Brust, und ich laufe in den Zimmern herum, als suchte ich nach einem Zeichen, gehe die Namen von Bekannten im Notizbuch durch, wähle hastig, ohne nachzudenken, bringe mich selbst durch überflüssige Gespräche in Verlegenheit, nur um gleich den nächsten anzurufen, und bleibe doch ohne Anhaltspunkte.

Wo bist du? Sogar meinen Liebsten werde ich dich nicht mehr nennen, weil das Herz, dem du teuer warst, vor dir verschlossen ist, und den Geliebten meiner Jugend werde ich dich nicht nennen, weil es andere vor dir gab, und meinen Mann werde ich dich nicht nennen, weil mir dieses Wort verhasst ist, und Vater meines Sohnes werde ich dich nicht nennen, weil du diese Ehre nicht gewollt hast, und alle anderen Besitz- und Koseworte liegen zwischen uns wie billiges Spielzeug in der Schublade eines erwachsen gewordenen Kindes, uns sind weder Worte noch zarte Gefühle geblieben, nur Erinnerungen an eine verblasste Liebe, schmutzig wie Servietten nach einem Festessen.

Wo bist du, Amnon, ich spreche deinen schönen Namen, den Namen, den ich immer geliebt habe, den nicht ich dir gegeben habe und den ich dir nach dem Ende meiner Liebe nicht nehmen kann, den Namen eines schwachen wollüstigen Königssohns, und damals, als du dich vorstelltest, hätte ich fast gesagt, und ich heiße Tamar, so sehr wollte auch ich die Tochter eines Königs sein, deine Halbschwester, und dich mit einer lange vergangenen Geschichte an mich binden, einer bitteren Geschichte, aber damals sah ich in meiner Fantasie nur ihren verlockenden Anfang vor mir. Und es begab sich: Absalom, der Sohn Davids, hatte eine schöne Schwester, die Tamar hieß; und Amnon, der Sohn Davids, gewann sie lieb … Du hast mir zuliebe deine Sonnenbrille abgesetzt, und deine blauen Augen blitzten in deinem braunen Gesicht, du hast dich zu mir gebeugt, mir deine große Hand hingehalten und gefragt, bist du mit deiner Klasse hier? Du hast mich für eine Gymnasiastin gehalten, ich habe dich vergnügt korrigiert, mit was für einer Klasse, ich bin schon fast mit dem Studium fertig, und erst in diesem Moment sah ich, dass das graue Hemd, das dir am Körper klebte, nur Staub war, und als du mich weiter anschautest, senkte ich den Blick und arbeitete weiter, klopfte, die Sandschicht ab, die an meinen Händen kleben blieb, klopfte, wie man an eine Tür klopft, einen Meter unter der Erde, Tausende von Jahren unterhalb unserer Gegenwart, ich werde ein Haus finden, und es wird mir gehören, die Knochen eines Mädchens werde ich dort finden, und sie wird meine Schwester sein, sie saß gewiss hier im Ausgrabungsquadrat, dessen Ränder mit Sandsäcken befestigt waren, wie in Kriegszeiten. Ich fuhr fort, mir demonstrativ die Erde abzuklopfen, ich sehe noch vor mir, wie du nachdenklich herumgewandert bist, du strahltest Sicherheit aus, deine Jeans waren schmutzig und nachlässig an den Oberschenkeln abgeschnitten, dünne Fäden hingen herunter, und dann kamst du mit schnellen Schritten zu mir zurück, deutetest befriedigt auf mich, als hättest du ein Rätsel gelöst, jetzt weiß ich, wo ich dich gesehen habe, du bist an die Wand von Thera gemalt, der minoischen Ausgrabungsstätte, man nennt dich die Pariserin, und ich fragte, wo? Und du sagtest, in Thera, das ist der alte Name für Santorini, die Insel, die auseinander brach, warst du noch nie dort? Es sind wunderschöne Wandzeichnungen erhalten geblieben. Zu meinem Erstaunen zogst du ein Dia aus der Hosentasche, und ich betrachtete es gegen das Licht und sah meinen dunklen Blick in einem blassen, eleganten Gesicht. Kaum zu glauben, hast du gemurmelt, du hast dich zu mir gebeugt und mir ins Gesicht geschaut, du existierst schon seit viertausend Jahren.

Vielleicht ist er dorthin zurückgekehrt, zu dem zerstörten Tel Jesreel, zu der königlichen Ausgrabungsstätte, die von einem tiefen Graben umgeben ist und über die reichen Täler des Nordens blickt, deren Städte in Flammen aufgegangen sind, eine nach der anderen, Beit She'an, Tanach, Megiddo. Vielleicht ist er dorthin zurückgekehrt, zu der Stätte, die nur wenige Jahre nach ihrer Gründung bereits zerstört worden war und nie wieder die Bedeutung erlangte, die sie einmal gehabt hatte, zu der quadratischen, mit Staub bedeckten Ausgrabungsstätte, wie still ist es dort bei Nacht, still und gefährlich, und ich stütze mich an die Wand, sehe seinen Körper vor mir, von Kopf bis Fuß mit Staub bedeckt wie von einem Gewand, sehe, wie er still und kalt auf dem Boden der Ausgrabungsstätte liegt wie in einer antiken Grabhöhle, wie wenig lassen wir doch zurück, und diese schreckliche Vision packt mich mit Gewalt, bis ich das Gefühl habe, dass meine Hüften brechen, wieder und wieder versuche ich, ihn anzurufen, hinterlasse sanfte Nachrichten, ich mache mir Sorgen um dich, ich habe nicht gedacht, dass du es so schwer nimmst, so oft hast du mir mit einer Trennung gedroht, ich habe gedacht, dieser Schritt wäre für uns beide richtig, ich habe dir nichts Böses antun wollen, und von Minute zu Minute wird mir klarer, dass dies vielleicht kein dummer Streich ist, sondern der Anfang jener Katastrophe, die mein Vater vorausgesagt hat, und von Minute zu Minute wird mir klarer, dass von mir nur eines verlangt wird, das Schwerste und zugleich auch das Leichteste, das Erhabenste und das Wertloseste, das Vernünftigste und das Gemeinste, von mir wird verlangt, dass ich aufgebe, weil es um die Rettung eines Lebens geht, denn die Katastrophe bewahrheitet sich, und das Glück ist zweifelhaft, ich muss aufgeben, wie sie aufgegeben haben oder aufgeben werden, sie, die Mütter, die auf den Decken saßen und sangen, Friede mit Euch, dienende Engel, Engel des Höchsten, des Königs aller Könige, des Heiligen, gelobt sei er. Ich muss aufgeben, wie unsere Mütter aufgegeben haben, ohne jedes Zögern, denn das ist das Urteil des göttlichen Richters, verstocket euer Herz nicht, wie zu Meriba geschah, wie zu Massa in der Wüste, und dann stehe ich aufrecht da, ernst und angespannt, als stünde ich bei der Gedenkzeremonie auf der Bühne, alle Augen sind auf mich gerichtet, und im Hintergrund hört man schon die herzzerreißende Sirene, die Kette des Leidens reißt nicht ab, und ich leiste laut den Treueschwur, vor dem Wipfel des toten Baumes, der grau ist wie Rauch, vor dem schlafenden Kind, ich, Ella Miller, Tochter von David und Sarah Goschen, verpflichte mich hiermit, vor Gott und den Menschen, vor Bäumen und Steinen, wenn Amnon heil und gesund zurückkehrt, werde ich ihn wieder ins Haus lassen, ich werde ihn bereitwillig empfangen und mit ihm als seine Frau leben, solange er es will, ich verpflichte mich, ohne Zögern meine Absichten fallen zu lassen und zu begraben und sie nie wieder ans Licht zu holen, nicht in Gedanken und nicht in Worten.

5 In Gedanken sitze ich jetzt in seiner voll gestopften Einzimmerwohnung, in die er damals gezogen war, und lese voller Interesse den schriftlichen Ausgrabungsbericht über die Keramikstücke, die man im Schutt von Tel Jesreel gefunden hat und die den Funden aus der Palaststadt Megiddo gleichen, Tonscherben, deren Bedeutung sich nicht abschätzen lässt, die beweisen, dass das großartige und strahlende Königreich Davids und Salomos nichts anderes war als ein kleines Stammesreich, denn es war nicht Salomo, der diese Städte erbaut hat, sondern die Könige des Hauses Omri, und er lächelt mich an, vielleicht werde ich erzählen, wie ich dich dort gefunden habe, sagt er, du bist meine wichtigste Entdeckung, ein minoisches Wandbild, das im Land Israel zum Leben erwacht ist, eine viertausend Jahre alte Frau.

Nicht rangehen, flüstere ich, als das Telefon neben dem Bett klingelt, aber es zerrt mich in die Wirklichkeit dieses Morgens, und ich springe aus dem Bett und greife nach dem Hörer, erkenne enttäuscht Gabis Stimme, und er sagt in geheimnisvollem, stolzerstickem Ton, als hätte er einen Orden für Geisteskraft und Aufopferung erhalten, alles in Ordnung, Ella, ich habe ein Lebenszeichen von ihm bekommen.

Gott sei Dank, ich atme erleichtert auf, wo ist er? Und Gabi gluckst vor Überheblichkeit, feiert seinen Vorteil mir gegenüber, das ist egal, er möchte, dass das unter uns bleibt, ich wollte dir nur sagen, dass es ihm gut geht, und sofort versuche ich, ihn zu dämpfen, siehst du, deine Hysterie war mal wieder unbegründet, wie immer, und er faucht, wenn man jemanden liebt, macht man sich Sorgen um ihn, vermutlich hast du das schon vergessen, und ich sage, und du hast vergessen, dass Amnon vor allem sich selbst liebt und dass er der Letzte ist, der sich etwas antun würde.

Er seufzt, es reicht, Ella, ich habe heute Morgen nicht die Energie, mit dir zu streiten, du kannst dich freuen, dass du dich jetzt auch von mir trennst, seine nächste Frau wird mich ertragen müssen, nicht mehr du. Ich versuche meine Neugier zu unterdrücken und frage mit gespielter Gleichgültigkeit, was, hat er schon eine Neue? Gabi kichert, das habe ich nicht gesagt, nur dass du, wenn du dich von ihm trennst, auch mich verlierst, und das bedauert keiner von uns, und ich bemühe mich um einen freundlicheren Ton, obwohl ich das starke Bedürfnis verspüre, das Gespräch, das so sehr unseren früheren gleicht und trotzdem erschreckend anders ist, zu beenden. Gabi, hör zu, ich muss wissen, wo er ist, ich brauche zumindest seine Telefonnummer, sein Handy ist ausgeschaltet und Gili möchte mit ihm sprechen, und er spielt sich wieder auf, genießt jedes Wort, Süße, ich würde dir die Nummer gern geben, aber Amnon hat mich ausdrücklich gebeten, es nicht zu tun, er will nicht mit dir sprechen, was soll ich machen, mein Einfluss auf ihn hat seine Grenzen.

Du übertreibst, Gabi, zische ich, er hat einen Sohn, Gili sehnt sich nach ihm, gestern hat er den ganzen Morgen versucht, ihn anzurufen, und Gabi stößt einen heuchlerischen Seufzer aus, was soll ich dir sagen, Ella, darüber hättest du vorher nachdenken müssen, man kann nicht den Vater hinauswerfen und zugleich erwarten, dass er jederzeit für seinen Sohn verfügbar bleibt. Ich glaube nicht, dass du in der nächsten Zeit auf Amnon zählen kannst, aber du hast schließlich immer gesagt, dass du Gili allein aufziehst, was macht das also schon für einen Unterschied, du bist doch daran gewöhnt, oder? Und ich fauche in den Hörer, du elender Intrigant, was hast du nicht alles getan, um es uns zu verderben, und lege den Hörer auf, um jede Erinnerung an das Gespräch auszulöschen, aber in meinem Kopf geht es weiter und breitet sich aus. Er will nicht, dass du weißt, wo er ist, er will nicht mit dir sprechen, es ist alles gesagt, und es gibt keinen Weg zurück. Das ist die Trennung, ihre Sprache und ihr Klang, das ist die Trennung, geplant und doch unerwartet, ein Körper, der aufgehört hat zu kämpfen, Systeme, die zusammengebrochen sind, eine Saite, die gerissen ist, ein Feld, in das Feuer gelegt wurde, es ist passiert, und es gibt keinen Weg zurück, es gibt keinen Grund für deinen verspäteten Treueschwur, dein Gelübde ist vernichtet, ungültig und wertlos, ohne Rechtskraft und ohne Bestand.

Wo ist die Erleichterung? Wie ein Glas, das sofort nach dem Auspacken zerbricht, ist sie kaputtgegangen, die Scherben liegen weit verstreut, sie funkeln vor Bosheit, und ich gehe auf Zehenspitzen zwischen ihnen umher, sammle wie jeden Morgen die Kuscheltiere ein, die auf dem Teppich liegen, werfe sie auf das Bett, in dem Gili schlecht geschlafen hat. Von einem Moment zum nächsten lösen sich die Bewegungen von meinem Körper, meine Arme schweben durch das Zimmer, halten die Stofftiere, und ich selbst lehne an der Wand, mit rasendem Atem, da hast du es, flüstern die Flammen, du hast bekommen, was du wolltest, du bist frei, er ist heil und gesund und er wird dir nicht mehr wehtun, das Tor ist offen, das Hindernis weggeräumt, die Schranke ist entfernt, warum gehst du nicht hinaus?

Und während ich mit vor Hitze zerfließenden Augen unser vertrautes Wohnzimmer betrachte, das graue Sofa, das schon am Tag, als wir es kauften, abgenutzt aussah, die beiden leichten Leinensessel, die sich erschöpft gegenüberstehen, als führten sie ein ermüdendes Salongespräch, da scheint mir, als brenne vor allem Sehnsucht in mir, nicht nach Amnon und nicht nach der Fortsetzung unseres gemeinsamen Lebens, das abgeschnitten wurde, sondern nach den einfachen Regungen, die uns begleitet haben, Hunger, der gestillt werden kann, Durst, der gelöscht werden kann, Müdigkeit, die gemildert werden kann, Liebe, die gelebt werden kann, und wie ein kleines Mädchen, dem man eine Lüge geglaubt hat, laufe ich nervös zwischen den Möbeln herum, sinke auf das Sofa, schlage auf die Kissen, die mir mit einer provozierenden Staubwolke antworten.

Ich versuche, mich zu beruhigen, er bestraft mich nur, er entfernt sich, weil er wütend und gekränkt ist, er bemüht sich, seine Anwesenheit ausgerechnet durch seine Abwesenheit zu verstärken, aber es ist klar, dass er zurückkommen wird, wenn du es willst, es hängt noch immer nur von dir ab, aber Gabis wütende Stimme lässt mich nicht in Ruhe, die Andeutung einer neuen Frau, wie ist das möglich, dass am Ende der ersten Woche schon eine neue Frau auftaucht, zwischen meinen Schläfen pocht es, es ist passiert, ich habe die Herrschaft über sein Leben verloren, die Spielregeln haben sich geändert. Es ist geschehen, ob zum Guten oder zum Bösen, es ist Wirklichkeit, kein stürmisches Gespräch mehr, kein vertrauter Streit, keine verführerischen Illusionen mehr, keine euphorische Befreiung, vor dem Berg der Segnungen erhebt sich der Berg der Flüche, wie nahe sie beieinander stehen, wie schwer es ist, zwischen ihnen zu unterscheiden.

Sogar das kalte Wasser brennt auf meiner Haut, als ich unter der Dusche stehe, meine Hände glühen, meine Zunge glüht, und ich trinke von dem Wasser, das sich über meinen Kopf ergießt, und ich höre das nervöse Klingeln des Telefons, begleitet von einem lauten Klopfen an der Tür, ich springe aus der Dusche, ohne mich abzutrocknen, das Wasser läuft aus den Haaren über das Kleid, das sich nun an meinen Körper schmiegt, ich ignoriere das Telefon und renne zur Tür, Wasserdampf steigt auf von meiner Haut, die prickelt vor Erwartung, ihn auf der Schwelle stehen zu sehen.

Wie soll das mit dir weitergehen, Ella, wann lernst du endlich, ans Telefon zu gehen, schnauzt er mich an, wie es seine Art ist, das Handy immer noch am Ohr. Ich habe versucht, dir mitzuteilen, dass es ihm gut geht, aber du nimmst ja nie ab. Vielleicht ist es besser so, sonst hättest du mir nicht die Tür aufgemacht, er grinst und kommt sofort herein, sein kurzer, stämmiger Körper steckt wie immer im dunklen Anzug eines Rechtsanwalts, seine dünnen Haare sind mit Gel zurückgekämmt, seine Wangen verströmen den scharfen Geruch von Rasierwasser, ein schiefes Lächeln zeigt die hervorstehenden Zähne, er lässt den Blick prüfend durch das Wohnzimmer schweifen, spöttisch, als wäre alles, was ich seit unserem letzten Treffen erlebt habe, an den Sesseln und dem Sofa abzulesen und läge offen vor ihm. Sein Blick wandert zu meinen nackten Oberschenkeln, nicht schlecht, verkündet er, wenn jemand kleine Größen mag, vielleicht findest du doch noch einen anderen, und ich zwinge mich zu einem kühlen Ton, was willst du hier, Gabi, ich erinnere mich nicht, dich eingeladen zu haben, er schwenkt einen mir nur zu gut bekannten Schlüssel, der wie ein gestohlenes Schmuckstück zwischen seinen Fingern aufblitzt, es ist in Ordnung, Süße, du brauchst mich gar nicht einzuladen, Amnon hat mir den Schlüssel gegeben, und ich versuche, ihn ihm aus der Hand zu reißen, gib mir den Schlüssel, er gehört mir, und er sagt, beruhige dich, ich bin in Amnons Auftrag hier, diese Wohnung gehört auch ihm, ich habe den Vertrag für euch gemacht, als ihr sie gekauft habt, erinnerst du dich?

Sie gehört auch ihm, aber dir ganz bestimmt nicht, sage ich, was suchst du hier? Er antwortet genüsslich, Amnon hat mich gebeten, dass ich ihm ein paar Sachen hole, würdest du mir beim Suchen helfen, oder muss ich sie allein finden, und ich sage, hau ab hier, Gabi, wenn er etwas haben will, soll er selbst kommen, und er grinst, was ist los, Süße, hast du Sehnsucht nach ihm? So schnell?

Ganz bestimmt nicht, sage ich, ich würde aber lieber ihn sehen als dich, und er ignoriert mich und stolziert geckenhaft zum Schlafzimmer und öffnet die Schranktüren weit, er braucht ein paar Pullover und lange Hosen, es wird abends schon kühl, erklärt er, wo hebst du denn die Wintersachen auf? Hier? Seine blassen Bürohände wühlen begierig in der Schublade mit meiner Unterwäsche, du brauchst neue Garderobe, Ellinka, verkündet er mit gespieltem Mitleid, es ist mir nicht angenehm, aber ich muss dir sagen, dass du ein bisschen investieren musst, man wird sich sonst nicht mal nach dir umsehen, wenn du so etwas anhast, er wedelt mit einer verblichenen grünen Unterhose vor meinem Gesicht herum, und ich fühle schon, wie sich die Röte auf meinen Wangen ausbreitet, als hätte mich jemand geschlagen, verschwinde, du Perversling, lass deine Finger von meinem Schrank, aber er wühlt weiter, ich habe dich gebeten, mir zu helfen, sagt er, zieht einen grauen Büstenhalter aus dem Fach und lässt ihn hin und her baumeln, aber ich muss wohl allein zurechtkommen.

Hau ab, dränge ich ihn, verlass dieses Zimmer, ich bring dir alles, und er sagt, kein Problem, ich warte im Wohnzimmer, er zieht einen zerknitterten gelben Zettel hervor, einen von denen, die ich manchmal in Amnons Taschen fand, mit seiner krakeligen, nach rechts unten verlaufenden Schrift, zwei Pullover, Jeans, Kordhose, Jackett, eine Piquédecke, ich werfe alles auf das Sofa, auf dem er vergnügt und zufrieden sitzt, nimm die Sachen und hau ab, und wenn du noch einmal herkommst, wechsle ich das Schloss aus.

Glaub mir, das ist für mich auch kein Vergnügen, sagt er, es gibt Dinge, die mir mehr Spaß machen, als dich zu sehen, aber du weißt, dass für mich Freundschaft wichtiger ist als alles andere, Amnon lernt das erst jetzt richtig zu schätzen, sagt er, gib mir eine Tüte, oder soll ich mir selbst eine suchen? Ich ziehe eine Tüte aus der Schublade und halte sie ihm hin, also, wo ist er, ist er hier in der Stadt? Ich versuche gleichgültig zu klingen, und zu meinem Erstaunen erhalte ich sogar eine Antwort, ja, er ist nicht weit von hier, soll ich ihm etwas ausrichten?

Richte ihm aus, dass er einen Sohn hat, zische ich, Gili braucht ihn, er soll sich bald sehen lassen, und er sagt, mach dir keine Sorgen, ich kümmere mich darum, seine Stimme ist ungewohnt sanft, und ich sehe, dass sein Blick unruhig über meinen Körper gleitet, auf seinem breiten sommersprossigen Gesicht liegt ein Lächeln, sein Blick ist mir bekannt, nicht aber die Bewegungen, die ihn begleiten, denn mit einer Hand drängt er mich an die Tür, zieht mir mit den Fingern der anderen den dünnen Träger des Kleides herunter und entblößt eine Brust. Nicht schlecht, sagt er, du hast Brüste wie ein junges Mädchen, ich versuche ihn wegzuschieben, entsetzt über seine Dreistigkeit, Gabi, bist du verrückt geworden, nimm deine Hände weg, aber er lässt meine Schultern nicht los, beruhige dich, ich tue nichts, ich schaue nur. Mit zusammengekniffenen Augen, wie ein Gutachter, der eine Ware abschätzt, betrachtet er mich, und ich ziehe schnell das Kleid hoch, geh weg, wie kannst du es wagen, sein grobes Benehmen überrascht mich zwar nicht, aber zum ersten Mal ist es direkt gegen mich gerichtet, als wäre er nie im Leben der beste Freund meines Mannes gewesen, als wäre ich nie die Frau seines Freundes gewesen, und er atmet mir ins Gesicht, für wen hältst du dich eigentlich, du wirst mich noch anflehen, dich anzufassen, dein Leben hat sich verändert, du kapierst es bloß noch nicht.

Ich lebe lieber wie eine Nonne, als mich mit dir einzulassen, zische ich, und er lässt mich los und greift nach der Tüte, hör gut zu, was ich dir sage, du wirst mich noch um einen Fick anflehen, er läuft schnell zur Tür, mit seinem geckenhaften Gang, und ich rufe ihm nach, warte nur, bis ich Amnon erzähle, was du getan hast. Wie kommst du darauf, dass es Amnon interessiert, fragt er trocken, ohne sich nach mir umzuschauen, verschwindet im Treppenhaus und lässt mich zurück, ich halte mir den Bauch, als hätte ich etwas Verdorbenes gegessen, und als ich durch das Fenster sehe, um sicher zu sein, dass er gegangen ist, sehe ich ihn in sein teures Auto steigen, in dem jemand auf dem Beifahrersitz auf ihn wartet, bestimmt eine von den Praktikantinnen aus seinem Büro, die er zu verführen versucht, ich kneife die Augen zusammen, nein, diesmal ist es ein Mann, lang und gebückt, es ist Amnon, der ihn mit einem unbeholfenen Lächeln empfängt und die Hand nach der Tüte ausstreckt, sie auf seine Knie legt.

Silbriges Licht blendet meine Augen, als ich nach dem Telefon greife, ich muss sie erreichen, bevor sie sich zu weit entfernen, als wären sie Diebe, die einen wertvollen Gegenstand wegschleppen, der mir gehört, ich will eigentlich Amnon verlangen, aber als sich Gabi mit seiner näselnden Stimme meldet, höre ich mich sagen, du hast hier etwas vergessen, Gabi, und er fragt überrascht, was habe ich vergessen? Und ich sage, hier ist noch eine Tüte. Wirklich, fragt er erstaunt, deckt für einen Moment das Telefon ab, dann sagt er, okay, ich komme schon, und kurz darauf sehe ich, wie sich das Auto im Rückwärtsgang vorsichtig nähert und am Straßenrand hält, unter den Pappeln, Gabi steigt mit wichtigtuerischem Gesichtsausdruck aus, und Amnon, der mit den Händen die Tüte umklammert, schaut ihm nach. Warum schaust du das Haus nicht an, in dem du einmal gewohnt hast, zum großen Fenster hinauf, das du geliebt hast, betrachte die Efeuranken, die an der Mauer hochklettern, erst vor zwei Wochen hast du die klebrigen Zweige beschnitten und die Aussicht aus dem Fenster wurde größer und größer, bis die ganze Straße offen dalag, schmal und gewunden wie ein ausgetrocknetes Flussbett.

Wo ist sie, fragt er misstrauisch, Schweißtropfen stehen auf seiner Oberlippe, und ich spiele die Naive, wer? Ich hab dein Spielchen satt, Ella, sagt er, wo ist die Tüte, und ich lächle ihn an, ziehe mit einer unsichtbaren Bewegung den dünnen Schulterträger herunter, eine Bewegung, die nicht zu mir gehört, und sage, es gibt keine Tüte, Gabi, und erst dann breitet sich auf seinem Gesicht Stolz aus, doch sein Blick bleibt zweifelnd, seine Lippen zittern nervös, und ich provoziere ihn, was ist los, hast du plötzlich Angst? Und er flüstert heiser, vor dir bestimmt nicht. Mit einer raschen Bewegung, als befürchte er, es im nächsten Augenblick zu bereuen, zieht er mich an sich, er packt mich an den Haaren, die noch immer nass sind, und schiebt mir seine fleischige Zunge in den trockenen Mund, und ich lehne mich an das Fensterbrett, werfe einen flüchtigen Blick zu dem Auto und dem Mann, der darin sitzt, mir scheint, dass er ungeduldig auf seine Uhr schaut, dann sieht er verärgert zum Haus hinüber, vielleicht beschließt er hochzukommen, er wird durch die weit geöffnete Tür in seine Wohnung treten, genau dann, wenn sein Freund meinen Hals leckt, mit einer rauen Zunge wie die einer Katze, er schiebt mir eine geballte Faust zwischen die Beine, du bist geil auf mich,

Süße, und ich antworte nicht, meine Augen hängen an der gebückten Gestalt, mein Körper weicht zurück, ich habe immer gewusst, dass du scharf auf mich bist, murmelt er, und ich nicke gegen meinen Willen, aber ich starre noch immer wie hypnotisiert zu diesem Auto, der Dunst seines Motors beruhigt mich, so wie mich nachts Amnons Atmen neben mir beruhigt hat.

Er lässt mein von seinen Stoppeln zerkratztes Gesicht los, seine Hände fummeln an seinem Hosengürtel, seine Augen sind auf mich gerichtet, als erwarte er ein erregtes Bekenntnis, ein ergebenes Geständnis, und erst dann bemerkt er meinen Blick, was suchst du dort unten, flüstert er, packt mich hart am Kinn und dreht mein Gesicht zu sich, betrachtet erstaunt das Auto, als sei er überrascht, es dort zu sehen, auf seinen Wangen breiten sich rote Flecken aus, du treibst Spielchen mit mir, das ist es, was du tust, oder? Und plötzlich hebt er die Hand, atmet schwer, sein Blick jagt über mein Gesicht, hüte dich vor mir, Ella, mit mir spielt man nicht, du wirst teuer dafür bezahlen, und er entfernt sich mit schnellen Schritten von mir, wischt sich mit der Hand den Schweiß aus dem Gesicht und kommt, wie getrieben, zurück, stößt mir wieder die Hand zwischen die Beine, als wollte er sein Territorium kennzeichnen, und flüstert mit trockenem Mund, ich komme wieder, Ella, aber das wird zu einem Zeitpunkt sein, den ich wähle, nicht du, wenn niemand unten auf mich wartet. Sein Gesicht verzieht sich drohend, als er rückwärts zur Tür hinausgeht, und ich mache mir noch nicht einmal die Mühe, ihm zu antworten, ich wende den Blick von ihm und schaue hinunter zum Auto, sehe, wie er schnell darin verschwindet, und zu meinem Erstaunen fahren sie nicht los, es scheint, als würde zwischen ihnen ein Streit entstehen, begleitet von scharfen Handbewegungen, und ich verfolge gespannt das Schauspiel, warte darauf, dass Amnons langer Körper auftaucht, aber zu meiner Enttäuschung sehe ich nur Gabis Hand, die ermunternd auf die Schulter seines Nebenmannes klopft, lachen sie etwa, als das Auto langsam anfährt und in der Ferne verschwindet und mich allein und schweigend zurücklässt, in den brennenden Sonnenstrahlen hier oben auf dem Fensterbrett.

Wir waren ein seltsames, eigentlich komisches Paar, er groß und gebeugt, fast ein wenig schwerfällig, sein vierschrötiger Körper stürmisch und wild wie der Körper eines Heranwachsenden, der einfach immer weiter gewachsen ist, und ich, die ich zu früh aufgehört habe zu wachsen, als habe etwas den Mechanismus gestört, jedenfalls blieb ich kleiner als meine Mutter, schmalhüftig und flachbrüstig, nur eine halbe Frau, angespannt wie eine Simulantin, die Angst hat, ertappt zu werden, und oft konnte man glauben, dass jeder von uns dazu bestimmt war, die Mängel seines Partners zu betonen, sie ins Lächerliche zu ziehen, denn wenn wir nebeneinander standen, wirkte ich noch kleiner und er noch größer, wir haben uns gegenseitig hässlicher gemacht, wir waren zu Anstrengungen gezwungen, ich musste den Hals zu ihm hinaufrecken, er musste sich zu mir hinunterbücken. Anfangs fanden wir diese Unterschiedlichkeit aufregend, es war, als würden wir zwei völlig verschiedenen Rassen angehören, Vertreter fremder Stämme, die sich vereinigten, aber im Lauf der Jahre wurde es lästig. Er liebte es, mich mit Geschichten von seiner früheren Freundin zu provozieren, die fast so groß war wie er, ich habe sie nur einmal gesehen, als wir zu ihrer Hochzeit eingeladen waren, und wenn ich jetzt versuche, mir ihr Aussehen in Erinnerung zu rufen, sehe ich nur eine lange verschwommene Silhouette und den verwunderten Blick der herausgeputzten Braut vor mir, als wir nach der Zeremonie zu ihr gingen, als könne sie es nicht glauben, dass er bei ihrer Hochzeit als Gast auftrat und nicht als Bräutigam. Sie war eine ernsthafte Frau, betonte Gabi von Zeit zu Zeit mir gegenüber, ehrlich, ich verstehe nicht, warum er sie verlassen hat, und noch dazu deinetwegen, sie war wie für ihn gemacht.

Es ist noch nicht lange her, da hat Amnon erzählt, dass er sie zufällig auf der Straße getroffen hat, die arme Ofra, so nennt er sie immer, ihr Mann hat sie mit zwei Kindern sitzen lassen, und jetzt, da ich kraftlos am Fensterstock lehne, verstehe ich, dass dies die Lösung ist, die einzige Antwort auf die Frage, die heute Morgen aufgeflammt ist, wie hat er sich in nur einer Woche mit der Trennung abfinden können, wie kommt es, dass er auf einmal auf mich verzichten kann, denn es ist klar, dass er eben das tut, Gabi hätte nicht gewagt, mich auch nur mit der Fingerspitze zu berühren, wenn er nicht gewusst hätte, dass ich freigegeben bin. Ohne eine andere Frau hätte er nicht so leicht von mir abgelassen, und keine neue Frau könnte nach nur einer Woche die Herrschaft über ihn gewinnen, nur die arme Ofra, die den bedauernswerten Flüchtling Amnon versteht und ihn von heute auf morgen von der Kraft ihrer Liebe, ihrer Treue und ihrer unendlichen Hingabe überzeugt hat.

Wenn das so ist, ordnet sich seine Welt neu, Amnon mit der armen Ofra, ich mit dem armen Gili, zwei Paare ohne Hoffnung, die sich aus einem Paar ohne Hoffnung gebildet haben, und wer weiß, ob es in meiner Macht läge, die alte Ordnung für meinen Sohn wiederherzustellen, wenn ich es wollte, ich setze meinen nackten Fuß auf das Fensterbrett, an dessen Rand der Blumenkasten hängt, den wir zur Hochzeit bekommen haben, in ihm blüht eine hartnäckige Geranie, und ich schiebe meinen Fuß hinüber und trete die Geranie wieder und wieder, bis sie schwer hinabfällt auf den Gehweg, genau dahin, wo das Auto stand und die zwei in

Gelächter ausgebrochen sind und sich gegenseitig den Arm um die Schultern gelegt haben.

Ich strecke mich auf dem breiten Fensterbrett aus, wie ein Federbett, das man für den Winter lüftet, und ich habe das Gefühl, als könnte mich der leichteste Wind hinunterwehen, aber kein Windhauch ergreift mich, unter mir spielt sich der Alltag ab, und ich wende den Blick zum Wohnzimmer, zu den leichten Sesseln, den paar Spielsachen auf dem Teppich aus orangefarbenem Baumwollstoff, den wir einmal vom Sinai mitgebracht haben, an der Wand gegenüber das Bild der Pariserin, ein blasses Gesicht mit roten Lippen, die schwarzen Haare zu einer sorgfältigen Frisur gekämmt, mit stolzem Blick und starkem Kinn, eine ferne Frau, eine Adlige, was habe ich mit ihr zu tun, und für einen Moment kommt es mir vor, als würde alles wieder in seinen ursprünglichen Zustand zurückkehren, wenn ich nur lange genug hier liegen bliebe, am Mittag wird Amnon durch die Tür kommen, er wird Gili von seinen Schultern heben wie einen Ranzen, und ich werde den plappernden Jungen in die Arme nehmen, werde mir gierig seine Geschichten anhören und wieder das Glück empfinden, all seinen Erwartungen zu entsprechen, all seine Wünsche zu erfüllen.

Wir werden den ganzen Nachmittag zusammen spielen, ich werde für ihn neue Vergnügungen erfinden, wir werden gemeinsam Süßigkeiten essen und Amnon wird uns träge zuschauen, du bist selbst noch ein kleines Kind, wird er sagen, du bist noch nicht erwachsen geworden, sei froh, dass ich dir ein Spielzeug gemacht habe, er wird mich auf seine Art verspotten, und ich werde ihn sofort zum Schweigen bringen, damit Gili nicht den Staub der Eifersucht in die Nase bekommt, und erst wenn er das Haus verlässt, um seine Angelegenheiten zu erledigen, werden wir frei atmen können, und so wird dieser Tag in vertrauten Bahnen verlaufen, selbst jetzt steht es nicht in meiner Macht, ihn schöner zu machen. Denn auch wenn wir es mal geschafft haben, bis zum späten Abend nicht zu streiten, bis der Junge nach endlosen Zeremonien der Teufelsvertreibung endlich eingeschlafen war, ging ich gleich ins Bett, und Amnon protestierte, was ist mit dir, komm, bleib noch ein bisschen bei mir sitzen, und ohne eine Antwort abzuwarten, griff er schon an, für Gili hast du genug Kraft, nur wenn es um mich geht, bist du immer müde.

Vermutlich bist du anstrengender als er, antwortete ich sofort, also, was willst du von mir, aber er ließ nicht locker, er folgte mir mit seinen schlurfenden Schritten ins Schlafzimmer, hast du schon vergessen, was zwischen Mann und Frau passiert, sagte er, während ich mich auszog, wundere dich nicht, wenn ich meine Bedürfnisse außerhalb des Hauses stille, du hast diese Wohnung in eine Krabbelstube verwandelt, wir sind eine Familie, und die Basis einer Familie ist ein Paar, weißt du überhaupt noch, was das ist, ein Paar? Ein Mann und eine Frau, die miteinander schlafen, die ganz allein für ein paar Tage wegfahren, die sich für einander interessieren, nicht nur beim Verteilen der täglichen Aufgaben, wann hast du zum letzten Mal echtes Interesse an meinem Leben gezeigt?

Ich wies ihn mit kalter Stimme zurück, hör auf mit deinen Moralpredigten, du erwartest doch nicht, dass ich mir mein ganzes Leben lang deine Vorträge anhöre, wie meine Mutter es bei meinem Vater tut, ich bin an Gegenseitigkeit interessiert, wenn du dich für mich interessierst, interessiere ich mich auch für dich, jahrelang habe ich mich angestrengt, ohne dass etwas dabei herausgekommen ist, und als er sich neben mir auszog, betrachtete ich ihn verwundert, wie ist das passiert, dass sein Körper die starke Anziehungskraft verloren hat, die er einmal für mich ausübte, wie hat er sich in einen Haufen Klagen und Forderungen verwandelt, und ich zog mir die Decke bis zum Hals, damit es ihm ja nicht einfiel, mich zu berühren, und neben mir lag auch die Frage, die wuchs und wuchs wie ein gut genährtes Tier, ob mein Leben wirklich so aussehen sollte, ob ich das wirklich gewollt hatte, eine Liebesgeschichte mit einem kleinen Jungen, neben einem verbitterten, selbstsüchtigen Mann, ob ich jeden Tag zusehen wollte, wie er unsere Freude zerstörte, mit einem nachlässigen Tritt machte er sie zunichte, fast ohne es zu merken.

Am Morgen war er mürrisch, seine Augen sahen mit Hass auf den neuen Tag, er machte das Radio an und hörte bei voller Lautstärke Nachrichten, schlimme Nachrichten, erschreckende Nachrichten, obwohl ich ihn immer wieder bat, er möge es Gili ersparen, das ist nichts für Kinder, und dann wunderst du dich, dass er nachts Albträume hat. Manchmal drängte er ihn grob, los, wie lange dauert es noch, bis du dich angezogen hast, ich gehe gleich ohne dich, und manchmal ließ er sich von irgendeinem Telefongespräch so lange aufhalten, dass Gili schon an der Tür stand und wartete, mit vor Nervosität zitternden Lippen, weil es immer später wurde. Und so, indem ich einen ganzen Tag unseres früheren Lebens betrachte, versuche ich, mich zu bestärken, der Entscheidung, die schon nicht mehr zu ändern ist, neuen Nachdruck zu verleihen, lass dir Zeit, sage ich mir, zweifle nicht so schnell, es ist dein gutes Recht, mehr zu erhoffen, es ist dein Recht, dein Leben zu ändern, das Tor ist offen, das Hindernis ist entfernt, warum gehst du nicht hindurch?

Lass dir Zeit, murmle ich laut vor dem Computer, der im Schlafzimmer blinkt, lese wieder den Bericht von einer Ausgrabung, an der ich nicht teilgenommen habe, den letzten Bericht eines griechischen Archäologen, bevor er in einem der Zimmer, die er freilegte, den Tod fand, dort in Thera, der zerbrochenen Insel, er verbindet, ohne es zu wissen, seine Katastrophe mit der Katastrophe der minoischen Kultur, ein leises, aber tödliches Echo des Erdbebens, das die alte Welt veränderte.

Lass dir Zeit, sage ich mir auf dem Weg zur Schule, außer Atem komme ich mit leichter Verspätung an, zu meiner Freude ist das Tor offen und der Wachmann anscheinend schon gegangen, ein paar Kinder gackern noch im Hof herum wie verlassene Küken, aber Gili ist nicht unter ihnen, und ich frage die Lehrerin, wo ist mein Sohn, und sie erklärt mit fester Stimme, er ist draußen, oder? Sie schneidet mit einem dünnen Messer saure grüne Äpfel in Stücke, ich nehme mir einen Schnitz und gehe wieder hinaus in den Hof, von weitem sehe ich ihn auf einem Steinhaufen am Rand des Hofs sitzen, er hat einen langen Stock in der Hand und kratzt etwas in die trockene Erde zu seinen Füßen, ich renne zu ihm, he, mein Schatz, endlich habe ich dich gefunden, komm, gehen wir nach Hause, aber als er den Kopf hebt, sehe ich, dass es ein anderer Junge ist, mit einem hageren, erwachsenen Gesicht, leicht aufgeplatzten Lippen und schmalen Schultern. Jotam, frage ich, wo ist Gili, und er antwortet grollend, ich weiß es nicht, ich bin nicht mehr sein Freund. Ich meine auf seiner Stirn noch die Abdrücke der dunklen Küsse vom Schabbatmorgen zu sehen, die Sternenküsse seines Vaters, und ich stehe da, im Hof, und fange an zu rufen, Gili, wo bist du, aber er antwortet nicht, und wieder senkt sich die Finsternis über mich, Gili, wo bist du, vielleicht ist er hinausgegangen, um auf der Straße auf mich zu warten, und jemand hat ihn entführt, vielleicht hat er sich verirrt, vielleicht ist er in der Masse der Kinder verschwunden.

Die Blicke besorgter Mütter folgen mir, sie versuchen, mir Ratschläge zu geben, ich entdecke Michal unter ihnen, aber ich bleibe nicht bei ihr stehen, mit klopfendem Herzen kehre ich zur Lehrerin zurück, wo ist mein Sohn, und sie lässt endlich die Äpfel liegen, geht, das Messer noch in der Hand, in den Hof, Gil'ad, ruft sie und fuchtelt mit dem Messer durch die Luft, das Gefühl von Schuld und Angst ist ihren Bewegungen schon anzumerken, vielleicht ist er auf der Toilette, schlägt sie vor, vielleicht ist er mit einem Freund mitgegangen, und ich werfe ihr vor, er hat hier noch keinen Freund, als wäre auch das ihre Schuld, und in der Toilette habe ich schon nachgeschaut.

Langsam verlassen die Mütter den Hof, ihre Kinder fest an der Hand, als wären sie kleine heilige Amulette, nur Michal bleibt zögernd am Tor stehen, Jotam neben sich, der ausdruckslos beobachtet, was geschieht, gleichgültig gegen das Schicksal des Jungen, der ihn enttäuscht hat, und sie sagt, mach dir keine Sorgen, Ella, das Schulgelände ist eingezäunt, es gibt einen Wachmann, er kann gar nicht unbemerkt hinausgegangen sein, und dann entschuldigt sie sich, ich muss Maja vom Ballett abholen, ich rufe dich später an, und nur die Lehrerin und ich bleiben im Klassenzimmer zurück, ohne ein Kind, um das man sich kümmern kann, dem man einen Apfel anbietet, dem man die Nase putzt, auf das man aufpasst, damit es nicht von der Schaukel fällt, ich stehe da, mit trockenem Mund und zitternden Händen, suche nach Spuren, lausche auf jedes Geräusch, und mir scheint, als hörte ich auf dem verlassenen, kinderleeren Hof noch das Echo der Stimme meines Vaters, laut und hochmütig und drohend wie die Stimme Gottes im Garten Eden, er wird es nicht überleben, er wird ausgelöscht werden.

Wo ist der Wachmann, murmelt sie, ihre Lippen zittern, ihr Gesicht ist wie ein Kissen angeschwollen, und wir rennen zu dem offenen Tor und schauen zu den Büschen des

Rabenparks hinüber, der auch im Licht der Mittagssonne düster aussieht, und ich weiß, dass ihre Schreckensfantasien schon mit meinen konkurrieren, Josef, Josef, schreit sie, und ich sage, er ist schon gegangen, Sie brauchen ihn nicht zu rufen, wir müssen die Polizei verständigen, aber da taucht der Wachmann schon auf, kommt schwer und schwitzend auf uns zu, ein Junge ist verschwunden, jammert sie, er betrachtet mich zweifelnd und fragt, Ihr Sohn? Ich nicke, dünn mit langen Locken, er trägt ein rotes T-Shirt mit einer Zahl auf dem Rücken, und er sagt, ich kenne Ihren Sohn, er ist schon lange weg, mit seinem Vater.

Ich atme schwer, mit seinem Vater? Woher wissen Sie, dass es sein Vater war, und er sagt, ich kenne alle hier, sein Vater ist groß, er hat ihn auf den Schultern getragen, und ich unterdrücke einen Aufschrei der Erleichterung, ja, das ist Amnon, er nimmt ihn immer auf die Schultern, erzähle ich der Lehrerin aufgeregt, versuche, mit übertriebener Freundlichkeit den Aufruhr zu beschwichtigen, den ich verursacht habe, danke, dass Sie aufgepasst haben, Sie haben mich gerettet, ich drücke dankbar die Hand des Wachmanns, und er hebt drohend einen Finger, Sie müssen jetzt zurück, sich um das Baby kümmern, und ich lasse ihn schnell stehen. Er verwechselt mich mit einer anderen Frau, versuche ich der Lehrerin zu erklären, und sie hält mich an den Schultern, entschuldigen Sie, vermutlich war ich mit etwas anderem beschäftigt und habe nicht aufgepasst, sie haben mir nicht Bescheid gesagt, als sie gingen, sagen Sie Ihrem Mann, dass das nicht in Ordnung ist, wie schnell sie von Verteidigung zur Anklage wechselt, was soll das, da holt er einfach sein Kind vorzeitig ab und sagt mir nicht Bescheid, und ich, bereit, jede Beschimpfung zu akzeptieren, Hauptsache, Gili geht es gut, verspreche ihr, dass so etwas nicht mehr vorkommen wird, ich versuche, Herrschaft über die Manieren und das Verhalten meines Mannes zu demonstrieren, eine Herrschaft, die ich nie hatte, entschuldige mich schnell und gehe weg, fliehe vor dem stillen Hof.

Noch immer erschrocken lasse ich mich im Rabenpark auf den Rasen fallen, die Katastrophe, die sich nicht ereignet hat, wird immer größer, beherrscht das Bewusstsein wie eine letzte Warnung, als würde die gute Nachricht die schlimme Vorstellung nur vergrößern und sie zur Wirklichkeit werden lassen, und die Tatsache, dass er diesmal gerettet wurde, verringert nur seine Chance, beim nächsten Mal heil davonzukommen, und ich streichle das ausgeblichene stoppelige Haar des Rasens, das mich einen Moment lang an Amnons Haar erinnert, damals, bevor er anfing, es abzurasieren, nach der Geburt des Jungen, als wollte er mit der perfekten Form seines Schädels konkurrieren, und während ich da liege, im zerrupften Gras, scheint es mir, als verändere der vertraute Park sein Gesicht, die ebene Fläche verwandelt sich in einen Hang, wie nach einem Erdbeben, wenn ich mich nicht am Gras festhalte, werde ich unendlich weit hinunterrollen bis in den alten Teich am östlichen Ende des Parks, begleitet von dem drohenden Geschrei der Raben. So sieht also das neue Leben aus, das ich mir so ungeduldig erdacht habe, eine schmale Fläche, gespannt wie ein Seil, aus der brennende Schwefeldämpfe aufsteigen und die trockene Erde gelb färben, und dahinter lauert der Abgrund, wenn ich nur die gekrümmten Schnäbel der Raben zum Sprechen bringen könnte, habt ihr hier ein Geschöpf mit zwei Köpfen gesehen, einer über dem anderen, ein doppelköpfiges Tier, mit weit ausholenden Schritten, könnt ihr mir sagen, wohin es gegangen ist, warum fliegt ihr nicht vor mir her, zeigt mir den Weg, und ich werde sie lautlos verfolgen, ein schmaler Nachmittagsschatten werde ich sein, der gesenkte Schwanz des doppelköpfigen Tiers, und als ich mich langsam aufrichte, weiß ich, dass die Raben keine Angst mehr vor mir haben, ihr spöttisches Krächzen wird meine Schritte begleiten, ich höre nicht auf sie, ich laufe durch enge Gassen, schaue in Gärten, schnalze hinter Mülleimern mit der Zunge, wie eine verirrte Katze, und so finde ich mich schließlich an diesem dunstigen Nachmittag, an dem die Steinmauern eine bedrohliche Hitze ausstrahlen, vor der Tür von Dinas Haus wieder.

Soll ich noch einmal zu ihr gehen, ohne eingeladen zu sein, soll ich, wie ein Stein, der in stehendes Wasser geworfen wird, in die Routine ihres geordneten, einsamen Lebens einbrechen, in dem es weder große Freude noch großen Schmerz gibt, und ich erinnere mich, wie plötzlich auf dem Dach des Nachbarhauses ihre strahlenden kupfernen Haare aufleuchteten, ihre vollen, dunkelbraun geschminkten Lippen stießen genüsslich Rauch aus, und ihre Arme bewegten sich wie bei geheimnisvollen gymnastischen Übungen, als würde sie ihren Körper einseifen, ohne ihn zu berühren, dann drückte sie ihre Zigarette in einem Blumentopf aus und ging zu dem Wohnraum, der auf dem Dach illegal angebaut worden war, eine zusammengehauener Schuppen, und gleich darauf erschien eine Gestalt auf dem Dach, klopfte an die Tür, ging hinein und kam etwa eine Stunde später wieder heraus, dann ging ein anderer hinein, die meisten waren jung, nicht viel älter, als ich damals war, und ich verfolgte ihr Kommen und Gehen, vor allem wartete ich darauf, dass sie selbst wieder herauskommen und ihren vollen Körper in der Sonne dehnen würde. Wie viele Freunde diese Frau hat, wunderte ich mich, so viele Leute besuchen sie, einer nach dem anderen, und einmal erzählte ich meiner Mutter davon, als wir gemeinsam Wäsche auf dem Dach aufhängten, und sie kicherte und sagte, das sind keine Freunde, das sind Patienten, sie ist Psychologin, und diese neue Information erhitzte meine Fantasie nur noch mehr, ich roch die frisch gewaschene Wäsche und stellte mir vor, dass sie mit schmutziger Kleidung kommen und sauber und wohlduftend wieder gehen, und das alles spielte sich ganz in meiner Nähe ab, dort wurden komplizierte Probleme besprochen, Verknotungen, wie die vielen kleinen Knoten in meinen Haaren. Ich stelle mir vor, wie ich mit einem weiten Satz von einem Dach auf das andere springe, an ihre Tür klopfe und sage, als ich ein Kind war, hatte ich keine Mutter und keinen Vater.

Damals war sie es, die sich an mich wandte, nachdem sie immer wieder versucht hatte, eine Zigarette anzuzünden, und die Streichhölzer eines nach dem anderen im Wind ausgegangen waren, auch das letzte, und ich beobachtete den Kampf, lehnte mich ans Geländer und hörte sie fragen, hast du Feuer? Schnell, bevor sie sich anders behelfen konnte, rannte ich in die Wohnung, holte ein Feuerzeug und warf es mit aller Kraft zu ihr hinüber, und ich traf sie an der Schulter, sie winkte mir dankend zu und zündete sich mit einer kurzen Bewegung ihre Zigarette an, in meinen Augen war das ein Zeichen, dass unser Zusammentreffen schön werden könnte. Wie alt bist du, fragte sie, und ich sagte, sechzehn, und zu meiner Freude sagte sie nicht, so wie alle anderen, ich habe gedacht, du bist höchstens zwölf, sondern fragte, willst du mit mir Gymnastik machen? Und so, mit einer Zigarette im Mund und mit kupfernen Haaren, die fast bewegungslos blieben, begann sie mit ihren Übungen, und ich, zwischen den gespannten Wäscheleinen, machte die Bewegungen nach, bückte mich und bewegte meinen Körper, ohne ihn zu berühren, und so begann ich, auf ihre kurzen Pausen zu lauern, ich lernte, wann ihr letzter Patient sie verließ, und eines Abends nahm ich meinen Mut zusammen und rannte unsere Treppe hinunter, Dutzende von Stufen, und rannte ihre Treppe hinauf, auch Dutzende von Stufen, einen Moment bevor sie die Tür schließen und das Licht über dem Eingang ausmachen und in ihre Wohnung zurückkehren würde.

Ist etwas passiert, fragte sie, und ich schaute an ihrem Rücken vorbei zu unserem Dach hinüber, erstaunt über die veränderte Perspektive, als wäre das hier die andere Hälfte der Erdkugel, ich sah meine Mutter mit dem Wäschekorb, sie achtete immer darauf, erst seine Sachen aufzuhängen, seine Socken, seine Unterhosen, seinen Pyjama, die Baumwollhemden, die sie sorgfältig zurechtzog, und dann erst kamen unsere Sachen, wobei sie ihre Strümpfe mit meinen durcheinander brachte, immer legte sie nicht zusammenpassende Paare in meinen Schrank, und verwirrt deutete ich auf das Bild, als verberge sich dort meine Geschichte, eine Frau mit schwerem Körper, die in der einbrechenden Dämmerung Wäsche auf ihrem Dach aufhängt.

Viele Male bin ich ohne Anmeldung zu ihrer Wohnung gekommen, aber jetzt zögere ich, wir haben uns in der letzten Zeit aus den Augen verloren, als hätte Amnons Anwesenheit sie aus meinem Leben gedrängt oder auch Gilis leichter Körper, vielleicht habe ich es auch nicht geschafft, sie mit meinem Erwachsenenleben zu verbinden, begnügte mich mit kurzen Besuchen, mit hastigen Telefonaten, ich habe es vorgezogen, sie dort zurückzulassen, neben meinen Eltern, die zwischen den Dächern wie Wäschestücke hängen, die man auf der Leine vergessen hat. Mit schwerem Herzen betrachte ich die vielen Pflanzen auf ihrer kleinen Terrasse, deren Boden bedeckt ist mit abgefallenen weißen Jasminsternen, die einen beinahe quälenden Duft verströmen, und ich erinnere mich mit einem unbehaglichen Gefühl an die treue Geranie, die ich von der Fensterbank gestoßen habe, und überlege, wie ich Gili erklären kann, was geschehen ist, lohnt es sich überhaupt zu klingeln, bestimmt ist sie jetzt, mitten am Tag, nicht zu Hause, und wenn sie da ist, wie sollte sie mir helfen können, wie leicht war es damals, neben ihr auf dem Dach zu stehen, als das Leben erst anfing.

Dünne Geißblattzungen verbergen ihre Türklingel, ich taste nach ihr, überrascht von dem lang anhaltenden Klang, den ich unabsichtlich verursache, wahrscheinlich ist sie nicht zu Hause, aber dann taucht ihr Gesicht vor mir auf, Ellinka, was für eine Überraschung, schön, dich zu sehen, ist etwas passiert? Breite weiße Strähnen durchziehen ihren kupferroten Schopf, dessen Schimmer stumpf geworden ist, ihre nackten Arme, voller als früher, strecken sich mir entgegen, aber in ihren Augen tanzt noch immer die Flamme der Vernunft, der Menschlichkeit, die mich damals, an jenem Abend, empfangen hat, ich falle ihr um den Hals, stöhne in ihren Armen, und ein Strom von Worten bricht aus mir heraus. Ich verstehe nicht, was plötzlich mit mir ist, ich war so sicher, dass ich ihn nicht mehr will, aber in dem Moment, in dem es Wirklichkeit geworden ist, erschrecke ich, die ganzen letzten Monate wollte ich nichts anderes, als ihn aus meinem Leben zu entfernen, und nun, da er weg ist, bin ich in Panik, plötzlich habe ich das Gefühl, dass er mich verlassen hat, nicht ich ihn, und alles tut mir Leid, ich bin wie ein verwöhntes Mädchen, das man zu ernst genommen hat.

Das ist keine Verwöhntheit, sagt sie, nimmt mich am Arm und führt mich zum Sofa, das ist vollkommen natürlich, was du beschreibst, das war nicht anders zu erwarten, eine Trennung weckt Urängste, ganz unabhängig von der Frage, ob sie berechtigt ist, du musst dich beruhigen, Angst ist ein schlechter Ratgeber, versuche, dich nicht von der Panik bestimmen zu lassen, du musst verstehen, dass das natürlich ist und nicht ein Zeichen für das, was war, oder das, was sein wird, es braucht einfach Zeit, lass dir Zeit, sei geduldig, sagt sie langsam und deutlich.

Aber vielleicht habe ich mich geirrt, alle um mich herum haben mich verurteilt, und nun habe ich meine Sicherheit verloren, ich versuche, mich zu erinnern, warum ich mich so unbedingt von ihm trennen wollte, und auf einmal kommen mir die Gründe so nichtig vor, gar nicht mehr überzeugend, genau wie alle gesagt haben, was heißt es schon, wenn er dir ein bisschen auf die Nerven geht, zerstört man deshalb eine Familie?

Schau, sagt sie und setzt sich gelassen mir gegenüber auf einen Stuhl, es ist klar, dass dich ein sehr starkes Motiv zu diesem Schritt getrieben hat, deshalb stellt sich hier nicht die Frage, ob es ein Irrtum ist, die wirklichen Gründe für eine Trennung zeigen sich oft erst im Nachhinein, wenn wir uns erlauben können, sie zu erkennen, genau wie die wirklichen Gründe für eine Beziehung.

Aber Dina, ich kann mit diesen Zweifeln nicht leben, sage ich, und wenn ich im Nachhinein entdecke, dass ich mich geirrt habe, was mache ich dann? Sag mir, was du denkst, du behandelst doch solche Fälle, hast du auch gedacht, dass wir beide nicht zusammenpassen? Hast du gedacht, wir sollten uns trennen? Um die Wahrheit zu sagen, ich habe gefühlt, dass du mir das sagen wolltest, aber ich wollte es nicht hören. Ich versuche ihr Worte in den Mund zu legen, der plötzlich nackt aussieht ohne das kräftige Braunrot, und als spürte sie es, springt sie auf, geht zu dem kleinen Spiegel im Flur, legt eine dicke Schicht Lippenstift auf, mit dieser geübten Bewegung, die ich zu Hause, vor unserem Spiegel, immer zu imitieren versuchte, während meine Mutter zusah und schimpfte, man könnte meinen, du hättest keine Mutter, dass du dich so an diese Frau hängst.

Das ist es nicht, was ich dir in den letzten Jahren zu sagen versucht habe, sagt sie vorsichtig, ich wollte mit dir über dein Verhältnis zu deinem Sohn sprechen, aber du wolltest es wirklich nicht hören. Ich glaube, dir ist das passiert, was mit vielen Müttern geschieht, sie gehen eine absolute Symbiose mit ihrem Kind ein, was natürlich die Beziehung zum Ehemann überschattet und ihn fast überflüssig macht, und je überflüssiger er sich fühlt, umso eifersüchtiger und wütender wird er. Es handelt sich um eine Art Dreieckstragödie, eine Tragödie des Mannes, der von seinem Sockel gestoßen wird, des Kindes, dessen Vater sich von ihm entfernt, und vor allem von euch Frauen, die ihr alles geben möchtet und euch ausgerechnet den Mann auswählt, von dem sicher ist, dass er euch verlassen wird, der euch früher oder später verlassen muss.

Ich habe Amnon nicht weggestoßen, weder von mir noch von Gili, du irrst dich, ich protestiere gegen diese falsche Darstellung, schließlich ist es mein Leben, das sie hier beschreibt, ich habe mir so sehr gewünscht, zu dritt zu sein, Dinge zusammen zu unternehmen, ich wollte ihn die ganze Zeit an meiner Seite haben, er war es, der sich immer entzogen hat, du hast keine Ahnung, wie mich das verletzt hat.

Aber welche Aufgabe hattest du in diesem Dreigestirn für ihn bestimmt, fragt sie, wenn du ehrlich bist, wirst du sehen, dass es sich nur um eine Nebenrolle handelt, du wolltest ihn im Hintergrund, als Zugabe zu deinem eigentlichen Glück, während er der Verlierer war, derjenige, der allein geblieben ist, aber ich versuche nicht, ihn zu verteidigen, ich möchte nur bestätigen, dass ich gesehen habe, welche Probleme ihr hattet, von einem Paar zu einer Familie zu werden, ich verstehe absolut, dass du verletzt bist, ich verstehe, dass du dich ungeliebt gefühlt hast, denn bei ihm hat das Besitzergreifen über die Liebe gesiegt, das ist typisch für viele Männer in solchen Situationen, ein besitzergreifendes Verhalten, das dich zu einem Objekt herabwürdigt, es ist klar, dass ihr alle beide in dem Spiegel, den ihr euch gegenseitig vorgehalten habt, zwangsläufig ein schlechtes Bild abgeben musstet.

Du sagst also, dass ich Recht habe, nicht wahr, bedränge ich sie, ich hatte gute Gründe, ihn zu verlassen, es war nicht bloß eine Laune, oder? Ich habe das Gefühl, dass ich mich, wenn ich nur ihre Bestätigung bekomme, wieder beruhigen kann. Sie seufzt, hör zu, auch hinter der wildesten Laune verbergen sich tiefere Gründe, natürlich warst du in den letzten Jahren nicht glücklich mit ihm, Ella, aber es ist auch klar, dass dich noch viele Schwankungen erwarten. Eine Trennung ist eine der traumatischsten Erfahrungen, die es gibt, und du musst geduldig sein, versuche vor allem, dich von ihm abzukoppeln, es lohnt sich nicht, die Machtkämpfe aus der Zeit der Ehe während der Trennung weiterzuführen, und ich trinke schweigend ihre Worte, als wäre ich eine der Pflanzen, die sie begießt, ich schaue mich in der kleinen Wohnung um, die ich seit Monaten nicht mehr besucht habe und die voll gestopft ist mit Nippes, mit kleinen entzückenden und überflüssigen Gegenständen, mit Blumentöpfen und bestickten Deckchen, und ich frage mich, ob es das ist, was auch mich am Ende dieser Wirrungen erwartet, allein zu altern, während Gilis Besuche immer seltener werden und die Anzahl der Porzellantierchen in den Regalfächern zunimmt. Ich muss zurück in die Klinik, sagt sie, unterhalten wir uns am Abend weiter, versuche inzwischen, dich zu beruhigen, erst wenn sich der Staub gesenkt hat, wirst du das Bild als Ganzes sehen, bemühe dich einstweilen um Geduld, lass der Sache Zeit.

Vor meiner Wohnungstür stolpere ich in der Dunkelheit über einen harten Gegenstand und fluche leise, unterdrücke einen Schmerzensschrei, was hat man mir da hingelegt, ich habe doch nichts bestellt, und als ich mit einem unbeholfenen Satz darüber springe und das Licht anmache, sehe ich den Blumenkasten, der zu meiner Überraschung den Sturz überstanden hat, jemand hat die Erde zurückgeschüttet und die Blumen wieder eingepflanzt, ein paar dünne Triebe sind abgebrochen, ich ziehe den Kasten in die Wohnung, aufgeregt, als hätte ich ein bedeutsames Geschenk bekommen, von dem ich überhaupt nicht gewusst hatte, wie sehr ich es mir wünschte, ich versuche das geheimnisvolle Geschehen zu entschlüsseln, wer hat da versucht, mir ein Zeichen zu geben, und welches Zeichen, denn wenn sich der Wille verwischt, klammert man sich an jedes Zeichen, und als Antwort auf meine Fragen höre ich Schritte auf der Treppe, trabend wie ein Fohlen, das ist Gili, und ihm folgt Amnon, er war es, das war seine Art, mir mitzuteilen, dass man nicht wegwerfen soll, was noch gerettet werden kann, ich werde mit einer vorsichtigen Geste antworten und ihn einladen, zum Abendessen zu bleiben, ich umarme den Jungen und lasse meine Augen zu dem leeren Raum hinter seinen Schultern wandern.

Wo ist Papa, frage ich, und er sagt ohne jedes Gefühl, als deklamiere er etwas, was er auswendig lernen musste, Papa ist schon weg, er hat unten gewartet, bis ich in der Wohnung war, er hatte es eilig, ich betrachte ihn nachdenklich, sein Rückzug trifft mich weniger, angesichts der symbolischen Rettung unseres Hochzeitsblumenstocks, wirf die Vergangenheit nicht weg, das ist es, was er mir zu sagen versucht hat, in ihr sind wir verwurzelt und aus ihr werden wir wachsen, und ich küsse die Locken des Jungen, der sich an mich schmiegt, danke, Gili, danke, dass ihr den Blumenkasten hochgebracht habt, hast du Papa geholfen, die Blumen wieder einzupflanzen? Was für Blumen, fragt er erstaunt, wir haben keine Blumen gepflanzt, und ich versuche fast, ihn zu überreden, was soll das heißen, Gili, habt ihr nicht den Blumenkasten vor dem Haus gefunden? Habt ihr ihn nicht vom Gehweg hochgetragen? Und er sagt, nein, wieso denn, meine offensichtliche Enttäuschung deprimiert ihn sofort.

Wer war es denn dann, frage ich weiter, und er betrachtet den Blumenkasten, der vor ihm im Wohnzimmer steht, ich weiß nicht, und sofort beklagt er sich, verärgert darüber, dass meine Freude über ihn nicht vollkommen ist, ich habe Hunger, ich möchte, dass du mir was zu essen machst, und ich seufze, was willst du essen? Was hast du alles da, fragt er, ich will viel essen, und mir ist klar, dass das, was ihn bedrückt, ein anderer Hunger ist, er will sehen, wie ich mich für ihn anstrenge, und zum ersten Mal habe ich keine Lust, mich an unserem Ritual zu beteiligen und alle Möglichkeiten vor ihm auszubreiten, Rührei oder Spiegelei, Toast mit Käse, Salat, Brei. Du weißt so gut wie ich, was es gibt, sage ich ungeduldig, sag einfach, was du willst, und er wirft mir einen listigen Blick zu, wenn du mich ärgerst, dann gehe ich zu Papa und wohne bei ihm, in einer Woche bekommt er eine neue Wohnung, und da habe ich auch ein Zimmer, und ich betrachte ihn erstaunt, wundere mich über die Geschwindigkeit, mit der er sich die Manöver von Scheidungskindern angeeignet hat, die Wirklichkeit ist mir tausend Schritte voraus.

Gili, droh mir nicht, warne ich ihn mit leiser Stimme, das ist nicht deine Entscheidung, bei wem du wohnst, und er deklamiert wieder, Papa hat gesagt, dass er in einer Woche eine schöne Wohnung hat, mit einem Kühlschrank, der keinen Krach macht, und ich werde ein riesengroßes Zimmer mit neuen Spielsachen bekommen, er breitet seine Arme aus, um mir die Größe des Zimmers zu zeigen, und ich stehe ratlos vor ihm und weiß nicht, ob ich mich mit ihm über die wunderbare Nachricht freuen und ihn zu seinem neuen

Zuhause beglückwünschen soll, jahrelang habe ich geglaubt, dass Amnons Anwesenheit uns bedrückt, und jetzt sieht es aus, als schlage seine Abwesenheit eine Bresche zwischen uns.

Lass dir Zeit, lass dir Zeit, murmle ich, lehne mich an die Fensterbank, betrachte aufgewühlt den Verkehr, alle Autos scheinen schwarz und glänzend zu sein wie das Auto, das heute Morgen hier unten gestanden hat, und in allen sitzen Gabi und Amnon auf den Vordersitzen, legen einander die Arme um die Schultern und lachen, und ich frage mich, ob ich je an diesem Fenster stehen kann ohne einen Schauder vor dem, was an diesem Morgen geschehen ist, dieser brennende Atem an meinem Hals, das rhythmische Rattern des Motors, das Schweigen des Mannes darin, aber tief in meiner Erinnerung, die vor sich selbst zurückschreckt, entdecke ich auch die Spur einer Erregung, scharf und glänzend wie die Schneide eines Messers.

6 Aber was ist schon Zeit? Ein trügerisches Heilmittel ist die Zeit, ein Fluss versteckter Tränen, ein Steinregen ist die Zeit, eine anhaltende Steinigung, ein listiger Betrüger ist die Zeit, ein furchtloser Wegelagerer, was könnte ich über die Zeit sagen, die mir Tag für Tag immer mehr von meinem Besitz nimmt, die Einfachheit der Tage, die sich gebetsmühlenartig wiederholen, die Lust der Nächte, die schwer von Schlaf sind wie fette schwarze Erde, die Gnade, frei von Zweifeln zu sein, und sogar meinen Sohn versucht sie zu verführen und streckt ihre starken Hände nach ihm aus, um ihn von mir zu entfernen.

Ist es das, was mein Vater gemeint hat, ist es das Verschwinden des früheren Gili, vor dem er mich gewarnt und das er vorausgesagt hat, denn es ist ein neuer Gili, der zwischen uns hin und her wandert, nicht mehr der Junge, den ich liebe, und von allen Schlägen, die mich von morgens bis abends treffen, ist die Sehnsucht nach dem alten Gili der schlimmste. Die Frucht der Liebe war er, und nach dem Ende der Liebe ist auch die Frucht verdorrt, die duftende samtige Schale hat sich abgelöst, und aus der abgestreiften weichen Haut ist ein neues Kind hervorgetreten, stachlig, stichelnd, trotzig, ein Kind des Zanks und des Streits, mit kleinen harten Fäusten, scharfäugig und schnellzüngig. Innerhalb weniger Tage verstummten Fragen, Bitten und Flehen, er hat sich damit abgefunden, Papa wohnt hier nicht mehr, und ich, die ich mich so sehr vor Bitten und Flehen gefürchtet habe, wundere mich über diese schnelle Anpassung, er hat nicht versucht, uns mit Vorwänden wieder einander näher zu bringen, er fleht weder mich an noch seinen Vater, erwachsen und mit offenen Augen hat er sich mit dem Übel der Trennung abgefunden, als wäre er von Geburt an darauf vorbereitet worden. Ruhig und diszipliniert trennt er sich vor dem Haus von seinem Vater, gehorsam und bedrückt steigt er abends mit seinem Ranzen auf den Schultern die Treppe hoch, als kehrte er von einem langen Schultag zurück, mit fester Stimme erzählt er seinen Freunden, mein Vater wohnt in einem anderen Haus, meine Eltern haben sich getrennt, als wäre das der Lauf der Welt vom Tag ihrer Erschaffung an, als wären wir nie eine Familie gewesen.

Aber waren wir wirklich eine Familie? Je weiter sich dieses Wort aus meinem Leben entfernt, umso mehr schmerzt es mich, behauptet sich ausgerechnet durch sein Fehlen. Sieben Buchstaben umklammern mein Herz wie Efeu, das den Baumstamm abwürgt, klebrige, giftige Buchstaben, die man nicht abschütteln kann. Es scheint, als hätten sich die Wörter in meine erbittertsten Feinde verwandelt, nicht die Momente der Einsamkeit, der Zweifel, der Erinnerungen, es sind die harmlosen, freundlichen Worte, die gefährlich geworden sind: Vater, Mutter, Familie, Heim. Schwestern und Brüder. Urlaub und Ausflug. Wie bedrohlich sind die Gutenachtgeschichten geworden, in denen es, ein Werk des Teufels, fast immer um ein Kind mit seinen Eltern geht, um das perfekte Familienleben. Die Mutter in der Küche und der Vater im Wohnzimmer, die Mutter, die Kaffee trinkt, und der Vater, der Zeitung liest, beide schlafend, in einem einzigen Bett, und dazu noch ein Bruder oder eine Schwester, ein Hund oder eine Katze, und wenn ich ihm die banalen Sätze vorlese, zittert meine Stimme vor Angst, dass diese Wörter ihn in seinem Koma des Sichabfindens stören könnten, ihn an das erinnern, was er einmal hatte.

Und da kommt er stolz aus der Schule zurück, in der

Hand ein buntes Plakat, das er für das Schlafzimmer gemalt hat. Mit zittrigen Buchstaben steht darauf geschrieben, das Zimmer von Papa und Mama, die Buchstaben hängen im Nichts, als schwebten sie im All, und ich versuche zu lächeln, was für ein großartiges Plakat, und er sagt, häng es auf, Mama, warum hängst du es nicht auf, und ich würde am liebsten sagen, wo denn, mein kleiner Freund, wo soll ich es aufhängen? Hast du nicht verstanden, dass es bei uns ein solches Zimmer nicht mehr gibt? Doch ich presse die Lippen zusammen und hänge das Plakat an die Tür, obwohl es eine Täuschung ist, und jeden Abend, wenn ich ins Schlafzimmer gehe, stolpere ich angesichts dieser Täuschung, kämpfe gegen das Bedürfnis, das Plakat von der Tür zu reißen oder zumindest Farbstifte aus seinem Federmäppchen zu holen und den Text zu korrigieren, das war einmal das Zimmer von Papa und Mama. Du hättest zwei Plakate machen müssen, das ist das Zimmer von Papa und das ist das Zimmer von Mama, aber ich wage nicht, es auszusprechen, er ist stolz auf sein Werk, als wäre es eine einfache, unverbindliche Zeichnung, eine Anhäufung inhaltsleerer Buchstaben, er besteht auf seinem Recht, so zu sein wie alle anderen Kinder.

Gibt es denn in seiner Klasse keine anderen Kinder aus geschiedenen Ehen, frage ich mich verwundert, und es stellt sich heraus, dass es im Gegensatz zu den erschreckenden Statistiken, die immer wieder in der Zeitung veröffentlicht werden, und im Gegensatz zu dem Eindruck, den ich die ganzen Jahre gehabt habe, kein einziges anderes Kind geschiedener Eltern in Gilis Umgebung gibt. Wenn ich ihn zu den Wohnungen seiner neuen Freunde bringe, deren Zahl sich mit erstaunlicher Selbstverständlichkeit vergrößert, versuche ich gleich nach meinem Eintritt Näheres über die familiären Verhältnisse herauszubekommen, ich plaudere mit der Mutter und bewundere die Wohnungseinrichtung, bloß damit ich ein wenig herumlaufen und nach Hinweisen suchen kann, ich schaue mich schnell um, suche nach Spuren eines Mannes, manchmal ist es ein Paar Sandalen, das in einer Wohnzimmerecke steht, ein Jackett, das an der Garderobe hängt, ein andermal der Geruch von Rasierwasser. Manchmal sagen die Frauen es von selbst, mein Mann ist bei der Arbeit, mein Mann ist im Ausland, mein Mann ist beim Reservedienst, oder es erscheint zu meinem Verdruss auch der Ehemann selbst, dann verabschiede ich mich schnell, bleibe weiterhin ohne Komplizin, und in jedem Haus sehe ich auf der Schlafzimmertür das bunte Plakat, das ist das Zimmer von Papa und Mama, aber nur bei uns zittern die Buchstaben wegen der Täuschung. So folge ich meinem Sohn von Wohnung zu Wohnung, prüfe jene Familien aus der Nähe, die ich zum ersten Mal bei der Feier zum Empfang des Schabbat gesehen habe, und versuche abzuschätzen, wie groß die Chancen dieser Paare sind, zusammenzubleiben, lasst euch schon scheiden, murmle ich, warum klebt ihr aneinander, trennt euch ein bisschen, was macht es euch schon aus, dann hätte Gili einen Leidensgenossen, dann wäre er nicht die einzige Ausnahme, der Gedanke bedrückt mich, dass all diese Kinder, egal ob groß oder klein, hellhaarig oder dunkel, ruhig oder laut, verwahrlost oder gepflegt, das haben, was mein Sohn schon nicht mehr hat, nämlich eine Familie.

Und nachts wache ich entsetzt auf, mit dem Gefühl, dass das ganze Bett samt Kissen und Decken und Matratzenfedern lautstark auf mein wie verrückt klopfendes, rebellierendes Herz antwortet, ich habe eine Familie begraben. Ich selbst, höchstpersönlich, habe eine Familie begraben. Es stimmt, es war eine Familie, die ich nicht besonders liebte, eine Familie, die mehr Probleme als Kinder hervorbrachte, mehr Streit als Nächte der Lust, mehr Enttäuschung als Freude, doch reichen diese Gründe wirklich aus, die Gutenachtgeschichten gefährden mich, nicht ihn, das Plakat auf der Tür bedroht mich, nicht ihn, die leeren Regalfächer stören meine Augen, nicht seine, es geht ihm gut, Papa, es geht ihm gut, er wird nicht ausgelöscht werden, aber was ist mit mir?

Er hat sich gegen unsere Trennung, die ihm aufgezwungen wurde, nicht gewehrt, aber gegen jeden anderen Zwang wehrt er sich mit aller Kraft, mit einer Dickköpfigkeit, die ich nicht an ihm kenne, die erst in diesem Herbst geboren wurde, sechs Jahre nach seiner eigenen Geburt. Er weigert sich, morgens aufzustehen, er weigert sich, schlafen zu gehen, sich zu waschen, sein Zimmer aufzuräumen. Wenn seine vielen neuen Freunde ihn besuchen, ist er fröhlich und strahlend, aber sobald sie gegangen sind, zeigt er mir ein zorniges Gesicht, und ich betrachte ihn zögernd, voller Angst, seinen Ärger zu wecken, während ich früher, in der Zeit der Familie, ungeduldig darauf wartete, dass die Eltern seines kleinen Freundes ihren Sohn abholten, damit wir vor dem Schlafengehen selbst noch Zeit zum Spielen und zum Reden hätten. Sobald die Tür hinter dem kleinen Jungen zugefallen war, der meistens heulte, wenn er geholt wurde, und unwillig nach seiner Mutter schlug, umarmte mich mein Sohn und zwitscherte mit seiner glücklichen Vogelstimme, zog mich auf den Teppich, um mit mir zu spielen, oder zum Sofa, um sich auf meinen Schoß zu setzen, oder zum Ranzen, um ein Bild hervorzuziehen, das er gemalt hatte, und ich, verzaubert von seinem Charme, hingerissen von dem klangvollen Geplapper, gab mich der verborgenen Quelle hin, von deren Existenz ich nichts gewusst hatte, sehnte mich nach nichts anderem, ich wollte immer nur diese Nähe, die vollkommener war als alles andere. Jedes Wort, das ihm über die Lippen kam, liebte ich, sein warmes Lachen, seine Spucke, die kleinen Muttermale auf seinen Wangen, seine Berührung, und nun, da er mir ein zorniges Gesicht zeigt, lasse ich schweigend das Badewasser ein und frage mich, was in Zukunft von dieser Liebesgeschichte bleiben wird, von der ich nie geglaubt hätte, sie würde einmal zu Ende gehen, die eigentlich dazu bestimmt war, so oder anders mein ganzes Leben lang zu dauern.

Morgens wacht er müde und zornig auf, reibt sich die vom Schlaf verklebten Augen, schaut sich düster um, als suche er einen Grund zum Streiten. Zieh dich an, Gili, dränge ich und lege die Kleidungsstücke auf sein Bett, er verzieht das Gesicht, verlangt ausgerechnet das, was er gestern anhatte, zerrt die schmutzigen Sachen aus dem Wäschekorb, lehnt es ab, sich die zerzausten Locken zu kämmen, will nichts essen. Was möchtest du auf dein Schulbrot, frage ich, und er beschwert sich, ich habe die Nase voll von diesen Fragen, das ist die blödeste Frage der Welt, und ich sage, warum bist du so gereizt, sag einfach, was du willst, Käse, Erdnussmus oder Schokocreme? Und er fängt an zu schreien, warum streitest du mit mir, du willst doch nur mit mir streiten, ich widerspreche, wieso streiten, ich frage nur, was du auf dein Schulbrot möchtest, und er murmelt, ist mir egal, was du willst, aber wenn wir schon an der Tür stehen, schaut er in seiner Tasche nach, zieht die Frühstückstüte heraus und wirft sie auf den Boden, ich will kein Käsebrot, jammert er, ich will Schokocreme, und ich bereite schnell ein neues Brot, das, wie ich weiß, ein ähnliches Schicksal erleiden wird, und am Schluss gebe ich es auf zu fragen und schmiere ihm jeden Morgen einfach zwei Brote.

Tatsächlich ist die Liebe unter den schweren, unbehauenen Steinen von Reue und Schuld, von Trauer und Sehnsucht, Kränkung und Enttäuschung schwer zu identifizieren, sogar diese offenbar so einfache, die natürlichste von allen, die Mutterliebe. Dieser Schatz, der für mich heilig war, dessen Kraft mich immer in Staunen versetzt hat, der mich in den letzten sechs Jahren geschützt hat wie eine schusssichere Weste und zwischen mir und dem Rest der Welt stand, sogar zwischen mir und Amnon, gleitet mir aus den Händen, denn wenn wir beide auf dem Gehweg vor unserem Haus Eis essen, schmeckt es nicht mehr so süß wie früher, und wenn wir zusammen im Hof spielen, versinke ich nicht mehr im Spiel, wie ich es damals tat, ich betrachte ihn nicht mehr mit demselben Erstaunen und derselben Bewunderung wie einst. Mit düsterer Langeweile schaue ich auf die Uhr, wann wird es endlich Zeit, dass er schlafen geht, wann kann ich mich wieder meinem Schmerz widmen, fern von seinen prüfenden Augen, und begreifen, dass diese Liebe, die zwischen uns erblühte und an Kraft zunahm, nicht zwischen zwei Menschen existieren kann, sie braucht einen dritten, nun, ohne Amnon, ohne seine vielen vorwurfsvollen Blicke, ist sie inhaltsleer geworden und hat sich in ein Gefühl der alltäglichen Pflicht einer Mutter ihrem Sohn gegenüber verwandelt, der manchmal angenehm und liebenswürdig ist, ein andermal aber lästig und anstrengend. Es erweist sich, dass ausgerechnet Amnons Anwesenheit meine Liebe zu Gili vergrößert und sie mit Leben erfüllt hat, ich frage mich, ob es eine Provokation war, wollte ich Amnon beweisen, wie sehr ich fähig war zu lieben, wenn auch nicht ihn, oder versuchte ich ihn über den Jungen an einer einfachen, warmen Liebe teilhaben zu lassen, die eigentlich für ihn bestimmt war, die ich ihm aber nicht direkt schenken konnte.

Erstaunt verfolge ich diese Veränderungen, erschrecke vor meiner Unfähigkeit, die Zukunft vorauszusehen, entsetzt darüber, wie schnell die Grundsäulen meines Lebens zerbröckeln, und ich weiß nicht, ob Gili vor mir gefühlt hat, dass ich ihm verloren gegangen bin und er sich mir deshalb entfremdet hat, aber die Zeit ist mir hinterhergelaufen und hat mich ausgelacht, lass dir Zeit, hat sie gesagt, ein trügerisches Heilmittel ist sie, die Zeit, eine anhaltende Steinigung.

Hör auf, dich selbst zu bestrafen, sagt Dina jetzt, vor lauter Schuldgefühlen gibst du dir keine Möglichkeit, dich zu erholen, ich habe dir doch gesagt, dich hat eine starke Kraft zu diesem Schritt getrieben, verleugne sie nicht so schnell, lass die Dinge sinken, du wirst schon noch aufblühen, das verspreche ich dir. Als es auf die Trennung zuging, hast du alles Gute vergessen, das zwischen euch war, und jetzt überflutet es dich, aber das sind Schwankungen, die zu erwarten waren, versuche, dich ihnen nicht hinzugeben, sei geduldig. Ich höre ihr zerstreut zu, sehne mich danach, das Gespräch zu beenden, mit ihr und mit allen, die anrufen und anteilnehmende Fragen stellen, es ist noch nicht einmal Stolz, der mich daran hindert zu sagen, wie tief meine Depression ist, wie groß die Reue und die Hoffnungslosigkeit, es fällt mir sogar schwer, die Lippen zu bewegen, ich stimme mit fast geschlossenem Mund zu, erfinde Ausreden, um das Gespräch zu beenden, Gili ruft mich, murmle ich, auch wenn er gar nicht zu Hause ist, ich muss auflegen.

Manchmal scheint es, als wollte ich nur eins, nämlich dass man mich daran erinnert, wie schlecht es uns gegangen ist, dass man mir erzählt, wie wenig wir zusammengepasst haben, wie bedrückt wir bei jener Feier ausgesehen haben, wie wir uns damals, bei dem Picknick, gestritten haben und wie Gili uns angefleht hat aufzuhören und wie wir gar nicht auf ihn geachtet haben, wie alle die Spannungen zwischen uns gespürt haben und wussten, dass es nur noch eine Frage der Zeit war, aber sogar wenn mir manchmal die richtigen Worte gesagt werden, höre ich sie mir nur zweifelnd an, mit wachsendem Groll, was wisst ihr überhaupt, ihr habt doch keine Ahnung, was wirklich zwischen uns war, und ich möchte nur mit einem Menschen über unsere Zeit als Familie sprechen, ich möchte eines Abends zu ihm in die Wohnung gehen, die er gemietet hat und von der ich noch nicht einmal weiß, wo sie sich befindet, nur dass sie ein schönes großes Zimmer hat, voller neuer Spielsachen, ich will mich an den großen, schwerfälligen Körper drücken und sagen, verzeih mir, Geliebter, ich habe einen Fehler gemacht.

Und diesen Abend plane ich nachts, wenn ich mit klopfendem Herzen aufwache, und morgens, wenn mir der herbstliche Wüstenwind die klebrigen Finger auf die Augen drückt, und in den langen Stunden vor dem Computer, wenn ich versuche, den Aufsatz über Thera abzuschließen, und in den Nachmittagsstunden auf den Spielplätzen, bei den belanglosen Plaudereien mit den anderen Müttern, heute Abend werde ich zu ihm gehen, er wird mir nicht widerstehen können, ich werde ihm versprechen, dass ich mich ändere, dass ich erst jetzt gemerkt habe, wie sehr ich an ihm hänge und ihn liebe, ich werde ihm versprechen, dass alles anders wird, dass ich ihm alles geben werde, was ihm gefehlt hat, dass ich jeden Abend neben ihm auf dem Sofa sitzen und seine Aufsätze lesen werde, ich werde jede Nacht mit ihm schlafen und ihn so akzeptieren, wie er ist, und ich werde nie mehr mit ihm streiten. Du wirst mir eine Familie geben und ich dir eine Frau, ich formuliere die Details unseres Abkommens, noch nie hat es auf der ganzen Welt ein besseres Abkommen als dieses gegeben, und ein paar Augenblicke lang bin ich begeistert, als wäre alles wieder in Ordnung, ich stelle mir vor, wie er nach Hause zurückkehrt, natürlich werde ich ihm beim Packen helfen, wir werden die wenigen Sachen, die er mitgenommen hat, zurückbringen, die Bücher ins Regal stellen, seine Kleidungsstücke in den

Schrank räumen, und wenn Gili am Morgen aufwacht, wird sein Vater schon zu Hause sein, wie früher, und dieser Monat der Trennung wird uns wie eine ernstzunehmende Mahnung vorkommen, wie eine drohende Wolkensäule, bis wir die Erinnerung daran nicht mehr brauchen, weil wir so glücklich sind.

Und vor lauter Sehnsucht nach dem Glück und vor lauter Angst davor fürchte ich mich, meine Kraft auf die Probe zu stellen, warte auf die passende Stunde, auf die richtige Zeit, auf den richtigen Ort, und mir scheint, ich müsse bis in alle Ewigkeit warten, denn den wirklichen Amnon, den Mann mit dem schwerfälligen Körper und dem schönen, offenen Lachen habe ich seit jenem Freitag nicht gesehen, seit der Schabbatfeier, als Gili uns hinter sich herzog und ich im Ton seiner neuen Lehrerin laut und entschieden sagte, Papa kommt nicht mit uns rauf, Gili, er geht jetzt, morgen wird er kommen und dich für ein paar Stunden abholen. Diese Worte sind grob ausgesprochen worden, hartherzig, böse, und seither weicht er mir aus, holt Gili von der Schule ab, begleitet ihn nur bis zur ersten Treppenstufe, übermittelt über ihn knappe Nachrichten, als wäre sein Sohn eine Brieftaube, Papa holt mich diese Woche am Sonntag ab, nicht am Montag, am Mittwoch und nicht am Donnerstag, und ich frage mich verwundert, wie lange er sich drücken kann, bis zu Gilis nächstem Geburtstag, vielleicht auch noch länger, bis zu seiner Bar-Mizwa, bis zu dem Tag, an dem er zum Militär eingezogen wird, und vielleicht wird er mir für immer ausweichen und ich werde für immer zögern, aber eines Tages teilt mir Gili, als er nach Hause kommt, stolz mit, Papa lässt dir ausrichten, dass er mich am Freitag von der Schule abholt und dass ich bei ihm schlafe, er hat ein Bett für mich gekauft und es ist schon geliefert worden, und da weiß ich, dass dies der richtige Abend sein wird, wenn Gili im Nebenzimmer schläft, mit offenem Mund und einem bisschen Spucke, die auf sein neues Kissen rinnt, sein Schlaf schreit geradezu nach einer sicheren Familie, er wird es mir nicht abschlagen können.

Wo ist Papas neue Wohnung genau, frage ich mit süßer Stimme, so ganz nebenbei, ist sie weit von hier? Und Gili sagt, nein, nicht richtig weit und nicht richtig nah, man muss ein bisschen mit dem Auto fahren, und ich frage, wie sieht die Straße aus, und er sagt, so eine ganz normale Straße, wie hier, mit Bäumen und mit Häusern, und ich schlage vor, vielleicht versuchst du, das Straßenschild zu lesen, und sagst mir dann, welche Buchstaben darauf stehen, und er protestiert, das ist noch zu schwer für mich, und schon erfinde ich ein neues Spiel für ihn, ein Rätsel mit kleinen Belohnungen, und wir machen lange Spaziergänge durch das Viertel, während er versucht, die Straßennamen zu entziffern, und ich erkläre ihm alles genau, übe mit ihm Lesen und sich auf den Orientierungsmärschen zurechtzufinden, ihm gefällt das Spiel, aber bei seinem nächsten Besuch bei Amnon hat er es schon vergessen, und ich bin ratlos, denn um das Herz seines Vaters zu erweichen, muss ich vor ihm stehen, und plötzlich kommt mir das ganz unmöglich vor. Der Kontakt zu unseren Freunden aus der Familienzeit ist abgerissen und Gabi kann ich natürlich nicht fragen, und so stehe ich vor einem seltsamen Hindernis, ich habe mir genau überlegt, was ich sagen und was ich anziehen will, ich kenne jedes Detail des Aufeinandertreffens, nur nicht den Ort, an dem es stattfinden soll, und trotzdem will ich nicht darauf verzichten, ich beschließe, ihnen heimlich zu folgen, wenn Amnon Gili am Freitag abholt und mit ihm zu der neuen Wohnung fährt, zum ersten Wochenende ohne mich.

Ich sitze mit gesenktem Kopf in Dinas kleinem Auto neben dem Schultor, mit einer Sonnenbrille auf der Nase und einem hellen Strohhut auf dem Kopf, und warte. Vor mir und hinter mir warten andere Autos, die jetzt noch leer sind, sich bald aber mit fröhlichen Kindern füllen werden, die begeistert und verschwitzt in den Schoß der Familie zurückkehren. Mütter und Väter tauchen auf, die meisten kenne ich, bei vielen war ich schon zu Hause und habe die Einrichtung bewundert. Da ist die schöne Keren, die bei der Schabbatfeier alle zu ihrer Party eingeladen hat, mit einem kurzen Kleid und nackten, braun gebrannten Beinen, ihr Mann läuft ihr nach, legt ihr den Arm um die Schultern, und sofort flackert Neid auf, sofort fangen die dürren Zweige an zu lodern, und da nähert sich Michal mit langsamen, lustlosen Schritten, ihr Gesicht hat in der letzten Zeit einen besorgten Ausdruck, aber wir sprechen kaum miteinander, Jotam hat vermutlich den Glauben an seinen zweifelhaften neuen Freund verloren, und Gili hat mit Leichtigkeit andere Freunde gefunden, ich lege den Kopf aufs Lenkrad, als würde ich ein bisschen dösen, und werfe einen unauffälligen Blick auf den Tumult, den ich gut kenne und der mir trotzdem an diesem Freitagmittag fremd vorkommt. Einer nach dem anderen kommen die Kinder durch das weit geöffnete Tor, aber Gilis Vater taucht nicht auf, wie üblich verspätet er sich, vielleicht hat er es auch vergessen, was für ein Glück, dass ich hier bin, aber wie kann ich ohne ihn meinen Plan ausführen? Zu meinem Erschrecken fahren immer mehr Autos weg, hoffentlich bleibe ich nicht allein zurück, denn dann werden sie mich bestimmt entdecken, ich schaue mich beunruhigt um, komm schon, wo steckst du, alle möglichen Sorgen schwirren mir durch den Kopf, und wenn er nicht allein ist, und wenn ich neben ihm die arme Ofra entdecke, fast einen Monat lang habe ich gewartet, volle vier Wochen sind seit unserer Trennung vergangen, vielleicht habe ich den Zeitpunkt verpasst, vielleicht war er auch zu früh da und sie sind längst in seiner Wohnung, und Gili hüpft barfuß auf dem neuen Bett herum, aber da ist er ja, das rote Auto kommt schnell näher und bleibt genau hinter mir stehen, fast hätte es Dinas Auto gerammt, er steigt schwerfällig aus und streckt sich, wirft einen Blick auf seine Uhr, fährt sich mit einer mir sehr vertrauten Bewegung über den Kopf, dort wachsen zu meinem Erstaunen braunblonde Stoppeln, die aussehen wie das Gras im Rabenpark. Vier Wochen habe ich ihn nicht gesehen, und mein Herz fliegt ihm entgegen, wie kostbar er ist und wie vertraut, er sieht gut aus, die Hose mit den tiefen Taschen hängt locker an seinem Körper, er scheint ein bisschen abgenommen zu haben, er sieht so jungenhaft aus wie damals, und er geht mit den gleichen vorsichtigen Schritten an mir vorbei, mit denen er damals durch das Ausgrabungsareal gegangen ist, seine große Gestalt schien die bloßgelegte Ausgrabungsstätte zu beschützen, und ich bürstete gründlich den Staub ab, schaute heimlich zu ihm hin und betete, dass er wieder zu mir kommen würde, dass er mir zuliebe die Sonnenbrille absetzen und mich Pariserin nennen würde.

Da kommt er schon zurück, den Jungen auf den Schultern, natürlich hat er keine Minute an ein Gespräch mit der Lehrerin, mit einem Vater, einer Mutter vergeudet, pass auf, das Tor, hätte ich fast gerufen, als Gilis Kopf sich dem eisernen Rand nähert, aber er bückt sich gerade rechtzeitig, und ich spähe unter meinem Strohhut hervor, das sind meine beiden Männer, das ist meine ganze Familie, seine großen Hände umfassen die Knöchel des Jungen, bedecken seine Unterschenkel, Gilis Hände liegen auf seinem Kopf, spielen mit den neuen Grasstoppeln, und ich habe das Gefühl, dass er, wenn er meinen Sohn auf die Schultern nimmt, auch mich festhält, schließlich ist dies der Junge, den ich heute Morgen angezogen habe, es sind die Kleider, die ich für ihn gewaschen habe, es ist der Ranzen, den ich für ihn gekauft habe, er gehört ganz mir, dieser Junge, und wenn er so auf deinen Schultern reitet, bin auch ich dort, neben ihm, fühlst du mein Gewicht nicht, denn ich gehöre dir auch noch und du mir, ich werde mich ganz selbstverständlich neben ihn in das rote Auto setzen, aber sofort erstarre ich, so nicht, ich darf nicht durch solche voreiligen Manöver alles gefährden, wie leicht könnte das mit einer tiefen Enttäuschung enden, ich muss auf den Abend warten, nach dem Plan vorgehen, und ich atme tief, bereite mich auf die Verfolgung vor, während sie einsteigen und sich anschnallen. Noch nie habe ich so etwas gemacht, was soll ich tun, wenn sich ein Auto zwischen uns schiebt und ich sie verliere, und was, wenn uns kein Auto trennt und er mich entdeckt, ich drücke den Hut fester auf den Kopf, lasse den Motor an und fahre ihnen direkt hinterher, bete, dass der Weg nicht zu lang ist, und ich klebe fast an dem roten Heck, Ampel um Ampel, wenn er blinkt, blinke ich auch, einen Moment lang blitzt ein breites Lächeln in seinem Rückspiegel auf, und mir bleibt die Luft weg, bis ich verstehe, dass das Lächeln dem Jungen gilt, nicht mir, dem Jungen, von dessen Kopf über dem Rand des Rücksitzes nichts zu sehen ist, bis es mir vorkommt, als wäre das Auto leer, und als er in einer vertrauten, belebten Straße die Geschwindigkeit verringert, lächle auch ich, wie gut es zu ihm passt, einfach zurückzukehren, ich hätte es erraten können, in dieser Straße hat er vor zehn Jahren gewohnt, in einer voll gestopften Einzimmerwohnung, in diese Wohnung hat er mich eingeladen, um seinen Ausgrabungsbericht über die Keramikfunde zu lesen, die wir in den Trümmern von Tel Jesreel gemacht hatten. Als er das Auto parkt, fahre ich weiter, schaue ihnen dann im Rückspiegel zu, wie sie aussteigen, und als sie in einem kleinen Haus verschwinden, wende ich und wiederhole im Vorbeifahren zur Sicherheit die Nummer, obwohl ich sie nicht vergessen könnte, selbst wenn ich wollte, auch nicht das hübsche Steinhaus mit den zwei stämmigen Palmen neben dem Eingang, die aussehen wie bewaffnete Wächter.

Die bevorstehende Familienvereinigung legt einen weichen Glanz über unsere Wohnung, und ich räume selig die Vorräte in den Kühlschrank, Bier für ihn und Rotwein für mich und Mangosaft für Gili und einen süßen Hefezopf und Käse und Obst, als würde heute Abend hier ein Fest stattfinden, ja, auch ich feiere heute Abend ein Fest, so wie die schöne Keren, aber ich lade nicht alle Eltern ein, sondern nur einen einzigen Vater, den ich mir aufs Neue erwählt habe.

Aus welchem Anlass gebt ihr das Fest, hat jemand gefragt, und sie hat mit einem verlegenen Lächeln geantwortet, während ihr eine leichte Röte ins Gesicht stieg, einfach so, wir haben Lust zu feiern, und ich gebe zu, dass auch mir die Gründe für mein Fest nicht ganz klar sind, noch nicht einmal der Ort, wo es stattfinden soll, ob wir Gili mitten in der Nacht aufwecken und zu dritt nach Hause fahren oder ob ich dort bei ihnen schlafe und wir am Morgen heimkehren, vielleicht wird das Fest bei ihm stattfinden und ich werde meine Einkäufe dorthin bringen müssen, aber ich lasse mich durch solche Kleinigkeiten nicht beirren, ich stürme durch die Wohnung, mein Körper, wie durch ein schreckliches Unglück in zwei Teile gespalten, vereinigt sich langsam, mir scheint, dass die Wände an meiner Freude teilnehmen, sie lassen die Bilder tanzen, die Möbel bereiten sich darauf vor, den Verjagten zu empfangen, der als Sieger zurückkehrt.

7 Ella, tu das nicht, stößt sie schnell aus, als ich hinter ihrem gebeugten Rücken stehe und ihre Autoschlüssel schüttle, als wären sie Glöckchen, die ein Fest einläuten. Sie steht über das Pflanzengestrüpp auf ihrer Terrasse gebeugt, reißt vertrocknete Blätter ab, und ich sage, seit wann bist du so eine Schwarzseherin, Dina, das passt nicht zu dir, und sie richtet sich auf und blickt mich an, es kommt mir einfach nicht vernünftig vor, ihn so zu überraschen, wenn er es ausdrücklich ablehnt, dich zu sehen, und ich protestiere, du verstehst die Situation nicht, schließlich habe ich ihn verlassen, er hat mich angefleht, dass wir zusammenbleiben, was ist dann so schlimm daran, wenn ich zugebe, dass ich mich geirrt habe?

Aber du weißt doch noch gar nicht, ob du dich geirrt hast, sagt sie, nimmt mit ihren erdverkrusteten Händen die Schlüssel, du hast es sehr eilig, ihn zurückzuholen, und ignorierst ganz, was zu dieser Trennung geführt hat, hast du darüber nachgedacht, was eine Woche oder einen Monat nach seiner Rückkehr sein wird? An den Tatsachen hat sich schließlich nichts geändert, Amnon ist kein rücksichtsvollerer Mann geworden, und auch du hast dich nicht verändert, hör zu, Ella, du bist noch immer verwirrt, das ist nur natürlich, in solchen Krisensituationen werden wir von widerstrebenden Gefühlen überschwemmt, es braucht viel Zeit, um zu erkennen, was man wirklich empfindet.

Du glaubst nicht, dass das, was ich fühle, richtig ist, frage ich, aber da irrst du dich, und sie sagt, natürlich spürst du ein Bedürfnis nach ihm, aber die Frage ist, was sich hinter diesem Bedürfnis verbirgt, Angst, Schuldgefühle, Gekränktheit, die Frage ist, ob bei dir wirklich die Bereitschaft gewachsen ist, Amnon diesmal vollkommen zu akzeptieren, oder ob es sich wieder um eine Illusion handelt, um eine kleine Atempause in euren Machtkämpfen. Du hast keine Ahnung, wie sehr einen Gefühle täuschen können.

Du bist wirklich nicht auf dem neuesten Stand, Dina, beharre ich, hier gibt es keine Verwirrung, ich bin vollkommen sicher, dass ich ihn zurückhaben will, und sie sagt, aber vor einem Monat warst du vollkommen sicher, dass du ihn nicht mehr willst, was hat sich seither eigentlich verändert, außer dass er, entgegen deiner Vermutung, auch ohne dich zurechtkommt? Nehmen wir mal an, er hätte dich weiter angefleht zusammenzubleiben, würdest du ihn auch dann noch wollen?

Vielleicht hätte es ein bisschen länger gedauert, antworte ich vorsichtig, vielleicht habe ich den Abstand von ihm gebraucht, um zu verstehen, wie teuer er mir ist, und sie sagt, und vielleicht willst du auch nur das, was du nicht hast, mir scheint, du hast dein Gleichgewicht noch nicht wiedergefunden, Ella, du bist gekränkt von seiner Entfremdung, du hast Angst, ihn zu verlieren, und jetzt ist es für dich das Bequemste, den früheren Zustand wiederherzustellen, aber du willst nicht wissen, was zwischen euch gewesen ist, lass dir noch ein paar Monate Zeit, bevor du das Leben von drei Menschen erneut durcheinander bringst, und ich sage, du bist nicht realistisch, Dina, das ist dein Problem, in ein paar Monaten habe ich ihn ganz verloren, er wird sich daran gewöhnen, ohne mich zu leben, und vielleicht sogar eine andere finden, ich glaube sowieso, dass ich zu lange gewartet habe, wer weiß, ob er nicht schon zu seiner früheren Freundin zurückgegangen ist.

Sie zieht sich vor mir in ihre grell gestrichene Küche zurück, tritt vorsichtig auf die orangefarbenen Keramikfliesen, die wie Farn an den Wänden hochklettern, iss etwas, du siehst wirklich ausgehungert aus, sagt sie, ihr Blick wandert besorgt über meinen Körper, der in einem engen weinroten Kleid steckt, und ich bewege die Hand zu meinem Hals, als versuchte ich, ein Messer zu entfernen, in der letzten Zeit habe ich Beschwerden beim Schlucken, sage ich, hast du vielleicht ein Halsbonbon?

Nein, aber ich habe Kuchen, sie holt eine runde Form aus dem Kühlschrank, in der sich ein Schokoladenkuchen befindet, der mit einer dicken Cremeschicht überzogen ist, sie schneidet mir ein großes Stück ab, und ich begnüge mich mit der Creme, kratze sie langsam mit einem kleinen Löffel ab und ignoriere den missbilligenden Ausdruck auf ihrem Gesicht, wofür hast du gebacken, einfach so, nur für dich, frage ich, so seltsam kommt mir das plötzlich vor, eine Frau lebt allein in einer Wohnung, mit einem Kuchen, und sie antwortet, ich erwarte morgen Gäste zum Mittagessen, du bist auch eingeladen, und ich sage, danke, morgen bringen wir bestimmt seine Sachen zurück nach Hause, ich weiß nicht, ob wir da Zeit haben, und sie seufzt, sieht mich zweifelnd an, Ellinka, für den Fall, dass nicht alles so läuft, wie du glaubst, dann vergiss nicht, dass du morgen Mittag hier eingeladen bist. Danke, wirklich vielen Dank, sage ich ein bisschen überheblich, was habe ich mit diesen gezwungenen Treffen zu tun, die sie für ihre trostlosen, allein stehenden Bekannten organisiert, ich komme überhaupt nicht auf die Idee, dass es nicht klappen könnte, ich bin hochmütig, schließlich liebt er mich, in einem Monat hat er diese Liebe bestimmt nicht verloren, du tust so, als wäre er es gewesen, der mich verlassen hat.

Nach einer gewissen Zeit spielt es keine Rolle mehr, wer wen verlassen hat, bemerkt sie, sondern nur noch, wer sich leichter an die neue Situation anpasst, und ich schnaube verächtlich, Amnon und sich anpassen? Er mag keine Veränderungen. Dass er mich jetzt nicht sehen will, heißt noch lange nicht, dass er nicht zurückkehren möchte, ganz im Gegenteil, er ist einfach verletzt, er hat Angst, seinen Willen auszudrücken, aber wenn es von mir kommt, ist er glücklich, du wirst sehen. Wieder seufzt sie, ihre Hände ruhen auf ihren Rippen, als würde sie von einem plötzlichen Kälteschauer gepackt, gut, ich hoffe für dich, dass du Recht hast, die Wahrheit ist, dass ich nicht weiß, was ich dir wünschen soll, und ich sage, na was wohl, wünsch mir Erfolg, und sie antwortet mit einem ernsten Lächeln, aber was in deinen Augen ein Erfolg ist, ist es nicht in meinen, und ich küsse sie auf die spröde Wange, genug, sei nicht so kleinlich, Dina, und sie sagt, ich wünsche dir viel Erfolg, Ellinka, ihre braunen, von dünnen roten Äderchen umrandeten Augen folgen mir besorgt, als ich mich entferne, ähnlich wie die Augen meiner Mutter mich freitagabends begleitet haben, wenn ich zu jenen Klassenpartys ging, von denen ich regelmäßig gedemütigt in ihre tröstenden Arme zurückkehrte.

Wie aufregend und wie seltsam das ist, dass ich jetzt zurückkehre, nach zehn Jahren, mit schnellen kleinen Schritten, die an ihrem Glück zweifeln und denen es schwer fällt, zu glauben, dass er mich will, dieser große stolze Mann, der damals ausgerechnet mich zu sich einlud, um mir den Ausgrabungsbericht zu zeigen, an dem er schrieb, ich sollte meine Meinung dazu sagen, und ich bleibe einen Moment lang vor dem Gebäude stehen, in dem er damals gewohnt hat, in dieser voll gestopften Einzimmerwohnung voller Bücher und Keramikgegenstände und voller düsterer Radierungen des alten Jerusalem, eine Wohnung, erfüllt von seinem scharfen rauen Charme, wie gurrend er gelacht hat, als ich meine Anmerkungen formulierte, du bist keine Archäologin, hat er erstaunt gesagt, dich interessieren nur Märchen, was machst du überhaupt in unserer Abteilung, und damals hörten sich seine Worte an wie ein ausgefallenes Lob. Ich muss dich mal nach Thera mitnehmen, sagte er, kommst du mit mir? Und ich nickte glücklich, ich werde mit dir bis ans Ende der Welt gehen, bis hinunter in den Bauch der Erde werde ich dir folgen, ich setzte mich auf seine Knie und schaute dankbar in seine wunderschönen Augen, ich streichelte seine Hände, als hätte ich wirklich Tausende von Jahren unter einer Erdschicht gelegen, bedeckt von Lava, bis diese großen Hände kamen und mich von dort erretteten.

Es ist schon kühl und dunkel an diesem Abend, und nur wenige Autos fahren an mir vorbei, eines verringert die Geschwindigkeit, ich meine eine Hand zu sehen, die mir grüßend zuwinkt, aber ich versuche nicht, zu erkennen, wer es ist, ich antworte nur mit einer beiläufigen Geste und versinke in den Stimmen, die durch das offene Fenster auf die Straße fliegen wie schwärmende Vögel, ich erlaube mir, in das Tischgebet einzustimmen, obwohl ich an dem Essen nicht teilnehme. Wenn der Herr die Gefangenen Zions erlösen wird, so werden wir sein wie die Träumenden. Dann wird unser Mund voll Lachens und unsre Zunge voll Rühmens sein … Endlich sind die Feiertage vorbei, die mir dieses Jahr wie eine schwere Last vorgekommen sind, Feiertage ohne Eltern, ohne Familie, noch ein paar wacklige Laubhütten sind zurückgeblieben, schnell aufgebaut und noch nicht wieder entfernt, ihre vom Tau feuchten Decken verströmen einen satten Geruch nach Herbst, die Palmenzweige sind verwelkt, ich schaue in eine der leeren Hütten hinein, sorgfältig ausgeschnittene und zusammengeklebte Papiergirlanden rascheln im Wind, ein paar von ihnen winden sich schlangenartig zu meinen Füßen. Wann war das, vor einem Jahr oder zwei, als Gili uns gedrängt hat, auf dem Balkon eine Laubhütte zu bauen, Amnon hat sich geweigert, und schließlich stieg ich selbst auf das Geländer und versuchte, den Balkon mit Betttüchern zu bespannen, während er auf dem Sofa lag und las, gleichgültig gegenüber meinen Bemühungen, das ganze Fest über haben wir nicht miteinander gesprochen, zehn ganze Tage, und auch als wir uns endlich wieder versöhnten, hatte die Versöhnung einen bitteren Beigeschmack. Ich habe ihn nie gefragt, warum er sich eigentlich geweigert hat, warum fiel es ihm so schwer, dem Jungen eine Freude zu machen, vielleicht werde ich es heute Nacht herausfinden, ohne Vorwürfe und ohne Schuldzuweisungen, nur aus ehrlichem Interesse, werde ich sagen, es gibt so wenige Möglichkeiten, ihn glücklich zu machen, und sie gehen so schnell vorbei, es wird eine Zeit kommen, in der sein Glück nicht mehr von uns abhängt, wir werden hilflos vor seinem Schmerz stehen.

Ich schleiche mich zwischen den beiden Palmen hindurch, als könnten sie ihre dünnen Arme nach mir ausstrecken und mir den Weg versperren, im Treppenhaus betrachte ich prüfend die Briefkästen, da ist sein Name, in eckigen Buchstaben auf ein Stück Papier gedruckt und von einem schwarzen Rahmen eingefasst, als würde hier sein Tod angezeigt, und erleichtert stelle ich fest, dass kein Frauenname sich seinem angeschlossen hat, und trotzdem bedrückt mich die Aggressivität der Buchstaben, die seine feste Absicht zu einer eigenen Existenz bezeugen, die nicht schwankend und vorübergehend ist, wie ich gehofft habe, für immer wird er hier bleiben, und ich bücke mich vor seinem Namen, betrachte die Buchstaben genau, murmle wieder und wieder die Worte, die ich für ihn habe, obwohl ich noch immer glaube, dass ich kein einziges Wort benötige, in dem Moment, da er mein Gesicht sieht, wird seines anfangen zu strahlen, und wir werden keine Worte brauchen.

Leise Musik dringt, zusammen mit einem schmalen Lichtstreifen, durch den Spalt zwischen Wohnungstür und Fußboden, und ich stelle erleichtert fest, dass es eine CD ist, die ich ihm gekauft habe, ich erkenne die gewundenen Klänge einer klassischen Gitarre, ist das nicht eine Einladung, ist das nicht ein Zeichen, dass er mich erwartet? Leise klopfe ich an, um den Jungen nicht zu wecken, es ist schon spät, bestimmt schläft er bereits, aber keine Stimme ist hinter der Tür zu hören, keine Bewegung, vielleicht sind beide eingeschlafen, ich kann sie vor mir sehen, einer neben dem anderen auf dem schmalen Bett, Gili schläft wie immer auf dem Rücken, Amnon wie immer auf dem Bauch, und wieder klopfe ich, vor meinen Augen sehe ich die Hindernisse, die auftreten könnten, bis jetzt habe ich mir nicht die Mühe gemacht, sie in Betracht zu ziehen. Vielleicht schlafen sie beide, und ich schaffe es nicht, sie zu wecken, oder die Anwesenheit Gilis macht alles kaputt, oder noch schlimmer, er hat Besuch, obwohl Gili nie etwas berichtet hat, stelle ich mir eine Frau an seiner Seite vor, und ich mache ein paar kurze nervöse Schritte zurück, dann klopfe ich wieder an und höre endlich, endlich schlurfende Schritte, und er fragt nicht, wer da ist, vielleicht erwartet er einen anderen Gast, denn als Licht aus der Wohnung auf mein Gesicht fällt, weicht er zurück und murmelt, Ella, was suchst du hier, aber seine Stimme klingt nicht erstaunt und begeistert, sondern sachlich, verwundert, kühl, was suchst du in einem Haus, das nicht deines ist und in das dich niemand eingeladen hat.

Ich nähere mein Gesicht dem seinen, seine Größe überrascht mich, ich recke den Hals zu ihm hinauf, eine unangenehme Bewegung, die ich schon vergessen hatte, dränge mich in die Wohnung, in die er sich vor mir zurückzieht, Amnon, wir müssen miteinander reden, und er presst die

Lippen zusammen, bis sie fast in der Weite seines großen Gesichts verschwunden sind, er beißt sich auf die Unterlippe, sein Blick weicht meinem aus.

Reden, worüber, fragt er, als hätten wir noch nie ein Wort gesprochen und als würde allein die Möglichkeit ihn in Erstaunen versetzen, und ich sage, über uns, über unsere Trennung, über unseren Sohn, und er setzt sich schweigend an den runden Esstisch, der in einer Ecke des Wohnzimmers steht, bietet mir den Platz gegenüber an, wo Gili allem Anschein nach vor kurzem gesessen hat, denn sein Teller steht noch da, mit Resten von Spaghetti und grünem Salat und einem halb abgenagten Maiskolben, darunter lugt das besorgte Gesicht von Pu dem Bären hervor, der unter einem Luftballon zappelt, ich schaue mich schnell um, wie ich es in den Wohnungen der Eltern von Gilis Freunden immer mache, um so viele Details wie möglich aufzunehmen, aber diesmal hat die rasche Inspektion eine besondere Bedeutung und Dringlichkeit, und ich stelle erstaunt fest, wie angenehm die kleine Wohnung ist, durch deren Fenster man das bei Nacht beleuchtete Kloster sieht, wie einen riesigen Meteor, der gerade auf die Erde herabgestürzt ist, ich betrachte die neuen Möbel, die er gekauft hat, den groben Flechtteppich, das sandfarbene Sofa und die zwei Korbsessel.

Es ist sehr schön hier, Amnon, stelle ich fest, hast du das alles selbst ausgesucht? Und er lächelt bejahend, vorsichtig, fast entschuldigend, ja, ich habe gemerkt, dass es gar nicht so schwierig ist, es hat mich ein paar Tage Konzentration und Arbeit gekostet, das ist alles, es war mir wichtig, Gili ein Gefühl von Zuhause zu geben, damit er Freunde mitbringen kann und sich hier wohl fühlt, und dann steht er auf und geht zu der offenen Küche hinüber, gießt mir Wasser in ein hohes bläuliches Glas, und ich trinke schweigend, sogar das Wasser scheint hier einen anderen Geschmack zu haben, klar und sauber wie aus einer Quelle.

Zeig mir Gilis Zimmer, bitte ich knapp, es fällt mir schwer, das anzuerkennen, was er geschaffen hat, und er führt mich stolz durch den Flur, vorbei an einem kleinen Schlafzimmer, statt einer Tür bewegt sich ein Perlenvorhang vor der Öffnung und lässt ein leises Rascheln hören, ich betrachte wütend das Doppelbett, das er für sich gekauft hat und auf dem eine bestickte Tagesdecke liegt, gleich darauf stehe ich in der Tür eines großen Zimmers, das sogar noch schöner ist, als Gili es beschrieben hat, Nachtlämpchen werfen Licht auf die Wände, die in der leuchtenden Farbe reifen Getreides gestrichen sind, auf dem weichen Teppich liegen neue Familien von Kuscheltieren verstreut, wie herbeigezaubert, denn von unseren fehlt keines, in einer Zimmerecke steht ein Holzbett mit neuer Bettwäsche, und im Bett liegt ein Junge mit braunen glänzenden Haaren und mit roten Wangen, die zarten Lippen locker und entspannt. Er schläft auf dem Rücken, mit den Händen auf der Brust, und die dünne Zudecke ist von Sternen übersät, sein Atem ist ruhig, ich beuge mich über ihn und küsse ihn auf die Wange, versuche, den warmen Atem in mich einzusaugen, der aus seinen leicht geöffneten Lippen kommt, die trocken und ein wenig rau sind.

Eine einzelne Träne rinnt von meinem Auge auf seine milchigblasse Wange, beim Anblick dieses schönen, vollkommenen Jungen, der offensichtlich friedlich in einem schönen und vollkommenen Zimmer schläft.

Kühle Luft dringt mir unter das Kleid, verbreitet den starken Duft der neuen Jahreszeit, weckt ein dumpfes Verlangen, eine Erinnerung an ein Leben, das sauber war, als es anfing, ein Leben mit Ordnung, spürst du das auch, erschaudert dein großer Körper neben mir, dieser Körper, bis zur Ermüdung vertraut und dennoch verboten. Zusammen stehen wir vor seinem Bett, wie besorgte Eltern am Bett ihres kranken Kindes, sein Mund öffnet sich noch ein Stück, ich weiß nicht, ob zu einem Gähnen oder zu einem Lächeln, und ich betrachte die kleine leere Stelle hinter seiner Unterlippe, ihm ist ein Zahn ausgefallen, flüstere ich, schockiert darüber, dass ich bei diesem Ereignis nicht anwesend war, sogar der letzte Faden, der den Zahn mit dem Zahnfleisch verband, hat mich betrogen, und er sagt, ach ja, beim Abendessen, wir haben ihn zwischen den Maiskörnern gefunden, er hält mir eine Streichholzschachtel hin, die vor dem Bett liegt, in ihr befindet sich ein winziger Zahn, der jetzt, nachdem er aus seinem Mund gefallen ist, gelblich und fleckig aussieht, als hätte er einem alten Mann gehört, nicht einem fröhlichen Kind.

Seine Arme bewegen sich, scheinen sich mir zu einer schläfrigen Umarmung entgegenzustrecken, und ich beuge mich zu ihm, seine Augenlider zittern, seine Wimpern flattern, wach nicht auf, mein Schatz, nicht jetzt, Amnons Blick bedeutet mir wegzugehen, und ich kehre gehorsam zu meinem Platz an dem runden Tisch zurück, zu meinem Glas Wasser, das mich schon nicht mehr erwartet, eine grünlich schimmernde Fliege ist hineingefallen, schlägt mit den Flügeln, und wieder betrachte ich das Wohnzimmer, mit wachsender Feindseligkeit, die Entschiedenheit der Möbel provoziert mich wie die Nachdrücklichkeit der Buchstaben auf dem Briefkastenschild, wir sind hier, um zu bleiben, sagen die Sessel, du bist die Ausgestoßene, wir gehören hierher, und schon versuche ich, das Hindernis zu umgehen, vielleicht ziehen wir alle hierher und fangen hier unser neues Leben an, die Wohnung ist zwar kleiner als unsere, aber wir werden zurechtkommen, und gleich stelle ich mir vor, wie wir um den Tisch herumsitzen, der mit seinem neu gekauften Geschirr gedeckt ist, und mit Appetit essen, wie wir das Wasser trinken, das so klar ist wie aus einer Quelle, wie wir fest und tief in seinem neuen Bett schlafen, was ist eigentlich schlecht daran, morgen bringe ich meinen Computer und ein paar Kleidungsstücke her und schließe mich ihnen an, ich höre schon Gilis begeisterte Stimme, als er mir zeigt, wie wunderbar unsere neue Wohnung ist, aber warum bricht seine Stimme, ich fahre herum, Fetzen von Weinen dringen aus seinem Zimmer am Ende des Flurs, und ich renne hin, aber Amnon verscheucht mich mit einer groben Geste, als wäre ich ein streunender Hund.

Alles in Ordnung, mein Süßer, höre ich ihn mit warmer Stimme flüstern, ich bin hier, bei dir, und Gili jammert, ich möchte mit dir im Wohnzimmer sein, ich bin noch nicht daran gewöhnt, hier zu schlafen, und mein Herz fliegt ihm zu, auch ich bin hier bei dir, mein Junge, möchte ich ihm zurufen, aber der Weg zu ihm ist mir versperrt, und Amnon kommt auf mich zu, es ist nicht gut, wenn er dich hier sieht, das bringt ihn nur durcheinander, flüstert er, betrachtet mit Verärgerung im Blick die offenen Räume, sucht eine Lösung, und ich will sagen, was macht das schon aus, schließlich haben wir diese Episode hinter uns, aber vorläufig muss ich ihm gehorchen.

Geh ins Badezimmer, zischt er, schließ die Tür ab, er darf nicht wissen, dass du hier bist, das wäre wirklich nicht gut, und ich gehorche wütend, drehe den Schlüssel um und setze mich auf den Klodeckel, und sofort geht das Licht aus, wie im Kino, wenn der Film anfängt, nur ihre Stimmen dringen an mein Ohr, während der Anblick des Jungen, der in seinem kurzen Pyjama auf dünnen Beinen dasteht und wimmert und dem der Kummer aus den Augen tropft, als würde er sich nie wieder erholen, nur auf der Leinwand meines erschütterten Herzens erscheint. Ich möchte ins Wohnzimmer, fleht er, ich schlafe im Wohnzimmer auf dem Sofa, bitte, Papa, ich habe mich noch nicht an mein Zimmer gewöhnt, ich möchte bei dir sein, und Amnon sagt, ich bleibe bei dir, in deinem Zimmer, mach dir keine Sorgen, ich warte, bis du eingeschlafen bist. Er weint, aber ich kann in diesem Bett nicht einschlafen, es ist zu hart, und Amnon sagt, es ist genau wie dein Bett bei Mama, es ist nur neu, das ist alles, und Gili beharrt, ich möchte in mein Bett, wenn ich bei dir schlafe, dann bring mir mein Bett von zu Hause, und Amnon erklärt ihm geduldig, aber das ist unmöglich, du wirst dich daran gewöhnen, ganz bestimmt, morgen früh wirst du dich besser fühlen.

Ich möchte einen Schluck Wasser, verlangt Gili, und dann erinnert er sich, ich habe noch Hunger, ich möchte etwas essen, und dann kommt die Bitte, auf die ich in meiner Torheit so lange gewartet habe, ich will Mama, und ich krümme mich auf dem Klodeckel zusammen, nichts einfacher als das, mein kleiner Geliebter, Mama ist hier, ich brauche nur den Schlüssel herumzudrehen und zu ihm hinauszugehen, wie eine Fee im Märchen, die kommt, um einem den größten Wunsch zu erfüllen. Sein Gesicht wird strahlen, seine Tränen werden trocknen, sein Lächeln wird die Wohnung erfüllen, und ich bin drauf und dran, die Anweisung meines Gastgebers zu missachten und aus meinem Versteck hervorzutreten, aber in letzter Minute weiche ich zurück, das ist kein normaler Abend, das ist der Abend, der ein wichtiges Ziel hat, ich darf mir die Chance nicht durch einen unüberlegten Schritt verderben.

Er tapst barfuß durch den Flur, trink nur Wasser und geh zurück in dein Zimmer, Amnon verliert langsam die Geduld, und Gili sagt noch mal, ich will Mama, ich will Mama anrufen, und sein Vater antwortet trocken, dann ruf sie an, und ich, in meinem engen dunklen Schlauch, den scharfen

Geruch von Desinfektionsmittel in der Nase, höre, wie er wählt und unsere leere Wohnung anruft, auf eine Antwort wartet, Mama, ich bin's, sagt er auf den Anrufbeantworter, mit seiner erwachsensten Stimme, ich will dir was sagen, ich kann nicht einschlafen, vielleicht kannst du mir meine Matratze bringen, und ich ziehe mich auf dem Klodeckel zusammen, verberge das Gesicht zwischen den Knien, geh schon schlafen, murmle ich, und lass mich die Angelegenheit in Ordnung bringen, und wieder ist seine dünne Stimme zu hören, Papa, ich muss Pipi, und mich packt eine wilde Schadenfreude, das hast du nicht vorausgesehen, Amnon, was wirst du jetzt tun, aber zu meiner Überraschung fasst er sich schnell, das Bad ist besetzt, verkündet er kaltblütig, du kannst in den Blumentopf auf dem Balkon pinkeln, und Gili kommt zur Tür und versucht sie zu öffnen, ich höre, wie er erstaunt auf die Klinke drückt, die sich immer wieder hoch- und runterbewegt, und warum ist es dann dunkel da drin, fragt er, und Amnon sagt, weil die Glühbirne gerade jetzt kaputtgegangen ist.

Wer ist da drin, fragt Gili misstrauisch weiter, und Amnon sagt, eine Frau, die du nicht kennst, sie geht gleich wieder, und Gili ruft, ich will sie sehen, und da reißt seinem Vater die Geduld, er schimpft, du hast genug genörgelt, geh jetzt ins Bett, und Schluss, und wie zu Hause zeigt das Schimpfen Wirkung, schnell herrscht wieder Stille in der Wohnung, eine geladene, bedrohliche Stille, die das Gesagte in einem neuen Licht erscheinen lässt: eine Frau, die du nicht kennst, sie geht gleich wieder, die Worte beunruhigen mich, als sagten sie die Zukunft voraus. Das ist es, was er plant, ich habe die Grausamkeit in seiner Stimme gehört, seine Schadenfreude mir gegenüber, die ganzen Jahre war er eifersüchtig auf die Beziehung zwischen Gili und mir, und jetzt hat er vor, ihn mit Geschenken und Fürsorge an sich zu binden, bis er mich vergisst. Und ich habe das Gefühl, dass die Aufgabe, die ich mir gestellt habe, von Minute zu Minute lebenswichtiger wird, schließlich habe ich den Riss verursacht, und nun muss ich den Schaden in dieser Nacht auch wieder beheben.

Bald wird leise an die Tür geklopft, ich mache sie vorsichtig auf, verlasse erschöpft mein Gefängnis, meine Haare und meine Kleidung haben sich mit dem Geruch des Desinfektionsmittels voll gesogen, er legt den Finger auf den Mund und wirft mir einen anklagenden Blick zu, dass ich ja keinen Ton von mir gebe, und ich gehe auf Zehenspitzen zu meinem Platz am Tisch zurück, betrachte mit schwerem Herzen Gilis Teller, von meiner Rede sind auch nur noch kalte Reste geblieben, aber ich habe keine andere Wahl.

Amnon, hör zu, flüstere ich und versuche, edelmütig alles zu ignorieren, was hier passiert ist, du hast keine Ahnung, wie sehr ich bedauere, was ich getan habe, mir ist jetzt klar, dass es ein Fehler war, ich möchte, dass du wieder nach Hause kommst, dass wir wieder eine Familie sind, du hast Recht gehabt, ich war nicht fähig, das zu schätzen, was ich hatte, ich habe nicht verstanden, was ich tue, ich flehe dich an, mir zu verzeihen, ich bin sicher, du wirst es nicht bereuen, wir haben so viel zu gewinnen, es ist doch kein Zustand, dass ich mich vor meinem Sohn verstecken muss, dass ich mich zweimal die Woche von ihm trennen muss, aber sofort ermahne ich mich selbst, mich auf uns zu konzentrieren und nicht auf Gili, er ist schließlich daran interessiert, Teil eines Paares zu sein, nicht nur Vater, das ist es, was er in all den Jahren immer wieder gesagt hat. Einen Moment lang schweige ich und schaue ihn an, er hat sein Gesicht nicht zu mir gewandt, sondern zu dem großen Fenster, das auf das beleuchtete Kloster hinausgeht, die gerade, wohlgeformte Nase, die schmalen Lippen, die blauen Augen sind auf das alte Gebäude gerichtet, als käme meine Stimme von dort, und ich lege vorsichtig meine Hand auf seine, Amnon, du fehlst mir, ich möchte mein Leben mit dir verbringen, meine schmale Hand mit den abgekauten Fingernägeln ist zu klein, um seine kräftigen Finger zu bedecken, und dennoch, mit welcher Zartheit hat er damals die Tonscherben gehalten. Zu meinem Erschrecken zieht er seine Hand mit einer scharfen Bewegung zurück, als beschmutzte ich ihn, und sagt hart, ohne mich anzusehen, hör zu, Ella, du hast Glück, dass ich rücksichtsvoller mit dir umgehen werde als du mit mir, als ich versucht habe, dich zu überreden, mit dieser Trennung noch zu warten, du hast mich aus dem Weg geräumt, als wäre ich ein ärgerliches Hindernis, eine Gesundheitsgefährdung, ein Stein des Anstoßes, ich werde das mit dir nicht tun, denn du warst meine Frau, die Mutter meines Sohnes wirst du immer bleiben, aber ich möchte dir eine Frage stellen, wer denkst du, dass du bist, für wen hältst du dich?

Ich verstehe diese Frage nicht, antworte ich, inzwischen weiß ich, dass dieses Gespräch nicht so ablaufen wird, wie ich es mir vorgestellt habe, und er sagt, ich verstehe nicht, was dieser Besuch soll, glaubst du wirklich, dass ich irgendein Schokoladensoldat in einem deiner Spielchen bin? Dass du mich vor- und zurückschieben kannst, wie es dir gerade passt? Als du mich aus deinem Leben entfernt hast, hast du nicht an mich gedacht, und auch jetzt, da du versuchst, mich zurückzuholen, denkst du nicht an mich, sondern nur an dich selbst.

Ich protestiere, wirklich, Amnon, heuchle doch nicht, keiner trennt sich seinem Partner zuliebe und keiner kommt zurück seinem Partner zuliebe, im Eheleben geht es doch nicht um Wohltaten, und er sagt, ich spreche nicht von Wohltaten, sondern von einem Minimum an Rücksichtnahme, von der Fähigkeit, den anderen wahrzunehmen. Du erwartest, dass die ganze Welt sich nach deinen wechselnden Launen richtet, als du genug von mir hattest, musstest du mich loswerden, wenn ich dir fehle, musst du mich sofort zurückhaben, wann wirst du endlich erwachsen, Ella, und ich seufze, senke den Kopf, du hast Recht, Amnon, es tut mir Leid, und er winkt ab, ich brauche deine Entschuldigung nicht, das nützt mir nichts mehr, ich bin, was dich betrifft, schon woanders, aber das bemerkst du noch nicht einmal, und ich höre meine zappelnde Stimme, was heißt das, woanders?

Ich bin hier, sagt er mit einer Handbewegung zum Sofa und den Sesseln, mir geht es hier gut, ich habe meine Ruhe, alles, was in den letzten Jahren zwischen uns passiert ist, hat an meinen Nerven gezerrt, ich habe gespürt, dass du dich immer weiter von mir entfernst, ich fühlte mich bedroht und habe mit Aggression reagiert, ich weiß, dass du es nicht leicht hattest mit mir, aber auch ich hatte es schwer, ich musste merken, dass du mich nur noch als Vater für deinen Sohn wolltest, und auch das zu deinen Bedingungen, von Tag zu Tag wurde ich überflüssiger, ich hatte keine Chance, dich zufrieden zu stellen. Du bist fähig, dich zu verlieben, Ella, aber nicht, zu lieben, sobald du enttäuscht bist, erkaltet deine Liebe, aus deinem ständigen Kritisieren steigt eisige Kälte auf, du bist genau wie dein Vater, du hast so sehr unter ihm gelitten, und jetzt bist du wie er, es stimmt ja, dass ich viele Schwächen habe, aber ich habe dich geliebt, und zu meinem Kummer beruhte das nicht auf Gegenseitigkeit, jetzt, nachdem ich die Erschütterung überwunden habe, fühle ich, dass ich gesund werde, meine Beziehung zu Gili wird besser, es tut mir gut, ohne dich mit ihm zusammen zu sein, es tut mir gut, ohne dich mit mir allein zu sein, ohne das Gefühl, dass alles, was ich tue, geprüft und auf die schwarze Liste meiner Sünden gesetzt wird, es tut mir Leid, Ella, aber das ist die Wahrheit, ich habe mich von dir entwöhnt.

Aber Amnon, ich schlage dir doch nicht vor, zu dem zurückzukehren, was war, sage ich großzügig, natürlich müssen wir vieles an unserer Beziehung in Ordnung bringen, aber wir haben noch immer Liebe im Haus, das hast du selbst gesagt, und auf Liebe verzichtet man nicht so leichtfertig, seine Kraft für eine Erneuerung einzusetzen ist besser, als sich zu trennen. Er seufzt, dann nehme ich zurück, was ich einmal gesagt habe, das ist schon lange keine Liebe mehr, sondern eine schlechte Gewohnheit, ich glaube nicht mehr an diese Beziehung, am Ende hast du Recht behalten, auch wenn dein Weg fragwürdig war, es ist aus zwischen uns, es war schon vor Jahren aus, sein blauer Blick flattert einen Moment lang über mein Gesicht und wendet sich gleich wieder zum Fenster, und ich höre ihm zweifelnd zu, es fällt mir schwer zu glauben, dass alles zu Ende sein soll, schließlich hast du auch nicht heiraten wollen, erinnere ich ihn, auch Gili hast du nicht gewollt, das hat Zeit, hast du immer gesagt, wozu brauchen wir diese offizielle Bestätigung, wozu brauchen wir dieses Joch, genießen wir doch erst mal einander, aber immer hast du dich seufzend gefügt, und ich war betrunken von meiner Macht über dich, als hätte ich ein riesiges Tier gezähmt, doppelt so groß wie ich, einen echten Minotaurus, einen Stier mit goldenen Hörnern, und auch jetzt wirst du nachgeben, ich muss nur die richtige Wortfolge finden, wie die Zahlenfolge zu einem Safe, das voller Armreifen, Ohrringe und Ketten ist, der Schmuck Helenas, der Trojanerin, der auf mich wartet.

Amnon, ich verstehe ja, dass du gekränkt bist, und es tut mir so Leid, flüstere ich weich, aber lass dich von dieser Gekränktheit nicht beherrschen, ich verspreche dir, dass ich alles tue, damit es gut geht, ich glaube fest daran, dass wir wieder so glücklich werden können wie früher, aber er lächelt bitter, schüttelt den Kopf, es reicht, Ella, gib keine Versprechen ab, die du nicht halten kannst, ich kenne dich, ich habe schon gelernt, dass alles, was du sagst, nur für diesen Moment wahr ist, ich verlasse mich nicht mehr auf dich, mir ist klar, dass nicht ich es bin, den du jetzt willst, du willst den leeren Fleck in deinem Leben füllen, und ich bin gerade der geeignete Kandidat dafür, weil ich schon einmal dort war, aber das hat nichts mit mir als Person zu tun. Du willst eine Familie, Sicherheit, du willst nicht mich, du willst mich nicht mit allem, was zu mir gehört, was mich ausmacht, denn mich bist du leid, hast du das schon vergessen? Hast du vergessen, dass meine Art abstoßend ist, dass ich ein Egoist bin, verbohrt, herrschsüchtig, grob, eifersüchtig, hast du das vergessen? Nun, ich habe es nicht vergessen und ich habe keine Lust, dazu zurückzukehren, in allem, was mit Gili zu tun hat, werde ich immer dein Partner sein, doch alles andere existiert für mich nicht mehr, und ich atme schwer, mein Brustkorb ist lahm von der Last, die ihn drückt, zum ersten Mal kommt mir der Gedanke, dass er sich mir wirklich verweigern könnte, ich stehe auf, bewege mich auf ihn zu, versuche, mich auf seine nackten Knie zu setzen, die Arme um seinen Nacken zu legen, rieche seinen vertrauten Duft nach Seife und Staub.

Mein Geliebter, flüstere ich in sein Ohr, du hast keine Ahnung, wie sehr du dich irrst, ich sehne mich nach dir, ich will nie einen anderen, ich weiß, dass ich die Beziehung zwischen uns vernachlässigt habe, ich war zu sehr in Gili vertieft, das passiert vielen Frauen, es ist leichter, einen süßen Jungen zu lieben als einen mürrischen Mann, aber das war eine Illusion, mein Leben ist nur vollkommen mit dir, wir sind die Basis dieser Familie, aber er schüttelt den Kopf so heftig, als habe er etwas Unerträgliches gehört, nimmt meine Hand von seiner Schulter, ich sehe die Dinge jetzt anders, Ella, ich glaube, dass diese Trennung nicht zu verhindern war, unser Zusammenleben ist zu einer ständigen Frustration geworden, jeder von uns hat das Schlechte im anderen hervorrufen, ich glaube nicht, dass sich das in so kurzer Zeit ändern kann, ich möchte nicht dahin zurückkehren, es geht mir gut ohne dich, von meiner Seite aus ist das endgültig, und jetzt steh auf und geh nach Hause, ich versuche Fuß zu fassen und ich bitte dich, mich nicht zu stören. Ich erhebe mich von seinen harten Knien und schwanke zum Sofa, sinke nieder und weine bitterlich, meine Tränen machen Flecken auf dem hellen Bezug, meine Zähne knirschen und mein Körper zittert, plötzlich bin ich krank, todkrank, und ich habe niemanden, der für mich sorgt, und Amnon nähert sich mir vorsichtig, als wäre ich ein verdächtiger Gegenstand, der in seiner Wohnung herumliegt, ich strecke meine Hand nach ihm aus, komm, setz dich neben mich, aber er bleibt auf seinen schweren Beinen stehen, ich bitte dich zu gehen, Ella, sagt er ruhig, du machst es mir und dir selbst nur schwer, ich bin sicher, dass du darüber hinwegkommst, du bist stärker, als du meinst, ich bin sicher, dass du eine neue Familie gründen wirst, wenn du das willst, schau nach vorn, du hast keine Wahl, das ist es, was auch ich tue, und ich weine, schlage mit der Faust auf das Sofa, nein, ich schaue nicht nach vorn, nur zurück, ich will keine neue Familie, ich will nur unsere, dich und Gili, wie kannst du nur so hart sein und nicht an ihn denken.

Vor einem Monat, als ich dich angefleht habe, hast auch du nicht an ihn gedacht, sagt er trocken, und ich murmle, na und, willst du uns deshalb alle bestrafen? Und er sagt, ich sehe darin keine Strafe mehr, ich glaube, es ist der richtige Schritt für uns, wir beide sind in dieser Beziehung verwelkt, das hat bestimmt auch Gili bedrückt, jetzt haben wir alle drei die Chance, gesund zu werden, und selbst wenn uns kein großes Glück erwartet, werden wir wenigstens Ruhe haben, das ist alles, was ich jetzt brauche, er streckt mir die Hand hin, und ich versuche, ihn zu mir zu ziehen, aber er ist stärker als ich, es gelingt ihm, mich gegen meinen Willen auf die Beine zu ziehen, geh jetzt, Ella, geh nach Hause, wir haben keine Chance mehr, zwischen uns ist es tot, tot für immer.

Ist es wegen Ofra, wage ich zu fragen, eine Frage, die nicht in meiner vorbereiteten, edlen Rede enthalten war, und er schaut mich verächtlich an, wieso denn das, Ella, ich bin nicht wie du, ich suche nicht sofort nach Ersatz, und ich murmle, was meinst du, ein verschwommenes Bild schießt mir durch den Kopf, glühende Sonnenstrahlen auf der Fensterbank, Gabis brennender Geruch, seine Zunge, die rau ist wie die einer Katze, falls du etwas von deinem Freund gehört hast, dann merke dir, dass alles gelogen ist, sage ich schnell, er hat in all den Jahren versucht, einen Keil zwischen uns zu treiben, und er sagt, ich habe kein Interesse, darüber zu sprechen, ich bitte dich, jetzt zu gehen, bevor ich dir Dinge sage, die mir später Leid tun werden.

Lass mich Gili noch einen Kuss geben, bitte ich, und er verweigert es mir, auf keinen Fall, ich möchte nicht, dass er aufwacht und noch einmal anfängt, Probleme zu machen, ich bringe ihn morgen Abend zu dir zurück, du musst dich bis dahin gefangen haben, es ist nicht gut, wenn er dich so sieht, und an der Tür schmiege ich mich wieder an ihn, diesmal gibt er nach und legt die Arme um mich, sei stark, sagt er mit einer warmen, ermunternden Stimme, alles wird gut, du wirst schon sehen, ich kenne dich, du erschrickst schnell, aber du erholst dich auch schnell wieder, als ob er der Bruder wäre, den ich nie gehabt habe, als ob er ein vertrauter

Freund wäre, ein mitfühlender Vater, und ich lehne mich an den Türrahmen und verabschiede mich von der Wohnung. Ich mache einen letzten Versuch, vielleicht sollte ich nur heute Nacht hier auf dem Sofa schlafen und morgen ganz früh wieder gehen, ich kann jetzt schlecht allein sein, und er seufzt, auf gar keinen Fall, Gili könnte aufwachen und dich sehen, das würde ihn durcheinander bringen, geh jetzt, und mit einer festen Bewegung schiebt er mich hinaus, macht das Licht im Treppenhaus an und schließt hinter mir die Tür zu seinem neuen Leben, ich laufe die Stufen hinunter, die hölzernen Beine, die unter mir gewachsen sind, tragen kaum das Gewicht meines Kummers und meiner Enttäuschung, wieder bleibe ich vor seinem Briefkasten stehen, das hochmütige Schild provoziert mich mit seinem schwarzen Rahmen, Amnon Miller, und ich strecke die Hand aus und reiße es heraus, zerfetze den Karton in kleine Stücke, damit keine Erinnerung zurückbleibt.

Ich gehe zwischen den Palmen hindurch, die wie die beiden Türme vor der Front des kanaanäischen Tempels in Megiddo dastehen, in der Gedenkstätte des Heiligtums, das zerstört und nicht wieder aufgebaut wurde, wobei die Stadt selbst Dutzende von Malen zerstört und wieder aufgebaut wurde. Die Papierfetzen fallen mir aus der Hand, einer nach dem anderen, während ich langsam weitergehe, ein Jahrzehnt scheint vergangen zu sein, vor einer Stunde wurden meine Schritte noch von Hoffnung getragen, und jetzt ist die Hoffnung weggewischt, meine Schritte sind leer und ohne Bedeutung. Hätte ich an jenem Morgen doch auf meinen Vater gehört, wäre ich zu ihm zurückgegangen und hätte einen Bund für immer geschlossen, dann würden wir jetzt ruhig zu Hause liegen und Gili würde in seinem Zimmer schlafen, in seinem Bett, und morgen würden wir mit Talja und ihrem Mann zu einem Picknick in die Berge fahren, wir würden für die Kinder Meerzwiebeln und Herbstzeitlose suchen und Gili würde mit Jo'av sorglos über die Felsen springen, er wäre wie alle anderen auch, kein Außenseiter. Mit jedem Schritt wächst mein Fehler, schwillt an, wie eine Katastrophe, deren Ausmaß man erst im Lauf der Zeit erkennt.

Was ist, wenn ich jetzt zu ihnen laufe, wenn ich sie wecke und schreie: Hilfe, rettet mich, Papa und Mama, schaut, was ich getan habe, wie damals an meinem Geburtstag, als ich fünf war, sie hatten einen großen Tisch im Hof vorbereitet, mit einer weißen Tischdecke und beladen mit Süßigkeiten, nur einmal im Jahr erlaubten sie mir, Süßigkeiten zu essen, nur an meinem Geburtstag, und ich saß aufgeregt dort und wartete auf meine Freunde, und gegen meinen Willen ging ich zum Tisch, mein kindliches Herz pochte vor Aufregung, ich betrachtete die verführerischen Teller und streckte die Hand aus, bis der Zucker an meinen Fingern kleben blieb, nahm einen blumenförmigen, mit roter Marmelade bestrichenen Keks und hielt ihn an die Nase und dann an den Mund, nur um daran zu lecken, und der verbotene süße Geschmack drang in mich ein, und ich biss ein Stück ab, und noch ein Stück, bis ich plötzlich von Heißhunger gepackt wurde und mich nicht mehr beherrschen konnte, dahin und dorthin streckte ich meine Hand, es war, als wären mir plötzlich viele Hände gewachsen, viele Münder, und ich aß Schokoladenwürfel, Waffeln, Karamellbonbons, Gummischlangen und Marmeladenschnitten, bis die Teller fast leer waren und sich unter dem Tisch zerrissene Einwickelpapierchen sammelten und angebissene Süßigkeiten, und dann streckte ich meine schmutzigen Hände nach der prachtvollen Geburtstagstorte aus, einer Schokoladentorte mit weißem Zuckerzeug, und auch sie verdarb ich, und als die Kinder kamen, fanden sie mich zusammengekrümmt und mich übergebend unter dem Tisch, verschmiert von Tränen und Schokolade, bestäubt vom Puderzucker, was habe ich gemacht, Mama, Papa, helft mir, ich habe meinen Geburtstag kaputtgemacht, ein ganzes Jahr habe ich darauf gewartet, und schaut nur, was ich getan habe.

Erst als ein Mann und eine Frau, in ein angeregtes Gespräch vertieft, mir entgegenkommen, fällt mir auf, wie leer die Straße ist, ich betrachte sie, er ist groß, ein bisschen gebeugt, sie klein und dünn und schiebt einen Doppelkinderwagen, hinter ihnen geht ein mittelgroßer Junge im Alter unseres Sohnes, schau uns an, Amnon, das sind wir, so werden wir parallel weiterleben, wir werden Kinder bekommen, und ich lege die Hand über die Augen, nach den Worten verbünden sich nun auch die Bilder gegen mich, jeder zufällige Anblick, den ich ab jetzt bis in alle Ewigkeit sehen werde, wird mir gekrümmte Katzenkrallen entgegenstrecken, alles, was aus meinem Leben entfernt wurde, so wie Fundstücke aus einer Grabungsstätte entfernt werden und nur noch schriftliche oder gefilmte Dokumentationen zurückbleiben, alles wird zu einem bedrohlichen Anblick werden, Arm in Arm gehende Paare, schwangere Frauen, Eltern mit ihren Kindern, und ich wende den Blick zur Straße, ein elegantes Auto fährt langsam an mir vorbei, weckt einen Moment lang ein unbehagliches Gefühl in mir und verschwindet wie das Licht, das in den Fenstern erlischt, und die Menschen verabschieden sich dankend von ihren Gastgebern, schau an, ein weiterer Abend ist vorbei, aber für mich ist das nicht irgendein weiterer Abend, es ist der Abend, an dem mein Vorhaben misslungen ist, mein Plan, an den ich mich die letzte Woche über geklammert habe, und jetzt ist bei mir jedes Interesse an der Zukunft erloschen.

Mit weichen Knien steige ich die Treppe zu meiner Wohnung hinauf, was habe ich hier noch verloren, dort will ich wohnen, in der schönen Wohnung mit Blick auf das Kloster, dort möchte ich schlafen, in dem Bett mit dem bestickten Überwurf, hinter dem Perlenvorhang, am Morgen, wenn Gili vor mir steht, werden die Perlen in der Sonne glänzen, er wird den Vorhang ungläubig zur Seite schieben und seinen Augen nicht trauen, ein Anblick, mit dem er nicht mehr gerechnet hat, seine Mutter und sein Vater in einem Bett, nebeneinander, mit geschlossenen Augen, genau wie es auf dem Plakat steht, das er eigenhändig gemalt hat, das Zimmer von Mama und Papa. Wie schäbig meine Wohnung aussieht, fleckig, abgenutzt, ein Körper, der seine Seele verloren hat. Und ich mache schnell das Licht aus und schlüpfe aus dem Kleid.

Eine unendliche Wut erfüllt das Bett, ein tobender Stier scheint unter der Matratze zu schnauben und droht, das Bett, das Haus, die ganze Stadt auf dem Rücken davonzutragen, in den Untergang, und ich fürchte mich nicht, ebenso wie sich in der Vorzeit die Einwohner Theras nicht vor dem Stier gefürchtet haben, der im Innern der Erde tobte, sie wollten nur, dass er sich aufrichten und die Ordnung der Welt erschüttern möge, die unvorstellbar und unerträglich geworden war. Wie konnte es so weit mit uns kommen, dass ich hier allein in der Wohnung bin, an einem Schabbatabend, als wäre ich allein auf der Welt, als hätte ich noch nie eine Familie gehabt, und sie sind dort ohne mich, ein Vater und sein einziger Sohn, wie sich die Realität verzerrt hat, wie eine gesunde, hübsche Frau, der eine plötzliche Lähmung das Gesicht entstellt, warum habe ich diese ganzen Geschichten über Geschiedene geglaubt, die ich mit halbem Ohr gehört habe, naiv und begeistert, wieso habe ich nicht verstanden, dass es sich um ein Erdbeben handelte, dessen Staub noch monatelang das Auge der Sonne verdunkeln würde?

Und da dringt ein vertrautes, beruhigendes Geräusch an mein Ohr, das Drehen des Schlüssels in der Wohnungstür, das zögernde Knarren in den Angeln, um mich nicht zu wecken, so ist er nachts nach Hause gekommen, und ich, die ich ohne ihn nicht einschlafen konnte, hörte es, und sofort war der Schlaf da, und auch jetzt würde ich mich, als ich das Quietschen der Tür höre, am liebsten dem Schlaf hingeben, der mir so fehlt, bis die Freude mich mit wilden Sätzen durchdringt, von den Fingerspitzen bis zu den Haarwurzeln, er ist gekommen, er hat mir nicht widerstanden, er hat sich wie immer gefügt, er hat nur versucht, es mir ein bisschen schwerer zu machen, damit ich ihn nie wieder so grob behandle, er hat seine neue Wohnung verlassen, seine bequemen Möbel, und ist nach Hause zurückgekehrt, und ich springe aus dem Bett und renne zur Tür, ich strecke die Hand aus, taste mich durch die glückliche Dunkelheit. Amnon, du bist es, nicht wahr, frage ich flüsternd, aber er antwortet mir nicht, er steht in der Tür wie zusammengefaltet, wie eingepackt, so kurz und breit sieht er aus, und ich sage, Amnon, ich freue mich so, dass du gekommen bist, ich habe gewusst, dass du es nicht so gemeint hast, ich verspreche dir, dass du es nicht bedauern wirst, alles wird sich zwischen uns ändern, und dann dringt aus dem Schatten an der Tür eine Stimme, rissig und näselnd, tief und abstoßend, es ist nicht Amnon, du dummes Huhn, dein Zustand muss ja schlimm sein, wenn du uns schon nicht mehr unterscheiden kannst, und ich drücke sofort auf den Schalter, mache das Licht an und sehe Gabis groben Körper, er hat einen dunklen, zerknitterten Anzug an, schwarze Stoppeln bedecken seine Wangen, seine Augen sind purpurrot, ich bin entsetzt von seiner Anwesenheit, davon, dass er in meine Wohnung eingedrungen ist, davon, wer er ist und wer er nicht ist, die Kehle ist mir zugeschnürt vor Scham und Wut.

Wie kannst du es wagen, wie kannst du es wagen, belle ich ihn an, und er mustert mich mit seinen blutunterlaufenen Augen, schwer atmend, Alkoholdunst dringt aus seinem Mund, ich habe dich gewarnt, dass ich zurückkomme, wann es mir passt, um mit dir abzurechnen, stöhnt er, wie ich sehe, hast du auf mich gewartet, sein Blick gleitet über meine Unterwäsche, und ich zische, hau sofort ab, sonst rufe ich die Polizei, ein Anruf, und deine Karriere ist beendet, nimm dich in Acht vor mir. Ich weiß, dass du das nicht machen wirst, sagt er ruhig und grinsend, und ich sage, du bist ein armseliger Angeber, bald wirst du kein Büro mehr haben, und vor allem keine Praktikantinnen, hau ab und gib mir den Schlüssel, und er lehnt sich an die Tür, mustert mich abschätzig und sagt, mach dir keine Sorgen, Ellinka, ich werde wieder gehen, aber nicht, bevor ich dir eine Lehre erteilt habe, die du im Leben nicht mehr vergisst.

Du wolltest heute Nacht mit Amnon schlafen, das war es, was du gewollt hast, stößt er mit einem sauren Lachen aus, und dafür hast du jetzt mich, alles, was du mit ihm machen wolltest, wirst du mit mir machen, und ich versuche mit meinen abgekauten Fingernägeln seine Schultern zu zerkratzen, stoße sein Gesicht zurück, das sich mir nähert, du träumst, wenn du denkst, du könntest Amnon ersetzen, zische ich, du bist doch nichts anderes als Amnons Abfalleimer, und sogar den braucht er nicht mehr.

Er grinst, auch dich braucht er nicht mehr, sonst wärst du jetzt nicht hier, ich habe gesehen, wie du aus seinem Haus gekommen bist, nachdem er dich rausgeworfen hat. Da erinnere ich mich an das Auto, das langsam an mir vorbeigefahren ist, du hast mich verfolgt, du Schwein, aber meine Wut bleibt mir im Hals stecken, was spielt es schon für eine Rolle, er hat mich verfolgt, ich habe Amnon verfolgt, wir sind beide verloren, verloren wie die beiden Skelette in dem unterirdischen Wasserstollen von Megiddo, seine kurzen Beine drängen sich zwischen meine, während ich ausgestreckt unter ihm auf dem nackten Boden liege, der sich hart und kalt anfühlt.

Sag, Amnon, ich will dich, näselt er mir ins Ohr, und ich sehe die Worte, die wie führerlose Boote auf dem Fluss der Tränen treiben, der aus meiner Kehle bricht, Amnon, ich will dich, die Worte wurden gesagt, und in dem Moment ist es schon egal, wer sie gesagt hat und für wen sie bestimmt waren. Sag, Amnon, komm zurück, ich tue alles, damit du zu mir zurückkommst, seine Hand tastet über meinen Körper, und ich ersticke, Amnon, komm zurück, Amnon, verzeih mir, ich tue alles, damit du mir verzeihst. Schau mich an, verlangt er, ich will, dass du mich anschaust, ich will, dass du mich anflehst, mit dir zu schlafen, und ich murmle, schlaf mit mir, Amnon, denn aus seinem mir zugewandten Gesicht leuchtet für einen Moment das Gesicht von früher, aber er löst sich plötzlich von mir und steht auf, das ist nicht überzeugend, Süße, er steht über mir, mit aufgerissenem Mund, weißt du was, Ellinka, ich habe keine Lust auf dich, warum sollte ich mich mit Amnons Resten begnügen, und ich stehe schwer atmend vom Boden auf, mit wackligen Gliedern, eine Welle von Übelkeit steigt in mir auf, und ich lehne mich an die Wand, schaue zu, wie er mit zitternden Fingern den Reißverschluss seiner Hose zuzieht, lass mich dir nur noch eines sagen, bevor ich gehe, sagt er atemlos, seine Worte sind kaum zu verstehen, du hast die einzige Beziehung zerstört, die ich im Leben hatte, ich habe keine Frau, ich habe keine Kinder, ich habe keine wirklichen Freunde, nur einen einzigen, Amnon, und zwar seit ich sechs war, und du hast mich in eine Falle gelockt und ihn dazu gebracht, mit mir zu brechen, das werde ich dir nie im Leben verzeihen. Mein einziger Trost ist, dass auch du ihn verloren hast, genau deshalb, aber dieser Trost reicht mir nicht, er schiebt die Hand in seine Hosentasche, holt den Schlüssel hervor und wirft ihn mir zwischen die Beine, nimm ihn, Ella, ich brauche ihn nicht mehr.

Wie ein Mensch, der seine Strafe erwartet, stehe ich vor ihm, und er vor mir, wir sind beide schuldig, Komplizen, ein gemeinsames Urteil hat uns getroffen, wir sind Geschwister, verstoßen aus der Stadt wie nächtliche Flüchtlinge, wie Aussätzige, er hat mich verdient und ich ihn. Mit weichen Knien gehe ich zum Kühlschrank und hole die Flasche Wein, die ich zu Ehren von Amnons Rückkehr gekauft habe, ziehe mit überraschender Leichtigkeit den Korken heraus und fülle die beiden hohen Gläser, die unbenutzt auf dem Tisch stehen.

8 Über Nacht wurde das Wunderreich mitten im Mittelmeer verschluckt, und es hinterließ einen geheimnisvollen Palast, Schwindel erregend in seiner Pracht, mit Hunderten von Zimmern, mit wunderbaren Wandzeichnungen von Muscheln, Kraken und Delfinen, mit gemalten Gestalten, die die Gäste von einem Raum in den nächsten begleiten, muskulösen Turnern und nacktbrüstigen Göttinnen, und unter ihnen die Pariserin, mit geschmücktem Haar und hochmütigem Blick.

Die Sonne dringt in die Gänge des riesigen Palastes, den vollendetsten der Vorzeit, beleuchtet die rot bemalten Säulen aus Zedern des Libanon mit schwarzen Kapitellen und kunstvollen Gravuren und die mannshohen Krüge für Öl und Wein, und diese ganze atemberaubende Pracht wurde ausgerechnet am schwächsten Punkt der Erde erbaut und verschwand innerhalb einer einzigen Nacht, unter vielen Metern Tuffstein, im zweiten Jahrtausend vor der christlichen Zeitrechnung ereignete sich die schrecklichste Naturkatastrophe seit Menschengedenken, im Herzen des Mittelmeers wurde das Urteil über die Insel Thera gefällt, mit einer Kraft, die die Welt nicht kannte. Unmassen von vulkanischer Asche wurden von dem Berg, der sich in einen offenen Schlund verwandelt hatte, in die Luft geschleudert und begruben die großartige alte Kultur unter sich, ließen nur steile rauchende Aschenhügel zurück und die verzweifelte Sehnsucht nach der Sonne, die sich viele Jahre nicht mehr zeigen würde, denn die vulkanischen Wolken bedeckten das Auge der Sonne ein Jahr nach dem anderen, sieben ganze Winter lang.

Das wird auch das Ende der mächtigen Reiche der späten Bronzezeit gewesen sein, der Ägypter und der Königreiche der Hethiter, und an ihrer Statt werden kleine Völker entstehen, Edom, Moab und Ammon, Israel und Judäa, die gezwungen sein werden, sich dem Zerfall der Traditionen zu stellen, der Gewalttätigkeit, die sich ausbreiten wird, und den Tausenden von Entwurzelten, die entlang der Ufer und durch die Siedlungen ziehen, auf der Suche nach einem neuen Haus, mit der geballten kalten Faust der Eisenzeit.

Und so wird es jetzt aussehen: Von Zeit zu Zeit wird er durch die olivgrün gestrichene Tür kommen, auf den Schultern ein Kind, er wird ohne Trauer die Wohnung betrachten, die er zurückgelassen hat, die Reste einer zerbrochenen Familie, er wird ein paar höfliche Worte mit mir wechseln, Abmachungen für die nächsten Tage treffen, er wird Gili auf die Stirn küssen, ihm durch die Haare fahren, und immer wird er pünktlich kommen, immer wird er sein Wort halten, immer wird er sein breites Lächeln in der Wohnung verteilen und ein tiefes, verärgertes Staunen darüber zurücklassen, dass plötzlich, nur ein paar Straßen von hier entfernt, ein neuer Amnon entstehen konnte, zurückhaltend, mit angenehmen Umgangsformen, kühl und höflich, rücksichtsvoll, verantwortungsbewusst und treu, es ist, als wäre Amnon, erst in der Mitte seines Lebens, plötzlich aus seinem Ei geschlüpft.

Und das, während ich immer schwächer werde und mich immer weiter vom Leben entferne. Wenn ich zum Amt für Denkmalpflege gehe, um Post zu holen, wenn ich zur Bibliothek gehe, die einen Geruch nach Staub und Honig verströmt, treffe ich ab und zu, ohne dass ich es will, ein bekanntes Gesicht, es scheint, als trennte mich ein immer größer werdender Riss vom Leben. Was ist mit dir, du bist nur noch ein Gerippe, man könnte dich glatt hier im Museum ausstellen, sagen meine Kollegen, und ich lächle mit klappernden Zähnen.

Ja, das ist vermutlich die Lösung, zu schrumpfen und immer weniger zu werden, bis ich wieder ein Baby bin, wahllos Silben brabble und mit schwachen Beinchen strample, mein Vater und meine Mutter werden mich wieder aufnehmen, sie werden für alles sorgen, was ich brauche, wie es ihnen nur in den ersten Jahren gelungen ist, und das Erstaunlichste scheint mir zu sein, wie aus dieser geduldigen, hingebungsvollen Mutter, die ich einmal war, ein so bedauernswertes, einsames Kind werden konnte, angespannt, launisch und krank. Eine große Schwäche trennt mich vom Leben, Schwindelanfälle, eine heftige Übelkeit, und es scheint, dass die einzige Brücke, die mich noch mit den anderen verbindet, der Junge ist, der sich auch immer mehr auflöst, wie Wachsflügel in der Sonne, denn es gibt Tage, da schaffe ich es noch nicht einmal, aus dem Bett aufzustehen, und dann bitte ich Amnon mit kraftloser Stimme, dass er Gili einen zusätzlichen Tag zu sich nimmt, und er stimmt sofort zu, mit einem geheimen Triumphschrei. Nun kommt die Wahrheit ans Licht, scheint seine Stimme zu sagen, jetzt wird man sehen, wer von uns beiden der bessere Elternteil ist, sechs Jahre lang hast du auf mich herabgesehen, und jetzt, in der Not, die du selbst herbeigeführt hast, funktionierst du nicht mehr, du verlierst dein Interesse an dem Kind, und ich, der ich immer als Rabenvater gegolten habe, als Egoist, bin nun derjenige, auf den man sich verlassen kann, und ich akzeptiere schweigend seine Sticheleien, es ist nur für eine kurze Zeit, versuche ich mich zu trösten, bestimmt geht es mir bald besser und alles wird wieder so sein wie früher. Dann werde ich ihn wieder bestaunen, werde mir gierig seine Geschichten anhören, wir werden wieder auf dem Teppich sitzen und Burgen bauen, diese Zeit muss nur vorbeigehen, sie wird ja nicht ewig andauern, und Gili selbst merkt es kaum, scheint mir, denn je einsamer ich werde, umso zahlreicher werden die Freunde, fast jeden Tag kommt ein anderes Kind zu ihm, und ich atme erleichtert auf, der doppelte Lärm erlaubt es mir, mich von ihm zurückzuziehen, ich muss mich ihm in den dunklen Nachmittagsstunden, wenn die Luft hart vor Kälte wird, nicht stellen, und wenn sein Freund weg ist, lasse ich schnell das Badewasser einlaufen, und danach wartet schon das Bett, das ihn bis zum Morgen festhält, nach einer Gutenachtgeschichte, die immer kürzer wird, wie die hellen Stunden in dieser Jahreszeit, und so schmilzt alles allmählich dahin, Tag um Tag, die Nähe, die zwischen uns geherrscht hat, die vollkommene Liebe, die mit ihrem Glanz alle anderen Formen der Liebe in den Schatten stellte.

Wenn er eingeschlafen ist, räume ich schnell das Geschirr vom Abendessen weg, verschlinge die Reste von seinem Teller, Reste von hartem Ei, Toast, und dann, nach einem leichten Zögern, esse ich auch die Reste vom Teller seines Freundes, schließlich ist der Kühlschrank fast leer, im Gemüsefach ist das meiste vergammelt, die Milch ist sauer geworden, jeden Abend beschließe ich, am nächsten Tag bestimmt einzukaufen und den Kühlschrank zu füllen, wie früher, aber dann schaffe ich es doch, ein weiteres Abendessen aus den kärglichen Resten zuzubereiten, und ich schaue mich erstaunt und verärgert um, betrachte die Blumen im Blumenkasten, die welke Köpfe hängen lassen, die faulenden Äpfel in der Keramikschale, den tropfenden Wasserhahn, sogar die Katzen, die sich früher manchmal anschlichen, um nach etwas Essbarem zu suchen, kommen nicht mehr, als wäre die Wohnung verlassen, auf eine so unerwartete und unverständliche Weise hat die Trennung von Amnon alle Formen des Lebens in diesem Haus beendet.

Nein, ich habe nicht geahnt, dass die Dinge so aussehen würden, ab und zu blitzt vor meinem inneren Auge noch das neue Leben auf, das ich mir vorgestellt hatte, ein ruhiges, gelassenes Leben, morgens würde ich an meiner Arbeit schreiben, nachmittags mit Gili spielen und nachts allein sein, und wenn in mir eines Tages das Interesse an einem Mann erwachen sollte, dann könnte ich leicht einen bekommen, frei mit einem Sohn, ist das nicht der verführerischste Familienstand, aber wenn ich mich morgens vor dem Computer winde und versuche, die schlimmste Naturkatastrophe der Antike zu beschreiben, schiebt sich unsere eigene Geschichte zwischen die alten Fresken, die erstaunlich gut erhalten sind, ich denke daran, wie er mich Pariserin genannt und das Dia aus der Tasche gezogen hat, schau selbst, sagte er, du bist von dort, von Thera, viertausend Jahre alt, unglaublich, und ich hielt das Dia gegen das Licht, sah meinen hochmütigen Blick in dem blassen vornehmen Gesicht, die kräftig rot gemalten Lippen, das geschmückte Haar.

Sie war vermutlich eine Priesterin, sagte er, aber die Archäologen haben sie Pariserin genannt, wegen der Frisur und der Schminke, was für Dummköpfe, als hätte man sich in der Welt der Antike nicht geschmückt, und er streckte die Hand nach meinem Kinn aus und drehte mein Gesicht von einer Seite zur anderen, schaute von mir zum Dia, und ich erinnere mich, was er am selben Abend zu mir sagte, als wir zum ersten Mal über die offene Ausgrabungsstätte spazierten, die Wärme verströmte wie ein fiebriger Körper, du bist eine Simulantin, du bist überhaupt keine richtige Archäologin, dich interessieren nur Märchen, Geschichten, und heute, wenn ich versuche, die Funde wissenschaftlich zu beschreiben, merke ich, wie sehr er Recht hatte, nur die Geschichten interessieren mich, nur unsere Geschichte, die in Tel Jesreel begann und in der Stadt Jerusalem endet, zehn

Jahre später, in einer Dreizimmerwohnung in einem der alten Viertel, und es kommt mir vor, als sei der letzte Abschnitt der Ausgrabungsteil, dessen Funde ich mit Fotos und Zeichnungen dokumentiere, genau dort, in Gilis Zimmer, in seinem Bett, dort hat sein Körper meinen zum letzten Mal bedeckt und dorthin kehre ich morgens zurück, vor Kälte zitternd, versuche, mir seinen erhitzten Körper auf meinem vorzustellen, denn je mehr Zeit vergeht, desto genauer wird die Erinnerung, bis ich mir für ein paar Minuten einbilde, dass ausgerechnet dort unsere Liebe absolute Reinheit und Einzigartigkeit erreicht hat, ausgerechnet dort vereinigten sich unsere Körper mit unvergleichlicher Kraft, der Kraft seiner Kränkung und seines Leids, der Kraft meiner Weigerung und Hartnäckigkeit und meiner Rachsucht, und wenn ich mich auf die kleinen weichen Tiere lege und die stumpfen Augen der Löwin betrachte, ihre erweiterten Pupillen, dann weiß ich, dass dies meine Augen sind, die ihn so angeschaut haben, ihn, der mir am teuersten ist, meine leeren gläsernen Augen, und ich versuche ihn auf das Bett zu ziehen, für jenen Tag ein anderes Ende zu erfinden, jenen letzten Tag in unserem Leben als Familie.

Unter Gilis Federbett füge ich mich seinem Körper, versuche, das alte, begrabene Verlangen in meinen Gliedern wiederzubeleben, ich muss es nur finden, und in dem Moment, wenn ich meine Hand auf ihn lege, löst er sich langsam auf, der vertraute Körper verwandelt sich in einen riesigen Irrgarten, wie der Palast des Minos auf Knossos, dort lebt der bedrohliche Minotaurus, halb Stier, halb Mensch, der junge Opfer liebt, Knaben, Mädchen, und dann sinkt für wenige Augenblicke Schlaf auf mich, ein Schlaf wie verbrannter Zucker, aus dem ich erschrocken hochfahre, ich muss den Jungen abholen, ich werfe einen Blick auf die Uhr, aber es sind nur ein paar Minuten vergangen, eine kurze

Zeit, so kurz gegen die vielen langen wachen Stunden, und in meinen Fantasien, die immer mehr Gewalt über mich gewinnen, kommt es mir vor, als wären sie dort, meine Geliebten, meine Familie, im Zimmer nebenan, genau auf der anderen Seite der Wand, ich kann sie hören, so wie ich sie immer gehört habe, Papa, ich habe Hunger, was soll ich dir machen, ein Fladenbrot mit Schokolade, wie wär's denn mit Obst, oder ich schäl dir eine Mohrrübe, nein, ich will ein Fladenbrot mit Schokolade, Papa, schau mal, was ich gemalt habe, wie schön, mein Süßer, Papa, wo ist Mama, sie schläft, sie fühlt sich nicht wohl, wann ist sie wieder gesund, bald, morgen fühlt sie sich bestimmt besser.

Wo ist es, das versprochene Morgen, dessen Flügel über mir schlagen, ohne dass ich es schaffe, mich an ihnen festzuhalten, ein langer Tag tut sich vor mir auf, wie eine Leiter, deren Spitze bis zu den Wolken reicht, und es gibt kein Morgen, ein langer Tag, an dem ich Gili Dutzende von Malen zur Schule bringen und von dort abholen muss, Dutzende von Abendessen bereiten, Dutzende von Badewannen füllen, Dutzende von Seiten schreiben, die Trauer Stunde um Stunde als harten Kloß in der Kehle zurückhalten, und auf den Abend warten, nicht um zu schlafen, sondern um aufzuhören, mich zu verstellen.

Ella, das wird nicht von allein wieder gut, du brauchst Hilfe, sagt Dina, ich habe jemanden, der dir ein Medikament verschreibt, und in einem Monat bist du wieder du selbst, du brauchst es nur zu sagen, dann vereinbare ich für dich einen Termin, aber ich weigere mich sofort, wieso ein Medikament, ich bin nicht krank, ich bin einfach nur schockiert von dem, was ich getan habe. Du bist nicht schockiert, du leidest an einer Depression, sagt sie, und das ist kein Wunder, eine Trennung gehört zu den traumatischsten Erlebnissen, die es gibt, sie hat die Kraft einer Trauer, aber ohne deren Legitimation, du musst entweder eine Therapie anfangen oder Tabletten nehmen, am besten beides, zumindest für die nächsten Monate, und ich protestiere, wieso Tabletten, die können meine Realität nicht verändern, die bringen mir meine Familie nicht zurück, wenn ich ohne jeden Grund depressiv wäre, dann würde ich eine Behandlung brauchen, aber ich habe einen guten Grund für eine Depression, was beweist, dass ich völlig normal bin. Besorge mir Tabletten, die den alten Zustand wiederherstellen, und ich schlucke sofort eine ganze Schachtel, das verspreche ich ihr, aber da der Fehler, den ich gemacht habe, nicht rückgängig zu machen ist, was würde es mir dann helfen, und sie seufzt, es stimmt, Ella, diese Medikamente verändern nichts an deiner Realität, aber sie würden dir helfen, sie zu meistern, und das ist es, was du jetzt brauchst, ich habe es dir schon ein paarmal gesagt, ich bin überhaupt nicht sicher, dass du einen Fehler gemacht hast, und im Grunde deines Herzens bist du es auch nicht.

Ich habe keinen Fehler gemacht? Wie kannst du so etwas sagen, ich bin erschüttert über diese ketzerischen Worte, schau doch, was ich hatte und was mir jetzt geblieben ist, ich hatte eine Familie, ich hatte einen Partner, der mich geliebt hat, mein Sohn hatte ein ordentliches Zuhause, schau doch, wie ich zerbreche, ohne diesen Rahmen, ich habe nicht gewusst, wie lebenswichtig er für mich war. Du lässt dich schon wieder hinreißen, sagt sie böse, ich kenne diese Verklärungen, die man in kritischen Situationen aufbaut, je weiter man sich von dem Geschehen entfernt, desto mehr verklärt man es, gleich wirst du mir erzählen, dass ihr König und Königin wart und in einem Schloss gewohnt habt, und ich unterbreche sie, erkläre mir, wie ich so blind sein konnte, es mag ja sein, dass ein Mensch seinen Partner nicht kennt, aber dass er sich selbst nicht kennt? Damit kann ich mich nicht abfinden, ich war sicher, dass ich ohne ihn glücklich sein würde, dass ich jede Minute meiner Freiheit genießen würde, und schau nur, was passiert ist.

Ich bekenne, dass auch ich von der Heftigkeit deiner Reaktion überrascht bin, sagt sie vorsichtig, setzt sich auf den Rand meines Bettes, aber hör auf, dich selbst zu verurteilen, solche Dinge kann man schwer voraussehen, wer weiß, welches alte Leid du berührt hast, du bist in ein Loch gefallen, das immer da war, auch wenn du von seiner Existenz nichts gewusst hast, wer weiß, an was du jetzt wirklich leidest. Ich leide an meiner Familie, sage ich, was ist daran so seltsam, warum muss ich nach weit entfernten Gründen suchen, wenn es doch einen nahe liegenden gibt? Und sie sagt, die Seele unterscheidet nicht zwischen nah und fern, du solltest das, was dir jetzt geschieht, von einem übergeordneten Blickwinkel aus betrachten, das ist es, was ich gern mit dir tun würde, wenn du einer Therapie bei mir zustimmst, und ich frage, hattest du schon einmal einen solchen Fall, dass eine Frau die Scheidung wollte und dann in eine solche Verzweiflung gestürzt ist?

Natürlich, sagt sie, mehr als einmal, aber das ist im Allgemeinen ein vorübergehender Zustand, der weder auf die Vergangenheit noch auf die Zukunft gerichtet ist, das bedeutet nicht, dass du es dein Leben lang bereuen wirst, es bedeutet noch nicht einmal, dass es etwas zu bereuen gibt, sondern nur, dass du jetzt gegen alte, tiefe Kräfte ankämpfst, es ist wie eine Krankheit, die du jahrelang ausgebrütet hast und die jetzt ausbricht, deshalb brauchst du Hilfe, das bist du deinem Sohn schuldig, er bekommt mehr mit, als du weißt. Mir kommt es vor, als würde er meine Situation überhaupt nicht mitbekommen, sage ich, du hast keine Ahnung, welche Mühe ich mir gebe, ich verstelle mich die ganze Zeit, und sie lacht, dann verstellt er sich vielleicht auch, du denkst wohl, er kauft dir dein gezwungenes Lächeln ab und sieht nicht, was mit dir los ist, was deine Augen sagen? Kinder verstehen alles, Ella, merk dir das, du musst eine Therapie anfangen, für dich und für den Jungen.

Der Junge. In manchen Momenten vergesse ich seinen Namen und nenne ihn so, der Junge, der kostbare Junge, den ich vergessen habe, der Schatten des wunderbaren Sohns, den ich hatte, das Zeichen des Bundes, den ich einst eingegangen war. Einen Moment lang stelle ich ihn mir vor, wie er mich als Baby angestrahlt hat, ein warmer Dunst stieg von ihm auf, wenn ich ihn in den Armen hielt, was versteht der Junge wirklich, der sich mit solcher Leichtigkeit mit allen Veränderungen abgefunden hat, außer mit einer, gegen die er kämpft, gegen die er sich mit aller Kraft auflehnt, als ob alles, was er besaß und nun verloren hat, all seine Sehnsüchte und sein Verlangen dort münden, in der mit Büchern voll gestopften Dachwohnung seiner Großeltern mit den hohen Decken und den Bogenfenstern, die auf Ziegeldächer in den Farben von Erde und Wein blicken.

Mama, ich möchte zu Opa und Oma, jammert er fast jeden Abend, wie ein Gebet vor dem Einschlafen, ich war schon so lange nicht mehr dort, sogar an den Feiertagen sind wir nicht zu ihnen gegangen, und ich weiche aus, diese Woche geht es nicht, Opa ist im Ausland und Oma ist krank, vielleicht nächste Woche, und er kann sich besser als ich an meine schwachen Ausreden erinnern, ist Opa schon zurück, fragt er ein paar Tage später, ist Oma wieder gesund? Und ich tue so, als würde ich seine Absicht nicht verstehen und mich erst erinnern, ach so, ja, das heißt nein, er ist noch mal weggefahren, sie ist noch mal krank geworden, ältere Leute sind im Winter immer krank. Aber im vergangenen Winter war sie nicht krank, protestiert er mit einem misstrauischen Blick, sie hat mich einmal in der Woche vom Kindergarten abgeholt und Hühnersuppe für mich gekocht, und Großvater hat mir Schach spielen beigebracht, einmal habe ich sogar gegen ihn gewonnen, er schmiegt sich an seine kurze Biografie, ich möchte, dass sie mich morgen von der Schule abholt, und ich sage, morgen geht es nicht, vielleicht nächste Woche, und im Stillen verfluche ich die beiden, ein herzloses Paar Mammute, warum habe ich nicht einfach zu ihm gesagt, sie seien gestorben, ausgelöscht worden, wie sie es von ihm erwartet haben, dann hätte es ihm nichts ausgemacht, er hätte nicht gefragt, leben sie wieder? Sind sie schon aus dem Grab auferstanden? Aber mir ist klar, dass seine Stimme, die verwundert und verwaist klingt, meine Stimme ist, schließlich vergeht kein Tag, ohne dass ich an sie denke, ohne dass ich plane, wie ich eines Morgens zu ihnen gehe, ohne zu klingeln die Tür aufmache und ins Zimmer platze, da bin ich, Papa, ich bin zurückgekommen, um dein gutes Mädchen zu sein, ich habe versucht, zu Amnon zurückzugehen, aber er war nicht bereit dazu, was meinst du, solltest du jetzt nicht auch ihn zu einem Treffen einladen, auch ihn mit deinen wütenden Prophezeiungen erschrecken, wie du mich erschreckt hast, so sehr, dass ich dachte, ich könnte mich nie im Leben davon erholen, sag ihm doch, wie zweifelhaft das Glück ist, erzähl ihm von Gilis Schicksal, von all den Grausamkeiten der Seele. Ein bisschen törichte Hoffnung umhüllt mich, er kann alles reparieren, alles, wenn er nur wollte, wenn er nur überzeugt wäre, dass meine Absichten rein sind, aber wenn ich manchmal an ihrem Haus vorbeigehe, renne ich wie um mein Leben.

Auf halbem Weg zwischen uns und der Schule befindet sich das Haus, und wenn ich mit Gili auf dem Heimweg bin, achte ich darauf, eine Seitenstraße einzuschlagen, damit er nicht merkt, wie nah es ist, damit er mich nicht mit Wünschen bedrängt, die ich nicht erfüllen kann, ich drehe ihn im Kreis, wie man Gefangene im Kreis dreht, damit sie die Orientierung verlieren, und wenn ich ihm Augenklappen anlegen könnte, würde ich nicht zögern, es zu tun, aber an irgendeinem Tag, als wir das Schulhaus verlassen, ich mit seinem Ranzen über der Schulter, seine Hand in meiner, fallen uns ein paar Regentropfen aus einem plötzlich grau gewordenen Himmel ins Gesicht, und ich treibe ihn an, wähle den kurzen Weg, und wir nähern uns rennend ihrer Straße, jetzt ist es mir auch schon egal, es erwacht sogar wieder die Hoffnung und wird immer stärker, wie der Regen, vielleicht wird es heute passieren, vielleicht werden sie am Fenster stehen und uns unten vorbeirennen sehen, vielleicht wird Gili ihr Haus erkennen und von mir verlangen, die Treppe hinaufzugehen, und dann werde ich keine Wahl haben und es tun müssen.

Als wir uns dem Gebäude nähern, verlangsame ich meine Schritte und warte darauf, dass er etwas sagt, aber er hat den Kopf gesenkt, erzählt mir von einem Streit mit Jotam, was für ein blöder Junge er ist, schimpft er, nie wieder gehe ich zu ihm, den ganzen Tag petzt er nur und weint, und ich erinnere mich an das unterdrückte Weinen, dass aus einem der Zimmer gedrungen war, an den Glanz des Morgens, der plötzlich gebrochen war, und ich habe das Gefühl, als hätte die Sonne seit damals nicht mehr geschienen, aber jetzt hebt er den Kopf, und ich sehe, wie sein grünlich blasses Gesicht plötzlich strahlt, als er sagt, Mama, das ist das Haus von Opa und Oma, stimmt's? Und ich murmle, ja, wir gehen hier immer vorbei, es liegt auf unserem Weg, und er zieht mich am Arm, Mama, wir gehen zu ihnen, auch wenn Oma krank ist, das ist mir ganz egal, und ich nicke mit einem gespielten Seufzer, denn ohne ihn würde ich es nie wagen, hinaufzugehen, ich schiebe ihn vor mir her.

Oma, Oma, ich bin's, ruft er begeistert, schlägt mit seinen kleinen harten, nussbraunen Fäusten an die Tür, reißt sie auf und trabt wie ein Fohlen in den Flur. Gili, was für eine Überraschung, sie kommt aus der Küche und läuft ihm entgegen, ihre weißen Haare sind unordentlich, der Ausdruck auf ihrem Gesicht ist zwiespältig, einerseits zeigt es ihre Freude, uns zu sehen, doch auch ihre Angst vor der Reaktion meines Vaters, der sich in seinem Arbeitszimmer eingeschlossen hat, und Gili drückt sich an ihre Hüfte, ich bin so froh, dass du wieder gesund bist, Oma, und sie wundert sich, gesund? Ich war schon lange nicht mehr krank, und als er mich erstaunt und misstrauisch anguckt, mache ich mir nicht einmal die Mühe, meine ewigen Ausreden zu vertuschen, im Moment ist das meine kleinste Sorge. Sie umarmt mich besorgt, du siehst schlecht aus, Ellinka, du bist ein wandelndes Gerippe, und Gili hört ihr fasziniert zu, allein die Tatsache, dass ich die Tochter von jemandem bin, versetzt ihn immer in Erstaunen und Begeisterung, ein Reiz aus Vergnügen und Ärger, und er verkündet, dann mach ihr was zu essen, sie ist doch deine Tochter, und meine Mutter sagt, ja, kommt mit in die Küche, und auf dem Weg flüstert sie mir ins Ohr, ich hoffe, dass dein Vater nicht wütend wird, er hat gesagt, es falle ihm schwer, den Jungen zu sehen, und ich zische, wage es nicht, diese Worte noch einmal zu wiederholen, wann versteht ihr endlich, dass es hier um den Jungen geht und nicht um euch, Gili leidet darunter, dass er euch nicht mehr sieht, ihr könnt mit euren Schwierigkeiten fertig werden, ihr seid die Erwachsenen, und sie fängt wieder an, mich brauchst du nicht zu überzeugen, Ellinka, das Problem ist er, dein Vater, und ich sage, lass mich dieses Problem lösen, ich werde mit ihm sprechen.

Da ist sie wieder, diese Schwäche in den Knien, die Angst angesichts seiner konzentrierten Haltung, bewegungslos vor dem Computer, in seinem altersgrauen Pullover, rau wie Verputz, sitzt er da, seine Hände schweben über der Tastatur, vermutlich arbeitet er an seinem nächsten Vortrag, den er bei einem der vielen Kongresse halten möchte, zu denen er eingeladen wird, neben ihm steht eine Glasschale mit einem geschälten und zerteilten Apfel, jede Stunde schält sie ihm einen neuen Apfel, auch wenn er den alten nicht angerührt hat, und ich schließe geräuschvoll die Tür hinter mir, erst da dreht er sich um, sein bronzefarbenes Gesicht erwacht langsam zum Leben, er bewegt seine Füße, die in dicken Wollsocken stecken, und kommt auf mich zu. Ella, sagt er, nimmt seine vergoldete Lesebrille ab und richtet seine kühlen zinnfarbenen Augen auf mich, und ich habe das Gefühl, von Zinn berührt zu werden, er ist entrückt wie ein Gott, der sich von seiner Schöpfung distanziert, die ihm nicht mehr gehorcht, schau, wie dünn ich bin, Papa, schau, wie blass, hör doch, wie meine Knochen schreiend meine Magerkeit verkünden, hör die Hilferufe meiner inneren Organe, die aufgefressen werden, eine Horde Mäuse ist in meinen Körper eingedrungen und zernagt ihn von innen, Ameisen fressen schmale, nadelspitze Höhlen in meinen Leib. Wie geht es Gil'ad, fragt er und wendet den Blick ab, als könne er meinen Anblick nicht ertragen, und ich sage, er hat Sehnsucht nach euch, diese Trennung fällt ihm sehr schwer, und mein Vater rechtfertigt sich mit weicher Stimme, auch mir fällt sie schwer, das weißt du, nur weil er mir so viel bedeutet, habe ich es vorgezogen, ihn nicht mehr zu sehen, das weißt du doch, nicht wahr? Es geschieht, Gott behüte, nicht aus Gleichgültigkeit oder Herzlosigkeit, und ich schweige, zögere meine Zustimmung hinaus, die ihm plötzlich wichtig zu sein scheint.

Er windet sich, ich habe gefühlt, dass ich seinen Kummer nicht ertragen kann, ich hatte Angst, ihm zu schaden, verstehst du, aber ich kann dir die Tage aufzählen, die ich ihn nicht gesehen habe, sechsundsechzig Tage sind es, verkündet er, betont seine eigene Sehnsucht, als ginge es nur darum, und diesmal ziehe ich es vor, der Konfrontation auszuweichen, im Moment ist das nebensächlich, sage ich, es ist nicht wichtig, vor meinen Augen bewegt sich die Palme in dem starken Wind, der dünne Stamm biegt sich, der Schopf ist feucht und wirr, wie sehr haben wir beide uns seit dem letzten Gespräch verändert, dem Gespräch, das noch immer im Zimmer zu hängen scheint, schwer und metallisch.

Du weißt, dass ich nur aus Sorge um euch versucht habe, dich zu warnen, fährt er fort, wie immer konzentriert auf sich selbst, auf die Reinheit seiner Waffe, als wäre er der tragische Held dieser traurigen Geschichte, und ich nicke ungeduldig, warte, dass er seine Verteidigungsrede beendet, damit ich endlich das sagen kann, was ich zu sagen habe. Als ich dir sagte, dass ich Angst vor dem hätte, was diesen Jungen erwartet, wollte ich dich natürlich nur vor der Tragweite deines Handelns warnen, fügt er hinzu, damit du die Folgen abwägst, das war keine exakte Vorhersage, auch wenn ich mich klarer Worte bedient habe, und ich schaue ihn an, das ist es, was dich im Moment bekümmert, dass deine Vorhersage nicht ganz exakt war, und er spricht weiter, als hätte er meine Gedanken erraten, natürlich freue ich mich sehr, dass er die Situation meistert, besonders jetzt, da das Urteil gefällt ist und man nichts mehr machen kann.

Papa, hör mir einen Moment zu, unterbreche ich ihn, weil er sonst nie aufhört, ich brauche deine Hilfe, nur du kannst mir jetzt noch helfen, du hast Recht gehabt, ich wünschte, ich hätte damals auf dich gehört, doch das habe ich erst zu spät verstanden, diese Trennung ist eine Katastrophe für mich, du musst mir helfen, Amnon zurückzuholen, und er nickt, ich, fragt er scheinheilig, wie kann ich dir helfen?

Seine Hand gleitet über seine vollen Haare, und ich sage, du hast immer einen großen Einfluss auf Amnon gehabt, du musst mit ihm darüber sprechen, was Gili geschehen kann, über den Bund, den wir erneut schließen müssen, all das, was du mir gesagt hast, musst du jetzt ihm sagen, all deine wütenden Prophezeiungen, all deine schwarzen Ahnungen.

Aber wenn es dich nicht beeinflusst hat, wie soll es dann bei ihm klappen, fragt er verwirrt, stolz auf seine Wichtigkeit, aber widerstrebend angesichts dieses Auftrags, und ich sage, es hat mich beeinflusst, wenn auch mit Verspätung, du musst es versuchen, und er seufzt widerwillig, seine Füße in den Wollsocken reiben aneinander, ich fürchte, das hat schon keinen Sinn mehr, Ella, man muss das Eisen schmieden, solange es heiß ist, deshalb habe ich dich damals ja so dringend zu einem Gespräch gebeten, zu diesem Zeitpunkt ist es, fürchte ich, bereits zu spät. Woher willst du das wissen, frage ich erstaunt, und er sagt, ich habe Amnon vor einigen Tagen an der Universität getroffen, er sagte, die Trennung sei ihm gut bekommen, und ich muss zugeben, dass ich das selbst auch so empfunden habe, er machte einen viel ruhigeren Eindruck, er erzählte auch, seine Beziehung zu Gili habe sich verbessert, ich glaube nicht, dass es sinnvoll ist, wenn ich jetzt versuche, mit ihm zu sprechen, es ist zu spät, und ich höre mir mit wachsender Angst seine entschiedenen Worte an, die letzten Atemzüge meiner Hoffnung, mein allmächtiger Vater, er war mein Leben lang gegen mich, aber wenn er dieses eine Mal für mich sein würde, stünde nichts mehr zwischen uns.

Du musst mir helfen, flehe ich, falle auf das sorgfältig gemachte Bett, obwohl es zwei leere Zimmer in der Wohnung gibt, ziehen sie es vor, in seinem Arbeitszimmer zu schlafen, du musst mir helfen, ich habe alles getan, was du gesagt hast, ich habe ihm versprochen, dass alles anders wird, ich habe ihm gesagt, wie sehr ich es bereue, ich habe ihn angefleht, zu mir zurückzukommen, und er hat sich geweigert, siehst du, er hat Schuld, ich weine, er ist derjenige, der die Familie zerstört hat, ich bin es nicht allein, wie du gedacht hast, und er betrachtet mich mit offenem Abscheu, einen solchen Ausbruch hat es in unserer Wohnung nie gegeben, nie spielten sich auf diesen Fliesen solche nackten, entfesselten Gefühlsausbrüche ab. Ich glaube nicht, dass dies der richtige Zeitpunkt ist, nach dem Schuldigen zu suchen, Ella, sagt er kühl, und ich bleibe stur, doch, es ist der richtige Zeitpunkt, du musst mir sagen, dass es schon nicht mehr meine Schuld ist, nur dann kann ich mich vielleicht erholen, und er seufzt, seine Füße schieben den Stuhl langsam in meine Richtung, du weißt, dass ich Wissenschaftler bin, sagt er, ich bin unfähig, Worte auszusprechen, die nicht begründet sind, es ist klar, wenn es hier eine Schuld gibt, oder sagen wir lieber, eine Verantwortung, dann tragt ihr sie gemeinsam, aber vor allem ist klar, dass sich jetzt nichts mehr daran ändern lässt, Ella, ich beschäftige mich nie mit der Vergangenheit, das solltest du von mir lernen, wenn man versteht, dass es unmöglich ist, einen Fehler zu korrigieren, dass es aus und vorbei ist, dann fängt man an, über die Zukunft nachzudenken, doch ich lasse nicht locker, sag, dass es nicht meinetwegen ist, sag, dass es sowieso passiert wäre, und er schlägt nervös die Beine übereinander, dieses Gerede ist sinnlos, es hilft doch nichts.

Und was soll dann noch helfen, sage ich weinend, und er sagt, es würde dir sehr helfen, wenn du aufhörtest, dich damit zu beschäftigen, und wenn du deine Arbeit beenden würdest, bevor du zur Ausgrabungsstätte zurückkehrst, übrigens, ich habe beim letzten Kongress einen Archäologen getroffen, der mir erzählt hat, dass die Verbindung zwischen Thera und dem Auszug aus Ägypten als wissenschaftlich fragwürdig gilt, es gebe keinen seriösen Forscher, der daran glaubt, dass der Auszug aus Ägypten überhaupt stattgefunden hat, ich rate dir, deine Schlussfolgerungen noch einmal zu überprüfen, warum musst du immer gegen den Strom schwimmen, und ich mache die Augen zu, lausche seiner Stimme, die ausführlich erzählt, wie dieser Archäologe sich ausgerechnet für seinen Vortrag begeistert habe und dass er natürlich nicht der Einzige gewesen sei und wie er sofort zu drei weiteren Kongressen eingeladen worden sei, und während er spricht, packt mich eine beißende Kälte, obwohl das Zimmer beheizt ist, auch wenn ich jetzt, hier auf ihrem Bett, mein Leben aushauchte, würde er es nicht bemerken, er würde nicht aufhören zu sprechen, wie aus einem Nebel dringt seine laute Stimme zu mir, das fröhliche Gemurmel Gilis, der in der Küche isst, das Rauschen des Windes, der schlechte Nachrichten von Haus zu Haus zu tragen scheint.

Bring mir eine Decke, flüstere ich mit klappernden Zähnen, und er schweigt endlich, eine Decke, Verzeihung, ich möchte eine Decke, und er versteht immer noch nicht, du brauchst mich nicht um Verzeihung zu bitten, du kannst dir nur selbst verzeihen, und ich sage, ich habe dich um eine Decke gebeten, und er bricht in ein gezwungenes Lachen aus, ach so, ich habe dich nicht verstanden, er erhebt die Stimme, Sarah, bring eine Decke für Ella, und sofort steht sie in der Tür, wie ein eifriges Zimmermädchen, und hinter ihr taucht Gilis Kopf auf. Opa, da bin ich, verkündet er mit kindlicher Feierlichkeit, und mein Vater breitet die Arme aus, erhebt sich endlich von seinem Stuhl, wie groß du geworden bist, mein Schatz, kannst du noch Schach spielen? Klar kann ich es noch, ruft Gili, komm, spielen wir, du wirst schon sehen, dass ich gegen dich gewinne, er prahlt, das Herz läuft ihm über vor Freude über dieses Treffen, und meine Mutter legt eine karierte Decke über mich, ihre

offen zur Schau getragene Sorge bedrückt mich eher, als
dass sie mich beruhigt. Was ist mit dir, will sie wissen, du
siehst krank aus, wann warst du das letzte Mal beim Arzt,
ich habe dir schon ein paarmal gesagt, dass du eine Blut-
untersuchung machen lassen musst, wann wirst du endlich
auf mich hören, und sie legt die Hand auf meine Stirn und
stößt einen Schrei aus, als hätte sie sich verbrannt, du kochst
ja, Ellinka, David, schau, sie ist kochend heiß, und ich versuche, mich aufzurichten, eine Welle von Übelkeit lässt mich
zurücksinken, bring eine Schüssel, flüstere ich, aber sie ist
nicht schnell genug, es scheint, als stiege alles, was ich im
Lauf von sechsundsechzig Tagen nicht über die Lippen gebracht habe, jetzt in meiner Kehle auf und bräche bitter aus
mir heraus auf ihre Betten, und alles, was ich in den letzten
sechsunddreißig Jahren nicht zu sagen gewagt habe, wäre
bei hohem Fieber zusammengeschmolzen und hätte sich in
einen sauren, zähen Brei verwandelt.

Sarah, sie übergibt sich, schreit er, und meine Mutter
murrt, kein Wunder, sie achtet nicht auf sich, sie hat noch
nie auf sich geachtet, geht raus, ihr beiden, sie drängt sie
zum Wohnzimmer, drückt mir eine Waschschüssel in die
Arme, zu spät, Mama, siehst du nicht, dass es zu spät ist. Du
bist wieder ohne Mantel aus dem Haus gegangen und vollkommen nass geworden, klagt sie, glättet mit ihren dicken
Fingern meine Stirn, dir macht es nichts aus zu frieren,
Hauptsache, du siehst schön aus, wie oft habe ich dir gesagt,
du sollst dich warm anziehen, und so wie immer spricht sie
nicht mit mir, sondern mit dem jungen Mädchen, das ich
einmal war, ich werde von den Wellen der Übelkeit weg-
getragen, von riesigen Wellen, trocken und durchsichtig wie
Glas, ich krümme mich über der Schüssel zusammen, dabei
habe ich absichtlich jenen Pullover dagelassen, den ich für
dich gestrickt habe, fährt sie fort, ich bin sicher, dass du ihn

kein einziges Mal getragen hast, er ist dir nicht schön genug, das Wichtigste ist dir immer die Schönheit, aber was ist mit der Gesundheit, schimpft sie, es ist besser, weniger schön zu sein und dafür behutsamer mit sich umzugehen, schau dir deine Freundinnen an, die weniger erfolgreich waren als du, die sind glücklich verheiratet mit drei Kindern, und was ist mit dir, du stehst jetzt da, ohne Mann.

Mein Kopf sinkt erschöpft in die Schüssel, ihr Gerede summt um mich herum wie eine Wolke Mücken an einem heißen Tag, aber sie lässt mich nicht die Augen zumachen, komm zur Dusche, plappert sie, in der Zwischenzeit werde ich die Bettwäsche wechseln, und sie fasst mich um meine zerbrechlichen Hüften und schleppt mich zu dem großen weiß gekachelten Badezimmer, sie zieht mich aus, ihre Augen mustern mich mit offener Neugier, schau dich an, wie ein junges Mädchen, erklärt sie bitter, seit du zwölf warst, bist du nicht mehr gewachsen, sie ist, obwohl im Alter geschrumpft, noch immer größer als ich, und ich zittere vor Kälte unter ihrem Blick, versuche, meine Blöße zu bedecken, was wunderst du dich, Mama, wir wissen beide die Wahrheit, nur seinetwegen bin ich nicht gewachsen, hast du vergessen, wie erschrocken er über meine ersten Anzeichen von Weiblichkeit war, hast du vergessen, was mit meinem ersten Büstenhalter passiert ist, den ich aus Versehen im Badezimmer liegen gelassen habe, wie er mir durch das Haus gefolgt ist und ihn hin und her geschwenkt hat, ich erlaube dir nicht, solche Dirnenwäsche zu tragen, und am Schluss hat er ihn aus dem Fenster geworfen, den schwarzen Batistbüstenhalter, auf den ich so stolz war, und du hast gewartet, bis es dunkel war, dann bist du auf Zehenspitzen hinausgeschlichen und hast ihn zwischen den Bäumen gesucht, aber er war nicht mehr da, ein anderes junges Mädchen hat ihn vor dem Spiegel anprobiert, frei von dieser bedrückenden Schuld, und am nächsten Tag bekam ich einen neuen Büstenhalter, einen einfachen, wie alle Mädchen, einen, auf den man nicht stolz sein konnte.

Er hatte Angst vor der Anwesenheit einer jungen Frau im Haus, die Knospen der Weiblichkeit haben ihn bedroht, er wollte sie zerschlagen und zertrümmern wie der Prophet des Herrn die Statuen von Astarte, ich war gelähmt vor Schreck und habe aufgehört zu wachsen, seit ich zwölf war, bin ich weder größer noch weiblicher geworden, ein alterndes junges Mädchen unter dem warmen Wasserstrahl, und sie hält mir Seife hin, braune raue Kernseife, die nach Petroleum riecht, und als ich aus der Dusche komme, in ein Handtuch gewickelt, reicht sie mir ein Nachthemd, an das ich mich verschwommen erinnere, ein bunt gestreiftes Nachthemd, das ich in meiner Jugend getragen habe, sie wirft nie etwas weg, für wen hebt sie diese traurigen Souvenirs auf, und dann legt sie mir noch triumphierend einen Pullover über die Schultern, einen schweren Wollpullover, olivgrün, rot und gelb, der nach gebackenem Hühnchen riecht, ich betrachte ihn verwirrt, haben sich die zerschnittenen Teile des Pullovers zusammengefügt wie ein zerrissener Brief, der im Himmel zusammengeklebt und an den Absender zurückgeschickt wurde?

Mama, geht es dir wieder gut, fragt Gili, nicht sehr beunruhigt, als ich in meinem seltsamen Aufzug ins Wohnzimmer komme, meine Krankheit scheint sein Vergnügen nur noch vergrößert zu haben, er hat die vielen Möglichkeiten, die sich ihm dadurch bieten, bereits erkannt und beabsichtigt nicht, so leicht auf sie zu verzichten. Mama, wir schlafen hier, verkündet er, fast überschnappend vor Aufregung, Oma hat gesagt, dass du noch nicht gesund bist, er spricht streng mit mir, du bist doch noch nicht gesund, stimmt's? Und ich betrachte mürrisch mein altes und neues

Gefängnis, mal sehen, wie es mir am Abend geht, aber er bleibt stur, er ist nicht bereit, diese Unsicherheit zu ertragen, sag, dass wir hier schlafen, was macht das schon, nur eine Nacht, und auch ich bleibe stur, ich weiß es noch nicht, warten wir ab. Er fängt schon an zu jammern, und da tritt sie ins Zimmer und unterbricht die Diskussion, was für eine Frage, natürlich bleibt ihr hier, wenn Amnon zu Hause wäre, dann wäre es etwas anderes, aber du bist jetzt allein, wie willst du so für den Jungen sorgen und wer wird sich um dich kümmern, bis du wieder gesund bist? Sie klagt, eure Generation denkt, dass sie alles kann, die Mütter glauben, sie können alles, den Lebensunterhalt verdienen und Kinder aufziehen und für sich selbst sorgen, und sie vergessen die Probleme, die es auf der Welt gibt, was ist mit Krankheiten? Und was ist, Gott behüte, mit Unfällen und anderen unvorhersehbaren Schwierigkeiten? Gott weiß, wie man in solchen Fällen ohne einen Mann im Haus zurechtkommt, ohne Vater für die Kinder, und ich versuche, sie zum Schweigen zu bringen, indem ich die Lippen zusammenpresse und einen Blick zu Gili hinüberwerfe, der verängstigt zuhört, aber wie üblich versteht sie es nicht, musst du dich wieder erbrechen? Sie springt mit ihrem schweren Körper auf, kommt sofort mit der Schüssel zurück und stellt sie mir auf die Knie, und der Junge, der erschrocken aussieht, klettert auf meinen Schoß, mit einem verängstigten Lächeln, und ist dann stolz, es geschafft zu haben, im Schneidersitz neben der Waschschüssel zu sitzen.

Mein Jungmädchenbett quietscht und knarzt, als es seine Flügel ausbreitet, um uns beiden Platz zu bieten, nicht zu nahe, damit er sich nicht bei dir ansteckt, warnt meine Mutter ernst, und ich sinke in das weiße Bettzeug, noch nie ist bei ihnen eine Blume gewachsen, noch nie hat es eine fröhliche Farbe gegeben, und Gili zwängt sich in seine

Babysachen, die sie aufgehoben haben, wie groß ich geworden bin, singt er, schau mal, meine Knie, sie ragen aus der Pyjamahose heraus, die ihm einmal bis zu den Knöcheln gereicht hat, meine Krankheit wird für ihn zu einem anhaltenden Fest, zu einem Vergnügen, und ich betrachte ihn erstaunt, wieso spürt er nicht die bedrückende Trübseligkeit, die jede Bewegung in diesem Haus beherrscht, wieso sieht er nicht, dass er in einem Gefängnis gelandet ist, seine durchdringende Stimme, seine lächerlichen Tänze sind wie Ausbrüche wilden Glücks bei einer Trauerfeier, und sie laufen um uns herum, zwei Monate lang haben sie uns verleugnet, und jetzt beherrscht unsere Anwesenheit plötzlich das Haus, stört ihre Ordnung.

Deprimiert betrachte ich mein Mädchenzimmer, das ganz schnell in eine zusätzliche Bibliothek verwandelt wurde, zu einem Lager für die Bücher, die er weniger mag, wie schwer ist es mir gefallen, mich an dieses Zimmer, lang und schmal wie ein Korridor und mit dem Fenster zur Hauptstraße, zu gewöhnen. Und wie schwer war mir davor der Abschied vom Haus meiner Kindheit gefallen, das in der Erde versank wie ein Schiff im Meer, mit aller Kraft hatte ich versucht, mich gegen den Umzug in die Stadt zu wehren, aber die Karriere meines Vaters war immer wichtiger als die Launen eines jungen Mädchens, du wirst dich daran gewöhnen, sagten sie verächtlich, was ist schon eine Veränderung in deinem Alter, in einem Monat hast du neue Freunde, die zu dir passen, nicht wie diese Dorfkinder, und du wirst endlich auf ein richtiges Gymnasium gehen und lernen, wie es sich gehört, aber ich wurde wütend bei ihren Worten, es sind nicht die Kinder, die ich vermisse, es sind die Bäume, die gemähten Wiesen mit ihrem Duft, es sind die Gerüche, die blühenden Zitrusbäume, das Geißblatt, das die Fenster mit Duftgittern umrankt, es sind die Farben, es ist der beleuchtete Bürgersteig mit dem abgefallenen Laub, es ist das abgefallene Laub, das unter meinen Füßen raschelt, die Hibiskusblüten, die rote Lippen hängen lassen, ihr habt mich an einen Ort ohne Gerüche gebracht, klagte ich immer, es gibt hier kaum einen Unterschied zwischen den Jahreszeiten, es ist ein Ort ohne Farben, nur Schattierungen von stumpfen Steinen, aber mein Vater bekam eine Professur an der Universität, die Stadt war gut zu ihm, und meine Mutter war geblendet von den vielen Geschäften und Cafés, und ich, die ich einmal barfuß über vergoldete Wege zur Schule gegangen war, lernte, über harten Asphalt zu laufen, von einem Autobus in den anderen umzusteigen, auf meinem Weg zu dem angesehenen Gymnasium, das von vielen herausragenden Schülern besucht wurde, nicht wie das Bezirksgymnasium, in dem mich alle als beste Schülerin kannten, wie schwer fiel es mir hier, mich auf das Lernen zu konzentrieren, wenn mein Kopf müde auf den Tisch sank, denn in der neuen Wohnung in der neuen Stadt konnte ich nicht schlafen.

Das Schnauben der Autos, die unter meinem Fenster auf der ansteigenden Straße ihre Muskeln spielen lassen, die lärmenden Gruppen von Jugendlichen auf der Suche nach Vergnügungen, heulende Sirenen, Hupen, Gesprächsfetzen, lautes Lachen, all die Geräusche der Stadt, die abends noch zunahmen, sägten in meinen Ohren, verstärkten mein Heimweh nach den Nächten im Dorf, in denen nur Vögel manchmal die Stille der Finsternis störten, in denen Pappeln rauschten und sich grüne Gerüchte zuflüsterten und sich unter der geheimnisvollen Last ihrer Blätter bogen, in denen die Rasensprenger ihre durchsichtigen Tänze aufführten und die feuchte, schwere Luft abkühlten, in dem unter meinem Fenster brünstige Katzen schrien, all diese Geräusche hatten die Wiege meines guten Schlafs hin und her bewegt.

Abends fing ich schon an, das Bett in meinem neuen Zimmer mit angstvollen Blicken zu betrachten, wie ein Folterinstrument, und nachts lauerte ich gespannt auf die ersten Anzeichen der Müdigkeit und wickelte mich ängstlich in die Laken, erschöpft und müde, aber wenige Minuten später fing der Lärm an, und mein ganzer Körper klopfte, als hätte ich in allen Gliedern ein pochendes Herz, ein Herz am Handgelenk, ein Herz im Knöchel, ein Herz zwischen den Schläfen, und durch die Eisenrollläden drang ein Lärm, als wäre die Stadt ein riesiges Feld, das mit Beginn der Dunkelheit umgepflügt wird, als würde ein Haus nach dem anderen abgerissen und mit der Morgendämmerung schnell und geräuschvoll wieder aufgebaut, und morgens saß ich dann erschöpft im Klassenzimmer, mit roten Augen und zusammengesackt vor Müdigkeit, meine Wange sank auf den Tisch wie auf ein Kopfkissen, und kein Geräusch, weder das Lärmen der Klasse noch das Schimpfen der Lehrer oder das Klingeln, konnte mich wecken.

Auch in dieser Nacht liege ich steif mit offenen Augen zwischen den Decken, wie versteckt vor meinen Vollstreckern, Gili hat sich dicht an mich geschmiegt, trotz der ernsten Warnungen meiner Mutter, manchmal schiebt er mir ein raues Knie entgegen, öffnet die Lippen zu einem unverständlichen Gemurmel, und ich versuche, dieses Gemurmel aus seiner sich vor mir verschließenden Welt zu entziffern. Vom Flur sind langsame Schritte zu hören, hierhin, dorthin, wie aufwändig ihre Vorbereitungen für die Nacht sind, als würden sie zu einem Fest gehen, wie groß die Anspannung, hast du die Bettwäsche gewechselt, fragt er, und sie antwortet ungeduldig, einer ihrer wenigen Anflüge von Aufsässigkeit, an die ich mich gut erinnere, der heisere Trotz der Versklavten, ich habe es dir doch schon gesagt, wenn du dich nicht auf mich verlässt, dann beziehe das Bett doch selbst, und er sagt giftig, warum kannst du eine klare Frage nicht einfach beantworten, ohne zu klagen, und sie erwidert, weil ich es dir schon zweimal gesagt habe, und er sagt, es war nicht zweimal, da sieht man mal wieder, dass man sich nicht auf dich verlassen kann, du übertreibst immer. Und dann erkundigt er sich noch einmal, hast du das Laken und den Überzug gewechselt, und sie sagt, das Laken war sauber, sie hat sich auf den Überzug erbrochen, der Überzug ist schmutzig geworden, das Laken nicht. Es hat überhaupt nicht sauber ausgesehen, behauptet mein Vater, man muss auch das Laken wechseln, das ist es, was ich dir zu sagen versuche, und sie wird gereizt, aber David, warum verlässt du dich nicht auf mich, es ist ganz sauber, was willst du von mir, und ich höre, wie eine Schranktür knarrend geöffnet wird, ich will, dass du noch einmal die Bettwäsche wechselst, verlangt er, das ist nicht sauber genug, ich kann nicht in einem schmutzigen Bett schlafen, und wenn ich nicht schlafe, kann ich meinen Vortrag nicht schreiben. Dann mach es doch selbst, zischt sie, während sie schon wütend das Laken abzieht, schließlich tut sie am Schluss immer das, was er will, und er faucht, man könnte glauben, ich verlange Gott weiß was von dir, und ich halte mir die Ohren zu, ich weiß, dass dies nur der Anfang ist, nichts hat sich seit damals verändert, der herannahende Streit kündigt sich an wie ein Sturm, ich erinnere mich an jeden früheren Streit, alle haben mich mit Entsetzen erfüllt, ob dies nun womöglich der Streit war, der die Familie endgültig zerstören würde, der zu einem Riss in meinem Leben führen würde, ob sie sich jetzt trennen würden oder morgen früh, und ich erinnere mich, wie ich Amnon in unseren ersten Jahren versprochen habe, wir würden uns nie streiten, wenn wir Kinder hätten, komm, lass uns die Auseinandersetzungen jetzt erledigen, bevor wir Kinder kriegen, aber letztendlich haben wir uns getrennt und sie nicht. Habe ich Gili vor solch albtraumhaften Nächten bewahrt, als ich unser kurzes Familienleben mit einem Beil zerschlug, oder wird er sich sein Leben lang nach den schimpfenden Stimmen sehnen, die ihm Sicherheit gaben, denn zwei Menschen befanden sich im Nebenzimmer, mit ihm unter einem Dach, und sie waren seine Eltern.

Mit letzter Kraft kehre ich am Morgen nach Hause zurück, die Knochen zittern unter meiner Haut, bei ihnen würde ich nie gesund werden, ich wehre mich gegen ihr Drängen, wie soll ich gesund werden, wenn ich nicht schlafen kann, aber sie wird Gili von der Schule abholen und vielleicht sogar bis abends bei ihm bleiben, bis es mir wieder besser geht, so haben sie unter sich meine Gesundung genannt, als wäre es nur eine Frage der Zeit, so versuche auch ich es mir in den Tagen danach einzureden, kraftlos im Bett liegend, aber manchmal erinnere ich mich daran, dass man sich nicht immer erholt, diese Möglichkeit gibt es, es gibt Menschen, die nicht wieder gesund werden, sie werden von der funktionierenden Welt abgeschnitten, die bis vor kurzem noch ihr Zuhause war, und am Ende werden sie in eine spezielle Klinik gebracht, dort wird ihr Schreien von den Wänden geschluckt, ihr Schreien wird eingemauert und isoliert, damit es die Routine der Welt nicht stört, und mir scheint, dass ich meine Seele zwischen den beiden Bereichen schweben sehe, zu diesem gehört sie nicht mehr und zu dem anderen noch nicht, ein grausamer Zwitter, eine ungezügelte Sphinx. Wenn ich sie nur loswerden könnte, sie heimlich ersticken, wenn ich nur ohne Seele leben könnte, ohne Bein kann man leben, ohne Gebärmutter und sogar mit nur einer Niere, ich sollte mir diese Seele herausnehmen lassen, diese Seele, die ungezügelt in mir herumtobt, ich sollte sie aus meinem Inneren ziehen, denn sie wuchert bösartig, in all den Jahren hat sie so getan, als wäre sie gesund, und ausgerechnet jetzt, wo ich sie dringend brauche, ist sie krank geworden, ich werfe mich in der stillen Wohnung im Bett herum, der Computer ist schon seit vielen Tagen ausgeschaltet, auf dem Anrufbeantworter häufen sich die Nachrichten und werden am Abend gelöscht, ohne abgehört worden zu sein, ich schmiede Pläne für den Nachmittag, wer kann heute den Jungen abholen, ich will auf keinen Fall zur Schule gehen, vor den anderen Müttern stehen, während ich schon keine Mutter mehr bin, denn in dem Moment, als ich aufhörte, Amnons Frau zu sein, habe ich auch aufgehört, Mutter zu sein, ich bin zu einer Babysitterin geworden, die sich drückt, ich habe die Last der Verantwortung abgeworfen, also, heute wird Amnon ihn abholen und morgen meine Mutter und danach die Mutter von Ronen, von Itamar, und am Ende wird er mich nicht mehr erkennen, was hat Amnon damals zu ihm gesagt, in jener Nacht, in der ich im Badezimmer eingesperrt war, eine Frau, die du nicht kennst, die gleich wieder geht.

Wieder und wieder schlurfe ich durch die Wohnung, die immer leerer wird, gestern hat er seine letzten Sachen abgeholt, er hat die Bilder des alten Jerusalem von den Wänden genommen, die Zeugen unseres Familienlebens werden immer weniger, bald werde ich ohne Beweise zurückbleiben, niemand wird glauben, dass hier einmal drei Personen gelebt haben, so viele freie Stellen gibt es jetzt, in den Bücherregalen, in den Kleiderschränken, auf der Ablage im Badezimmer, sogar die Kuscheltiere wandern langsam in das schöne große Zimmer, bald wird auch Gili von hier verschwinden, niemand wird glauben, dass hier einmal ein Kind gelebt hat, und dann werde ich nur mit dem Wenigen zurückbleiben, das wirklich mir gehört, und wer weiß, was das überhaupt ist. Ich habe mir alles nur eingebildet, wie vergänglich war alles, wie flüchtig, nehmt euch in Acht, möchte ich den Menschen sagen, die unter meinem Fenster vorbeigehen, belügt euch nicht, ihr besitzt eigentlich nichts, ihr hattet nichts und ihr werdet nichts haben, nur eine kranke Seele, eines Morgens werdet ihr feststellen, dass dies euer ganzer Besitz ist, und ausgerechnet den könnt ihr nicht brauchen.

Manchmal kommt es mir vor, als kehrten meine Kräfte langsam tropfend zurück, und dann beschließe ich, den Nachmittag mit dem Jungen zu verbringen, den ganzen Morgen bereite ich mich darauf vor, ich plane, wohin ich mit ihm gehen werde, was wir tun werden und wie ich meinen Zustand vor ihm verbergen könnte, ich ziehe mich an und mache mich zurecht, mein knöchernes, trockenes Lächeln knirscht mich im Spiegel an, aber dann stehe ich am Schultor, er kommt auf mich zugerannt, Mama, darf ich zu Ronen gehen? Und ich versuche ihn umzustimmen, Gili, wir haben schon so lange nichts mehr zusammen unternommen, komm, gehen wir zum Spielplatz, komm, schauen wir uns einen Film an, wie früher, und er verzieht das Gesicht, als hätte ich ihm mit einer Strafe gedroht, ach, Mama, du machst mir immer alles kaputt, ich habe es schon mit Ronen ausgemacht, und ich beobachte, wie er sich entfernt, sprudelnd und voller Energie, so anders als dieser bezaubernde, verträumte Junge, den ich einst hatte. Da ist Keren, Ronens schöne Mutter, sie macht ihnen die Tür ihres prächtigen Jeeps auf und sie springen hinein, winken mir höflich zu, und ich gehe mit letzter Kraft zum Rabenpark, sinke auf den feuchten Felsen, die Wolken um mich herum hängen tief und sind so dunkel wie die Büsche, die aus dem Gras wachsen, und ich finde einen kleinen Stock und grabe in der Erde, die wie das warme Fell eines wilden Tieres riecht, ich ziehe feuchte Zweige heraus, Steine, Glasscherben, und neben mir entsteht ein feuchter Erdhaufen, als wäre ich ein Maulwurf, ein kaputtes Haus werde ich dort finden und es wird mein Haus sein, die Knochen eines jungen Mädchens werde ich dort finden und sie wird meine Schwester sein.

Ich drücke meine Wange an den kalten Felsen, bald wird mein Abbild in ihn eingepresst sein, wie das Abbild des kleinen afrikanischen Affen auf einem Felsen an der Ostküste von Thera, was haben die Archäologen gestaunt, als sie erkannten, dass es sich nicht um ein gemaltes Bild handelt, sondern um das Skelett des Äffchens selbst, mit einem beim Erdbeben zerbrochenen Schädel und bedeckt mit einer dicken Schicht Vulkanasche, ich schließe die Augen, versuche, eine Decke über meinen Körper zu ziehen, und ohne dass ich es merke, finde ich mich schließlich vor Dinas Haus und klopfe an die Tür, nass und zitternd vor Kälte.

Sie stürzt sich auf mich, Ella, endlich, weißt du, wie viele Nachrichten ich dir hinterlassen habe? Hörst du die überhaupt ab? Diese Woche bin ich zweimal bei dir vorbeigegangen, warum machst du nicht auf? Und als sie mich von sich schiebt und mich betrachtet, stößt sie einen Schrei aus, als sähe sie ein Gespenst, Ella, schau dich an, du lieber Gott, und sofort rennt sie zum Telefon, jetzt mache ich für dich einen Termin bei meinem Bekannten, dem Psychiater, damit er dir Tabletten verschreibt, keine Widerrede, ich werde dich mit Gewalt zu ihm schleppen, wenn es sein muss, und ich höre sie durch die geschlossene Tür, wie laut sie spricht, vermutlich will sie ihn damit von der Dringlichkeit des Termins überzeugen, und als sie aus dem Zimmer kommt, winkt sie mir mit dem Autoschlüssel zu und zieht ihren Mantel an, wir gehen los, Ella, er ist bereit, dich sofort zu sehen, ich habe nicht vor, dich noch einmal entkommen zu lassen.

Es ist egal, wohin ich gehe, Dina, einmal bin ich dahin gegangen, morgen gehe ich dorthin, ich habe diesen und jenen Arzt gesehen, ich habe diese und jene Arznei genommen, ich bin in nahe und ferne Länder gefahren, ich habe Hosenanzüge getragen oder Abendkleider, ich habe an Ausgrabungen teilgenommen und Aufsätze veröffentlicht, glaubst du, das wird mich jetzt retten, glaubst du, dass von all dem, was wir getan haben, von all dem, was wir erreicht haben, für das wir uns jahrelang geplagt haben, überhaupt etwas übrig bleibt, glaubst du, dass es irgendetwas auf der Welt gibt, was uns vor dem Stier retten kann, der im Innern der Erde tobt, komm mit mir nach Thera, ich werde dir zeigen, wie das Leben in einer einzigen Minute zu Stein geworden ist, wie die Treppenstufen entzweigebrochen sind, wie Schreiner und Schmiede mitten in der Bewegung ihr Werkzeug fallen ließen und es nie wieder aufhoben, in den Töpfen sind Essensreste zurückgeblieben, als sie aus ihren Häusern geflohen sind, sie haben nichts mitgenommen, und nicht weit von dort, auf Kreta, in dem Tempel, dessen Mauern eingestürzt sind, wirst du einen Altar sehen, auf dem ein Junge geopfert wurde, das Schwert in seiner Brust, ein letzter, verzweifelter Versuch, die Götter zu versöhnen, ich werde mit dir hinfahren und mit dir zurückkommen, aber meine eigene zerbrochene Insel wird kein Mensch betreten, auf ihren Ruinen wird nichts mehr errichtet, mein Leben wird mir niemand zurückgeben.

Purpurfarbene Dünste hüllen das kleine Auto ein, mit dem ich selbst vor gar nicht langer Zeit gefahren bin, auf meiner dringenden Mission, mit einem Strohhut auf dem Kopf und einer törichten Hoffnung im Gesicht, der Winter ist dieses Jahr sehr früh dran, und nur ich weiß, wie lang er dauern wird, denn sieben Jahre lang wird die Sonne nicht auf Jerusalem scheinen. Dina fährt schweigend, sie bahnt uns einen Weg durch die vollen Straßen, ihre Augen sind zusammengekniffen, ihr Gesicht trägt einen triumphierenden Ausdruck, als wäre es ihr gelungen, einen gefährlichen Verbrecher zu fangen, den sie dringend dem Gesetz übergeben müsste. Von Zeit zu Zeit wirft sie mir einen Blick zu, um sicherzugehen, dass ich nicht die Absicht habe zu fliehen, dass ich nicht den Sicherheitsgurt öffne und hinausspringe, wie lächerlich sie ist, versteht sie nicht, dass es für mich schon egal ist, wo ich bin, wen ich treffe, was man mir sagt, welche Medikamente ich schlucke.

Als wir aus dem Auto steigen, nimmt sie mich am Arm, führt mich vorsichtig über die lärmende Straße, zwischen den Autos hindurch, die sich mit gedämpftem Brüllen gegenseitig die Zähne zeigen, sie sitzt neben mir im Wartezimmer, der Duft der blühenden Pflanzen ihrer Terrasse steigt aus ihren Haaren auf, die sich an den Spitzen kringeln, ihre Hand liegt nervös auf meiner Schulter, sie benimmt sich wie eine Mutter, die zum ersten Mal mit ihrer Tochter zu einem Frauenarzt geht. Verbirg nichts vor ihm, erzähle ihm genau, wie du dich fühlst, mahnt sie mich, ich kenne dich, du bist in der Lage, so zu tun, als wäre alles in Ordnung, versprich mir, dass du ihm nichts vormachst, das ist nicht zum Lachen, Ella, du brauchst unbedingt Hilfe, und ich nicke müde, sogar wenn ich die Absicht hätte, ihm etwas vorzumachen, würde ich es nicht können, auf der Wand gegenüber entdecke ich ein Plakat von einem Museum, das ich oft besucht habe, das Bild des dreisprachigen Steins von Rosetta, der maßgeblich dazu beitrug, dass man die Geheimnisse der alten Ägypter zu entziffern lernte, er lag wie ein Ziegel auf dem Eingang einer Schatzhöhle und verbarg die Wunder der Toten, und ich betrachte schweigend den lilafarbenen Stein, bis die Tür aufgeht und Dina mich mit festem Griff durch den Flur führt, den Arm um meine

Schultern gelegt, mich durch eine Tür schiebt und sofort ins Wartezimmer zurückkehrt.

Er deutet auf einen Sessel und lässt sich mir gegenüber nieder, und ich sinke überrascht in den Sessel, ein alter weiblicher Instinkt bringt mich dazu, schnell mit der Hand über meine wirren Haare zu fahren, mir den Pulli stramm zu ziehen, aber auch so wird er mich nicht erkennen, ich würde mich selbst nicht erkennen, erinnert er sich überhaupt noch an die Frau, die eines Tages in seiner schönen Wohnung stand und gierig eine rote Birne aß, die amüsiert seinen Hintern betrachtete, während er dastand und pinkelte, erinnere ich mich überhaupt noch an sie, und plötzlich kommt es mir vor, als würde mir die Erinnerung an jenen Morgen einen schwachen Funken Leben schenken, es war der letzte Morgen meiner früheren Existenz, einer freien, wagemutigen, hoffnungsvollen Existenz.

Kennen wir uns, fragt er und betrachtet mich irritiert, genau wie damals, und wie damals antworte ich, nicht wirklich, und seine Lippen, die die Schokoladensterne zerbröselt hatten, öffnen sich und lächeln mich an, seine Hand greift beiläufig zum Reißverschluss seiner Hose, um sich zu versichern, dass er diesmal zugezogen ist, Sie sind es, er hebt vorwurfsvoll den Finger gegen mich, ich erinnere mich an Sie, Sie waren bei uns zu Hause, Sie sind Gilis Mutter, und ich lächle traurig, ich war Gilis Mutter, jetzt bin ich schon keine Mutter mehr, ich existiere nicht mehr, ein Strom kalter Tränen überflutet das Lächeln, ich wische sie mit dem Ärmel weg, ignoriere die Packung Papiertaschentücher, die zwischen uns auf dem kalten prachtvollen Glastisch liegt. Ich verstehe, sagt er sanft, Dina hat mir Ihre Situation beschrieben, ich rate natürlich zu einer Psychotherapie, aber es wäre gut, erst mal eine medikamentöse Behandlung zu versuchen, ich fürchte, dass ich Sie nicht selbst behandeln kann, aber einstweilen werde ich Ihnen als Erste-Hilfe-Maßnahme ein Rezept geben, ich werde Sie an jemand anderen überweisen, er schaut mich mitleidig und zögernd an, als betrachte er eine sterbende Katze am Straßenrand.

Weinen Sie viel, fragt er, seine schwarzen, tief liegenden Augen wandern über mein Gesicht, als suchten sie nach Blutspuren, fühlen Sie sich nach dem Weinen erleichtert, oder ist es ein Weinen, das keinen Trost bietet, machen Ihnen die gleichen Dinge Spaß wie früher, gibt es überhaupt etwas, was Ihnen Spaß macht, können Sie sich konzentrieren, denken Sie an Selbstmord, haben Sie Schuldgefühle, haben Sie Gewicht verloren, leiden Sie unter Schlafmangel, sind Sie allergisch gegen Medikamente, wann haben Sie sich zum letzten Mal wohl gefühlt? Ich antworte mit schwacher Stimme, durch die Vorhänge aus violettem Chiffon dringt ein weiches Dämmerlicht ins Zimmer, langsam fallen meine Augen zu, ich habe das Gefühl, dass ich ausgerechnet hier endlich einschlafen könnte, hier, in dem bequemen Ledersessel, und nur bei der letzten Frage halte ich kurz inne, als mir die Antwort klar wird, damals, bei ihm zu Hause, an jenem Schabbatmorgen im Frühherbst, da habe ich mich zum letzten Mal wohl gefühlt.

Es wird nicht sofort besser werden, sagt er, während er schnell den Namen des Medikaments auf ein Rezept schreibt, und vielleicht kommt es in den ersten Tagen auch zu Nebenwirkungen, aber innerhalb von drei Wochen wird sich Ihr Zustand bessern, dieses Medikament kappt die Spitzen des Gefühls, ich nehme an, dass es Ihnen hilft, er hält mir das Rezept hin, fangen Sie schon heute damit an, rät er, quälen Sie sich nicht umsonst, und wenn es ein Problem gibt, rufen Sie mich an, Sie haben ja meine Privatnummer, und schnell schreibt er noch die Nummer der Praxis dazu, zur Fortsetzung der Behandlung überweise ich Sie an jemand anderen, aber lassen Sie uns erst die Chemie ausprobieren, manchmal hat man keine andere Wahl. Wir müssen es versuchen, sagt er im Plural, als handle es sich um ein gemeinsames Problem, und als ich aufstehe und das Rezept aus seiner Hand nehme, habe ich das Gefühl, als gäbe ich ihm etwas zurück, als wären meine Hände nicht leer, als legte ich meine überflüssige Seele in seine Hand, dieses gefangene, störende Zwittergeschöpf, und als stünde er mir gegenüber und schaukelte sie hin und her, bis sie sich beruhigt und aufhört zu weinen.

9 Die Tabletten hole ich noch am selben Abend und bitte die erstaunte Apothekerin, sie mir als Geschenk zu verpacken, und sie betrachtet mich zweifelnd, mich und das Medikament und die Unterschrift des Arztes, und sie sieht aus, als würde sie, ginge es nach ihr, mir etwas völlig anderes verschreiben. Als Geschenk verpacken, das ist hier nicht üblich, murrt sie, aber sie findet goldenes Einwickelpapier und ein rotes Band, ihre Hände erledigen diese Arbeit nur widerwillig, und ich lege das verführerische Päckchen auf die Kommode neben meinem Bett und packe es nicht aus, ich betrachte es, bevor ich die Augen zumache, und sofort, wenn ich sie öffne, macht es mir Spaß, es wie zufällig zu sehen, als hätte ich ein großartiges Geschenk bekommen, das geduldig auf mich wartet. Seine Anwesenheit neben meinem Bett beruhigt mich, ein schmales eingewickeltes Päckchen, es sieht aus, als wären zwei goldene Ohrringe darin oder ein Medaillon, bereit, Tausende von Jahren zu warten, wie der Schmuck von Troja, der tief in der Erde Kleinasiens wartete, während die ganze westliche Welt glaubte, es handle sich nur um eine Legende.

Ich habe nicht gewusst, dass diese Tabletten so schnell wirken, sagt Dina erstaunt, als sie nach ein paar Tagen kommt, einen Topf mit Suppe in der einen Hand und einen Kuchen in der anderen, es dauert angeblich drei Wochen, nicht wahr? Und ich ziehe sofort ein düsteres Gesicht, um Erklärungen zu vermeiden, auch vor mir selbst, welcher Art die Erleichterung ist, die mich plötzlich umgibt, leicht und dumpf, aber doch sehr real, vielleicht hat ja das Wissen, dass es ein Medikament gibt und sich in meiner Reichweite befindet, schon genügt, um meinen Kummer zu mildern, um den heulenden Schakal in ein gehorsames Hündchen zu verwandeln, oder ich habe, ohne es zu merken, schon den tiefsten Grund erreicht, die Schicht, von der aus man nur nach oben steigen kann, oder es ist die Erinnerung an jenen Morgen, die in mir aufgestiegen ist und mir die Möglichkeit einer vergessenen Existenz vorhält, nämlich dass ich weiterleben kann, auch wenn es unmöglich ist, den Verlust ungeschehen zu machen, und dass der Fehler vielleicht nicht ganz so umfassend ist, auch das Leid nicht, und es scheint, als dringe durch die vollständige Dunkelheit, in der ich wochenlang gefangen war, ein Funke Licht, der zwar noch nicht den ganzen Raum erhellen kann, aber es doch ermöglicht, zwischen Dunkel und Dunkel zu unterscheiden, zwischen der Dunkelheit des Morgens und des Mittags und der Dunkelheit der Nacht, und in diesem schwachen Licht bemühe ich mich, etwas wahrzunehmen, Gegenstände, Stimmen, Gesichtszüge, ich versuche zu existieren.

Zu existieren inmitten der Widersprüche, die mich umgeben, denn auch wenn jetzt alles so schlimm ist, beweist das nicht, dass es früher besser war, auch nicht, dass in Zukunft nicht wieder alles gut sein kann, Leid bezeugt nicht zwangsläufig Reue, und Reue nicht unbedingt einen Fehler, und ein Fehler nicht eine leere Zukunft, meine jetzige Einsamkeit bezeugt nicht, dass ich nicht auch während meiner Ehe einsam war, die Schuld, unter der ich zusammenbreche, bezeugt keine Sünde.

Aus der teuflischen Sicherheit des Fehlers, der für meinen Zusammenbruch verantwortlich ist, ergibt sich nun eine Frage, manchmal wird sie böswillig gestellt, manchmal angstvoll und manchmal traurig, und ich verstehe, dass diese Frage mein Leben lang gestellt werden wird, wenn auch unhörbar, und nach meinem Tod werde ich sie an meinen einzigen Sohn vererben, nämlich ob ich recht daran getan habe, mich eines Tages zu erheben und meine Familie zu zerreißen, ob meine Handlung gerechtfertigt war, ob sie zum Guten führte, ob ich mir mehr wünschen durfte, als ich hatte, ob ich eines Tages mehr bekommen würde, als ich hatte, ob ich überhaupt wusste, was ich hatte, es scheint, als würde es noch Jahre dauern, um zu erkennen, ob unsere Ehe so hoffnungslos war, wie ich vor der Trennung gedacht habe, oder so wunderbar und einzigartig, wie ich danach annahm, ob es ein Irrtum war oder eine Notwendigkeit, denn erst am Ende meines Lebens werde ich in der Lage sein, zu zählen und zu beurteilen, soundso viele Tage Leid und Frustration gegen soundso viele Tage Glück, und es scheint, als würden ab jetzt meine Tage die natürliche Freiheit verlieren, gut oder schlimm zu sein, als würden sie sich zu einer unaufhörlichen Ansammlung von Gegebenheiten zusammendrängen, zu einer fast mathematischen Aufgabe, jeder Moment der Befriedigung wird in eine Spalte eingetragen, jeder Moment der Verzweiflung in eine andere, und diese Tabellen werden vor meinen Augen schimmern, provozierend und bedrückend, denn durch die komplizierten Additionen erlebe ich, dass sich die Vergangenheit ändert, lebendiger wird als die Gegenwart, wechselhafter, und ich versuche sie festzuhalten, den Lichtstrahl auf sie zu richten, sie so zu sehen, wie sie war, unsere Ehe, wie sie war, unsere Familie, wie sie war, bevor sie durch die Macht des Verlustes geheiligt wurde.

Diese Wohnung ist die Vergangenheit, dieser Junge ist die Vergangenheit, ich selbst gehöre noch zur Vergangenheit, dieser Mann, der von Zeit zu Zeit herkommt, ist die Vergangenheit, und ich folge ihm angespannt, denn manchmal kommt es mir vor, als besitze er den Schlüssel, als verberge sich in ihm die Antwort, und wenn sein Gesicht oder seine Stimme oder seine Gesten mich abstoßen, dann atme ich erleichtert auf, glücklich, weil meine Zweifel zerstreut sind, und wenn seine schönen Augen in dem angenehm entspannten Gesicht strahlen, packt mich Wut, und je freundlicher er sich verhält, umso feindseliger werde ich, und je feindseliger er sich verhält, umso freundlicher werde ich, denn das komplizierte und bedrückende Verfahren der Ansammlung von Indizien und das Fällen des Urteils lassen keinen Platz für natürliche Gesten, für einfache Gefühle, jedes Wort, jede Geste ist bedeutungsschwer in der Anklage- oder Verteidigungsschrift, der mein Leben gewidmet ist. Auch Gili wird, gegen seinen Willen, mit einer Aufgabe betraut, auch in ihm suche ich nach Zeichen, nach jeder Eigenschaft, die er von seinem Vater geerbt hat, ich bin gezwungen, jeden Ausdruck zu klassifizieren, und ich stürze mich auf seine Schwächen, als hätte ich einen Schatz gefunden, denn vielleicht sind sie der noch fehlende Beweis dafür, dass ich Recht hatte, das zu tun, was ich getan habe.

Mit vorsichtigen Schritten gehe ich in der Wohnung umher, ich habe Angst, Gegenstände zu verrücken, Spuren zu verwischen, als wäre dies eine historische Ausgrabungsstätte, zerstört und von ihren Bewohnern verlassen, und als sei es an mir, ihre Geheimnisse zu enträtseln und herauszufinden, was die Ursache für die vollkommene Zerstörung war, ob es sich um einen Brand, einen Krieg, eine Invasion, ein Erdbeben, um eine Dürre oder eine Klimaveränderung handelte, ob eine Naturkatastrophe oder Menschenhand schuld war, ich versuche den Niedergang zu entziffern, in umgekehrter Reihenfolge zum Entstehen der Schichten des Hügels über der Fundstätte, die schweigenden Gegenstände zum Sprechen zu bringen, wie eine Bronzemünze, fallen gelassen und vergessen und mit Grünspan überzogen, zerschlagene Keramiken, an denen die Geschichte unserer Familie abzulesen ist, und die ganze Zeit habe ich Angst, zu spät dran zu sein, denn an jedem Ort kann man nur einmal graben, und ich bin übereilt vorgegangen, ich habe zu schnell den Staub entfernt, ohne seine Bedeutung zu beurteilen, ohne zu sieben, ohne zu beschreiben, kein zukünftiger Archäologe wird in der Lage sein, meine Erklärungen zu verifizieren oder zu widerlegen, denn die Überreste sind für ewig verloren. Ist es überhaupt möglich, am Rand des verlassenen Hügels unserer Liebe einen Schnitt zu machen? Ich erinnere mich daran, wie Amnon uns am Ende eines Tages zusammenzurufen pflegte, wie er sich vor den langen schmalen Tisch stellte, mit gebräuntem Oberkörper und nachlässig abgeschnittenen Jeans, und wir stiegen aus den Arealen, die klein wie Kinderzimmer waren, der Staub hatte uns alle einander ähnlich gemacht, wir legten unser Grabungswerkzeug zur Seite und setzten uns um ihn herum, und er analysierte dann die Fundstücke, legte die wichtigen in die Schublade und warf die anderen in den Eimer, und immer sagte er am Schluss, während er auf den Erdwall der Grabungsstätte deutete, dort sieht man die Anhäufung der Schichten, schaut nur, wie schmal die Schicht ist, die eine ganze Kultur darstellt, schaut, wie wenig wir zurücklassen, und an den dämmrigen Nachmittagsstunden dieses Winters, während Gili mit einem seiner Freunde in seinem Zimmer spielt, sitze ich vor dem Computer, Papiere und Landkarten auf den Knien, Fotos, Aufsätze, wie wenig hast du zurückgelassen, Amnon, schreibe ich, wie wenig hat unsere zehn Jahre alte Familie zurückgelassen, und manchmal stelle ich mich ans Fenster, sehe die kräftigen Ranken des schnell wachsenden Efeus, die sich verflechten, und das Staunen über die Vergangenheit breitet sich im Haus aus, traurig und anhaltend wie die vokalen Verzierungen des Kantors, der schon für die Feiertage übt, von diesem Jom Kippur zum nächsten.

Von Zeit zu Zeit werde ich durch das Telefon gestört, durch ein Klopfen an der Tür, alle möglichen Bekannten nehmen sich die Freiheit, mich zu besuchen, endlich kann man hierher kommen, sagen sie, als Amnon hier war, hatten wir immer das Gefühl zu stören, und ich deute entschuldigend auf den blinkenden Computer, als Zeichen, dass ich keine Zeit habe, manchmal machen die Besucher Vorschläge, Ella, ich habe da jemanden für dich, du hast Amnon doch nicht verlassen, um allein zu sein, schade um dich, du vergräbst dich zu Hause vor dem Computer, geh doch ein bisschen aus, lerne Leute kennen, was hast du schon zu verlieren, doch ich lehne ab, das passt jetzt nicht zu mir, ich suche keinen Partner, allein bei dem Gedanken an die Anstrengung, die es braucht, um jemanden kennen zu lernen, wird mir schlecht.

Du bestrafst dich doch bloß selbst, sagen sie zu mir, dass du leidest, bringt ihn nicht zu dir zurück, aber seit jener Nacht damals versuche ich nicht mehr, ihn zurückzuholen, weder offen noch versteckt, beide erwähnen wir jene Nacht nicht mehr, als hätte sie nur in unserer Fantasie stattgefunden. Wenn er den Jungen bringt, fassen wir uns so kurz wie zwei Geschäftspartner, die gegen ihren Willen gemeinsam eine Firma leiten und voneinander abhängig sind, dabei aber eifersüchtig auf ihre Privatsphäre achten, ich zeige keinerlei Interesse an seinem neuen Leben, und zu meinem Erstaunen muss ich mich dazu nicht verstellen. Es ist nur die Vergangenheit, die mich beschäftigt, und seine Gewohnheiten in der Gegenwart dienen lediglich dazu, die Vergangenheit zu erhellen, wobei das Unbedeutende und das Wichtige gleichwertig sind, sein Auftreten, seine Kleidung, sein Benehmen, sein Geruch, seine Rolle als Vater, seine Anständigkeit, seine Großzügigkeit, ich betrachte ihn mit einem argwöhnischen Blick, bemerke an mir ein Verlangen, von ihm enttäuscht zu werden, nur damit ein düsteres Licht auf unsere gemeinsamen Jahre fällt, aber darüber hinaus hat sich mein Interesse an ihm gewandelt, es ist trocken und begrenzt, fast wissenschaftlich, als wäre er kein lebendiger, atmender Mensch mehr, sondern ein wertvolles bewegliches Fundstück, mit dessen Hilfe meine Forschungsarbeit vorangetrieben wird.

Gespannt verfolge ich seine Aktivitäten, fürchte, etwas zu verpassen, ob er allein in seiner schönen Wohnung ist, ob er für sich kocht, ob er wie früher alles anbrennen lässt, was er an seinen freien Tagen macht, ob er sich mit Frauen trifft, ob er noch immer kalt duscht, ob er sich anzieht, ohne sich abgetrocknet zu haben, ob er unseren gemeinsam begonnenen Aufsatz über das kanaanäische Bewässerungssystem fertig hat, ob er allein in dem Bett mit dem bestickten Überwurf schläft, ob seine Hand nachts meinen Körper sucht, aber es scheint, als hätten all diese Fragen ihre Bedeutung für mein gegenwärtiges Leben verloren, als dienten sie nur dazu, die Vergangenheit zu beurteilen, denn es ist nur die Vergangenheit, die ich prüfe, nur sie wird mein Urteil bestimmen.

Durch diese Schichten, die von dichtem Staub bedeckt sind, stoße ich manchmal nach oben, ich setze einen zögernden Fuß auf die Schwellen anderer Häuser, die vor mir geöffnet werden, betrete das Leben, das sich schon immer um mich herum abgespielt hat und das ich nur nicht wahrgenommen habe, das Leben von Menschen ohne Familie, ohne gemeinsames Kind, ohne gemeinsames Bankkonto, ohne eine gemeinsame Wohnung, Einsamkeit trifft auf Einsamkeit und verdoppelt sich, und das ist es, was mir mein neues Leben bietet, das ist es, was Dina mir vorschlägt, das ist es, was mir die verregneten Wochenenden bieten, das ist es, was mir schwer fällt zu akzeptieren.

Komm morgen, sagt sie mit energischer Stimme, es soll schneien, ich mache Tscholent, und ich frage erschrocken, bist du sicher, dass es schneien wird? Und sie sagt, das habe ich gehört, wirst du kommen? Und ich beklage mich, warum ausgerechnet morgen, wenn Gili bei Amnon ist, hier schneit es höchstens einmal im Jahr, und jetzt wird es gerade an dem Wochenende sein, an dem er nicht bei mir ist, wir warten schon ein ganzes Jahr auf den Schnee. Wo ist das Problem, fragt sie verwundert, du kannst doch froh sein, dass er sich über den Schnee freut, und ich erkläre beharrlich, aber ich werde nicht sehen, wie er sich freut, ich werde seine Freude verpassen, und sie lacht, aber er existiert, auch wenn du ihn nicht siehst, warum hältst du seine Existenz für unwirklich, wenn du nicht bei ihm bist, und ich sage, es ist meine Existenz, die unwirklich ist, es ist die Existenz des Schnees, die unwirklich ist.

Lass ihn doch auch ohne dich Spaß haben, sagt sie, auch wenn du nicht dabei bist, gilt sein Spaß, sei doch nicht so herrschsüchtig, willst du sogar das Wetter beherrschen? Kommst du morgen? Und ich frage, hat man gesagt, wie lange er liegen bleibt? Er muss noch einen Tag liegen bleiben, überlege ich laut, aber eigentlich ist Gili schon am zweiten Tag nicht mehr so begeistert, und der Schnee ist dann schmutzig, und sie drängt mich, ich warte auf eine Antwort, Ella, und ich sage, ich gebe dir morgen Bescheid, wie kann ich mich jetzt schon festlegen, vielleicht will Amnon ja, dass ich zu ihnen komme, damit wir zusammen im Schnee spielen, und sie sagt, du musst dich jetzt entscheiden, ich will nämlich jemanden einladen, den du kennen lernen sollst, und wenn du nicht kommst, lade ich ihn nicht ein.

Du willst mich also auch verkuppeln, sage ich erstaunt,

das passt nicht zu dir, du solltest wissen, dass ich dafür nicht geeignet bin, und sie sagt, aber man kann dir vielleicht helfen, dafür geeignet zu sein, und ich frage, wer ist es denn? Der Bruder von einer Freundin, sagt sie, ein Pilot, geschieden, er interessiert sich für Archäologie, deshalb habe ich an dich gedacht, und ich sage, aber ich interessiere mich nicht mehr für Archäologie, ich tu nur so, und sie entscheidet, es reicht, Ella, hör auf, so negativ zu sein, du kommst morgen um eins.

Alle paar Minuten gehe ich auf den Balkon und betrachte prüfend den Himmel, ob er in seinem Bauch die begehrten weißen Flocken verbirgt, die plötzlich zu einer Bedrohung meines Seelenfriedens geworden sind, wartet noch eine Nacht, bitte ich, haltet euch ein bisschen zurück, nur bis Samstagabend, lasst mir das Vergnügen, ihn mühsam auf die Fensterbank zu setzen, wir werden hinuntergehen in den Hof, der ganz verwandelt aussehen wird, wir werden uns einen Weg durch die abgebrochenen Zweige bahnen, seine Locken unter einer dicken Wollmütze versteckt, die Wangen gerötet vor Aufregung, mit einer Stimme wie eine Glocke, und sogar in der Nacht stehe ich ein paarmal auf, und schaue aus dem Fenster, und wenn ich die normale nächtliche Dunkelheit sehe, beruhige ich mich und schlafe wieder ein mit dem Gefühl, dass mein Gebet erhört worden ist, aber als ich schließlich morgens ziemlich spät aufwache, in erstaunlicher, verdächtiger Stille, wie sonst nur nach einem Anschlag, strahlen die Lichtstreifen zwischen dem Rollladen in einem herausfordernden Licht, und mir ist klar, dass ich es, trotz all meiner Anstrengungen, nicht geschafft habe, den Schnee aufzuhalten.

Amnons Stimme ist freundlich, aber entschieden, komm nicht, das würde ihn nur verwirren, wir gehen gleich raus und spielen im Schnee Fußball, er hat wunderbare Laune, warum sollte man ihn durcheinander bringen, und ich diskutiere nicht, ich lege den Hörer auf, die klaren Worte lassen meine Haut gefrieren, und ich ziehe mit gekränkten Fingern den Rollladen hoch, weiche vor der Schönheit zurück, eine verräterische Helligkeit liegt über den blassen Lippen der Stadt, die sich mit einem eisigen Lächeln vor mir öffnen.

Als ich ein Kind war, hatte ich keinen Sohn. Ganz allein taumelte ich von einer Jahreszeit zur anderen, als wären sie Haltestellen in einem verzauberten Vergnügungspark, herbstliche Farben folgten Blütendüften, Wolken bliesen dichten Rauch über die Sonne, glühende, duftende Nebel stiegen aus der Erde, Winde streichelten Baumstämme, jeder neue Winter vernebelte den vorhergehenden, jeder Sommer übertraf den Sommer davor, fasziniert verfolgte ich das Spiel der Jahreszeiten, wie vier junge Katzen sprang eine auf die andere, verschwand eine vor der anderen, forderte eine die andere heraus, und ich, mittendrin, glaubte, sie täten es nur für mich, um meine Einsamkeit zu besänftigen.

Weiter unten auf der Straße springen fröhliche Zwerge herum, in ihren dicken Mänteln, mit Mützen und Handschuhen sehen sie aus wie Bälle, sie setzen sich auf Plastiktüten und rutschen den Hang hinunter, und ich wende den Blick ab. Mürrisch laufe ich in der Wohnung herum, prüfe von jedem Fenster die Aussicht, den bekannten Anblick, aufregend in seiner neuen, königlichen Kleidung, wenn er hier wäre, würde er von einem Fenster zum nächsten rennen, seine begeisterten Ausrufe würden Dunstwölkchen auf die Scheiben malen, schau doch, schau doch, würde er besserwisserisch schreien und verkünden, das ist das Schönste auf der Welt, als hätte er schon alle Wunder der Welt gesehen, und ich gehe enttäuscht zurück in mein Bett, ich will nur noch schlafen, bis Gili zurückkommt, an der Wand über meinem Kopf hängt noch unser Foto, wir stehen zusammengedrängt unter einem schwarzen Schirm, wie die Schneeflocken vom letzten Jahr lautlos um uns herumtanzten, ein Abschiedstanz war es, und niemand hat es gewusst. Mir kommt es vor, als rufe mich jemand vor dem Fenster mit einem leisen Seufzer, überrascht richte ich mich auf, es ist die tote Zypresse, die mir entgegenknarrt, ihr geschmückter Wipfel berührt fast die Hauswand, ihre Zweige strecken sich mir im Wind entgegen, für einen Moment sieht es aus, als würden sie Knospen treiben, die weiß wie Jasmin die trockenen Zweige schmücken, innerhalb weniger Stunden scheint sich die Zypresse in einen Mandelbaum verwandelt zu haben, glitzernd wie ein Weihnachtsbaum, ich bin verzaubert von dem Anblick, der zu neuem Leben erwachte Baum, auch wenn es nur ein vorübergehendes Leben ist, ein vorgetäuschtes, weckt in mir eine dumpfe, vergessene Lust, nicht die auf einen Mann, sondern Lust auf das Leben selbst, ich betrachte den Flug der glänzenden Flocken, wie Betrunkene taumeln sie um den Baum herum, manche werden von den Zweigen gefangen, andere sinken zu Boden, sie bringen mir einen geheimen Gruß vom Himmel, und diese weiße Schönheit klopft an mein Fenster, sie verlangt nichts von mir und ich verlange nichts von ihr. Ja, warum soll ich nicht auch für ein paar Stunden blühen, und plötzlich steigt in mir die Freude eines früher erlebten Vergnügens auf, eines Vergnügens, das von niemandem abhängt, stark und wuchtig und erschreckend in seinem Egoismus, und ich kichere am Fenster wie ein aufgeregtes junges Mädchen, das sich immer wieder an die Worte der ersten Liebe erinnert, an die Schönheit jenes Augenblicks, an dem sie zum ersten Mal verstanden hat, dass es eine Antwort auf ihre Sehnsucht gibt, und ich klammere mich an das weit geöffnete Fenster, schlucke die dichte, übervolle Luft, Sterne fallen auf meinen Kopf, Unmengen von Sternen, und da nehme ich von der Kommode das Geschenk, das auf mich wartet, das Tablettenröhrchen, in Goldpapier gewickelt und mit einem roten Band verschnürt, und werfe es in die Arme der Zypresse, wie den Blumenstrauß, den die Braut in die Menge wirft, bevor sie ihren neuen Weg antritt, ich werfe mein kostbares Geschenk dem Baum zu, der nach seinem Tod zu blühen beginnt, ein Geschenk gegen ein anderes.

Vor Jahren kaufte er mir einen weißen Pullover, und ich schenkte ihm dafür ein krummes Lächeln, wieso denn weiß, ich bin zu blass für weiß, aber jetzt, nachdem ich lange heiß geduscht habe, suche ich den Pullover im Schrank, hülle mich, wie um mich zu tarnen, in die Farbe des Schnees, schminke mir die Lippen mit einem kräftigen Rot, öffne die vom Waschen glänzenden Haare, ich habe gar nicht gemerkt, wie sie in den letzten Monaten gewachsen sind, sie reichen mir fast bis zu den Hüften, und gehe in die blasse Stadt, hinein in die Schönheit dieses Wunders, das nur wenige Tage dauern wird, wie in die Schönheit einer neuen Liebe. Meine Schritte ziehen Spuren in den noch weichen Untergrund, und wenn ich mich umschaue, überrascht es mich zu sehen, wie schnell die Spuren wieder verschwinden, sich mit neuem Weiß bedecken, und ich gehe weiter, an einer jungen Mutter vorbei, die ein quengelndes Kind hinter sich herzieht, mir ist kalt, weint der Kleine, meine Finger sind erfroren, und sie zieht ihn weiter, natürlich ist dir kalt, ich habe dir ja gesagt, du sollst Handschuhe anziehen, warum hast du das nicht gemacht, ihr verärgerter Blick streift mich, und es scheint mir, als sei sie neidisch auf mich, weil ich so frei bin, ich konzentriere mich auf meine Freude, ja, das ist erlaubt, das ist sogar möglich, Gili freut sich dort und ich freue mich hier, weiße Flammen lodern zwischen ihm und mir, wie Leuchtfeuer über Berggipfeln.

Als ich ihr Haus erreiche, mit wilden Haaren und erhitzt vom langen Gehen, hat das Essen schon seinen Höhepunkt erreicht, der üppige Fleischduft eines Tscholents, der schon die ganze Nacht auf dem Herd geköchelt hat, empfängt mich, der Geruch von Wein und Parfum, von Schweiß und Zigarettenrauch schlägt mir in der geheizten Wohnung entgegen, Dina steht auf und begrüßt mich, sie trägt einen schwarzen Pullover, so lang wie ein Kleid, ihre braunen Augen mustern mich überrascht, die Äderchen auf ihren Wangen sehen aus wie Blattadern, sie umarmt mich, wie schön du aussiehst, und sofort flüstert sie mir entschuldigend ins Ohr, er ist noch nicht da, er müsste jeden Augenblick kommen, und es fällt mir schwer zu verstehen, was sie meint, lass mich, sage ich, das habe ich schon vergessen, schließlich geht es mir viel besser so, wenn ich einfach zwischen Fremden sitze und niemanden beeindrucken muss.

Du wirst es nicht glauben, sie tun Pesto in den Tscholent, sagt jemand ernst zu Dina, ein nicht mehr junger Mann mit einem Bauch, der an die Tischkante stößt, und mit unruhig rollenden, nach Zustimmung suchenden Augen, die Leute sind heute vollkommen verrückt geworden, sie verderben alles, was gut ist, was ist schlecht an einem traditionellen Tscholent, warum muss man da Pesto reinrühren? Er seufzt, als handelte es sich um einen Anschlag auf sein Leben, und die Frau, die neben ihm sitzt, vermutlich seine Ehefrau, distanziert sich schnell von ihm, ich mag Pesto, verkündet sie, er ist so konservativ, fügt sie entschuldigend hinzu, und er beschimpft sie sofort, du verstehst überhaupt nichts, ich mag Pesto auch, aber nicht im Tscholent.

Die Stärke der Emotionen, die in das Gespräch über Pesto gelegt werden, kitzelt meine Nasenlöcher, ich halte die Hand vor den Mund, um mein Lachen zu verbergen, beobachte Dinas Bemühen, das Thema zu wechseln, aber Herr Pesto ist nicht bereit nachzugeben, wir alle sind jetzt dazu aufgerufen, über ihn und seine Frau zu urteilen, und mir scheint, dass er nicht aufgibt, bis sie selbst bereit ist, ihren schrecklichen Fehler zuzugeben, was ist schlecht daran, ein bisschen konservativ zu sein, ruft er, sie glaubt, es macht sie jünger, wenn sie jeder Mode nachrennt, sie will die Kinder beeindrucken, ich hingegen wäge alles genau ab, Pesto mit Pasta mag ich, Pesto mit Tscholent nicht, erklärt er, und ich springe auf und renne zum Badezimmer, ich ersticke fast vor Lachen, die Augen von Frau Pesto folgen mir, in ihrem Blick liegt eine uralte Kränkung. Auf dem Rückweg wird sie zu ihm sagen, das war nicht in Ordnung, wie du mit mir gesprochen hast, und er wird sagen, bist du beleidigt? Ich bin gekränkt, du widersprichst mir immer, nie würdest du bei irgendetwas zustimmen, was ich sage, wie gut ich ihr Gespräch kenne, als hätte ich es mein Leben lang geführt, und jetzt bin ich es plötzlich los.

Als ich zu dem großen Tisch zurückkomme, unterhalten sie sich über Jerusalem, schon etwas weniger aufgeregt, sie will die Stadt verlassen, beklagt sich der Mann, jetzt, da ich mich endlich an die Stadt gewöhnt habe, will sie plötzlich nach Tel Aviv umziehen, und die Frau neben mir, eine von Dinas alten Freundinnen, sagt, das ist nicht so einfach, ich habe ein paarmal versucht, aus Jerusalem wegzuziehen, und habe es nicht geschafft, immer bin ich zurückgekommen, es ist die interessanteste Stadt der Welt, und Dina sagt, vielleicht für dich, denn du betrachtest sie mit den Augen einer Fotografin, für normale Menschen kann sie bedrückend sein, was haben wir hier schon zu bieten? Armut, Ärger, religiösen Fanatismus.

Der Mann mir gegenüber unterbricht sie schnell, was wir zu bieten haben? Die ganze Geschichte des jüdischen Volkes liegt unter unseren Füßen, von hier aus hat König

David über ganz Israel geherrscht, Salomon hat hier den ersten Tempel erbaut, und ich merke ruhig an, das ist nicht ganz korrekt, und wieder schreit er, was heißt das, nicht ganz korrekt, so steht es in der Bibel! Und ich lächle, die Bibel ist keine verlässliche historische Quelle, alle Ausgrabungen in Jerusalem haben nicht beweisen können, dass hier zu Zeiten Davids und Salomons ein großes Königreich existiert hat, im Gegenteil, es wurden nur einfache und vergleichsweise kleine Scherben gefunden.

Willst du damit sagen, dass es David und Salomon gar nicht gegeben hat, schimpft er, und ich sage, es hat sie gegeben, vermutlich, sie sind in den Schriften von Tel Dan erwähnt, aber ihr mythologisches Königreich hat es nicht gegeben, Jerusalem war zu ihrer Zeit keine prachtvolle befestigte Stadt, sondern ein kleines abgelegenes Bergdorf. Und wie ist dann dieser Mythos von einem großen Königreich entstanden, fragt Dina, und ich sage, so wie Mythen im Allgemeinen entstehen, um seelische Bedürfnisse zu befriedigen, um die Hoffnung auf ein legendäres goldenes Zeitalter zu wecken, das es schon einmal gab, oder um spätere Visionen zu bedienen, und er füllt zornig sein Glas, das ist doch nur Gerede, murrt er, seit wann ist das Fehlen von Beweisen schon ein Beweis? Ihr Archäologen habt keine Fantasie, morgen werdet ihr den Palast von David finden und all eure Theorien wieder verwerfen, vielleicht verbirgt sich ja gerade unter diesem Haus hier der Beweis, den ihr sucht, und ich lächle ihn versöhnlich an, seine Hartnäckigkeit rührt mich.

Ich bin jedenfalls fertig mit dieser Stadt, sagt seine Frau, das ist eine Stadt von Masochisten, und Dina sagt, klar, dieses ganze Land ist ein Land von Masochisten, und er widerspricht, haben wir eine Wahl, sag doch, was für eine Wahl haben wir, hast du etwa einen anderen Ort, an den du gehen kannst? Seine Frau schaut ihn deprimiert an, vermutlich nicht, vermutlich gibt es keinen Ort, wohin wir gehen können, und ich habe Lust zu sagen, auch wenn du keinen Ort hast, wohin du gehen kannst, könntest du doch in diesem Moment fortgehen, die Frage ist nicht, wohin du gehen kannst, sondern ob du bleiben kannst. Das Klingeln des Telefons unterbricht das Gespräch, er steckt am Shaar Hagai fest, der Arme, sagt Dina, noch immer mit dem Hörer in der Hand, ihr Blick geht zu mir, als handelte es sich um meinen Bräutigam, die Straße nach Jerusalem ist völlig verstopft, und ich zucke mit den Schultern, es ist besser so, ich werde früh gehen können, vermutlich habe ich mich, ohne es zu merken, an die Einsamkeit gewöhnt, und ihre banalen Gespräche bedrücken mich, ich versuche, sie zu ignorieren und nur auf das leise Fallen der Schneeflocken zu lauschen, und als Dina heißen Pfefferminztee einschenkt, verabschiede ich mich, auch wenn es keinen anderen Ort gibt, kann man immerhin aufstehen und davongehen.

Kann ich ihm deine Telefonnummer geben, fragt Dina, als sie mich zur Tür bringt, dieses Schneetreiben wird ja irgendwann aufhören, und ich sage, in Ordnung, wenn es dir so wichtig ist, Hauptsache, du lässt mich jetzt gehen, sag mal, wie bist du denn an dieses Paar gekommen? Sie lächelt, zusammen sind sie wirklich unerträglich, aber einzeln ganz in Ordnung, manchmal braucht man ein verheiratetes Paar, nur um sich zu beweisen, wie gut man es hat, fügt sie flüsternd hinzu, und ich muss ihr einen süßen Moment lang Recht geben, dann springe ich leichtfüßig hinaus und laufe in die Stadt hinein, die mich mit kühler Gleichgültigkeit empfängt, als wollte sie sagen, du hast mich zwar nicht beschützt, aber deinen Schutz brauche ich ohnehin nicht. Als ich die vereinzelten Kirchtürme betrachte, die Umrisse der Berge, deren Konturen sich durch die neue Bebauung verwischen, fällt mir ein, wie fremd ich mich damals in dieser Stadt gefühlt habe, vielleicht trage ich es ihr immer noch nach, ich brenne darauf, an Ausgrabungen teilzunehmen, die ihre Schande beweisen, und achte darauf, sie wie einen Forschungsgegenstand zu betrachten, wie eine wirre Ansammlung einzelner Fundstücke, ohne wirkliche Liebe.

Einzelne Autos bahnen sich einen Weg durch die Straßen, die sich bis zur Unkenntlichkeit verändert haben, ich bin fast allein, überquere einen Spielplatz, dessen Geräte mit einer weißen schwammigen Schicht überzogen sind, auf einmal erkenne ich ihn, das ist der Spielplatz gegenüber ihrer Wohnung, ich hebe den Blick zu dem schönen Haus, der Balkon im obersten Stock ist jetzt leer, kein Kind wirft Wasserbeutel herunter. Wie oft habe ich Gili schon in verführerischem Ton gefragt, was ist mit Jotam, willst du dich nicht mal mit ihm verabreden, aber er brummte, nein, er ist nicht mehr mein Freund, und flüsterte dann, als handle es sich um ein Geheimnis, unsere Clique ist gegen ihre Clique, wir machen sie fertig, und wieder fällt mir jener Morgen ein, der Anblick des verlegenen Mannes in den roten gepunkteten Unterhosen, wie er mich verärgert angeschaut hat, ein Mann, der immer sanfter wurde und sich immer mehr mit meiner Anwesenheit abfand, er ist in meiner Erinnerung viel lebendiger als die gut gekleidete, selbstbewusste Person, die sich mir in der Praxis dargeboten hat, und ich stehe vor seinem Haus, bestimmt ist es jetzt warm und gemütlich bei ihnen, durch die Fenster sieht man die weißen Wipfel, in der Keramikschale haben die Birnen schon Orangen Platz gemacht, ob er auf dem hohen Barhocker sitzt und Kekse in Kaffee taucht, vielleicht sitzt er mit einer Decke auf den Knien im Schaukelstuhl und blättert in einer Zeitung oder in einem Buch, vielleicht ist er auch allein losgezogen, um im Schnee spazieren zu gehen, vielleicht treffe ich ihn zufällig, wenn er nach Hause zurückgeht, und dann wird er mich wieder anschauen und fragen, wir kennen uns doch? Und ich werde antworten, nicht wirklich, aber ich werde still neben ihm hergehen, und wir beide werden mit dem inneren Auge andere Städte sehen, andere Leben, ist er das dort, am Ende der Straße, eine Mütze verdeckt sein Gesicht, nein, ich bilde es mir nur ein, und obwohl meine Füße schon halb erfroren sind, stehe ich noch immer vor seinem Haus, spitze die Ohren und lausche, ob auch jetzt dort ein ersticktes Weinen zu hören ist, der schmerzliche Seufzer einer fremden Familie, den ich damals gehört habe, aber vielleicht war das auch eine Stimme in mir.

10

Guten Tag, Ella, sagt er, seine Stimme klingt ängstlich, fordernd, hier ist Rami Regev, es tut mir Leid, dass ich am Schabbat nicht zum Essen gekommen bin, die Straße war zu, meinetwegen können wir uns für morgen verabreden, und ich wundere mich, wozu diese Eile, schließlich hat er bis jetzt auch ohne mich gelebt, warum stürzt er sich mit einer solchen Begeisterung auf mich, als wäre ich die letzte freie Frau auf der Welt, und ich zögere, ich habe das Gefühl, als würde ich mir in dem Moment, in dem ich zustimme, ein Etikett verpassen, auch in meinen Augen, nämlich das Etikett einer Frau, die einen Mann sucht, ein wertloser Gegenstand, der auf einen Käufer wartet.

Morgen kann ich nicht, sage ich schließlich, vielleicht übermorgen, und er kontert sofort, übermorgen kann ich nicht, nur überübermorgen, es scheint, als könnten wir das bis in alle Ewigkeit fortsetzen, aber da versucht er schon etwas anderes und sagt, ich habe gerade einen Bericht gelesen, den du über eure Arbeit geschrieben hast, er ist interessant, aber inzwischen vollkommen widerlegt, ich bin ganz anderer Meinung als du.

Wer bist du, dass du ganz anderer Meinung bist als ich, was verstehst du überhaupt davon, antworte ich insgeheim, aber der Stachel sitzt, und eine Frau, die inzwischen widerlegte Berichte schreibt, wird sich nicht erlauben, einen Mann abzuweisen, der sie treffen will, und wir verabreden uns für überübermorgen, in einem Café nahe meiner Wohnung, und je näher der Termin rückt, desto bedrückter bin ich. Ist das nur der Anfang einer lächerlichen Reihe von Enttäuschungen und Erniedrigungen, habe ich mich dazu verurteilt, als ich Amnon verließ, und ich mache mir Mut, ein Versuch kann nicht schaden, ganz besonders, wenn ich nichts erwarte, was soll schon passieren, im Höchstfall werde ich mich ein bisschen langweilen und früh nach Hause gehen, aber als ich mich für die Verabredung anziehe, fällt meine zerbrechliche Gelassenheit von mir ab, und ich betrachte missbilligend mein Spiegelbild, wozu hast du das nötig, ich muss zugeben, dass es mir schwer fällt, die winzige Möglichkeit zu missachten, dass ich mich doch in diesen geschiedenen Piloten verliebe, der ein Hobbyarchäologe ist, dass ich seine Liebe wecken kann und mir mit seiner Hilfe der endgültige Beweis gelingt, dass ich Amnon verlassen musste, der Beweis, der mit einem Schlag alle Zweifel beendet und mich zu einem ganzen Menschen macht, auch wenn ich für immer und ewig die Scherbe eines Gegenstands bleibe, die für das Ganze steht, schließlich sind sie gleich viel wert, wie oft haben wir das wiederholt, jeder von Menschenhand hergestellte Gegenstand ist von wissenschaftlicher Bedeutung, egal, ob er heil ist oder ob nur eine Scherbe zurückgeblieben ist.

Angenommen, er würde jetzt vor mir sitzen, dieser Amnon Miller, würde ich ihn wollen, würde sich mein verschlossenes Herz für ihn öffnen, würde ich ihm erlauben, durch seine Kammern zu rudern, versucht er es auch mit Verabredungen dieser Art, und wie wird er sich vorstellen, wird er sagen, meine Frau hat nach der Geburt unseres Sohnes das Interesse an mir verloren, ich wurde für sie zu einer Selbstverständlichkeit, und Dutzende von geschminkten Augen werden sich erstaunt vor ihm aufreißen, wirklich, wie kann man das Interesse an dir verlieren, wieso ist es ein Problem, Mutter und Frau gleichzeitig zu sein? Für uns würdest du nie zu einer Selbstverständlichkeit, werden ihm die verführerischen Augen bestimmt versprechen, vielleicht wird er aber auch eine ganz andere Version parat haben, vielleicht wird er behaupten, dass er es war, der unsere Ehe beendet hat, um im Herzen der Frau, die ihm gegenübersitzt, nicht den geringsten Zweifel aufkommen zu lassen. Zehn Jahre sind genug, wird er sagen, ich konnte mir nicht vorstellen, mit ihr alt zu werden, und auch dafür wird er ermutigende Blicke ernten, eine Einladung, doch mit ihnen alt zu werden, und er wird seine beruflichen Errungenschaften beschreiben, er wird einige Auserwählte einladen, mit ihm zur Ausgrabungsstätte zu fahren, Arbeitskleidung anzuziehen und mit Hämmerchen und Spachtel herumzuspazieren, und am Schluss der Verabredung wird er sie in seine schöne Wohnung mitnehmen und sie hinter den Perlenvorhängen auf sein Bett mit dem bestickten Überwurf legen.

Könnte ich eine von ihnen sein, wenn ich ihn heute getroffen hätte und nicht vor zehn Jahren, begeistert von dem Interesse, das er für mich zeigte, und halb blind, mit dieser Art Blindheit, die man braucht, um sich zu verlieben, wäre ich noch immer fähig, so blind zu sein, denn ohne diese Blindheit hätte es keine Möglichkeit gegeben, sich in diesen vierschrötigen, stolzen, launischen Mann zu verlieben, wird er alle Männer, die ich in Zukunft in den verschiedenen Cafés der Stadt treffen werde, ausstechen oder gegen sie abfallen, wird er besser oder schlechter sein als der Pilot, der gerade auf dem Weg zu mir ist und auf die Uhr schaut, und ich erkenne ihn an dem Zeichen, das er mir angegeben hat, ich trage immer kurze Hosen, hat er geprahlt, deshalb ist, zu dieser Jahreszeit, ein Irrtum ausgeschlossen, bestimmt ist er der einzige Mensch in der Stadt, der mit einem blauen Pilotenjackett und kurzen Hosen herumläuft, und ich beschließe, diese Absonderlichkeiten zu ignorieren, nicht mit gespieltem Erstaunen zu fragen, ist dir nicht kalt, sondern so zu tun, als würden ich und all meine Bekannten im Jerusalemer Winter so herumlaufen.

Der Anblick seiner muskulösen nackten Beine weckt Unbehagen in mir, als wäre ich gezwungen, eine körperliche Demonstration anzuschauen, die ich nicht anschauen will, ich betrachte sie zweifelnd, vermutlich gehört er zu jenen Auserwählten, die sich überall auf der Welt zu Hause fühlen, und mir ist sofort klar, dass er in jeder Wohnung den Kühlschrank aufmacht, ohne um Erlaubnis zu fragen, dass er ein Buch aus dem Regal nimmt und hineinschaut, und auch bei Frauen ist er bestimmt geradeheraus und direkt. Hi, Ella, ich sterbe vor Hunger, verkündet er und zieht seinen Mantel aus, als wäre ich seine Mutter und wäre voller nie endender Sorge um seine Ernährung, und erst da hebe ich den Blick zu seinem Gesicht, um zu sehen, ob er Amnon aussticht oder gegen ihn abfällt, und ich muss zugeben, dass Amnon jünger aussieht als er, besser, und dass sein Gesicht schöner ist als dieses, das hohlwangig ist, scharf, angespannt, wachsam und in dem die Bewegungen der Augen, Lippen und Nasenflügel nicht zusammenpassen, wie bei einem Orchester ohne Dirigent.

Bist du schon lange hier, will er wissen, aber bevor ich noch verkünden kann, ich sei gerade erst gekommen, fällt schon die nächste Frage, riechst du etwas? Nichts Besonderes, antworte ich, warum? Sofort befürchte ich, mich nicht gut genug gewaschen zu haben, und er sagt, hier ist ein seltsamer Geruch, vielleicht nehmen wir einen anderen Tisch, und ich stehe widerwillig auf, meine Auswahl dieses Cafés steht schon auf dem Prüfstand, ich gehe, den Mantel und die Tasche in der Hand, hinter ihm her zu einem einsamen Ecktisch, die Tür fordert mich schon auf, durch sie hinauszulaufen in die Freiheit, aber ich setze mich gehorsam, beobachte das Beben seiner Nasenflügel. Hier ist es ein bisschen besser, entscheidet er, noch immer nicht ganz zufrieden, und erst dann wendet er sich mir zu und betrachtet mich prüfend, und ich senke die Augen auf die Speisekarte, wer weiß, wem ich gerade gegenübersitze und wer die Frau ist, mit der ich gegen meinen Willen konkurrieren muss, meine Lippen gegen ihre Lippen, meine Augen gegen ihre Augen, meine Brüste gegen ihre Brüste, und ich bestelle mir nur ein Glas Rotwein, obwohl ich Hunger habe, ich kann mir nicht vorstellen, dass ich beim Anblick dieser unruhigen Nasenflügel und dieser prüfenden Augen etwas herunterbekomme. Es ist besser, dieses Treffen abzukürzen und zu Hause zu essen, beschließe ich, aber es stellt sich heraus, dass er andere Pläne hat, er scheint gewillt, jedes Gericht auf der Karte zu bestellen, entweder um einen übermäßigen Hunger zu stillen oder um das Zusammensein zu verlängern, sein Wille besiegt meinen, und mir wird klar, dass ich nicht nur hungrig bleiben werde, sondern ihm auch stundenlang beim Essen zuschauen muss, Suppe, Salat und blutiges Steak, roh, schreit er der Kellnerin nach, roh, ich liebe es roh, und er entblößt dabei seine scharfen Eckzähne, als wollte er selbst das blutige Fleischstück aus dem Körper des Tieres reißen.

Nachdem er die Speisekarte nach allem, was seine Gier noch erregen könnte, durchgegangen ist, richtet er seine kleinen Pupillen auf mich und bemüht sich endlich um ein freundschaftliches Lächeln, nun, was kannst du mir denn erzählen, fragt er, ohne eine Antwort abzuwarten, ich habe gedacht, du siehst anders aus, ich habe schon einige Archäologinnen getroffen, alle waren so energisch und grob, aber du bist zart, es klingt fast enttäuscht, gleich wird er mir noch sagen, du bist ein Wandbild, und ich frage kühl, für was interessierst du dich eigentlich, für Archäologie oder für Archäologinnen?

Für beides, sagt er und lacht vergnügt, als hätte ich ihm ein Kompliment gemacht, ich liebe die Verbindung, Ausgrabungen machen ist doch eine sehr erotische Tätigkeit, ist dir das noch nicht aufgefallen? Und ich sage, Ausgrabungen sind zerstörerisch, erst hinterher weiß man, ob sie berechtigt waren oder nicht, ich will doch hoffen, dass Erotik weniger zerstörerisch ist, und ich nehme hochmütig einen Schluck Wein, schaue mich demonstrativ gelangweilt um. Dieser Aufsatz von dir, versucht er es weiter, und ich unterbreche ihn, ich habe viele Aufsätze veröffentlicht, welchen meinst du genau? Und er sagt, den über den Auszug aus Ägypten, ich verstehe dich wirklich nicht, wie kannst du die Tatsache ignorieren, dass es für diese ganze Geschichte keinen einzigen Beweis gibt? Und ich sage, ich kenne all diese Argumente auswendig, außerdem glaube auch ich nicht, dass es sich um eine absolute historische Wahrheit handelt, ich behaupte in diesem Aufsatz nur, dass man unmöglich die ägyptischen Zeugnisse einer großen Naturkatastrophe ignorieren kann, Zeugnisse, die zu den Phänomenen passen, die in unseren Quellen erwähnt werden.

Genau die haben mich nicht überzeugt, sagt er, was haben die überhaupt miteinander zu tun? Und ich sage, Archäologie ist keine exakte Wissenschaft, sie lässt viel Raum für Interpretationen, heute ist es sehr leicht zu sagen, das sind alles Märchen, aber es fällt mir schwer zu glauben, dass all jene dramatischen historischen Ereignisse nur Früchte der Fantasie sein sollen. Die Ankunft seiner Suppe unterbricht zu meiner Erleichterung unser Gespräch, und er fällt gierig über das Essen her, und wie erwartet, ist er auch mit der Suppe nicht zufrieden, der Brokkoli ist verkocht, stellt er fest und erklärt der Kellnerin ganz ernst, wenn man Brokkoli zu lange kocht, wird er weich wie ein Putzlappen, und sie entschuldigt sich, wirklich? Bisher hat sich noch niemand beschwert. Ich habe einen empfindlichen Gaumen, gibt er zu, und sie ist ratlos, fragt, möchten Sie vielleicht etwas anderes bestellen? Gibt es eine Spezialität des Hauses, die Sie empfehlen können, fragt er, und sie sagt, wir haben einen ausgezeichneten Chefkoch, zumindest haben wir das bis jetzt geglaubt, und er schnaubt verächtlich, ich werde auf mein Steak und den Salat warten, aber vergessen Sie nicht, die Suppe von der Rechnung zu streichen, und sie wirft mir einen mitleidigen Blick zu und verlässt den schwierigen Gast, ich wünschte, ich könnte es ihr nachmachen, ich wäre bereit, für sie alle Gäste hier zu bedienen, wenn sie sich an meiner Stelle zu ihm setzen würde, ich schweige bedrückt, nehme kleine nervöse Schlucke.

Du bist also frisch geschieden, fragt er, als wäre auch ich ein Gericht, das ihm vorgesetzt wurde, um auf seine Frische geprüft zu werden, und ich antworte kalt, ich bin noch nicht geschieden, ich habe mich von meinem Mann erst vor ein paar Monaten getrennt, und er sagt, dein Mann ist doch dieser Archäologe, Amnon Miller, nicht wahr? Ich habe von ihm gehört, wie ist das, wenn man als Archäologin mit einem Archäologen zusammenlebt? Und ich antworte kurz, es hat Vor- und Nachteile. Vermutlich haben die Nachteile die Vorteile überwogen, bemerkt er, zufrieden mit seiner Diagnose, und ich nicke, vielleicht, und was ist mit dir? Wie lange bist du geschieden? Und er sagt, schon viele Jahre, ich habe jung geheiratet, eine unreife Ehe, und seither suche ich, und ich nicke einfach.

Endlich kommt das Steak an unseren Tisch, an dem jetzt geschwiegen wird, und er verschlingt es gierig, nicht roh genug, aber sonst ganz in Ordnung, verkündet er mir mit freudigem Gesicht, als hätte ich mir Sorgen gemacht, im

Kibbuz hat man uns gezwungen, immer den Teller leer zu essen, fügt er als eine Art Entschuldigung hinzu, das Essen war schrecklich. Seither achte ich genau darauf, was ich in den Mund nehme, und ich betrachte ihn erschöpft, von wegen verlieben, wie kann man sich in diesem Alter verlieben, wenn man wache Augen hat und das Herz alles genau registriert wie ein eifriger Buchhalter. Verlieben scheint sich, wie der Schlaf, umso weiter zu entfernen, je mehr man sich darum bemüht, wie werde ich jemals wieder einschlafen können, habe ich mich gefragt, als ich jung war, wie werde ich mich jemals wieder verlieben können, frage ich mich jetzt, während eine lautstarke Gesellschaft hinter meinem Rücken Platz nimmt, ich sehe die Leute nicht, aber ihr ausgelassener Lärm dringt an unseren Tisch, eine fröhliche familiäre Geburtstagsfeier, wie sich herausstellt, und er zieht die Brauen hoch, was ist das für ein Krach, vielleicht setzen wir uns an einen anderen Tisch, man kann ja sein eigenes Wort nicht mehr verstehen, und ich schaue mich um, das Café ist schon sehr voll, wohin sollen wir umziehen, nur am Eingang ist noch ein Tisch frei, neben dem Wachmann, jeder hat Angst, sich dorthin zu setzen, sogar der tapfere Pilot mir gegenüber.

Es bleibt uns nichts anderes übrig, sagt er, ich werde sie bitten, ein bisschen leiser zu sein, eine Unverschämtheit, man könnte wer weiß was denken, nur ein Geburtstag, was gibt es da groß zu feiern, und ich werde immer verlegener, als ich sehe, wie er schnell aufsteht, seine lächerliche kurze Hose gerade zieht, zu unseren Tischnachbarn geht und sagt, entschuldigen Sie, wir haben hier eine außerordentlich wichtige Verabredung, macht es Ihnen etwas aus, leiser zu sein, und ich höre, wie ihm eine tiefe Stimme in spöttischer Höflichkeit antwortet, wir werden uns große Mühe geben, aber das ist ein bisschen schwierig mit den Kindern, eine mir bekannte Stimme, eine Stimme, die ich schon mehr als einmal gehört habe. Kennen wir uns, hat er gefragt, kennen wir uns? Und ich senke den Kopf, werfe einen verstohlenen Blick zu der Familie hinüber, zu den Eltern und den Kindern, ein fröhlicher Geburtstag bei der Familie Schefer, die mangofarbenen Locken der Frau mit einer goldenen Nadel hochgesteckt, das ernste Gesicht des Jungen, der mich immer an Gili erinnert, die puppenhafte Schönheit des Mädchens, und er selbst mit den vollen Lippen und den schwarzen Augen mit den dunklen Ringen, die sie noch schwärzer aussehen lassen, er selbst ist es, der mir ein großartiges Geschenk gemacht hat, und er weiß es noch nicht einmal, nein, wir kennen uns nicht, wir werden uns nie kennen, aber wenn es etwas gibt, was ich mir mehr als alles andere wünsche, dann ist es, dich kennen zu lernen.

Schon wieder dieser Geruch, zischt der Pilot leise, als stünden wir beide zusammen gegen den Rest der Welt, vorher war es doch in Ordnung, vermutlich kommt er von ihnen, und ich senke den Kopf, damit sie mich ja nicht erkennen, und versuche, ihrem Gespräch zu lauschen, herauszufinden, wer Geburtstag hat, ihre Stimmen hören sich angenehm an, wecken meinen Neid. Papa, ich will auf deinem Schoß sitzen, verkündet Jotam, und Michal sagt, aber wie soll Papa dann essen, das stört ihn, du bist doch kein Baby mehr, du bist heute sechs geworden, und sein Vater sagt, in Ordnung, komm schon, mein Süßer, und ich wage nicht hinüberzuschauen, aber vor meinem inneren Auge sehe ich, wie sich die dunklen, vollen Lippen auf die hohe Stirn des Jungen drücken, der Gili so ähnlich sieht und dessen Lebensumstände doch so anders sind. Wie wird unsere zerrissene Familie den nächsten Geburtstag feiern, alle folgenden Geburtstage, vielleicht werden wir zwei getrennte Feiern organisieren, eine doppelte Freude, das heißt eine geteilte.

Gleich kommen Oma und Opa, sagt Michal, warten wir mit dem Bestellen, bis sie da sind, und Jotam kreischt vor Glück, ich darf mir bestellen, was ich will, ich habe heute Geburtstag und du nicht, er provoziert seine Schwester, und sie antwortet sofort, du bist einfach noch ein Baby, was gibst du so an, ich hatte schon öfter Geburtstag als du, und wieder kommt die behutsame Stimme ihres Vaters, der den Streit im Keim erstickt. Ich bestelle mir ein zweites Glas Wein, und während der ganzen Zeit berichtet mir mein Tischgenosse von seinen Reisen durch die Welt. Wir können von diesen Japanern viel lernen, erklärt er begeistert, und es stellt sich heraus, dass er gerade aus Japan zurückgekehrt ist, ihre Vorstellung von Ästhetik ist absolut außergewöhnlich, wirklich eine neue Religion, du müsstest sehen, wie sie einen Baum beschneiden, zehn Gärtner um einen Baum, und ich nicke gleichgültig, achte nur auf das, was am Nachbartisch gesprochen wird, hüte mich aber, das Gesicht zu wenden, um meine Demütigung nicht zu zeigen, schließlich sind Paare eines Blinddate leicht zu erkennen, Talja und ich haben uns manchmal darüber amüsiert, aber zu meinem Entsetzen höre ich plötzlich einen fröhlichen Aufschrei, vermutlich begleitet von einem unhöflich ausgestreckten Zeigefinger, schaut mal, da ist die Mama von Gili, und ich bin gezwungen, sie mit gespieltem Erstaunen anzusehen, und sogar noch mehr, ich gehe zu ihnen hinüber, guten Tag, ich habe euch gar nicht bemerkt, zwitschere ich, mir ist schwindlig vom Wein, ich halte mich an ihrem Tisch fest wie mit Vogelkrallen.

Ich habe heute Geburtstag, verkündet Jotam, und ich mache wieder ein erstauntes Gesicht, wirklich? Wie schön, herzlichen Glückwunsch, und er fragt weiter, warum ist Gili nicht mehr mein Freund? Und ich sage, ohne nachzudenken, natürlich ist er dein Freund, erst gestern hat er zu mir gesagt, er will, dass du ihn besuchst, und Michal sagt, schön, ich rufe euch diese Woche an, dann können wir etwas ausmachen, und sofort entschuldigt sie sich für ihre Unhöflichkeit, entschuldige, Ella, das ist Oded, mein Mann, ihr kennt euch noch nicht, und wir geben uns schweigend die Hand, mit einem verhaltenen Lächeln, keiner von uns macht sich die Mühe, die Sache richtig zu stellen, als wären wir Komplizen. Seine Augen sind in einer stummen Frage auf mich gerichtet, und ich bleibe wie angewurzelt stehen, berühre seine Stuhllehne, sehne mich danach, mich ihnen anzuschließen, nur für einen Abend, aber dann hebt wieder Lärm an, als die Großeltern ins Café treten, und ich murmle einen Abschiedsgruß und kehre taumelnd zu meinem Platz zurück.

Der Teller meines Tischgenossen ist fast leer gegessen, zeigt nur noch Sprenkel von blutigem Bratensaft, und er kämpft mit der Entscheidung, welchen Nachtisch er essen soll, Käsekuchen oder Schokoladenkuchen oder beides, warum nicht alles genießen, und ich unterbreche seinen inneren Kampf, ich glaube, wir sollten hier verschwinden, warne ich ihn leise, sie fangen gerade erst an, den Geburtstag zu feiern, es wird gleich wirklich laut werden, sie haben noch viele Leute eingeladen. Ach ja? Er ist überrascht und geschmeichelt von der Rücksichtnahme, die ich seinen außergewöhnlichen Bedürfnissen zuteil werden lasse, komm, dann gehen wir woandershin, gibt es hier in der Nähe eine nette Bar? Ich werfe einen entschiedenen Blick auf meine Uhr, schau, wie spät es schon ist, sage ich, wie schnell die Zeit vergeht, ich muss den Babysitter befreien, und er schaut mich misstrauisch an, wir haben uns doch für heute verabredet, weil der Junge bei seinem Vater ist. Ich bin erstaunt, dass er sich daran erinnert, wir haben die Tage tauschen müssen, lüge ich, sein Gesicht verfinstert sich, anscheinend hat er das Gefühl, für seine Bemühungen nicht belohnt worden zu sein, die Fahrtzeit hierher war länger als die Zeit, die ihm für das Treffen gewährt worden ist, und er zerbricht sich den Kopf darüber, wie er den Verlauf des Abends noch ändern könnte.

Die Rechnung kommt schnell, wie von mir verlangt, und wird überraschenderweise mir hingehalten, die ich doch nur Wein bestellt habe, und ich werfe einen verlegenen Blick auf meinen Tischgenossen, hoffe, er wird die Hand ausstrecken und die Verantwortung für diesen Abend übernehmen, zehn Jahre Ehe haben mich die gängigen Regeln vergessen lassen, vielleicht haben sie sich inzwischen auch geändert, und ich ziehe langsam meinen Geldbeutel heraus, hoffe, er wird meinem Beispiel folgen, aber er hält sich noch immer mit der Suppe auf, haben sie mir die Suppe berechnet, fragt er, als wäre das alles, was er bestellt hat, ich schüttle den Kopf und ziehe einen großen Geldschein heraus, er lässt zu, dass ich mich von meinem Geld trenne, als müsste ich ihn für seine Mühe entschädigen, er lässt auch zu, dass die Kellnerin das kleine Tablett nimmt und mir das wenige Wechselgeld zurückgibt, das ich sofort wieder ihr zuschiebe, und ich frage mich erstaunt, ob das die neuen Gepflogenheiten sind, dass die Frauen bezahlen, auch wenn sie nichts gegessen haben, ich glaube kaum, dass ich mir solche Verabredungen öfter leisten kann, aber wichtig ist mir nur, ihn loszuwerden, ich wäre bereit, das Doppelte zu bezahlen, nur damit er verschwindet, wir erheben uns vom Tisch wie ein Paar, das uralten Groll verbreitet, gehen schnell an der feiernden Familie vorbei, sie sind alle ins Essen und in ihre Gespräche vertieft, keiner scheint das schwache Abschiedslächeln bemerkt zu haben, das ich zurücklasse.

Wohnst du hier in der Nähe, fragt er und schlägt vor, mich nach Hause zu begleiten, als wir in die neblige, schlüpfrige

Nacht hinaustreten, aber ich lehne es sofort ab, danke, ich möchte zu Fuß gehen, sage ich einfach, es war sehr schön, wir telefonieren, und er nimmt meinen Arm, warte einen Moment, Ella, drängt er, hör auf, mich so zu behandeln, ich weiß, dass es dir nicht gefallen hat, ich weiß, dass wir nicht telefonieren werden, hör auf, dich zu verstellen, und ich ziehe überrascht meinen Arm zurück, zum ersten Mal, seit wir uns getroffen haben, schaue ich ihn offen an, hör zu, es hat wirklich nichts mit dir zu tun, sage ich, ich bin momentan einfach nicht für solche Treffen geeignet, es ist zu früh für mich, ich habe es Dina gleich gesagt, aber sie hat trotzdem darauf bestanden, es tut mir wirklich Leid. Auch mir tut es Leid, sagt er, sein Gesicht ist meinem ganz nahe, schade, dass du mir keine Chance gibst, du nimmst überhaupt nicht an dem teil, was passiert, du wagst es nicht, den Fuß ins Wasser zu strecken, du isst nichts, du sprichst nicht, du trägst nichts bei zu dieser Verabredung, vielleicht glaubst du, dass du auf diese Art bei dem Spiel gewinnst, aber du irrst dich, du spielst überhaupt nicht mit, und ich schaue ihn verlegen an, was hast du eigentlich erwartet? Was hätte ich dir schon Wesentliches zu sagen gehabt?

Zum Beispiel, dass ich für das Steak bezahlen soll, das ich gegessen habe, sagt er, es war dir angenehmer, selbst zu bezahlen, als mir einen ehrlichen Satz zu sagen, glaub ja nicht, dass es mir nicht aufgefallen ist, er nimmt einen Geldschein aus seiner Tasche und hält ihn mir hin, hier, nimm, ich öffne mich dir, so wie ich bin, mit Gutem und Bösem, und du verschließt dich, was verbirgst du, sag es mir, und ich verteidige mich sofort, nein, ich verberge gar nichts, solche Dates sind einfach nichts für mich. Wo lebst du denn, glaubst du etwa, für mich, fragt er spöttisch, glaubst du, so etwas macht irgendjemandem Spaß? Es ist für jeden eine Qual, und trotzdem machen wir weiter, wir wollen nicht auf die kleine Chance verzichten, dass es diesmal etwas Richtiges sein könnte, etwas, das alle Mühsal rechtfertigt. Du bist nicht die Richtige für mich, Ella, und trotzdem mache ich mir etwas aus dir, und ich sage dir, du bist erst am Anfang des Weges, und dieser Weg wird immer unangenehmer. Du musst wissen, was dir bevorsteht, du musst dich an diesem Spiel beteiligen, denn es ist deine einzige Chance, jemanden zu finden, ich weiß, dass ich dir nicht gefallen habe, aber es könnte sein, dass alle, die du zukünftig treffen wirst, dir noch weniger gefallen werden als ich, also dann, er schüttelt sich, gute Nacht, und schon verlässt er mich auf seinen dünnen Beinen und verschwindet in dem schwarzen Jeep, der auf dem Gehweg geparkt ist und den Eingang zum Café fast versperrt.

Verlegen und überrascht schaue ich ihm hinterher, zerdrücke, ohne es zu merken, den Geldschein in meiner Hand, soll ich ihn zurückrufen, soll ich versuchen, das Treffen noch einmal neu zu beginnen, nein, das ist es nicht, wozu dieser Abend bestimmt ist, ich setze mich auf das feuchte Mäuerchen auf der anderen Straßenseite, dem Café gegenüber, und beobachte den Geburtstagstisch, als würde ich mir einen Stummfilm anschauen, Jotams triumphierendes Wandern von den Knien seines Vaters zu den Knien seines Großvaters und seiner Großmutter, das Gesicht seiner Schwester, von Neid gerötet, die Worte, die gerade zu mir gesagt worden sind, sinken mir zu Füßen, gültig und gegenwärtig, störend wie ein Jucken, aber sie sind es jetzt nicht, in die ich mich versenke, ich schiebe meine Hände in die Manteltaschen und habe vor, die traurige Möglichkeit, die sich mir zufällig bietet, das Verhalten einer vollständigen Familie zu beobachten, bis zum Letzten auszunutzen, so wie man an einem schönen Tag in den Zoo geht, ich betrachte jetzt keine Tonscherben, sondern Menschen, die viel eher verschwinden werden als das Geschirr, von dem sie essen.

Die Großmutter mit silbern glänzenden kurzen Haaren, der Großvater ein bisschen schwerfällig, mit entspannten Gesichtszügen, den Farben nach zu urteilen, sind sie Michals Eltern, und ich frage mich, wo seine Eltern sind, ob er vielleicht eine Waise ist, ich achte vor allem auf ihn, auf sein hartes und trotzdem zerbrechlich wirkendes Profil, jetzt bemerkt er, dass seine Tochter sich ärgert, und bietet ihr seine Knie an, was für ein herausfordernder Stolz strahlt aus ihrem Gesicht, als er sie umarmt, als würde sie gekrönt, seine dunklen Lippen auf ihren honigfarbenen, mit einer Spange zusammengehaltenen Haaren, jetzt flüstert sie ihm etwas ins Ohr, und beide lächeln, die Geheimnisse eines schönen Mädchens in einem lilafarbenen Pullover, lasst sie mich auch hören, plötzlich packt mich eine kindische Eifersucht, als wäre ich so alt wie sie, nicht auf seine Frau bin ich eifersüchtig, sondern, was viel verwirrender ist, auf seine Tochter, plötzlich empfinde ich ein heftiges Versäumnis, ein Gefühl, das den Schmerz über den Zerfall meiner Familie vollständig überlagert. Ein Schmerz aus jener Zeit, bevor ich ein Kind hatte, reißt ein Loch vor mir auf, als ob es das wäre, was ich jetzt brauche, keinen Partner, keine heile Familie, sondern einen Vater, der mich auf die Knie nimmt, und ich gehe auf meinen vor Kälte steifen Beinen den Gehweg entlang, im Schnee, der zu einem wässrigen Abfall geworden ist, und schaue dann erneut über die Straße. Meine Augen konzentrieren sich diesmal auf Michal, ihre zusammengebundenen Haare betonen die angenehmen Linien ihres Gesichts, das in der letzten Zeit schwerer geworden zu sein scheint, sie sieht jetzt etwas älter aus als ihr Mann, seine Magerkeit betont ihre Fülle, ihre Hände beschäftigen sich mit Jotams Teller, vermutlich schneidet sie sein Schnitzel in

Würfel, wie alle Mütter, jetzt sagt sie etwas zu ihrem Mann, was mag es sein, warum antwortet er ihr nicht, sie sitzen einander gegenüber, der Stuhl, den das Mädchen frei gemacht hat und den niemand besetzt, trennt sie, aber nun antwortet er ihr und sie lächelt ihm kurz zu, sie kräuselt die Lippen in seine Richtung, eine Gabel voller Essen, von dem ich nicht erkennen kann, was es ist, wandert von seinem Teller in ihren Mund, sie isst vorsichtig, nickt. Einer von ihnen ist offenbar nicht zufrieden, die Teller wechseln die Besitzer, sie wird die ganze Nacht sein Essen verdauen und er das ihre, im selben Bett, ihre Ausscheidungen landen in derselben Kloschüssel, sind das die Zeichen für ein gelungenes Eheleben, wie viel Stolz in ihrer Stimme lag, als sie mir ihren Mann vorgestellt hat, ihr kennt euch noch nicht, stellte sie fest, du wirst dich wundern, du weißt nicht alles. Plötzlich erwacht so etwas wie Feindschaft in mir, Feindschaft gegen das Schauspiel, das ich so gierig betrachte, in meinen Augen ist es so geheimnisvoll und unfassbar, als wäre ich eine Fremde, von weit her gekommen, die die Bräuche der Einheimischen erforscht und die erstaunliche Entdeckung macht, dass sie familienweise geordnet sind, und ich, die ich bis vor wenigen Monaten genauso war wie sie, betrachte sie nun mit Erstaunen.

Was verbindet zwei Fremde so sehr, dass sie zu einer Familie werden, was hält sie zusammen, was wissen sie voneinander und was werden sie nie im Leben erfahren, was stirbt zwischen ihnen und was blüht, was hält ihn davon ab, jetzt von dem reich gedeckten Tisch aufzustehen und zu mir zu kommen, sich hier neben mich auf die nasse Mauer zu setzen, was kann ihr Anblick einen Fremden lehren, der durchs Fenster schaut, wäre jemand, der uns vor ein paar Monaten durch das Fenster dieses Cafés beobachtet hätte, als ich vom letzten Kongress zurückgekommen war und wir wegen des leeren Kühlschranks beschlossen hatten, essen zu gehen, Gili mit dem Geschenk, das ich gerade für ihn aus meinem Koffer geholt hatte, auf die Idee gekommen, dass diese Familie, die das Café betrat, der Vater, groß gewachsen und schwerfällig, die Mutter, die ihm kaum bis zur Schulter reichte, und der zarte Junge, der ein rotes Rennauto an sich drückte, eine Familie war, die aus der Welt verschwinden würde? Nein, niemand hätte vorausgesehen, dass bei der klein gewachsenen Mutter mit den schwarzen Haaren und dem weißen Gesicht mit den rot angemalten Lippen genau in diesem Moment, während der Junge mit seinem neuen Auto spielte, einem Auto mit Fernlenkung, auf dessen Knöpfe er mit großem Vergnügen drückte, trunken von seiner totalen Herrschaft über dessen Bewegung, dass in diesem Moment bei ihr der Entschluss reifte, ihn zu verlassen, ausgerechnet in diesen Tagen, in denen sie weit voneinander entfernt gewesen waren, hatte sie diese weitreichende und endgültige Entscheidung gefällt, diese unglückliche, fragwürdige Entscheidung, die sie schon bald bereuen würde.

Du machst dich lustig über mich, sagte er, es kann nicht sein, dass du das ernst meinst, er begleitete seine Worte mit einem trockenen Husten, und ich fiel über ihn her, warum kann das nicht sein, weil es dir nicht bequem ist? Dann merke dir, dass es mir aber sehr bequem ist, du weißt gar nicht, wie gut es mir im Ausland gegangen ist, ohne dich, keine Sekunde habe ich mich nach dir gesehnt, ich will Freiheit, Amnon, Freiheit von dir, und er sagte, bist du noch ganz normal, du bist für eine Woche weggefahren, und weil du keine Sehnsucht nach mir hattest, beschließt du, dich von mir zu trennen? Das ist keine Entscheidung, die man von einem Tag auf den anderen trifft, was ist dort passiert, erzähl es mir, hast du dich in jemanden verliebt?

Ob ich mich verliebt habe? Ich lächelte ihn hochmütig

an, ich brauche mich nicht zu verlieben, um mich von dir zu trennen, ich brauche keinen Mann, der auf mich wartet, du kapierst überhaupt nicht, dass es mir mit dir schlecht genug geht für eine Trennung, ich habe einfach genug von dir, ich habe genug von unseren Streitereien, ich habe keine Lust mehr, so zu leben, und er schüttelte in ungläubigem Staunen den Kopf, das konnte man bestimmt durch das Fenster sehen, du bist vollkommen verrückt geworden, Ella, ich bin dazu nicht bereit, ich werde nicht zulassen, dass du unser Leben zerstörst, und was ist mit Gili, sag mir das, hast du überhaupt an ihn gedacht? Er warf einen Blick zu dem Jungen, der sein Auto im Café herumfahren ließ, und ich sagte, was ist mit Gili? Gut, dass du dich an Gili erinnerst, glaubst du, es ist gut für ihn, wenn er uns ständig streiten hört? Unsere Feindschaft in sich aufzunehmen, ist das gesund für ihn? Merk dir, das ist Gift, wir vergiften uns selbst und den Jungen, und es wird langsam Zeit, damit aufzuhören, ich möchte, dass mein Sohn gesunde Luft atmet, ich will nicht, dass er in ständiger Angst vor dem nächsten Streit lebt, so wie ich es immer getan habe, und wenn der einzige Weg unsere Trennung ist, werden wir es tun, siehst du nicht, dass wir keine andere Wahl haben?

Du hast keine Ahnung, wovon du sprichst, sagte er, ich habe das mit meinen Eltern erlebt, im Gegensatz zu dir weiß ich, was eine Scheidung bedeutet, und ich sage dir, dass man alles versuchen muss, bevor man sich für eine Trennung entscheidet, und ich zischte, ich habe keine Ahnung, worüber ich spreche? Ja, das hast du immer gesagt, auch als ich angefangen habe, die Geschichte Theras zu erforschen, hast du gesagt, dass ich keine Ahnung habe, worüber ich spreche, und jetzt lädt man mich überallhin zu Kongressen ein, damit ich Vorträge darüber halte, er verzog das Gesicht, das sagt noch immer nicht, dass sie etwas wert ist, deine lächerliche These, in meinen Augen ist sie Geschwätz, aber damit habe ich kein Problem, entwickle deine Märchen ruhig weiter, wenn es dir Vergnügen macht und dir Ruhm einbringt, aber ich empfehle dir, deine Scheidungspläne auf der Stelle fallen zu lassen. Plötzlich hat sie es eilig mit einer Scheidung, er wandte sich an ein imaginäres Publikum, vielleicht an jemanden, der, wie ich jetzt, auf diesem Mäuerchen saß, dessen Steine damals die trockene Hitze des beginnenden Sommers ausstrahlten, plötzlich hat es dieses verwöhnte Mädchen eilig, sich scheiden zu lassen, ihr ist langweilig, sie mag keine Kritik hören, also hat sie beschlossen, sich ein bisschen scheiden zu lassen, und damit sind all ihre Probleme gelöst.

Nicht so laut, flüsterte ich, oder willst du, dass der Junge es hört? Und er verkündete spöttisch, aha, willst du dich etwa trennen, ohne dass der Junge es erfährt? Sehr raffiniert, Ella, wirklich, ein brillantes Manöver, und ich sagte, vielen Dank, sobald wir alles zwischen uns geregelt haben, werden wir es dem Jungen sagen, lass ihn doch jetzt Spaß an seinem Geschenk haben, und er stellte seine volle Kaffeetasse hart auf den Tisch, ob das jemand, der draußen saß, wohl gehört hat, ob er gesehen hat, wie der heiße Kaffee auf seinen nackten Arm spritzte, wie er seinen dicken Zeigefinger immer näher vor meinem Gesicht bewegte, diesen Zeigefinger, der nur Ekel in mir weckte, ich warne dich, dieser Schritt ist unwiderruflich, genau wie eine archäologische Ausgrabung, falls du dich überhaupt noch erinnerst, was das ist, du siehst doch inzwischen öfter Flughäfen als Ausgrabungsstätten. Wenn du unsere Familie zerschlägst, wirst du sie nie mehr zusammenkleben können, selbst wenn du dir das mehr als alles andere wünschst, und obwohl ich damals neben ihm saß, hörte ich offenbar nicht, was er sagte, ebenso wenig wie ich jetzt die Stimmen der Geburtstagsfeier höre, die sich dem Ende nähert, ich beobachte sie durch die Fensterscheibe, sehe, wie er den Finger hebt, genau wie Amnon damals, wir benahmen uns allem Anschein nach noch wie eine Familie, denn als die Rechnung kam, schauten wir uns nicht zögernd an, wer zuerst seinen Geldbeutel zieht, und als wir hinausgingen, überlegten wir nicht, wer wen begleitet, sondern kehrten zusammen zu unserer Wohnung zurück, und unterwegs, genau an der Stelle, an der ich jetzt stehe, fiel Gili das neue Rennauto aus der Hand und rollte die abschüssige Straße hinunter, ganz selbstverständlich, als wäre es ein Auto wie alle anderen Autos auf der Straße, und Amnon schrie, was ist mit dir los, kannst du nicht auf die Geschenke aufpassen, die man dir kauft? Du bekommst kein einziges Geschenk mehr! Und Gili brach in Tränen aus, mit weit aufgerissenem Mund und Milchzähnen, die in seinem Gaumen zitterten. Unschlüssig am Rand des Gehsteigs stehend, beobachteten wir die Panikfahrt des roten Spielzeugautos und des Fahrers aus Plastik, mit der Mütze auf dem Kopf und dem unerschütterlichen Lächeln im Gesicht, und warteten darauf, dass die Straße frei würde, so dass wir es bergen könnten, fast bereit, unser Leben dafür zu riskieren, Hauptsache, das Auto würde gerettet, Gili stampfte mit den Füßen auf und brüllte, mein Auto, ich will mein Geschenk, während das Auto die Straße hinunterraste und den entgegenkommenden Autobus ignorierte, sich fröhlich vor seine Räder stürzte, das zerquetschte Plastiklächeln auf dem Gesicht des Fahrers, mein übermächtiger Kummer, Amnons Schimpfen, das Weinen des Jungen, wie er sich an die inzwischen nutzlose Fernsteuerung in seiner Hand klammerte und wieder und wieder auf die Knöpfe drückte, als versuchte er, den Rausch der Kraft wiederherzustellen, das Vergnügen der vollkommenen Herrschaft, die er bis vor ein paar Minuten noch gefühlt hatte.

11 Ein Flugzeugflügel ist in die Erde gebohrt wie ein Furcht einflößender Spaten, glitzert im Licht der früh untergehenden Sonne, weckt die alte Angst vor einem Aufenthalt in der Luft, daneben stehen in einer langen Reihe Flugzeugrümpfe mit ausgerissenen Flügeln, beschämt, als hätten sie nie den Himmel durchfurcht. Wäre er jetzt hier neben mir, würde ich zu ihm sagen, schau, ein Flugzeugkrankenhaus. Wir sind noch immer auf demselben Erdteil, er und ich, aber gleich nicht mehr, seine ohnehin kleine Gestalt wird sich vor meinen Augen verkleinern wie die Pupillen einer Katze, wenn er hier neben der Startbahn stehen und mir zum Abschied zuwinken würde, könnte ich gleich seine Hand nicht mehr sehen, ihn selbst nicht mehr, ich steige himmelwärts und er bleibt auf der Erde zurück, die kleinen Füße stecken in den Turnschuhen vom letzten Jahr, seine Zehen bohren sich immer durch die Strümpfe, und die Entfernung zwischen uns wird immer größer.

Unter mir liegt noch die Küstenebene, ausgebreitet wie eine schmale Flickendecke, die Stadt, die sich an das Meer lehnt, sieht auf einmal erstaunlich ordentlich aus, zerteilt in geometrische Formen, die man nur von oben erkennen kann, unter mir bewegt sich eine Autokarawane in einer auffallenden, bedrohlichen Ordnung, von oben hört man kein Hupen, keine Flüche, keine laute Musik, keine Gesprächsfetzen, still wie bei einem Leichenzug bewegen sich die kleinen Autos vorwärts, schau, mit einem Schlag löscht eine graue Wolke die Lichter der Stadt aus, trägt den silbernen Vogel hinaus aufs Meer, wie hastig ist der Abschied.

Unter meinen Füßen, die in Stiefeln stecken, spüre ich die Motoren, gewaltig und Furcht einflößend, wilde Tiere, gefangen im Bauch des Flugzeugs, und die ganze Zeit ist der silberne Flügel neben mir, erinnert mich an seinen Zwilling, der in die Erde gebohrt ist. Der rauschende Wind zerbricht an seinem kalten Körper, wenn er jetzt hier wäre, würde er sagen, schau, am Himmel schwimmt ein Schiff aus Wolken, komm, springen wir aus dem Flugzeug und fahren mit dem Schiff.

Eine junge Stewardess mit schwarzen zusammengebundenen Haaren und stark geschminkten Augen beugt sich zu mir, ist Ihnen nicht gut, und ich hebe den Kopf, kann ich ein Glas Wasser haben? Mir ist übel, und sie bemüht sich um mich, bietet mir ein Stück Zitrone an, eine Dose Cola, ich bin zum Baby der Stewardess geworden, die bestimmt zehn Jahre jünger ist als ich, und ihre umfassende pflichtgemäße Fürsorglichkeit rührt mich, als wäre sie für mich persönlich bestimmt. So alt wie diese Stewardess war ich, als ich Amnon geheiratet habe, so stolz darauf, dass ich es geschafft hatte, diesen nicht mehr jungen Junggesellen an mich zu binden, diesen widerspenstigen Mann, der durch die Universitätsflure voller verführerischer Studentinnen lief, vielleicht war mein Stolz größer als meine Verliebtheit, meine Mutter schüttelte manchmal den Kopf und sagte, er ist ein harter Mann, so wie dein Vater, und dann widersprach ich, wie kannst du die beiden vergleichen, er ist viel wärmer und lange nicht so egoistisch, und sie wiegte zweifelnd den Kopf hin und her und fragte, wirklich?

Ein junger Mann kaut neben mir sein Abendessen, er hat ein Gesicht, das glatt ist wie das eines Knaben, seine Haare sind lang und voll, wir haben kein einziges Wort gewechselt, und trotzdem scheint zwischen uns Nähe entstanden zu sein, weil wir das gleiche Essen zu uns nehmen, Würstchen,

Räucherlachs, ein süßes Brötchen, und den gleichen Geschmack im Mund haben, und selbst das Wissen, dass diese zweifelhafte Nähe von allen Passagieren des Flugzeugs geteilt wird, schwächt das Gefühl nicht. Als er einen Schluck Wein trinkt, hebt er das Glas leicht in meine Richtung, und ich antworte mit einem verblüfften Zwinkern. Früher, als ich so alt war wie die Stewardessen, hätte mir solch eine Bewegung gereicht, um diesen wunderlichen Prozess in Gang zu setzen, bei dem die Pferde der Einbildung losgaloppieren und die Realität überholen, sie hätten dem langhaarigen jungen Mann all den Zauber zugesprochen, den ich brauchte, aber angenommen, er würde mich jetzt ansprechen, was könnte ich ihm sagen, dass ich frei bin oder was es ist, das mich mit verspäteter, überflüssiger Treue an meinen Ehemann fesselt, ist es das Kind, die Vergangenheit, gibt es überhaupt einen Weg zurück zu jener Existenz, ich wäre gerne ein junges Mädchen, würde gerne jung sein, ein bitteres, spöttisches Lächeln steigt auf meine Lippen, und er bemerkt es und lächelt mich an, über den geheimnisvoll im Dunkeln liegenden Erdteil hinweg, der sich unter uns erstreckt und atmet wie ein Tier.

Diese Reise ist ein Geschenk des Himmels, hat Dina gesagt, du wirst andere Luft atmen, andere Menschen treffen, und ich hatte vergessen, dass sie immer näher rückte, es war schon so lange her, dass der Termin vereinbart worden war, das Programm gedruckt, das Hotel bestellt, es wird mich immer überraschen, wie die Zeit sich vorwärts bewegt, wie ein riesiger Pflug, der auf seinem Weg Felsen zermalmt, Berge verschlingt, Kontinente ausspuckt, das schlimmste Leid wird ihn nicht aufhalten, das wildeste Glück wird ihm nicht den Weg versperren, und mir fällt ein, dass ich damals zu Amnon gesagt hatte, vielleicht sollten wir zu dritt fahren, und er antwortete bitter, vielleicht sollten wir zu zweit fahren, und nun reise ich allein, wie ich ab jetzt immer allein reisen werde, und auch die Sehnsüchte verändern sich wie die flauschigen Wolken, die sich am Fenster zerdrücken. Es ist nicht nur die Sehnsucht nach dem kleinen Kind, das sich so anschmiegt, dessen Anwesenheit mir eine himmlische Ruhe schenkt, sondern auch nach dem Jungen, der ohnehin schon nicht mehr so nah ist, wie er es einmal war, von dem ich vergessen habe, wie sein neues Zimmer aussieht, von dem ich die Hälfte seines Spielzeugs nicht kenne, und wenn ich mich bücke, um ihm einen Kuss zu geben, muss ich jene andere Hälfte wegscheuchen, wie man eine Mücke oder eine Wespe wegscheucht, und sogar wenn er im Bett liegt und schläft oder in der Badewanne sitzt, umgeben von Schaumbergen, oder im Wohnzimmer auf dem Teppich spielt, begleitet ihn diese zweite Existenz, auf die ich keinen Einfluss habe, in der ich immer eine Fremde sein werde, und vielleicht ist das der Grund dafür, dass mich hier, über dem leer gegessenen Tablett, die Sehnsucht mit solcher Gewalt packt, denn mir ist plötzlich klar, dass ich das, was mir wirklich fehlt, nicht automatisch mit meiner Rückkehr bekommen werde, ich werde mich immer nach ihm sehnen, nach dem Jungen, der er vor der Trennung war, weicher, engelhafter, unschuldiger, behüteter, glücklicher.

Wir folgen heute Abend den Spuren der Sonne wie Ritter, die nie müde werden, begleiten ihren endlosen Untergang, im Meer unter uns scheinen Tausende von Schafen zu versinken, sie schweben und werden immer blauer, ihre lockige Wolle saugt allmählich die Farbe des Meeres auf. Schau nur, würde ich zu ihm sagen, die Himmelswüste entzündet sich, nur der Mond, der plötzlich durch das Fenster schaut, erstaunt durch seine Beständigkeit, er sieht genauso aus wie von der Erde aus, wie von unserem Balkon in Jerusalem, und ich weiß, dass die bläulichen Schäfchenwolken mir jetzt den Blick auf Thera versperren, die hohe halbmondförmige Insel, die im Herzen des Meeres auseinander brach und die antike Welt erschütterte, bis in das ferne Ägypten war das Echo der Erschütterung zu spüren, sie überschwemmte Städte und Inseln und begrub unter sich ein Reich der Wunder mitten im Mittelmeer, den Palast mit seiner Pracht, die einen erschauern ließ, mit Hunderten von Räumen, die wunderbaren Wandmalereien, die Muscheln, Polypen und Delfinen, die geflügelten Cherubim, die gemalten Gestalten, die die Besucher von Zimmer zu Zimmer begleiten, und unter ihnen die Pariserin mit ihrem kalten, hochmütigen Blick, als hätte sie gewusst, dass sie Tausende von Jahren bewahrt bleiben würde.

Komm mit mir nach Thera, sagte er, ich muss dir eine Frau aus Akrotiri zeigen, und hast du den Palast in Knossos schon gesehen? In diesem Moment wusste ich, dass wir dort gleich nach der Hochzeit hinfahren würden, in das neue Pompeji, aber ich konnte nicht wissen, dass ich, während er sich beim Gang über die schwarzen Klippen für die entstellte Schönheit der Insel begeisterte, völlig erschlagen sein würde von der harten Hand der Natur, von den Zeichen der Katastrophe, die überall sichtbar waren, vom Anblick der abgesprengten Inselteile, die im Meer verstreut sind wie abgerissene Gliedmaßen eines Körpers: der Vulkan, der nun völlig verschwunden und vom Meer bedeckt ist, die grauen Schatten der Lavaströme, die Basaltbahnen, die den Tuffstein bedecken, die Schwefeldünste, die über dem Gebiet hängen und die Erde gelb färben; und mehr als alles andere erschreckte mich die düstere Hartnäckigkeit des Lebens, das sich mit seinen Krallen an die Reste des Festlands geklammert hat, Höhlen der Bewohner, die in die weiche Vulkanasche gegraben wurden, und die Stadt Akrotiri im Süden der Insel, die minoische Stadt der Antike, die am Tag der Katastrophe erstarrte, ohne ein menschliches Gerippe darin, vielleicht hatten sie ja die nahende Gefahr gespürt und waren geflohen, und als ich dort am Grab des griechischen Archäologen stand, der die Reste der Stadt freigelgt hatte und in ihr beerdigt wurde, trauerte ich, als wäre er mein Vater, während mein frisch gebackener Ehemann wütend den Kopf schüttelte, erschrocken und gekränkt über den ihm unverständlichen Gefühlsausbruch ausgerechnet zu diesem Zeitpunkt.

Ich ziehe einen leichten Koffer hinter mir her und mache ein offizielles Gesicht, als ich einen kleinen Mann entdecke, der wie bei einer Einmanndemonstration ein Schild schwenkt, auf dem mein Name steht, und einen Moment lang habe ich Lust, ihn zu ignorieren, ihn und den belastenden Namen, Ella Miller, der schon nicht mehr mein Name ist, und allein in die Stadt zu gehen, ohne einen Begleiter, vor dem ich mich verstellen muss. Zu meinem Glück scheint auch er kein Bedürfnis nach einem Gespräch zu haben, er begnügt sich mit einem vorsichtigen Lächeln und der üblichen Höflichkeit, mir den Koffer abzunehmen, und schon sitze ich in dem Auto, das die Kongressteilnehmer einsammelt, die sich ausgerechnet hier aus allen Teilen der Welt zusammenfinden, um ein Geschehnis zu besprechen, dessen Auswirkungen für unser heutiges Leben vollkommen bedeutungslos sind, ein Ereignis, das Tausende Kilometer entfernt und vielleicht sogar nie stattgefunden hat.

Ich habe ihn immer gleich angerufen, von meiner Ankunft berichtet und nach Gili gefragt, was er gegessen hatte, wann er eingeschlafen war, knüpfte erneut das Band, das sich ein wenig gelockert hatte, schlang uns drei wieder zusammen, aber jetzt wartet niemand auf meinen Anruf, und ich räume meine Kleidungsstücke in den Schrank, prüfe das kleine Zimmer, das mit goldenem Kiefernholz getäfelt ist.

Hast du den Rollladen schon hochgezogen, fragte Amnon immer als Erstes, mach auf und sag mir, was du siehst, er interessierte sich für neue Orte, aber sie, sagte er spöttisch zu Freunden, während er auf mich deutete, sie ist einmal zu einem Kongress nach Italien gefahren und hat drei Tage lang den Rollladen des Zimmers nicht hochgezogen, es hat sie überhaupt nicht interessiert, was man sah, wenn man aus dem Fenster schaute, gut, ich ziehe dir zu Ehren den grünen Metallrollladen hoch, komm, ich erzähle dir, was ich sehe.

Auf dem Platz vor der gotischen Kathedrale stehen auf einer Bank zwei dunkelhäutige Statuen, ein Mann und eine Frau, mit starren Gesichtern und geschlossenen Augen, und wenn jemand eine Münze hinreicht, erwachen sie wie durch ein Wunder zum Leben, sie strecken die Hände aus, verbeugen sich tief, um ihren Dank zu zeigen, ihre Lippen sind zu einem Lächeln gespannt, aber schau nur, wie kurz das Leben ist, das ihnen die Münze schenkt, jetzt haben sie ihre Stellung wieder eingenommen, ihre Gesichter versteinern, ihr Blick wird starr. Hinter ihnen erhebt sich die Kathedrale in ihrer ganzen nächtlichen Schönheit, ihre Fassaden sind erleuchtet, sehen aus wie eine unvergleichliche Stickerei, die im Laufe von Jahrhunderten entstanden ist, wie kann Stein nur so weich sein, so weich wie Stoff, es ist, als hätte sich ein königlicher Samtumhang auf die Stadt gesenkt, schau, die Tauben, die wie Glühwürmchen zwischen den Kreuzen herumflattern, das elektrische Licht wird von ihren Körpern gefangen, und sie verteilen es unter dem dunklen Himmel, langsam und verträumt fliegen sie, als wären sie in einen tiefen Schlaf versunken und könnten jeden Moment herunterfallen und als wären diejenigen, auf deren Köpfe sie fallen, für immer und ewig gesegnet.

Am nächsten Tag stehe ich vor den Häuserfronten, die

abgerundet sind, geschwungen wie die Wellen des Meeres, das nicht sehr weit entfernt ist, gefangen in einer unendlichen Bewegung, es ist, als wäre ich aus Stein gemacht, während sie so weich sind wie Federbetten, als stünde ich erstarrt da und sie würden herumlaufen, alles scheint möglich zu sein, ist dies das Geheimnis, das die Stadt mir einzuflüstern versucht, liebe ich dieses Flüstern, liebe ich Barcelona, liebt Barcelona mich, in diesen wenigen Tagen scheint die Antwort ja zu sein, diese Stadt und ich, wir lieben einander.

Während alle losziehen, um die Sagrada Familia zu besichtigen, bleibe ich im Zimmer, bereite mich auf meinen Vortrag vor, aber als sie zurückkommen, gehe ich fast widerwillig selbst hin, zu der unvollendet gebliebenen Kathedrale Sagrada Familia, von der nicht sicher ist, dass sie noch zu unseren Lebzeiten fertig gestellt werden wird, noch nicht mal zu Gilis Lebzeiten, ich recke den Hals vor den Steinen, die wie ein Wasserfall vom Himmel stürzen oder wie Bäume aus der Erde wachsen, vor dem Bild der Heiligen Familie, in deren Mittelpunkt immer die Mutter und ihr Sohn stehen, der Sohn und seine Mutter, die einfachste Überlieferung, die keiner Beweise bedarf. Gaudí hat gerade Linien gehasst, erklärt die Fremdenführerin neben mir mit müder Stimme, in der Natur gibt es keine geraden Linien, und er hat sich nur auf natürliche Linien gestützt, und sofort erzählt sie vom Tod des Architekten, der genau hier von einer Straßenbahn überfahren wurde, als er ein paar Schritte zurücktrat, die Baupläne der Kathedrale in der Hand, die wenige Tage später zu seiner Grabstätte wurde, und die Türme betrachtete, irgendein nachlässig gekleideter alter Mann, erst nach zwei Tagen hat man ihn identifiziert. Hier ist er begraben, in der Krypta der Kathedrale, wie jener griechische Archäologe in Thera, und wie damals seufze ich bei dem Anblick, doch diesmal steht nicht Amnon neben mir und schüttelt den Kopf, es sind Hunderte lärmender Touristen. Warum bemühen sie sich so sehr, das Gebäude fertig zu stellen, fragt jemand hinter mir auf Hebräisch, man müsste es so lassen, so unfertig, als Symbol für alles, was wir in unserem Leben nicht vollenden können, und ich suche mit den Augen den Sprecher, der schon in der Menge untergegangen ist, er hält einen kleinen Jungen an der Hand, wenn Gili hier wäre, würde er vielleicht sagen, Gaudí baut dieses Schloss vom Himmel aus fertig, nachts, wenn ihn keiner sieht.

Es ist erst ein paar Monate her, da trafen wir uns bei einem anderen Kongress, in einer anderen Stadt, vor einem grauen Fluss, wir sind wie ein Wanderzirkus, wir ziehen mit unserer Ware umher, die sich fast nie erneuert, und es ist, als wäre zwischen diesen Reisen die Lebenszeit zusammengefaltet, vom Fötus zum Greis, und das Gleiche noch einmal, vom Greis zum Fötus, und ich wundere mich, dass sich bei meinen Kollegen nichts verändert zu haben scheint, so gut gelaunt pellen sie das Ei in dem gelb gestrichenen Frühstücksraum im Souterrain oder holen sich noch etwas Käse vom Buffet, gelassen erkundigen sie sich, wie es Amnon geht, die meisten kennen ihn gut, in der Vergangenheit hat er oft an diesen Reisen teilgenommen, aber in den letzten Jahren war die Zahl der Einladungen geringer geworden und die Veröffentlichungen hatten sich verzögert. Anfangs wunderten sie sich, meinen Namen auf dem Programm zu sehen, nicht seinen, mich und nicht ihn, ihre Blicke suchten ihn neben mir, ihr Erstaunen war wie das Echo meines eigenen Erstaunens, wie hatten sich die Dinge umgekehrt, denn als wir uns kennen lernten, war er auf dem Höhepunkt seiner Laufbahn und ich am Anfang von meiner, dort haben unser beider Leben angefangen zu schwanken, in Thera, und ich erzähle nichts von unserer Trennung, die höfliche Zurückhaltung ist mir angenehm, sie passt zum Wetter, bei dem es keiner eilig hat, die lockere Bekanntschaft zu vertiefen, und erst am letzten Tag, nach dem Vortrag, als mein Koffer schon gepackt ist, wird die Bekanntschaft zu Nähe, das vorsichtige Herantasten zu einem schweren Abschied, und wir unternehmen eine Schiffsfahrt, entfernen uns von der bunten Stadt, die mit dem Rücken zum plötzlich grau gewordenen Meer liegt, und laufen auf dem Rückweg durch die prachtvollen breiten Alleen, bahnen uns einen Weg zwischen Musikanten, Bettlern und Blumenhändlern, die billige Romantik anbieten, und wieder ist da der Kummer über meine eigene Stadt, deren Steine das Geheimnis der Weichheit noch nicht erfahren haben, die nie solch eine fröhliche Zerstreuung kennen werden.

Auch auf dem Rückflug verpasse ich Thera, ihr schmales, zerbrochenes Lächeln, das so schnell erwacht, von überall ist Schnarchen zu hören, viele Menschen liegen fast auf ihren Sitzen, einer an den anderen gelehnt, als hätten sie nie etwas ersehnt, an diesem Nachmittag über dem goldglitzernden Meer. Ein dunkelhaariges junges Mädchen döst neben mir, sie hat mir ihr konzentriertes Gesicht zugewandt, aber ihre Augen sind geschlossen, der Kopf eines Mannes mit kurz geschnittenen Haaren ruht auf ihren Knien, sie liegen da, als hätten sie gemeinsam aus einem Giftbecher getrunken, tote Liebende, und ich frage mich, ob sie wieder zum Leben erwachen, wenn ich ihnen eine Münze reiche. Auch wir sind so von unseren Reisen zurückgekommen, haben den Körper des anderen als Kissen benutzt, als Matratze, als Lehne, diesen Körper, der zwar nicht mehr verführerisch und überraschend war, aber zumindest bequem, und trotzdem hat uns in den letzten Jahren bei der Rückkehr Enttäuschung begleitet, ein Groll darüber, dass wir es nicht geschafft hatten, die Mauer einzureißen, deshalb hatten wir uns von dem

Jungen getrennt, deshalb hatten wir Geld und Zeit investiert, nur um in Istanbul zu streiten, in Berlin, in Rom?

So schnell, wie er verschwunden ist, taucht er auf, der schmale Streifen Strand, strahlend im Sommerlicht, es ist, als wäre ich vor drei Monaten weggefahren und nicht vor drei Tagen, als hätte inzwischen die Jahreszeit gewechselt, schon hat die Sonne die Felder verbrannt und ihre grünen Kleider zerrissen, und als ich seltsam aufgeregt die Landschaft betrachte, die immer konturierter wird, habe ich einen Moment lang das Gefühl, als gäbe es eine Wahl, als könnte man noch auf eine andere Art den Fuß auf die Erde setzen, denn eine Rückkehr wird immer begleitet von einer Illusion der Veränderung, Aufträge sind so gut wie möglich ausgeführt worden, neue Freunde sind gewonnen, und der Himmel kommt mir nicht mehr so bedrohlich vor, vielleicht wird auch von der Erde unter uns weniger Gefahr ausgehen.

Etwas Ähnliches habe ich auch damals gespürt, vor einigen Monaten, als ich von einer Reise zurückkam und mir die Botschaft von der Trennung schon auf der Zunge lag, jetzt komme ich ohne Botschaft zurück, nur eine lebhafte Neugier blitzt auf, was erwartet mich eigentlich, welche Art Leben? Schlaftrunken verlassen wir das Flugzeug, ein bisschen schwankend, spüren noch das Zittern der Motoren unter unseren Füßen, und zu meiner Überraschung ist es mir sogar angenehm, dass in der Ankunftshalle niemand auf mich wartet, immer haben sie hier gestanden, erschöpft von der Anstrengung, rechtzeitig anzukommen, Gili auf den Schultern seines Vaters, erschreckend durch seine Größe, winkte mir von weitem zu, wie ein Polyp, die Wiedersehensfreude verschwand, und gleich machte sich Anspannung breit, während die beiden noch versuchten, meine Aufmerksamkeit auf sich zu ziehen, ich war müde von der Reise, versuchte, Gili für meine Abwesenheit zu entschädigen und Amnon dafür, dass schon wieder ich zum Kongress eingeladen worden war und nicht er, versuchte, die Sache herunterzuspielen und zu verbergen, wie glücklich ich war, den Jungen zu sehen, und wie distanziert ich mich ihm gegenüber fühlte.

Nein, dass mich niemand erwartet, ist keine Einsamkeit, sondern Freiheit, und vom Taxi aus rufe ich Amnon an, seine Stimme klingt seit der Trennung beherrscht und offiziell, er sagt leicht erstaunt, Ella, bist du schon zurück, als wäre ich zu einem Ort gefahren, von dem man nicht zurückkehrt, aber er fragt nicht, wie früher, wie mein Vortrag war und wen ich getroffen oder was ich von meinem Fenster aus gesehen habe, wir gehen beide mit unseren Worten so sparsam um, als wäre ihr Preis so hoch, dass wir ihn nicht bezahlen könnten.

Bringst du Gili oder soll ich ihn bei dir abholen, frage ich, ich bin in einer Stunde zu Hause, ich habe ihm ein Rennauto mit Fernbedienung gekauft, wie das, das überfahren worden ist, füge ich stolz hinzu, als hätte ich eine Zauberformel gefunden, um zerbrochene Gegenstände wieder heil zu machen, und er sagt, aber er ist gerade nicht da, er ist bei Jotam, ich habe gedacht, du würdest später ankommen, und ich habe heute Vorlesungen, sie wohnen nicht sehr weit von dir, hol ihn doch dort ab, und ich unterbreche ihn überrascht, ja, ich weiß, wo sie wohnen, ich fahre gleich hin. Wenn du zu früh kommst, wird er nicht mitgehen wollen, sagt Amnon, hol ihn doch am Abend, wie üblich, und ich ignoriere seinen Vorschlag, frage vorsichtig, seid ihr gut zurechtgekommen, ihr beiden, als wären sie noch immer meine beiden Männer, und er antwortet, wir kommen immer gut zurecht, und fügt nicht hinzu, ohne dich, die fehlenden Worte ergänze ich selbst.

Sie werden nie ganz grün sein, diese Berge, ihr Grün wird immer blass sein, wie eine Täuschung, jeden Winter erhalten die Pflanzen den Befehl, die vom Sommer verbrannten Narben zu bedecken, und kaum haben sie ihren Auftrag erfüllt, wird das Feuer wieder entzündet. Ich kurble das Fenster herunter, die Dämmerung verwirrt mich, ein warmer, trockener Wind schlägt mir ins Gesicht, wenn jetzt Sommer ist, warum geht die Sonne dann so früh unter, und wenn es um diese Stunde schon dunkel wird, warum ist es dann so warm, irgendetwas scheint hier durcheinander geraten zu sein, aber es ist eine wunderbare Unordnung, die die Fahrt auf der hügeligen Straße zu einem Abenteuer werden lässt. Der schwierige Weg nach Jerusalem hat die Abgeschiedenheit der Stadt immer bewahrt, das wussten diejenigen, die sich in ihrem Namen verschworen hatten, ihre Größe war bescheiden, ihre geheimen Wünsche waren es nicht, eine arme orientalische Marktstadt, versunken in Illusionen, einsam hinter Mauern und Toren, umgeben von den armseligen Dörfern wandernder Hirten und abschüssigen, felsigen Wegen, eine Stadt, die insgeheim von Macht und Auserwähltheit träumte.

Neben dem Spielplatz steige ich aus dem Taxi, noch immer in dem Kostüm, das ich gestern für den Vortrag ausgewählt habe, ein brauner kurzer Rock, eine weiße Seidenbluse und darüber das passende Jackett, bis zum Morgen hatten wir im Pub am Strand gesessen, und von dort war ich direkt zum Flughafen gefahren, ich hatte keine Zeit, mich umzuziehen, ich überquere die Straße wie eine gut gekleidete Touristin, für kurze Zeit aus einem fernen Land auf Besuch, und während ich die breiten Marmorstufen hinaufgehe, versuche ich, ruhig durchzuatmen, meine Haare zu ordnen, mein Verlangen wächst, ihn zu sehen, seine schwarzen Augen, die unter den dichten Augenbrauen blühen, die ausdrucksvollen Lippen, und mich ihm zu zeigen, wie ich jetzt bin.

Scharfe Stimmen dringen plötzlich in das Treppenhaus, sie werden immer lauter, je näher ich der Tür komme, ich klopfe laut, aber sie hören mich nicht, wie sollten sie mich auch hören, wenn sie sich mit solcher Bitterkeit streiten, ein Donnersturm tobt in der Wohnung, und ich klopfe noch einmal, drücke dann lange auf die Klingel, wieder keine Antwort. Eine kalte, stechende Anspannung steigt von meinen Füßen auf, umwickelt meinen Körper wie Stacheldraht, als wäre ich ein Kind und sie meine Eltern, die sich frühmorgens in ihrem Zimmer streiten, würden sie sich diesmal für immer trennen, und ich warte erschrocken auf den Moment, der immer kommt, ein letzter Schrei, dann rennt mein Vater aus der Wohnung und knallt laut die Tür hinter sich zu, und dann läuft sie zu mir, legt ihren Kopf mit den wirren Haaren auf mein Bett und schluchzt in meinen Armen.

Als wäre ich ihre Tochter, versuche ich, einzelne Wörter aufzuschnappen, blutige Fetzen von Wut und Kränkung, ich glaube dir nicht, höre ich Michals Stimme, so laut, als würde sie mir direkt ins Ohr schreien, überraschend grob, ich weiß, dass du lügst, ich glaube dir kein Wort, und dann antwortet er, zwar beherrscht, aber mit kalter und giftiger Stimme, ich habe die Nase voll von deinem pathologischen Misstrauen, hörst du? Mir reicht's, ich bin nicht bereit, so zu leben, du erstickst mich, und sie schreit, dann hau doch ab, wenn es dir reicht, ich will dich nicht mehr sehen, du hast mir versprochen, dass es nicht mehr passieren wird, versprochen hast du es, und er zischt, ich habe meine Versprechen alle gehalten, was willst du denn noch von mir, ich bin nicht für deine Hirngespinste verantwortlich. Ach so, das sind also alles nur Hirngespinste? Du willst mich für verrückt erklären? Ist es das, was du vorhast? Dann merk dir, diesmal wird es dir nicht gelingen, dich herauszureden, ich habe Beweise. Und ich werde plötzlich rot, als gelte die Beschuldigung mir, meine Wangen glühen, ich stehe vor der grau gestrichenen Metalltür und kämpfe mit mir, ich habe Angst, sie könnte plötzlich wütend aufgerissen werden, dann würde ich entdeckt, und ich gehe leise mit meinem Koffer die Treppe hinunter und lehne mich an die Hecke am Hauseingang.

Was soll ich tun, vielleicht warte ich ein paar Minuten und rufe dann an, das Klingeln des Telefons werden sie bestimmt hören, und bis ich erneut oben bin, werden sie sich beruhigt haben, ich muss Gili holen, unbedingt, seit sich diese Hürde aufgetan hat, ist meine Sehnsucht nach ihm wieder aufgeflammt, und damit der Zorn auf dieses mir fast fremde Paar, das mich davon abhält, mich mit meinem Sohn zu vereinen. Was tut er jetzt, sitzt er zusammengekauert in Jotams Zimmer, hören die beiden angespannt zu oder haben sie den Kindern ein Video angestellt, wie wir es getan haben, damit wir unseren Streit austragen konnten, und für einen Moment verwandelt sich mein Zorn in ein fröhliches Mitleid, die Ärmste, er betrügt sie also und sie erstickt ihn, und auf einmal empfinde ich, familienlos, wie ich bin, ein sonderbares Behagen. Wer braucht schon dieses klägliche Familienleben, mit neuem Hochmut schaue ich nun auf diesen Müll versteckter und offener Beleidigungen herab, auf diese Ansammlung kleiner Vergehen gegen die Menschlichkeit, wie angenehm ist es doch, dass ich mich mit niemandem streiten muss, ich hole mein Handy aus der Tasche, Oded und Michal Schefer, verlange ich bei der Auskunft, lass mir ihre soliden, ehrbaren Namen auf der Zunge zergehen, was haben sie mit den schändlichen Beschimpfungen zu tun, die sie sich gerade in diesem Moment gegenseitig an den Kopf werfen, so laut, dass sie sogar das Telefonklingeln übertönen und keiner abnimmt.

Und ich wähle erneut, ich werde nicht aufgeben, bis sie rangehen, aber dann ist plötzlich das Geräusch einer Tür zu hören, die laut und energisch zugeschlagen wird, und ich ziehe meinen Koffer hinter die Büsche und warte ruhig, bis ich seine schmale Gestalt sehe, die mit schnellen Schritten das Gebäude verlässt, als würde sie verfolgt, aber auf der Straße bleibt er stehen und schaut sich ruhig um, ich kann seine Augen sehen, die durch die tiefen Ringe größer wirken, seine schönen Lippen, er trägt einen grauen Wollpullover und eine helle Kordhose, und auf dem Rücken hat er einen großen Rucksack, ich betrachte ihn und höre mich auf einmal sagen, Oded, und mir fällt auf, dass ich zum ersten Mal seinen Namen ausspreche.

Sein herumirrender Blick richtet sich auf mich, als ich mein Versteck verlasse, ein paar Dornenzweige verfangen sich in meinen Haaren, ich reiße sie verlegen ab, ich war oben vor eurer Wohnung, um Gili abzuholen, versuche ich zu erklären, ihr habt mich nicht gehört, aber ich habe euch gehört, und er verzieht das Gesicht, wischt sich mit zitternden Händen den Schweiß von der Stirn und sagt hastig, ich ertrage es nicht mehr, er stößt die Wörter schnell aus, als habe er Angst, sie zu bereuen, es wird von Tag zu Tag schlimmer, und ich trete näher zu ihm und frage, wohin gehst du? Das weiß ich noch nicht, sagt er, und ich wundere mich über mich selbst, denn ich frage ihn, angetrieben von der Fremdheit der Stadt, von seiner Fremdheit, von der Fremdheit meines eigenen Lebens, willst du etwas mit mir trinken, und zu meinem Erstaunen sagt er, ja, warum nicht?

Warum nicht? Nun, ich könnte einige Gründe anführen, die dagegen sprechen, aber in diesem Moment gibt es nur dieses Ja zwischen uns, und so gehen wir nebeneinanderher wie ein Paar, das sich auf eine lange Reise aufmacht, nach Stunden sorgfältigen Packens, sie zieht einen Koffer hinter sich her, er trägt einen Rucksack, und niemand würde annehmen, dass wir uns überhaupt nicht kennen, dass mein Koffer und sein Rucksack noch nie nebeneinander gestanden haben.

Komm, gehen wir ins Cancan, schlage ich vor, als wir an der viel befahrenen Straße stehen, und er sagt wieder, ja, warum nicht, es scheint, als habe er in diesem Moment des Zufalls sein Schicksal in meine Hände gelegt, und wenn ich sagen würde, komm, fahren wir nach Indien, oder komm, machen wir Liebe, oder komm, lass uns heiraten, würde er wohl auch sagen, ja, warum nicht, und wenn nicht zu mir, dann zu jemand anderem, aber ich bin es, die unten gewartet hat, mein Gesicht war das erste, das er gesehen hat, als er das Haus verließ, und wir überqueren die Straße und betreten das Café, das wir beide so gut kennen. Hier, durch dieses Fenster, habe ich euch an Jotams Geburtstag beobachtet, hier brannte meine Eifersucht auf der nassen Straße zwischen den schmutzigen Schneeresten, hier hat sie sich den Bürgersteig entlanggeschlängelt wie eine Feuerzunge, und ich führe ihn absichtlich zu dem Ecktisch, an dem sie damals gesessen haben, eine heile Familie, wie man sie an manchen Tagen im Zoo beobachten kann, ein Löwe, eine Löwin und ihre beiden Jungen, den neugierigen Blicken dargeboten, und als er mir nun gegenübersteht, verwirrt und wütend, den Rucksack wie einen Höcker auf dem Rücken, stehe ich auf und nehme ihn herunter, wie ich den Schulranzen von Gilis schmalem Rücken nehme, ich ziehe ihn von seinen Armen und stelle ihn neben meinen Koffer, und zu meiner Überraschung ist er schwer, und ich frage, was hast du da drin, Steine? Und er sagt, Alben, und ich fange an zu lachen, das ist es, was du mitgenommen hast, Alben?

Keine Kleidungsstücke zum Wechseln und keine Zahnbürste? Zu meiner Freude stimmt er in das Lachen ein, es war ein spontaner Entschluss, ich wusste doch nicht, was man in so einem Fall mitnimmt, ich habe mich umgeschaut und überlegt, was mir überhaupt wichtig ist, was ich im Fall eines Brandes retten würde.

Zeig sie mir, bitte ich, und er fragt, interessiert dich das wirklich oder hast du nur Angst, wir hätten nichts, worüber wir sprechen können? Beides, bekenne ich, und er streckt die Hand nach seinem Rucksack aus und zieht fünf dicke Alben heraus, wie die fünf Bücher Moses, und legt sie aufeinander auf den Tisch zwischen uns, und als die Kellnerin kommt, werfen wir schnell einen Blick auf die Speisekarte, vor ihren ungeduldigen Augen, genau wie sie will ich hören, was er bestellt, mir scheint, als würde das den Charakter unsres Treffens bestimmen, und als er einen doppelten Whisky und einen Teller mit Sandwiches bestellt, seufze ich erleichtert, das ist zwar nicht der Businesslunch, der den ganzen Tag angeboten wird, aber auch kein kurzer Espresso. Teilen wir die Sandwiches, fragt er, als ich nur etwas zum Trinken bestelle, und ich nicke sofort, als wäre das der großzügigste Vorschlag, den man mir je gemacht hat, mit ihm die Toastscheiben, das kalte Zitronenwasser und den doppelten Whisky zu teilen, und nicht nur das, auch das dreifache Leid, die Angst, die Panik, den Verlust. Teil von ihm zu sein, Teil seines Lebens, mein Leben vor seinen Augen zu zerlegen und stückchenweise vor ihm auszubreiten. Auch wenn du das blutige Steak bestellt hättest, würde ich es mit dir teilen, auch wenn du nichts bestellt hättest, würde ich das Nichts mit dir teilen, und als ich ihn betrachte, den mageren Mann im grauen Pullover, der mir gegenübersitzt, die Haare, die ihm in die Stirn fallen, das blasse, aufgewühlte Gesicht, weiß ich, dass dies die kurze, kostbare Zeit ist, in der eine Beichte wie eine Einladung zum Glück klingen wird, das ist die kurze Zeit, in der eine Stunde in einem armseligen Café wie der Finger Gottes ist, nur solche Zeiten sind es wert, dass man sich nach ihnen sehnt, denn wenn das Wunder einmal geschehen kann, klar, erschütternd, treffsicher, trägt es in sich das ganze Maß an Gnade, das jedem von uns zugeteilt ist.

Er klappt das erste Album auf, der harte Ledereinband zerfällt fast unter seiner Berührung, und deutet mit seinem schmalen Finger auf das offizielle Foto eines Brautpaares am Hochzeitstag, das Gesicht der Braut ist einfach und unschuldig, trotz ihrer erkennbaren Bemühungen ist sie nicht schön, noch nicht einmal reizvoll, während der Mann klar und schön aussieht, er hat ein spöttisches Lächeln auf den Lippen, neigt sich auf eine unangenehme Art zur anderen Seite, die Kluft zwischen ihnen ist so auffallend, dass jedes Kind sie bemerken müsste. Deine Eltern, frage ich, und er nickt schweigend, und ich frage, leben sie noch, und er sagt, leben, sie haben nie gelebt, und ich betrachte ihn erstaunt, fürchte, die Grenze zwischen Interesse und Aufdringlichkeit zu überschreiten, beobachte seinen Gesichtsausdruck, während er sich in das Foto vertieft, als habe er es seit vielen Jahren nicht mehr angesehen, schau, wie jung sie sind, sagt er schließlich, sie haben noch keine Ahnung, was sie erwartet.

Was hat sie denn erwartet, frage ich vorsichtig, und er sagt, die Hölle, er hat erwartet, dass sie ihn pflegt, und sie wusste überhaupt nicht, dass er krank ist, und ich frage, krank, was hatte er, und er sagt, er war psychisch krank, und ich frage weiter, wirklich krank? War er in der Klinik? Ja, sagt er, natürlich, er wurde ständig eingeliefert und entlassen, und während ich die traurigen Bilder betrachte, frage ich mich, was ich mit ihnen zu tun habe, er selbst ist mir noch vollkommen fremd, und trotzdem werde ich von ihrer Geschichte angezogen, als würde sie etwas enthalten, was mir meine eigene Geschichte erklären könnte.

Da ist der Vater bei einer Familienfeier, funkelnd in seiner kühlen Blässe, ein schöner Junge in einem weißen Hemd und dunklen Hosen lehnt an seinen Knien und weint, und ich frage, bist du das? Warum hast du geweint? Und er lächelt, das war damals meine Hauptbeschäftigung, das Weinen, und ich betrachte sein feines Gesicht, die kleine Faust, die das Auge verdeckt, der Mund ist zu einem Weinen verzogen, das ich fast zu hören glaube. Warum, frage ich, und er antwortet, warum? Wieder betrachtet er das Foto, als hoffte er, von dem kleinen Jungen eine Antwort zu bekommen, erklärt aber sofort mit monotoner Stimme, als habe er diese Erklärung schon oft abgegeben, was hätte ich sonst tun sollen, mein Vater war nie richtig anwesend, meine Mutter hat irgendwie für die körperlichen Bedürfnisse gesorgt, aber gefühlsmäßig war sie für uns nicht vorhanden, ich glaube, sie hatte Angst, wir könnten auch nicht in Ordnung sein, meine Schwester und ich, sie war uns gegenüber misstrauisch, weil auch sein Blut in unseren Adern floss.

Was heißt das, frage ich, hat sie sich nicht um euch gekümmert, und er sagt, kaum, sie hatte Angst, sich an uns zu binden, ihrer Meinung nach waren wir angesteckt, waren Teil der Falle, die er und seine Familie ihr gestellt hatten, sie war ein einfaches orientalisches Mädchen, sie hatte keine Ahnung, in was sie hineingeraten war, ich mache ihr keine Vorwürfe mehr, fügt er schnell hinzu, heute kann ich verstehen, wie sehr sie gelitten hat, aber damals war es schwer, wir hatten niemanden, an den wir uns halten konnten, siehst du, da war er schon einige Male in der Anstalt gewesen, man erkennt ihn nicht mehr, und ich betrachte den schweren Unterkiefer, den erloschenen Blick, unter dem Hemd zeichnet sich ein schwammiger Bauch ab, nichts ist von seiner Schönheit geblieben, und da ist auch wieder sein Sohn, ein bisschen älter geworden, der ihn besorgt ansieht, diesmal mit trockenen Augen, nur auf ihn konzentriert, dunkel wie seine Mutter und gut aussehend wie sein Vater.

Wie du ihn betrachtest, sage ich, als wärst du sein Arzt, und er sagt, ja, ich hatte keine andere Wahl, als zu lernen, seinen seelischen Zustand zu erkennen, wann man sich vor ihm in Acht nehmen musste, wann es besser war, mit offenen Augen zu schlafen, wenn es ihm gut ging, war niemand reizender als er, aber wenn er zusammenbrach, bedeutete das Lebensgefahr, er seufzt, was für eine Hölle, und legt die Hand an die Stirn, als wäre er ihr, den Rucksack auf den Schultern, gerade jetzt erst entkommen, nicht seinem eigenen Zuhause, wo er mit seiner Frau und seinen Kindern gelebt hat. Schau, sagt er, plötzlich wieder wach, eilig, als handle es sich um einen vergänglichen Anblick, ein Vogel auf der Fensterbank, der Blick eines Babys, das ist das letzte Bild von ihm, und ich betrachte traurig das Gesicht, das immer hässlicher wird, doch ausgerechnet auf seinem letzten Foto ist die erstaunliche Anmut zu sehen, die an das erste Bild erinnert. Woran ist er gestorben, frage ich, ausgerechnet an einer ganz gewöhnlichen Krankheit, an Krebs, er war so stolz, als der Krebs diagnostiziert wurde, als wäre das der Beweis, dass er wie alle anderen war, und als er erkannte, dass die Verrücktheit ihn nicht vor dem Tod schützen würde, war er bereit, auf die Verrücktheit zu verzichten, aber da war es schon zu spät.

Also seinetwegen suchst du nach Blutspuren, bemerke ich und sehe ihn vor mir, den Rücken gebogen wie eine Katze, die aus der Kloschüssel trinken will, und er sagt, vermutlich, und seinetwegen bin ich auch Therapeut geworden, obwohl ich ihn nicht retten konnte, und während der ganzen Zeit trinken wir Whisky mit Eiswürfeln und essen Sandwiches von einem Keramikteller, und unsere fettigen, mit Gewürzen verschmierten Finger berühren das alte Papier, berühren fast einander, und ich lausche seiner ruhigen Stimme, seine Zunge verheddert sich manchmal zwischen seinen Zähnen zu einem sympathischen Sprachfehler, seine Lippen formen die Wörter so langsam, als hätte er einen Pinsel im Mund und malte sie, sie dehnen die letzten Buchstaben, als fiele es ihm schwer, sich von den einzelnen Wörtern zu trennen. Es ist nicht der fieberhafte Wortschwall Amnons, sondern ein ganz anderer Redestrom, bildhaft und weich, dem ich mich ohne Zögern anschließen kann, manchmal stelle ich eine kurze Frage und bekomme eine lange Antwort, und ich verstehe, dass er nur über jene Familie sprechen möchte, er wird mir nur diese Fotos zeigen und nichts von seiner jetzigen Familie sagen, nichts darüber, was ich vorhin mitgehört habe, aber ich dränge ihn nicht, diesmal ist mir klar, wie kostbar diese Zeit ist, kostbar und kurz, flüstere ich, als er aufsteht, um zur Toilette zu gehen und ich ungeduldig auf seine Rückkehr warte, was macht es mir aus, worüber wir sprechen, Hauptsache, wir sind hier, zusammen, und als er zurückkommt und sich wieder mir gegenüber hinsetzt, stöhnt die Plastikplane, die über den Hof des Cafés gespannt ist, laut auf, denn plötzlich hat es angefangen zu regnen, und Oded, über das Album gebeugt, schaut sich erstaunt um, ich habe keinen Mantel mitgenommen, fällt ihm ein, interessant, was das bedeuten mag, dass ich das Haus mitten im Winter ohne Mantel verlassen habe.

Vielleicht heißt das, dass du es verlassen hast, um zurückzukehren, schlage ich vor, und er betrachtet mich konzentriert, als suche er die Antwort in meinem Gesicht, dann seufzt er, nein, und sein Seufzer dehnt das kurze Wort, bis es sich auf seinen Lippen ausbreitet wie ein Weinfleck auf einer Tischdecke, ich kehre nicht zurück, und ich beuge mich über den Tisch zu ihm hinüber, meine Hand berührt fast den grauen Ärmel, der häusliche Geruch von Waschmittel steigt mir in die Nase, ein herzzerreißend häuslicher Geruch, hör zu, Oded, sage ich schnell, das ist wirklich lächerlich, dass ich dir Ratschläge gebe, wir kennen uns kaum, und du bist hier der Psychiater, aber ich muss dich warnen, vielleicht bin ich nur deshalb hier, um dich zu warnen, du hast keine Ahnung, wie schwer es ist, eine Familie auseinander zu reißen, wenn man es noch nicht durchgemacht hat, weiß man überhaupt nichts, es erschüttert die Grundmauern, es lässt dich starr vor Trauer zurück, glaub mir, ich habe es gerade hinter mir, ich rate niemandem, es zu tun, es sei denn, du hast wirklich berechtigte Gründe dafür, und er nickt auch noch, als ich schon schweige, welches sind deiner Meinung nach wirklich berechtigte Gründe, fragt er interessiert, und ich überlege, ob er mich prüfen will oder sich selbst.

Wenn die Verhältnisse so schlimm sind, dass sie den Kindern schaden, sage ich, wenn dir klar ist, dass du alles getan hast, um die Beziehung zu retten, wenn ihr euch zusammen elend fühlt und seit Jahren keinen angenehmen gemeinsamen Moment erlebt habt, oder wenn du eine ernsthafte Beziehung zu einer anderen Frau hast und überzeugt bist, dass es mit ihr anders sein wird, das sind Fragen, über die man lange nachdenken muss, gut, das ist wirklich lächerlich, und ich schweige verwirrt, schau mich an, ich gebe einem Psychiater gute Ratschläge, und er lächelt vorsichtig, täusch dich nicht, Ella, das ist nicht lächerlich, ich bin es, der hier lächerlich ist, und dann hebt er das Glas an die Lippen, nimmt langsam einen Schluck und lässt ihn einen Moment lang im Mund, als prüfe er die Qualität, gut, sagt er, ich habe den Eindruck, dass ich berechtigte Gründe habe, auch nach deinen Kriterien, und ich senke sofort den Blick, vermutlich ist es der letzte Grund, den ich angeführt habe, er hat eine andere und geht ihretwegen weg, Michal hat Recht, er betrügt sie, und einen Moment lang habe ich das Gefühl, als würde er auch mich betrügen, gleich wird er seine alten Alben in seinen Rucksack packen und zu ihr gehen und mit ihr eine neue Familie gründen, und vielleicht werde ich sie sogar bei der Abschlussfeier der ersten Klasse sehen, vielleicht auch schon vorher, wenn in der Klasse der Sederabend gefeiert wird, und er beobachtet, wie ich in Gedanken versinke, wo warst du eigentlich, fragt er, und ich sage, in Barcelona, bei einem Kongress, und er fragt, ein Kongress von Archäologen? Zu welchem Thema? Und ich wundere mich, dass er mehr über mich weiß, als ich zu erzählen Zeit gehabt habe. Der Auszug aus Ägypten, sage ich, und er zitiert aus der Hagada, ihr habt vom Auszug aus Ägypten erzählt, bis es Zeit wurde für das Morgengebet, und ich lache, ja, so ungefähr, das Gefühl, etwas versäumt zu haben, brennt in meinem Gesicht, es fällt mir schwer, ihn anzuschauen, ich senke den Blick zu dem blauen Keramikteller, ein paar Stücke rote Paprika liegen darauf, betonen seine Leere, das Nichtwissen quält mich, wie wird es mir gelingen, mehr über seine Lage zu erfahren?

Ich versuche es auf einem Umweg und frage, passiert euch das oft, dass ihr so streitet, und er erstaunt mich wieder mit seiner Offenheit, viel zu oft, jedes Mal wieder erwacht in ihr dieser Teufel, und sie beschließt, dass ich eine andere habe, und dann macht sie mir Szenen, wie ich sie dir nicht wünsche, sogar vor den Kindern, er seufzt, und ich kann mich schon nicht mehr beherrschen, obwohl ich mich vor seiner klaren Antwort fürchte. Hast du eine andere oder nicht, frage ich mit leiser Stimme, fast unhörbar, und er sagt, ist das dein Telefon, das schon die ganze Zeit klingelt, oder kommt das vom Nebentisch? Und ich wühle in meiner Tasche, dort klingelt mein Handy wie ein unaufhörlich zwitschernder Vogel, zehn Anrufe in Abwesenheit, teilt es mir mit, und sofort fängt es wieder an, ich höre Amnons Stimme, diesmal klingt sie nicht mehr gelassen, sondern aggressiv und vorwurfsvoll, es ist die vertraute Stimme aus der Zeit vor der Trennung, sag mal, bist du noch normal? Wo bist du? Weißt du, wie viel Uhr es ist? Gili ist bei Jotam und wartet schon seit Stunden auf dich, und ich stottere, aber du hast doch gesagt, ich soll nicht sofort hingehen, stimmt, aber jetzt ist es zehn Uhr abends und du bist nicht zu Hause und gehst nicht ans Telefon und der Junge wartet, ich habe gedacht, du bist so wild darauf, ihn zu sehen, stichelt er, er genießt es, mit einer Nadel in den Ballon meiner Mütterlichkeit zu stechen, den ich vor seinen Augen jahrelang aufgeblasen habe.

Natürlich bin ich wild darauf, ihn zu sehen, sage ich schnell, aber mir ist etwas Dringendes dazwischengekommen und ich habe vergessen, auf die Uhr zu schauen, ich gehe sofort hin, sage ich und beende das Gespräch, bedrückt schaue ich Oded an, ich habe ganz vergessen, dass Gili noch bei euch ist, sage ich, mir ist gar nicht aufgefallen, dass es schon so spät ist, ich muss los, ihn holen, da siehst du, was passiert, ich sitze mit dir zusammen statt mit ihm, widerwillig stehe ich auf, meine Beine sind schwer, als hätten sie die Fähigkeit zur Bewegung verloren, wie macht man das, gehen, frage ich, und er antwortet ernst, erst das eine Bein, dann das andere, und ich nehme meinen Koffer, soll ich zu Hause etwas ausrichten? Er lächelt, gib Jotam einen Kuss von mir.

Wie kann ich ihm einen Kuss von dir geben, sage ich, dafür musst du mich erst küssen, und er springt auf, zieht mich an sich, streicht mir die Haare aus der Stirn und drückt seine warmen Lippen darauf, mit einer Bewegung, die ich schon kenne, als drückte er einen Stempel auf, die Tätowierung einer kurzen kostbaren Zeit, und ich habe das Gefühl, als würde mein ganzer Körper von seinem Kuss verschlungen, ich klammere mich an seinen Rücken, sehne mich danach, so mit ihm stehen zu bleiben, bis die Lichter ausgemacht werden, bis das Café geschlossen wird, mir wird schwindlig von dem Gefühl, etwas versäumt zu haben, wie kostbar und kurz war dieser Abend, und er wird nie wiederkehren. Bald wird er seine düsteren Alben einpacken und seiner Wege gehen, und der Zauber wird sich auflösen und vergessen sein, nie wieder wird er so verwirrt und verletzlich sein, nie wieder wird er ein fremdes Ohr so nötig haben, hätte ich nur so getan, als wäre ich noch nicht zurückgekommen, als hätte sich der Flug verschoben, hätte ich heute Abend noch bei ihm bleiben können, bevor sein neues Leben ohne mich beginnt, und ich betrachte ihn, als er sich hinsetzt und einen letzten Schluck nimmt, du gehst heute nicht zurück, frage ich, und er sagt, nein, sein verlockender Mund bleibt offen, entblößt ein Stück fleischiger Zunge.

Wohin gehst du, frage ich, und er sagt, ich komme schon zurecht, mach dir keine Sorgen, und am liebsten würde ich zugeben, ich mache mir keine Sorgen um dich, sondern um mich, meine Finger umklammern den Griff meines Koffers, gute Nacht, versuche ich mit fester Stimme zu sagen, und er mustert mich von unten nach oben und nickt schweigend, wie schön er ist mit seinen klaren Zügen, mit den dunklen Ringen um die Augen, wie Pflanzgruben um Blumen, und dann reiße ich mich von ihm los und laufe in die brüllende Nacht, Regen schlägt mir wütend entgegen, und innerhalb einer Sekunde bin ich klatschnass, ohne Schirm und ohne Mantel, und mit dem Regen dringen die Enttäuschung und die Frustration durch meine Kleidung, warum konnte ich diesen Abend nicht länger auskosten, nur noch ein paar Stunden. Der Koffer, den ich hinter mir herziehe, saugt sich mit Wasser voll, er scheint sein Gewicht schon verdoppelt zu haben, heute Abend werde ich meinem Sohn ein nasses Geschenk geben, ein gebrauchtes Geschenk, Tausende von Regentropfen haben schon vor ihm damit gespielt, und ich versuche, ein Taxi anzuhalten, obwohl es gar nicht mehr weit ist, aber die Fahrer ignorieren meine erhobene Hand, der Regen peitscht auf ihre Blechdächer, und sie verschwinden wie eine Herde riesiger gelbäugiger Tiere.

Als ich das hohe Gebäude erreiche, klappern meine Zähne von der plötzlich gesunkenen Temperatur, wieder steige ich die Marmortreppen hinauf, im Treppenhaus herrscht eine drückende Stille, und auf mein Klopfen öffnet sich sofort die Wohnungstür und Michals Gesicht taucht vor mir auf, verbittert und eingefallen, ihre Augenlider sind geschwollen und ihre Haut ist fahl, aber trotz meiner großen Neugier halte ich mich nicht damit auf, sie zu betrachten, denn hinter ihr, auf dem Ledersofa, sitzt mit verschränkten Armen ein langgliedriger Junge mit dem zarten und traurigen Gesicht eines verbannten Prinzen, die Kränkung auf seinem Gesicht ist eine kleine Schwester der Kränkung auf ihrem Gesicht, zwei Opfer eines Treffens, das zu lange gedauert hat, das so nicht hätte stattfinden sollen. Als ich zu ihm laufe und ihn umarme, senkt er die Augen, Tränen rinnen langsam über seine Wangen, und Michal sagt in einem wütenden Ton, als müsste sie es erklären, er hat sich große Sorgen um dich gemacht, wir haben dich einfach nicht erreicht, Jotam ist schon längst eingeschlafen, fügt sie aus irgendeinem Grund hinzu, und ich nehme ihn in die Arme, ich kann noch nicht einmal zu meiner Verteidigung sagen, ich war schon einmal hier, vor ein paar Stunden, gleich nach der Landung.

Entschuldigung, es tut mir schrecklich Leid, sage ich zu ihnen, ich hatte eine dringende geschäftliche Verabredung und habe nicht auf die Zeit geachtet, ich habe mich so nach dir gesehnt, Gili, verkünde ich, aber beide betrachten mich zweifelnd, und ich verabschiede mich schnell von ihr und gehe mit ihm die Treppen hinunter, sein Schulranzen pendelt an meiner nassen Hüfte, und den ganzen Heimweg lang bitte ich ihn um Entschuldigung, erzähle ihm, wie ich ihn vermisst habe, beschreibe das rote Auto, das ich für ihn gekauft habe, übertreibe dabei, sogar größer als das alte, aber er weigert sich, meine ausgestreckte Hand zu nehmen. Wir gehen die stürmischen Straßen entlang, graue Wege, die sich mit Wasser voll gesogen haben wie alte Matratzen, jeder von uns in seinen Ärger versunken, manchmal wird der Himmel von einem Blitz aufgerissen, der sein Gesicht beleuchtet, ein Gesicht, das plötzlich länger geworden ist, das den kindlichen Charme verloren hat, an jeder Ecke erwartet uns eine Pfütze, aber ich habe schon aufgehört, ihn zu warnen, er scheint mit Absicht hineinzutreten, mit seinen kleinen Füßen in den Turnschuhen vom letzten Jahr.

Ich will jetzt schlafen, Mama, sagt er, als wir nach Hause kommen, er will sich nicht waschen, er weigert sich sogar, das Geschenk auszupacken, trotz meines Drängens, und ich helfe ihm, die nassen Sachen auszuziehen, meine Hände sind starr vor Kälte und brennen auf seiner Haut, mein Zorn über die Gelegenheit, die ich heute Abend versäumt habe, wird immer größer, wird so groß, dass er mir fast den Blick auf den Jungen verstellt. Als er schon im Bett liegt, die Decke bis zum Hals hochgezogen, wirft er mir wieder diesen vorwurfsvollen Blick zu und sagt leise, als hätte er sich schon mit dem Urteil abgefunden, ich habe gedacht, dass du beschlossen hättest, mich zu verlassen, so wie du Papa verlassen hast.

12

Wie bist du nur auf die Idee gekommen, dass du es sein wirst, von allen Frauen ausgerechnet du, dass du ihm eine Unterkunft anbieten könntest anstelle seiner eigenen Wohnung, dass du ihm Liebe anbieten könntest anstelle der Liebe seiner Frau, ein Kind anstelle seiner Kinder, ausgerechnet du, die du nur eine halbe Frau bist, du, die du dein Haus zerstört und nichts dafür bekommen hast, du, die du schwach und krank zu ihm gebracht worden bist, was hast du ihm zu bieten? Unser abgebrochener Abend, an dem die Temperatur plötzlich abstürzte, unser gemeinsamer Teller, der blaue Keramikteller, die gerösteten Sandwiches mit Auberginen, Mozzarella und Tchina, er hat die Auberginen vorgezogen, das musst du probieren, hat er gesagt, unser Tisch, unser Regen, der sich in der Plastikplane über unseren Köpfen gesammelt hat, wir waren darunter wie unter dem Meer, unsere Zeit, die wenige Zeit, die wir miteinander geteilt haben, nur ein Abend, ein einziger Abend, der kein richtiges Ende genommen hat, begleitet mich wie ein Geschenk, das ich bekommen und sofort kaputtgemacht habe, wie Gilis rotes Auto, und das ist alles, was ich mir jetzt wünsche, die Fortsetzung jenes Abends, das, was ich schon fast in Händen hatte, und ich sehe uns dort sitzen, bis tief in die Nacht, die Plastikplane, die schwer vom Wasser über unseren Köpfen seufzt, ich sehe uns zusammen weggehen, ein bisschen betrunken, herausgelöst aus jedem Zusammenhang. Hätte ich ihm vorgeschlagen, mit mir nach Hause zu kommen, hätte ich ihm von all dem Leid erzählt, das sich in mir angesammelt hat, dann würde sich alles auflösen, alles würde sich zum Guten wenden, ich hätte nicht umsonst gelitten.

Er hätte im Sessel gesessen und ich auf dem Sofa, mit einer Wolldecke zugedeckt, die ganze Nacht lang, diese Nacht, die nicht zum Schlafen bestimmt gewesen wäre und nicht zum Küssen und nicht für das sexuelle Verlangen, sondern zum Sprechen, das Weinen jener Nacht, die plötzlich abgebrochen wurde, die auf uns wartete bis zum Morgen wie ein in der Dunkelheit erleuchteter Palast, die verlorenen Reste dieses Weinens versuche ich wiederzufinden. Jeden Morgen, wenn ich Gili in die Schule bringe, und jeden Mittag, wenn ich ihn abhole, betrete ich angespannt den Schulhof, suche sein Gesicht unter den Gesichtern der anderen Eltern, die sich, entgegen den Sicherheitsvorschriften, am Tor versammeln, und auch ihre Locken suche ich, bereit, mich damit zu begnügen, weil mir nichts anderes übrig bleibt, als vielleicht an ihrem Gesicht zu erkennen, was in seinem Leben geschieht, und auch sie sehe ich nicht, auch nicht den Jungen, als wären sie alle vernichtet worden, als hätte ich sie mir nur ausgedacht. Wo sind sie, wohin sind sie verschwunden, haben sie mitten in der Nacht die Stadt verlassen, sind sie gleich am folgenden Tag kurz entschlossen in Urlaub gefahren, um ihre Beziehung zu retten, aber vielleicht verpasse ich sie ja immer nur um eine Minute. Wenn ich das Klassenzimmer betrete, halte ich zuerst nach Jotam Ausschau, meine Augen flattern über das Gesicht meines Sohnes, suchen vergeblich nach dem Jungen, der ihm gleicht, und erst dann kehrt mein Blick enttäuscht zu ihm zurück, ich versuche, mit einem kleinen Lächeln meine Enttäuschung zu verwischen, wie geht's, mein Sohn, was hast du heute erlebt?

Was ist mit Jotam, ich habe ihn schon lange nicht mehr gesehen, frage ich ein paar Tage später ganz nebenbei, und

Gili sagt, Jotam ist krank, und ich stürze mich gierig auf diese neue Nachricht, versuche, ihre Bedeutung zu ergründen, vielleicht rufst du ihn mal an, und fragst, wie es ihm geht, schlage ich vor, und er murrt unwillig, später, aber er ruft nicht an, und ich frage mich, wie lang die Winterkrankheit eines Kindes dauern kann, wann Jotam wieder gesund sein wird, und suche weiter jeden Morgen und jeden Mittag, und erst nach einer Woche entdecke ich beide auf der Wippe im Schulhof, sie rudern wild und laut, hoch, runter, einer dem anderen gegenüber, Dunstwölkchen kommen aus ihren Mündern, und meine Freude bei Jotams Anblick ist größer als die beim Anblick meines Sohnes, er ist das Einzige, was ich bisher von seinem Vater entdeckt habe, und schließlich ist der Wert der Scherbe genauso groß wie der Wert des Gegenstandes, für den sie steht.

Aufgeregt laufe ich zu ihnen und erforsche sein Gesicht, suche in ihm das seines Vaters, das, was sich bei ihnen zu Hause abspielt, ist er zu ihnen zurückgekehrt, lebt er mit einer anderen Frau, und in gewisser Weise bin ich wunschlos, beide Möglichkeiten sind, was mich betrifft, gleich schlimm. Durstig betrachte ich ihn, die schwarzen Augen seines Vaters betonen seine Blässe, und ich frage, wie geht es dir, Süßer, bist du wieder gesund? Und er sagt, ja, aber jetzt ist Mama krank, und ich trinke gierig diese Neuigkeit, was du nicht sagst, wenn Mama krank ist, wird gleich Papa kommen, er wird durch das grüne, mit Blumen bemalte Tor treten, er wird auf uns zukommen, neben der Wippe werden wir uns treffen, und zur Sicherheit frage ich schnell, und wie geht es deinem Papa? Ist er gesund? Und Jotam sagt, ja, Papa ist gesund, und ich schlage sofort vor, willst du mit zu uns kommen? Zu meiner Freude schließt sich Gili meinem Wunsch an, ja, komm mit zu mir, du hast mich noch nie in meiner Wohnung bei Mama besucht, er beherrscht die

Terminologie schon so, als wäre er bereits in zwei Häusern geboren, und Jotam lässt sich schnell von seiner Begeisterung anstecken, ja, ich komme mit zu dir.

Als wir das Klassenzimmer betreten, verberge ich mit meinem Schal das listige Lächeln in meinem Gesicht, hänge mir beide Ranzen über die Schultern, greife nach den Händen beider Kinder, die um mich herumhopsen und das halbe Schokoladenbrot essen, das bei Schulschluss an sie verteilt worden ist, die Schokolade verschmiert ihre Lippen, Brotkrümel kleben an ihren Wangen, und am Tor bleiben wir stehen und warten auf ihn, auf seine Erlaubnis, vielleicht soll ich ihn einladen mitzukommen, ich werde ihn mit nach Hause nehmen, Jotam und Gili werden im Kinderzimmer spielen und wir werden in der Küche sitzen, ein Vater und eine Mutter, beide Scherben werden für die Dauer eines Nachmittags ein Ganzes sein. Komm schon, warum verspätest du dich, dränge ich im Stillen, ich habe dir eine Familie zusammengestellt, was brauchst du mehr, ich schaue den Passanten angespannt entgegen, wer von ihnen wird sich in der gesegneten Sekunde in ihn verwandeln, da hält neben uns ein silbernes Auto, und ich bin ganz aufgeregt, aber es ist eine Frau, die aussteigt, eine nicht mehr junge Frau, die sorgfältig frisierten Haare so silbern gefärbt wie das Auto, sie kommt mir bekannt vor, aber ich ignoriere sie, sie ist nicht er, und dass sie auftaucht, heißt nicht, dass er nicht kommt, doch zu meiner großen Enttäuschung geht sie auf Jotam zu, und ich höre, wie er unwillig sagt, Oma, warum bist du gekommen, ich gehe zu Gili. Auch ich betrachte enttäuscht ihr gepflegtes Gesicht, an das ich mich verschwommen von der Geburtstagsfeier im Café erinnere, und sie wendet sich an mich, er geht mit zu euch?, fragt sie erleichtert, vermutlich froh über einen freien Nachmittag, und ich sage, ja, ist das in Ordnung?

Vollkommen in Ordnung, sagt sie und erklärt überflüssigerweise, Michal ist krank, und ich habe Lust, nach Oded zu fragen, weiß aber nicht, wie ich die Frage formulieren soll, so dass sie natürlich klingt, vielleicht kann ich herausbekommen, wer den Jungen am Abend abholt, und ich frage höflich, soll ich Ihnen erklären, wo wir wohnen? Und sie sagt, ich weiß noch nicht, ob ich ihn abholen kann, geben Sie mir doch Ihre Telefonnummer, sie schreibt die Nummer schnell oben auf ihr Scheckheft, verschwindet zufrieden in ihrem Auto, und plötzlich fällt ihr ein zu fragen, soll ich euch bringen? Ich sage, ja, warum nicht, obwohl wir so nahe wohnen, vielleicht gelingt es mir, bei dieser kurzen Fahrt noch etwas herauszufinden, und wir drücken uns in ihr Auto, so wie wir uns zu Beginn des Schuljahres in das Auto ihrer Tochter gedrückt haben, sie fährt ruhig, aber ihre Augen funkeln nervös, sie kaut unaufhörlich Kaugummi, kein Zweifel, sie ist besorgt, wie kann ich nur herausbekommen, warum?

Was hat Michal, eine Grippe, frage ich mit höflichem Interesse, und sie sagt, so etwas Ähnliches, vermutlich hat sie sich bei Jotam angesteckt, sie seufzt leise und stellt sofort das Radio lauter, in dem gerade die Nachrichten anfangen, und ich lausche den bedrückenden Berichten, zu meinem Bedauern bringt die Fahrt nichts Neues, da sind wir auch schon in unserer Straße, hier wohnen wir, sage ich und hoffe, sie sagen zu hören, sein Vater wird ihn abholen, aber sie notiert sich gehorsam die Hausnummer, verabschiedet sich mit offen gezeigter Erleichterung und fährt davon, und ich treibe die beiden Jungen schnell in die Wohnung, helfe ihnen, ihre Mäntel und Stiefel auszuziehen, biete ihnen heiße Schokolade an. Es gefällt mir, sie beide zu versorgen, als wären sie meine Söhne, Zwillinge, und als wir die süße Schokolade trinken, betrachte ich Jotam, seine Nähe macht meine Sehnsucht nach seinem Vater realer, gibt ihr eine Form, zwischen uns scheint eine körperliche Intimität zu entstehen, nur dadurch, dass ich seinen Sohn eingeladen habe, ihm zu essen und zu trinken gebe, ihm, zu Gilis Erstaunen, durch die Haare streiche und versuche, etwas mehr zu erfahren.

Wie geht es deiner Schwester, erkundige ich mich, ist sie auch krank? Und er sagt, nein, sie ist gesund, und dein Papa? Was ist mit deinem Papa? Mit Absicht präzisiere ich diese Frage nicht, und er sagt, Papa ist gesund, seine Zunge fährt über seine aufgesprungenen Lippen, an denen kleine Hautfetzen hängen, sein Gesicht zeigt einen ungewöhnlichen, fast ein wenig lächerlichen Ernst, und Gili drängt ihn, komm, gehen wir spielen, meine Mama hat mir ein Auto mit Fernbedienung geschenkt, und schon lassen sie das Auto durch die Wohnung fahren, stellen ihm Hindernisse in den Weg, lachen schadenfroh über seine blinden Bemühungen und die seines Fahrers mit dem schauerlichen Plastiklächeln auf dem Gesicht. Die Anwesenheit des neuen Jungen erfüllt die Wohnung, jede seiner Bewegungen ist bedeutungsvoll, denn sie ist Teil der Bewegungen seines Vaters, dieser etwas harten, verhaltenen Bewegungen, gegen seinen Sohn sieht meiner plötzlich so gewöhnlich aus, und ich stehe vor dem großen Fenster, vor dem wenigen Licht, das gegen die heraufkommende Dämmerung ankämpft, und lausche auf die innere Melodie, die immer lauter wird, warum kommt er nicht, ich bin jetzt doch fast seine Frau, ich versorge seinen Sohn, als wäre er mein eigener, warum nutzt er die Gelegenheit nicht? Ob er noch immer dort ist, in seinem bequemen Sessel vor den violetten Chiffongardinen, die vor den Fenstern wehen, er nickt teilnahmsvoll, mit leicht geöffnetem Mund, als hörte er mit den Lippen und nicht mit den Ohren, verteilt Rezepte an leidende Patienten und ignoriert mich, und ich beschließe, dort anzurufen, schließlich hat er mir damals die Nummer gegeben, hat sie eilig hinten auf das Rezept notiert, ich werde ihm sagen, dass er hier ein Pfand hat und dass er selbst kommen soll, um es abzuholen, und ich wähle rasch, bevor ich es mir anders überlegen kann, aber ich höre nur die kühle Stimme der Sekretärin, Dr. Schefer ist beschäftigt, sagt sie, hinterlassen Sie Ihre Nummer, er wird zurückrufen, und ich lege sofort auf, vielleicht wird er etwas später selbst abnehmen, wenn ich meine Nummer hinterlasse, muss ich warten, bis er anruft, und dazu habe ich keine Lust, ich möchte die Wirklichkeit verändern, nicht geduldig auf eine Veränderung warten.

Die Tatsache, dass sein Sohn in meiner Wohnung zu Gast ist, verleiht mir, obwohl er selbst so unerreichbar ist, einen plötzlichen Vorteil, Jotam ist meine Geisel, er ist mein Gefangener, angenommen, er würde jetzt hinfallen und sich verletzen, könnte ich seinen Vater sofort anrufen, sogar wenn er mitten in einer wichtigen Besprechung wäre, oder wenn er plötzlich Fieber bekäme oder sogar, wenn sie plötzlich anfangen würden zu streiten und Jotam unbedingt nach Hause wollte, ich gehe hinüber ins Kinderzimmer, dort sitzen sie beide auf dem Teppich und spielen mit den Playmobilfiguren, mein Bruder, mein Bruder, rufen die kleinen Figuren mit ihren Stimmen, und ich frage Jotam, hat dein Vater ein Handy? Ja, sagt er, klar, und ich sage, schön, weißt du die Nummer auswendig?

Klar weiß ich die, sagt er stolz, warum sollte ich sie nicht wissen, und ich hole schnell Zettel und Bleistift, doch dann gerät er plötzlich durcheinander, er murmelt Zahlen und zögert, man hört die Fragezeichen nach jeder Zahl, als wüsste ich die Nummer schon und wollte ihn nur prüfen, ich komme ein bisschen durcheinander mit der Nummer von zu Hause, gibt er verlegen zu, und ich versuche, ihm langsam die einzelnen Ziffern aus dem Mund zu ziehen, aber ohne Erfolg, bis ich ihn in Ruhe lasse.

Wozu brauchst du seine Nummer, Mama, fragt Gili, er schaut mich scharf an, und ich sage, falls Jotam heimgehen will, es ist doch besser, seine Mutter nicht zu stören, nicht wahr? Jotam protestiert, aber ich will noch gar nicht heimgehen, und ich sage schnell, natürlich nicht, ich habe die Nummer nur zur Sicherheit wissen wollen, ich lasse sie wieder ihre Plastikfiguren hin und her bewegen und gehe zum Computer, der auf mich wartet, aber die festliche Aufgeregtheit lässt mich nicht los, um mich herum türmt sich Hoffnung, welchen Vorwand könnte ich mir ausdenken, um ihn anzurufen, vielleicht einen unvorhergesehenen Termin, entschuldige, wir müssen bald gehen, kannst du Jotam abholen, aber wenn du schon da bist, setz dich doch einen Moment, vielleicht verabreden wir uns für morgen. Das dämmrige beschlagene Fenster zieht mich stärker an als der Bildschirm, benebelt schaue ich hinaus, die Wärme der Heizung streichelt meine Glieder, und ich lege den Kopf auf den Tisch und mache die Augen zu, lausche den gedämpften Stimmen auf der anderen Seite der Wand, ich habe das Gefühl, als würde mir jemand Krümel in den Mund stecken, einen nach dem anderen, ich kaue langsam, Himbeere, Kirsche, Blaubeere, die aromatischen Düfte ferner Wälder, Vorratskörbe, Fantasiegeschichten, der süße Geschmack erfüllt meinen Mund, wie kann ich auf die Schreie antworten, die um mich herum zu hören sind, ich muss den klebrigen Brei schlucken, aber meine zusammengeschnürte Kehle hat die einfachsten Bewegungen vergessen, und dann wache ich auf, hebe den Kopf und sehe sie vor mir stehen, und ich murmle, was ist passiert, ist alles in Ordnung?

Wir wollen zusammen in die Badewanne, verkündet Gili feierlich, und ich schaue auf die Uhr, es ist schon nach sieben, vermutlich bin ich eingeschlafen, seltsam, dass seine Eltern sich nicht gemeldet haben, haben sie vergessen, dass sie ein Kind haben, aber vorläufig profitiere ich davon, ich lasse die Badewanne ein und helfe ihnen beim Ausziehen, prüfe heimlich die beherrschte, gespannte Nacktheit dieses Jungen, seine hervorstehenden Rippen, die Nähe dieses Körpers vergrößert meine Sehnsucht, überall in der Wohnung trifft mich diese bissige Lust, komm jetzt, dann kann jeder seinen eigenen Sohn abtrocknen, und hinter ihren Rücken werden wir heimlich ganz neue Berührungen austauschen.

Komm jetzt, weiche mir nicht aus, schließlich sucht unser abgebrochener Abend jeden Tag sein Ende, er wandert durch die Straßen, schaut in die Fenster, versucht, uns zu vereinen, und nun, da ich mit einem Handtuch die Schultern deines Sohnes abtrockne, umgeben von weichem Dampf, habe ich das Gefühl, als wärst du neben mir, deine Finger berühren meine Finger, denn das sind wir, die sich in weiche Handtücher wickeln, zusammen haben wir bis zum Hals im warmen Wasser gelegen, der Regen rauschte auf das Dach über uns, sang sein geheimnisvolles Lied, und wir versanken im Wasser wie in einem warmen sprudelnden Bad, wir haben noch nicht miteinander geschlafen, uns noch nicht einmal geküsst, nur Wörter ließen wir zwischen den Schauminseln schwimmen, denn ich möchte deine Stimme alle Wörter sagen hören, kein einziges darf fehlen, die beherrschte Stimme, den sympathischen Sprachfehler, die Buchstaben, die das Ende eines Wortes dehnen, als fiele es ihnen schwer, sich von ihm zu trennen, und erst nachdem alle Wörter ausgesprochen sind, wirst du mich fragen, ob ich bereit bin, und wenn du mit mir schläfst, werde ich vor Trauer über all die Jahre weinen, in denen du nicht mit mir geschlafen hast, und vor Freude über die Jahre, die du noch mit mir schlafen wirst, und während der ganzen Zeit werden unsere Söhne träumen, die Betten nebeneinander, wie Zwillinge.

Mama, warum weinst du, fragt Gili erschrocken, und ich reiße mich sofort zusammen, ach, nur so, mir ist etwas eingefallen, und er fragt, etwas Trauriges? Ich wische mir mit seinem Handtuch über die Augen, nein, sogar etwas Schönes, und er wundert sich, warum weinst du dann, wenn es etwas Schönes ist? Ich habe Lust, ihn an meinem neuen, ausgedachten Glück teilhaben zu lassen, beide, ich treibe sie fröhlich vom Badezimmer zum Kinderzimmer, manchmal bekommt man Tränen in die Augen vor Glück, vor Freude, passiert euch das nie? Und Gili verkündet, mir nicht, und sein Freund pflichtet ihm wie ein Echo bei, mir auch nicht, und dann fügt er hinzu, während sich seine schmale Brust vor Stolz bläht, mein Papa hat vor Freude geweint, als ich geboren wurde, und Gili wird sofort neidisch, woher weißt du das? Und Jotam sagt, das hat er mir gesagt und ich erinnere mich auch daran.

An so etwas kann man sich nicht erinnern, sagt Gili verächtlich, stimmt's, Mama? Und ich sage, manchmal bekommt man etwas so lebendig erzählt, dass man glaubt, sich daran erinnern zu können, und im Herzen wende ich mich an Jotam und füge hinzu, ich möchte auch sehen, wie dein Papa vor Freude weint, das ist es, was ich will, wenn es dir nichts ausmacht, und meine Aufregung wächst und erfüllt die ganze Wohnung, gleich wird er kommen, es ist schon spät, gleich wird das Klopfen an der Tür zu hören sein, wenn wir gerade beim Abendessen sind, wird er hereinkommen, er wird sehen, wie schön ich für seinen Sohn sorge und wie frisch der Salat ist, und riechen, wie gut das Rührei duftet, das ich für sie gemacht habe, er wird warten, bis Jotam fertig gegessen hat, und mir versprechen, später zurückzukommen, aber nun räume ich den Tisch schon ab, und er ist immer noch nicht da, ich beschließe, noch einmal in der Praxis anzurufen, es ist schon nach acht, ich werde zur Sekretärin sagen, dass die Sache keinen Aufschub duldet, dass es um den Sohn des Doktors geht, ich bin nicht einfach eine lästige Patientin, ich beaufsichtige seinen kleinen Sohn, bei dessen Geburt er geweint hat, aber zu meiner Enttäuschung wird der Anruf nicht angenommen, die Stimme der Sekretärin auf dem Anrufbeantworter schlägt erneut höflich vor, eine Nachricht zu hinterlassen, und meine Laune verschlechtert sich, er wird nicht kommen, dieser Abend wird zu Ende gehen wie alle anderen Abende, in enttäuschter Ohnmacht.

Ein dumpfes Geräusch lockt mich zur Tür, durch den Spion ist eine dunkle Gestalt in Mantel und Mütze zu sehen, und einen Moment lang erkenne ich sie nicht, weil sie so eingepackt ist, und habe das Gefühl, es könne ebenso jeder andere sein, jede Mutter, jeder Vater, jede Großmutter, und ich mache aufgeregt die Tür auf und statt seiner ersehnten Stimme dringt ein verschleimtes Husten an mein Ohr, und ich rufe, Michal, warum bist du aus der Wohnung gegangen! Du bist krank! In meiner Stimme liegt so viel Enttäuschung und Groll, dass sie mich entschuldigend anlächelt, überrascht von meinem Gefühlsausbruch. Ich hatte keine Wahl, sagt sie, und ich beschimpfe sie weiter, mein Zorn wird immer größer, das ist nicht in Ordnung, ich hätte ihn dir bringen können, du hättest in deinem Zustand das Haus nicht verlassen dürfen, sie ist offenbar gerührt davon, dass ich mir so viel Sorgen um sie mache, Tränen treten ihr in die Augen, aber das sind keine Freudentränen, und sie sagt, du weißt ja, wie das ist, von dem Moment an, in dem man Mutter wird, kann man einfach nicht mehr krank sein.

Und wieder versuche ich mein Glück, diesmal wird es mir

gelingen, dafür gibt es doch einen Vater, oder? Sie seufzt, Oded ist bei der Arbeit, und diese wenigen alltäglichen Worte sind wie ein Schlag ins Gesicht, Oded ist bei der Arbeit, wie viel Sicherheit und Ordnung liegt in dieser vertrauten Wortfolge, mein Mann ist bei der Arbeit, Papa ist bei der Arbeit, und plötzlich packt mich Hass auf ihn, du hast dich nicht getraut, du Angsthase, ich habe es geschafft, dich davon abzuhalten, warum ist das niemandem bei mir gelungen, und trotzdem schaue ich ihr zweifelnd ins Gesicht. Da nimmt sie die Wollmütze ab, und ihre Locken hängen traurig herab, ihre Augen sind verschwollen, die Nase rot, entweder vom Schnupfen oder vom unaufhörlichen Weinen, wer war es, der an jenem Schabbatmorgen geweint hat, war sie das, in einem Anfall verfrühter Eifersucht, auch damals ist er vor ihrem Weinen geflohen, hat düster sein Wasser im Gästeklo abgelassen, auch damals belauerte ich ihn, ohne es zu wissen. Nein, das ist nicht mehr das Gesicht, das ich gekannt habe, sie sieht vollkommen anders aus, komm, setz dich ein bisschen, schlage ich ihr vor, wenn du schon bis hierher gelaufen bist, ich mache dir einen heißen Tee mit Zitrone, und in Gedanken füge ich hinzu, und inzwischen kannst du mir erzählen, was wirklich mit deinem Leben los ist, aber sie lehnt ab, danke, Ella, ein andermal, ich muss wieder ins Bett. Müde treibt sie ihren Sohn zur Eile an, komm, Jotam, mit dieser mütterlichen Niedergeschlagenheit, die ich so gut kenne, genauso habe ich Gili nach der Trennung abends von seinen Freunden abgeholt, in diesem Ton habe ich die üblichen Worte gesprochen, ohne etwas zu fühlen, hohl und leblos wie eine Vogelscheuche, und ich drücke ihr den Ranzen ihres Sohnes in die Hand, biete an, ihr zu helfen, bis sie wieder gesund ist, ich nehme ihn gerne morgen wieder mit, sie kommen großartig miteinander aus, sage ich, ich will nicht von dem

Köder lassen, und sie seufzt, danke, schauen wir mal, was morgen mit uns sein wird, ich weiß es noch nicht, ihre Prioritätenliste unterscheidet sich offensichtlich von meiner, ich fahre Jotam über die Haare, versuche, die Berührung festzuhalten, gute Nacht, Süßer, und als sich die Tür hinter ihnen geschlossen hat, wirft mir Gili seinen scharfen, warnenden Blick zu, Mama, ich sehe, dass du Jotam wirklich gern hast. Ja, gebe ich zu, er ist ein netter Junge, ich finde es schön, wenn er zu Besuch kommt, er sagt, ja, aber sein Blick lässt mich nicht los, ich ziehe ihn auf den Schoß, lege die Hand um seine Hüften, mit einem Schlag hat die Wohnung die Hoffnung verloren, die sie vorher mit so drängendem Leben erfüllte, der Junge hat alle Erwartungen mitgenommen, die ich an sein Hiersein geknüpft habe, und wir beide sind allein zurückgeblieben, Scherben einer Familie, ein Flügel, der in der Erde steckt.

Früher habe ich auf diesen Moment gewartet, in dem die Eindringlinge auf unserem Territorium die Tür hinter sich zumachten, wie habe ich es genossen, ihn auf den Schoß zu nehmen, das schöne Gesicht mir zugewandt, und seinen gezwitscherten, abgehackten Geschichten über alles, was ihm am Tag passiert ist, zu lauschen, sie mit Küssen auf seine Augenbrauen zu begleiten, auf die Wimpern, auf die Lider, war das alles eine Fata Morgana, war mein Sohn in den ersten Jahren seines Lebens dazu bestimmt, unwissentlich ein Loch zu stopfen, eine Entschädigung und ein Trost für alles zu sein, was ich nicht bei seinem Vater fand, kommt jetzt die Wahrheit ans Licht, er ist doch ein Kind, keine himmlische Rettung, keine strahlende Widerspiegelung, er ist nicht die Antwort auf die Liebe, die unbefriedigt blieb, jetzt schmiegt er sich an mich, legt den Kopf auf meine Schulter, ich vermisse Papa, jammert er plötzlich, es gefällt mir nicht, in zwei Wohnungen zu wohnen, wenn ich bei dir bin, vermisse ich Papa, und wenn ich bei Papa bin, vermisse ich dich.

Einen Moment lang verschlägt es mir den Atem, ich bin entsetzt über seine Worte, so viele Wochen hat er sich schweigend abgefunden, ohne Protest, so dass ich schon glaubte, er habe sich an alles gewöhnt, ich lege die Arme um seinen zitternden Körper, es gefällt ihm nicht und er hat Recht, schließlich ist er es, dessen Leben aufgeteilt wird, er ist es, der von Wohnung zu Wohnung wandert, er wacht morgens auf und weiß nicht, wo er ist, und vielleicht ist das erst der Anfang, vielleicht wird es neue Partner geben, Halbgeschwister, er ist das hilflose Opfer eines gewöhnlichen Abenteuers, bei dem die Allerschwächsten den allerhöchsten Preis bezahlen müssen, und ich lege meinen Kopf auf seine Schulter, meine Wangen sind nass von Tränen, und er fragt, weinst du wieder vor Freude? Nein, murmle ich, nein, mein Sohn, ich weine nicht vor Freude, und er sagt, ich auch nicht, und nun mischen sich unsere Tränen, sie lassen sich nicht mehr unterscheiden. Dann steht er auf und stolpert zum Telefon, ich rufe Papa an, sagt er, ich will, dass er jetzt kommt und mir gute Nacht sagt, und ich schaue zu, wie seine kleinen Finger sich über den Tasten verheddern und nur mit Anstrengung die Verbindung herstellen, das Klingeln, das jetzt in der anderen Wohnung zu hören ist, zwischen den Perlen des bunten Vorhangs tanzt, zwischen den hellen Möbeln schwebt.

Papa, höre ich seine helle Stimme fragen, die sofort bricht, um das Ausmaß seines traurigen Zustands zu veranschaulichen, Papa, ich vermisse dich, ich will dich sehen, die Stimme auf der anderen Seite scheint nicht gleich auf seinen Wunsch einzugehen, sie erklärt ihm entschlossen die Verhältnisse, es gibt Mamatage und es gibt Papatage, sie sollten nicht vermischt werden, aber der Junge gibt nicht so schnell auf, nur heute, Papa, du sollst mir nur heute gute Nacht sagen, nein, nicht am Telefon, ich will dich sehen, ich will, dass du mir einen Gutenachtkuss gibst, und ich lausche gebannt dem Gespräch zwischen ihnen, und wieder erhebt sich vor mir ein Berg von Schuld und Kummer, und wieder scheint es mir, als könnte nur eines die Katastrophe verhindern, als brauchte ich unbedingt einen Beweis dafür, dass mein neues Leben blühen wird, einen Beweis dafür, dass mir der weinende Junge nicht umsonst das Telefon hinhält, Papa will mit dir sprechen, murmelt er bedrückt.

Was ist dort bei euch los, schimpft er, kannst du ihn nicht beruhigen, es wird langsam Zeit, dass du ihm Grenzen setzt, vom Tag seiner Geburt an sage ich dir das, man darf sich seinen Erpressungen nicht fügen, er fühlt deine Schwäche und fängt an zu manipulieren, bei mir passiert so etwas schließlich nicht, man muss das sofort unterbinden, wenn es anfängt, vor allem seinetwegen, ich werde jetzt nicht zu ihm fahren, Ella, versuche, die Situation in den Griff zu bekommen, hör auf, ihn zu bemitleiden, das schadet ihm nur, und ich flüstere, beruhige dich, um was hat er dich denn gebeten, wenn es dir nicht passt, dann komm halt nicht, aber hör auf, deine Faulheit in kriegerische Theorien zu verpacken, und für einen Moment scheint es, als hätte sich nichts geändert, ich kenne diese Wortwechsel so gut, so oft stand ich schwankend unter dem Schwall seiner Worte, und ich lege auf, ein wütender Lärm hallt mir im Ohr, die plötzliche Erinnerung ist bedrückend, aber auch befreiend, sie rückt das Bild der Vergangenheit zurecht, auch wenn es dem Jungen nichts nützt, der enttäuscht in meinen Armen weint, mir hilft es ein bisschen, vielleicht war die Trennung doch nicht nur eine Laune, ist das vielleicht das erste Anzeichen des Beweises, der mir fehlt?

Auf dem Dach des Hauses sammelt sich der Regen wie

auf der Plastikplane, die kalten Tropfen springen sich gegenseitig in die Arme, und ich liege ausgestreckt darunter und habe das Gefühl, als wäre die Zimmerdecke durchsichtig und ich könnte den stürmischen Himmel sehen, den Krieg, der sich in dieser Nacht über meinem Kopf abspielt, die lauten Explosionen des Donners und die Blitze, die über den Himmel zischen wie Raketen, aufgetürmte schwarze Wolken gleichen Panzern, die sich schwerfällig vorwärts bewegen, nichts wird sie aufhalten, wie ein himmlisches Schlachtfeld, das sich nie beruhigen wird, sondern nur von einem Ort zum anderen wandert, ein Spiegelbild dessen, was auf der Erde geschieht, und ich ziehe mir das Kissen über den Kopf, es ist Amnons Kissen, das noch immer den Geruch seines schweren Nackens bewahrt, würde ich mich beschützter fühlen, wenn er jetzt hier wäre, neben mir, und was wäre der Preis für diesen Schutz, und warum ist nicht er es, den ich jetzt an meiner Seite haben will, nicht auf ihn richtet sich meine drängende Sehnsucht, wie das Visier einer Waffe, die plötzlich auf ein anderes Ziel gerichtet wird, auf einen anderen Menschen. Wo befindet sich jetzt sein Rucksack voller Alben, wo sind die Augen, deren Farbe der von Regenwolken gleicht, wie ein Lebenszeichen aus einem alten Grab steigt die Begierde aus der Tiefe auf, wo ist er jetzt, liegt er neben seiner niesenden Frau, liegt er neben einer anderen Frau oder ist auch er allein, sucht wie ich das Ende jenes Abends?

13

Ausgerechnet hier, oberhalb der tosenden Kreuzung, verteilt er seine Medikamente, verführerisch wie Tagträume, hier verschenkt er seine teilnahmsvollen, einnehmenden Blicke, er nickt den Patienten zu, die vor ihm sitzen, mit leicht geöffnetem Mund, als würde er mit den Lippen hören und nicht mit den Ohren, ausgerechnet hier über den Abgasen der Autobusse und dem Hupen der Fahrer, ein Ort, an dem man sich unmöglich aufhalten kann, an dem die Stadt ihre scharfen Zähne fletscht und die Passanten wie Hasen über die Zebrastreifen rennen, ausgerechnet hier werde ich ihn treffen, weil ich keine andere Wahl habe, denn es ist Zeit, herauszufinden, was von jener Nacht übrig geblieben ist, und ich drücke die halb geöffnete Tür auf, drei Namen stehen auf ihr, darunter seiner, als wäre das hier eine Fabrik, in der Seelen gerettet werden. Mit einem offiziellen Gesichtsausdruck wende ich mich an die Sekretärin, die über das menschenleere Wartezimmer herrscht, ich muss Dr. Schefer sprechen, sage ich mit entschlossener Stimme, aber sie lässt sich nicht beeindrucken, haben Sie einen Termin, fragt sie und wirft einen Blick auf den großen Terminkalender, der vor ihr liegt, und ich sage, nein, aber ich habe das Rezept verloren, das ich von ihm bekommen habe, ich brauche ein neues, und sie stößt gelangweilt die Luft aus, als würden das alle sagen, als wäre das nicht meine eigene individuelle Ausrede, die ich mir mühsam, nach stundenlangem Nachdenken, ausgedacht habe.

Helle Locken umgeben ihr Gesicht, und einen Moment lang glaube ich, sie wäre Michal, so wie sie in ihrer Jugend ausgesehen hat, glänzend und puppenhaft, vielleicht ist das seine neue Frau, vielleicht ist er ihretwegen ausgezogen, sie schützt ihn vor mir, als wäre er ihr Eigentum, sie schaut auf die Uhr, in ein paar Minuten ist er frei, verkündet sie widerwillig, sagen Sie mir Ihren Namen, dann gebe ich ihm Bescheid, und ich schreibe meinen Namen auf und setze mich dann auf einen der Sessel neben der Tür, das Wissen um seine Nähe erschüttert mich, macht mir das Atmen schwer, dort ist er, am Ende des Flurs, in Reichweite, bisher haben wir uns immer nur durch Zufall getroffen, aber die Zufälle passten so genau, als wären sie sorgfältig geplant, während all meine Versuche und all meine Anstrengungen, sie wieder herbeizuführen, nichts gebracht haben.

An dem Treppenhaus des alten Gebäudes, das nun zu einem Bürohaus geworden und nachts bestimmt leer und bedrohlich ist, dringt das Geräusch eines Zahnarztbohrers, und ich beiße mir auf die Lippen und betrachte feindselig die Sekretärin, die sich wie eine Königin in ihrem Palast benimmt, gleich wird sie, den Hintern schwenkend, zu ihm gehen, den Zettel mit meinem Namen in der Hand, Ella Miller, wird sie zu ihm sagen, sie braucht ein neues Rezept, wird er meinen Namen überhaupt erkennen, wird er meine verborgene Absicht erraten und zu mir kommen, oder wird er sie anweisen, mich in sein Zimmer zu führen, und ich werde stolz und erregt an ihr vorbeigehen, ich werde mich auf den Ledersessel ihm gegenüber setzen, vor die violetten Chiffongardinen, ich habe seither nur noch an dich gedacht, werde ich zu ihm sagen, mein Leben wartet auf deines, und ich versuche, mich an sein Zimmer zu erinnern, damals war ich nicht fähig, etwas zu sehen, nur ein gedämpftes violettes, tröstliches Licht, an seinen Blick erinnere ich mich, mitleidig und erschreckt, als würde er eine überfahrene Katze betrachten. An der Wand gegenüber hängt das bekannte Foto eines grauen ovalen Steins, des Steins von Rosetta, ägyptische Hieroglyphen neben alten griechischen Buchstaben, Tausende von Jahren haben sie auf ihre Entzifferung gewartet, eine beispiellos reiche antike Kultur schaut hinter ihnen hervor, wer hat das Bild hier aufgehängt, vor meinen wartenden Augen, die sich danach sehnen, die verborgenen Buchstaben der Seele zu entziffern, gleicht unsere Seele doch am ehesten den minoischen Schrifttafeln, es ist ein Code, der sich letzten Endes nur aus eigener Kraft entziffern lässt.

Am Ende des Flurs geht eine Tür auf, aber niemand kommt ins Wartezimmer, vermutlich gibt es dort einen geheimen Ausgang, um die Privatsphäre der Patienten zu schützen, und jetzt geht sie mit absichtlich langsamen Schritten zu ihm, in einem engen Rock und einem Wollpullover, der ihre schweren Brüste betont, ist das seine Stimme, ist das sein Lachen, ich glaube meinen Namen zu hören und richte mich auf, aber die Stimmen kommen aus dem Treppenhaus, es sind wohl die erleichterten Seufzer derjenigen, die die Zahnarztpraxis verlassen. Warum hält sie sich dort so lange auf, warum schickt er sie nicht, um mich hereinzurufen, warum kommt er nicht heraus zu mir, ich senke die Augen, vor Anspannung verkrampfen sich meine Glieder, es ist, als wartete ich auf das Ergebnis einer schicksalhaften Untersuchung, da kommen ihre spitzen Stiefel auf mich zu, mit einem harten Klopfen, das nichts Gutes verheißt, sie bleibt vor mir stehen und hält mir ein Stück Papier hin, und ich frage mit schwacher Stimme, was ist das, und sie antwortet, das, was Sie haben wollten, das Rezept, ich nehme ihr den Zettel aus der Hand und sage, aber das ist nicht genug, ich muss ihn sehen.

Das ist im Moment ausgeschlossen, sagt sie, Sie wollten das Rezept, Sie haben es bekommen, wenn Sie mit ihm sprechen wollen, hinterlassen Sie Namen und Telefonnummer und er wird zurückrufen, und ich versuche, mir die Kränkung nicht anmerken zu lassen, prüfe interessiert das Stück Papier, vielleicht hat er noch ein paar Worte oder Zahlen darauf geschrieben, zum Beispiel die Nummer seines Handys, aber ich entdecke keine zusätzliche Notiz, nur meinen Namen und den Namen des Medikaments, nebeneinander, mit langen, etwas zur Seite geneigten Buchstaben, ist das vielleicht ein Hinweis darauf, dass er nicht frei ist, dass er nicht interessiert ist?

Haben Sie ihm gesagt, dass ich hier warte, frage ich, und sie antwortet gleichgültig, natürlich habe ich das, dann läuft sie zum Telefon, das angefangen hat zu klingeln, und ich verschwinde schnell aus dem Gebäude und betrachte wieder das Stück Papier in meiner Hand, Schauer von Verzweiflung nehmen mir die Sicht, und ich lehne mich an den feuchten Stamm einer Kiefer, die mitten auf dem Platz steht wie ein Pfeil, der vom Himmel geschossen wurde, mein Leben, erneut leer geworden, läuft in seiner ganzen abstoßenden Nacktheit vor mir ab, wie ein gekränktes Kind schimpfe ich laut, trommle mit den Fäusten gegen den Baumstamm, reiße wütend trockene Rindenstücke ab, versunken in meine Verzweiflung höre ich die Schritte nicht, die neben mir anhalten, bis Hände mich an den Schultern packen und eine tiefe, amüsierte Stimme an mein Ohr dringt, was ist los, mit wem redest du denn da?

Verlegen lasse ich den Stamm los und drehe mich zu ihm um, meine Finger, klebrig vom Harz, berühren erstaunt sein Gesicht, sein Lachen rollt durch meine Haare, ich habe dich enttäuscht, nicht wahr, fragt er, und ich bin durchsichtig wie ein Regentropfen, ich schaue von ihm zu dem Stück Papier, was ist wirklich, er oder der Zettel, schließlich widersprechen sie sich. Warum hast du mir das angetan, frage ich, obwohl das jetzt nicht wichtig ist, überhaupt nicht wichtig, und er flüstert in meine Haare, um dich zu überraschen, wie können wir Freude ohne Kummer fühlen, sein Atem an meinem Ohr lässt mich erschauern, und ich sehe ihn an, seine Haut ist so hart und rau wie die Baumrinde, sein Gesicht schmaler, als ich es in Erinnerung habe, und seine Lippen zittern ein wenig, aber vielleicht sind es auch meine Lippen, aneinander gedrückt stehen wir mitten auf der Kreuzung, meine Hände tasten über sein dünnes Hemd, das ihm am Körper klebt.

Du hast noch immer keinen Mantel, frage ich, und er sagt, doch, ich habe einen, aber ich bin nur schnell hinuntergelaufen, um dich zu sehen, ich gehe sofort wieder hinauf, ich habe gleich einen Termin, und ich lasse ihn nicht los, wann treffen wir uns, frage ich, vorauseilend, als gehörte er schon mir, aber seine Stimme ist schon wie meine Stimme, drängend, begeistert, ich muss bis sieben arbeiten, sagt er, wo bist du heute Abend, und ich sage, wo du willst, ich kann hier auf dich warten oder in einem Café oder zu Hause, und er fragt, bist du heute allein, und ich antworte, ich bin nicht allein, ich bin mit dir.

Dann warte zu Hause auf mich, sagt er, ich komme zu dir, zum Abschied nimmt er meine Hände in seine, die kalt sind, und ich sage, aber du hast meine Adresse doch gar nicht, und er sagt, doch, ich habe sie, ich habe alles, was ich brauche, um zu dir zu kommen, und schon ist er verschwunden und lässt mich erstaunt mitten auf dem Platz zurück, noch nie im Leben hat sich mir ein Wunsch so vollkommen erfüllt, ich schmiege mich dankbar an den klebrigen Baumstamm, versuche, ihn an mich zu ziehen, als könnten wir gleich zusammen in einem wilden Tanz den Platz überqueren, wir werden zwischen den Autos hindurchhüpfen, die vor den Ampeln warten, wir werden an die geschlossenen Scheiben klopfen und spöttisch das Gesicht verziehen, die Gesetze der Wirklichkeit haben keine Macht mehr über uns.

Und dann denke ich, vielleicht bleibe ich bis sieben hier, neben dem Baum, er ist der einzige Zeuge des Wunders, das sich hier ereignet hat, ich werde hier im Regen auf ihn warten, um sicherzugehen, dass er sein Versprechen nicht vergisst, hier werde ich bleiben, weil es hier passiert ist, wenn ich es wage, mich zu entfernen, wird der Zauber vergehen und die Wahrheit ans Licht kommen, mein Herz hat fantasiert, meine Vorstellungskraft hat mich getäuscht, kann so etwas wirklich geschehen, etwas, was alle Hoffnungen übersteigt, als hätte er, genau wie ich, tagelang auf diese Gelegenheit gewartet, und er kennt meine Adresse, denke ich verwundert, so wie ich mich gewundert habe, dass er etwas von meinem Beruf wusste, als wäre ich seit jenem Morgen am Ende des Sommers auf irgendeine Art und Weise ebenfalls in seinem Leben, und diese Möglichkeit lässt mich wohlig erschauern, ich drücke mein Gesicht an den Baumstamm, harzige Zungen lecken meine Wangen, bedecken sie mit einem scharfen, lebendigen Duft.

Die Bewegungen der Autos auf dem Platz kommen mir plötzlich rituell und prachtvoll vor, wie Gäste, die am Tag der Hochzeit um die Braut tanzen, das Hupen hört sich an wie Freudenschreie, die Ampeln strahlen wie eine bunte Beleuchtung, die Passanten sind aufgeregt wie Gäste, die von allen Seiten der Stadt zu diesem Platz strömen, und der alte, leicht zur Seite geneigte Baum ist stolz und geschmückt wie mein Brautführer, ich hebe den Blick hinauf zu dem hohen Wipfel, die Regentropfen, die auf die Nadeln fallen, glitzern im Dämmerlicht wie dunkle Perlen. Ich schlucke die verrußte Luft in tiefen Zügen, als wäre sie eine Hochzeitsdelikatesse, wie stark das Glück ist, alle Zweifel hat es mit starker Liebe vertrieben, jetzt, an diesem stürmischen violetten Spätnachmittag, der sich schnell in Dunkelheit verwandelt, habe ich das Gefühl, dass sich alle Unklarheiten auflösen, zum ersten Mal bin ich wirklich für ihn bereit. Aber je weiter ich mich von dem schiefen Baumstamm entferne, vom Schauplatz des übernatürlichen Geschehens, umso deutlicher dringen andere Geräusche an mein Ohr, denn während ich auf der Hauptstraße von einem Geschäft zum anderen gehe, den Whisky kaufe, den wir damals, im Café, zusammen getrunken haben, dazu Schokoladenkekse und Roggenbrot, Zwiebeln und Pilze und Süßrahm für die Suppe, ich werde nur eine Suppe kochen, um nicht übertrieben eifrig zu wirken, und je größer die Zahl der Tüten in meinen Händen wird, umso schwerer fällt es mir, das zunehmende Misstrauen zu ignorieren, das mich jammernd begleitet wie eine stetig wachsende Meute hungriger Straßenkatzen, denen der Geruch nach Essen in die Nase steigt. Kann es wirklich so leicht gehen, irgendetwas ist verdächtig daran, es ist nicht logisch, und gegen meinen Willen erinnere ich mich an das Geschrei, das mich vor ihrer Wohnungstür empfangen hat, du hast versprochen, dass es nicht mehr passieren wird, ich glaube dir kein einziges Wort, ich habe Beweise, und ich bleibe stehen, stelle die Tüten auf den Gehweg, gleich werden sie von den Passanten zertrampelt werden, ja, es könnte stimmen, vermutlich gehört er zu dieser Art Männer, die sich für fast jede Frau für eine Nacht oder zwei interessieren, und ich bin ihm so leicht in die Hände gefallen, warum sollte er die Gelegenheit nicht nutzen, ich bin nicht schlechter als andere, und wütend hebe ich die Tüten auf und gehe weiter, auf einmal sind sie unerträglich schwer geworden, ich habe alles, was ich brauche, um zu dir zu kommen, hat er mir ins Ohr geflüstert, was braucht er schon dafür, ein paar freie Stunden, sonst nichts, während ich schon bereit bin, seinen Sohn zu adoptieren, organisiert er sich ein Vergnügen nicht weit von zu Hause, und gleich danach wird er in seine gestylte Wohnung zurückkehren, sogar noch rechtzeitig, um seinem Sohn einen Gutenachtkuss auf die glatte Stirn zu drücken, und nun beschließe ich, bei Dina etwas über ihn herauszubekommen, das ist wichtiger als die Suppe, soll seine Frau doch für ihn kochen. Bisher habe ich Dina noch nichts erzählt, auch jetzt muss ich vorsichtig sein, darf es nur beiläufig erwähnen, und noch bevor ich die Tüten auspacke, rufe ich sie an, wie geht's, frage ich leichthin, und sie sagt, ich bin gerade von der Arbeit gekommen, ich bin halb tot, und ich spreche schnell weiter, rate mal, wen ich gerade zufällig auf der Straße getroffen habe, und ohne zu warten, ob sie es errät, fahre ich fort, deinen Psychologen.

Er ist nicht mein Psychologe, widerspricht sie schnell, er ist ein Bekannter von mir, und er ist Psychiater, das ist ein Unterschied, und ich sage, er war sehr nett zu mir, und sie sagt, ja, warum nicht, er ist alles in allem ein netter Mensch, nicht so aufgeblasen wie die meisten seiner Kollegen, und ich bohre vorsichtig, sag mal, glaubst du, dass er sich für Frauen interessiert, und sie antwortet kühl, was soll das heißen, er interessiert sich ganz bestimmt nicht für Männer, und ich sage, stell dich nicht so naiv, ich meine, fängt er schnell mal was mit einer an? Sie zögert einen Moment, warum, hat er versucht, mit dir was anzufangen, fragt sie, und ich sage, nein, eigentlich nicht, er war nur einfach nett, ich merke schon, dass dieses Gespräch sich nicht weiterentwickeln wird, ich bin nicht die Einzige, die hier etwas verbirgt, und dann sagt sie, Ella, fang ja nicht an, davon auch nur zu träumen, nicht von ihm, ich rate dir, ihm nicht zu nahe zu kommen, und ich erschrecke, aber warum, sag mir, warum?

Sie seufzt, ich kann dir keine Einzelheiten erzählen, begnüge dich damit, dass er verheiratet ist, lass einfach die Finger von ihm, und mir ist klar, dass ich jetzt nicht mehr als das von ihr erfahren werde, und sogar das Wenige, das ich gehört habe, tut mir schon Leid, wozu brauche ich das, ich wäre jetzt glücklicher, wenn ich sie nicht angerufen hätte, mir kommt es vor, als würde mir ein königliches Mahl serviert, doch noch bevor ich es probieren kann, sagt man mir, lass die Finger davon, es ist vergiftet, aber mich verlangt nach diesen Delikatessen, sogar wenn ich nachher dafür bestraft werde, ich hasse jeden, der sie mir vorenthalten will, auch wenn er mir damit das Leben rettet, und sofort richtet sich mein Verdacht gegen sie, seit wann ist sie gegen verheiratete Männer, seit ich sie kenne, hatte sie fast ausschließlich verheiratete Männer, vielleicht ist sie nur eifersüchtig, bei solchen Dingen war sie immer missgünstig, zwischen diesen beiden Polen schwanke ich hin und her, Misstrauen gegen ihn und Misstrauen gegen sie, und inzwischen welkt das Blumenbeet des Glücks, das für kurze Zeit um mich herum erblüht war, ich habe es nicht eingezäunt, ich habe es nicht genügend bewacht. Vielleicht kommt das Glück nur zu denen, die daran glauben, und meidet die Zweifler, vielleicht ist es wie ein fordernder Gott, der vollkommenen Glauben und aufrichtige Hingabe verlangt, ohne einen Beweis für seine Existenz zu geben, ein rachsüchtiger und nachtragender Gott, eifersüchtig und schnell erzürnt, und ich strecke mich in meinem nassen Mantel auf dem Sofa aus, mir ist schwindlig von all den Überlegungen, ich schließe die Augen, gleich werde ich aufstehen und die Suppe vorbereiten, ich werde baden und mich anziehen und Parfüm auf meine Haut tupfen, ich werde es selbst herausbekommen, so schnell gebe ich nicht auf, sage ich mir, und es scheint, als würde auch die Hand, die hart an die Tür klopft, mit mir zusammen diese Silben aufsagen und sie hartnäckig wiederholen, so schnell gebe ich nicht auf, so schnell gebe ich nicht auf, bis ich mich schüttle und erschrocken auf die Uhr schaue, schon halb acht, statt mich auf ihn vorzubereiten, bin ich eingeschlafen, eine erstaunliche Schläfrigkeit hat mich auf das Sofa geschmiedet, das Klopfen hat schon aufgehört, ich habe ihn im Schlaf verpasst, und wo werde ich ihn jetzt finden, ich renne die Treppen hinunter, wild und benommen, noch immer im nassen Regenmantel, Striemen von den Sofapolstern auf den Wangen, ich hole ihn am Hauseingang ein und packe ihn am Mantel, er dreht sich zu mir um, sein Gesicht ist verschlossen, wie versteinert, so dass ich fast glaube, dass er es nicht ist und ich mich auf einen völlig Fremden gestürzt habe, doch gleich ist es wieder sein Gesicht, und ich murmle, ich habe dich nicht gehört, vermutlich bin ich eingeschlafen, und lege meine Wange an seine Schulter, bereit, mich wieder der hartnäckigen Müdigkeit hinzugeben, die an mir klebt wie Harz, ihn mitzunehmen in meinen Schlaf.

Ich habe gedacht, du hast Angst bekommen, flüstert er mir ins Ohr, und ich frage, wovor, und er sagt, vor mir. Warum, frage ich schnell, hätte ich denn Grund dazu? Er lächelt, ich weiß nicht, das hängt davon ab, wen du fragst, als würde er meine geheimen Gedanken kennen, ich ziehe ihn am Arm, komm, gehen wir hinauf, ich glaube, ich schlafe noch, und die weichen Gesetze des Schlafs beherrschen unsere Schritte, und als wir die Wohnung betreten, deute ich beschämt auf die eingekauften Lebensmittel, die auf dem Küchenboden herumliegen, ich wollte eine Suppe kochen, ich wollte noch baden, und plötzlich bin ich eingeschlafen, das passiert mir sonst nie, normalerweise brauche ich Stunden, um einzuschlafen. Er schaut sich langsam um, als wollte er sich den Anblick einprägen, seine Augen mustern alles, was zu diesem Abend gehört, zu dieser Wohnung, dann sagt er, geh in die Badewanne, ich mache die Suppe, und ich staune, wirklich, bist du sicher, als hätte ich noch nie im Leben ein so freundliches Angebot bekommen.

Ja, stell dir vor, er lacht, es gibt Pilzsuppe, nicht wahr, und ich wundere mich, woher weißt du das, ich betrachte ihn so erstaunt, als wäre er das großartigste Geschöpf, das ich je getroffen habe, und er deutet mit einer Handbewegung auf die kleinen, mit Folie überzogenen Schachteln, das ist nicht schwer zu erraten, ist die Suppe nur für uns, oder hast du noch andere Gäste eingeladen, und ich sage, nur für uns, ich will dich mit niemand anderem teilen, bist du sicher, dass du zurechtkommst?

Und es erscheint mir auf dem Weg zum Badezimmer, als ginge ich barfuß über einen weichen Teppich, weich wie das Fell eines Tiers, dessen Herz noch schlägt, und obwohl dies meine eigene Wohnung ist, weht ein verzauberter Wind durch die Zimmer, und als ich mich im Schlafzimmer ausziehe, ist das zwar mein Körper, aber er steckt in einer neuen Haut, strahlend und empfindlich für jede Berührung, es ist zwar mein Gesicht, doch es scheint, als wäre die alte Wandmalerei mit kräftigen Farben aufgefrischt worden, die Augen der Pariserin haben sich mit Leben gefüllt, ihre Wangen glühen, und während sich die Wanne füllt, mit einem Jubel, der Gutes verkündet, gehe ich zurück in die Küche, in ein Handtuch gewickelt wie in eine alte Toga, ich sehe, dass er sich einen Whisky eingießt, er hebt das Glas in meine Richtung, willst du dich anschließen, und ich antworte mit einer Gegenfrage, willst du dich beim Baden anschließen? Er lächelt und schüttelt den Kopf, ohne etwas zu sagen.

Warum, frage ich, und er kommt zu mir, sein Blick gleitet über meine nackten Schultern, über die Finger, die das Handtuch halten, dann sagt er, ich werde nicht mit dir baden, sonst denkst du, ich wäre nur gekommen, um mit dir zu schlafen, und dafür bin ich nicht gekommen, und ich frage, wofür bist du gekommen? Um für dich eine Suppe zu kochen, sagt er, dreht mir den Rücken zu und zieht aus dem richtigen Schrank den richtigen Topf, als kennte er sich in der Wohnung aus, sogar besser als Amnon, der immer durcheinander gekommen ist und gefragt hat, wo hast du die Pfanne versteckt, wo hast du die blaue Schüssel hingeräumt, hier findet ja kein Mensch was.

Wie seltsam ist es, ihn in meiner schmalen, langen Küche zu sehen, die kein Fenster hat, er bewegt sich geschickt zwischen den Lebensmitteln, er füllt Wasser in einen Topf, und einen Moment lang kommt es mir vor, als stünden sie nebeneinander, Amnon stellt mit verhaltenem Unwillen ein Bein vor das andere, sein Rücken ist über die marmorne Arbeitsplatte gebeugt, die für seine Größe zu niedrig ist, wer von ihnen ist mir fremder, dieser Mann, den ich überhaupt nicht kenne, oder Amnon, den ich viel zu gut kenne und der sich so verändert hat, und ich lasse ihn dort und versinke in der Badewanne, meine Glieder schwimmen im Wasser, fühlen sich wie kleine Kinder, die sich an ihrem Spiel erfreuen, fast ist es, als würde ich das jubelnde Geschrei unserer kleinen Kinder zwischen den Wannenrändern hören, und ich stimme lautlos in ihren Jubel ein, lasse sie um mich schwimmen wie Enten, wie Schaumblasen, aber als ich mich an Jotam erinnere, verdüstert sich meine Stimmung plötzlich, schließlich ist es sein Vater, der jetzt in der engen Küche steht, sein Vater, der bei seiner Geburt geweint hat. Was hast du vor, noch ein Kind unglücklich zu machen, noch eine Familie zu zerstören, reicht dir das nicht, was du bis jetzt angerichtet hast, und ich sage zu mir, du musst herausfinden, wie seine Situation ist, ob er nach Hause zurückgekehrt ist, dann schick ihn weg, ohne von der Suppe zu probieren, ohne seinen Zauber zu kosten, und ich sage mit weicher Stimme, Oded, komm her, und zu meiner Überraschung antwortet er sofort, als habe er die ganze Zeit an der Tür gestanden, er kommt herein, seine Gestalt gefangen in einem Netz aus Dämpfen, das Glas noch in der Hand, es wird dir nichts helfen, sagt er lachend, ich habe gesagt, dass ich nicht mit reinkomme, und ich frage, bist du sicher, dass du überhaupt hier bist, ich sehe dich nicht, und dann macht er das Fenster auf, die Sicht wird schnell klarer, und er schaut mich an und beschwert sich, zu viel Schaum, man sieht nichts, hast du auch einen Körper oder nur einen Kopf?

Oded, ich muss dich etwas fragen, sage ich, und er lächelt, wenn du es musst, dann tu's, seine Stimme klingt noch immer amüsiert, aber schnell, ich habe noch was zu tun, und ich sage, ich habe Angst zu fragen, vielleicht hilfst du mir. Wovor hast du Angst, vor der Frage oder vor der Antwort, will er wissen, und ich sage, vor der Antwort natürlich, und er betrachtet mich mit seinen dunklen Augen, die immer größer aussehen, als sie wirklich sind, ich kann mir vorstellen, was dich bedrückt, sagt er, seine Zunge dehnt die Wortenden, die Antwort ist nein, ich wohne nicht mehr zu Hause, ich bin für immer weggegangen, in jener Nacht, und ich tauche vor lauter Erleichterung den Kopf unter Wasser, und als ich hochkomme, um Luft zu holen, ist er schon nicht mehr da, vom Fenster dringt mir trockene, kalte Luft entgegen, und ich beschimpfe mich, wie kannst du dich über das Leid einer anderen Frau freuen, einer Frau, die du sogar kennst, und über das Leid eines Jungen, den du sogar gern hast, und trotzdem wird mir schwindlig davon, dass ich es jetzt weiß, ich trockne mich schnell ab, schlüpfe in das lange schwarze Samtkleid, das in den letzten Jahren zu einem Hauskleid geworden ist, aus der Küche dringen Essensdüfte, die Geräusche von Gemüsehacken und Topfdeckeln, das Quietschen von Schuhen auf den Fliesen, das Summen eines anderen, der in der Wohnung umherläuft, Geräusche, die ich schon vergessen habe, und sie sind so einfach und beruhigend wie das Lächeln, das dir in einer fremden Stadt, in einer fremden Straße geschenkt wird.

Ich verlasse das Schlafzimmer mit nassen Haaren und finde ihn in der Küche, wo er in dem brodelnden Topf rührt, sein Mantel hängt neben meinem über der Sessellehne, ich sehe sein zerbrechliches längliches Profil, die Wimpern, die sich über dem Topf senken, kann man sich so schnell verlieben, ohne Vorankündigung, und ich stelle mich neben ihn, sein Blick lässt mich erzittern, er streckt die Hand aus und nimmt eine Strähne meiner Haare, aus denen Wasser tropft, steckt sie sich in den Mund und saugt daran, sein Hemd ist ein bisschen offen, und ein Gewirr von Haaren zeigt sich, die so grau sind wie Rauch. Hast du Hunger, fragt er, meine Haare gleiten aus seinem Mund, essen wir? Und ich bin bezaubert von der Natürlichkeit, mit der er mich in meiner eigenen Wohnung bewirtet, als habe er gefühlt, dass es mir selbst noch nicht angenehm ist, hier einen fremden Mann zu bewirten, dass ich daran gewöhnt bin, hier einen Jungen aufzuziehen, eine kleine Familie zu versorgen, und ich halte meine Nase dankbar über den Topf, dem ein fremder und scharfer Geruch entströmt, anders als der, den ich erwartet habe, und ich betrachte erstaunt die vielen Pilze, die auf dem Wasser schwimmen, mit den Stielen nach oben, neben anderen, undefinierbaren Zutaten.

Was ist da alles drin, frage ich, und er sagt, was spielt das für eine Rolle, Hauptsache, es schmeckt, ich koche nie nach Rezept, prahlt er, ich mag es, Gerichte zu erfinden, er gießt mir höflich Whisky aus der schon halb leeren Flasche in ein Glas, und ich frage mich, ob der Whisky im Suppentopf gelandet ist oder in seinem Magen, ich trinke schnell, um an diesem Abend nicht die einzig Nüchterne in der Wohnung zu sein, und betrachte ihn mit neu erwachtem Misstrauen, während er im Topf rührt, und dann decke ich den kleinen Tisch, ich bin nicht gewöhnt, für romantische Dinners aufzudecken, wir haben uns normalerweise mit drei Tellern und drei Löffeln begnügt, sogar ohne Messer, ohne Servietten, und jetzt suche ich Kerzen, wie es sich gehört, finde aber nur Schabbatlichter und zünde sie an, spreche sogar aus voller Absicht den Segensspruch, Gelobt seist Du, Ewiger, unser Gott, König der Welt, der uns durch Seine Gebote geheiligt und uns befohlen hat, das Schabbatlicht anzuzünden, obwohl heute ein Wochentag ist, weder Schabbat noch ein Feiertag.

Als ich Butter aus dem Kühlschrank hole, entdecke ich, dass alle möglichen Dinge, die in den Fächern gelegen haben, verschwunden sind, die Thunfischpaste für Gilis Frühstücksbrot, eine Dose Tchina, und schon dreht sich mir der Magen um und ich frage, Oded, was hast du in die Suppe getan? Das verrate ich nie, sagt er, führt den Schöpflöffel an den Mund, schmatzt entzückt und sagt, so eine Suppe hast du noch nie gegessen, das verspreche ich dir, und schon sitzen wir am Tisch, aus dem natürlichen Stehen wird ein leicht verkrampftes, etwas förmliches Sitzen, die Schabbatkerzen zwischen uns gießen ein dünnes Licht über den fast leeren Tisch, und er füllt meinen Teller, wartet gespannt, dass ich probiere, und ich esse vorsichtig, eine undefinierbare Mischung breitet sich in meinem Mund aus, ein Geschmack, der sich mit nichts vergleichen lässt, und er fragt, na, wie ist's? Ich verziehe das Gesicht, versuche zu sagen, interessant, und gebe sofort zu, um ehrlich zu sein, es schmeckt schrecklich.

Ich habe nicht gedacht, dass du so konservativ bist, sagt er enttäuscht, sei offen für neue Kombinationen, und ich sage, warum sollte ich, was soll an alten Kombinationen schlecht sein, was ist falsch an einer Pilzsuppe mit Zwiebeln und Sahne, und er sagt, die alten Kombinationen sind langweilig, und ich probiere gleich noch einmal, aber diese Kombination ist eine wirklich unmögliche Mischung, ich schaue ihn an, er führt begeistert den Löffel zum Mund, seine glatten Haare fallen ihm in die Stirn, seine Wangenknochen werden durch dunkle Schatten betont, ein fremder Mann, vielleicht sind auch wir das, eine unmögliche Mischung, er sitzt auf Amnons Platz, vor den Hunderten von Gerichten, die in all den Jahren auf unserem Tisch standen, vor Hunderten verschiedener Pasteten, Salate, Schnitzel, Steaks, Rühreier, und ich denke an Gili und Amnon, die sich vielleicht auch gerade in der kleinen Wohnung gegenübersitzen und Abendbrot essen, sagt er jetzt, wenn ich bei dir bin, vermisse ich Mama, und wenn ich bei Mama bin, vermisse ich dich, und wenn er Mama sagt, meint er mich, mich von allen Frauen auf der Welt. Die schmalen länglichen Augen der Schabbatkerzen tänzeln misstrauisch, wo ist der Beweis, ich brauche dringend den Beweis, dass ich diese Sehnsucht nicht umsonst auf ihn geladen habe, und sofort stürze ich mich mutig auf die Suppe, als verberge er sich in ihr, als wäre das der Giftbecher, den ich leeren muss, um meine Zweifel loszuwerden, und er schaut mir zufrieden zu, ich habe dir doch gesagt, dass sie dir schmecken wird, strahlt er, meine Mutter hatte nie Zeit, um für uns zu kochen, erzählt er, im Winter sind wir aus der Schule gekommen, hungrig und halb erfroren, wir haben den gesamten Inhalt des Kühlschranks in einen Topf geworfen, haben Wasser dazugetan und alles kochen lassen, und es ist immer etwas Gutes herausgekommen, und plötzlich spüre ich, wie mein Herz ihm entgegenschlägt und sich seinem alten Kummer öffnet, vielleicht kann man nur so seinen Nächsten in sich aufnehmen, durch Empathie und Erbarmen, Amnon, der wie ein verwöhnter Prinz aufgewachsen ist, hat nie solch ein Gefühl in mir geweckt.

Aufgewühlt von der Erkenntnis, die mir so beiläufig gekommen ist, nehme ich eine zweite Portion, und diesmal schmeckt es mir schon beinah, aus dem Teller schaut mir ein trauriger Junge in einer alten dämmrigen Küche entgegen, wie er vor fettigen Herdplatten steht, auf denen Gerichte brodeln und seltsam riechen, denn die Mutter ist zu beschäftigt, um zu kochen, die Mutter pflegt den Vater, und ich schaue zu ihm hinüber, versuche, mich an seine Anwesenheit zu gewöhnen, an seine ruhige Gelassenheit, seine aufrechte Haltung beim Sitzen, sein geschnitztes Gesicht, seine beherrschten Bewegungen. Ist alles in Ordnung mit dir, fragt er, wischt sich die Lippen mit der Serviette ab, und diese Worte, die einfachsten aller Worte, kommen mir einzigartig und vergoldet vor, so hat er mich damals angesprochen, in seiner Wohnung, ist alles in Ordnung mit Ihnen, und ich sage, ja, und mit dir, und er sagt, mehr oder weniger, sein Blick wandert durch das Wohnzimmer, bleibt an den geschändeten Bücherregalen hängen, und ich folge seinem Blick, als wäre ich hier so fremd wie er, und ich frage mich, ob ihn die Unordnung abstößt, die nachlässig zusammengewürfelten Möbel, die sich so sehr von denen in seiner Wohnung unterscheiden.

Wo wohnst du jetzt eigentlich, frage ich, und er sagt, vorläufig wohne ich in der Praxis, und ich wundere mich, wirklich, in der Praxis, ist das nicht deprimierend, und er sagt, ein bisschen, aber das passt vermutlich zu meinem Masochismus, und ich sage, ich habe nicht gedacht, dass du ein Masochist bist, und er sagt, warum nicht, hätte mir diese Suppe sonst so gut geschmeckt, und ich lache, auch wenn er gesagt hätte, ich bin ein Sadist, ich bin paranoid, hätte ich mich überschlagen vor Begeisterung, ich würde ihm so gerne alle möglichen Fragen stellen, aber einstweilen betrachte ich ihn schweigend, lerne seine Bewegungen auswendig, und als wir Schokoladenkekse in den Kaffee tauchen, macht er aus seinem Kaffee wieder einen süßen Brei, und wieder fällt mir ein, wie ich ihm damals auf dem hohen Barhocker gegenübersaß und die Reste der roten Birne in meiner Hand zerdrückte, und eine hungrige und hoffnungslose Sehnsucht steigt langsam in mir auf, wie das Heulen eines Schakals, löst sich in dem unterdrückten Weinen auf, das aus einem der Zimmer kam, und ich frage, wer hat damals geweint, an jenem Morgen, und er fragt, an welchem Morgen, und ich sage, als ich Gili zum ersten Mal zu euch gebracht habe, erinnerst du dich, als ich dich im Klo erwischt habe, und er sagt, ob ich mich erinnere, fragst du, das war kein Morgen, den ich vergessen könnte, und ich sage, wirklich, warum?

Weil ich damals beschlossen habe wegzugehen, sagt er, ich habe begriffen, dass ich keine Wahl habe, die ganze Nacht hat sie mich mit ihrem Misstrauen verrückt gemacht, und am Morgen war mir klar, dass es aus ist, dass ich so nicht weitermache, und ich frage, aber warum war sie so misstrauisch, hast du sie die ganze Zeit betrogen? Und er kommt mir so wunderbar vor mit seinem schönen langen Körper, dass ich ihm sogar dann, wenn er ja sagte, sofort Recht geben würde, ich würde nicht zurückschrecken, aber zu meiner Freude sagt er, nein, nicht die ganze Zeit, nur ein einziges Mal, aber es spielt keine Rolle, wie oft, die Geschichte hat sich in ihrem Kopf fortgesetzt, nachdem sie schon längst aufgehört hatte, und ich sage, erzähl es mir, und er lächelt mit geschlossenen Lippen, seine Hand zwickt sein Kinn, malt ein rotes Zeichen darauf, ich bin nicht daran gewöhnt, etwas zu erzählen, weißt du, ich bin daran gewöhnt, dass man mir etwas erzählt, seltsam, dass es bei dir umgekehrt ist.

Vielleicht weil ich daran gewöhnt bin, mit Steinen zu reden, sage ich, und er lacht, vielleicht, aber ich fühle mich ein bisschen albern, wenn ich über mich sprechen soll, und ich sage noch einmal, erzähl es mir, und ziehe ihn zum Sofa, und auch auf ihm sitzt er aufrecht und etwas steif. Vor ein paar Jahren habe ich mich fast gegen meinen Willen in eine Frau verliebt, mit der ich gearbeitet habe, sagt er, eine Psychologin aus einer psychiatrischen Klinik, sie war so klein wie du und sie hatte auch einen schönen, geschmeidigen Mund wie du, und sein Finger, mit Schokolade und Kaffee verschmiert, gleitet über meine Lippen, nur ihre Haare waren anders, sie waren rot, als ich dich bei uns zu Hause sah, dachte ich erst, sie wäre es, mit gefärbten Haaren, ich war verblüfft, hast du das nicht gemerkt? Nein, eigentlich nicht, ich dachte, du seist irritiert, weil ich gesehen habe, wie du pinkelst. Er lächelt, nein, das hat mir nichts ausgemacht, das hat mir sogar gefallen, du hast mir überhaupt sehr gefallen, und ich lege meine Hand auf seine, du hast mir auch gefallen, ich wollte, dass du mich küsst, und er sagt, ich weiß, willst du es auch jetzt? Sehr, sage ich, und sein Finger fährt wieder und wieder über meine Lippen, als zeichne er sie nach, schiebt sich in meinen Mund, weckt ein brennendes, ungeduldiges Verlangen.

Stell dir vor, dass ich dich küsse, sagt er, kannst du das? Schau, was für eine Kraft in dem liegt, das sich nicht verwirklicht, und ich staune, aber warum soll ich es mir vorstellen, wenn du doch hier bist, neben mir, und er sagt, weil ich es so will, und ich schließe die Augen, sein Finger gleitet wieder über meine Lippen, getaucht in Whisky und Süße, so wie man vor der Beschneidung dem Säugling die Lippen mit Wein befeuchtet, und ich versuche, sein Gesicht zu streicheln, aber er drückt meine Hand auf das Sofa, langsam, flüstert er, wir haben viel Zeit, mehr als du denkst, ich mag es, die Dinge auf meine Art zu tun, nicht nach Rezept, erinnerst du dich? Seine Lippen nähern sich meinen, flattern über ihnen und ziehen sich sofort zurück, hinterlassen eine weiche Bereitschaft, meine Hände liegen nachgiebig in seinen, warum zieht er es so sehr in die Länge, wir sind keine Kinder mehr, wir haben so oft geküsst und sind geküsst worden, und trotzdem kommt es mir plötzlich vor, als müsste es so sein, genau so, wir haben es unser Leben lang zu eilig gehabt, wir sind über die Lust hergefallen und haben sie mit unserem viel zu groben Atem gelöscht, und als er endlich seine Lippen auf meine legt, ist mir, als wäre ich noch nie geküsst worden. Ein geheimnisvoller Geschmack berechnender Männlichkeit erfüllt meinen Mund, seine Hand streichelt über meine Brust, und ich höre seine Stimme, was willst du jetzt, was willst du, dass ich mit dir mache, und sofort befiehlt er, antworte nicht, stelle dir nur vor, dass es passiert, ich will dich sehen, wenn du es dir vorstellst, und ich versuche, seine Hand zu mir zu führen, aber sie weigert sich, ohne Berührung, sagt er, zeig mir, dass du dich wirklich auf mich verlässt, zeig dich mir, und seine weiche Stimme scheint mich einen steilen Berg hinaufzutreiben, bewacht mich von hinten mit zwei starken Händen, dass ich nicht strauchle, schiebt mich Schritt um Schritt vorwärts, bis ich zum höchsten Punkt meiner Sehnsucht komme, von dort gibt es keine Rückkehr mehr, und ich fürchte nicht, rückwärts zu taumeln, das Vergnügen ist schon sicher, der Gipfel in Sicht, das Kleid ist hochgerutscht, mit gespreizten Beinen und noch zitternden Füßen liege ich da, und nun streichelt er mich, wie man ein weinendes Kind streichelt, und vielleicht weine ich wirklich, ein Weinen, das sich aus einem tiefen Staunen löst. Meine Süße, flüstert er, man sieht dir an, dass du nie so geliebt worden bist, wie du es wirklich möchtest, keiner hat verstanden, wie zart du bist, man muss dich in Watte packen, ich mache die Augen auf, sehe, wie er aufrecht am Rand des Sofas sitzt, sein Blick streichelt mein Gesicht, sein Mund ist offen, die weiche Zunge hängt verführerisch in einem Mundwinkel, die Worte, die so viel Nähe ausdrücken, erfüllen das Zimmer, er spricht, als wären wir schon Liebende, als wäre er schon verantwortlich für mein Glück, für meine geheimen Bedürfnisse, die sogar mir selbst verborgen sind, sich ihm aber offenbaren. Hier verwirklicht sich die uralte Sehnsucht, die das Leben mit einem Ascheregen zugedeckt hat, die Sehnsucht, geliebt und verstanden zu werden, verstanden und geliebt, beides zugleich, denn nur eines davon genügt nicht, und ich lege zögernd eine Hand auf seine Hüfte, fahre mit den Fingern die feinen Streifen des Kordstoffs entlang, wie großzügig sind die Worte, die er gesprochen hat, und ich ziehe mir das Kleid wieder über die Schenkel und lege meinen Kopf an seine Schulter, aus seinem Kragen steigt noch derselbe angenehme Duft nach Waschpulver, und ich frage mich, ob sie noch seine Kleidung wäscht.

Du hast mir nicht erzählt, wie das Ende war, erinnere ich mich plötzlich, und er sagt, du warst dort, du hast alles gehört, und ich sage, nein, mit dieser Psychologin, was war zwischen euch, und er sagt, Liebe, die aufgehört hat, das war es, ich habe die Liebe mit eigenen Händen erstickt, denn Jotam war gerade geboren worden und ich wollte, dass er in einer geordneten Familie aufwächst, und Maja war gerade vier, es passte nicht zu mir, ein Wochenendvater zu sein, kurz gesagt, ich habe meine Vaterschaft der Liebe vorgezogen, und ich frage, und wie hat Michal es herausbekommen? Er sagt, vermutlich wollte ich, dass die Größe meines Opfers erkannt wird, jedenfalls war ich dumm genug, Michal daran teilhaben zu lassen, und seit damals hat sie nie wieder aufgehört, misstrauisch zu sein.

Wo ist sie heute, frage ich, und er sagt, sie hat einen Kanadier geheiratet und behandelt in Toronto psychisch Kranke, warum fragst du, fängst du auch schon an, dir Sorgen zu machen? Nein, wirklich nicht, sage ich, du gehörst mir noch nicht, obwohl mir deine Sekretärin ein bisschen Sorgen gemacht hat, und er lacht, also wirklich, was sollte ich mit ihr schon haben, und ich betrachte ihn, sein scharfes Profil ist mir noch so fremd, was haben wir überhaupt miteinander, du und ich, außer dass ich dir in einem bedeutungsvollen Augenblick über den Weg gelaufen bin, was hast du mit mir zu tun, außer dass unsere Kinder sich so ähnlich sehen wie Brüder, dass jeder von uns ein Bruchstück ist, reicht das, ist das vielleicht zu viel, und wieder befällt mich eine dumpfe Furcht, Liebe und Vaterschaft, hat er gesagt, und was ist mit Angst und Mutterschaft? Seine etwas asketische Schönheit erfüllt den Raum wie eine erlöschende Kerze, und ich habe das Gefühl, ihn warnen zu müssen, sogar wenn ich ihn deshalb verliere, vielleicht bin ich ihm über den Weg gelaufen, um ihm zu sagen, was ich am eigenen Leib erfahren habe, und ich frage, und was ist jetzt, bist du jetzt bereit, ein Wochenendvater zu sein, ich habe dir schon gesagt, das ist ein Schmerz, der nicht aufhört. Er seufzt, ich weiß, aber ich habe keine Wahl, man muss akzeptieren, dass es unlösbare Situationen gibt, sie wird sich nicht ändern, die Situation wird sich nicht ändern, ich glaube, dass es letztlich auch für sie so besser ist, ich habe alles versucht, mehr geht nicht, auch wegen der Kinder wird es Zeit, die Sache zu einem klaren Ende zu bringen, ich werde mir eine Wohnung in der Nähe mieten und versuchen, sie jeden Tag zu sehen, beide Möglichkeiten sind schlimm, aber ich hoffe, dass dies die weniger schlimme ist.

Was ist mit Michal, erkundige ich mich, versucht sie nicht, dich zurückzugewinnen, und er sagt, klar versucht sie es, aber es gibt keine Chance mehr für uns, ich kann nicht, auch für sie ist das nicht gesund, ich glaube wirklich, dass die Trennung eine Therapie für sie sein wird, und ich wundere mich, wie kann die Trennung eine Therapie für sie sein, wenn sie dich liebt, sie wird völlig zusammenbrechen, die Ärmste, und er sagt, manchmal, wenn das passiert, wovor du am meisten Angst hast, ist es eine Befreiung, ich habe viele solche Fälle gesehen. Es fällt mir schwer, das zu glauben, sage ich, wenn es passiert, befreit es dich noch lange nicht, in dem Moment, wo du merkst, dass es irreparabel ist, ändert sich alles, du stehst vor den Trümmern, und dann kommt die große Angst. Und auf einmal erzähle ich ihm in allen Einzelheiten von jener Nacht, ein Freitagabend war es, nach den Feiertagen, in einzelnen Gärten standen noch Laubhütten, als ich zu Amnons Haus ging, fest entschlossen, ihn zurückzugewinnen, wie ich mich in dem Badezimmer vor meinem Sohn versteckt habe, wie ich durch die geschlossene Tür seine Stimme hörte und mich nicht zeigen durfte, wie ich Amnon sagen hörte, einfach eine Frau, die du nicht kennst, sie geht gleich wieder, wie ich mit letzter Kraft nach Hause ging, wie Gabi plötzlich auftauchte, wie ich bis zum Morgen mit ihm zusammen war, hier, auf diesem Sofa, wie wir uns gewunden haben wie Schlangen, die sich ineinander verbissen haben, und mir kommt es vor, dass die Erniedrigung, indem ich ihm davon erzähle, zu einer herrlichen, antiken Geschichte wird, das ist meine Heldentat, das sind meine Qualen, aber nicht umsonst habe ich gelitten, sondern für dich, zu deiner Abschreckung, wie eine Göttin fühle ich mich plötzlich, die sich für die Menschen aufopfert und sie durch ihr Blut befreit, sie durch ihre Wunden heilt, und er hört mir mit geschlossenen Augen zu, mit offenem Mund, nickt von Zeit zu Zeit, sein Gesicht ist konzentriert, als lauschte er entfernten Klängen. Bestimmt hört er auf diese Art seinen Patienten zu, versucht, den Sinn hinter all dem Gesprochenen herauszuhören, und ich gebe mich seiner Aufmerksamkeit hin, dem befreienden Gefühl ausgesprochener Worte, die, nachdem sie ausgesprochen sind, weggeschickt werden können, ich erzähle ihm von der Drohung meines Vaters, von meiner Liebe zu Gili, die etwas aus dem Lot geraten ist, und je länger ich spreche, umso klarer wird mir, dass es mir damit gelungen ist, seine Katastrophe zu verhindern und meine zu vergrößern, ich führe ihm meinen und seinen, den ewigen Verlauf der Geschichte vor Augen, und trotzdem fahre ich damit fort, treu meinem Auftrag, dass ich nichts verhehlen darf. Er nickt weiter, auch als ich schweige, verwirrt von der Flut meiner Worte, als wäre ich eine alte Frau, die Passanten auf der Straße anhält und sie mit ihrer Lebensgeschichte belästigt, ein leichter Schauer ergreift mich, und mir scheint, als wäre der letzte Rest Wärme von der Heizung, die um Mitternacht ausgeht, schon verflogen, und da macht er seine Augen auf und betrachtet mich aufmerksam, so wie er die Bilder in dem alten Album betrachtet hat, ich habe von dir eine ganz andere Geschichte gehört, Ella, sagt er schließlich, überlegen und ruhig, keine Geschichte von Erniedrigung und Armseligkeit, sondern eine glückliche Geschichte, voller Kraft, ich bin sicher, dass du um keinen Preis auf sie verzichtet hättest, und ich reiße die Augen auf und frage, sag, wie behandelst du die Leute eigentlich, wenn du nicht fähig bist, so einfache Dinge zu verstehen, das nennst du Kraft, das nennst du Glück, es war die schlimmste Nacht meines Lebens. Er lacht, das hängt alles von der Lesart ab, ich bemühe mich, verborgene Winkel aufzudecken, die Dinge nicht einfach so zu nehmen, wie sie sich darstellen, manchmal gelingt es mir und manchmal nicht, aber ich glaube, dass du damals, in jener Nacht, überhaupt nicht zu deinem Mann zurückwolltest, im Gegenteil, du bist hingegangen, um von ihm endgültig abgewiesen zu werden, den wirklichen Scheidebrief zu bekommen, der es dir erlaubt, frei zu sein, frei von Schuld, frei von deinem Vater, der einen schweren Schatten auf dein Leben geworfen hat, von deiner übergroßen Abhängigkeit von deinem Sohn, eigentlich hast du die ganze Zeit gewusst, dass die Beziehung zu deinem Sohn nicht gesunden kann, solange du mit Amnon lebst, denn er hatte eine klare Aufgabe im System eurer Partnerschaft, und erst nachdem diese Partnerschaft zu Ende war, ist die Luft zwischen euch gesünder geworden. Ich bin sogar der Meinung, dass du genau gewusst hast, was du tust, als du deinen Mann verlassen hast, das ist das verborgene Wissen, das uns führt wie ein Hund seinen blinden Herrn, es war keine impulsive Entscheidung, es war eine bedeutungsvolle Entscheidung, und ich bin sicher, dass du es wieder so machen würdest, und ich betrachte ihn zweifelnd, als wäre er verrückt geworden, und trotzdem bin ich verzaubert davon, auf welch neue Weise er das Drama meines Lebens deutet, und ich frage, und warum habe ich mich selbst dann so gequält, warum war es so schwer?

Die Seele schafft Dramen, um sich lebendig zu fühlen, sagt er, die Logik der Seele mäandert, ihre Zeit unterscheidet sich von unserer, auch ihre Sprache ist anders als unsere, oft fällt es uns schwer zu verstehen, was sie möchte, so wie es schwer sein kann, einen Säugling zu verstehen, manchmal höre ich jemanden sprechen, und neben ihm erscheint seine Seele und sagt ganz andere Dinge, ich versuche, zwischen ihm und ihr zu vermitteln, weißt du, er lächelt mich etwas verlegen an, ich habe eine Angewohnheit, wenn ich einem Patienten gegenübersitze, ich versuche dann, in ihm seine

Seele zu sehen, so wie man ein Gesicht im Mond oder in den Wolken sieht, in den Augen meiner Kollegen ist das natürlich eine Spielerei, aber mir gibt es Anhaltspunkte, ich höre ihm fasziniert zu, und wie sieht meine Seele aus, frage ich, ist es dir gelungen, sie zu sehen?

Natürlich, sagt er, sonst wäre ich nicht hier, deine Seele ist in ständiger Bewegung, wie ein Vorhang, der bei starkem Wind hin und her weht, ein Samtvorhang, der vor einem hohen Fenster hängt, in einem schönen alten Zimmer, und ich frage, ist das gut oder schlecht, vermutlich hoffe ich auf einen schmeichelhafteren Vergleich, und er sagt, in meinen Augen ist es großartig, und ich bemerke, aber der Vorhang bleibt doch immer an derselben Stelle, und er sagt, stimmt, das ist es ja gerade, was mich begeistert, Bewegung und Beständigkeit, und während er das sagt, staune ich über dieses Einzigartige an ihm, als hätte ich zufällig ein seltenes Amulett gefunden, ein silbernes Amulett, auf dem in alter hebräischer Schrift Sätze geschrieben sind, wie man sie südwestlich des Tals Ben-Hinnom gefunden hat, nicht weit von hier, das Einzigartige, das ich zuvor verschwommen gespürt habe, wird klarer, je länger er spricht. Es scheint, als ob jedes andere Gespräch auf der Welt eine Art dorniger, ermüdender Kampf ist, verglichen mit diesem Austausch von Worten, die mir so fremd und doch so vertraut sind, als wären es die Worte, die Männer in jenen fernen Tagen zu ihren Frauen sagten, die auf den Fluren meiner Fantasie gingen, als ich jung war, als ich noch kein Kind hatte. Welches Glück schenken mir seine Worte, wie anziehend ist dieses Glück, noch nie habe ich solche Anziehungskraft empfunden, siehe, ich habe Freiheit verlangt und bekomme Glück, und nachdem ich es probiert habe, brauche ich keine Freiheit mehr, ich sehne mich nur danach, ihm zu dienen, als Priesterin in seinem Tempel, eine getreue Sklavin des Glücks möchte ich sein, eine, die von morgens bis abends Holz hackt und sein Feuer bewacht, damit es niemals ausgeht.

Dann hält er mir seine Hand hin, komm, ich bringe dich ins Bett, sagt er, es ist schon spät, und ich protestiere, noch nicht, bleib noch ein bisschen, genau wie Gili, wenn er schlafen gehen soll, und er sagt, ich muss los, ich habe morgen einen vollen Tag und ich möchte am Morgen noch die Kinder sehen, ich gehe um halb sieben hin und wecke sie, auf diesen Moment, wenn ich sie sehe und sie mich noch nicht, will ich nicht verzichten, und ich dränge noch einmal, Oded, wie willst du das schaffen, du wirst diese Trennung nicht aushalten, wenn Michal versteht, dass es endgültig ist, wird sie nicht zulassen, dass du jeden Morgen kommst, sie wird dir noch nicht einmal den Wohnungsschlüssel lassen, ich habe Amnon gezwungen, mir den Schlüssel zurückzugeben, Michal wird es genauso machen, und ich frage mich, warum ich so hartnäckig darauf beharre, ihn zu entmutigen, und er seufzt, gut, ich habe dich verstanden, jetzt lass mich zuschauen, wie du schlafen gehst.

Was gibt es da zu sehen, frage ich verwundert, ich habe keine besonderen Zeremonien, und er lächelt, ich bin sicher, dass du welche hast, versprich mir bloß, dass du mich überhaupt nicht beachtest, tu nichts meinetwegen, kannst du das? Und ich sage, es wird nicht einfach sein, dich nicht zu beachten, dann ziehe ich vor seinen Augen mein Kleid aus, stehe in Unterhosen vor ihm, meine Haare fallen über meinen Oberkörper, und ich frage mich, ob er die Hand ausstrecken und sie wegschieben wird, wie man einen Vorhang wegschiebt, aber sein Interesse ist passiv und trotzdem außerordentlich intensiv, er verleiht allen einfachen, alltäglichen Handlungen Pracht und Bedeutung, allein dadurch, dass er sie so ernst beobachtet, ein bisschen angespannt, als handelte es sich um einen komplizierten Tanz, dessen Details er einstudieren muss, und er fragt, so gehst du schlafen, und ich sage, nein, wieso denn, und er bittet, dann zeig mir doch, wie du wirklich schlafen gehst, tu nichts meinetwegen, versuche, mich zu ignorieren, als wäre ich überhaupt nicht da.

Drei braune Stoffbären sind vorn auf den Pyjama genäht, und Gili deutet immer auf sie und sagt, das bist du und das ist Papa und das bin ich, obwohl alle drei genau gleich groß sind, ich ziehe ihn verlegen an, putze mir die Zähne, schminke mich ab und binde die Haare zusammen, ich versuche, ihn zu ignorieren, bin mir aber die ganze Zeit seiner Anwesenheit bewusst, dort steht er, an den Türrahmen gelehnt, das Glas in der Hand, konzentriert wartet er an der verschlossenen Toilettentür auf mich wie ein Vater auf seine kranke Tochter, und als ich herauskomme, begleitet er mich zum Schlafzimmer und bittet, lass mich sehen, wie du einschläfst, und ich steige ins Bett, ein bisschen verwundert, mache ihm neben mir Platz, aber er setzt sich nur behutsam auf den Bettrand und sagt, lass mich zuschauen, wie du schläfst, und ich frage, was ist das, ein Initiationsritus zu einer geheimen Sekte? Nein, bestimmt nicht, sagt er, lass mich dich auf meine Art kennen lernen, und ich werfe ihm einen erstaunten und nachsichtigen Blick zu, es ist ihm anzusehen, wie müde er ist, gleich wird er gehen, und ich frage mich, was er sucht und ob er es hier finden wird, und so entgleitet mir auch dieser Abend, und er wird wieder aus meinem Leben verschwinden.

Wann sehe ich dich wieder, frage ich, und er sagt, schlaf, meine Süße, was geschehen soll, geschieht, und ich protestiere, aber wenn ich schlafe, verliere ich dich, und er sagt, im Gegenteil, erklärt aber nicht, was er damit meint, und ich strecke mich im Bett aus, sage, es fällt mir schwer einzuschlafen, wenn ich beobachtet werde, und er flüstert, tu es für mich, es ist mir wichtig zu sehen, wie du einschläfst, seine Hände streicheln mir über die Haare, bis meine Augen zufallen, und ich versuche, den Mund geschlossen zu halten, damit er nicht plötzlich auffällt, aber er spricht mit einer Wärme zu mir, als wäre er mein Vater, streichelt mein angespanntes Gesicht. Geliebt wie ein Kind fühle ich mich unter der Decke, geliebt gerade wegen der kleinsten Details, von denen ich nicht erwartet habe, dass sie Liebe wecken könnten, Blätter der Ruhe fallen auf mich herab, häufen sich auf der Decke, und ich mache die Augen zu, aber statt Dunkelheit sehe ich Lichtfunken hinter meinen geschlossenen Lidern, rotes flammendes Licht, strahlende Sommersonne erfüllt mitten in der Nacht das Zimmer, und ich mache die Augen auf, doch das Zimmer ist dunkel, und als ich sie schließe, ist das Licht wieder da, zwischen meinen Lidern brennt ein Strauß roter Rosen, ihre roten Blätter verwandeln sich allmählich zu grauer Asche, die sich in kleine Krüge ergießt, ein Krug fasst einen ganzen Strauß. Schau doch, murmle ich, ein Krug reicht für einen ganzen Strauß, aber er sitzt schon nicht mehr auf meinem Bettrand, sondern vielleicht auf dem Stuhl vor dem Computer, ist er das oder nur ein Kleiderhaufen, der in der Dunkelheit die Form seines Körpers angenommen hat, und eigentlich spielt es keine Rolle, auch wenn er schon gegangen ist, ist er hier anwesend, und in dem Moment, in dem ich das verstehe, schlafe ich ein, ich sinke in den Schlaf eines geliebten Kindes, eines Mädchens, das weiß, ihr Vater sieht sie morgens gerne an, bevor es ihn sehen kann.

14 Auf dem Boden des leeren glänzenden Topfes spiegelt sich mein Gesicht, ich stecke meine Nase hinein, suche vergeblich nach jenem Geruch, seltsamer als alle anderen Gerüche, warum hat er so gründlich alle Spuren der Nacht weggewischt, er hat den Rest der Suppe in den Ausguss geschüttet, er hat den Topf so glänzend sauber geputzt wie einen Spiegel, er hat das Geschirr gespült, den Tisch abgewischt und sogar eine saubere Tüte in den Mülleimer getan und die volle mitgenommen, was bringt einen Menschen dazu, alle Spuren seiner Anwesenheit zu entfernen, keine Erinnerung an sich zurückzulassen, wovor hat er Angst, was will er damit sagen, denn würde das Haus jetzt unter einem Ascheregen verschwinden, bliebe keinerlei Hinweis auf das letzte Abendessen zurück, außer der im Herzen, ist es das, was er mir sagen will, wenn du glaubst, wirst du dich erinnern, nur wenn du dich erinnerst, wirst du glauben, aber vielleicht wollte er auch sagen, es war nichts, ich habe nie in deiner Küche gestanden und Suppe gekocht, nie habe ich neben dir auf dem Sofa gesessen und dir zugehört, nie habe ich dich auf deinem Weg in den Schlaf begleitet.

Warum wollte er, daß ich mich auszog, ohne dass er es selbst tat, warum wollte er mich streicheln, ohne dass er gestreichelt wurde, warum wollte er Lust geben, ohne selbst Lust zu empfangen, was ist die Erklärung für diese seltsamen Dinge, die mich gestern Abend verzaubert haben, heute aber verwirren, und ich setze mich vor den Computer, kein Kleidungsstück hängt über der Stuhllehne, vermutlich saß er dort, gestern Abend, und hat mir beim Schlafen zugesehen, was hat er gesucht, die Ähnlichkeit mit der Frau, die er einmal liebte, den Anblick ihres schlafenden Gesichts, ist das die Erklärung für die schnelle Nähe, diese überraschende Nähe, seine Liebe gab es schon, deshalb konnte sie sich so schnell zeigen, mit einer solchen Leichtigkeit und ohne Anstrengung meinerseits, aber eigentlich gilt sie nicht mir, sie ist nicht an mich adressiert. Ich habe aus Versehen ein Päckchen von der Post geholt, das einer anderen gehört, und aus Versehen habe ich es aufgemacht, und aus Versehen habe ich es genossen, aber es gehört mir nicht und wird mir nie gehören, dieses Versehen hat die Illusion von Nähe hervorgerufen, während wir uns doch fremd sind, kennen wir uns, hat er gefragt, du kennst meinen Mann nicht, hat Michal gesagt, nein, ich kenne deinen Mann nicht, aber es gibt nichts, was ich mehr gewollt hätte, als ihn kennen zu lernen, und wieder schwanke ich hin und her wie ein Vorhang bei stürmischem Wind.

In der Stunde, in der die Insel Thera bebte und in Stücke gerissen wurde, entstand eine riesige Flutwelle, die zu unglaublicher Höhe anstieg und ungestört über das Mittelmeer fegte, bis zur Küste des fernen Ägypten, dort herrschte die achtzehnte Dynastie in vollkommener Dunkelheit. O Wehklage, das Land dreht sich wie eine Scheibe, die Städte werden verwüstet, Oberägypten liegt in Trümmern, alles ist zerstört. Der Palast stürzt innerhalb eines Augenblicks in sich zusammen, wenn der Lärm und das Toben aufhören, wird es das Land nicht mehr geben, Unterägypten weint, o Wehklage, alles ist vernichtet, was man gestern noch sah, die Erde ist leer wie nach der Flachsernte, die Herzen aller Tiere weinen, die Rinder stöhnen, die Königssöhne werden auf die Straße geschickt, Seufzer erfüllen das Land, Trauerseufzer, das Land ist nicht mehr, es gibt auch kein Licht, sondern nur Finsternis, die Erde ist Sklavin des Gottes Aten, des Sonnengottes, der im Schutz der Dunkelheit zu einem einzigen abstrakten Gott wird, ohne Gestalt und Form, denn er ist die Sonne selbst, er ist das heiße Rad der Sonne in der Weite des Himmels, der Pharao Amenhotep, der den Namen Echnaton annahm, erfindet den einzigen Gott und befiehlt seinem Volk eine tiefgehende Wandlung des Glaubens, einen schwer verständlichen und schwer zu befolgenden Ritus, blind stehen die mächtigen Priester auf dem Felsen vor der aufgehenden Sonne, ziehen ihre Schuhe aus, versuchen, ihre Augen mit den erhobenen Händen zu schützen, mit derselben Bewegung, die als Priestersegen bekannt ist, während das Volk sich noch weigert, auf eine Welt voller Götter zu verzichten, und insgeheim das alte, bekannte Pantheon anbetet.

Jeden Tag ist der Weg anders, nicht, dass sich das Wetter ändert, es sind die Farben der Seele, die diese Straße in eine aufgeregte Wolke verwandeln, in einen Abgrund, in ein Blumenbeet, es zeigt sich, dass man sogar eine Straße nicht wirklich kennen kann, ganz zu schweigen von einem Menschen, und jetzt, an diesem Nachmittag, ist sie durchsichtig wie mein Glück, es scheint, als könnte ein allzu präziser Blick die Fundamente erschüttern, und ich gehe vorsichtig, verlangsame meine Schritte, versuche, heute zu spät zu kommen, erst nach den anderen Müttern, genauer gesagt, nach ihr. Die Neugier, die mich in den letzten Wochen vorwärts getrieben hat, ist innerhalb einer Nacht zu einem Widerwillen geworden, ich darf ihr heute nicht über den Weg laufen, mit ihrer vom Weinen geröteten Nase, den geschwollenen Augen, aber sosehr ich mich unterwegs aufhalte, es reicht nicht, denn am Tor stehen sie alle drei, eine hübsche Frau in einem langen schwarzen Wollmantel mit mangofarbenen Haaren und zwei Jungen, der Kopf des einen ist von einer Wollmütze bedeckt, der zweite rennt mir entgegen, wie immer eine drängende Frage auf den Lippen, die ihm wie eine Beute im Mund zappelt, Mama, kann ich mit Jotam hier bleiben, wir haben nur darauf gewartet, dass du es erlaubst, ich möchte mit ihnen Picknick auf dem Rasen machen, sag ja, sag ja, und ich sehe Michal vorsichtig fragend an, sie schickt mir ein leichtes Lächeln, sagt, es ist heute so schön draußen, ich wollte mit Jotam ein bisschen im Gras sitzen, vielleicht wollt ihr mitkommen, und ich sage, danke, wir haben es ein bisschen eilig, wir sind bei meinen Eltern eingeladen, aber sie betrachtet mich eingehend, schließlich habe ich ihr gegenüber schon einmal eine Ausrede angebracht, nicht weniger seltsam und albern.

Bitte, Mama, drängt Gili, dann gehen wir eben später zu Opa und Oma, ich möchte mit Jotam auf der Wiese spielen, und ich verstehe, dass ich keine Wahl habe, dass ich dazu verurteilt bin, die nächste Stunde mit der verlassenen Frau des Mannes zu verbringen, in den ich mich so plötzlich verliebt habe, und ich fühle mich wie ein entflohener Verbrecher, der einen Nachmittag mit einem Polizisten verbringen muss, jedes Wort, das er sagt, und jede Bewegung, die er macht, könnten ihn verraten, aber ebenso übertriebene Vorsicht, und trotzdem hat er keine Wahl, denn eine Weigerung würde die Gefahr noch um ein Vielfaches vergrößern, und ich erinnere mich daran, dass er sie nicht meinetwegen verlassen hat, ich war nur zufällig da, nachdem die Entscheidung schon gefallen war, ich habe nichts mit der Katastrophe zu tun, ich habe sogar versucht, ihn zur Rückkehr zu bewegen, mehr kann ich doch nicht tun, oder sollte ich etwa ganz auf ihn verzichten, sie hätte nichts gewonnen und ich hätte auf jeden Fall etwas verloren, wenn man diese Sache überhaupt mit Begriffen wie Gewinn und Verlust beschreiben kann. Und so stolpere ich hinter ihnen her in den Park, zerdrücke unter den Füßen schwarze Oliven, die von den Bäumen gefallen sind, die Felsbrocken liegen dicht nebeneinander auf dem Rasen wie eine Herde hellfarbener Tiere, die sich zum Schlafen niedergelassen haben, in den schmalen gekalkten Steinrinnen fließt Regenwasser, und ich erinnere mich an den Regen, der uns umgab, an die durchsichtige Plastikplane, und frage mich, ob ich es schaffen würde, auf ihn zu verzichten, ob sie mich bitten wird, auf ihn zu verzichten.

Da setzt sie sich unter einen Olivenbaum, zieht aus ihrem Picknickkorb eine karierte Decke und breitet sie aus, und in die Mitte legt sie gefüllte Fladenbrote, geschnittene Tomaten, Gurken und Paprika, sie hat sogar eine Thermosflasche mit Kaffee dabei, Saft und Tassen, dazu sternförmige Schokoladenkekse, die ich gut kenne, und wunderbarerweise gibt es genug für uns alle, die Portionen stimmen genau, hat sie im Voraus für ein Picknick mit vier Personen geplant, es sieht so aus, als hätte nicht nur ich meine geheimen Pläne, mit wachsender Unruhe beobachte ich sie, sie weiß vermutlich Bescheid, vielleicht hat er es ihr heute Morgen selbst erzählt, und vielleicht hat sie ihn gestern Abend verfolgt, so wie ich Amnon verfolgt habe, und gesehen, wie er mein Haus betrat, und dieses erstaunlich sorgfältig geplante Picknick wird plötzlich zu einer bedrohlichen Falle, aus der wir uns unbedingt befreien müssen.

Vielleicht gehen wir trotzdem gleich, Gili, dränge ich, Opa und Oma warten, aber er widersetzt sich heftig, angesichts des Essens, das auf der Tischdecke liegt, er streckt die Hand nach einem Fladenbrot aus, aus dem ein dickes, verlockend duftendes Schnitzel hervorlugt, und ich sehe sie vor mir, wie sie in ihrer großen Küche stand und das Schnitzel wendete, während er in meiner schmalen fensterlosen Küche herumlief, ein Glas Whisky in der Hand. Vielleicht rufst du sie an und sagst ihnen, dass ihr später kommt, schlägt sie listig vor, ich weiche aus, nein, das macht nichts, bleiben wir eben nicht so lange, und sie fragt, willst du Kaffee, und fügt sofort mit entwaffender Offenheit hinzu, um die Wahrheit zu sagen, ich möchte etwas mit dir besprechen, aber nicht, wenn du es eilig hast, und mir bleibt für einen Augenblick die Luft weg, ich murmle, in Ordnung, so eilig habe ich es nun auch wieder nicht. Unter ihrem Mantel schaut ein rot-schwarz gestreifter Pulli hervor und schwarze Hosen, ihre Kleidung beweist Geschmack, hat sie sich meinetwegen so angezogen, ihre Hände zittern leicht, als sie uns beiden Kaffee eingießt, und auf der Decke breitet sich ein brauner Fleck aus.

Ich weiß nicht, was mit mir los ist, seufzt sie, meine Hände zittern, hast du gesehen, was ich gestern mit Jotam gemacht habe? Und ich sage, nein, was hast du denn gemacht? Und sie zieht die Wollmütze von seinem Kopf, entblößt einen länglichen Schädel mit kurzen ungleichmäßig geschnittenen Haaren, ich schneide sie ihm immer, sagt sie, ich habe geschickte Hände, aber gestern, ich weiß nicht, wie es passiert ist, schau, was ich angerichtet habe, der Arme, und ich achte kaum auf ihre Worte, nur auf den Ton, der freundschaftlich und nicht aggressiv ist, offenherzig und nicht vorwurfsvoll, und Jotam reißt ihr die Mütze aus der Hand und bedeckt schnell seinen Kopf, erst jetzt bemerke ich, wie aufgeregt sein Gesicht ist, auch in seinen Augen glänzt eine verdächtige Feuchtigkeit, er schreit, das ist, weil du eine doofe Mutter bist, wegen dir muss ich jetzt bis zum Sommer eine Mütze tragen, du bist die doofste Mutter von der Welt, und als ich sehe, wie sich die Kränkung auf ihrem Gesicht ausbreitet wie der Fleck auf der Decke, verteidige ich sie schnell, Jotam, jeder Mutter kann so etwas mal passieren, weißt du, wie oft Gili jeden Tag böse auf mich ist? Aber er lässt sich nicht überzeugen, ich wollte überhaupt nicht die Haare geschnitten bekommen, jammert er, sie hat mich dazu gezwungen und mir eine hässliche Frisur gemacht, und Gili versucht sofort, ihn zu trösten, sie ist überhaupt nicht hässlich, sagt er großmütig, sie steht dir gut, außerdem wachsen die Haare schnell, du wirst schon sehen, ich habe auch mal so einen schrecklichen Haarschnitt gekriegt, fügt er hinzu und straft unabsichtlich seine vorigen Worte Lügen, erfindet einfach etwas, das nie stattgefunden hat, ja, ja, betont er unter meinem skeptischen Blick, du weißt überhaupt nichts davon, ich war bei Papa und er ist mit mir zum Friseur gegangen und ich habe eine Glatze bekommen, und bis ich wieder bei dir war, sind mir die Haare schon wieder gewachsen.

Seine große Anstrengung, seinen Freund zu beruhigen, erfüllt mich mit beschämtem Staunen, und ich frage, wirklich, und füge sofort hinzu, wieso habe ich das nicht bemerkt, es lohnt sich wirklich nicht, sich wegen einer Frisur aufzuregen, Haare wachsen so schnell, aber ich habe das Gefühl, dass wir alle wissen, auch die Kinder, dass wir nicht über eine Frisur sprechen, an diesem schönen klaren Tag, und ich unterhalte mich mit den Kindern, nicht mit ihr, dabei ist mir klar, sie möchte, dass sie zum Spielen weglaufen, damit wir offen reden können, aber ich, die ich mich vor ihren Worten fürchte, möchte lieber, dass sie bleiben, dass sie mich vor einem Gespräch schützen, das im besten Fall vertraulich ist, deshalb interessiere ich mich für alles, überschwemme sie mit Fragen, die mir Gili normalerweise nur knapp beantworten würde, aber jetzt wetteifern beide darum, wer ausführlichere Antworten gibt, ich frage, wen von den Klassenkameraden sie mögen und wen nicht, wer die netteste Lehrerin ist, welches Fach sie am meisten interessiert, bis Gili ungeduldig wird und seinen Freund zum Rasen zieht, innerhalb einer Sekunde sind sie verschwunden, lassen halb aufgegessene Fladenbrote, klebrige Saftflecken zurück. In dumpfem Schweigen schaut sie ihnen nach, ausgerechnet als ich schon darauf warte, dass sie anfängt zu sprechen, zögert sie, ihre Hände zerreiben ein Rosmarinblatt, das sie von einem der Sträucher gepflückt hat, dann seufzt sie und sagt, ich mache mir solche Sorgen um Jotam, und ich sammle sorgfältig die Krümel von meiner Hose und frage, warum, und sie antwortet schnell, als fürchte sie sich vor den Worten, mein Mann und ich trennen uns wahrscheinlich, ich wollte dich fragen, wie war das bei euch, wie hat Gili es aufgenommen, wie lange hat es gedauert, bis er sich gefangen hat, ist es in Ordnung, wenn ich das frage? Ich sage, klar ist das in Ordnung, aber das erschreckende Wort, das sie gesagt hat, hallt mir in den Ohren nach, wahrscheinlich, hat sie gesagt, wahrscheinlich, und es ist, als deutete ein langer Finger auf uns wie der Zweig des alten Olivenbaums, der auf uns beide gerichtet ist, du sei nicht zu früh traurig und du freu dich nicht zu früh.

Das Wissen, dass auf eine verzerrte Art mein Glück auf ihrem Unglück beruht, lässt mir die Zunge am Gaumen kleben und ich erstarre, denn wir sind wie Hagar und Sarah, die Frauen Abrahams, und eine von ihnen wird heute in die Wüste gejagt werden, und dort wird sie herumirren, bis sie fast verhungert und verdurstet, aber der Finger, der auf uns gerichtet ist, zittert, hat noch nicht entschieden, wer von uns beiden verjagt wird, ich schaue zu unseren Söhnen hinüber, die zwischen den Wassergräben herumspringen, von weitem sehen sie in ihren dunklen Mänteln aus wie zwei Raben, gleich werden sie ihre schwarzen Flügel ausbreiten und mit düsterem Krächzen über uns hinwegflattern, ihre Flügel werfen Schatten auf die karierte Decke, aus ihren aufgerissenen Mündern dringen Schreie, Schreie von Kindern, deren Familien auseinander gebrochen sind, Schreie verlassener Frauen, Schreie von Männern, die aus ihren Häusern verjagt wurden, Schreie einer Liebe, die sich mit den Jahren abgenutzt hat. Ella, bist du in Ordnung, fragt sie, und ich lege mir die Hand auf die Stirn, ich habe plötzlich solche Kopfschmerzen, es tut mir Leid, und sofort füge ich hinzu, mach dir keine Sorgen wegen Jotam, er wird es hinkriegen, Gili hat es ziemlich leicht aufgenommen, wenn er erst mal versteht, dass er keines seiner Elternteile verliert, wird er sich beruhigen.

Heiser und angespannt klingt meine Stimme in meinen Ohren, wie kann man einen komplizierten Prozess so einfach zusammenfassen, einen Prozess, der kaum begonnen hat, aber wie könnte ich ihr jetzt all das sagen, was ich gestern zu ihrem Mann gesagt habe, wie könnte ich auf ihren Kummer reagieren, ich bin nicht aufrichtig zu ihr, und die ganze Zeit denke ich darüber nach, wie das Echo dieses Gesprächs ihr in Zukunft in den Ohren klingen wird, wenn sie die Wahrheit herausfindet, wie es ihr den Magen umdrehen wird, und deshalb muss ich es mit allen Mitteln abkürzen, ich darf die Gelegenheit, die mir in den Schoß gefallen ist, nicht für meine Zwecke nutzen, ich darf der Verlockung nicht nachgeben, ihr Fragen zu stellen, und sie schaut mich mit hochgezogenen Augenbrauen an, als würde sie sich bemühen, zu erkennen, ob meine Worte nur so dahergesagt sind, um sie zu beruhigen, oder ob es wirklich so einfach ist, und ohne es zu merken, dreht sie an ihrem breiten Ehering. Wie habt ihr ihm erklärt, dass ihr euch trennt, fragt sie, und ich runzle schweigend die Stirn, als versuchte ich, mich daran zu erinnern, wir haben es ganz kurz gemacht, sage ich schließlich, wir haben ihm versprochen, wir werden dich immer lieb haben, wir werden immer deine Eltern sein, auch wenn wir nicht mehr zusammenleben, das

Wichtigste ist, Sicherheit auszustrahlen, deklamiere ich und betrachte sie misstrauisch, vielleicht stellt sie sich ja nur unwissend, vielleicht weiß sie ja doch, was gestern zwischen uns geschehen ist, und versucht, mich von ihm abzubringen, indem sie mich an ihrem Unglück teilhaben lässt, das uralte Gefühle schwesterlicher Verbundenheit weckt, um mich von ihrem Mann fern zu halten.

Es scheint, als würden die beruhigenden Worte noch nicht einmal den Rand ihrer Angst berühren, sie holt aus ihrer Tasche eine Schachtel Zigaretten und zündet sich nervös eine an, hustet ein wenig, seufzt und sagt, wie kann er uns das antun, sie schaut sich um, um sicherzugehen, dass die Kinder weit genug entfernt sind, da lebst du fast fünfzehn Jahre mit jemandem zusammen, du glaubst, du kennst ihn besser als jeden anderen auf der Welt, so gut, wie du dich selbst kennst, und plötzlich passiert es, plötzlich zerstört er dir das Leben, all die Jahre sorgst du für deine Familie, fürchtest dich vor Krankheiten, vor Verkehrsunfällen, vor Anschlägen, und am Schluss kommt die Katastrophe aus dem Inneren der Familie, ausgerechnet von ihm, vom Vater deiner Kinder.

Aber warum hat er das gemacht, flüstere ich, passe meine Stimme der ihren an, und sie schüttelt den Kopf, als wollte sie die Tränen abschütteln, die ihr in die Augen steigen, warum, fragt sie, aus einem ganz banalen Grund, er hat eine andere, nach allem, was ich für ihn getan habe, nach all den Jahren, in denen ich ihn zum Studium angetrieben und ihn ernährt habe, ich habe ihn von der Straße aufgelesen, das kannst du mir glauben, wie man eine Katze aus der Mülltonne holt, und so dankt er es mir jetzt, und ich schüttle ungläubig den Kopf und frage, bist du sicher, dass er eine andere hat? Sie wendet erbittert den Blick und schaut einer uns bekannten Gestalt entgegen, die sich uns nähert, ein breites Lächeln auf dem Gesicht, es ist die schöne Keren, Ronens Mutter, sie sinkt neben uns auf den Boden, was für ein Glück, dass ihr hier seid, ich warte darauf, dass Ronen mit dem Club fertig ist, störe ich euch? Nein, sage ich, wieso denn, entsetzt von dem giftigen Misstrauen, das erneut erwacht, wie ein Skorpion, der sich mir mit ausgestrecktem Stachel nähert. Von seinem doppelten Betrug bin ich entsetzt, von dem Kummer ihres Herzens, in das sie mich hineinschauen ließ wie in ein zerstörtes Haus, von dem Kummer, der mich erwartet, und Michal wischt sich mit einer Serviette über die Augen und bietet ihr höflich etwas zu essen an, aber Keren lehnt ab, ich weiß nicht, was mit mir ist, klagt sie, ich habe in der letzten Zeit überhaupt keinen Appetit, ich kriege nur mit Mühe etwas runter, ihre langen Haare fallen auf die Tischdecke, und sie bindet sie mit ihren knochigen Händen zusammen, ihre Magerkeit wirkt auf einmal übertrieben und krankhaft, ihre Haut hat einen gelblichen Ton. Du musst dich untersuchen lassen, sagt Michal, auf so was muss man achten, und Keren seufzt, lass nur, das geht schon wieder vorbei, ich hasse Ärzte, und dann fragt sie, ob der alte Wachmann überhaupt fähig sei, unsere Kinder zu schützen, ob der Zaun, der die Schule umgibt, hoch und stabil genug sei.

Absolute Sicherheit gibt es nicht, sagt Michal, wenn jemand wirklich vorhat, in die Schule einzudringen, können wir das nicht verhindern, wir müssen lernen, mit der Angst zu leben, wir haben keine Wahl, und Keren sagt, trotzdem muss man das Maximum an Sicherheit anstreben, wir müssen einen weiteren Wachmann einstellen oder selbst Wachdienste übernehmen, was meinst du, sie wendet sich an mich, und ich sage, ja, klar, wir brauchen mindestens zwei Wachmänner, wir sind mitten in der Stadt, dann überlasse ich es ihnen, weiterzureden, und hänge meinen Gedanken nach, wer wird unsere Kinder vor uns beschützen, wer wird sie vor ihren Vätern bewahren, wenn einer das Haus verlassen will, kannst du ihn nicht daran hindern, so wenig wie mich jemand daran hindern konnte, kein Wachdienst wird etwas nützen, und ich sehe, wie sich ihre Lippen bewegen, aber ihre Stimmen sind nicht zu hören, denn wieder beherrscht das Wehklagen den vergoldeten Rabenpark, tief und ohrenbetäubend, und ich senke den Blick auf die fleckige Tischdecke, auf der die Reste des Picknicks verstreut sind wie die Reste unserer Unterhaltung. Wem von euch beiden soll ich glauben, handelt es sich um unbegründete Eifersuchtsausbrüche, wie er es nennt, oder um eine reale Geliebte, wie sie behauptet, und ich weiß, dass der Weg zur Wahrheit versperrt ist, die beiden einander widersprechenden Versionen liegen vor mir, und ich muss eine von ihnen auswählen, auch wenn ich nicht genug Fakten in der Hand habe, ich weiß, dass ich aufstehen, meinen Sohn rufen und weggehen sollte, dieses Gespräch ist ein Fehler, auch sie wird das bald herausfinden und vor mir zurückweichen, trotzdem warte ich, bis Keren sich in ihren schwarzen Lederhosen erhebt und sich entschuldigt, dass sie uns gestört hat, wir leugnen es natürlich, doch kaum hat sie sich entfernt, da frage ich zögernd, bist du sicher, dass er eine andere hat? Hat er es zugegeben? Und sie führt wieder die Serviette an ihre Augen, mit zitternden Lippen, und sagt, er braucht es gar nicht zuzugeben, sie lügen doch alle, warum sollte er es zugeben? Schau meine Mutter an, die ganzen Jahre misstraute sie meinem Vater, und er belog sie unaufhörlich, er versuchte ihr einzureden, sie sei verrückt, und sie hat ihm schon fast geglaubt, und auch als sie ihn einmal tatsächlich erwischt hat, sagte er, sie sei selbst schuld daran, sie habe ihn mit ihrer Verrücktheit dazu getrieben, und ich lausche erstaunt ihren Worten, die immer fieberhafter klingen und mich an den Streit erinnern, den ich durch ihre Tür gehört habe. Aber Michal, du musst doch unterscheiden zwischen deinem Vater und deinem Mann, wage ich zu sagen, beschütze den betrügerischen Ehemann, vielleicht ist das eine ganz andere Geschichte, doch ich schweige sofort, denn sie reagiert kalt, verlegen wegen ihres Ausbruchs, schließlich sind wir keine Freundinnen, wir kennen einander kaum, wir schauen uns in misstrauischem Schweigen an, bis uns Geschrei an die Ohren dringt und beide Jungen auf uns zugelaufen kommen, mit einem Stock, den sie mit vier Händen umklammern.

Ich habe ihn gefunden, brüllt Jotam, der Stock gehört mir, und Gili jammert, ich habe ihn vor ihm gesehen, schau, was für ein großer Stock, habe ich zu ihm gesagt, ohne mich hätte er ihn überhaupt nicht entdeckt, und wir versuchen zu vermitteln, es gibt hier sicher noch so einen Stock, wir werden euch suchen helfen, aber beide weigern sich, jeder hat Angst, der Erste zu sein, der die Beute loslässt, und Michal droht, wenn ihr euch nicht einigt, beschlagnahme ich ihn, dann gehört er niemandem, wir lassen ihn hier, und damit hat sich's, und schon verteilen wir uns im Park, den Blick zu Boden gerichtet, aber wir finden nur dünnes Reisig, und als wir die Suche ergebnislos beenden und mit leeren Händen zu der karierten Decke zurückkehren, schlägt Gili zögernd vor, vielleicht gehört er uns beiden, er kann ein Stock mit zwei Wohnungen sein, einen Teil der Zeit bei mir und einen Teil der Zeit bei dir, als hätten sich seine Eltern scheiden lassen. Jotam springt auf und schreit, damit bin ich nicht einverstanden, er gehört mir, er wird nur bei mir zu Hause sein, seine trockenen Lippen platzen fast erneut auf, ich ziehe Gili zur Seite, vielleicht gibst du nach, dränge ich, ich erkläre dir später, warum, gib nach und ich kauf dir etwas auf dem Heimweg, aber er weigert sich und fuchtelt mit den Fäusten vor mir herum, nein, das tue ich nicht, ich habe ihn entdeckt.

Genug, ich frage dich nicht, sage ich, ich entscheide das jetzt, dann ziehe ich ihn hinter mir her, schenke ihnen ein angestrengtes Lächeln, Jotam, Gili lässt dir den Stock, verkünde ich trotz Gilis lautem Widerspruch, und zu ihr sage ich, ich muss los, sei stark, wir unterhalten uns noch, und sie flüstert, danke, beim nächsten Mal werde ich dafür sorgen, dass Jotam nachgibt, und ich antworte ihr im Stillen, wie soll es ein nächstes Mal geben, wenn ich voller Liebe zu deinem untreuen Ehemann bin, und als wir uns von ihnen entfernen, drehe ich mich noch einmal um und präge mir ihren Anblick ein, wie sie dort ratlos neben der karierten Tischdecke stehen, als hätten sie kein Zuhause, zwischen den Resten des Essens und den Resten des Streits, einen großen Stock in der Hand.

Gilis Weinen folgt mir zunehmend lauter, die ganze Straße scheint ihm zuzuhören, Rollläden werden hochgezogen, Fenster geöffnet, ein wütendes, keuchendes Weinen, als wir ihm von der Trennung erzählt haben, hat er nicht so geweint, auch nicht, als er von der Schaukel fiel und sich an der Lippe verletzt hat, noch nicht einmal, als das neue rote Auto vor seinen Augen überfahren worden ist, ausgerechnet der Verlust eines zufällig gefundenen, überflüssigen Stocks, der mit unserem Abschied bestimmt schon seinen Reiz verloren hat und einfach auf der Wiese liegen gelassen wurde, erweckt in ihm einen unerträglichen Kummer, und ich ziehe ihn mit Gewalt hinter mir her und habe das Gefühl, dass mir der Arm aus der Schulter gerissen wird, es reicht, schimpfe ich, ich kann dieses Geheule nicht mehr hören, und er brüllt, und ich kann dein Geschrei nicht mehr hören, du bist eine böse Mutter, wegen dir habe ich meinen Stock verloren, du hast Jotam lieb, nicht mich.

Wieso denn, widerspreche ich schnell, ich finde nur, dass man momentan bei Jotam nachsichtig sein soll, ich kann dir nicht sagen, warum, und er heult, ich weiß, warum, ich weiß es besser als du, was ist denn schon dabei, wenn sein Papa ausgezogen ist, mein Vater ist auch ausgezogen, und niemand hat deswegen bei irgendetwas nachgegeben, und ich atme erstaunt die neue Nachricht ein, woher weißt du, dass sein Vater ausgezogen ist? Und er sagt, Jotam hat gesagt, dass seine Eltern sich scheiden lassen, Jotam weiß es also schon, sie haben es ihm bereits gesagt, warum hat sie sich dann mit mir darüber beraten wollen, wie man es ihm am besten erklären soll, und ich versuche, mich zu erinnern, wie sie ihre Frage formuliert hat, war es wirklich ein alltägliches Gespräch zwischen zwei Frauen über ihr gemeinsames Schicksal, oder hat sie mich auf die Probe stellen, mir Schuldgefühle machen wollen?

Vor der blasser werdenden Sonne gehen wir weiter, ihre Strahlen verlieren schnell an Wärme, berühren zum Abschied meine Haut, und ihre Berührung ist trügerisch und lässt mich erschauern, seine wütende Stimme begleitet mich, er hat damals nicht nachgegeben, warum soll ich jetzt nachgeben, denk dran, dass du mir ein Geschenk kaufst, du hast es versprochen, ich werde ihm den Stock noch abnehmen, was bildet er sich ein, ich war es, der ihn entdeckt hat, was für ein blöder Junge Jotam ist, ich bin überhaupt nicht sein Freund, ich hasse ihn, und ich hasse auch seinen Vater, und ich bleibe erstaunt stehen, was, was hast du gesagt? Und er wiederholt, ich habe gesagt, dass ich Jotams Vater hasse.

Wie kannst du einen Menschen hassen, den du gar nicht kennst, protestiere ich, was hat er dir getan? Er sagt, natürlich kenne ich ihn, ich kenne ihn besser als du, einmal war ich bei ihnen und er hat geschrien und Jotams Mama hat geweint, und es ist auch nicht schön, dass er seinen Sohn verlässt, und ich sage, er verlässt seinen Sohn nicht, Eltern, die sich scheiden lassen, verlassen doch nicht ihre Kinder, so wie Papa und ich dich nicht verlassen haben, stimmt's? Er zögert absichtlich mit seiner Antwort, bis sich die Frage von allein verflüchtigt hat, er lässt den Straßenrand nicht aus den Augen, auf der Suche nach einem neuen Stock.

15 Er spricht mit mir, und seine Stimme klingt wie ein Segensspruch, er schaut mich an, und sein Blick ist wie ein Versprechen, er berührt mich an der Schulter, und es ist, als würden seine Hände verständnisvoll und geduldig den Stacheldrahtzaun entfernen, den ich vor ihm errichtet habe, den Stacheldrahtzaun, der vor uns beiden steht, vielleicht gibt es ja so etwas wie ein Wir, es scheint, dass es das gibt, denn sofort nachdem das Licht in Gilis Zimmer gelöscht ist, höre ich das Klopfen an der Tür, und da steht er in seinem schwarzen Mantel, mit dem schmalen müden Gesicht, dem beherrschten Lächeln, in seiner aufrechten angespannten Haltung, als wäre seine Anwesenheit in meinem Haus eine Selbstverständlichkeit, an diesem Abend, an allen kommenden Abenden, und er sagt, ich hab schon gedacht, das Licht geht nie aus, was liest du ihm vor dem Einschlafen vor, »Krieg und Frieden« von Anfang bis Ende? Er hat zwei silbrige Tabletts in den Händen, gut verpackt, ich habe Essen aus dem Café mitgebracht, hast du schon gegessen? Nein, sage ich, ich habe auf dich gewartet, denn auch wenn ich nicht gewagt habe zu warten, habe ich gewartet, auch wenn ich nicht gewagt habe zu hoffen, habe ich gehofft, und wir sitzen nebeneinander auf dem Sofa, den Rest Whisky von gestern Abend in den Gläsern, beugen uns über die noch immer heißen Aluminiumtabletts und stecken die mitgebrachten Plastikgabeln hinein, als wäre auch das ein Picknick. Vielleicht will er auch diesmal keine Spuren hinterlassen und hat deshalb Wegwerfbesteck mitgebracht, und sind diese Dinge überhaupt von Bedeutung oder nur das, was sich hinter ihnen verbirgt, eine strahlende Gewissheit, die über unseren Köpfen schwebt, über unserem Treffen, eine strahlende Gewissheit, die nicht zu ihrer Umgebung passt, wie ein Mensch, der zwischen Schutthaufen herumläuft und fröhliche Lieder singt, und die ganze Zeit versuche ich, mich daran zu erinnern, wir haben keine Chance, es gibt zu viele Schwierigkeiten, unsere Körper sind mit viel zu schweren Steinen beladen, seine Kinder, seine Frau, mein Sohn, diese Nähe, der Umstand, dass wir alle in einem Viertel wohnen, dass die Jungen in einer Klasse sind, aber dieses Wissen schafft es nicht, zu einem wirklichen Gefühl zu werden, im Gegenteil, seit dem Moment, als er hereinkam, ist der Weg gebahnt, den die Götter für uns geplant haben, uns bleibt nichts anderes übrig, als ihn zu gehen, einen Fuß vor den anderen zu setzen.

Es überrascht mich immer wieder aufs Neue, sagt er und wischt sich mit der Serviette den Mund ab, wie viele Menschen an ihren Problemen hängen, die Frau, die gerade bei mir war, wurde vor einem Jahr bei einem Anschlag leicht verletzt, und seither verlässt sie kaum das Haus, sie hütet sich vor fast allem, was das Leben zu bieten hat, aber wenn ich ihr eine medikamentöse Behandlung empfehle, lehnt sie es ab, als hätte sie noch etwas zu verlieren, ich habe Angst, mich zu verändern, sagt sie, ich habe Angst, ein anderer Mensch zu werden. Ich frage, wie lange ist sie schon bei dir in Behandlung, aber seine Antwort höre ich nicht mehr, denn plötzlich dringt ein lautes Murmeln aus Gilis Zimmer, und ich laufe schnell hin, vielleicht ist er noch gar nicht eingeschlafen, wie könnte ich Oded vor ihm verstecken, vielleicht im Badezimmer, aber seine Augen sind geschlossen, die Lippen zornig zusammengepresst, auf seinem Gesicht liegt der Ausdruck unendlicher Erschöpfung, so etwas wie

Lebensüberdruss, vermutlich hat er im Schlaf gesprochen, die Worte sind schon verflogen, aber ihr Atem hängt noch im Zimmer, vielleicht hat er gesagt, ich hasse Jotams Vater, ich hasse Jotams Vater. Wie kannst du einen Menschen hassen, den du nicht kennst, wie kannst du einen Menschen lieben, den du nicht kennst, ich betrachte das Gesicht meines Sohnes, und plötzlich fällt es mir schwer, ins Wohnzimmer zurückzugehen, dort sitzt ein fremder Mann, der nicht sein Vater ist, sondern der Vater eines anderen Jungen, mit dem sich meiner im Traum vielleicht gerade um einen Stock gestritten hat, was habe ich mit ihm zu tun, ich darf mich diesem trügerischen Reiz nicht hingeben, ich muss das Ganze betrachten, mit all seinen spitzen Winkeln, zumindest vorläufig muss ich ihn von mir wegschieben, alles ist zu frisch und zu schmerzhaft in seinem Haus, in meinem Haus, in diesem Moment, in dem ich das Wohnzimmer betrete.

Bevor er mich sieht, sehe ich ihn, wie er sich wieder und wieder den Mund mit der Serviette abwischt, die er mitgebracht hat, aber noch immer glänzen seine Lippen von der fettigen Pastasoße, er betrachtet mich forschend, als ich mich neben ihn setze, mit einem Blick, den ich schon kenne, professionell, nicht überrascht, und fragt, hast du Zweifel, Ella? Wie es seine Art ist, hält er sich nicht mit einer Einleitung auf, und ich seufze, ich habe keine Zweifel dir gegenüber, ich will dich jeden Moment mehr, aber mir ist klar, dass es vorläufig unmöglich ist, es geht zu schnell, es ist zu kompliziert, und er nimmt mein Kinn und hebt mein Gesicht zu sich, seine Lippen legen sich so plötzlich auf meinen Mund, als versuchten sie, die zweifelnden Worte von ihm zu nehmen, befeuchten meine Lippen, damit sie nicht weitersprechen können, eine bittere, heftige Berührung, und als er mich loslässt, senke ich den Kopf auf die Sofalehne, meine Augen sind feucht, glaub mir nicht, möchte ich sagen, glaub mir nicht, und da steht er auf und sammelt das Einweggeschirr in die Plastiktüte, in der er es mitgebracht hat, schweigend zieht er seinen Mantel an, und ich folge ihm entsetzt, sehe, wie er wortlos aus meinem Leben verschwindet, so habe ich es nicht gemeint, ich wollte, dass er uns Mut macht, ich wollte, dass er mich überzeugt, alles sei möglich, ich hole ihn ein und lehne mich an die Tür, versperre ihm den Weg, ich wollte nicht, dass du gehst, wir müssen miteinander sprechen.

Wir haben nichts zu besprechen, sagt er ruhig, ich habe gehört, was du gesagt hast, wenn es für dich unmöglich ist, habe ich hier nichts verloren, und ich erschrecke über seine Antwort, aber ich will mit dir sprechen, ich will wissen, was du denkst, und er hebt wieder mein Gesicht zu sich, betrachtet mich genau und sagt, hör zu, seine Stimme verblasst und die Silben geraten zwischen seinen Lippen durcheinander, ich habe keine Zeit für Spielchen, ich will dich und ich habe kein Problem, dir das zu zeigen, ich erschrecke nicht vor Schwierigkeiten, die gibt es sowieso überall, aber fang nicht mit deinen Gefühlsschwankungen an.

Das sind keine Schwankungen, protestiere ich, ich will dich nicht weniger als vorher, wenn wir für uns wären, keine Kinder hätten, wäre es etwas ganz anderes, aber ich halte dieses Doppelspiel mit Michal nicht aus, ich kann nicht zuschauen, wie schwer es ihr fällt, und mir anhören, dass du eine andere hast, ohne überhaupt zu wissen, ob sie mich meint oder eine andere Frau, und dann haben unsere Kinder angefangen, sich wegen eines armseligen Stücks Holz zu streiten, und dann kommst du und ich möchte so gern, dass du bleibst, aber ich habe hier einen Sohn, der dich nicht sehen darf, wir kennen uns kaum, und er nähert sich mir, legt seine Hand auf die Türklinke, komm, lass uns ein paar Dinge klarstellen, sagt er, ich habe Michal meinetwegen verlassen, nicht wegen irgendeiner anderen Frau, und auch wenn ich dich nie wiedersehe, kehre ich nicht nach Hause zurück, sie hat also nichts davon, wenn du dich von mir zurückziehst. Ich weiß, dass es für sie schwer sein wird, auch für mich und die Kinder, aber wenn etwas richtig ist, ist es richtig, Punkt, ich bin nicht bereit, jede Frage zu jedem Zeitpunkt neu zu stellen, ich kann nur funktionieren, wenn ich weiß, woran ich bin, sonst werde ich verrückt, hast du verstanden? Ich gehe nicht nach Hause zurück, und wenn du mit mir zusammen herausfinden willst, was trotz aller Schwierigkeiten zwischen uns möglich ist, freue ich mich, wenn nicht, tut es mir Leid, aber damit ist die Geschichte aus, deshalb denke gut darüber nach und sag mir Bescheid. Er öffnet mit einer harten Bewegung die Tür, ein kalter schwarzer Luftzug trifft meinen Rücken, und ich sage, Oded, warte, geh nicht, es tut mir Leid, ich wollte nur mit dir sprechen, und zu meiner Überraschung willigt er sofort ein, gut, ich werde zurückkommen.

Wohin gehst du, frage ich, und er sagt, den Müll wegbringen, und ich wundere mich, jetzt, warum jetzt, und er sagt, lass mich, das ist ein Tick von mir, ich halte es keine Minute aus, wenn Müll in der Wohnung ist, und ich frage, nur nachts oder auch am Tag, aber ich bekomme keine Antwort, er geht mit der Tüte die Treppe hinunter, und ich warte an der offenen Tür auf ihn, den Finger auf dem Lichtschalter, genau wie Gili immer oben an der Treppe auf mich wartet, weil er Angst hat, ohne mich in der Wohnung zu bleiben, und laut bis fünfzig zählt, bis ich, etwas außer Atem, wieder oben bin, aber ich zähle nicht bis fünfzig, ich bete nur im Stillen, dass ich keinen Schaden angerichtet habe, und als er zurückkommt, schaut er mich mit einem Lächeln an, ich habe dich erschreckt, nicht wahr, und als ich mit einem entschuldigenden Nicken antworte, sagt er, du hast mich auch erschreckt, bitte sag solche Sachen nie wieder, wenn du sie nicht meinst, und ich nicke gehorsam, und trotzdem wundere ich mich, woher diese Ungeduld gegenüber den Schwankungen der Seele kommt, ausgerechnet bei ihm, ich schaue ihm erstaunt zu, wie er sich die Hände unter dem Wasserhahn in der Küche wäscht, wie er jeden einzelnen Finger einseift. Möchtest du, dass ich hier bleibe, bist du ganz sicher, will er noch einmal wissen, und ich sage, ja, ich bin sicher, und er sagt, dann komm ins Bett, ja? Er trocknet sich langsam die Hände am Küchenhandtuch ab, seine Lippen sind feucht, seine Nasenflügel weiten sich ein bisschen, er fragt, ist es heute Nacht in Ordnung, wacht der Junge nicht auf? Der Junge, sagt er, als erinnere er sich nicht mehr an seinen Namen, und ich sage, nicht um diese Uhrzeit, ich ziehe ihn durch den Flur zum Schlafzimmer, wir kommen am stillen Kinderzimmer vorbei, wo zart drei Nachtlichter leuchten, wie drei Sterne am Himmel, und ich werfe einen Blick auf das Gesicht, das noch immer einen wütenden Ausdruck hat, als würde ihm wieder und wieder der Stock weggenommen, den er doch gefunden hat.

Vielleicht sollten wir abschließen, schlägt er vor, und ich betrachte misstrauisch den Schlüssel, wir haben ihn nie benutzt, Amnon und ich, wir haben uns immer darauf verlassen, dass die Dunkelheit uns verbirgt, und auf seine Stimme, die seinen Schritten vorauseilen würde, aber jetzt wäre die Peinlichkeit größer, also schließe ich die Schlafzimmertür zu, der Schlüssel dreht sich schwer und lautlos im Schloss, und einen Moment lang habe ich Angst, dass sie sich vielleicht nicht mehr aufschließen lässt, aber schon versinkt die Angst im zitternden Meer der Begierde, in der Erregung der Glieder, die darauf warten, geliebt zu werden. Der Computer wirft sein fahles bläuliches Licht ins Schlafzimmer, hier, wo fast sieben Jahre lang zwei Menschen schliefen, Tausende von Nächten, aber diese Menschen scheinen mir so fremd zu sein, wie sie es für meinen Gast sind, ein unbekanntes Paar, Amnon und Ella, ist gerade in offensichtlicher Panik ausgezogen und hat Möbel, Geschirr, Kleidung, Bilder und sogar einen Sohn zurückgelassen, einen Jungen aus Fleisch und Blut, der in seinem Zimmer schläft und nicht merkt, dass die Bewohner gewechselt haben, und wenn er aufwacht, wird er erschrocken in meine Arme fliehen, als wäre ich seine richtige Mutter, obwohl ich ihr völlig fremd bin, dieser Frau, die hier Nacht um Nacht in diesem Bett geschlafen hat, fast sieben Jahre lang, und ich bin ihr dankbar, dass sie mir ihr bequemes Bett hinterlassen hat, das geräumige Zimmer, den Computer, vor dem jetzt ein Mann sitzt, von dessen Kuss meine Lippen brennen, dessen Lippen von meinen Küssen brennen und der fragt, darf man das lesen?

Unterägypten weint, o Wehklage, alles ist vernichtet, was man gestern noch sah, die Erde ist leer wie nach der Flachsernte, die Herzen aller Tiere weinen, die Rinder stöhnen, die Königssöhne werden auf die Straße geschickt, liest er mit Staunen in der Stimme, ich dachte, du bist Archäologin, hast du das geschrieben? Und ich sage, das ist ein Papyrustext, den man in Ägypten gefunden hat, ein ägyptischer Weiser namens Ipuwer hat ihn geschrieben, es ist nicht klar, ob er die Vergangenheit, die Gegenwart oder die Zukunft beschreibt. Wann hat er gelebt, will er wissen, und ich sage, wie bei allem in der Archäologie gibt es darüber unterschiedliche Ansichten, ich versuche zu beweisen, dass es eine Verbindung gibt zwischen den Ereignissen, die er beschreibt, und den Plagen Ägyptens, aber die meisten Forscher glauben, dass es die ägyptischen Plagen nie gegeben hat, dass sie nur eine literarische Erfindung sind.

Spielt das überhaupt eine Rolle, ob sie wahr sind, sagt er, bei meiner Arbeit ist es fast egal, ob eine Geschichte, die mir jemand erzählt, wahr oder erfunden ist, für ihn, der sie erzählt, ist sie wahr, und ich sage, bei uns versucht man sozusagen zu einer objektiven Wahrheit zu gelangen, aber in vielen Fällen bleibt die Grenze verschwommen, ich versuche vermutlich etwas zu beweisen, was nicht zu beweisen ist, und er sagt, weißt du, dass Freud die Seele mit einer archäologischen Ausgrabungsstätte verglichen hat, er sah sich selbst als Archäologen der Seele, heute behauptet man, dass das Gehirn des Menschen wie ein archäologischer Hügel aufgebaut ist, seine Schichten liegen in umgekehrter Reihenfolge übereinander, von der jüngsten bis zur ältesten, und er fährt sich mit der Hand über den Kopf, als wollte er die verschiedenen Schichten markieren, und ich strecke mich ihm gegenüber auf dem Bett aus, spreize die Beine und lege meine Hand dazwischen, als wäre ich nackt, denn seine Augen wandern vom Computer zu der verborgenen Kreuzung des Körpers, er sagt, immer verbirgt sich dort ein Geheimnis bei euch Frauen, es fasziniert mich, dass ihr dieses Geheimnis überallhin mitnehmt.

Ich strecke die Hände nach ihm aus, komm zu mir, aber er bleibt aufrecht auf dem Stuhl sitzen, vor dem Computer, warte, sagt er, lass nicht jeden dein Geheimnis berühren, und ich sage, du bist nicht jeder, und er lacht, aber du kennst mich doch gar nicht, du weißt ja noch nicht einmal, ob ich nicht eine andere habe, und ich sage, in diesem Moment ist mir das egal, komm schon, und seine Finger gleiten über die Tastatur, weißt du, sagt er, bei uns zu Hause gab es eine Süßigkeitenschublade, immer wenn mein Vater im Krankenhaus war, füllte meine Mutter die Schublade für uns, und ich warte schweigend auf die Fortsetzung der Geschichte, aber er zögert, den Blick zwischen meine Beine gerichtet, als ich ein kleiner Junge war, habe ich gedacht, was ihr dort habt, ist eine Süßigkeitenschublade, seine langsame, gemessene Sprechweise ist wie Musik in meinen Ohren, er dehnt so reizvoll die Buchstaben, verlängert die Wörter, als er weiterspricht, ein Geheimnis, das darauf wartet, entdeckt zu werden, erst wartet es voller Freude, dann voller Trauer, und am Ende hört es auf zu warten, und dann steht er vom Stuhl auf und kommt zu mir, setzt sich auf den Bettrand, zieht mir die Hose herunter und betrachtet mit zusammengezogenen Augenbrauen meine nackten Oberschenkel.

Das abgeschlossene Zimmer mit dem bläulichen Licht füllt sich mit schwerem Atem, es ist, als würden alle Gliedmaßen einzeln atmen, als würde sich jede auf ihre Art der Erwartung hingeben. Sogar das Bewusstsein, das daran gewöhnt ist, sich zu zerstreuen, zwischen Gedankensplittern, scharf wie Glas, herumzuirren, konzentriert sich jetzt auf die Hoffnung auf Lust, auf seine zarten bedrohlichen Hände, gerade weil sie so durchdacht ist, ist seine Selbstbeherrschung anziehend. Langsam, flüstert er, du weißt doch, dass ich nichts überstürze, sprich mit mir, sag mir, was du magst, und ich atme schwer, du weißt besser als ich, was ich mag, und er flüstert, aber ich möchte hören, wie du es sagst, und ich zögere, berühre sein Gesicht, seine raue Haut, die sich hart anfühlt und seinen weichen Worten widerspricht.

Erzähl mir, was dein Körper liebt, bittet er, verrate mir deine Geheimnisse, und ich schweige noch immer, wie schwer ist es, sich zu offenbaren, wenn es um die körperliche Lust geht, wie schwer ist es zu glauben, dass man wirklich geliebt werden kann, eine alte Not steigt in meiner Kehle auf, ich meine mich selbst zu sehen, wie ich zwischen Bäumen herumirre, hastig in der Erde grabe, mit abgekauten Fingernägeln, meine Kleider und meine Haare füllen sich mit Erdkrumen, eine kleine Grube scharre ich mir aus, um mich darin zu verstecken und nie mehr herauszukommen. Schäme dich nicht vor mir, flüstert er, ich möchte dich hören, und ich höre mich selbst sprechen, wie ich noch nie gesprochen habe, mit einer Stimme, die nicht meine ist, und erzähle die Geschichte eines Körpers, der sich in Staub auflöst, eines Körpers, der aufhört zu wachsen, der vor der Reife alt wird und den, der ihn betrachtet, täuscht, und der Trost der vergessenen Jugendliebe umgibt mich, so als wäre sie ein Märchen aus der Vergangenheit, und vor meinen Augen entstehen viele Märchen, lange nachdem sie ihre Lebendigkeit schon verloren haben, und mir ist, als würde ich die Schale meiner alten Einsamkeit zerbrechen hören, diese Schale, die mich immer bewahrt hat, auch vor denen, die ich liebte, vor ihrer Anwesenheit und vor ihrem Verschwinden, wie sie zerbricht und zu Boden fällt, und die Stadt, die ein einziger Palast ist, liegt offen da, während ein fremder Gast durch die geheimsten Räume schreitet, die Wandbilder betrachtet, Muscheln, Kraken, Delfine, geflügelte Cherubim, nacktbrüstige Göttinnen, athletische Turner, und ich begleite seine Schritte mit angstvoller Freude, wie erschreckend ist der Abschied von der Einsamkeit, wie aufregend, von einem Ende der Welt zum anderen hört man ihre Stimme.

Lange legt er sein Ohr wie ein Hörrohr auf meinen Oberschenkel, seine Hand gleitet über meine Haut, ich hoffe, du hast Geduld, flüstert er schließlich, als sich eine fühlbare Stille über das Zimmer senkt, ich habe nicht vor, heute Nacht mit dir zu schlafen, und bevor ich fragen kann, warum nicht, sagt er, das passt jetzt nicht, wir sind nicht allein, das ist seine Art, mich an den Jungen zu erinnern, der auf der anderen Seite der Wand vergessen worden ist, er hat keinen Anteil an unserer Liebe, an unserer Lust, mit seiner wachsenden Wut, die ihn selbst im Schlaf überfällt.

Wann bist du allein, fragt er, und ich sage, am Wochenende, wie vielversprechend dieses Wort klingt, Wochenende, aber wie weit ist es noch entfernt, und der Weg dorthin ist beschwerlich, wer weiß, ob er nicht meine Kräfte übersteigt, er ist noch angezogen und riecht nach Waschpulver, als würden seine Sachen noch immer zu Hause gewaschen, zusammen mit denen seiner Kinder, denn der gleiche Geruch entströmt Jotams Kleidung, ich versuche, sein Hemd aufzuknöpfen, er weicht kurz zurück, doch dann lässt er zu, dass ich seine schmale Brust entblöße, und sogar beim schwachen Licht des Computers erkenne ich eine große Narbe, die sie in der Mitte teilt, in ihrer ganzen Länge. Was ist das, frage ich, und er weicht mir aus, lass, das ist jetzt nicht wichtig, und ich gebe nicht auf, fahre mit dem Finger über die gespannte Haut und frage noch einmal, was ist das, und er sagt, mein Vater hat versucht, mich zu liquidieren, als ich klein war, ich erinnere mich kaum daran, und ich betrachte ängstlich die Narbe, wie hat er das gemacht, mit einem Messer? Er nimmt meine Hand weg, was spielt das für eine Rolle, mein Vater hat es mit einem Messer getan, deiner mit Worten, die Hauptsache ist doch, dass wir es nicht mit unseren Kindern tun, und ich denke an sie, an unsere drei Kinder, als würden sie alle drei im Zimmer nebenan schlafen, das hellhaarige Mädchen, das auf seinen Knien saß, stolz wie eine Prinzessin, und daneben zwei Jungen, ich überlege, ob wir das, auf unsere Art, nicht schon getan haben.

Sein Körper, der sich immer mehr entblößt, ist erstaunlich dunkel, im Gegensatz zu seinem Gesicht, als ob alles, was im Lauf eines Tages zu ihm gesagt wird, ihn blass werden lässt, und ich betrachte seine magere, beschädigte Brust, das im Vergleich zu den Schultern große Gesicht, das Missverhältnis zwischen Kopf und Körper, das mir eine seltsame Erleichterung verschafft, seine Hände liegen auf meiner Brust, mit einer Bewegung werden sie mich wiedererwecken, und diese Gewissheit reicht, das Feuer im Zentrum meines Körpers zu bewahren, er hat noch immer seine Hose an, wer weiß, welche Narben sich da verbergen. Plötzlich streckt er sich neben mir auf dem Rücken aus und schließt die Augen, wie von einer großen Müdigkeit überwältigt, so liegt er da, mit entblößter Brust. Seine Worte besitzen eine ungeheure Kraft, aber wenn er mit seinem hypnotischen Sprechen aufhört, ist er ein Mensch wie jeder andere, sein Gesicht entspannt sich, und ich zähle mir seine Mängel auf, als wäre das der einzige Weg, meinen eigenen Wert zu fühlen, ich schreibe ihm Fehler zu, um mich sicher zu fühlen, wie zum Beispiel das scharfe Schnarchen, das aus seiner Kehle kommt, durch seine geöffneten Lippen, die meine geküsst haben, und ich betrachte ihn enttäuscht, er ist genau wie Amnon, wie alle Männer, die sofort einschlafen, während die Frauen, einer alten Wunde ausgeliefert, sich im Bett herumwerfen, und obwohl ich vor der Macht der Feindseligkeit gegen einen Mann, der mir nur Gutes getan hat, zurückschrecke, fällt es mir schwer, das bittere Sprudeln versiegen zu lassen.

Ja, in dem Moment, in dem er einschläft, erwacht die Fremdheit wieder, begleitet von Misstrauen, ein fremder Mann liegt in deinem Bett, in dem Bett, in das dein Sohn am Morgen kommen wird, und wieder höre ich Gilis Stimme, ich hasse Jotams Papa, ich hasse Jotams Papa, hat er nicht im Schlaf gesprochen, hat er mich gerufen, ich stehe auf, laufe zur Tür, aber sie ist ja schon seit ein paar Stunden abgeschlossen, ich muss jetzt den Schlüssel umdrehen, eine denkbar einfache Handlung, ich halte den Schlüssel fest und versuche ihn zu drehen, aber er klemmt fest, ich versuche es noch einmal, und wieder klappt es nicht, nach einer halben Drehung verhakt der Schlüssel endgültig, weigert sich, das Ziel zu erreichen, und ich bücke mich, versuche, in die enge Öffnung hineinzuschauen, ich lausche angespannt auf das, was auf der anderen Seite der Wand passiert. Vielleicht ist er aufgewacht, vielleicht ruft er mich, gegen Morgen zerbröckelt sein Schlaf, und er versucht, mein Bett zu erobern wie ein entschlossener kleiner Ritter, was kann ich tun, wenn er aufgewacht ist, wie kann ich mich durch die verschlossene Tür um ihn kümmern, wie kann ich durch ein Schlüsselloch seine Mutter sein, und ich schaue mich um, suche nach einer Lösung, ich habe noch nicht einmal ein Telefon im Zimmer, ich habe nichts, was mir nützen könnte, außer einem schlafenden Mann, der die Ordnung meines Lebens mit seinem absurden Vorschlag, die Tür abzuschließen, gestört hat, etwas, was ich noch nie getan habe, ein Mann, der nicht in diese Wohnung gehört und ihre Gewohnheiten nicht kennt, die jetzt albtraumhaft gestört sind, indem zwischen mir und meinem Sohn plötzlich eine unüberwindliche Hürde aufgebaut ist.

Und wieder strecke ich die zitternden Finger nach dem Schlüssel aus, beschwöre ihn flüsternd, und wieder bewegt er sich nicht, ich versuche, das Schlüsselloch mit der Handcreme zu schmieren, die auf dem Nachttisch liegt, aber der Schlüssel widersetzt sich hartnäckig. Warum habe ich nicht widersprochen, als er die Tür abschließen wollte, und warum schläft er so ruhig, als wäre er nicht verantwortlich für dieses Desaster, und ich beobachte seinen gelassenen Schlaf voller Groll, schutzlos liegt er da, der Feindschaft ausgeliefert, nackt ohne seine Worte, die eine nach Weihrauch duftende süße Nebelwand um ihn erschaffen, soll ich ihn jetzt wecken, damit er die Tür eintritt und Gili, der von dem Lärm natürlich aufwachen wird, zwischen den Trümmern Jotams verhassten Vater entdeckt, und dann ist auf einmal die Stimme zu hören, vor der ich mich so gefürchtet habe, seine dunkle Babystimme, die er hat, wenn er vergisst, dass er eigentlich groß sein muss, Mama, ist schon Morgen, ist die Nacht schon vorbei? Immer hat er Angst davor, dass eines Tages eine Nacht nicht mit einem Morgen enden könnte, und ich antworte schnell, die Lippen an die Tür gedrückt, schlaf, Gili, bald ist es Morgen, mein Herz klopft so heftig, dass mein Körper davon geschüttelt wird wie ein Grashalm im Sturm, und ich sinke auf das Bett, schlaf weiter, murmle ich, schlaf weiter, und ich flüstere in sein Ohr, wach auf, Oded, und er richtet sich sofort auf, mit beherrschtem Gesicht, und fragt mit seiner scharfen Stimme, was ist passiert? Gili ruft mich, flüstere ich, und ich kriege die Tür nicht auf, und er springt aus dem Bett, setzt sich auf den Stuhl vor dem Computer, genau wie gestern Abend, knöpft schnell sein Hemd zu, wie jemand, der im Überleben geübt ist, misstrauisch und angespannt, so ganz anders als Amnon, der sich auf dem Bett streckt und dehnt und sofort wieder in einen Schlummer versinkt, als Abschied vom vorangegangenen Schlaf.

Seine Augen wandern durch das Zimmer, bleiben an meinem Gesicht hängen, an den heruntergelassenen Rollläden, er prüft die Stimmung, die völlig umgeschlagen ist, plötzlich stehen Vorwürfe zwischen uns, wo vorher sehnsüchtige Nähe gewesen ist, und ich flüstere, was tun wir jetzt, er ist schon einmal aufgewacht, gleich wird er wieder nach mir rufen. Was sollen wir tun, ich betrachte feindselig den Mann, der zusammengesunken vor dem Computer sitzt, es sieht aus, als würde die Narbe seine Schultern zusammenziehen wie zwei Flügel, als würde seine Brust immer tiefer einsinken und verschwinden.

Beruhige dich, sagt er, es gibt eine Lösung, wir müssen sie nur finden, und wieder schaut er sich im Zimmer um, in dem es weder Telefon noch irgendwelches Werkzeug gibt, auch keine Möglichkeit, durch das Fenster oder über einen

Balkon hinauszugelangen, hier gibt es nur ein Bett, einen Computer und einen Schrank, einen durchsichtigen Schatten von Begehren, das leise Echo wollüstiger Seufzer, und schließlich bückt er sich zu dem Schlüssel, berührt ihn vorsichtig, wärmt ihn ein bisschen mit den Händen an, und mit einer fast beiläufigen, schnellen Bewegung dreht er ihn um, macht kurzen Prozess.

Die Tür ist offen, Ella, verkündet er trocken und deutet mit einer spöttisch feierlichen Handbewegung zu ihr hin, und ich renne schnell hinaus, bevor sie sich wieder schließen kann, laufe zu Gilis Bett und küsse seine Stirn, sein Gesicht, ein paar Kuscheltiere sind auf den Boden gefallen, ich hebe sie so vorsichtig auf, als fürchtete ich, auch sie könnten aufwachen, und ich lege sie neben ihn, den Blick auf ihn gerichtet wie ein Leibwächter, schlaf, mein Schatz, murmle ich, und ich schaue zur Tür, Oded steht dort auf der Schwelle, verdeckt das Licht aus dem Flur und winkt mich zu sich, als könne er dieses Zimmer nicht betreten, und ich gehe zu ihm, danke, flüstere ich ein bisschen verlegen, es war furchtbar, ich bin sehr erschrocken.

Er nickt, ja, du hast dir selbst eine schreckliche Geschichte erzählt, und ich widerspreche sofort, was soll das heißen, so war es doch, die Tür ist nicht aufgegangen, es gab irgendeine Sperre, glaubst du mir nicht? Er lacht, natürlich glaube ich dir, vermutlich gab es ein kleines Problem, die Frage ist nur, was dahintersteckt, und ich wehre mich, was soll das heißen, das ist ein Schloss, das noch nie benutzt worden ist, und er sagt, ja, aber Tatsache ist doch, dass ich es ohne weiteres aufbekommen habe.

Worauf willst du hinaus, frage ich wütend, und er sagt, das ist doch vollkommen klar, du wolltest die Tür nicht aufmachen, du wolltest nicht zu deinem Sohn gehen, die Sperre war nicht im Schlüsselloch, sondern in dir, und ich protestiere, in mir? Wieso denn, ich habe doch versucht, die Tür aufzumachen, ich bin doch wirklich erschrocken, und er sagt, ja, unsere tiefsten Ängste sind die vor uns selbst, ist dir das nicht klar? Und ich höre seine Worte voller Entsetzen und Groll, was soll das, Oded, sage ich, ich bin nicht bereit, diese unbegründeten Unterstellungen zu akzeptieren, wollte ich mich etwa nicht um meinen Jungen kümmern? Woher weißt du so genau, was ich will und was ich nicht will? Wie weit kennst du mich überhaupt? Und er grinst, seine Finger streichen über mein Gesicht, beruhige dich, sagt er, du musst meine Erklärungen nicht annehmen, im Allgemeinen prüfe ich die Menschen, die mir nahe stehen, nicht auf diese Art, und selbst wenn, behellige ich sie nicht mit meinen Wahrnehmungen, aber diesmal hatte ich keine Wahl, es war zu offensichtlich und du warst zu blind, aber ich bitte dich für meine wilde Analyse um Entschuldigung, und jetzt gehe ich, bevor du mich wegschickst, ein dünnes beherrschtes Lächeln erscheint auf seinen Lippen, als er die Tür aufmacht, in seinem schwarzen Mantel, unter dem sich eine große Narbe befindet, eine Narbe, geformt wie eine Heugabel.

16 Halte dich von ihm fern, sagte meine Mutter immer, alle wissen, dass er krank ist, und ich protestierte, wieso krank, er sieht ganz gesund aus, und sie sagte, wie naiv du bist, das ist nur eine kurze Atempause, die ihm die Krankheit gewährt, wer weiß, wie lange sie dauert, du bist neu in dieser Klasse und weißt es noch nicht, alle außer dir wissen Bescheid, er wird seinen siebzehnten Geburtstag nicht feiern, und ich weigerte mich, das zu glauben, er sah so stark aus in seiner weißen Tenniskleidung, immer ging er gerade zum Training oder kam daher, und immer sah er ruhig aus, völlig sorglos, und alle Mädchen waren hinter ihm her, er war der Erste, der mich in der neuen Klasse bemerkt hatte, dem mein vor Schlaflosigkeit gequältes Gesicht aufgefallen war, er bot mir seine Nähe an, deren Wert ich nicht gleich erkannte, und die anderen folgten ihm, bis die fremde Stadt mir allmählich vertraut wurde, und an einem Freitag rief er mich an und sagte, meine Eltern fahren übers Wochenende weg, ich bin allein zu Hause, komm zu mir, sag deinen Eltern, dass du bei Dorit schläfst, und ich sprach mich sofort mit Dorit ab, die ihm gegenüber wohnte, auch damals war es mitten im Winter, der Himmel zerplatzte über meinem Kopf, als ich das Haus verließ, begleitete mich mit misstrauischem Ressentiment, ich hoffe, du gehst nicht zu Gil'ad, sagte sie, sie beharrte hartnäckig darauf, ihn Gil'ad zu nennen, nicht Gili, ich weiß, es schmeichelt dir, dass er sich für dich interessiert, aber glaub mir, es liegt nur daran, dass er krank ist.

Was willst du von mir, ich gehe zu Dorit, fuhr ich sie an,

und ein paar Minuten später verließ ich die vertrauten Straßen und erreichte die Viertel, die sich so ähnlich sahen, dass ich mich immer verlief. Leere lange Ärmel zeigten spöttisch auf mich, wie lebende Wesen, die kopfüber auf der Wäscheleine hingen, die dünnen Betonwände verdunkelten sich im Sturm, als wären sie aus Basalt, und er machte mir die Tür auf, ohne Hemd, in kurzen Tennishosen, als wären all seine anderen Kleidungsstücke draußen im Sturm geblieben, seine knabenhafte Brust war glatt und golden, von den Haaren, die bis auf seine Schultern hingen, tropfte das Wasser von der Dusche und rann über seine Haut, seine Augen glänzten wie Blätter nach dem Regen, wie wunderbar er war, als wollte er die Welt dazu zwingen, die Luft anzuhalten, bevor er sie verlassen würde, als wollte er den unvergesslichen Eindruck seiner blühenden Jugend hinterlassen. Er kochte heiße Schokolade für uns, sämig wie Brei, und las mir eine Geschichte vor, die er geschrieben hatte, er schrieb so schön, er war sowohl der beste Schüler als auch der Beste im Sport, er war der Tollste, und alle liebten ihn und niemand wusste, wen er wirklich liebte, sogar ich wusste nicht, ob wir ein Paar waren, immer blieb etwas zwischen uns unklar. Er bemerkte meinen Blick und lächelte mich an, du bist etwas Besonderes, Ella, sagte er, du bist nicht wie die anderen, dein Leben wird nicht normal sein, du wirst etwas Wertvolles schaffen, und ich sagte, wieso ich, du bist es, der für Großes bestimmt ist, sicher wirst du einen Roman schreiben, den alle loben, und ich werde ihn lesen und dich anrufen, aber du wirst dich nicht mehr an mich erinnern, und er machte eine abschätzige Handbewegung, und ich überlegte, was soll diese Handbewegung, denn gegen meinen Willen suchte ich nach Zeichen und dachte, weißt du, dass du deinen siebzehnten Geburtstag nicht feiern wirst, was hast du gemeint, als du gesagt hast, nur die Erde wird lesen, was ich schreibe.

Abends bot er mir das Bett seiner kleinen Schwester an, die mit den Eltern weggefahren war, er lachte und sagte, du bist ungefähr so groß wie sie, nur dass sie in die dritte Klasse geht, und ich erzählte ihm von meinen Brüsten, die Angst hätten zu wachsen, in der Nacht, in der Dunkelheit, erzählte ich ihm alles, der Abstand zwischen den beiden Betten füllte sich immer mehr, ich erzählte ihm, wie wehrlos ich war gegenüber den Beschimpfungen, Verboten, Drohungen zu Hause, wie ich von einem Bruder oder einer Schwester träumte, die mir beistünden, vielleicht würde ich dann wachsen, wenn ich bloß immer hier bleiben könnte, im Bett deiner Schwester, sagte ich, und als er plötzlich aus seinem Bett steigt, frage ich, wohin willst du, und er sagt, zu dir, sein goldener Körper leuchtet in der Dunkelheit, er tröstet mich mit gierigen Händen, und ich frage mich, ob das der Geschmack der Jugend ist, säuerlich und fiebrig, von vornherein enttäuschend. Auf dem Bett seiner neunjährigen Schwester winden wir uns, hast du schon einmal mit jemandem Liebe gemacht, fragt er in seiner schönen Sprache, und ich sage, nein, und du? Und er sagt, nicht wirklich, und ich weiß noch nicht einmal, was dieses wirklich bedeutet, ob es dieses Brennen zwischen den Schenkeln meint, und ich weiche zurück, noch nicht, Gili, es ist noch zu früh für mich, denn ich habe ständig die Stimme meines Vaters im Ohr, ein Mensch braucht Bremsen, sonst wird er zerschmettert, so wie ein Auto, dessen Bremsen versagen, Zerstörung bringt.

Aber ich habe keine Zeit, flüstert er, ich habe keine Zeit, und ich frage, warum, klebrige Angst hält meine Glieder zusammen, aber er weicht aus, sagt, das ist jetzt nicht wichtig, was für eine süße Schwester ich habe, staunt er, seine duftenden Haare kitzeln mein Gesicht, seine Haut ist glatt und zum Zerreißen gespannt, und ich erschrecke vor der

Nähe, an die ich nicht gewöhnt bin, komm, schlafen wir, mein schöner Bruder, und er sagt, wieso schlafen, wir dürfen nicht schlafen, und da weiß ich, dass es in dieser Nacht geschehen wird, auch wenn es zu früh ist, denn der Festentschlossene wird immer den Zögernden besiegen, und ich warte auf Worte, höre aber nur Atemzüge, als wäre er allein mit sich, keucht er in glühendem, enttäuschendem Schweigen, gib mir Worte, die unseren Atemzügen Bedeutung verleihen, die unsere Einsamkeit besänftigen, sag mir, dass ich deine Geliebte bin, soll ich denn ewig nach Zeichen suchen.

Wer von uns beiden schluchzt, oder schluchzen wir gemeinsam, in der kältesten Nacht jenes Winters, aneinander geklammert, als würden wir uns vor unserem Verlangen verstecken, bis wir im schmalen Bett seiner Schwester einschlafen und uns am frühen Morgen das laute Klingeln an der Tür weckt und meine Mutter auf der Schwelle steht und zischt, du hast Glück, dass dein Vater es nicht weiß, zornig betrachtet sie meinen Körper in seinem Trikot, das so lang ist wie ein Kleid, wenn das dein Vater erfährt, ist es aus mit dir, komm sofort nach Hause, und wie ein Gegenstand lasse ich mich packen und wegbringen, mir bleibt keine Zeit, mich zu verabschieden, und auf der Fahrt nach Hause bricht das einzige Bündnis zwischen uns, das Bündnis gegen meinen Vater. Ich werde es ihm erzählen, wenn das nicht sofort aufhört, droht sie, du weißt, dass ich nicht bin wie er, ich habe kein Problem damit, dass du dich mit Jungen herumtreibst, aber nicht mit ihm, glaub mir, es ist nur zu deinem Besten, und ich schreie, was hast du getan, was hast du getan, gerade deshalb muss ich doch so oft wie möglich mit ihm zusammen sein, bring mich sofort zurück, wie stark ist das Verlangen, aus dem fahrenden Auto zu springen, zu ihm zurückzukehren und seine Liebesworte zu hören.

Ich erlaube nicht, dass du dich an ihn hängst, zischt sie, glaub mir, ich weiß, wovon ich spreche, ich will auf keinen Fall, dass du mit sechzehn Witwe wirst, und am nächsten Morgen wartete ich am Schultor auf ihn, aber er kam nicht in die Schule, und ein paar Tage später verkündete die Lehrerin, sein Gesundheitszustand habe sich plötzlich verschlechtert, er sei in die Schweiz in ein Krankenhaus geflogen worden, und jeder, der könne, solle Geld spenden, wir sollten es unseren Eltern sagen, wir sollten Briefe schreiben, und meine Mutter spendete sofort etwas, als hätte sie nur auf diese Gelegenheit gewartet, und das Geld wurde gesammelt, die Briefe geschrieben, aber der schöne, begabte Junge, der Stolz seiner kleinen Familie, der Stolz des armen Viertels, aus dem er stammte, der Stolz der Schule und der Klasse, kehrte nicht aus dem Schweizer Krankenhaus zurück und feierte nicht mehr seinen siebzehnten Geburtstag und ich wurde nicht seine Witwe, und ich schwor mir, wenn ich je einen Sohn bekäme, würde ich ihn Gil'ad nennen, und wenn mein Mann sich weigerte, würde ich ihn sofort verlassen, aber Amnon weigerte sich nicht und trotzdem verließ ich ihn später, aus ganz anderen Gründen.

Deine Mutter hat Recht gehabt, sagt Oded, natürlich hat sie Recht gehabt, hättest du nicht genauso gehandelt wie sie? Hättest du deiner Tochter erlaubt, eine solche Verbindung einzugehen? Ich verstehe, dass du dich vom Sex und vom Tod angezogen fühltest, wir alle träumen davon, Liebe zu machen und zu sterben oder Liebe zu machen und ewig zu leben, was mehr oder weniger das Gleiche ist, aber es besteht kein Zweifel daran, dass deine Mutter ihre Pflicht getan hat, ihr blieb nichts anderes übrig, und ich sage, das stimmt nicht, sie hätte mich nicht auf diese Art wegholen dürfen, ohne dass ich mich verabschieden konnte, alles ist auf so tragische Weise abgeschnitten worden, nicht nur seine große Tragödie, sondern auch meine eigene nebensächliche, meine ganze Jugend habe ich mit dem Versuch vergeudet, herauszufinden, ob er mich geliebt hat. Er hatte darum gebeten, dass man seine Geschichten mit ihm zusammen begrub, und ich träumte davon, dass ich in der Erde grabe und seine Geschichten finde und darin lese, dass er mich liebte, es wurde zu einer Besessenheit, jahrelang konnte ich mit niemandem schlafen, vielleicht war es ja das, was ihn umgebracht hat, es war eine kalte Nacht und er hat geschwitzt, der Schweiß kühlte seinen Körper aus, vielleicht wäre es nicht passiert, wenn ich nicht mit ihm zusammen gewesen wäre.

Ja, sagt er, Zorn kann zweifellos töten, und ich frage, welcher Zorn, der meiner Mutter oder meiner, und er sagt, nein, der Zorn auf ihn, schließlich hat er sich dir aufgezwungen, du wolltest einen Bruder und keinen Liebhaber und er hat mit dir geschlafen und dich verlassen, und er hat noch nicht einmal dein narzisstisches Bedürfnis befriedigt, da ist es kein Wunder, dass du ihn bestraft hast, und ich frage zitternd, ich soll ihn bestraft haben, bist du noch normal? Und er lächelt, beruhige dich, ich meine es nur auf der symbolischen Ebene, was ist mit dir, du erschrickst jedes Mal aufs Neue, wenn du entdeckst, dass es so etwas wie das Unbewusste gibt, ich befürchte langsam, dass du nur etwas von alten Steinen verstehst, aber nichts von Menschen. Und ich fauche zornig, wirklich, kann es nicht sein, dass du der Realität deine seltsamen Deutungen aufzwingst und das zerstörst, was selbstverständlich ist, wie kannst du einfach irgendwelche Behauptungen aufstellen, ohne alle Details zu kennen? Und sofort schmilzt mein Zorn vor seinem Lächeln, und er sagt, weißt du, ich hätte einer solchen Verewigung nicht zugestimmt, ich hätte nicht erlaubt, dass du unserem Kind den Namen dieses Jungen gibst, und ich staune, wirklich, warum nicht? Amnon hat das überhaupt nicht gestört, und er sagt, es hätte mich bedrückt, dieses Festhalten an einer Vergangenheit, mit der man sich nicht messen kann, es ist etwas Herausforderndes an einem Liebhaber, der jung gestorben ist, ich halte das für nicht gesund, weder für dich noch für das Kind und ganz bestimmt nicht für deinen Partner, und ich schaue ihn wieder zornig an, es fällt mir schwer, mir einzugestehen, dass Amnon Vorzüge ihm gegenüber hat, aber wenn es ein Vorzug Amnons war, hat diese Namenswahl vielleicht unsere Geschichte bestimmt?

Hast du noch andere tote Liebhaber auf Lager, will er wissen, und ich sage, nein, das ist der Einzige, und er lächelt erleichtert, gut, dann brauchen wir darüber wenigstens nicht zu streiten, wenn wir ein Kind bekommen, und mir verschlägt es den Atem, vor ihm, vor dem Bogenfenster, das auf die Stadtmauern hinausgeht, auf den Davidsturm, der von schwarzen Sturmwolken verhangen ist, ist es das, was er in mir sieht, eine neue Familie, eine späte Familie, während ich die Illusion einer Jugend sehe, schließlich wollte ich kein Kind, als ich Amnon verließ, und trotzdem kann ich mir einen Moment lang vorstellen, dass vor dem Tisch ein Babykorb steht, mit einem kleinen Kind, das fröhlich strampelt, wie Gili früher, und obwohl es in Wirklichkeit nicht existiert, kann man es nicht mehr ignorieren, nachdem das Wort ausgesprochen ist. Werden wir irgendwann einmal wieder so dasitzen, umringt von neuen und alten Kindern, wird das unser Trost sein, wird das unsere Niederlage sein, und ich lache und frage, du denkst schon an ein Kind, bevor wir überhaupt miteinander geschlafen haben, und er sagt, du hast Recht, das ist ein ernstes Versäumnis, das bald korrigiert werden wird, das verspreche ich dir, vielleicht isst du schnell deinen Teller leer, damit wir gehen können, und ich seufze vor den Resten von Fisch, Salat und Süßkartoffeln, vielleicht willst du es aufessen, ich habe keinen Hunger mehr.

Ich hoffe, dass dein sexueller Appetit größer ist, er lächelt, zieht mein Gesicht zu sich, streut schnelle Küsse auf meine Lippen, als wäre das Restaurant leer, als würden uns jetzt nicht die Mauern der Altstadt anstarren, und ich habe das Gefühl, als würden meine Knochen weich, Türen werden mit einem leisen einladenden Rauschen geöffnet, diesmal wird er nicht sagen, es ist zu früh für mich, denn in diesem Moment ist sein Wille mein Wille und mein Wille seiner, und wenn wir davonrennen und die Geldscheine auf dem Tisch liegen lassen, ohne auf das Wechselgeld zu warten, werde ich die wenigen anderen Gäste mitleidig anschauen, wie armselig sie aussehen, wie besorgt, und ich meine eine tröstliche Botschaft für sie zu haben, eine Botschaft, die viele Monate Zeit gebraucht hat, um zu mir zu gelangen. Habt keine Angst, werde ich zu ihnen sagen, habt keine Angst vor der Veränderung, denn ihr werdet wieder und wieder geboren werden, wieder und wieder wird eure Geschichte geschrieben werden, und das neue Leben wird seinen Schatten über das alte werfen, schaut mich an, ihr würdet nicht glauben, wo ich vor kurzem noch war und wo ich jetzt bin, gekleidet in das Gewand einer neuen Liebe, statt in Fetzen, die kaum meine Blöße bedeckten, eine neue Liebe, die sich eine Zeile nach der anderen in mir eingeschrieben hat, mit geheimnisvollen alten Buchstaben, und nun, da sein Gesicht vor mir strahlt wie ein schmeichelhafter Spiegel, verbinden sich die Buchstaben, an diesem Freitagnachmittag, vor der Stadtmauer, vor den milchigen Sonnenstrahlen, die durch den Wolkenschirm dringen.

Auf dem Parkplatz grüßt ihn eine junge Frau, ihre Haare sind zusammengebunden und so sorgfältig gekämmt, dass man die Zähne des Kamms darin noch zu erkennen meint, sie lächelt ihn bedeutungsvoll an, ihre großen geschminkten Augen begleiten uns, und ich frage, wer ist das? Keine Antwort, sagt er, und ich frage weiter, eine Patientin? Keine Antwort, sagt er, und ich ziehe ihn am Arm, gut, sag mir nur, dass sie keine Geliebte von dir ist. Nein, sagt er böse, sie ist keine Geliebte von mir, aber was ist mit dir los, am Ende wirst du noch wie Michal, möchtest du, dass ich jeden Mann, den du auf der Straße grüßt, verdächtige, dein Liebhaber zu sein? Nein, natürlich nicht, sage ich, ich habe Amnon nie verdächtigt, ehrlich, aber dich kenne ich noch nicht gut genug, vermutlich ist Michals Eifersucht ansteckend, und wieder denke ich an unser Gespräch beim Picknick im Park, ja, das hat sie beabsichtigt, sie wollte mich mit ihren Eifersuchtsbazillen infizieren, und ich versuche, nicht länger an sie zu denken, während ich in sein Auto steige, nicht an das düstere Wochenende, das sie erwartet, allein mit zwei Kindern, und daran, ob sie ihre Eltern zum Abendessen eingeladen hat, um sein Fehlen zu verschleiern, um die geschrumpfte Familie zu vergrößern.

Und jetzt sage ich, du fährst nicht richtig, du musst hier links abbiegen, und er lächelt, legt seine Hand auf mein Knie, es kommt darauf an, wo man hinwill, und ich sage, nach Hause, oder etwa nicht? Und er fragt, zu wem nach Hause, wir haben kein gemeinsames Zuhause, du lernst jetzt mein Zuhause kennen.

Ich dachte, du wohnst in der Praxis, sage ich überrascht, er lacht, du bist nicht auf dem Laufenden, und ich sage, du hältst mich ja nicht auf dem Laufenden, der Staub einer dumpfen Verletzung brennt mir in den Augen, er baut sein Leben auf, er unterschreibt Verträge, er überweist Geld, er macht Termine, er hält seine Füße in den Fluss des tobenden Lebens, während ich darum bete, ihn in jener Nacht nicht für immer vertrieben zu haben, und das Wochenende herbeisehne, und es kommt mir vor, als gehe der Weg zu diesem Wochenende über meine Kräfte, als wäre er zu lang und zu steinig, ein großes Glück erwartet jeden, der diesen Weg geht, aber wie groß ist die Anstrengung. Wann beginnt das Glück, dann, wenn er in meiner Wohnung auftaucht, oder dann, wenn er meinen Körper berührt, oder dann, wenn ich mir vorstelle, dass all jenes zwar geschieht, mich aber frage, wo ich mein ureigenes Glück finden werde, das nicht in der Tasche eines Mannes steckt, mit ihm kommt und mit ihm geht, vielleicht ist es das, was ich an diesem Wochenende suchen soll, denn als ich ein Kind war, hatte ich keinen Mann, ich hatte noch nicht einmal einen Sohn, ich schlief allein in meinem schmalen Bett und ich wachte allein auf.

Am Ende der Allee aus knotigen Johannisbrotbäumen mit den vom Alter gekrümmten Stämmen und den ungenießbaren Früchten, die sie wie Schatten umhüllen, parkt er sein Auto, nicht weit von meinem Haus, nicht weit von dem Haus, das er verlassen hat. Die Straße kenne ich, aber nicht die enge Gasse, die von ihr abzweigt.

Das erste Lächeln in den Mundwinkeln, als er die Tür zum Treppenhaus des alten Betonblocks aufstößt, die Wohnungstür, auf der sein Name noch nicht prangt und die sich in einen weißen, fast leeren Raum öffnet, in dem der Geruch von frischer Farbe hängt, das erste Lächeln macht das Atmen schwer. Ich habe es noch nicht geschafft, Möbel zu kaufen, sagt er, ich war erst vorgestern hier und habe sofort unterschrieben, es ist die erste Wohnung, die ich mir angeschaut habe, gefällt sie dir? Seine Stimme hallt zwischen weißen Wänden, verleiht seinen Worten eine gewisse Feierlichkeit, etwas leicht Gezwungenes, als hielte er mir eine Rede, und ich gehe durch die Zimmer, deren Zahl immer größer wird, ich habe das Gefühl, als führte jedes Zimmer in ein weiteres. Sie ist riesig, sage ich mit misstrauischem Erstaunen, wofür brauchst du so viele Zimmer, und er sagt, besser zu viele als zu wenige, nicht wahr? Und ich sage, ja, wenn es möglich ist, und trotzdem frage ich mich, was für ein Leben er sich hier vorstellt, schließlich ist er den ganzen Tag in der Praxis und die Kinder werden wohl nur ein- oder zweimal in der Woche kommen. Versucht er, mir etwas anzudeuten, zu zeigen, dass er uns schon einbezieht, mich und Gili, gehe ich gerade durch die Wohnung, die zukünftig mein Zuhause sein wird, wie ein Mensch, der, ohne es zu wissen, die Straße seiner Zukunft betritt?

Wem wird das gehören, frage ich und deute auf ein vollkommen leeres Zimmer, quadratisch und groß, mit einem schmalen Balkon, der von ihm abgeht wie eine aufgezogene Schublade, und er sagt, Maja hat es sich ausgesucht, und Jotam das daneben, zu meiner Freude haben sie es geschafft, sich nicht um die Zimmer zu streiten, und wieder die Kränkung in den Augenwinkeln, sie waren vor mir hier, seine Kinder, warum eigentlich nicht, schließlich soll das ihr Zuhause werden, und trotzdem, für wen ist das zusätzliche Zimmer bestimmt, auf der anderen Seite des Schlafzimmers, in dem schon ein Bett und ein großer Spiegelschrank stehen. Ich betrachte mich erstaunt darin, es ist ungewohnt, mich neben ihm zu sehen, von weißer Luft umgeben. Das Zimmer ist zwar nicht groß, aber das Geheimnis, das es umgibt, ist groß, und als er sich, neben mir stehend, darin umschaut, schweigt er, auf seinen Lippen erscheint wieder diese Andeutung eines Lächelns, das sich nicht vollendet, ich habe das Gefühl, als beobachtete er mich, als wartete er auf meine Frage, aber ich beende den Rundgang und strecke mich auf dem Sofa aus, das ganz allein im Wohnzimmer steht, betrachte die Aussicht aus dem Fenster, Kiefern, deren hohe Kronen schwer auf den schwachen Stämmen lasten, die nackten Paternosterbäume, die im Frühling mit dem jungen Grün ihr Erscheinungsbild ändern werden, wie ein Haus, das sich plötzlich mit dem Geschrei von Kindern füllt, und mir scheint, als gäbe es nichts, was ich mehr will, als im Frühling hier zu sein, mit ihm, und zu sehen, wie die Bäume wie auf Befehl ihre Stimmung ändern.

Viel Glück im neuen Haus, sage ich, und er sagt, danke, und setzt sich neben mich auf das Sofa, er scheint sich auch nicht wohl zu fühlen angesichts dieser Leere, die noch nicht weiß, wie sie sich füllen wird, denkt er jetzt vielleicht an die Wohnung, die er verlassen hat, an die Sessel und die Sofas und die Teppiche und Bilder, an die Schale mit den roten Birnen, an die Spielsachen und die Zettel auf dem Kühlschrank, an die Kinderstimmen und das unterdrückte Weinen, das aus einem der Zimmer kommt? Das alles ist noch etwas ungewohnt für mich, sagt er, als wollte er sich entschuldigen, ich habe alles sehr schnell gemacht, bevor ich es bereuen konnte, dieser Monat in der Praxis war zu lang, ich musste mir wieder ein Gefühl von zu Hause schaffen, als Ersatz für das Zuhause, das ich gehabt habe. Und eine Frau als Ersatz für die andere, schlage ich vor, und er betrachtet mich amüsiert, eine Frau als Ersatz für die andere, wiederholt er, vielleicht, stört dich das? Und ich sage, nein, eigentlich nicht, solange ich es bin, und er sagt, ja, du bist es, ich glaube, dass du es bist, aber seine Augen irren unruhig zwischen den leeren Wänden umher, als würde er gerade jetzt bemerken, dass über Nacht sein ganzer Besitz verschwunden ist, und ich flüstere, warum schläfst du dann nicht mit mir, und er wendet sich mir zu, als sei er aus einem Tagtraum erwacht, und sagt, natürlich schlafe ich mit dir, die ganze Zeit schlafe ich mit dir, fühlst du das nicht? Und er öffnet langsam die Knöpfe meiner dünnen orangefarbenen

Bluse, lächelt die entblößten Brüste an, wie man alte Bekannte anlächelt.

Das Tageslicht steht dir gut, sagt er heiser, du siehst weicher aus am Tag, und es ist, als glitten die Jeans ganz von allein von meinem Körper, weil der Körper sich selbst danach sehnt, nackt zu sein, wie bei einem kleinen Kind, das sich von der Kleidung gefesselt fühlt, und auch er befreit sich mit erstaunlicher Leichtigkeit von seiner Kleidung, und als er aufsteht, um zu pinkeln, begleitet ihn mein Blick, ich sehe, wie er, in Gedanken versunken, vor der Kloschüssel steht, und ich habe das Gefühl, ihn wie damals zu betrachten, an jenem Schabbat, während unsere Kinder im Nachbarzimmer spielten und er mir vollkommen fremd war, und nun kommt er blass und erregt zu mir, zieht mein Gesicht zu seinem und leckt meine Lippen, denn das war es, was an jenem Morgen hätte passieren sollen und was jetzt passiert, auch wenn aus dem Sommer inzwischen Winter geworden und auf den Bäumen kein einziges Blatt zurückgeblieben ist. Uns ist die große Gnade einer zweiten Möglichkeit zuteil geworden, die Gnade, das Verbotene zum Erlaubten zu machen, und eine hohe und weiße Welle der Dankbarkeit hebt mich hoch, in seine Arme, in dieses Wochenende, als wäre es die Bezeichnung eines Ortes und nicht einer Zeit, der Name einer einsamen Insel, der Wochenendinsel, wo, im Gegensatz zur Insel der Kinder, die Eltern ohne Kinder sind, allerdings nur für eine gewisse Zeit, und sogar Gilis Worte, ich hasse Jotams Vater, verlieren an Kraft, weil dieser wunderbare Mann mit den Haaren, die ihm so aufreizend in die Stirn fallen, und mit den feuchten Augen an diesem Wochenende niemandes Vater ist, er gehört meinem Körper, der sich seinen Bewegungen unterwirft, meinen Ohren, die sich in seine Stimme verlieben, meinen Lippen, die seine Lippen begehren, meinen Fingern, die mit seinen Fingern sprechen, er gehört meinem Körper, der leugnet, dass einmal ein anderes, neues menschliches Wesen in ihm war, der die Scham vergisst, dass irgendwann ein Kind mit einer gewaltigen Anstrengung durch ihn hinausdrang, die Brustwarzen, erregt von seiner Zunge, vergessen, dass einmal ein zahnloser kleiner Mund an ihnen gesaugt hat und süßliche Milch aus ihnen getropft ist, alle Körperteile wollen nur Lust.

Es ist nicht zu früh für dich, du vertraust mir schon, flüstert er, und ich zittere seinem Glied entgegen, das sich mir nähert, umfange es wie ein Ring, verbinde uns beide mit rhythmischen Bewegungen, die auf einen unbekannten Punkt hinzielen, verborgen wie ein kostbarer, schon beim Aufwachen vergessener Traum, ja, ich vertraue dir, allein schon, weil du gefragt hast, und wenn die Lust kommt, wird sie an die Tür klopfen wie ein ersehnter Gast, sie wird volle Körbe in den Händen tragen, sie wird schwer und langsam sein, golden wie eine Honigwabe, die in der Sonne schmilzt, und wir werden weich und klebrig sein, als wären wir aus warmem Teig, duftende Menschenpuppen, eng umschlungen werden wir uns umdrehen, meine Haare in seinem Mund, seine Hände auf meinen Schulterblättern, mein Gesicht an seinem Hals, wir werden in einem dämmrigen Schlummer versinken, der weder Schlaf noch Wachen ist, sondern das langsam einsickernde Erinnern des Körpers an sein Glück, und in diesem Erinnern verdoppelt und verdreifacht sich die Lust, bis es scheint, als könnte der Körper sie nicht fassen, als könnte die Wohnung sie nicht fassen, auch nicht die schmale abschüssige Gasse und nicht die ganze Stadt, die unter der Lust stöhnt, und vor den Fenstern heult die Sirene, die den Schabbat ankündigt, und obwohl sie von einem elektrischen Gerät hervorgebracht wird, scheint sie aus dem Himmel zu brechen, teilzunehmen an diesem bräutlichen Fest, seinen Segen mit dem Segen der feuchten Steine zu vermischen, der nackten Zweige, und ich weiß, dass ich mich künftig an jedem Freitagabend, wenn ich die Schabbatsirene höre, an diesen Moment erinnern werde, und dieser Moment wird sich an mich erinnern, und selbst wenn er sich nie wiederholen wird, wird mich das Wissen, dass er möglich war, begleiten wie ein Gebet, dessen Worte vergessen sind, und ich stütze mich auf die Ellenbogen und betrachte sein Gesicht, es ist mir vertraut geworden, als hätte er sich dort neben mir versteckt, eine Höhle in die Erde des Orangenhains gegraben, eine Höhle, die uns beide verschlingen wird.

Die kühle winterliche Dunkelheit bedeckt die Steine der Häuser und die schweren Wipfel, und es scheint, als bemühten sich die Heizungslamellen, die aus der Wand ragen, vergeblich, die große, leere Wohnung zu erwärmen, die noch kein wirkliches Leben beherbergt, und als ich die Hand nach der Bluse ausstrecke, die vor dem Sofa liegt, nimmt er meine Hand, warte, zieh dich noch nicht an, er steht auf und holt eine Decke aus dem Schlafzimmer, eine leichte Decke, und er deckt mich bis zu den Schultern zu, streichelt meine Haare und breitet sie über das Kissen aus, schweigend, und eigentlich ist noch nichts gesagt worden, als hätten wir beide Angst, als hätten die Worte selbst Angst vor dem, was sie bewirken könnten, davor, den Zauber dieses Abends zu vertreiben, eines Abends, der die Fenster mit immer dichteren und dunkleren violetten Vorhängen bedeckt.

Schweigend beobachte ich, wie er den Hahn aufdreht und den Wasserkessel füllt, wie er den Kuchen aus der Tüte holt, ein Messer aus der Schublade nimmt, einen Teller aus dem Schrank, und jede Bewegung ist wunderbarer als die vorherige. Meine Glieder scheinen vergessen zu haben, wie man sich bewegt, sie liegen wie gelähmt da, eine gewollte Lähmung hat mich erfasst. Wie großartig dieser Mann ist, der mich mit einer solchen Natürlichkeit versorgt, wie tief die Zufriedenheit des Nichtstuns, als wären neue Gesetze in die Welt gekommen und man müsste sich um nichts mehr bemühen, die Gaben kommen eine nach der anderen, in einer nie endenden Folge, und als er das Tablett neben mich auf das Sofa stellt, sagt er, jetzt kannst du dich nicht mehr beklagen, dass wir noch nicht miteinander geschlafen haben, und ich lache, ich glaube, ich werde mich nie mehr beklagen, ich werde mir einen neuen Lebensinhalt suchen müssen, und er lacht, warum, hast du dich sonst so oft beklagt? Und ich sage, ohne Ende.

Über was zum Beispiel, fragt er, hält mir die Tasse mit dem warmen Kaffee hin, und ich nehme einen schnellen Schluck, ein paar Tropfen rinnen mir aus dem Mund auf die Brust, und er lacht und leckt sie auf, und ich seufze, was spielt das für eine Rolle, warum soll ich mich an mein früheres Leben erinnern, das mir jetzt wie ein schmaler dunkler Weg vorkommt, voller Schlaglöcher und Hindernisse, ein Weg, der nur dazu bestimmt war, mich zu diesem Moment zu führen, zu dieser Wohnung, zu diesem Mann, und leichtsinnig wische ich mit der Hand all die Jahre meines Lebens weg, als hätte es bisher keine einzige bedeutende Minute gegeben, als wäre kein einziger Faden von meinem früheren zu meinem jetzigen Leben gespannt worden, und mit dem Stolz desjenigen, der aus einer Katastrophe errettet wurde und glaubt, sein Glück sei beschlossene Sache, wiederhole ich, was spielt das für eine Rolle, ich werde mich nie mehr beklagen, über nichts, und er betrachtet mich amüsiert, Versprechungen, die im Bett gegeben werden, sind nicht viel wert, das weißt du. Seine Hände spielen mit meinen Haaren wie ein Kind, das wieder und wieder das Fell der Katze streichelt und auf das beruhigende Schnurren wartet.

Der erstickte Schrei eines fliehenden Vogels steigt plötzlich aus der Tiefe meiner Handtasche auf, verblüfft mich gerade dadurch, dass er mir so vertraut ist, und ich wühle in meiner Tasche, nur um zu sehen, ob es Gili ist, aber auch als ich sehe, dass es sich um eine andere Nummer handelt, gehe ich ran, ich höre ihre raue, immer durchdringende Stimme, wo bist du, Ellinka, du bist den ganzen Tag nicht zu Hause, beklagt sich meine Mutter, und ich sage, ich bin bei Freunden, und sie fragt, Freunden von Gili, als hätte ich schon keine eigene Existenz mehr, und aus irgendeinem Grund antworte ich, ja, und sie fragt, erinnerst du dich daran, dass wir ausgemacht haben, dass ihr heute zu uns zum Essen kommt, du und der Junge, und ich habe es natürlich vergessen, vermutlich habe ich gedankenverloren eingewilligt und nicht daran gedacht, dass Gili an diesem Wochenende überhaupt nicht bei mir ist. Also kommt um sieben, sagt sie, ich habe für ihn den süßen Auflauf vorbereitet, den er so gern hat, und ich bestätige es kurz angebunden, weise sie nicht auf den Irrtum hin, auf die veränderten Pläne, ich füge mich in die Einladung, die sich vor mir auftut wie ein Urteilsspruch, dem ich mich nicht entziehen kann, denn in mir wächst die Lust, sie heute Abend zu überraschen, sie mit meinem neuen, unerwarteten Glück zu provozieren, den Segensspruch, der mir hier zuteil wurde, dem Fluch entgegenzustellen, der in ihrem Haus über mich gesprochen wurde.

Ich wende mich mit einer weichen Stimme an ihn, Oded, ich habe etwas für uns vor, ich hoffe, du hast nichts dagegen, und er ist überrascht, wirklich, ich hoffe nur, dass keine anderen Menschen beteiligt sind, und ich sage, nicht viele, nur zwei, ein Paar, und er protestiert, Ella, du musst mich fragen, bevor du so etwas ausmachst, ich sehe die Woche über so viele Leute, dass ich am Wochenende allein sein muss, und ich sage, ich hatte es ganz vergessen, und jetzt kann ich nicht mehr absagen. Na gut, meinetwegen, sagt er seufzend, um wen geht es? Er hebt mein Kinn, das ich schon beleidigt gesenkt habe, zu sich hoch, und ich sage, um meine Eltern, ich möchte, dass wir zum Abendessen zu meinen Eltern gehen, und er weicht zurück, findest du nicht, dass es noch zu früh ist, mich wie einen neuen Bräutigam vorzuführen? Aber ich bleibe stur, wenn es dir nicht zu früh vorkommt, mit mir zu schlafen, dann ist es auch nicht zu früh, mit mir zu meinen Eltern zu gehen.

Was hat das eine mit dem anderen zu tun, murrt er, woher hast du diese bürgerlichen Vorstellungen, wen willst du bestrafen, wissen sie überhaupt, dass du nicht allein kommst? Natürlich wissen sie das, sage ich, und er schnaubt unwillig, lass mich darüber nachdenken, ich gehe duschen. Sein schmaler Rücken bewegt sich steif, als könnte eine unvorsichtige Bewegung die alte Wunde auf seiner Brust aufreißen, und ich wickle mich in die Decke und stelle mich ans Fenster, der Wind bewegt die Baumwipfel, als wären sie eine Herde riesiger Tiere, die nachts zum Leben erwachen und sich in der Dunkelheit langsam vorwärts bewegen, morgen werden sie schon woanders sein, und ich wende das Gesicht und betrachte vom Fenster aus das Zimmer, in dem ein einziges Sofa steht, dicht an der Wand, und versuche, in der Vorstellung die Möbel aus meiner Wohnung herzubringen, sie wiegen nicht viel, schweben durch die Luft, ein Sofa und zwei Sessel und ein orangefarbener Baumwollteppich, und Bücherregale, in denen sich traurige leere Fächer auftun wie Augenhöhlen, und hinter ihnen flattert ein Junge mit herbstlaubfarbenen Augen, die Hände voller Spielsachen, die beim Fliegen zu Boden fallen. Als ich ein Kind war, hatte ich keine Wohnung, den Orangenhain neben unserem Haus liebte ich wie mein Zuhause, nur dort war ich sicher, wenn über meinem Kopf die Sonnenstrahlen die Baumwipfel mit goldenen Fäden zusammennähten.

Ich muss gestehen, dass es mir schwer fällt, es dir abzuschlagen, sagt er, als er zurückkommt, die zerbrechliche Brust noch immer entblößt, einen leichten Duft nach Lavendel verströmend, er hat schwarze Hosen übergestreift, die ihm zu groß sind, seine Hände schließen den Gürtel um die Hüfte, aber es passt mir jetzt wirklich nicht, sei nicht gekränkt, ich möchte vorläufig dein Geliebter sein, mach noch keinen Bräutigam aus mir, und ich sage, in Ordnung, kein Problem, ich werde allein hingehen, und ich mache einen Satz, als würde der Boden unter meinen Füßen brennen, laufe zum hellblau gekachelten Badezimmer und dusche schnell, der Dunst, der seinen Körper berührte, hat sich noch nicht aufgelöst und hüllt mich ein, mich und die Kränkung, die immer mehr anschwillt, obwohl mir klar ist, dass er Recht hat, woher stammt der Drang, meine Eltern zu provozieren, sie mein junges Glück mit kalten Fingern in die Wangen zwicken zu lassen, und ich beschließe schon aufzugeben, aber als ich, in ein Handtuch gewickelt, ins Zimmer zurückkomme, erwartet er mich an der Tür, in einem weißen Hemd und einem dunklen Jackett, die feuchten Haare nach hinten gekämmt, als handle es sich um ein offizielles Ereignis, und sagt, ich habe mich inzwischen an die Idee gewöhnt, wenn du es unbedingt willst, hast du vermutlich gute Gründe dafür.

Gib mir Anweisungen, bittet er, als wir die Wohnung verlassen, willst du, dass ich einen guten oder einen schlechten Eindruck mache? Und ich sage, einen schlechten, was soll diese Frage, und er nickt ernsthaft, gut, ich werde mir Mühe geben, sagt er und nickt noch einmal, als lastete eine schwere

Verantwortung auf seinen Schultern, schweigend geht er neben mir durch die Straßen, die so still und dunkel sind wie auf einem alten Foto. Die Geräusche des Abends, seine Farben und Düfte sind hinter den vor der Kälte geschlossenen Fenstern verborgen, das Leben hat sich im Nebel aufgelöst und plötzlich sind die Straßen menschenleer, und ich überlege, ob vielleicht alle etwas wissen, was nicht an unsere Ohren gedrungen ist, bringt sich der, der das Haus verlässt, in Lebensgefahr, und ich sehne mich danach, in die leere Wohnung zurückzukehren, in der ich vollkommenes Glück erfahren habe. Von Zeit zu Zeit wirft er mir einen gleichgültigen, amüsierten Blick zu, seine Schritte sind gemessen, und dann gehen wir die rot gefliesten Stufen hinauf, und sein Gesichtsausdruck verändert sich, als ich zugebe, sie werden ein bisschen überrascht sein, dich zu sehen, sie glauben, dass ich mit Gili komme.

Das ist nicht in Ordnung, Ella, sagt er böse, du hast gesagt, sie wissen es, und ich kichere, ich habe gesagt, sie wissen, dass ich nicht allein komme, genau so hast du deine Frage formuliert, und er seufzt, ich hoffe, dass du dir gut überlegt hast, was du tust, mir erscheint es eher überflüssig, bei dieser Kälte das Haus zu verlassen, nur um deine Eltern in Verlegenheit zu bringen, und ich drücke mich an ihn und küsse seine Wange, und bevor ich die Hand nach dem Klingelknopf ausstrecke, geht die Tür auf und mein Vater tritt auf den dunklen Absatz, den Blick auf den Punkt gesenkt, wo Gilis kleiner Kopf auftauchen müsste, und er breitet die Arme aus und sagt, wer kommt da zu Opa, wer kommt, um mit Opa Schach zu spielen?

Ich, antwortet Oded mit seiner dunklen Stimme, und mein Vater richtet sich überrascht auf und drückt schnell auf den Lichtschalter, seine hübschen Gesichtszüge verdunkeln sich, Ella, sagt er, wir haben gedacht, du kommst mit

Gili, er ignoriert den Mann neben mir, obwohl seine Augen auf ihn gerichtet sind. Ich habe im letzten Moment meine Pläne geändert, das ist Oded, verkünde ich fröhlich, als wäre mir inzwischen ein neues Kind geboren worden, und mein Vater blinzelt zornig und angespannt und zwingt seine Lippen zu einem etwas zu breiten Lächeln, das grau gewordene Zähne entblößt. Bitte, tretet ein, sagt er mit einer feierlichen Handbewegung, als erlaubte er uns, einen prachtvollen Palast zu betreten, und meine Mutter kommt aus der Küche auf uns zu, ein abgenutzter Flanellmorgenrock hängt ihr um den Körper, ihre Füße stecken in alten Hausschuhen, die überhaupt nicht zu den stilisierten Fliesen passen, auf denen sie sich schwerfällig bewegt, Ellinka, du hast mir nichts gesagt, verkündet sie, um vor meinem Vater klarzustellen, dass sie an diesem bösen Plan nicht beteiligt war, sie wirft ihm schnelle Blicke zu, und als sie sich neben ihn stellt, wundere ich mich wieder, wie sie es immer schafft, kleiner auszusehen als er, obwohl sie größer ist.

Entschuldigt mich einen Moment, sagt sie und watschelt wie eine aufgeschreckte Ente zum Schlafzimmer, um sich umzuziehen, und mein Vater wiederholt seine Einladung, bitte, tretet doch ein, obwohl wir schon eingetreten sind, setzt euch bitte, und ich setze mich auf meinen Platz an dem runden Küchentisch, schaue Oded an und deute auf den Stuhl neben mir, auf dem, wie üblich, ein besticktes Kissen für Gili liegt, um den Sitz zu erhöhen, und er setzt sich gehorsam darauf, vor ihm, auf dem Tisch, steht Gilis Teller, auf den zwei bunte Ungeheuer gemalt sind, dazu eine Plastiktasse und daneben ein Strohhalm, ein Zwergenbesteck, und niemand macht sich die Mühe, das Gedeck für ihn auszutauschen, auch ich nicht, schon überkommt mich Reue angesichts unseres Überfalls. Oje, wenn ich nur wüsste, was sein wird, sagt meine Mutter und eilt, in einem abgewetzten

Pullover, in die Küche zurück, murmelt dabei, ich habe ihm sein Lieblingsessen gekocht, Hühnersuppe und süßen Auflauf mit Rosinen, als wäre die Tatsache, dass der Junge diesmal fehlt, etwas Endgültiges, als würde ab jetzt an seiner Stelle immer dieser blasse Mann in dem schwarzen Jackett und mit den kalten schwarzen Augen erscheinen.

Mit unhöflicher Eile, ohne Vorbereitung und ohne Zeremonie, stellt sie eine kleine Plastikschüssel mit lauwarmer Suppe vor den ungebetenen Gast, als weigerte sie sich hartnäckig, anzuerkennen, dass er erwachsen ist, und mein Vater streckt nervös die Hände nach seinem Schüsselchen aus und ich tue es ihm nach, als wären wir Bedürftige in einer Armenküche, und zu meinem Erstaunen scheint der Einzige, der sich an diesem Tisch wohl fühlt, Oded zu sein, der völlig ungezwungen den kleinen Löffel hält, klein wie ein Spielzeuglöffel, und schweigend seine Suppe schlürft, er schaut sich in der Küche um, die auffallend eng ist und deutlich die Ablehnung ihrer Bewohner gegenüber körperlichen Bedürfnissen demonstriert. Unter dem Tisch lege ich die Hand auf sein Knie, aber er reagiert nicht, wer weiß, was er denkt, schließlich ist er auch mir noch fremd, nicht nur ihnen, es scheint, als hätte ich ihn vor einer Minute auf der Straße aufgelesen, als Gast für die Laubhütte, die ich gebaut habe, und ich überlege, ob er sich jetzt an die Freitagabendessen mit seiner Frau und den Kindern und seinen Schwiegereltern erinnert, ob er vielleicht gleich den Zwergenlöffel hinlegt, aufsteht, sich verabschiedet und zu ihnen geht.

Mein Vater versucht, einem falschen Eindruck vorzubeugen, und sagt, normalerweise essen wir im Wohnzimmer, wenn wir Gäste haben, wir dachten, heute seien wir nur Familie, und Oded sagt, das ist völlig in Ordnung, es ist hier sehr gemütlich, und meine Mutter fragt mit ihrer weinerlichen Stimme, also, wo ist Gili? Bei seinem Vater, antworte ich ungeduldig, jedes zweite Wochenende ist er bei seinem Vater, und sie sagt, ja, ich weiß, aber ich habe geglaubt, er wäre letztes Wochenende dort gewesen, bist du sicher, dass du die Termine nicht durcheinander gebracht hast? Sie schaut Oded vorwurfsvoll an, als wäre er schuld an dem Durcheinander, und fährt fort, meiner Meinung nach seid ihr durcheinander gekommen, und mein Vater unterbricht sie und wendet sich endlich an den Gast, wie ist doch Ihr Name, bitte, und ich antworte schnell für ihn, wie eine überfürsorgliche Mutter, er heißt Oded, aber mein Vater lässt nicht locker, anscheinend ist er entschlossen, herauszufinden, was für ein Mann da in seiner Küche sitzt und was er mit mir zu tun hat, jedenfalls legt er den Löffel auf den Tisch und fragt, seid ihr Arbeitskollegen, beschäftigen Sie sich auch mit Archäologie? Und Oded antwortet kurz, in gewisser Weise.

Auf welchem Gebiet genau, fragt mein Vater weiter, und Oded antwortet, auf dem menschlichen Gebiet, könnte man sagen, und mein Vater verkündet, aha, Sie meinen die DNA, nicht wahr, forensische Archäologie, das ist sehr interessant, und dann will er noch wissen, kennen Sie Amnon? Und Oded nickt und sagt, ja, mehr oder weniger, und ich sehe meinem Vater die Erleichterung darüber an, dass Oded offenbar eine Art Freund der Familie ist. Wenn es nach meinen Eltern ginge, müsste ich als Sühne für meinen Fehler allein alt werden, müsste mein Leben ausschließlich Gili widmen, dem ich Unrecht zugefügt habe, das höre ich aus dem harten Klappern der Löffel in den Schüsselchen, das habe ich eigentlich mein Leben lang gehört, immer war das Auftauchen eines Liebhabers sofort mit Schuld verbunden, als handelte es sich um einen unsühnbaren Betrug, einen Betrug an der unausgesprochenen Verpflichtung ihnen gegenüber, an dem Auftrag, für den sie mich bestimmt haben, aber vorläufig scheint sich mein Vater beruhigt zu haben, sein Interesse hält sich in Grenzen, die vage Antwort befriedigt seine Neugier, mehr braucht er vom Leben des anderen nicht zu wissen, schließlich ist es nur ein schwaches Echo seines eigenen Lebens, und jede Leistung eines anderen schmälert seine eigene, und schon erhebt er seine Stimme, wie es seine Art ist, und erzählt von sich, angespornt durch die Anwesenheit des Gastes.

Ich bin diese Woche von einem Kongress in Mexico City zurückgekommen, verkündet er, bei dem es um den neuen Antisemitismus ging, ihr werdet es nicht glauben, was dort gesagt wurde, unerträgliche Dinge, die Juden seien selbst schuld an dem Hass gegen sie, weil sie zu verschieden und gleichzeitig zu ähnlich seien, zu stark und gleichzeitig zu schwach, zu lebendig und zu tot, jedenfalls sind sie immer verantwortlich. Ist euch klar, dass es heute in einigen Ländern das Phänomen des Antisemitismus ohne Juden gibt? Der Jude existiert gleichsam universal, genau wie Sartre gesagt hat, der Antisemit ist es, der den Juden erschafft, um seine Ängste vor sich selbst auf ihn zu projizieren, nicht vor den Juden fürchtet er sich, sondern vor sich selbst, vor seiner Freiheit, vor seiner Einsamkeit, und ich habe zu ihnen gesagt, erforschen Sie sich aufrichtig, meine Herren, vielleicht fürchten Sie auch sich selbst. Vielleicht fürchten Sie sich vor einer Veränderung, er spricht nun noch lauter, wendet sich mit Nachdruck an uns, als wären wir diejenigen, die Widerwillen und Abscheu in ihm auslösten.

David, du isst gar nicht, beschwert sich meine Mutter, ich möchte jetzt den Fisch servieren, und er unterbricht für einen Moment seinen Vortrag und löffelt hastig die inzwischen kalt gewordene Suppe, es fehlt schon wieder Salz, verkündet er und schnalzt unwillig mit der Zunge, und sie protestiert, aber beim letzten Mal hast du gesagt, die Suppe wäre versalzen, erinnerst du dich, Ellinka, dass er das gesagt hat? Und für einen Moment schauen sie mich beide gespannt an, wem würde ich diesmal beistehen, denn das ist die einzige Aufgabe einer einzigen Tochter, die selbst fast überflüssig ist, schließlich kümmert sich der Vater um seine eigenen Angelegenheiten und die Mutter um den Vater. Was spielt das für eine Rolle, beklage ich mich, warum soll ich mich überhaupt daran erinnern, obwohl ich mich genau daran erinnere, dass es so war, und er sagt, das habe ich nie gesagt, du nimmst immer zu wenig Salz, und dann fällt ihm wieder ein, dass wir einen Gast haben, er bricht in lautes, gezwungenes Lachen aus und schiebt die Diskussion beiseite, und sie räumt gekränkt die noch halb volle Schüssel ab und stellt eine Scheibe saftigen rosafarbenen Lachs vor ihn hin, gesprenkelt mit schwarzen Pfefferkörnern.

Fast ohne Gräten, verkündet sie stolz, als habe sie höchstpersönlich das Netz ausgeworfen, und sofort bekomme auch ich ein Stück Fisch, etwas kleiner als seins, und auch ihr Teller füllt sich, und dann häuft sie Nudelauflauf auf den Teller des Gastes, schlägt bedauernd die Hände zusammen, oh, es gibt nicht genug Fisch, entschuldigen Sie, Ohad, der Junge mag keinen Fisch, deshalb habe ich Auflauf gemacht, und ich korrigiere sie, Oded, nicht Ohad, und biete ihm sofort meine Portion an, nimm meinen Fisch, ich habe wirklich keinen Hunger, und er betrachtet uns amüsiert, kein Problem, ich esse den süßen Auflauf mit Vergnügen, meine Mutter hat immer genau den gleichen gemacht, zwischen seinen Fingern lächelt Mickymaus von dem Zwergenbesteck, aber er isst genüsslich, lobt den Auflauf, und meine Mutter erkundigt sich, ob auch kein Zucker fehlt, bevor sie selbst anfängt zu essen, und er sagt, nein, es fehlt gar nichts, und ignoriert die Unhöflichkeit, die ihm zuteil wurde.

Mein Vater lässt nicht locker, der neue Antisemitismus

verkleidet sich als Antinationalismus, verkündet er, man bezeichnet uns als reaktionären Überrest der Vergangenheit, als versteinertes Volk, das sich selbst isoliert, er wendet sich an Oded, was halten Sie von diesem Thema, aber er hat kein ehrliches Interesse an der Meinung seines Gegenübers, er stellt die Frage, um ihn zu beschämen, er wirft mir einen Blick zu, als wollte er mich daran erinnern, dass er immer klüger sein wird als irgendein Freund, den ich mitbringe, es gibt an diesem Tisch keinen Platz für einen anderen Menschen, den hat es nie gegeben, hier ist nur Platz für ein schweigendes, achtungsvolles Publikum. Wie habe ich diese Mahlzeiten gehasst, jeden Abend wieder, das Erstickungsgefühl, das mich in seiner Anwesenheit immer befallen hat, denn wenn ich versucht habe, eine andere Meinung als seine vorzubringen, hat er mich wütend unterbrochen, er war nur bereit, mich als seine Widerspiegelung zu akzeptieren, es hat den Anschein, als könnte ich nur mit Gili einigermaßen ruhig an ihrem Tisch sitzen, indem ich ihn als menschlichen Schild benutze, aber der ungebetene Gast fürchtet sich nicht vor ihm, so wie ich es tue, und er neigt auch nicht zum Streit, wie sich herausstellt, ich glaube, es handelt sich hier um eine Korrelation zwischen Reiz und Reaktion, sagt er ruhig, wenn die reagierende Partei von einer krankhaften Empfindlichkeit dem aufreizenden Element gegenüber befallen ist, dann ist das zweifellos eine Verselbstständigung der Reaktion, er konzentriert sich wieder auf seinen Auflauf, legt allmählich die Ungeheuer auf dem Teller frei, das eine reckt den langen Schnabel, das andere fletscht die Zähne, und ich überlege, ob er an unsere Abmachung denkt oder ob er sich gegenüber Fremden immer so verhält, beherrscht, verschlossen, unverbindlich.

Und trotzdem, man kann die äußerst gefährliche Zunahme des neuen Antisemitismus unmöglich ignorieren, denn er ist schon bis in die akademischen Kreise eingedrungen, auch in der israelischen Öffentlichkeit, sagt mein Vater, sogar mit Amnon und Ella hatte ich bereits einige Auseinandersetzungen darüber, und als er Amnon und Ella sagt, verlangsamt sich sein Redefluss erstaunlicherweise, er räuspert sich, nimmt einen Schluck Wasser und wendet sich anklagend an meine Mutter, ich glaube, ich habe eine Gräte verschluckt, hast du nicht gesagt, der Fisch sei ohne Gräten? Sie verteidigt sich sofort, ich habe gesagt, fast ohne Gräten, ich bin doch nicht für jede Gräte verantwortlich, und ich sage, wenn du sie verschluckt hast, ist es doch egal, vergiss es, und er trinkt ängstlich Wasser, sein Adamsapfel bewegt sich nach oben und unten, ich glaube, sie steckt noch fest, verkündet er mit besorgter Stimme, als wäre damit sein Schicksal besiegelt, und ein heftiger Husten schüttelt ihn, aber als meine Mutter aufsteht und ihm mit aller Kraft auf den Rücken schlägt, fährt er sie wütend an, was machst du denn da, Sarah?

Nehmen Sie ein Stück Brot, schlägt Oded höflich vor, macht zum ersten Mal freiwillig den Mund auf, das könnte helfen, und meine Mutter bricht schnell ein Stück vom Weißbrotzopf ab und hält es meinem Vater hin, wir alle schauen zu, wie er es vorsichtig kaut und schließlich hinunterschluckt, langsam und bedächtig, und wieder fängt er an zu husten, bis seine Augen tränen und sein glattes Zinngesicht eine bläuliche Farbe annimmt, und sie umkreist ihn verzweifelt, was machen wir, David, probier es noch einmal mit Brot, und er zischt sie mit schwacher, ungeduldiger Stimme an, ich habe schon einen halben Zopf gegessen, es hilft nichts, und der vorübergehende Verlust seiner lauten klangvollen Stimme wischt den stolzen, selbstzufriedenen Ausdruck aus seinem Gesicht, seine Augen sind rot und feucht, er greift sich mit der Hand an den Hals, schreckt zurück vor dem Schmerz. Vielleicht sollten wir zur Notaufnahme fahren, Davidi, schlägt meine Mutter vor, man muss sie dir herausziehen, und er schnauzt sie an, nenn mich nicht Davidi, und außerdem gehe ich nicht zur Notaufnahme. Seine Stimme wird von Sekunde zu Sekunde schwächer, als würden die Stimmbänder bald zerreißen, und zu meiner Überraschung sehe ich, wie Oded von dem Stuhl mit Gilis Kissen aufsteht und sagt, lassen Sie es mich probieren, haben Sie eine Taschenlampe und eine Pinzette? Meine Mutter rennt los, um die verlangten Gegenstände herbeizuholen, und hält sie ihm sogleich hin, wie die gehorsame Assistentin eines Zahnarztes.

Die Augen meines Vaters folgen angstvoll dem Geschehen, es ist deutlich, dass er keine Lust hat, seine Kehle den Händen eines Fremden zu überlassen, aber noch weniger Lust hat er, zur Notaufnahme zu fahren, er legt folgsam den Kopf zurück und macht den Mund auf, entblößt seine langen grauen Zähne, das lilafarbene Zahnfleisch, seine zitternde Eidechsenzunge, und Oded richtet den Lichtstrahl der Taschenlampe in seinen Mund, drückt mit einer geübten Armbewegung den Kopf meines Vaters gegen seine Hüfte und presst seine Wangen zusammen, als fürchte er sich vor einem Biss, während meine Mutter und ich das Schauspiel gespannt beobachten. Einen Moment lang sieht es aus, als versuchte ein grausamer Einbrecher einem hilflosen Greis, der ihn entsetzt anstarrt, die Goldzähne aus dem Mund zu brechen, doch dann sagt er beruhigend, ich glaube, ich sehe sie, versuchen Sie stillzuhalten. Nimm die Taschenlampe, befiehlt er und übergibt mir die Verantwortung für die Beleuchtung, dann schiebt er seine mit der Pinzette bewaffnete Hand tief in den Mund, und ich schaue zu und erinnere mich daran, dass diese Finger vor gar nicht langer Zeit in meinem Körper versunken sind, und bei diesem Gedanken überläuft mich ein Wonneschauer, der auch die Taschenlampe erzittern lässt, genau in dem Moment, als er verkündet, ich habe sie, als handelte es sich um eine lebendige Beute, die fähig ist, um ihr Leben zu rennen, und während mein Vater vor Schmerz und Erleichterung einen Seufzer ausstößt, zieht Oded eine erstaunlich große Gräte hervor.

Alle Achtung, Ohed, alle Achtung, sagt meine Mutter, seinen Namen hartnäckig entstellend, und klatscht vor Aufregung in die Hände, und mein Vater setzt sich schnell wieder aufrecht hin und beeilt sich, die Haare zurechtzustreichen, die Schande seines geöffneten Rachens zu überspielen, seine Ehre wiederherzustellen, die unter anderem auf der Leugnung körperlicher Gegebenheiten beruht, und er hüstelt, um sich zu versichern, dass die Gräte entfernt ist, betrachtet den Gast mit neuer Achtung, wie einen schlechten Studenten, der plötzlich mit guten Leistungen überrascht. Vielen Dank, wirklich, alle Achtung, ich bin Ihnen zu Dank verpflichtet, sagt er und fügt erstaunt hinzu, Sie haben das sehr routiniert gemacht, als wären Sie Arzt, und Oded gibt zu, ja, ich bin auch Arzt, und mein Vater gerät ganz aus dem Häuschen, was Sie nicht sagen, ein Arzt und Archäologe? Das ist eine außergewöhnliche Verbindung, und Oded korrigiert ihn bescheiden, ich bin Psychiater, das ist weniger außergewöhnlich.

Haben Sie nicht gesagt, Sie seien Archäologe, fragt mein Vater erstaunt, und Oded antwortet, nein, nicht ganz, aber vermutlich entstand dieser Eindruck, und mein Vater ruft aus voller Kehle, aber warum? Warum haben Sie Ihren Beruf verschwiegen? Ich habe ein großes Interesse an der Psychopathie, und schon trauert er all den Vorträgen nach, die er dem schweigsamen Gast hätte halten können, um ihn mit seiner Gelehrsamkeit zu verblüffen, mit seiner Originalität, und Oded lächelt verlegen, die Wahrheit ist, dass ich versuche, es nicht laut zu sagen, denn sobald die Menschen wissen, dass ein Psychiater unter ihnen ist, fangen sie an, sich seltsam zu verhalten. Ja, fragt mein Vater interessiert, in welcher Hinsicht, er sieht sich selbst sofort als Ausnahme von der Regel, und Oded sagt, sie hören auf, natürlich zu sein, sie glauben, dass jedes ihrer Worte auf die Goldwaage gelegt wird, obwohl ich mich in meiner Freizeit wirklich nicht damit beschäftige, und mein Vater bricht wieder in sein anerkennendes Lachen aus, und ausnahmsweise stimmt meine Mutter mit ein, sie deutet auf den Plastikteller, als würde sie ihn erst jetzt bemerken, oh, was werden Sie über uns denken, dass wir Ihnen Kinderessen auf einem Kinderteller vorgesetzt haben.

Ich werde denken, dass Sie Ihren Enkel sehr lieb haben, sagt er sanft, schaut erst sie mit seinen dunklen Augen an, dann mich, komm, Ella, wir müssen gehen, und die Art, mit der er wir sagt, langsam und betont, erregt mich, weckt meine uralte Sehnsucht nach dem rettenden Mann, der mich aus den Raubtiermäulern dieses Paares befreit, dieses Wir schließt sie nicht ein, nur mich und ihn, ein neues Paar, das keinen gemeinsamen Familiennamen hat und keine Wohnung und kein Kind und das trotzdem Wir heißt, und dieses einfache Wort, von seinen Lippen ausgesprochen, wird zu einem kostbaren Geschenk.

Ihr wollt schon gehen, fragt mein Vater enttäuscht, offensichtlich betrübt über den frühzeitigen Verlust seines Publikums, und ich sage, ja, wir haben noch etwas vor, und ich genieße seine Enttäuschung, siehst du, niemand ist gestorben, nur du wärst es fast, Gili lebt, und ich lebe, wie ich noch nie gelebt habe, weil du es nicht zugelassen hast, ausgerechnet du, der du mir das Leben geschenkt hast, hast mich davon abgehalten, und dann steht er auf und schüttelt anerkennend Odeds Hand, ich danke Ihnen noch einmal, sagt er, kommen Sie doch bei Gelegenheit einmal bei mir vorbei, ich würde mich sehr freuen, mit Ihnen über Ihr Fachgebiet zu diskutieren, gerade habe ich einen spannenden Artikel gelesen, der Zweifel an den Fähigkeiten der Menschen zu einer Veränderung erhebt, ich würde mich freuen, Ihre Meinung zu hören, und höflich wiederholt er, ja, kommen Sie doch einmal vorbei, er beharrt darauf, ihn im Singular anzusprechen, als weigere er sich, unser Wir anzuerkennen, und Oded lächelt ihn an, danke, ich werde es versuchen.

Die dunkle kalte Faust der Nacht schlägt uns plötzlich entgegen, als wir aus dem Haus treten, die Straßenlaternen sind schon aus, trotz der frühen Stunde, und der Mond reißt einen schmalen Lichtspalt in den Himmel, ich halte Odeds Arm fest, versuche, das Wir zu intensivieren, eine wilde Freude schmiedet mich an ihn, als sei es nur ihm zu danken, dass ich hier gehe, als habe sich nur seinetwegen der Fluch gelöst, der aus dieser lilafarbenen Kehle hervorgebrochen war, mit geübten Fingern hat er ihn für mich herausgezogen, und es ist nicht nur der Fluch, der vor einigen Monaten für meinen Sohn bestimmt war, sondern auch der viel ältere Fluch, der sich bei meiner Geburt auf mich legte, ausgerechnet aus dem Mund desjenigen, der mir das Leben gegeben hat. Dankbar schmiege ich mich an ihn, küsse seinen kalten Hals, seine Lippen, an denen noch der Geschmack des süßen Auflaufs haftet, und plötzlich brenne ich darauf, mich ihm hinzugeben, ihm so vollkommen anzugehören, als wäre ich ein Teil von ihm, ich bin bereit, ihn in einen der Hinterhöfe zu zerren, meinen Mantel auszuziehen und mich unter dem mit blassen Sternen übersäten Himmel auszustrecken, er atmet genussvoll, warum hier draußen, in der Kälte, murmelt er, komm nach Hause, und dieses Wort, nach Hause, wird mir wie ein zusätzliches

Geschenk überreicht, ich gehe schweigend neben ihm her, meine Hand um seine Hüfte gelegt, seine Haut verströmt einen schwachen Duft nach Lavendel, und jeder Schritt bringt uns näher nach Hause, zu dem Palast, der in der Dunkelheit leuchtet.

Ich bin froh, dass du mich heute Abend mitgenommen hast, sagt er schließlich, nachdem ich mich schon mit dem Schweigen abgefunden habe, und ich frage, warum, und er sagt, weil ich dich jetzt noch mehr liebe, und ich klammere mich an diesen Satz, der so dahingesagt ist, und zerlege ihn in zwei Sätze, ich liebe dich, ich liebe dich noch mehr, und ausgerechnet der erste, der grundlegendere von beiden, der noch nie ausgesprochen wurde, begleitet unsere Schritte wie ein Echo, beruhigt durch seine Absolutheit, während der zweite, von dem ersten abhängige, etwas zweifelhaft ist, denn wenn es möglich ist, mehr zu lieben, gibt es auch ein Wenigerlieben, und wie beängstigend das ist, weniger zu lieben, weniger geliebt zu werden, und ich bin so beschäftigt mit diesen Gedanken, dass ich nicht frage, warum, und auch nicht auf die Richtung achte, in die wir gehen, was spielt es für eine Rolle, welchen Weg er wählt, die Hauptsache ist doch, dass wir nach Hause gehen, zu dem neuen Wir, das uns dort erwartet, und mir kommt es vor, als wäre das unser gesamter gemeinsamer Wortschatz, wir, nach Hause, ich liebe dich, mehr, und es sind die vollendetsten Wörter, die ich je gehört habe, ich brauche keine anderen.

Arm in Arm gehen wir durch die dunklen Straßen, gewöhnen uns jeder an die Dimensionen des anderen, seine Schulter ist mir näher als Amnons Schulter, die sich schwer und drohend über mich erhoben hat, sein Körper ist knochiger, gesammelter, respektiert die Grenzen des anderen, beachtet seine eigenen. Es ist, als würden sich seine Schritte plötzlich verlangsamen, als er zögernd fragt, macht es dir etwas aus, wenn wir uns eine Weile hier hinsetzen? Ich schaue mich erstaunt um, ich habe nicht gemerkt, wohin mich seine Schritte geführt haben, auf einmal sind wir an dem kleinen Spielplatz gegenüber seiner früheren Wohnung, und ich frage, wie sind wir überhaupt hierher gekommen, und er sagt, meine Füße sind daran gewöhnt, hierher zu gehen, und ich nehme diese Erklärung misstrauisch an, setze mich mit ihm auf das kleine Karussell, das unter uns quietscht, als wäre es überrascht, in dieser kalten Nacht derart erwachsene Kinder aufzunehmen, und wie er betrachte ich das Gebäude gegenüber, dieses prachtvoll renovierte Haus mit den heruntergelassenen Rollläden, durch deren Ritzen jedoch häusliches Licht dringt, Ritze um Ritze, wie die leeren Zeilen des Goldenen Heftes.

Ich werfe ihm einen beunruhigten Blick zu, was machen wir hier, Oded, ich habe gedacht, wir gehen nach Hause, und er sagt, noch ein bisschen, dann gehen wir nach Hause, ich muss noch eine Weile hier bleiben, und ich frage, warum, worauf wartest du? Ich warte, bis die Kinder eingeschlafen sind, sagt er, jeden Freitagabend sitze ich hier, bis sie das Licht ausmachen, es klingt beiläufig, als sei das völlig normal, und ich setze mich verwirrt und zornig neben ihn, gegen meinen Willen beteiligt an einem privaten erdrückenden Ritual, das meinen schlummernden Schmerz weckt und sofort seinen Tribut fordert, sein Pfund Fleisch verlangt. Vielleicht werden wir, wenn wir seine Angelegenheiten hier erledigt haben, zu Amnons Straße gehen und uns gegenüber den beiden kräftigen Palmen auf die Bank setzen und dort die Ritzen der Rollläden betrachten, und schon steigt Bitternis in meiner Kehle auf, warum beschwert er unsere junge Beziehung mit dem Ritual seiner Erinnerung, warum unterscheidet er nicht zwischen frischer Liebe und frischer Trauer, und ich senke den Blick zu dem rostigen Metallboden, einmal war ich hier mit Gili, und ein Junge, größer als er, hat das Karussell zu schnell gedreht, und mein Sohn fing plötzlich an, sich zu erbrechen, genau hier, zu unseren Füßen, wir sind sofort weggegangen und monatelang nicht zurückgekommen.

Ella, sagt er und legt seine kalte Hand auf mein Knie, mach dir keine Sorgen, du bist nicht der Grund, und ich flüstere, ja, ich weiß, und trotzdem weckt die Schweigeminute vor dem Haus seiner Kinder gegen meinen Willen einen durch sein Ausmaß erschreckenden Groll in mir. Ich sitze jeden Freitagabend eine Weile hier, erklärt er noch einmal, ich wollte heute darauf verzichten, aber eigentlich gibt es keinen Grund dafür, nicht wahr, fragt er drängend, sag mir, dass du es aushältst, und ich frage, was, und er sagt, meine Trauer, und ich schaffe es nicht, mich zu beherrschen, verschanze mich hinter der Kränkung, ich habe gedacht, du wärst heute glücklich mit mir gewesen, ich habe gedacht, es ist dir gut gegangen, fauche ich, und er nimmt enttäuscht die Hand von meinem Knie, natürlich ist es mir gut mit dir gegangen, sagt er müde, aber unser Körper ist eine Herberge für viele, in einem Stockwerk leben das Glück und die Zufriedenheit, in einem anderen die Trauer und die Schuld, das musst du doch verstehen. Natürlich verstehe ich das, sage ich schnell, und trotzdem frage ich mich insgeheim, ob es für unsere Kinder richtig ist, das zerbrochene Glas unter dem Hochzeitsbaldachin zu sein, die Erinnerung an die Zerstörung des Tempels, und ich stehe von meinem engen kalten Sitz auf, so dass die Scharniere des zur Seite geneigten Karussells knirschend seufzen, und sage, komm, Oded, gehen wir, mir ist sehr kalt, und er schaut mich enttäuscht an und protestiert, aber sie sind noch nicht schlafen gegangen, und ich hebe den Blick hinauf zu dem Balkon, zu den Rollläden, die den vaterlosen Schabbatabend beschützen.

Na und, sage ich, du kannst sie von hier unten sowieso nicht schlafen legen, du kannst ihnen von hier unten keine Gutenachtgeschichte vorlesen, sie wissen überhaupt nicht, dass du hier bist, deine Anwesenheit bringt ihnen nichts, siehst du denn nicht, wie nutzlos das ist? Und er sagt, ich tue es für mich, nicht für sie, ich warte hier immer, bis sie das Licht ausmachen, und ich unterbreche ihn ungeduldig, an den Tagen, die sie bei dir sein werden, kannst du sie entschädigen, aber an den Tagen, an denen sie bei Michal sind, musst du sie loslassen, du musst dein eigenes Leben haben, wozu bist du ausgezogen, nur um sie hier vom Spielplatz aus zu beobachten? Das ist doch absurd.

Ich habe Michal verlassen, nicht meine Kinder, verteidigt er sich, ich wünschte, ich könnte die ganze Zeit mit ihnen zusammen sein, und ich sage, klar, obwohl mich auch das kränkt, denn was bin ich für ihn, ein armseliger Ersatz für seine Kinder, hätte er zum Beispiel auch diesen Nachmittag lieber mit ihnen verbracht als mit mir im Bett, und warum empfinde ich nicht so wie er, heute habe ich nicht einen Moment lang daran gedacht, dass mir mein Sohn fehlt, bis wir hierher gekommen sind. Oded, hör zu, sage ich, auch deinen Kindern zuliebe musst du dir ein Leben ohne sie aufbauen, sie brauchen dich als einen starken Vater, ist dir das nicht klar? Und er seufzt, Ella, tu mir einen Gefallen, erspar mir diese Klischees, es interessiert dich doch überhaupt nicht, was sie brauchen, du bist versunken in dem, was du selbst brauchst, und ich sage, meinst du das wirklich, was für ein Blödsinn, ich brauche überhaupt nichts von dir, von mir aus stell dir ein Zelt hin und schau genau zu, wann sie weggehen und wann sie nach Hause kommen, aber erwarte nicht von mir, dass ich hier mit dir bleibe, im Gegensatz zu dir habe ich vor, mir ein eigenes Leben zu suchen, auch ich habe einen kleinen Jungen und trotzdem bin ich nicht in den Vorgarten seines Vaters gezogen, und während ich diese Worte spreche, bricht das Weinen eines kleinen Jungen aus meiner Kehle und ich halte mir den Mund zu, meine Verwirrung steigt, denn mir scheint, als wäre es Gilis Weinen, das da hervorbricht, gefährlich wie ein plötzlicher Blutsturz, das Weinen der Schabbatabende einer Familie, die entzweigerissen wurde, das Weinen derjenigen, die von Haus zu Haus wandern, von einem Elternteil zum anderen, die ewige Sehnsucht, die leichte Verwirrung am Morgen, wo bin ich, wenn er mich manchmal Papa nennt, das fehlende Spielzeug, das Bild, das er angefangen hat zu malen und das in der anderen Wohnung vergessen wurde, all die Kleinigkeiten, die ihm Unglück verursachen. Ich denke daran, wie ich ihm gestern den sehnlichst erwünschten Ritter zu Amnons Wohnung gebracht habe, er wollte am Nachmittag mit ihm spielen, aber bis ich dort ankam, war er schon eingeschlafen, mit von Tränen fleckigen Wangen, mit welchem Neid betrachtet er Kinder, die von zwei Elternteilen abgeholt werden, wie sehr beklagt er sich jedes Mal, wenn er ein Bild aus der Schule mitbringt, dass er nicht weiß, wo er es aufhängen soll, bei Mama oder bei Papa, wie sehr bemüht er sich um Ausgewogenheit, wenn ich bei dir bin, vermisse ich Papa, und wenn ich bei Papa bin, vermisse ich dich, und ich lasse mich wieder auf den engen Sitz nieder, senke das Gesicht zwischen die Knie, schäme mich wegen der Tränen, die allem widersprechen, was ich zu sagen versucht habe, Tränen des Egoismus, des Flehens, liebe nur mich, tröste nur mich, beweise mir, dass ich mich nicht geirrt habe.

Langsam und mit Anstrengung legt er seine Hand auf mein Knie, als wisse er nicht recht, ob er mich umarmen will, nachdem ich so hochmütig auf seine Trauer reagiert habe, um gleich danach in meiner eigenen zu versinken, die plötzlich viel drängender wurde, viel lauter, aber es ist zu spät, um einen Rückzieher zu machen, vom Hochmut und von den Tränen, und ich weine noch heftiger, ich kann mich nicht mehr beherrschen, denn vor meinen Augen wechseln die Bilder wie in einem Album, und es sind nicht Bilder der Trauer, sondern Bilder des Glücks, eines furchtsamen, brüchigen, zerbrechlichen Glücks. Da sitzen Amnon und ich spät in der Nacht an Gilis Bett, Fieberfantasien steigen von ihm auf wie Dampf aus einem offenen Topf, und da ist Amnons Hand, die sich nach mir ausstreckt, über dem kleinen unruhigen Körper, seine Finger verflechten sich mit meinen, eine Berührung, die nichts verlangt, und da sind mein Vater und ich, wie wir vor einem Schaufenster stehen, und er deutet auf eine schöne goldene Uhr und fragt, willst du sie, willst du, dass ich sie dir kaufe? Und ich bin überrascht, denn Geschenke von ihm sind selten, und er betritt den Laden mit energischem Schritt, zieht Bargeld aus seiner Tasche, und ich gehe neben ihm her, stolz und aufrecht wie eine Königin am Tag ihrer Krönung, bewege vornehm mein vergoldetes Handgelenk, und am nächsten Morgen fuhr ich mit einem Freund zum Meer, und als wir abends zum Auto zurückkehrten, fanden wir es aufgebrochen, und nichts war gestohlen außer der vergoldeten Uhr, als hätte mein Vater sein Geschenk zurückgeholt, dessen ich nicht würdig war, und dann tauchen weitere Bilder auf, Bilder armseligen Glücks, immer bedroht, immer von kurzer Dauer, immer zweifelhaft, und die ganze Zeit weiß ich, dass der Mann an meiner Seite schon nicht mehr mit mir zusammen ist, dass ich ihn verloren habe, seine schwere Hand auf meinem Rücken wird hart, als wäre sie schon längst erstarrt, und auch darüber trauere ich, und als ich versuche, ihn durch die Wimpern von der Seite anzuschauen, sehe ich, dass sein Blick still auf den Fenstern seiner Wohnung ruht, als wäre die Hauswand die Tempelmauer, an die er sein Gebet richtet, und als das Weinen, das schon nicht mehr ein Weinen ist, sondern eine Art Dibbuk, der in mich gefahren ist, langsam nachlässt und zu einem wilden, abgehackten Atmen wird, höre ich ihn beruhigende Worte flüstern, genug, genug, es reicht, mein Mädchen, alles wird gut, geh schon schlafen, und mir ist klar, dass er nicht mich damit meint, sondern seine Tochter, die jetzt ins Bett geht, denn da geht das Licht aus, die goldenen Linien verlöschen, und er wartet ein bisschen, dann erhebt er sich mit einem Seufzer vom Karussell, das sofort mit einer zappelnden Umdrehung antwortet, und sagt zu mir, komm, sie schlafen schon, als wäre diese Nachricht dazu bestimmt, mich zu beruhigen, als hätte ich jetzt keinen Grund mehr zu weinen, denn sie schlafen endlich, Maja und Jotam.

Ich bleibe hier, und um meinen Worten Nachdruck zu verleihen, klammere ich mich mit der Hand an das kleine wacklige Lenkrad, und er betrachtet mich erstaunt, sein Blick wird hart, seine Augenbrauen ziehen sich zusammen, die Falte zwischen ihnen wird tiefer, schade, zischt er, du verhältst dich wie ein kleines Kind, reiß dich zusammen und werde erwachsen, du hast keine Wahl, und ich schüttle den Kopf, ich bleibe hier, und sehe, wie sich auf seinem Gesicht der Entschluss breit macht, aufzugeben, mich nicht weiter zu überreden. In Ordnung, stößt er aus, wie du willst, du weißt, wo du mich finden kannst, und diesmal bindet er mich nicht mit einem Kuss an sich, sondern steigt vom Karussell hinunter und dreht mir den Rücken zu, geht zwischen den verlassenen Geräten hindurch, vorbei an dem verrosteten Blechpferd, an der mit Sand bedeckten Steinrutsche, und verlässt, den Blick auf die Straße gerichtet, mit steifen Schritten den Spielplatz, als ginge er auf Stelzen, und lässt mich zusammengekauert auf dem Karussell zurück, und ich betrachte nun statt seiner das Haus, das er verlassen hat, die meisten Zimmer sind dunkel, nur das Wohnzimmer ist beleuchtet, aber vielleicht ist es auch die Küche. Vielleicht spült sie ja gerade das Geschirr vom Abendessen, drei Teller, drei Schüsselchen, drei Gläser, und ihre Hände, die an vier gewöhnt sind, zittern unter dem Wasserstrahl, und ich weiß, dass ich aufstehen und weggehen muss, aber eine unerträgliche Schwere nagelt mich fest, wie das verrostete Blechpferd bleibe ich bewegungslos auf meinem Platz, auf dem armseligen Karussell, am Morgen werde ich von Passanten gefunden werden, eine seltsame Obdachlose, mit warmem Mantel und vollem Geldbeutel, und ich bedecke meine nassen Knie mit dem Mantel, die geschwollenen und juckenden Hände in die engen Taschen geschoben, die von Sekunde zu Sekunde enger zu werden scheinen, die Versteifung der Glieder führt zu einer Versteinerung des Herzens, und trotzdem hat es etwas Tröstliches, die Herrschaft über sich zu verlieren, der freiwillige Verzicht auf die Möglichkeit des Glücks, wen bestrafst du, hat er mich gefragt, und ich strecke mich auf der Bank aus, ein stachliger Schlummer umfängt mich, wie im Gymnasium auf dem Holztisch, bis eine Hand mir durch die Haare fuhr, und ich hob das Gesicht zu den hellen Augen Gilis, des Jungen, der seinen siebzehnten Geburtstag nicht mehr feiern würde. Mir ist, als hörte ich spielende Kinder, und eines von ihnen schreit, Mama, halte das Karussell an, mir ist schlecht, und ich schüttle mich erschrocken, die Sonne scheint noch nicht, aber der Mond richtet seinen konzentrierten Lichtstrahl auf mich, ein seltsamer Mond, ein doppelter Mond, Zwillingslichter steigen aus der Erde empor, als stünde die Welt auf dem Kopf, als wäre der Himmel unten und die Erde oben, und ich blinzle, bis ich verstehe, dass die Scheinwerfer eines Autos auf mich gerichtet sind und das Geräusch eines Motors in meinen Ohren dröhnt, und noch nicht einmal die

Angst bringt mich dazu, aufzuspringen und wegzulaufen, und auch als die Tür aufgeht, bleibe ich auf meinem Platz, auch als eine dunkle Silhouette aussteigt und auf mich zukommt, und als ich seine Stimme sagen höre, komm nach Hause, Ella, lege ich den Kopf auf das Lenkrad des Karussells, begreife mit dem letzten Rest meines müden Bewusstseins, was nun passieren wird, er wird unter großer Anstrengung den leblosen Körper aufnehmen, von dem die Lust abgefallen ist, und mit ihr die Selbstbeherrschung, die Verantwortung und die Reife, die Vernunft und die Hoffnung.

Durch das brennende Dunkel meines abgebrochenen Schlummers versuche ich die Richtung unserer Fahrt zu bestimmen, ob er mich zu mir nach Hause bringt oder zu sich, und empfinde ein warmes Gefühl der Erleichterung, als ich seine Gasse erkenne, heißt sie wirklich Simtat ha-Slichot, Gasse der Bußgebete? Mit zusammengekniffenen Augen beobachte ich ihn, stelle mich schlafend, um ihm nicht in meiner Schande gegenübertreten zu müssen, lasse mich hinterherziehen wie eine Mondsüchtige, betrete hinter ihm die Wohnung, lasse zu, dass er mich mit geübten Bewegungen auszieht, den Mantel, den Pullover, die Bluse, den Büstenhalter, die Schuhe und Strümpfe, die Hose und die Unterhose, so viele Hüllen, und trotzdem solche Kälte. Als ich bewegungslos in der vollen Badewanne liege, habe ich Kopfschmerzen vom Weinen und dem jäh unterbrochenen Schlaf, von dem wiedererwachten Gefühl der Reue, ich trinke den heißen Tee, den er mir bringt, sehe die vorsichtigen Blicke, die er mir manchmal zuwirft, als suchte er eine Gräte in meinem Hals, und hinter der Welle des Wohlgefühls, plötzlich umsorgt zu werden, wie ich noch nie umsorgt wurde, auf eine vollkommene, fast beschämende Art, kommt es mir vor, als verstünde ich langsam, wie hoch der Preis ist, den ich dafür zahle, denn die Art, wie er mich vorhin ausgezogen hat, war nicht die Art eines Mannes, der eine Frau auszieht, sondern es war so, wie ein Vater seine Tochter oder ein Arzt eine Kranke auszieht, und auch der Blick, mit dem er auf meine Nacktheit schaute, war sachlich und ohne jede Nähe.

Als ich aus dem Wasser steige, noch immer zitternd vor Kälte, reibt er meine Haut mit einem Handtuch ab und zieht mir ein weißes Flanellunterhemd an, und während der ganzen Zeit sagt er kein Wort, er führt nur praktische Bewegungen aus, als wäre ich ein stummes Findelkind, das er vom Straßenrand aufgelesen hat, eine Straßenkatze, derer er sich in der kalten Nacht erbarmt, die er aber, wenn die Sonne aufgeht, wieder wegjagen wird, und auch ich sage kein Wort, ich versinke in dem Bett mit der neuen harten Matratze, ziehe die Decke über mich, trinke den Rest des süßen Tees, verfolge seine ruhigen Bewegungen und frage mich, ob er so seinen Vater gepflegt hat, seine Mutter, seine Schwester, mit diesem tüchtigen, traurigen Schweigen, er wagt es nicht, sich zu beklagen, seinen Unmut zu zeigen. Willst du noch einen Tee, fragt er, und ich sage, nein, ich möchte mit dir sprechen, ich strecke ihm die Hand entgegen und er weicht aus, du solltest noch etwas trinken, sagt er, offenbar fürchtet er sich vor dem Ende der nützlichen Tätigkeiten, was wird er dann tun, wird er mir vorschlagen, noch einmal in die Badewanne zu steigen, wird er mich noch einmal aus- und wieder anziehen, und ich sage zu seinem sich entfernenden Rücken, sprich mit mir, Oded, und er sagt, lass uns mit dem Reden noch warten, und ich frage, worauf, und er kommt mit einer vollen Tasse Tee zurück, setzt sich auf den äußersten Rand des Bettes, als fürchtete er, sich bei mir anzustecken. Ich möchte nichts überstürzen, sagt er ruhig, ich möchte nichts zu dir sagen, was ich hinterher bereue, und ich flüstere, ich habe dich enttäuscht, es tut mir so Leid, und er sagt, ja, und ich habe dich enttäuscht, aber lass es, wir werden hier kein Gericht über Gefühle halten, du hast ein Recht auf deine Gefühle, ich auf meine, die Frage ist nur, ob unsere Gefühle sich miteinander vertragen.

Das Bett ist weiß und kühl, umgeben von strahlenden Wänden, weiße Horizonte umfangen uns, es scheint, als befänden wir uns in einer Schneewüste, wie besiegte Soldaten, die nur noch um einen schnellen Tod flehen. Unter meinem Kopf liegt ein eisiges Kissen, über meinem Körper eine kalte Decke, sogar in dem verlassenen Park war mir wärmer als hier in deinem Bett, was werden wir tun, Oded, eine winzige Frucht liegt zwischen uns, eine Frucht, die nicht gereift ist, ein heruntergefallener Stern, eine Pflanze, die aus der Erde gerissen wurde, was werden wir tun, Oded? Schlaf, flüstert er, es ist schon spät, und ich bedecke mein Gesicht mit dem weichen Schnee, wie kann ich schlafen, wenn ich dich verliere, vorsichtig überschreite ich die weiße Grenze zwischen mir und ihm, drücke mich an den Rücken, den er mir zugewendet hat, hart wie Stein ist er, schlaf mit mir, Oded, und er dreht sich langsam zu mir um, seine Fingernägel flattern über mein Gesicht, zeichnen die Bögen der Augenbrauen nach, die Konturen der Lippen, ich kann nicht, sagt er, und seine Stimme kränkt, weil sie so weich ist, als teilte er meine Trauer, ich kann dich nicht retten und zugleich mit dir schlafen, das passt nicht zusammen. So wenig war alles, so knapp bemessen, von vornherein verfehlt, worüber war ich so gekränkt dort im kalten Park, ich habe um die Vergangenheit getrauert, und nun hält auch die Zukunft den Hals zum Schlachten hin, warum habe ich es nicht geschafft, still neben ihm zu sitzen, schließlich war seine Trauer nicht gegen mich gerichtet, er hat mich einer Art Prüfung unterzogen, und ich habe versagt. Was ist schon von mir verlangt worden, ein wenig Verständnis, ein wenig

Unterstützung in seiner schweren Situation, gegen unsere bevorstehende Trennung kommt es mir so leicht vor, wie trostlos liegt die Zukunft vor mir, ohne ihn, Abend um Abend werde ich auf dem Karussell gegenüber dem Haus seiner Kinder sitzen und darauf warten, dass das Licht ausgemacht wird, meine Hingabe wird seine übersteigen, keinen einzigen Abend werde ich auslassen, und vielleicht werde ich ihn manchmal treffen, wenn er sich heimlich mit einer neuen Frau in den Park schleicht und prüft, ob sie den Schmerz seiner Hingabe an die Kinder aushält. Wie bei einer feierlichen Uraufführung werden die Frauen neben ihm sitzen, ihre frisch gewaschenen, wohlriechenden Köpfe an seiner Schulter, und so tun, als ob sie die Wanderung des Lichts beobachten, so leicht war die Prüfung, niemand außer mir wäre durchgefallen, aber da verwandelt sich der Zorn auf mich selbst in Zorn auf ihn, warum hat er nicht nachgeben können, an unserem ersten gemeinsamen Wochenende, warum hat er darauf bestanden, mich in sein privates Ritual hineinzuziehen, ein Ritual, das die Freude verdirbt, und zwischen dem einen Zorn und dem anderen wird unsere Chance erstickt, wie ein neugeborener Säugling, der von seinen liebenden Eltern im Schlaf zerdrückt wird, noch bevor er durch seine Beschneidung den Bund Abrahams geschlossen hat.

Es tut mir Leid, Oded, flüstere ich ins Kissen, erstaunt, dass meine Stimme zu hören ist, und er flüstert, mir auch, aber vielleicht antwortet er mir auch nicht, er schläft doch, er liegt auf dem Rücken, mit weichem Gesicht, die schönen Augen geschlossen, während meine, weit aufgerissen, die fremde Wohnung betrachten, das fremde Bett, neben dem Mann, den ich nicht mehr sehen werde, der so schnell aus meinem Leben verschwinden wird, wie er darin aufgetaucht ist, und um einzuschlafen, flüstere ich wieder und wieder in den Schnee des Kissens, als ich ein Kind war, hatte ich keinen Liebhaber.

Die Heizung wacht vor mir auf, verströmt die träge Wärme des Schabbatmorgens, und für einen Moment habe ich das Gefühl, zu Hause zu sein, als würde Gili im Wohnzimmer spielen und als würde Amnon ihn, während er Kaffee kocht, ermahnen, sei still, lass Mama noch schlafen, bestimmt ist Gili jeden Morgen ähnlich verwirrt, wenn er zu erkennen versucht, wo er gerade ist, und in dem Moment, als ich erkenne, wo ich bin, fällt mir auch unsere bevorstehende Trennung ein, und ich beschließe, das Urteil mit stolzer Gelassenheit anzunehmen, nicht zu betteln und nicht um mein Leben zu flehen, und als er das Zimmer betritt, ein Tablett mit Kaffee und ein paar Scheiben Kuchen in der Hand, lächle ich ihn verhalten an und fahre mir mit den Fingern durch die Haare. Er ist schon angezogen, als wollte er gleich weggehen, in einem schwarzen Rollkragenpullover und Jeans, mit feuchten Haaren und Wangen, die wieder angenehm duften und frisch rasiert sind, was seine Blässe betont, die dunklen Höhlen seiner Augen, mein Herz schlägt ihm entgegen, so hätte mein neues Leben aussehen können, und er hält mir eine Tasse hin und fragt, möchtest du darüber sprechen? Und ich trinke schweigend, zucke mit den Schultern. Hast du mir etwas zu sagen, drängt er, als handelte es sich um den letzten Wunsch eines zum Tode Verurteilten, der die Vollstreckung noch aufschieben kann, und als ich weiterhin schweige, sagt er, gut, dann hör mir zu, und er fasst mich sanft am Kinn und dreht mein Gesicht zu sich, dann fährt er fort, ich möchte dir etwas vorschlagen, ich bin nicht sicher, ob es eine gute Idee ist, aber ich glaube, wir müssen es versuchen.

Vögel, die am Fenster vorbeifliegen, ritzen bleigraue Streifen in den hell gewordenen Himmel, und ich verfolge ihren Flug, was wirst du mir vorschlagen, eine Abschiedsparty im Bett, einen kurzen beherrschten Spaziergang an diesem erstaunlich schönen Schabbat, wir werden beide hinter dem leeren Sarg gehen, und er sagt, komm und wohne mit mir zusammen, und ich flüstere, mit dir zusammenwohnen? Hier? Und er sagt, ja, hier ist genug Platz, und ich atme tief, mit misstrauischer Erleichterung, für einen Moment ist es, als besäße sein überraschender Vorschlag nicht die Kraft, die vorbestimmte Trennung zunichte zu machen, sondern nur hinauszuschieben, bis sie noch schmerzhafter sein würde, noch herzzerreißender.

Du hast es geschafft, mich durcheinander zu bringen, sage ich vorsichtig, zweifle insgeheim an seinem Verstand, ich habe gedacht, ich hätte dich verloren, ein leichter Vorwurf liegt in meiner Stimme, eine Beschwerde darüber, dass das, was ich vorausgesehen habe, sich nicht verwirklicht hat, und er sagt, ich weiß, ich auch. Und was hat sich geändert, frage ich, und er sagt, ich habe verstanden, dass ich dir mehr Sicherheit geben muss, und ich brauche auch von dir mehr Sicherheit, vielleicht wird das möglich, wenn wir größere Klarheit schaffen, und ich atme tief, aber Oded, das geht zu schnell, wir kennen uns noch nicht, und er lächelt, hast du je von einer besseren Methode gehört, sich kennen zu lernen?

Aber was ist mit den Kindern, beharre ich, es ist zu früh für sie, wir können das nicht alles auf ihre Kosten ausprobieren, und er sagt, machen wir es schrittweise, wenn wir uns einig sind, werden sie sich daran gewöhnen, und ich probiere die Worte aus, wenn wir uns einig sind, als wären wir uns jemals einig gewesen, und ich habe das Gefühl, als offenbarten sich mir plötzlich alle möglichen Gerüchte über Liebe und Glück, und ich wundere mich noch nicht einmal darüber, wie spät das kommt, sondern wie früh, schließlich kann man auch das Leben verlassen, ohne diesen Geschmack je verspürt zu haben, dein Glück ist mein Glück, mein Glück ist dein Glück, ja, warum sollen wir nicht vollkommen eins sein wie ein Laib Brot, wie ein Foto in einem Album, wie ein zusammengeklebter Tonkrug, wenn wir versuchen, die Scherben unserer Familien zusammenzukitten, werden wir das, was von unseren Wünschen geblieben ist, zusammenfügen, werden wir eins sein, wenn wir uns niederlegen und wenn wir aufstehen, vollkommen eins in unserer vorläufigen Existenz, die man irrtümlicherweise als Ewigkeit begreift, vollkommen eins werden wir sein in unserem Schmerz und unserer Schuld, bei unserem Niedergang und unserer Auferstehung.

17 Gleich wird der Autoverkehr innehalten, die Fußgänger werden wie angewurzelt stehen bleiben, gleich wird die Sirene zum Tag der Erinnerung ertönen, die Kellnerin, die mit dem bestellten Kaffee auf uns zukommt, wird neben uns erstarren, bewegungslos wie eine Wachsfigur, und er selbst wird vor mir erstarren, mit seinen zusammengepressten Lippen, den geschliffenen hellblauen Augen, wenn ich ihm die Neuigkeit mitteile, wenn ich zu ihm sage, Amnon, ich habe jemanden kennen gelernt, ich werde zu ihm ziehen, und obwohl unsere Trennung schon Monate her ist, kommt es mir vor, als wäre sie gerade erst vollzogen worden, als wäre soeben die Stimme vom Himmel erklungen und hätte verkündet, die Tochter von dem und dem ist nicht mehr für den bestimmt, sondern für einen anderen, und sie ist aufgefordert, zu ihm zu ziehen, mit allem, was sie ihr eigen nennt, mit ihren Möbeln, ihren Kleidern, ihren Büchern, und mit ihrem einzigen Sohn, der ihr geboren wurde, in die Gasse der Bußgebete, in seine Wohnung, und nie in die ihre zurückzukehren.

Seine breiten fleischigen Hände fahren mit einer angespannten Bewegung über seinen Kopf, seine Wangen blasen sich auf wie Schwämme, die sich voll Wasser saugen, es sieht aus, als spanne sich sein Körper vor mir, fülle sich mit den Resten des alten Zorns, der Frustration und der Eifersucht, seine Augen werden rund vor Erstaunen, einem Erstaunen, das mir von Gilis Gesicht so vertraut ist, und er sagt, ich glaube es nicht, Ella, noch vor ein paar Wochen wolltest du zu mir zurück, du warst bereit, alles zu tun, damit ich wieder zu dir komme, und jetzt stellt sich heraus, dass du jemanden hast und sogar schon bei ihm einziehen willst? Was soll das werden?

Ein Vorhang aus Fremdheit senkt sich von der Decke, teilt unseren Tisch wie ein dunkles Schattennetz, entfernt mich von ihm, ich sitze ihm allein gegenüber, aber ich habe das Gefühl, auf den Knien meines neuen Geliebten zu sitzen und zwischen seinen Armen hindurch den Mann zu betrachten, dessen Bewegungen so grob sind, der Stempel der neuen Liebe ziert meinen Körper wie ein Schmuckstück, das mir mein Geliebter als Zeichen seiner Liebe gekauft hat, damit jeder, der zufällig vorbeikommt, von ihr erfährt, einschließlich Amnon Miller.

Das war nicht vor ein paar Wochen, Amnon, sondern vor ein paar Monaten, sage ich schnell, und du hast diese Möglichkeit weggewischt, alles, was seither passiert ist, geht dich nichts mehr an, ich informiere dich jetzt nur wegen Gili, und auch, damit wir endlich zum Rabbinat gehen und unsere Angelegenheiten beenden, wie es sich gehört. Gegen meinen Willen befinde ich mich in der Defensive, wie bei all unseren Streitereien, darin sind wir schon sehr geübt, alle Arten von Streit haben wir zusammen erlebt, solche, die schnell vorbei sind, und andere, die sich in die Länge ziehen, solche, die mit einer Versöhnung enden, und jene, die ungelöst bleiben und einen fauligen Geruch annehmen, wie Wasser, das zu lange in einer Vase bleibt, und ich frage mich, ob uns noch genug Nähe geblieben ist, um einen Streit zu nähren, zwischen mir und diesem schwerfälligen Mann in dem karierten Flanellhemd, dessen Augen meinem Blick ausweichen, der sich aber wütend auf die Auskunft stürzt, aha, sagt er, das ist es also, was du jetzt dringend willst, unsere Angelegenheiten zu Ende bringen, mich endgültig loswerden, deshalb wolltest du dich unbedingt mit mir treffen, und ich sage, natürlich, was hast du denn erwartet, dass ich dich anflehe, zu mir zurückzukehren, so wie damals, damit du mich wieder erniedrigen und vielleicht noch einmal in dein Badezimmer sperren kannst, siehst du nicht, dass ich schon längst woanders bin?

Hast du überhaupt eine Ahnung, was damals mit mir passiert ist, fragt er, weißt du, wie schwer es mir gefallen ist, dich zurückzuweisen? Schnell, fieberhaft spricht er weiter, ich habe es für dich getan, für uns beide, ich habe gewusst, wenn ich zu schnell zurückkomme, wird sich nichts ändern, ich habe gewusst, dass ich dir Zeit geben muss, ich wollte sicher sein, dass du es ernst meinst, dass ich mich auf das verlassen kann, was du sagst, und ich schüttle zweifelnd den Kopf, Amnon, ich verstehe wirklich nicht, was du mir zu sagen versuchst, du hast mir damals nicht den Schatten einer Hoffnung gelassen, wir leben schon seit Monaten getrennt, jeder von uns ist frei, sein eigenes Leben zu führen, willst du jetzt sagen, dass du auf mich wartest?

Ich warte schon lange darauf, zu erfahren, ob du es in jener Nacht ernst gemeint hast, sagt er, gestern, als du mich angerufen hast, war ich sicher, dass du mir vorschlagen würdest, zurückzukehren, aber diesmal nicht aus Panik, sondern aus Liebe, entschuldige diesen Ausdruck, jetzt verstehe ich, dass ich naiv war, wie immer, ich habe zu viel Vertrauen in dich gesetzt, du bist nicht erwachsen geworden, du hast nichts gelernt, wenn du dich so schnell in die Arme des erstbesten Mannes wirfst, der sich für dich interessiert, und dabei noch nicht einmal an deinen Sohn denkst, und ich atme schwer, hör zu, Amnon, es stimmt, dass ich am Anfang gedacht habe, dass unsere Trennung ein Irrtum war, aber du wolltest nicht zurück, und jetzt ist mir klar, dass du Recht gehabt hast, unsere Probleme hätten nur wieder von vorn begonnen, ich verstehe nicht, was du von mir willst, nachdem du dich mir verweigert hast, was für ein Recht hast du, dich zu beklagen? Ich habe mich dir nicht verweigert, faucht er mich an, aus der Nähe sehe ich die Härchen auf seinem Kopf, sie bilden wolkige Flecken auf seiner Glatze, ich habe dir gesagt, dass wir Zeit brauchen, ich habe in dieser Zeit keine andere Frau angerührt, und du willst schon bei jemandem einziehen? Und ich zische heiser, ich habe von dir keine Treue verlangt, wirklich nicht, ich habe angenommen, du bist mit Ofra zusammen, was willst du von mir, was redest du da? Ich sage, dass ich es mir ernsthaft überlegt hätte, wenn du mir jetzt vorgeschlagen hättest, zurückzukommen, aber wenn du wirklich zu einem anderen ziehst, streiche ich dich endgültig aus meinem Leben, das ist deine letzte Gelegenheit, und ich murmle, ich habe gedacht, du hättest mich schon gestrichen, ich glaube dir kein Wort, du willst mir nur alles kaputtmachen, Amnon, tu mir das nicht an. Schweißperlen sammeln sich über seiner Oberlippe, die nervös zuckt, wozu hast du mich überhaupt herbestellt, sagt er, wir sind keine Kaffeehausfreunde, was willst du, dass wir gemeinsam überlegen, wie wir Gili erzählen, dass du einen neuen Vater für ihn hast? Und ich sage, wieso einen neuen Vater, du bist sein Vater und niemand wird mit dir konkurrieren, wenn es das ist, was du befürchtest, dann brauchst du dir wirklich keine Sorgen zu machen, und er wischt sich mit der Hand den Schweiß aus dem Gesicht, die ganze Geschichte stört mich, wie würdest du dich fühlen, wenn ich dich zum Frühstück eingeladen hätte und du sicher gewesen wärst, ich würde dir vorschlagen, zu mir zurückzukommen, und ich dir stattdessen sage, ich habe eine Neue und ich werde mit ihr zusammenziehen, würde dich das etwa nicht stören?

Ich habe genug von deinen Manipulationen, flüstere ich, denn zwei alte Frauen haben sich an den Nebentisch gesetzt und schauen neugierig zu uns herüber, du hattest keinen Grund, anzunehmen, dass ich zurückwill, ich bin sicher, dass du bis vor fünf Minuten auch gar nicht auf die Idee gekommen bist, du willst es mir nur schwer machen, aber das wird dir nicht gelingen, ich bin mir mit dieser Beziehung so sicher, dass sogar du es nicht schaffst, mich zu verunsichern, und er fragt, wirklich, geht es so weit, hast du endlich den vollkommenen Mann gefunden, einen fehlerfreien Mann? Ich hoffe für ihn, dass es so ist, denn er weiß noch nicht, was ihn erwartet, wenn du herausfindest, dass du dich geirrt hast, er wird dich nicht mehr wiedererkennen, auch ich war einmal ein vollkommener Mann für dich, auch ich hatte ein paar Monate der Gnade, bis du angefangen hast, mein Leben zu zerstören, du bist nicht anders als dein Vater, mach dir da keine Illusionen, du kannst nicht lieben, deine Liebe ist eine Pflanze, die nur einmal kurz aufblüht, und selbst das nur mit Mühe.

Ein scharfer Sonnenstrahl wandert über unseren Tisch, zwischen den Tassen hindurch, der Kaffee ist kalt geworden, und die Sonne streift sein Gesicht wie mit den Fingern eines Blinden, tanzt nervös von Auge zu Auge, von Wange zu Wange, und ich frage mich, hast du diese Haut geliebt, willst du dieses Auge zeit deines Lebens sehen, Tag für Tag, sie läßt die Fremdheit aufleuchten, die plötzlich zwischen uns entstanden ist, nach Jahren der Nähe, ist das mein Mann, es scheint, als hätte ich eine Grenze überschritten, und von meinem neuen Standpunkt aus ist er fremd und abstoßend, meine Ohren, die sich an die gemessene Redeweise Odeds gewöhnt haben, sind irritiert von diesen groben Ausbrüchen, geschützt hinter den Sandsäcken meines neuen Lebens, betrachte ich ihn vorsichtig durch die Ritzen, wie einen

Feind, der sich schon ergeben hat, aber er ist noch immer gefährlich, noch immer kann mich eine letzte, verirrte Kugel treffen.

Ich bin nicht bereit, dir länger zuzuhören, Amnon, ich habe dich nicht gebeten, auf mich zu warten, ich habe gedacht, wir haben alles hinter uns, versuche, dich zu beruhigen, wir müssen vernünftig miteinander umgehen, Gili zuliebe, und er brüllt laut, Gili zuliebe, Gili zuliebe, das ist doch die reinste Heuchelei, Gili ist dir so wichtig, dass du seine Familie zerstörst, und das reicht dir dann noch nicht mal, du ziehst auch noch um und setzt ihm einen neuen Mann vor die Nase, mit dem er sich messen muss, und das alles mit einer solchen Geschwindigkeit, dass du nur ja keine Zeit hast, es zu bereuen, kapierst du überhaupt, was du tust, manchmal glaube ich, du bist einfach nicht normal, du brauchst dringend einen Psychiater, sage ich dir, und bevor ich ihm mitteilen kann, dass ich jetzt einen Psychiater habe, dass er sich also beruhigen kann, steht er plötzlich auf, stößt seinen Stuhl zurück und schreit, weißt du was, lass mich in Ruhe mit dem ganzen Durcheinander, das du veranstaltest, schau selbst, wie du zurechtkommst, von mir hast du keine Hilfe mehr zu erwarten, nicht mit Gili und nicht mit dem Rabbinat und mit überhaupt nichts, soll dir doch dein neuer Freund helfen, und schon stürzt er davon, zitternd, begegnet unterwegs der Kellnerin, die das Frühstück an unseren Tisch bringt.

Nervös beobachte ich ihre Bewegungen, wie sie sorgfältig den Tisch für zwei Personen deckt, vor den leeren Stuhl das duftende Spiegelei stellt, ein Glas mit frisch gepresstem Orangensaft, und das Besteck auf die gefaltete Serviette legt, als verspräche die präzise Ordnung seine Rückkehr, und auch ich setze ein abwartendes Gesicht auf, trinke nervös von dem kalt gewordenen Kaffee, während ich aus dem

Fenster schaue, ein schwerer Schatten hat sich über den Glanz des neuen Lebens gesenkt, ein Wurm ist im Apfel, Ameisen auf dem Kuchen, und ich versuche, mich zu besänftigen, er redet nur so dahin, er wird sich schon wieder beruhigen, auch damals, als wir uns getrennt haben, hat er mir gedroht und sich aufgeführt, und am Schluss ist alles gut gegangen, was kann er schon tun, er wird mir den Jungen nicht wegnehmen, und er wird auch nicht von der Bildfläche verschwinden, nur um mir Schwierigkeiten zu machen, und auch wenn sich die Scheidung hinauszögert, werde ich zurechtkommen, aber er hat trotzdem eine Angst in mir geweckt, als hätte er mit seinen Worten eine vergessene Spieldose geöffnet, er hat den Schlüssel umgedreht, und schon ist die düstere, bedrückende Melodie zu hören, von Unsicherheit und Zweifel.

Wem gehört das Spiegelei, höre ich eine fröhliche Stimme fragen, und sofort hebe ich erfreut den Blick, es war für meinen Mann, aber er hat darauf verzichtet, du kannst es haben, sage ich, stehe auf und umarme sie, Talja, wie gut, dich zu sehen, ich habe mich so nach dir gesehnt, und sie schimpft, ich bin nicht mehr deine Freundin, nachdem du monatelang nicht zurückgerufen hast, wenn es dir nichts ausmacht, esse ich Amnons Spiegelei und verschwinde, und ich sage, glaub mir, ich war unfähig, mit irgendjemandem zu sprechen, du hast keine Ahnung, was ich durchgemacht habe, und sie wirft mir kauend einen prüfenden Blick zu und sagt, so wie du aussiehst, kann es nur Gutes gewesen sein.

Du irrst dich, sage ich, das Gute kam erst jetzt am Schluss, und sie bestreicht ihr Brötchen sorgfältig mit Quark und fragt, also, was ist, hast du dich verliebt? Ich verziehe das Gesicht zu einem verlegenen Lächeln, du hast keine Ahnung, wie sehr, es ist ganz unwirklich, so schön ist es, und sie sagt, du machst mir Sorgen, Ella, das hört sich nicht gut an, und ich protestiere, es reicht, willst du mir etwa auch noch alles kaputtmachen, so wie Amnon? Was habt ihr denn alle heute Morgen, ihr seht eine glückliche Frau und dreht auf der Stelle durch vor Neid.

Nun ja, du hast doch wohl nicht erwartet, dass Amnon sich mit dir freut, sagt sie, und ich seufze, ich habe gedacht, es macht ihm nichts aus, und sie kichert, ich stehe auf seiner Seite, also hüte dich vor mir, als du meine Anrufe nicht beantwortet hast, habe ich ihn jedes Mal angerufen, wenn Jo'av Gili treffen wollte, wir waren ein paarmal bei ihm, hat Gili dir das nicht erzählt? Und ich sage, nein, du weißt doch, wie sie in diesem Alter sind, sie erzählen nichts, ich versuche, meine Verlegenheit zu verbergen, sie soll nicht merken, wie groß die Kluft ist, die sich zwischen mir und meinem Sohn aufgetan hat.

Wir haben viel Spaß gehabt, fährt sie fort, direkt und sachlich, wie es ihre Art ist, du hast keine Ahnung, wie Amnon sich ohne dich gemacht hat, und ich sage, ja, den Eindruck hatte ich auch, allerdings nur bis heute Morgen, ich habe ihm erzählt, dass ich mit jemandem zusammenziehe, und das war zu viel für ihn, er hat sofort wieder sein altes Gesicht gezeigt, und sie lässt das Brötchen sinken, schluckt mühsam, Ella, habe ich dich richtig verstanden, du ziehst mit einem Mann zusammen? Und ich lache, mit wem soll ich denn sonst zusammenziehen, mit einem Kater? Und sie sagt, das wäre im Moment zweifellos vorzuziehen, wie lange kennt ihr euch überhaupt? Und ich sage, noch nicht lange, aber die Zeit ist nicht entscheidend, seit wann spielt die Zeit eine solche Rolle?

Ella, du verrennst dich schon wieder, sagt sie mit wütender Stimme, warum hast du es so eilig, du hast dich verliebt, schön, aber warum gleich zusammenziehen? Warum willst du Gili in diese Geschichte hineinzuziehen? Hat er auch Kinder? Und ich sage, zwei, aber sie haben eine Mutter, ich glaube nicht, dass sie mit uns zusammenwohnen werden, und sie sagt, du hast keine Ahnung, auf was du dich da einlässt, das ist viel gefährlicher, als du glaubst, ich habe eine Freundin, die jetzt die Hölle durchmacht, mit einem geschiedenen Mann, der drei Kinder hat, die sie nicht ausstehen kann und die sie auch nicht mögen, man muss sich wirklich sicher sein, bevor man die Kinder da mit hineinzieht.

Aber ich bin sicher, dass ich mit seinen Kindern zurechtkommen werde, widerspreche ich mit schwacher Stimme, ich kenne seinen Sohn, er ist ein toller Junge, und seine Tochter sieht auch sehr nett aus, was kann da schon passieren, und sie sagt, Süße, alles kann passieren, wenn es auf beiden Seiten Kinder gibt, wie kommt er zum Beispiel mit Gili aus? Und ich sage, er kennt ihn kaum, aber ich bin sicher, dass es kein Problem geben wird, ich habe gesehen, wie er mit seinem Jungen umgeht, er ist ein wunderbarer Vater.

Er ist ein wunderbarer Vater für seine eigenen Kinder, nicht für deine, das ist der große Unterschied, sagt sie, trinkt schnell Amnons Kaffee aus und verzieht den Mund, hör zu, Ella, im Gegensatz zu Amnon möchte ich sehr wohl, dass es mit euch klappt, aber ihr müsst es langsam angehen, warum lasst ihr euch nicht von einem Fachmann beraten, und ich sage, er ist selbst ein Fachmann, er ist Psychiater, und ich bin sicher, dass er gründlich darüber nachgedacht hat, und sie sagt, es beruhigt mich überhaupt nicht, dass er Psychiater ist, im privaten Leben sind sie wie alle anderen Menschen und sogar noch schlimmer, weil sie so sicher sind, alles zu wissen, verlass dich nicht auf ihn, Ella, denk nach, denke daran, was es für Gili bedeutet, plötzlich zwei Stiefgeschwister zu bekommen, und ich sage, aber Gili ist der beste Freund seines Sohnes, so haben wir uns überhaupt kennen gelernt, na und, sagt sie, Gili war der beste Freund von Jo'av, glaubst du etwa, es wäre leicht für die beiden, wenn ich morgen mit Amnon zusammenziehen würde? Bestimmt nicht.

Ach, jetzt verstehe ich, du hast dich in Amnon verliebt, sage ich kichernd, und sie steht schnell auf, ich muss los, pass auf dich auf, sie küsst mich, ihre langen schwarzen Haare fallen über meine Wange, wir müssen das Gespräch fortsetzen, vielleicht kommst du am Nachmittag mit Gili zu mir, du hast mich schon ein halbes Jahr nicht mehr besucht, und ich sage, ein andermal, heute wollen wir uns mit den Kindern treffen, wir versuchen, Liebe zu inszenieren, und wieder verzieht sie den Mund, Liebe inszenieren? Das hört sich nicht gut an, Ella, du machst mir Sorgen, versprich mir, dass du über meine Worte nachdenkst.

Unsere Aufgabe ist es, Liebe zu inszenieren, erzähle ich dem leer gewordenen Stuhl mir gegenüber, eine allmähliche, natürliche, familiäre Liebe. Wir haben kein großes Publikum, alles in allem drei Personen, alle sind klein, jung an Jahren, sie sind voll Zuneigung und zugleich feindselig, gedankenlos, aber auch sehr konzentriert, zutraulich und misstrauisch, ruhig und verängstigt, junge Augen entdecken jeden Betrug, jede Disharmonie, heimliche Blicke, aufgesetztes Bemühen, und im Gegensatz zu einem normalen Publikum sind sie angespannt wie Soldaten vor dem Kampf, denn das Schauspiel, das wir ihnen heute Nachmittag vorspielen, ist die Geschichte ihres eigenen Lebens, die Geschichte ihrer durcheinander gewirbelten Kindheit.

Da sitzen sie sich gegenüber auf der Wippe im Schulhof, steigen und sinken wie Pendel, begleiten jede Bewegung mit freudigem Geschrei, die kalten Sonnenstrahlen tanzen über ihre Jacken, deren Ärmel schlammverschmiert sind, über ihre Wangen, die eine seltsame bläuliche Rötung zeigen, als wären sie geschminkt. Mama, noch nicht, schreit Gili, lass uns noch ein bisschen wippen, und Jotam ruft als Echo, noch nicht, noch ein bisschen, und mein Herz öffnet sich weit, als wären sie beide meine Kinder, Zwillinge, von mir geboren, und mit einer zu aufgeregten Stimme, als hätte ich noch nie ein fremdes Kind von der Schule abgeholt, verkünde ich, Jotam, du kommst mit uns, dein Papa hat mich gebeten, dich heute abzuholen, und schon trifft mich Gilis Blick, während er die Beine streckt, um Schwung zu holen, und mir ist klar, dass ihm der begeisterte Ton meiner Stimme nicht entgangen ist, ihm, dem jedes Detail auffällt. Wirklich, fragt Jotam erstaunt, meine Mama hat heute Morgen nichts davon gesagt, und ich beruhige ihn, mach dir keine Sorgen, dein Papa hat mich gerade angerufen und mich gebeten, dich abzuholen, er kommt nachher, wenn er Maja vom Ballett abgeholt hat, so hat er es gesagt, beeile ich mich hinzuzufügen, um zu erklären, warum ich so genau über Odeds Tagesablauf informiert bin.

Wie ein Körper springen sie gleichzeitig von der Wippe, nehmen ihre Ranzen, die sie auf den Boden geworfen haben, und wir gehen durch die lauten, stickigen Korridore, ich nehme Jotam mit, verkünde ich der Lehrerin, und sie streicht über ihre Köpfe, schön, sagt sie, sie sind die besten Freunde, diese beiden, wirklich wie Brüder.

Auf dem Heimweg gehe ich nah hinter ihnen, versuche, ihrem Gespräch zu lauschen, sie gehen dicht nebeneinander, zeigen sich gegenseitig zerknitterte Sammelkarten, die sie aus ihren Jackentaschen ziehen, die ist am meisten wert, woher hast du sie, die habe ich doppelt, vielleicht tauschen wir, sie zwitschern wie kleine unschuldige Vögel, eine neue Familie wird für euch geschaffen, und ihr wisst es noch nicht, Zweige und Blätter und Fäden und Stoffstreifen werden um euch herum gesammelt, fesseln euch aneinander, und bevor ihr es überhaupt merkt, seid ihr gefangen. Ich habe noch sechs Päckchen gekauft, erzähle ich Gili, drei für jeden, und er verkündet, hast du gehört, sie hat uns Sammelkarten gekauft, und sofort will er wissen, hast du sie gekauft, bevor Jotams Papa angerufen hat oder danach, um zu überprüfen, ob nicht alle sechs Päckchen eigentlich für ihn allein bestimmt waren, und ich sage, natürlich danach, und er bleibt einen Moment stehen, nachdenklich, als würde er an meinen Worten zweifeln, reibt die Karten in den Händen, dann sagt er zu Jotam, ich kenne deinen Papa gar nicht, in einem leicht tadelnden Ton, und Jotam wehrt sich sofort, er kommt fast nie zur Schule, weil er so viel arbeitet, ich sehe ihn auch nicht oft, gibt er zu, aber jetzt werde ich ihn öfter sehen, weil er in eine neue Wohnung gezogen ist und wir die halbe Zeit bei ihm wohnen werden.

Was soll das heißen, die halbe Zeit, frage ich mich und versuche schweigend, die Neuigkeit zu verdauen, höre, wie Gili schnell sagt, auch ich bin die halbe Zeit bei meinem Vater, stimmt's, Mama? Sie haben etwas gefunden, womit sie angeben können, die armselige Errungenschaft von Scheidungskindern, und ich sage, ja, ungefähr, vermeide, ihm zu widersprechen, aber die Nachricht von der neuen Regelung, die zufällig an mein Ohr gedrungen ist, beschäftigt mich viel mehr, die halbe Zeit? Und was ist mit unserer Zeit? Und zum ersten Mal versuche ich, mir unseren Alltag vorzustellen, wird er weniger arbeiten, um mit seinen Kindern zusammen zu sein, oder verlässt er sich auf meine Hilfe, werden wir die halbe Zeit mit allen drei Kindern zusammen sein, oder werden wir sie trennen, die eine Hälfte mit seinen, die andere Hälfte mit meinem, und nie allein, und ich höre Taljas Stimme, das ist viel komplizierter, als du denkst, aber ich bringe sie schnell zum Schweigen, was bedeutet das schon, was der Junge gesagt hat, schließlich ist nicht er es, der die Zeit festlegt, und selbst wenn es Probleme geben sollte, werden wir sie mit der Kraft unserer Liebe überwinden, und als ich an unsere Liebe denke, an dieses neue, überraschende Wir, scheint eine warme, wohltuende Sonne durch die Kammern meines Herzens zu strömen, das abgedunkelt ist wie das Zimmer eines Kranken, warum soll ich mich mit Details aufhalten, wenn ich ihn so sehr begehre, dass ich eigentlich keine Wahl habe?

Zieht draußen eure Schuhe aus, damit ihr den Dreck nicht in die Wohnung bringt, sage ich zu ihnen, als wir die Treppe hinaufsteigen, und merke wieder, wie angenehm es ist, im Plural zu sprechen, und Gili, der als Erster eintritt, stellt fest, du hast aufgeräumt, Mama, für wen? Und ich umarme ihn und sage, für euch, damit ihr es schön habt, und obwohl er nicht beruhigt ist, gibt er nach, stürmt sofort zu den neu gekauften Kartenpäckchen, gibt Jotam drei, mit demonstrativer Höflichkeit, und schon fangen sie an zu vergleichen und zu tauschen, und ich gehe ins Schlafzimmer, überlege, was ich anziehen soll, etwas Bequemes, Häusliches, das mir schmeichelt, aber nicht zu schlampig aussieht, und schließlich wähle ich den roten Pullover und ausgeblichene Jeans, doch ich bin immer noch nicht zufrieden, soll ich die Haare zusammenbinden oder offen lassen, ich glaube, ich habe mich noch nie so gründlich auf eine Verabredung mit ihm vorbereitet, schließlich waren die meisten unserer Treffen zufällig, und diesmal ist alles geplant, soll ich mich noch einmal schminken oder mich mit den Resten des Morgens begnügen, und als ich versuche, meine Haare mit einem roten Samtband zusammenzubinden, bereue ich es sofort, ich frage mich, für wen all diese Vorbereitungen wirklich bestimmt sind, für den Mann, der mich schon schlafend und nackt gesehen hat, oder für seine schöne zehnjährige Tochter, ist sie es, die ich mit meiner Erscheinung beeindrucken möchte?

Wieder und wieder schlagen sie mit ihren kleinen Händen auf den Teppich, das gehört wohl zu ihrem Zeremoniell beim Bildertauschen, und vielleicht überhöre ich deshalb das Klingeln, und während ich noch auf dem Sofa liege, knarrt schon die Tür, und sie kommen herein, der Vater und seine Tochter, Arm in Arm, und sofort bereue ich, dass ich die Haare nicht zusammengebunden habe, denn ihre blonden Haare sind zu einem vollendeten Knoten gebunden, der ihr Porzellangesicht älter und erwachsener aussehen lässt, sie schaut mich mit offenem Verdruss an.

Guten Tag allerseits, sagt er feierlich, seine tiefe Stimme hört sich plötzlich ein wenig spöttisch an, aufgesetzt, und ich springe auf, ihnen entgegen, guten Tag, wie schön, dass ihr gekommen seid, sage ich, als handelte es sich um eine Überraschung, und wir beide würden bestimmt lachen, wenn wir nicht so angespannt wären, fast verzweifelt, und er versucht ganz beiläufig zu fragen, kennst du Maja? Aus irgendeinem Grund deutet er auf sie, und ich winke ihr zu, obwohl sie neben mir steht, hi, Maja, ich bin Ella, sage ich, und sie unterbricht die gezwungene Feierlichkeit rüde, ich weiß, sagt sie, ich habe dich schon einmal im Café gesehen, und ich sage schnell, gebt mir eure Mäntel, und er versucht, seinen Mantel auszuziehen, aber die Hand, die seinen Arm festhält, macht das unmöglich. Papa, ich will nach Hause, sagt sie, ich habe Hausaufgaben auf, und er sagt, komm, bleiben wir ein bisschen hier, meine Süße, danach kannst du Hausaufgaben machen, ich bin sicher, dass Jotam noch nicht weggehen will, und erst da schaut sich Jotam nach ihnen um, lässt die Sammelkarten fallen und stürzt sich auf seinen Vater, Papa, schreit er, als hätten sie sich seit Wochen nicht gesehen, Gilis Mama hat mir Karten gekauft, und Oded ruft, wie schön, herzlichen Glückwunsch, als handelte es sich um ein riesiges, unerwartetes Geschenk, während er immer noch versucht, den Mantel auszuziehen, dazu schüttelt er ihre Hand ab, die schmale, zarte Hand, die sich gekränkt zurückzieht, und ich registriere einen ersten kleinen Sieg für mich, nehme ihm schnell den Mantel ab und hänge ihn so sorgfältig auf einen Bügel im Garderobenschrank, als würde er ihn in absehbarer Zeit nicht mehr brauchen.

Gib mir auch deinen, es wird dir sonst zu heiß, sage ich zu ihr, und sie zieht mit einem lauten Seufzer ihren Mantel aus, so dass ihr prachtvolles hellblaues Tanzkostüm zu sehen ist, ein glänzender Body und darüber ein langärmliges Ballettkleid, das ihren schmalen Körper eng umschließt, was für ein tolles Kostüm, schmeichle ich ihr, und sie lächelt ein wenig hochmütig, Papa hat es mir aus Amerika mitgebracht. Wirklich, frage ich und betrachte ihn anerkennend, was für ein Vergnügen ist es doch, ein Mädchen zu haben, dem es nicht, wie den Jungen, egal ist, was es anhat, spotte ich, versuche, eine Art weiblicher Solidarität herzustellen, dazu ziehe ich Gili an mich, der auch aufgestanden ist und sich neben mich gestellt hat, seine Augen verfolgen misstrauisch das Geschehen, mein kleiner Sohn und ich stehen am Eingang unserer Wohnung, und vor uns Oded und seine kleinen Kinder, wie zwei Lager, deren Streitkräfte sich schweigend beäugen.

Habt ihr Hunger, frage ich schnell, es gibt Schokoladenkuchen, es gibt Gemüsesuppe, und wir könnten auch Pizza bestellen, und zu meiner Freude schreien die beiden Jungen begeistert, Pizza, und für einen Moment verwischt sich die Frontlinie, und ich bemühe mich, die Bestellung voranzutreiben, was wollt ihr auf die Pizza, frage ich, Oliven, Pilze, was magst du am liebsten, Maja, und sie antwortet kühl, ich habe keinen Hunger. Sie mag Pizza mit Mais, sagt Oded, und ich frage, und du, etwas verlegen, kennen wir uns überhaupt, den Geschmack deiner Haut kenne ich, aber nicht deinen Geschmack bei Pizza, und er sagt, mir ist es egal, und Gili schreit, ich mit Oliven, als hätte er Angst, ich könnte ausgerechnet seine Vorlieben vergessen, und Jotam schreit hinterher, ich mit Pilzen. Dann nehme ich vielleicht auch Pilze, damit ich nicht neidisch werde, sagt Gili zögernd, in seiner Sicherheit erschüttert, und ich frage erstaunt, warum solltest du neidisch werden, wenn du etwas anderes lieber isst? Und er murmelt, hör auf, Mama, sag mir nicht, was ich fühlen soll, und plötzlich werden seine Augen feucht, und er jammert, ich weiß nicht, welche Pizza ich bestellen soll.

Du bestellst, was du magst, Oliven, entscheide ich, aber er kämpft mit sich, ich werde neidisch auf Jotam sein, ich möchte, dass Jotam auch Oliven nimmt, und ich seufze, gibt es auf der Welt eine kompliziertere Aufgabe, als Pizza für fünf Personen zu bestellen, die versuchen, zu einer Familie zu werden? Wo liegt das Problem, Gili, schimpfe ich, es kann dir doch egal sein, was er isst, und er klammert sich an mich, bricht in Tränen aus, es ist mir aber nicht egal, Rotz läuft aus seiner Nase, Tränen ziehen sichtbare Linien über seine Wangen, die Lider senken sich über seine Augen, und aus seinem offenen Mund, dem zwei Schneidezähne fehlen, blitzen die Eckzähne wie bei einem Vampir, noch nie habe ich ihn so gesehen, so vernachlässigt und reizlos, es ist, als hätte man mir fremde Augen eingesetzt, und vielleicht sind sie nicht fremd, sondern die Augen des Mannes, der sich schweigend auf das Sofa setzt, seine schönen Finger, die ich erst gestern geküsst und gestreichelt habe, verflochten mit denen dieses hochmütigen, strahlenden Mädchens, das mit offensichtlicher Gleichgültigkeit den kleinen Jungen betrachtet, der in meinen Armen weint, als wäre eine Welt für ihn zusammengebrochen. Ich habe eine Idee, rufe ich mit gespielter Fröhlichkeit, bestellen wir eben beides, und du probierst beide und entscheidest dann, ein verschwenderischer und ganz und gar unpädagogischer Vorschlag, der ihn nicht beruhigt und nur Jotam dazu bringt zu sagen, wenn er zwei bekommt, will ich auch zwei, und ich verkünde, ausgezeichnet, das Problem ist gelöst, deutlich verwirrt greife ich nach dem Telefon, bestelle die größte Familienpizza mit dem abwechslungsreichsten Belag, um die Vorlieben aller Anwesenden zu befriedigen, obwohl mir klar ist, dass keiner von uns besonders großen Hunger hat und mehr als die Hälfte übrig bleiben wird.

Gili, wasch dir das Gesicht und putz dir die Nase, sage ich ungeduldig, nachdem ich den Auftrag erledigt habe, und er geht geschlagen zum Badezimmer und kommt gleich wieder, das Gesicht nass, aber ebenso schmutzig wie vorher, und ich schüttle den Kopf, begleite ihn aber nicht zum Badezimmer, um ihm beim Naseputzen zu helfen, ich habe Angst, unter ihren bedeutungsvollen Blicken das Wohnzimmer zu verlassen, ich bleibe, damit sie sich nicht Zeichen des Einverständnisses geben können, damit sie nicht die Gelegenheit benutzen, um zu verschwinden, schließlich sind sie eine fast vollständige Familie, eine Familie, die keinen Zuwachs braucht, erst recht keinen verwöhnten kleinen Jungen, einen weinerlichen Dickkopf, aber da geht Jotam zu ihm, mach dir keine Sorgen, Gili, ich werde das Gleiche essen wie du, versichert er in einem zauberhaft großzügigen Ton, ich werde auch Oliven essen, damit du nicht neidisch zu sein brauchst, und Gili jammert glücklich, und was machen wir dann mit den Pilzen, die wir bestellt haben? Jotam beugt sich vor und flüstert Gili etwas ins Ohr, und beide

brechen in spitzbübisches Gelächter aus, wie zwei junge
Füchse, die einen Streich aushecken, und ich betrachte Jotam voller Dankbarkeit, was für ein wunderbarer Junge, auf
ihn kann man sich verlassen, jedenfalls mehr als auf seinen
Vater, der in meiner Wohnung auf meinem Sofa sitzt und mit
seinen dunklen Augen beobachtet, was sich hier abspielt,
ich muss zugeben, dass er nichts getan hat, um die Situation
zu beruhigen, er hat auch noch kein einziges Wort mit Gili
gewechselt.

Was willst du trinken, Oded, frage ich, und er antwortet,
etwas Scharfes, und ich gieße ihm kalten Wodka ein und
frage laut aus der Küche, willst du Kakao, Maja, und zu
meiner Freude bejaht sie, lockert damit vielleicht ihren
energischen Widerstand gegen diesen Besuch, und ich reiche ihm den Wodka und ihr den Kakao und breche in nervöses Lachen aus, wo ist unsere Liebe, Oded, siehst du sie
irgendwo, fühlst du sie, sie hat sich versteckt wie eine vor
Fremden erschrockene Katze, aber diese Fremden sind unsere Kinder, unser eigen Fleisch und Blut, und es scheint,
dass sogar ich sie schon nicht mehr fühle, und eigentlich
möchte ich, dass ihr geht, dass ihr mich mit dem verwöhnten, verrotzten Jungen allein lasst, erst wenn ihr geht, werde
ich wieder seine Schönheit sehen. Aufrecht sitzt er in der
Sofaecke, in einem weißen Kaschmirpullover, den ich noch
nie gesehen habe und der seine wie gemeißelten Gesichtszüge betont, die beiden senkrechten, wie in Holz geschnittenen Falten auf seinen Wangen, und beobachtet schweigend
alles wie ein Außenstehender, der Details sammelt, sein Gesichtsausdruck ist kühl und hochmütig, wie der seiner Tochter, bin auch ich in seinen Augen hässlich geworden, wie
Gili in meinen, sieht er auch mich jetzt tränenüberströmt,
fleckig von Staub und Rotz, so schnell zweifle ich an ihm,
an seinen Liebesworten und an seinen Versprechungen.

Maja, vielleicht möchtest du mit den Jungen ein bisschen Computer spielen, oder soll ich dir etwas zum Spielen suchen, sage ich, als die beiden in Gilis Zimmer verschwinden, ich möchte mit ihm allein sein, Gili hat ein paar Barbiepuppen, manchmal spielt er mit ihnen, so schnell verrate ich sein Geheimnis, nur damit sie sich mit irgendetwas beschäftigt, damit sie endlich die Hand ihres Vaters loslässt, aber sie lehnt ab, ich spiele nicht mehr mit Barbiepuppen, und statt ihn loszulassen, setzt sie sich auf seine Knie, legt die Arme um seinen Nacken und sagt, Papa, lass uns gehen, ich habe noch Hausaufgaben zu machen. Dann bringe ich dir deine Tasche aus dem Auto, schlägt er vor, und du machst hier deine Aufgaben, und sie sagt, aber hier kann ich mich nicht konzentrieren, ich will nach Hause, und er verspricht, noch ein bisschen, dann gehen wir, meine Schöne, seine Hand streichelt zärtlich über ihre Haare, über ihren honigfarbenen Knoten, und seine Zärtlichkeit ihr gegenüber weckt Zorn in mir, es ist erst ein paar Minuten her, da habe ich den Launen meines Sohnes nachgegeben, aber als ich jetzt vor ihnen stehe, regt sich mein Widerstand, warum bringt er sie nicht zum Schweigen, warum sagt er nicht, wir bleiben hier, und Schluss, ich bin es, der entscheidet, nicht du. Ihre Anwesenheit in meinem Wohnzimmer ist bedrückend und ihre Überheblichkeit verletzt mich, in doppeltem Schweigen betrachten sie die einfachen Möbel, das Bild der Pariserin, das ihnen gegenüber an der Wand hängt, es scheint, als würde auch sie, die Tausende von Jahren an der Palastwand von Knossos überlebt hat, sich unter ihren Blicken auflösen, und ich springe auf und laufe ins Schlafzimmer, die Kleidungsstücke, die ich in meiner Dummheit anprobiert habe, liegen als bunter überflüssiger Haufen auf dem Bett, was habe ich bloß gedacht, nichts kann so schön sein, dass es gegen die Nähe des eigenen Blutes ankommmt, sie ist seine

Tochter, sie wird immer seine Tochter sein, während ich nur vorübergehend in seinem Leben bin, wie die Wohnung, die er so schnell gemietet hat, und ich nehme das rote Samtband, stelle mich vor den Spiegel, versuche, alle Haare zusammenzunehmen, so dass auch kein einziges außerhalb des Gummis bleibt, und genau in dem Moment, als ich es beinahe geschafft habe, höre ich ihn kommen, Ella, bist du hier, fragt er, schließt die Tür hinter sich und lehnt sich an sie, betrachtet mich erstaunt. Was tust du, fragt er, und ich lasse das Gummi fallen und ziehe schnell meinen Pullover aus, mir ist auf einmal schrecklich heiß, sage ich, ich ziehe mich um, und als Beweis nehme ich ein kurzärmliges T-Shirt aus dem Schrank, ziehe es aber nicht an, mit nackten Brüsten stehe ich vor ihm, als wären sie die letzten Waffen einer Frau, die um ihre Ehre kämpft.

Komm her, sagt er und streckt mir die Hand hin, und ich seufze in seinen Mund, komm heute Nacht zu mir, Oded, wie dringend brauche ich plötzlich seine körperliche Nähe, so dringend wie Medizin, und er sagt, das ist unmöglich, die Kinder schlafen bei mir, und ich dränge ihn, aber Maja ist schon groß, sie kann eine Weile mit Jotam allein bleiben, und er sagt, aber es ist das erste Mal, dass sie bei mir schlafen, ich möchte es ihnen nicht schwerer machen als nötig.

Dann komme ich vielleicht zu dir, beharre ich stur, meine Mutter wird auf Gili aufpassen, und er sagt, lass es, das geht heute nicht, bestimmt schlafen sie erst spät ein, aber ich lasse nicht locker, dann komm morgen früh vor der Arbeit, und er sagt, ich fange um acht an, das wird nicht gehen, lass uns auf eine günstigere Gelegenheit warten, und ich drehe ihm den Rücken zu, betrachte den Wipfel des toten Baums, die Straßenlaterne wirft gelbes Licht auf seine trockenen Zweige, die dünn sind wie Knochen. Was ist mit dir los, fragt er, und ich drehe mich zu ihm um, ich bin nicht bereit, auf eine günstigere Gelegenheit zu warten, schleudere ich ihm entgegen, man muss sich die Gelegenheiten schaffen, wenn man wirklich will, und dann knie ich mich vor ihn hin und öffne eilig den Reißverschluss seiner Hose, ich ignoriere die Kinder auf der anderen Seite der Wand, mein Mund umschließt sein Fleisch, und ich höre ihn seufzen, genug, Ella, das geht doch jetzt nicht, aber in seinen Seufzer mischt sich schon Lust, und als ich glaube, dass seine Erregung genug gewachsen ist, lasse ich ihn plötzlich los und stehe auf, jetzt werden wir ja sehen, wie du auf eine günstigere Gelegenheit wartest, flüstere ich, und er atmet schwer, die Lippen vorgeschoben, wirklich, Ella, das passt nicht zu dir, schimpft er heiser, das sind die niedrigsten weiblichen Manipulationen, und ich bin schon schwer vor Angst, das Gewicht dieses Tages drückt mich in die Knie, du kennst mich einfach nicht, flüstere ich ihm ins Ohr, ich habe noch ganz andere Manipulationen für dich, sogar noch niedrigere, wenn du heute Nacht nicht kommst, brauchst du überhaupt nicht mehr zu kommen, und dann streife ich mir schnell eine Bluse über und verlasse das Zimmer, meine Kränkung verwandelt sich sekundenschnell in Bedauern, ich setze mich im Wohnzimmer in den Sessel und bemerke erst da, dass mich die hellen Augen, etwas schräg stehend wie bei ihrer Mutter, beunruhigt betrachten, wo ist mein Vater?

Ich bin hier, meine Schöne, höre ich seine Stimme, nun wieder ausgeglichen und ruhig, das heisere, schwere Atmen ist aus seiner Kehle verschwunden, wir gehen bald, er wendet sich an mich, was ist mit der Pizza, fragt er vorwurfsvoll, als wäre ich verantwortlich für die Lieferung, und ich schaue auf die Uhr und sage, sie wird bestimmt gleich kommen, es ist noch keine halbe Stunde vergangen, ich versuche seinen Blick zu fassen, um ihn wortlos um Verzeihung zu bitten, aber er weicht mir aus, schaut erwartungsvoll zur Tür, als komme von dort die Rettung, und tatsächlich kommt sie, eine heiße, wohlriechende Pizza, die den Wohnzimmertisch bedeckt und uns alle um sich sammelt, sie scheint die Kraft zu haben, uns für eine gewisse Zeit zu vereinen, so wie sie uns zu Beginn des Abends voneinander getrennt hat, und sogar Maja wird schwach bei dem verführerischen Duft und nimmt das für sie bestimmte, mit gelben Maiskörnern bestreute Stück, und Oded verzehrt langsam ein Stück Pizza mit Tomaten und Käse, nun, da alle Kinder beruhigt sind, sieht auch er zufrieden aus, und ich fülle sein Glas wieder und gieße mir selbst auch einen Wodka ein. Wie hungrige Katzen um den Futternapf, sitzen wir um den Tisch, und einen Moment lang scheint alles gut zu sein, und vielleicht war es auch vorhin so, und nur ich war, wie es meine Art ist, zu schnell erschrocken und habe den Schatten des Bergs für den Berg gehalten, und vor lauter Eile, das Ende unserer Beziehung zu beweinen, habe ich das Ende beschleunigt, und erleichtert sehe ich, dass Maja sich neben Gili und Jotam auf den Teppich setzt, sie entspannt sich langsam, beteiligt sich fast gegen ihren Willen an dem geheimnisvollen Tun, als die Jungen aus ihren Schultaschen Scheren herausholen und versuchen, mit ungeschickten Händen die nicht gegessenen Pizzastücke zu zerschneiden, wir machen Essen für die Vögel, verkünden sie ihr laut flüsternd, das streuen wir dann auf den Balkon und beobachten, wie sie kommen.

Was macht ihr da, mit Essen spielt man nicht, schimpft Oded, und ich besänftige ihn, lass sie doch, Hauptsache, es macht ihnen Spaß, wir sind wohl beide überrascht über diesen Wortwechsel, als wären wir Eltern, die eine Meinungsverschiedenheit haben, und ich bedeute ihm mit lautlosen Lippenbewegungen, komm einen Moment, und gehe wieder ins Schlafzimmer, aber er folgt mir nicht, deshalb rufe ich ihn mit offizieller Stimme.

Was ist denn jetzt, fragt er und betrachtet müde mein Gesicht, hast du noch andere Drohungen für mich? Diesmal bin ich es, die sich an die Tür lehnt, es tut mir Leid, sage ich, ich habe es nicht so gemeint, entschuldige bitte, ich verstehe ja, dass du heute nicht kommen kannst, ich werde warten, so lange es nötig ist, und er seufzt, betrachtet mich mit zusammengekniffenen Augen und sagt, weißt du, Ella, vielleicht kenne ich dich wirklich noch nicht, vielleicht habe ich auch kein Interesse daran, dich kennen zu lernen, aber seine Hand streicht über meine Wangen, die unter seiner rauen Berührung erglühen, ich bin bereit, zu vergessen, was vorhin hier passiert ist, aber ich warne dich, solche Spielchen funktionieren bei mir nicht, und ich murmle, es tut mir Leid, entschuldige, und er fragt, also, wo waren wir stehen geblieben? Ich glaube, einen Funken Erregung in seiner Stimme zu hören, und ich knie mich erleichtert vor ihn hin, wenn dies jetzt der Weg zu dir ist, dann ist es auch mein Weg, seine Hände richten meinen Kopf aus, führen ihn mit sanftem Druck an die richtige Stelle.

Diesmal verlässt er vor mir den Raum, und ich gehe ins Badezimmer, wasche mir das Gesicht und besprühe mich mit Parfüm, und als ich ins Wohnzimmer zurückkomme, sitzen alle um das Monopolybrett, und Gili weiß nicht, wohin mit seiner Freude, Mama, komm, wir warten nur noch auf dich, und Maja, die ihre Hausaufgaben vergessen zu haben scheint, erklärt die Regeln, ihr könnt doch noch nicht so gut lesen, deshalb werden euch die Eltern helfen, Gili spielt mit seiner Mama und Jotam mit Papa und ich alleine, und wir versinken in das Spiel, würfeln, bewegen die Steine auf dem Brett, häufen Straßen und ganze Stadtteile an, Häuser und Hotels, kaufen und verkaufen, ja, es ist möglich, so werden wir jeden Abend zusammen spielen, und jedes Mal, wenn ich ihn anschaue, werde ich erschauern, als führe mir ein Windstoß unter den Rock, und wenn er mir die Monopolysteine hinhält, berührt seine Hand die meine, weckt heftige Begierde inmitten des familiären Glücks, und mir ist, als hätte ich an diesem Abend ein doppeltes Geschenk erhalten, als ich Gili, der auf meinem Schoß sitzt, einen Kuss in den Nacken drücke, er ist begeistert von dem Spiel, beobachtet aber zugleich mit scharfem Blick jede meiner Bewegungen.

Lange bevor das Spiel zu Ende ist, sagt er, es ist schon spät, spielen wir es ein andermal fertig, und Gili, der das meiste Geld angehäuft hat, fleht, noch ein bisschen, nur noch ein bisschen, und ich versuche zu versöhnen, vielleicht lassen wir alles so stehen und spielen beim nächsten Mal weiter, aber Maja, die gerade verliert, beschließt, beim nächsten Mal fangen wir ein neues Spiel an, und diese Worte klingen plötzlich ganz selbstverständlich, sogar für sie, ja, es wird ein nächstes Mal geben, es wird wieder Pizza geben, wieder ein Spiel, ein nächstes Treffen, auch wenn sie beim Abschied wieder förmlich und gleichgültig wirkt, als ich ihr den Mantel gebe, und ich versuche, ihn über die Köpfe der drei Kinder hinweg anzulächeln, gute Nacht, ihr drei, sage ich, und er schickt mir mit einer Bewegung seiner schönen Lippen einen Kuss zu, und mit einem Schlag ist die Wohnung leer und Gili drückt sich an mich und umarmt meine Hüften und sagt, endlich sind wir allein, nur du und ich.

Ich dachte, es hat dir Spaß mit ihnen gemacht, ich versuche, meine Enttäuschung zu verbergen, und er sagt, es hat mir Spaß gemacht mit Jotam, sogar seine Schwester ist ziemlich nett, aber jetzt macht es mir Spaß mit dir allein, fügt er hinzu und verliert kein Wort über ihren Vater, und ich sage, mir macht es auch Spaß mit dir, Gili, seine Unschuld lässt mein Herz erzittern, er kann sich ja gar nicht vorstellen, wie selten solche Momente sein werden, bald werden sie nur noch eine ferne Erinnerung sein, und während wir mit weichen Schritten die Pfade unserer Routine betreten, meine ich fast unwillkürlich das Geläut der Abschiedsglocken zu hören. Noch ein Abschied, mein kleiner Junge, einer, der aufregender ist als der erste, ein Abschied von dem Leben, das nur uns beiden gehört. Wir haben versucht, eine neue Siedlung über den Trümmern der alten zu errichten, wir haben Lehm der nahen Flussläufe zu Ziegeln geformt, Steine für das Haus aus einem Steinbruch gehauen, ein Dach aus gefällten Bäumen gezimmert, unsere bescheidenen Errungenschaften werden vor dem Glanz der Vergangenheit immer verblassen, und trotzdem werden wir hier eine Art Ordnung aufbauen, zerbrechlich, aber vertraut.

Mit schwerem Herzen sitze ich an seinem Bett, wieder tritt er nach der Decke, breitet seine Arme aus, die Pyjamajacke spannt sich über seiner Brust und lässt seine schmalen Hüften sehen, die Vertiefung seines Nabels, seine vorstehenden Rippen, die Muttermale, die über seine Haut verstreut sind wie Sterne am Himmel, sein Gesicht wird von den drei Nachtlichtern beleuchtet, seine üppigen Locken, die es umrahmen, er ist wieder schön, sag mir, mein Sohn, ob ich deinetwegen auf die Chance zum Glück verzichten muss, auf eine neue Familie, und als er eingeschlafen ist, rufe ich Talja an. Du behauptest, ich müsste noch warten, fahre ich sie an, aber wie lange, vielleicht, bis Gili zum Militär geht? Wer weiß schon, wann die richtige Zeit für solche Veränderungen gekommen ist, jetzt ist er noch jung genug, um sich daran zu gewöhnen, und wenn ich warte, könnte die neue Beziehung erlöschen, ich habe jetzt die Chance zu einem wirklich neuen Leben, Talja, ich habe Angst, sie zu verpassen, vielleicht ist das meine letzte Chance, wer weiß, glaubst du, es ist gesund für ihn, allein mit seiner Mutter aufzuwachsen, ohne Familie? Vielleicht ist es ja gerade diese Veränderung, die ihm gut tun wird, sagt sie, aber während ich ihr zuhöre, geht die Tür auf und Oded steht da, in seinem weißen Pullover, wieder ohne Mantel, und seine Ankunft dämpft ihre scharfen Sätze, nimmt ihnen die Spitze. Störe ich dich, fragt er leise, und ich ziehe ihn an mich, seine Hände sind schon unter meiner Kleidung, Ella, du musst damit warten, fährt sie fort, das ist keine Frage des Alters, sondern der Umstände, gib ihm Zeit, dass er sich erst einmal an eure Trennung gewöhnt, belaste ihn nicht so schnell mit einer neuen Familie, du verlierst nichts, wenn du noch ein wenig wartest, im Gegenteil, wenn du deshalb deinen neuen Freund verlierst, ist das ein Zeichen, dass es nichts Ernstes war, überlege doch, wenn es nicht klappt, wirst du eine neue Trennung durchmachen, wozu brauchst du diese ganzen Kopfschmerzen, warum fällt es dir so schwer, noch ein Jahr zu warten, und das alles hört er zusammen mit mir, bis ich sie unterbreche, Talja, ich muss aufhören, ich habe Besuch, reden wir morgen weiter, und er nimmt mir den schwarzen Hörer aus der Hand, betrachtet ihn ernst, sie hat vielleicht Recht, deine Freundin, sagt er schließlich, aber ich glaube nicht an solche Ratschläge, kein anderer weiß besser als du, was gut für dich ist, versuche, auf dein Herz zu hören, auf deine innere Stimme, und ich frage, was machst du überhaupt hier, ich habe gedacht, es geht heute Nacht nicht, und er lächelt, ich habe fünfzig Minuten für dich, reicht dir das?

Warum ausgerechnet fünfzig, frage ich und schaue sofort auf die Uhr, und er antwortet, weil ich zu Maja gesagt habe, ich hätte eine wichtige Verabredung mit einem Patienten, der sofort Hilfe braucht, und ein ungeheurer triumphierender Stolz erfüllt mich, ich brauche wirklich sofort Hilfe, flüstere ich ihm ins Ohr, aber ich dachte, du fängst nichts mit Patientinnen an, und er lacht, diese Regeln gelten nicht für dich, wie sich herausstellt, so wie die Regeln deiner Freundin nicht für uns gelten, wenigstens hoffe ich das, und ich schmiege mich an ihn, du bist also gekommen, um eine dringend benötigte Behandlung vorzunehmen, frage ich, und er sagt, ja, was genau fehlt dir? Und ich mache das Licht aus und ziehe ihn auf den Teppich herab.

Die Monopolysachen, die ich noch nicht aufgeräumt habe, drücken mich im Rücken, die Häuser und Hotels, die wir in den erworbenen Straßen errichtet haben, Spielgeld klebt an meinem Hintern, als er durch den schmalen Pfad geht, der nur für ihn bestimmt ist, ich ziehe ihn mit Armen und Beinen zu mir, mit meiner Zunge und meinen Haaren, versprich, dass du mir vertraust, flüstert er, ich brauche dein Vertrauen, und ich verspreche es immer wieder, spüre ihn in mir, er entzündet eine starke Flamme der Begierde, und an jedem Punkt, an dem er nicht ist, fehlt er, wie wirst du dieses Feuer löschen, noch so viel Wasser wird es nicht löschen, und als ich unter ihm erzittere, auf dem Monopolybrett, richtet er sich schnell auf, zieht in der Dunkelheit den Reißverschluss seiner Hose zu und flüstert, ich hoffe, dass ich dir geholfen habe, und ich antworte leise, eigentlich nicht, leider, ich habe das Gefühl, dass das Problem sich nur noch verschärft hat, und er lacht, genau das war meine Absicht.

18

Nicht auf den ägyptischen Tempelwänden und nicht auf den Grabinschriften und nicht auf Papyrusrollen, weder über der Erde noch unter ihr ist in den Tagen des neuen Königreichs der Name Israel erwähnt, nicht als Freund und nicht als Feind, nicht als Nachbar und nicht als versklavtes Volk, und trotzdem gibt es keinen Zweifel, dass der Auszug Israels aus Ägypten ein historisches Ereignis war, höchst gegenwärtig in der Bibel, im Gesetz, in der Geschichte und der Überlieferung, in den Reden der Propheten und in den Gesängen der Psalmen, aber es findet sich noch immer kein Beweis für die große Saga des Leidens und der Errettung, des neuen Anfangs und der zweiten Chance.

Ausgrabungen und immer neue archäologische Forschungen haben nichts als Falsifikationen erbracht, allenfalls aufwühlende Zeugnisse für Naturkatastrophen, die Sonne zeigt sich nicht mehr, ihre Gestalt am Himmel ist wie das Auge des Mondes, ausgetrocknet ist der Fluss Ägyptens, der Wind des Südens bläst gegen den Wind des Nordens.

Die Rolle der Naturkräfte sollte bei der Beurteilung der historischen Ereignisse nicht ignoriert werden, es waren nicht allein die Taten der Menschen, die die antike Welt erschütterten, sondern auch immer wieder Umstürze der Natur, die die Handlungen der Eroberer und die List der antiken Staatsmänner klein erscheinen lassen, o Wehklage, das Land dreht sich wie die Drehscheibe des Schöpfers, der Palast verwandelt sich innerhalb von Sekunden, seht, das Feuer hat ihn verschlungen.

Hat die Katastrophe von Thera wirklich die stärkste Großmacht gestürzt, ist die schreckliche Welle wirklich bis dorthin gerollt, Wasser, das sich berghoch auftürmte und sich mit der Geschwindigkeit eines Blitzes vorwärts bewegte, Wolkensäulen aus Feuer, Blut und Dunkelheit, ein Schlag nach dem anderen, und bis heute findet sich eine vulkanische Aschenschicht auf dem Grund des Nils, ist dies der Beweis, dass der Untergang Theras durch Naturkräfte auch den Untergang Ägyptens zur Folge hatte? Eine Naturkatastrophe als Ursache für den wundersamen Sieg Israels durch die Hand seines Gottes? Und ist der Versuch, das Wunder zu verifizieren, eine Verleugnung des Wunders? Es scheint, als gehörte all das zu meinem vorigen Leben und berührte das neue Leben nicht, das sich glänzend und golden darstellt, wie der Glanz im Osten vor dem Sonnenaufgang, wenn sich das Licht bereits am Horizont zeigt.

Mit hochmütiger Gleichgültigkeit versuche ich, die Geschichte Theras zu rekonstruieren, als handelte es sich um eine schmerzliche Kindheitserinnerung, die ich immer wieder heraufbeschworen habe bis zum Überdruss, versuche, das traurige Kapitel zu Ende zu bringen, denn es reicht mir, die Vormittage mit trockenen Ausgrabungsberichten vor dem Computer zu verbringen, ich sehne mich schon nach dem genau abgesteckten Rechteck Erde, dessen Wände mit Sandsäcken abgestützt sind wie im Schützengraben, nach der vollkommen wirklichen und trotzdem abstrakten Beschäftigung, nach all den Werkzeugen, dem endlosen Staub und dem Klopfen der Hämmer, nach dem Lärm der Bulldozer und dem Schimmelgeruch, der aus der Erde aufsteigt und in der klaren Luft hängen bleibt. Dieses ganze Jahr habe ich gehofft, zu keiner Ausgrabung gerufen zu werden, und jetzt warte ich ungeduldig darauf, denn der Winter geht zu Ende, verschwindet langsam von der Erde, wird in schmale Stücke gerissen, und zwischen ihnen blitzen die unterirdischen Triebe der noch nackten Bäume.

Eine fieberhafte Anspannung erfüllt mich in den letzten Wochen des Winters, die Gewissheit der Veränderung, die auf mich zukommt, ich habe keine Möglichkeit, ihr auszuweichen, ich will ihr auch nicht ausweichen, denn der gedämpfte nagende Hunger, der Schatten allen Verliebtseins, wächst und bekommt die klare Form eines gemeinsamen Lebens, man wird die wenigen Stunden Freizeit nicht mehr auf zwei Wohnungen verteilen müssen, denn inzwischen haste ich von einer Wohnung in die andere, wie ein Kind, dessen Eltern sich getrennt haben, ich passe mich bei meinem Hin und Her den Wanderungen Gilis an, den Wanderungen Majas und Jotams, das sind die Wanderungen der heutigen Nomaden, die Kinder geschiedener Eltern, die die Herden ihrer Spielsachen mittags von Haus zu Haus bringen, von der Mutter zum Vater und wieder zurück. Für mich selbst bleiben nur die freien Tage, die immer weniger werden, denn Amnon ist plötzlich sehr beschäftigt, erstaunlich beschäftigt, und Michal, sogar die Buchstaben ihres Namens wecken in mir ein Gefühl der Bedrückung, Michal leidet fast jeden Tag an Migräne und drückt sich vor ihren Kindern, es sieht so aus, als hätten sich die beiden gegen uns verbündet, und zwischen all unseren Aufgaben suchen wir hastig nach Nähe, beklagen schon im Voraus die erneute notwendige Trennung, und es scheint, dass ein Tag nach dem anderen in dem funkelnden Punkt eines hastigen Treffens gipfelt, und nur das Bedürfnis, all diese Funken zu sammeln, treibt uns von einem Moment zum nächsten.

Meine Wohnung kommt mir plötzlich wie ein Durchgangslager vor, ein Rollladen im Wohnzimmer ist kaputtgegangen, und ich mache mir nicht die Mühe, ihn zu reparieren, der Wasserhahn tropft, die Halogenlampe ist durchgebrannt, und ich habe das Gefühl, als sei das alles schon nicht mehr meine Sorge, sondern die des Menschen, der nach mir hier wohnen wird, denn Gili und ich werden endlich in die neue Wohnung ziehen, die uns schon erwartet, und dort werden sich alle Funken vereinen, dort werde ich mich nach der größten Nähe nicht wieder von ihm trennen müssen, dort werde ich nicht wählen müssen zwischen der Zeit mit ihm und der Zeit mit Gili, unter einem Dach werden meine beiden Lieben leben, und das Bedürfnis danach ist offenbar so einfach zu erfüllen, es ist nur ein Umzugswagen zu bestellen, das Sofa und die Sessel einzuladen, die Kleider, das Geschirr und die Bücher, Gilis Bett, sein Schrank und auch die drei Nachtlichter, zu seiner Beruhigung wird sein ganzes Zimmer mit uns umziehen, bis hin zum letzten Spielzeug, als würde der Junge zu Hause einschlafen und durch ein Wunder morgens anderswo aufwachen, ohne einen Unterschied zu empfinden, und trotzdem zögere ich, wie jener Schlüssel, der mitten in der Bewegung stecken blieb und sich nicht mehr vor- oder zurückdrehen ließ.

Komm schon, du bringst uns mit deinen Zweifeln ganz durcheinander, sagt er, als wir uns beide in unseren eigenen Wohnungen befinden, neben den eigenen schlafenden Kindern, und trotz der kurzen Entfernung hört sich seine Stimme durch das Telefon schwach und dumpf an, wir könnten ab sofort zusammen sein, was bringt uns dieses Doppelleben, mach dir doch nicht solche Sorgen, sagt er, ich habe keine Angst vor Problemen, ich habe nur Angst vor deinen Sorgen, worauf wartest du eigentlich? Und auch ich weiß nicht genau, worauf ich warte, schließlich ist mir klar, dass der Umzug stattfinden wird, und trotzdem weckt der Gedanke, dass vor meinem Haus ein Umzugswagen stehen wird, Trauer in mir, als wäre dies ein unvergleichlich schmerzender Anblick.

Die Kinder haben sich noch nicht damit abgefunden, sage ich, aber er lässt meine Worte nicht gelten, sie werden sich daran gewöhnen, ich habe genug von dem Theater, das wir ihnen vorspielen, wir sind beide schlechte Schauspieler, man muss einfach ins kalte Wasser springen, sagt er, dieses ganze Zögern schadet nur, du machst mich unsicher, am Schluss wirst du mich noch überzeugen, dass wir es nicht schaffen, ist es das, was du willst, dass ich es bereue? Und ich sage, nein, wieso denn, gib mir nur etwas Zeit, ich laufe im Haus herum wie eine Braut, die es zu ihrem neuen Leben drängt, der es aber schwer fällt, sich von ihrer Kindheit zu verabschieden, von ihrer Familie, von ihrer Jungfräulichkeit.

Es sind nur wenige Gegenstände, die ich vorausschicke, ein Pullover und ein Schal und einige Bücher, Shampoo und Strümpfe und Ähnliches, es scheint, dass die Dinge ihren eigenen Willen haben, sie kennen schon den Weg dorthin, aber nicht den Rückweg, wie jener Rabe, der nicht zur Arche Noah zurückkehrte und deshalb schwarz wurde. Einer nach dem anderen machen sie sich auf den Weg, aber wir beide, Gili und ich, gehören noch immer hierher, in die Wohnung, in die wir einige Wochen vor seiner Geburt eingezogen sind, die auf einen bunten Innenhof hinausgeht, zu den Granatapfelbäumen, die jetzt noch nackt sind, aber schon bald werden sie Blätter bekommen und danach violette Blüten wie Kelche voller Wein, aus denen Früchte werden, die dann im Herbst reifen und den Hof wie rote Lampions erleuchten, sie werden Scharen von Zugvögeln anlocken, die an ihnen herumpicken und sie von innen aushöhlen, auch wenn sie von außen unberührt wirken, und gegen Winter werden sie wie seelenlose Körper unhörbar auf die schmalen gepflasterten Wege fallen und sie mit ihrem dunklen Saft beflecken, und wir werden nicht hier sein, und zwischen den Stämmen wird der erste Sauerklee wachsen, und wir werden nicht hier sein, und der wilde Orangenbaum wird mit seinen ungenießbaren Früchten prahlen, und wir werden nicht hier sein, wir werden nicht mit einem Ball und einer Decke und Keksen zu dem mickrigen Rasen hinuntergehen, wir werden nicht die zutraulichen Katzen im Hof streicheln, wir werden nicht deren Junge bewundern, die aus dem Dickicht brechen, ein Haufen von Schwänzchen und Ohren, die man nicht mehr auseinander halten kann, wenn sie zwischen den Sträuchern herumtollen, und vielleicht ist mein Schmerz nichts anderes als jener bekannte Hauch von Trauer, der zu jeder Veränderung gehört, schließlich werde ich zu einer anderen Familie hinüberwechseln, die die frühere Familie verdunkelt, gerade weil sie nicht selbstverständlich ist, wird sie zu einem Wunder, zu einer heiligen Familie, und dagegen wird unsere kleine Familie, Mutter und Sohn, ganz armselig aussehen.

Und trotzdem zögere ich, zweifellos geht das alles zu schnell, zu plötzlich, ich werde mich nicht so leicht an die Anwesenheit zweier weiterer Kinder im Haus gewöhnen, an die Anwesenheit eines neuen, beinahe fremden Mannes, denn obwohl wir uns oft getroffen haben, hat sich wenig zwischen Gili und Oded entwickelt, und wenn ich mich bei Oded darüber beklage, wehrt er sich sofort, das sei ja auch kaum möglich bei solch kurzen Treffen, wenn wir erst unter einem Dach wohnen, werde sich alles ergeben, dies scheint im Moment seine einzige Antwort zu sein, wenn wir erst unter einem Dach wohnen, kommt alles in Ordnung, hör auf, deine Ängste zu füttern, sie werden davon nur immer hungriger, blass und müde nach vielen Stunden Arbeit sitzt er mir gegenüber und schaut mich mit wachsendem Zweifel an, Ella, mach es nicht kaputt, vertrau mir, und wenn er bei mir ist, bin ich schon fast überzeugt, dass es keinen Grund gibt zu warten, aber sobald er fort ist, fange ich wieder an zu zweifeln, mit weichen Knien stehe ich vor Gili, wie eine Frau, die ihrem Mann die Liebe zu einem anderen beichten möchte und es doch nicht wagt.

Und das Geheimnis, das ich vor ihm verberge, lässt mich erstarren, ich weiche vor ihm zurück aus lauter Mitleid, und er, der die Veränderung spürt, klammert sich plötzlich an mich, zwingt mich, unsere gemeinsamen Nachmittagsstunden zu zelebrieren, unsere vertrauten Gespräche, das einfache Blöken eines Mutterschafs und eines Lammes, was ist los, Mama, fragt er besorgt, bist du traurig? Bist du böse auf mich? Und es scheint, dass ich aus lauter Angst, ihm wehzutun, ihm auf eine andere Art schade, und vielleicht ist es auch für ihn besser, dass es endlich geschieht, dass die Veränderung offen zutage tritt, statt heimlich jeden meiner Schritte zu begleiten.

Manchmal erinnere ich mich verwundert daran, mit welcher Leichtigkeit ich ihm unsere Trennung verkündet habe, immer wieder denke ich an jenes kurze Gespräch, bei dem Amnon zwar neben mir saß, aber nichts sagte, Papa und ich werden uns trennen, aber du wirst immer unser geliebter Sohn bleiben, und nun soll ich sagen, Jotams Papa und ich lieben einander, wir werden alle zusammenwohnen, und mir scheint, als müsste ihn das weit mehr erschüttern, schade, dass es unmöglich ist, ihm ein Rätsel aufzugeben, ihm ein Bild zu malen, ihm die Szene mit seinen kleinen lachenden Plastikpuppen vorzuspielen, das bin ich und das ist Jotams Vater, das bist du und das sind Maja und Jotam, und das ist die Wohnung, in der wir gemeinsam wohnen werden, vielleicht sollte ich mir von seinen geliebten Kuscheltieren helfen lassen, die Löwin neben den Tiger stellen, die Teddys neben das Löwenjunge, vor seinen erstaunten Augen eine neue gemischte Familie zusammenstellen.

Hör zu, sagt Oded, ich muss bei Therapien manchmal viel

drastischere Maßnahmen ergreifen, wenn ich überzeugt bin, dass es das Richtige für den Patienten ist, ich muss einen eindeutigen Standpunkt einnehmen, sogar Druck ausüben, ich mag das nicht, aber manchmal hat man keine Wahl, und ich betrachte ihn verwirrt, die Tischlampe lässt sein Gesicht grau und leblos aussehen, und frage, was willst du damit sagen, was hat das mit uns zu tun? Er seufzt, du weißt genau, was ich damit sagen will, ich mache dir einen ernsthaften Vorschlag, ich habe sehr lange darüber nachgedacht und bin zu der Ansicht gekommen, dass dies der richtige Weg für uns ist. Die Probleme, die du so aufbauschst, scheue ich nicht, ich habe auch meine eigenen Probleme, das kannst du mir glauben, an dem Tag, an dem du es deinem Jungen erzählst, werde ich es auch meinen Kindern sagen, du hast kein Monopol auf Probleme, und ich sage, aber das ist etwas ganz anderes, deine Kinder bleiben in ihrer eigenen Wohnung, bei ihrer Mutter, deine Wohnung ist nur etwas Zusätzliches, aber Gili muss sich von seinem Zuhause trennen, das ist viel traumatischer, und er sagt, bitte, lass uns keinen Wettbewerb veranstalten, meine Kinder müssen eine Mutter ertragen, die fast aufgehört hat, eine Mutter zu sein, und trotz der Sanftheit seiner Worte habe ich das Gefühl, dass hinter ihnen eine stählerne Härte aufblitzt.

Irgendwann kommt der Moment, an dem man genug geredet hat, sagt er, an dem man handeln muss, ich glaube, dass es jetzt so weit ist, und wenn du noch immer zögerst, dann erlaube mir, daraus meine Schlüsse zu ziehen, und ich erschrecke, welche Schlüsse, was meinst du damit? Was deine Fähigkeit anbelangt, zu vertrauen, sagt er, was deine Fähigkeit anbelangt, den Preis zu zahlen, und vor allem was deine Fähigkeit anbelangt, das alles zu ertragen, und ich protestiere, was willst du von mir, hast du erwartet, dass ich sofort meine Koffer packe, wenn du mir vorschlägst, zusammenzuziehen? Und er sagt, das stimmt so nicht, seitdem sind schon zwei Monate vergangen, und ich platze heraus, na und, was sind schon zwei Monate, warum hast du es so eilig, brauchst du eine Frau, die für dich kocht, die dir deine Kinder aufzieht, gibt es eine biologische Uhr, die dich bedroht? Ich verstehe diese Eile nicht, und er sagt, es tut mir Leid, Ella, ich akzeptiere diesen Ton nicht, sprich nicht so mit mir, wie du mit deinem Mann gesprochen hast, die Gewohnheiten, die du aus deiner Ehe mitgebracht hast, lassen sich auf mich nicht übertragen.

Und welche Gewohnheiten bringst du mit, fauche ich, ich habe genau gehört, wie ihr euch angebrüllt habt, als du sie verlassen hast, ich habe vor der Tür gestanden und jedes Wort gehört, das war nicht gerade eine zivilisierte Unterhaltung, und plötzlich blitzt vor meinen Augen die hypnotisierende Innigkeit jenes Tages auf, die im Gegensatz steht zu diesem heutigen trüben Gespräch, ich sehe uns durch die Straßen gehen, einander noch fremd, er trug seinen Rucksack und ich zog meinen Koffer hinter mir her, und trotzdem fühlten wir uns leicht, der heiße stürmische Ostwind umwehte uns, beschleunigte unsere Schritte, und ich überlege, ob ich jetzt so auf ihn zugehen müsste, und ich mache einen Schritt auf ihn zu, genug, Oded, dränge mich nicht, warum verstehst du nicht, dass dies ein schwieriger Schritt ist, das ist nichts, was man von heute auf morgen tut, und er sagt, wenn du an diesem Schritt zweifelst, ist das in Ordnung, aber wenn du grundsätzlich einverstanden bist und dich nur vor der Ausführung fürchtest, dann glaub mir, dass Aufschieben alles nur schlimmer macht.

Natürlich bin ich einverstanden, sage ich, merkst du das nicht? Und er sagt, nein, ich merke es nicht, und das liegt an dir, aber auch ich habe das Recht, meine Schlüsse zu ziehen, vielleicht solltest du dir ein paar Tage für dich nehmen und dir darüber klar werden, was du tun oder lassen willst, ich bin in dieser Angelegenheit kein guter Ratgeber, nimm dir so viel Zeit, wie du willst, aber wenn du eine Entscheidung triffst, dann hoffe ich, dass sie auch gilt, in Ordnung? Und ich nehme seine Hand, gebe sofort auf, ich bin nicht fähig, die geringste Drohung zu ertragen, auch nur den Schatten eines Verlusts, hör auf, du weißt, dass ich mich entschieden habe, ich habe mich längst entschieden, ich werde es Gili morgen sagen, und er steht müde vom Sessel auf, sein Gesicht, nicht mehr von der Lampe erhellt, ist schmal und dunkel, die Falten entlang seiner Wangen sind tief, wie eingeschnitten, nimm dir die Zeit, die du brauchst, tu es nicht für mich, und wenn du bereit bist, sag es mir.

Mit einer schwachen Bewegung streicht er mir über die Haare und wendet sich zur Tür, und ich betrachte in dem zitronenfarbenen Licht die Bücherregale, die aussehen wie ein Mund, dem man ein paar Zähne gezogen hat, und versuche, mir das Leben ohne ihn vorzustellen, ich sehe, wie Gili heranwächst und mich immer weniger braucht, während ich ihn immer mehr brauche, würde er erwarten, dass ich ihm ein solches Opfer bringe, dass ich auf einen Partner verzichte, auf eine neue Familie? Gili, mein Schatz, komm zu mir, ich habe dir etwas zu erzählen, etwas Gutes, ich bin sicher, dass es gut sein wird, auch wenn es am Anfang vielleicht ein bisschen schwer ist, nicht wirklich schwer, verwirrend möglicherweise, aber ich werde die ganze Zeit bei dir sein und dir helfen. Hör zu, ich und Oded, Jotams Vater, wir lieben uns wie Mann und Frau, nein, wir heiraten nicht, aber wir ziehen zusammen, du und ich werden in ihre neue Wohnung ziehen, erst sind sie eingezogen und jetzt ziehen wir zu ihnen, dort werden wir ab jetzt alle zu Hause sein, du bekommst dort ein schönes Zimmer, genau wie hier, und Maja und Jotam werden da sein, wenn sie nicht bei ihrer

Mama sind, und es wird eine Weile dauern, aber wir werden uns daran gewöhnen und es wird uns gut gehen, denn wir werden uns gegenseitig haben, wie vorher, und zugleich werden wir eine größere Familie bekommen, und wir werden uns lieb haben und uns gegenseitig helfen und wir werden miteinander spielen und Ausflüge machen, das ist viel schöner, als nur allein mit einer Mutter oder einem Vater zu sein, das stimmt doch, mein Kleiner.

Im letzten Sommer musste ich ihm erzählen, dass er ganz allein in die erste Klasse gehen würde, ohne seine Freunde vom Kindergarten, ich hatte tagelang meine Worte geplant und es nicht geschafft, sie auszusprechen, bis er einige Tage vor Schuljahresbeginn zu mir sagte, Mama, in der neuen Schule werde ich keinen einzigen Freund haben, ich atmete erleichtert auf und fragte, woher weißt du das denn, und er zuckte die Schultern, ich weiß es eben, und da sagte ich schnell, ich bin sicher, dass du in ein paar Tagen neue Freunde haben wirst, alle werden deine Freunde sein wollen, und er sagte, ja, vielleicht, aber vielleicht auch nicht, und seine jungenhaften Augen schauten mich aus dem Kindergesicht skeptisch an, und vielleicht sehne ich mich jetzt nach einem ähnlichen Wunder, das mir die Aufgabe erleichtert, so dass ich nur noch bestätigen und beruhigen muss, statt die Nachricht selbst zu überbringen. Aber wann ist der passende Zeitpunkt, am Morgen vor der Schule auf keinen Fall, und nachmittags ist er hungrig und müde, später ist er ins Spielen vertieft, oder er lädt sich einen Freund ein, und wenn der Freund schließlich geht, ist es schon spät, und vor dem Schlafengehen passt es am allerwenigsten, und am nächsten Wochenende ist er bei Amnon, komm, mein Süßer, mein Junge, komm, setz dich einen Moment zu mir, ich habe dir etwas zu sagen.

Ist sein Gesicht weiß geworden, oder bilde ich es mir nur

ein, Blässe vertuscht mehr als Röte, sie beunruhigt und ist nicht zu fassen, meine Augen sind schon von einem Schleier bedeckt, Mama, warum weinst du, soll ich sagen, dass ich vor Freude weine, vor Freude weine ich, komm, mein Liebster, setz dich auf meinen Schoß, sein Körper erstarrt in meinen Armen, seine Muskeln verkrampfen sich, und trotzdem ist sein Gesicht voller Vertrauen, als er mit einer unschuldigen, erstickten Stimme fragt, Mama, aber das ist nicht für immer, nicht wahr, das ist nur für einen langen Besuch, ja?

Und wer, mein Sohn, wird die Länge des Besuchs festlegen, ich oder du, oder unsere Gastgeber, ihre Großzügigkeit, ihre Freundlichkeit, ihre Geduld, das ist kein Besuch, Gili, sage ich und versuche, Festigkeit in meine Stimme zu legen, das wird unser Zuhause sein, Gili, und er protestiert, aber das hier ist unser Zuhause, er breitet seine kleinen Arme in dem dämmrigen Zimmer aus, und dann fragt er gleich, und wer wird hier wohnen, Papa? Nein, sage ich, wir werden die Wohnung an andere Leute vermieten, und er fragt entsetzt, werden sie auf diesem Sofa sitzen und unser Essen essen? Aber nein, sage ich, wieso denn, wenn wir umziehen, nehmen wir unsere Möbel mit, und natürlich auch das Essen, wir nehmen all unsere Sachen mit in die neue Wohnung, wir lassen hier nichts zurück, und er legt seinen Kopf in meinen Schoß, seine Stimme bricht, aber ich will nicht umziehen, ich will hier bleiben, zu meiner Überraschung sagt er nichts zu der neuen Familie, die uns erwartet, der wir durch eine Art komplizierte Operation hinzugefügt werden sollen. Gili, ich weiß, dass es wirklich nicht leicht ist, sage ich, auch ich bin ein bisschen traurig, aber wir beide werden uns gemeinsam daran gewöhnen und wir werden eine größere Wohnung haben, und ich kaufe dir ein Geschenk für das neue Zimmer, sogar einen Fernseher, verspreche ich in meiner Dummheit, ich bin mir selbst zuwider, schaffe es aber nicht, damit aufzuhören, du wirst im Bett fernsehen können, sage ich, um ihn zu begeistern, als wäre das die Krönung allen Glücks, und sofort versuche ich, wieder die pädagogischere Richtung einzuschlagen, es ist doch schön, etwas zu verändern, es ist vielleicht ein bisschen unheimlich, aber auch interessant, nicht wahr, oder möchtest du dein ganzes Leben lang am selben Ort bleiben?

Ja, antwortet er einfach, bis ich groß bin, und ich küsse ihn auf die Haare, er riecht nach winterlichem Schweiß und dem Schlamm des Spielplatzes, als wäre er aus der Tiefe der Erde aufgestiegen, du wächst die ganze Zeit, und die ganze Zeit gibt es Veränderungen, mal größere, mal kleinere, Veränderungen helfen uns zu wachsen, sie helfen uns, stärker zu werden, aber die schwache Glühbirne der Tischlampe wirft einen düsteren Kreis um unsere aneinander gelegten Gesichter, und es scheint, als würden wir immer schwächer, als klammerten wir uns aneinander, um unser Leben zu retten, mein Sohn Gil'ad und ich.

Wie einen kranken Säugling wiege ich ihn in den Armen, es ist, als hätte ich ihm jetzt erst von der Trennung seiner Eltern berichtet, von der endgültigen, tragischen Trennung, und all die Tränen, die sich seither angesammelt haben, brechen jetzt aus ihm heraus, lange Schluchzer, die in ihrer Heftigkeit wetteifern, ich will nicht umziehen, es reicht, dass wir uns von Papa getrennt haben, ich will mich nicht von der Wohnung trennen, und ich sage, du wirst sehen, dass du dich an die neue Wohnung gewöhnst, so wie du dich an die neue Schule gewöhnt hast, wie du dich an Papas Wohnung gewöhnt hast, und er schlägt gegen meine Brust, ich will nicht, ich will mich nicht gewöhnen, ich bin an hier gewöhnt, und plötzlich fragt er, wirst du dann auch Jotams Mama sein?

Gili, wieso denn, rufe ich erleichtert aus, zumindest diese

Angst lässt sich leicht nehmen, ich bin nur deine Mama, nicht die Mama von Jotam und Maja, sie haben eine Mama, du kennst sie doch, und Oded wird auf gar keinen Fall dein Papa, du hast einen Papa, der dich lieber hat als alles auf der Welt, und er sagt, aber Jotams Mama ist gestorben, er hat mir erzählt, dass sie gestorben ist, und ich sage erstaunt, aber nein, sie lebt, genau wie ich, und sie ist eine sehr gute Mutter, die meiste Zeit werden sie bei ihr wohnen.

Wird auch Jotams Papa nur wenig dort sein, fragt er, und ich sage, er wird jeden Tag nach der Arbeit kommen und dort schlafen, es wird sein Zuhause sein, aber ich werde öfter da sein, weil ich dieses Jahr zu Hause arbeite, und dann sagt er, aber wenn es uns dort nicht gefällt, können wir doch nach Hause zurückgehen, und ich bin außerstande, ihm diese Hoffnung zu nehmen, ja, sage ich, falls es uns dort wirklich schlecht gehen sollte, aber ich bin sicher, dass das nicht passiert, ich bin sicher, dass es uns dort gut geht.

Ich möchte einen Kakao, sagt er mit dünner Stimme, und als ich in der Küche stehe und die Milch aufwärme, fragt er, gibt es bei Jotam zu Hause auch Kakao? Wenn es keinen gibt, werden wir welchen kaufen, sage ich, du wirst dort alles haben, was du brauchst, mach dir keine Sorgen, und er hält die bunte Dose fest, drückt sie an sich, ich will, dass wir diesen Kakao mitnehmen, und er soll nur mir gehören, sie dürfen nichts davon trinken, ja? Ich wage nicht zu diskutieren, ja, sage ich, wenn es dir wichtig ist, und er fügt leise hinzu, als flüstere er seine Worte dem gemalten Hasen auf der Dose ins Ohr, und wenn wir hierher zurückkommen, nehmen wir unseren Kakao auch wieder mit.

Am selben Abend, als er in der Badewanne sitzt, von Schaumbergen umgeben, klingelt das Telefon, und ich laufe schnell hin, in der Hoffnung, es sei Oded, der auf meine Nachricht noch nicht geantwortet hat, aber es ist Amnon, offiziell und feindselig wie immer seit unserem letzten Treffen, Ella, ich habe Käufer für die Wohnung gefunden, erinnerst du dich an das französische Paar, das einmal bei uns war? Und ich erschrecke, für welche Wohnung, und er sagt, für unsere Wohnung, aus der du bald auszieht, korrigiere mich, wenn ich mich irre.

Wieso denn Käufer, schreie ich, ich habe nicht vor, sie zu verkaufen, ich möchte sie vorläufig vermieten, und schnell schlage ich vor, die Miete werde ich mit dir teilen, aber er antwortet, die Wohnung ist unser gemeinsames Eigentum, und solange du mit Gili darin gewohnt hast, hätte ich nie auch nur daran gedacht, dir einen Verkauf vorzuschlagen, allein schon um den Jungen nicht durcheinander zu bringen, aber wenn du sowieso auszieht, ist es sinnlos, an dem gemeinsamen Besitz festzuhalten, das macht es doch nur unnötig kompliziert.

Wir haben einen gemeinsamen Sohn, erinnere ich ihn, was für eine Rolle spielt da eine Wohnung, und er sagt, für mich spielt es eine Rolle, ich brauche das Geld, es gibt keinen Grund zu warten, wenn du sowieso auszieht, und ich sage, du kannst sie nicht ohne meine Zustimmung verkaufen, und er sagt trocken, und du kannst sie nicht ohne meine Zustimmung vermieten, und ich seufze, gut, dann wird die Wohnung also leer stehen. Ella, ich warne dich, sagt er, ich brauche das Geld und ich habe Käufer, die Lage auf dem Markt ist zurzeit sehr schlecht, ich habe nicht vor, diese Käufer wieder zu verlieren, wenn du mir Probleme machst, zahle ich es dir heim, weißt du, wie sehr man sich beim Rabbinat freuen wird zu hören, dass du noch nicht geschieden bist und schon mit einem anderen zusammenlebst? Ohne ein weiteres Wort lege ich den Hörer auf, Mama, hol mich raus, das Wasser ist schon kalt, schreit Gili aus dem Badezimmer, aber ich sinke in den Sessel neben dem Telefon, ich schaffe es nicht, die Beine zu bewegen, komm allein raus, murmle ich, Schwäche lähmt mich, und als ich die Augen öffne, steht er vor mir, nackt und stumm und tropfend, zwei silberne Gummihaifische in der Hand, und zittert vor Kälte.

Warum hast du dich nicht abgetrocknet, frage ich, und er sagt, es war kein Handtuch da, und ich stehe schwerfällig auf und schleppe mich zum Schrank, wickle ihn in ein Handtuch, so dunkel wie ein Talar, reibe mit harten Händen seinen zarten, duftenden Körper, au, Mama, du tust mir weh, fährt er mich an und drückt auf die Bäuche der Haifische, aus ihren aufgerissenen Mäulern kommt ein ersticktes Quietschen, diese Haifische nehmen wir mit und die anderen lassen wir da, entscheidet er und legt sie auf den Teppich, häuft weitere Tiere daneben, die er sorgfältig aussucht, das Handtuch fällt ihm von den Schultern, und er läuft nackt zwischen seinen Spielzeugkisten herum, wie ein wunderschöner himmlischer Cherub, versunken in das Ordnen seiner Dinge, wie jemand, der seine Wohnung nur für ein paar Tage verlässt und bald zurückkehrt.

19 Erst jetzt, einen Tag vor dem Umzug, bemerke ich, dass das Fenster seines neuen Zimmers nach hinten hinausgeht und vom gegenüberliegenden Gebäude verdunkelt wird, er wird auf nackte Rohre blicken, auf hässlich umgebaute Balkone, auf Verputz mit Rußflecken, und ich halte mich an der Fensterbank fest, Oded, komm doch mal, und er kommt langsam aus der Küche, ein Glas mit irgendetwas Hochprozentigem in der Hand, was gibt's, fragt er, und ich deute auf den traurigen Ausblick, siehst du es nicht selbst?

Er tritt ans Fenster und beugt sich hinaus und fragt, was ist, ist etwas heruntergefallen, und ich sage, schau doch, wie hässlich das aussieht, warum bekommt ausgerechnet mein Sohn die hässlichste Aussicht, und er schaut mich erstaunt an, das ist doch eine ganz normale Aussicht in einer Stadt, sagt er, was soll daran so hässlich sein, du tust ja so, als könnte man von den anderen Fenstern das Tote Meer sehen, und ich sage, man sieht Bäume und Himmel, nicht diesen Schmutz, und er sagt, du übertreibst, Ella, Kindern fällt so etwas wirklich nicht auf, weißt du, was ich als Kind von meinem Fenster aus gesehen habe? Den Abfallhaufen der Nachbarschaft, und ich unterbreche ihn, es interessiert mich nicht, was du gesehen hast, ich möchte, dass er ein anderes Zimmer bekommt.

Er senkt den Blick, du weißt, dass das unmöglich ist, ich verstehe deine Gefühle, aber sie sind zu negativ, dem Jungen wird es hier gut gehen, wenn die Atmosphäre gut ist, wenn du mit dir im Reinen bist, und nicht, wenn er einen

Baum vor dem Fenster hat, und ich sehe grollend in die Zimmer seiner Kinder, deren Fenster auf Baumwipfel blicken, die gedämpftes lilafarbenes Licht hereinfallen lassen. Es ist jedenfalls eine Tatsache, dass du deinen Kindern die schöneren Zimmer gegeben hast, fahre ich ihn an, und er sagt, sie selbst haben sich diese Zimmer ausgesucht, vergiss nicht, dass wir zusammen hier eingezogen sind, aber wenn es dir so viel ausmacht, dann kauf doch einen schönen Vorhang, und ich murre, ich soll ihn kaufen? Geh du doch und kauf einen, ich packe schon seit einer Woche, ich habe keine Zeit, in Geschäften herumzulaufen.

Ich kaufe keinen Vorhang, weil ich nämlich nicht an künstliche Lösungen glaube, sagt er, mir ist klar, dass dich, wenn das eine Problem gelöst ist, etwas anderes stören wird, vielleicht fängst du an, die Größe der Zimmer auszumessen, wer weiß, du könntest herausfinden, dass seines um ein paar Millimeter kleiner ist, und schon fange ich fast an zu schreien, ich bin sicher, dass seines kleiner ist, warum hast du mit dem Umzug nicht auf mich gewartet, deshalb hast du es so eilig gehabt, damit du vollendete Tatsachen schaffen kannst, damit wir uns hier immer minderwertig fühlen, und er wirft mir einen wütenden Blick zu, stellt das leere Glas hart auf die Fensterbank und sagt, ich bin hergezogen, weil ich nicht mehr in der Praxis wohnen konnte, das weißt du genau, ich habe nichts Böses gewollt, im Gegenteil, ich habe absichtlich eine große Wohnung genommen, für den Fall, dass du auch kommst, und wenn du nicht zurücknimmst, was du gerade gesagt hast, möchte ich, dass du sofort gehst, und ohne abzuwarten, geht er mit schnellen Schritten zur Tür und reißt sie weit auf, geh, sagt er, ich will dich hier nicht, und ich schreie, geh doch selbst, das ist auch meine Wohnung.

Es ist noch nicht deine Wohnung und es wird auch nicht

deine Wohnung sein, erklärt er kalt, ich will dich hier nicht, und ich fliehe, werfe die Tür hinter mir zu, aber schon auf der fünften Treppenstufe bleibe ich stehen, sinke nieder und breche in lautes Weinen aus, Oded, es tut mir Leid, ich habe dich nicht verletzen wollen, mir ist klar, dass du keine böse Absicht hattest, mir ist klar, dass man die Zimmer nicht tauschen kann, ich mache mir einfach so große Sorgen um Gili, ich habe Angst, dass er es hier nicht gut haben wird, dass er sich unterlegen fühlen wird. Auf dem schmalen langen Fenster des Treppenhauses steht ein einzelner Blumentopf, eine mickrige Pflanze mit milchweißen Blättern, und ich wende mich an sie, als würde ich sie um Verzeihung bitten, ich mache mir solche Sorgen um Gili, murmle ich heiser, wie soll er hier zurechtkommen, er verliert sein Zuhause, und diese Wohnung ist schon besetzt, er ist ein Einzelkind, und plötzlich diese Konkurrenz von allen Seiten, ich habe Angst, dass er das nicht aushält, er ist sensibel und schwach, ich habe Angst, dass sich eine Katastrophe anbahnt.

Das Licht im kalten Treppenhaus geht immer wieder an und aus, und ich drücke mich an die Wand, aber nur in den unteren Stockwerken kommen und gehen Menschen, niemand kommt hierherauf, mit welcher Selbstverständlichkeit kehren Menschen um diese Uhrzeit in ihre Wohnungen zurück, mit welcher Selbstverständlichkeit habe ich meine Wohnung verloren. Erst als ich schweige und meine brennenden Augen vor dem Blumenstock schließe, macht er die Tür auf und kommt zu mir, setzt sich neben mich auf die Treppe, genug, Ella, beruhige dich, alles wird gut sein, flüstert er mit Mühe, hält mir ein Glas hin, hier, trink etwas und komm wieder zu dir, er legt den Arm um meine Schultern, und ich flüstere in sein Ohr, entschuldige, dass ich dich so angefahren habe, ich weiß nicht, was mit mir los ist, ich habe nicht gewusst, dass es mir so schwer fallen würde, mich von der Wohnung zu trennen, ich habe das Gefühl, mein Zuhause verloren zu haben. Aber du hast Liebe gefunden, sagt er ruhig, du hast mich, du bist so beschäftigt mit Kleinigkeiten, dass dir das Wichtigste nicht auffällt, unsere Liebe ist etwas, worüber du dich freuen sollst, ich werde nicht zulassen, dass du eine Tragödie aus ihr machst, wir versuchen, gemeinsam etwas Neues aufzubauen, und ich flüstere, aber um aufzubauen, haben wir so viel zerstört, und er sagt, wir haben nur getan, was nötig war, ertrinke nicht schon wieder in der Vergangenheit, du musst dich von ihr befreien, du warst so tapfer am Anfang, ich erinnere mich, wie ich deinen Mut bewundert habe, als wir uns kennen lernten.

Das war kein Mut, das war Dummheit, sage ich, ich habe damals nicht verstanden, was ich tue, ich habe geglaubt, dass sich alles zum Guten wendet, und er sagt, auch jetzt verstehst du nicht, was du tust, wenn du glaubst, dass alles schlecht wird, komm, steh auf, drängt er, wasch dir das Gesicht, wir gehen, und ich frage, wohin, ich kann nirgendwohin gehen, ich habe noch nicht fertig gepackt, und er sagt, wir kaufen einen Vorhang, beeil dich, die Geschäfte schließen bald, und ich stehe mühsam auf, mir ist schwindlig und in meinem Kopf pocht ein dumpfer Schmerz, ich habe gedacht, du glaubst nicht an künstliche Lösungen, erinnere ich ihn, und er sagt, das stimmt, aber im Moment suche ich nicht nach einer Lösung, sondern nach einem Vorhang.

Und am nächsten Tag, am ersten Adar um halb neun Uhr morgens, steht ein schwerer Möbelwagen auf dem Bürgersteig unter den Pappeln, und ich deute mit schwacher Hand auf die Dinge, die für den Umzug bestimmt sind, das Sofa, die Sessel, der Computer und die Schreibtische, das Bett und die Kommode, der Schrank und die Regale, Teppiche und Bilder, und die Kleider, die wir in Bettbezüge gestopft haben, und die Bücherkartons, die Küchengeräte und Spielsachen. Der Herd und der Kühlschrank bleiben hier, bis die Wohnung verkauft ist, auch das Ehebett, und ich betrachte schweigend die Zimmer, die sich schnell leeren und den Blick auf graue Wände freigeben, wie kranke Zähne, hier wird unser Leben zerstört, fast sieben Jahre, was sind schon sieben Jahre gegen ein ganzes Leben, aber für den Jungen ist es sein ganzes bisheriges Leben, es ist die Arena seines frühen Lebens.

Unsere Fingerabdrücke an den Wänden bewegen sich wie Schatten, die tiefe Zeichen einritzen, was bedeutet diese Schrift, die noch nicht entziffert ist, vielleicht wird derjenige, der sie entziffert, es vorziehen, sie nicht zu verstehen, denn diese Schrift erzählt nicht von einem Sieg, sondern von einer Niederlage, und es handelt sich nicht nur um die Niederlage der Familie, die fast sieben Jahre lang hier gewohnt hat, es wird auch die der Familie sein, die nach ihr hier wohnt, denn die Schrift erzählt von der Vergeblichkeit unserer Bemühungen und von der Nacktheit des Lebens, von der Sinnlosigkeit, die sich wie ein giftiges Insekt hinter jedem Felsen versteckt, und von der Armseligkeit, die von Ort zu Ort wandert, trotz all der Dinge, die begeistert gekauft wurden und Dauerhaftigkeit und Sicherheit vorgeben, und ich betrete Gilis leeres Zimmer, helle Quadrate zeigen die Umrisse der Möbelstücke, die hier gestanden haben, Bett, Kommode, Kleiderschrank, und da sind die Markierungen, mit denen wir immer wieder festgehalten haben, wie viel er gewachsen ist, hier hat er sich hingestellt, neben den Türstock, den kleinen Körper gereckt, und ich habe eine gerade Linie gezogen und notiert, Gili, zwei Jahre alt, drei, vier, fünf, sechs. Ich bin gewachsen, hat er gejubelt, ich werde mal so groß wie Papa, und ich berühre die Striche, als würde er noch immer hier stehen, mit seinem dichter und dunkler gewordenen Haarschopf, und dann stelle ich mich an den Türstock und ziehe einen Strich über meinem Kopf, Ella, sechsunddreißig Jahre, notiere ich, der Maler wird unsere Spuren sowieso überstreichen.

Sein Fenster sieht aus wie ein Wandbild, ich prüfe den Ausblick aufmerksam, als wäre dies die Wohnung, in die zu ziehen ich beabsichtige, fleischiger Efeu rankt sich um den Stamm des Baums vor dem Fenster, geschmückt mit den purpurnen Blüten einer Bougainvillea, und ich denke wütend an den Ausblick von seinem neuen Zimmer, ziehe ich etwa wieder aus dem Dorf in die Stadt, so wie damals, ziehe ich an einen Ort, der nie mein Zuhause sein wird, und schon würde ich am liebsten die Möbelpacker aufhalten und sie beauftragen, die Kisten zurückzutragen, das Bett des Jungen, seinen Kleiderschrank, den Teppich, denn das hier ist sein Zimmer, sein Zuhause, nie wird er ein anderes Zuhause haben, so wie ich keines mehr hatte. Ich lehne an der Fensterbank, seufze über den Köpfen der Vorübergehenden, sie müssen dem Lastwagen ausweichen, der sich immer mehr mit Kartons füllt, soll ich sie zu Hilfe rufen, Diebe rauben meine Wohnung aus, sie lassen mir nichts mehr, aber alle sehen so sorglos aus, und ich frage mich, ob wir irgendwann auch so durch diese Straße gehen werden, in ein lebhaftes Gespräch vertieft, und ich werde auf das große Fenster deuten und sagen, hier haben wir einmal gewohnt, du und ich und Papa, und er wird einen Blick zum Balkon hinaufwerfen und sagen, wirklich, ich kann mich kaum noch erinnern.

Die Möbelpacker sind schneller als meine Gedanken, schon stehen sie wieder in der Tür, fragen, ob sie noch etwas mitnehmen sollen, und ich schüttle schweigend den Kopf, am liebsten würde ich ihnen um den Hals fallen und sagen, ihr seid die letzten Zeugen des Lebens, das wir in diesem Haus geführt haben, und nachdem ich langsam hinter der letzten Kiste die Wohnung verlasse und sorgfältig die Tür abschließe, sehe ich zu meinem Entsetzen draußen auf der Straße die Reste unseres alten Lebens, die aus der übervollen Mülltonne quellen. Ein Zettel wird von dem Wind davongetragen, und ich laufe hinterher und bücke mich danach, darauf die hastig hingekritzelte Nachricht, ich komme spät, mach dir keine Sorgen, diese einfachen Worte basieren auf der festen Annahme, dass der andere auf dich wartet und an dich denkt, auf der Annahme, dass du einen Ort hast, an den du zurückkehren kannst, ein einfacher Zettel, mit Bleistift beschrieben, ohne Datum, Dutzende solcher Zettel sind schon von der Mülltonne verschluckt worden. Als ich die Papiere sortierte, habe ich ihm keine Beachtung geschenkt, aber hier, auf der Straße, bricht er mir mit seiner Unschuld das Herz, und ich stecke ihn in die Tasche, auf einmal bemerke ich die Fotos, die vermutlich aus einem Karton gefallen sind, unsere letzten gemeinsamen Fotos, aufgenommen an Gilis sechstem Geburtstag, wir haben es nicht mehr geschafft, sie ins Album einzukleben, wir waren viel zu sehr mit unserer Trennung beschäftigt, hier haben wir ihn samt Stuhl hochgehoben, sein Gesichtsausdruck ist der eines Prinzen, verträumt, mit einem beherrschten Lächeln, der Kranz fällt ihm fast vom Kopf, der Rasen ist mit Luftballons geschmückt, die Kinder spielten Fangen, niemand merkte, dass wir, Amnon und ich, kein Wort miteinander gewechselt haben.

Aus der übervollen Mülltonne fließen die Reste unseres Lebens und überschwemmen die Stadt wie Heuschrecken, zu jedem Haus werden sie gelangen, durch jedes Fenster dringen, und ich wühle mit bloßen Händen in der Tonne, die die Heimlichkeiten unserer Familie ausspuckt, damit alle sie sehen, fische weitere Fotos heraus, stinkender Schmutz bleibt an meinen Fingern kleben, und da kommt eine Nachbarin mit einer Mülltüte die Treppe herunter, stellt sie neben die Tonne und fragt erstaunt, ihr zieht aus, und ich versuche höflich zu lächeln, ja, sage ich, wir haben eine größere Wohnung gefunden, doch mein Lächeln verblasst, und ich wische mir mit meinen schmutzigen Fingern über die Augen, meine Lippen beginnen zu zittern, und sie schaut mich verwirrt an, das ist nicht schlimm, murmelt sie, Sie müssen darüber nicht so traurig sein, dieses Haus fällt sowieso auseinander.

Wie Schafe zur Schlachtbank werden unsere Kartons im Bauch des Möbelwagens transportiert, sie sind mit roten Buchstaben versehen, Gilis Zimmer, Schlafzimmer, Wohnzimmer, Küche, Badezimmer, und vorn, in der Kabine, sitze ich neben dem Fahrer, schaue von oben hinunter auf die vertrauten Straßen, von hier aus hat das Leben des Menschen kaum eine Bedeutung, so zwergenhaft sehen die Geschöpfe aus, die den Zebrastreifen überqueren, und auch ihre Autos sind klein, ihre Sorgen, ihre Wünsche, was trieb die Flüchtlinge über Meere und Kontinente auf ihrer Suche nach einer neuen Wohnstatt, war es der Überfall feindlicher Völker, Fremde, die vom Westen kamen und alles zerstörten, was sich ihnen in den Weg stellte, oder ein plötzlicher Klimawechsel oder ein Erdbeben, das den alten Orient erschütterte und den Lauf der Geschichte veränderte, Kulturen zerstörte, ganze Bevölkerungen auf die Wanderung trieb? Vor der weißen Wohnungstür bleibe ich stehen, den Schlüssel in der Hand, ich habe ihn noch nie benutzt, wird er beide Schlösser öffnen, oder ist ein zusätzlicher Schlüssel nötig, den ich gar nicht habe, und ich versuche, ihn in das obere Schloss zu stecken, ohne Erfolg, auch in das untere passt er nicht, und hinter mir schnauft einer der Möbelpacker, auf seinem gebeugten Rücken hängt an Gurten die Waschmaschine, was ist, machen Sie schon auf, sagt er, und ich entschuldige mich nervös, noch einen Moment, es gibt hier ein Problem, ich rufe sofort Oded an, aber er geht nicht ran.

Sind Sie sicher, dass es der richtige Schlüssel ist, fragt mich der Fahrer, der dazugekommen ist, er nimmt ihn mir aus der Hand und versucht ebenfalls sein Glück, haben Sie vielleicht noch einen anderen? Und ich wühle in meiner Tasche und ziehe erleichtert ein kleines Bund heraus, Verzeihung, ich bin durcheinander gekommen, entschuldige ich mich, das war der Schlüssel von meiner alten Wohnung, ich halte ihm das Bund hin, und innerhalb weniger Minuten füllt sich die halb leere Wohnung mit Kartons und Möbeln. Mein graues Sofa steht ganz natürlich gegenüber seinem schwarzen Ledersofa, der Teppich ist ausgerollt und schmückt das Wohnzimmer mit orangefarbenen und purpurnen Streifen, und in Gilis Zimmer steht bereits das Bett neben dem Fenster und gegenüber der Kleiderschrank, und dazwischen liegt der Teppich, darauf das Geschenk, das ich ihm gekauft habe, eine große, von Mauern umgebene Ritterburg, und während ich wie ein eifriger Verkehrspolizist den einen Karton ins Schlafzimmer dirigiere, den anderen zur Küche, kehrt langsam das leise Gefühl zurück, dass ich die Sache im Griff habe, und es scheint, als würde sich meine Existenz, vom langen Zögern aufgeweicht, nun wieder ein wenig festigen, nun, da ich tue, wovor ich mich so gefürchtet habe, und einen Moment lang genieße ich es, diese Frau zu sein, die hier mit ihrem neuen Partner und den Kindern leben wird, in dieser geräumigen Wohnung, und behutsam aus den Scherben zweier Familien eine neue schafft, eine späte, vollständige Familie, die sich von den vorherigen vollkommen unterscheidet.

Wie einfach es doch eigentlich ist, Möbel von einer Wohnung in die andere zu transportieren, denn als die Möbelträger ihre Arbeit beenden, ist es noch nicht einmal Mittag, und ich packe die Kartons in Gilis Zimmer aus, hänge die vertrauten Kleidungsstücke in den vertrauten Schrank, räume seine Spielsachen in die Kommode, die wir vor seiner Geburt gekauft haben, und es gibt fast keinen Unterschied zwischen diesem Zimmer und seinem alten. Zufrieden betrachte ich all diese Dinge, die heil hier angekommen sind, wie die Kulissen für eine Theateraufführung, dann laufe ich schnell zum Schlafzimmer und schüttle die Kleidungsstücke aus den Bettbezügen, räume die Kartons aus, räume die zusammengelegten Hosen und Pullover nachlässig in die leeren Fächer und ruhe mich keine Sekunde aus, trotz der Müdigkeit, als müsste ich mich beeilen, Fakten zu schaffen, als würde in dem Moment, da ich das letzte Kleidungsstück in den Schrank lege, diese Wohnung zu meiner werden, dieses Zimmer zu meinem.

Wie kommt es, dass eine so kleine Frau einen so großen Schrank füllen kann, du hast mir keinen freien Fleck gelassen, höre ich eine tiefe Stimme hinter mir sagen, und sofort drehe ich mich zu ihm um, meine Freude, ihn plötzlich zu sehen, überrascht mich in ihrer Kraft, den ganzen Morgen habe ich darauf gewartet, dass er kommt, obwohl ich wusste, dass er viel zu tun hat, ich hätte ihn beim Abschied von meiner alten Wohnung so gern an meiner Seite gehabt und auch beim Einzug in die neue, aber jetzt weiß ich, dass er zum richtigen Zeitpunkt gekommen ist, bei mir ist ein Termin ausgefallen, sagt er, ich habe dir etwas zu essen mitgebracht, und er zieht ein warmes Schokoladencroissant aus einer Papiertüte und hält es mir hin, betrachtet anerkennend den Inhalt des Schranks. Glaubst du, dass ich dich je in all diesen Kleidern sehen werde, fragt er lachend, ich habe das Gefühl, dass ein ganzes Leben nicht dafür ausreicht, und ich lächle verlegen, die meisten Sachen sind sehr alt, vergiss nicht, dass ich mit zwölf Jahren aufgehört habe zu wachsen, und er zieht amüsiert Sommerkleider von den Bügeln und sagt, ich kann den Sommer kaum erwarten, und ich lache, beiße hungrig in das Croissant, schaue zu, wie er sich in Kleidern und Schuhen auf dem Bett ausstreckt, und sofort lege ich mich neben ihn, verbreite Krümel um mich, darf man in dieser Wohnung ohne Teller im Bett essen?

In diesem Bett darf man alles, sagt er und nimmt einen Schokoladenkrümel von meiner Lippe, und schon ziehe ich meine Hose aus, und das Zimmer füllt sich mit durstigen Atemzügen, und einen Moment lang weiß ich nicht, wo ich bin und mit wem, umgeben von bekannten Dingen an einem noch fremden Ort, mit seinem Körper, den ich noch nicht lange kenne, der ein indirektes Zeugnis für meinen eigenen Körper ablegt, gib mir die Worte, die unseren Atemzügen Bedeutung geben, damit sie unsere Einsamkeit besänftigen, werde ich immer und ewig nach Zeichen suchen müssen?

Mit wem triffst du dich jetzt, frage ich, als er vor dem Spiegel sein Gesicht wäscht und die Haare nach hinten kämmt, und er sagt, mit einem Menschen, warum? Und ich frage, mit einem Mann oder einer Frau? Er lacht, es reicht, Ella, was soll das, ich treffe mich jeden Tag mit ungefähr acht Patienten, mindestens die Hälfte davon sind Frauen, wenn du anfängst, dir darüber Gedanken zu machen, wirst du verrückt, und ich sage schnell, damit habe ich kein Problem, ich möchte einfach nur, dass du hier bleibst, und er sagt, ich komme um drei wieder, bist du dann da? Klar, antworte ich, ich bin hier zu Hause, und er lacht, angesichts all der Kartons weiß ich gar nicht, ob hier noch Platz für mich bleibt.

Er bückt sich, küsst mich auf die Stirn, sei gut, ja? Und ich nicke gehorsam, was meinst du damit, und er antwortet, das, was es dir sagt, und als ich ihn gehen höre, ziehe ich die Decke über mich, und obwohl ich mich staubig und müde fühle, spüre ich noch immer, wie seine Zunge an mir entlangstreicht, und ich stöhne genüsslich wie eine Braut, die ihre Hochzeitsnacht erwartet, sei gut, hat er gesagt, was hat er damit gemeint, dass ich gut sein soll zu mir, zu ihm, bedeutet es, sei gut, und alles wird gut werden, vorläufig ist es angenehm, das zu glauben, in dem bequemen Bett, während der Schrank schon voller vertrauter Kleidungsstücke ist und Gilis Zimmer fast fertig, nur der Vorhang, der morgen kommen wird, fehlt noch, und die Ängste scheinen sich zu entfernen wie eine Krankheit, die plötzlich weicht, und machen einer wilden Fröhlichkeit Platz, und ich drehe mich auf den Bauch und breite die Arme aus, wie ein Vogel, der am Himmel schwebt. Wie viel Geheimnis doch darin liegt, geliebt zu werden, weswegen werde ich geliebt, bis wann werde ich geliebt werden, mit welcher Intensität, es ist ein großartiges und verstörendes Geheimnis, aber welche Erleichterung bringt es in dem Moment, in dem ich es einfach akzeptieren kann, wie man die Kräfte der Natur akzeptiert, eine solche Erleichterung, dass ich meine, mitten am Tag hier einschlafen und meine Zugehörigkeit zu dieser Wohnung mit einem ruhigen, sorglosen Schlaf bestätigen zu können, nach all diesen Nächten der letzten Zeit, in denen ich fast kein Auge zugemacht, in denen ich mich in meinem Bett herumgewälzt habe, zernagt von Sorgen und Zweifeln, allein zwischen den Kartons.

Ein kühler Wind streicht mir über das Gesicht, und trotz seiner Kälte scheint er eine Woge von Frühlingsdüften hinter sich herzuziehen, die frische Berührung wirft einen Schlummer über mich, und es ist, als schliefe ich unter freiem Himmel, ich bin wieder von zu Hause geflohen, nach einem Streit mit meinem Vater, und bin so lange gerannt, bis ich das offene Feld erreicht habe, dort lasse ich mich zu Boden fallen, wälze mich zwischen Löwenzahn und Chrysanthemen, dem einfachen Goldschmuck des Winters, und langsam, langsam entfernt sich das Echo des Streits, lösen sich die Verwünschungen auf, und zurück bleibt nur das Gefühl vollkommener Leere, vollkommener Freiheit, niemand wird mich hier finden, und ich atme tief ein und weite meine Lungen, zu Hause erstickt mich seine Anwesenheit, so dass ich nur flach und hastig atmen kann wie ein Hase, doch hier und jetzt, auf dem offenen Feld, werde ich gesund. Die Grashalme haben kleine Glocken um den Hals, die sorglos im Wind bimmeln, und ich beschließe, nie wieder dorthin zurückzukehren, ich werde für immer von zu Hause weglaufen, ich werde in den Straßen um milde Gaben betteln, und ich sehe vor mir, wie meine Eltern eines Abends an mir vorübergehen, schön gekleidet, auf dem Heimweg vom Theater, und mein Vater wird mir beiläufig ein Geldstück hinwerfen, aber ich werde seine Gabe nicht anrühren, und eines Tages wird ein großartiger Mann neben mir stehen bleiben und mich bei sich aufnehmen, er wird mir das schmutzige Gesicht waschen und sehen, dass ich eine Tochter aus gutem Hause bin, die Tochter des Königs, die aus dem Schloss geflohen ist, und er wird mir zu essen geben und mich zum Schlafen in sein Bett legen und über meine Haare streichen, neben mir wird er auf dem Bettrand sitzen. Und als ich die Augen aufmache, sagt er leicht erstaunt, ich bin froh, dass ich dich hier finde, und ich schüttle mich, frage, bist du schon zurück, wie spät ist es, ich glaube, ich habe ein bisschen geschlafen.

Du hast lange geschlafen, sagt er, ich bin schon eine ganze Weile hier, und es fällt mir schwer aufzuwachen, ich habe geträumt, ich bin von zu Hause weggelaufen, murmle ich, und er fragt, von dieser Wohnung? Nein, sage ich, von der Wohnung meiner Eltern, und er sagt, der Wohnung seiner Eltern kann man nie entfliehen. Vermutlich nicht, sage ich, aber man hört nicht auf, es zu versuchen, und er lacht, zumindest bist du nicht mit leeren Händen weggelaufen, er deutet mit einer Handbewegung zum offenen Schrank, und ich erzähle, dass ich eine Bettlerin war, dass ich auf dem Gehweg saß und meine Eltern an mir vorbeigingen, aber ich war so schmutzig, dass sie mich nicht erkannten, und erst dann bemerke ich, dass er mir nicht zuhört, sein Blick ruht noch immer auf dem vollen Schrank, er sieht beunruhigt aus, und ich frage, ist etwas, Oded, und er antwortet nur, nein, nichts Besonderes.

Freust du dich nicht, dass ich hier bin, frage ich kokett, und er sagt, ich habe dir doch gerade gesagt, dass ich mich freue, aber sein Blick bleibt besorgt, du legst deine Sachen nicht richtig zusammen, bemerkt er, und ich frage verwundert, was stimmt denn nicht daran? Du hast sie gerollt, nicht zusammengelegt, hat dir deine Mutter das nicht beigebracht? Du musst vielleicht wirklich nach Hause, damit du vernünftig erzogen wirst. Das stört dich wirklich, sage ich enttäuscht, und er bekennt, ja, es irritiert mich, und schon fühle ich mich gegen meinen Willen tief gekränkt, das ist es also, was du mir an dem Tag, an dem ich zu dir ziehe, zu sagen hast, murmle ich, du willst mich gar nicht hier haben, aber es scheint nicht meine Stimme zu sein, es ist die Stimme der Bettlerin aus meinem Traum.

Was ist mit dir los, schimpft er, was habe ich denn Schlimmes gesagt, was soll diese krankhafte Empfindlichkeit? Und ich versuche, zu mir zu kommen, es stimmt, was hat er schon Schlimmes gesagt, auch Amnon hat sich manchmal über meine Unordnung beklagt, und es hat mich nie gekränkt. Ich betrachte ihn, die schwarze Kleidung, die seine Magerkeit betont, die schweren Brauen, die verschatteten Wangen, eine Halluzination in Schwarz-weiß, und das alles steht mir auf eine seltsame und aufregende Weise zur Verfügung, ein neuer Mann, sein Anblick ist mir noch fremd, ebenso wie mein eigener Anblick in diesem Haus, das viel heller ist als meines, ich steige langsam aus dem Bett und gehe zur Küche, stütze mich aus irgendwelchen Gründen an den Wänden ab, die Kisten verstellen mir den Weg.

Zu meiner Freude folgt er mir, und ich drehe mich zu ihm um, wie war's heute bei dir, frage ich, der erste Versuch eines familiären Alltagsgesprächs, und er sagt, es ging, und belässt es dabei, er betrachtet düster die Kartons, und ich sage schnell, mach dir keine Sorgen, morgen sind sie alle weg, und sofort zerschneide ich mit einem scharfen Küchenmesser die Klebstreifen, hole verlegen Töpfe und Pfannen heraus, suche für alles einen Platz, wenigstens muss man sie nicht zusammenfalten, so viele Kochbücher, und da fällt aus einem eine helle Glückwunschkarte, ich klappe sie auf, oben steht das Datum unseres Hochzeitstags, dann in geschraubten Formulierungen und runden Buchstaben: für die liebe Ella und den lieben Amnon zu ihrer Vermählung, es mögen Euch nur Tage des Glücks beschert sein. Der Name des Absenders ist mir unbekannt, vermutlich war es einer von Amnons Studenten, ich betrachte die Karte, die aus einer anderen Zeit hier eingedrungen ist, was soll ich mit ihr machen, liebe Ella und lieber Amnon, was soll ich mit ihnen anfangen, und fast hätte ich ihn gerufen, damit er sie sich ansieht, damit er sich genauso wie ich über dieses lächerliche, genau datierte Andenken wundert, aber ich lasse es bleiben, ich lege die Karte wieder zwischen die Buchseiten, als gälten auch hier die Gesetze einer Ausgrabung und als müsste ich auch hier jedes Fundstück an seinen Platz zurücklegen, bis zum Ende der Dokumentation.

Und ich fühle die Anspannung, als würde ich heimlich von feindlichen Blicken verfolgt, es scheint, als hätte ich mich hier vor seiner Ankunft wohler gefühlt, wo ist er überhaupt, das Wohnzimmer scheint leer zu sein, doch dann entdecke ich ihn in der Sofaecke, seine schwarze Kleidung wird von dem dunklen Leder verschluckt, trotz der Dämmerung hat er kein Licht angemacht, und ich schlitze mit dem Messer die Kartons auf und habe plötzlich das Gefühl, als hätte ich sie vor unendlich langer Zeit gepackt, sie sind von einer ermüdenden Reise zurückgekommen, wie ein verirrter Koffer, der durch die Flughäfen der Welt gereist ist und dessen Inhalt man, wenn er endlich eintrifft, nicht mehr benötigt. Für wen sind diese bemalten Keramikteller bestimmt, welches Essen wird man auf ihnen servieren, welche Familie wird von ihnen essen, und als ich aus dem zerknitterten Zeitungspapier die Kakaodose wickle, auf der ein fröhlicher Hase abgebildet ist, drücke ich sie an mein Herz, als wäre sie ein kostbarer Gegenstand, den ich aus Trümmern gerettet habe, und ich stelle sie ganz hinten in den Schrank, damit fremde Hände sie nicht berühren können.

Vor meinen Augen, hinter dem breiten Küchenfenster, neigt sich die Sonne zu den Wipfeln der Kiefern herab, sie tupft rötlich goldene Flecken auf den Marmor, und ich werfe einen Blick auf die Uhr, schon halb fünf, im letzten Winter ist er bis nachmittags im Kindergarten geblieben, und genau um diese Uhrzeit waren im Treppenhaus die festen Schritte eines Mannes zu hören, und gleich danach die eines Kindes, Schritte, die so leicht waren, dass sie kaum den Fußboden berührten. Ist es der flache Winkel des Sonneneinfalls, der Sehnsucht in mir weckt, im Allgemeinen kam Amnon wütend von der Universität zurück, voller Klagen, und füllte die Wohnung mit seinem Verdruss, der zwar manchmal anstrengend war, mir aber jetzt einen enttäuschenden und grausamen Moment lang fehlt, während Oded mit schwacher Stimme meine Fragen beantwortet, und als ich mir in der mit Kartons voll gestopften Küche Kaffee koche, fühle ich plötzlich eine brennende Angst, als wäre ich beim Ehebruch ertappt worden, noch nicht einmal beim Verrat an einem Mann, sondern an einer Familie, an einer Bestimmung, an der Heimat. Ist ausgerechnet das Kaffeekochen in dieser fremden Küche, mit einer Tasse, die ich von zu Hause mitgebracht habe, der wirkliche Treuebruch, viel schlimmer als das sexuelle Vergnügen auf dem schwarzen Ledersofa, wie geheimnisvoll ist doch das Buch der Gesetze. Wenn du wirklich zu einem anderen ziehst, streiche ich dich endgültig aus meinem Leben, hat er gesagt, und ich drehe den Rücken zum Fenster, betrachte den Mann, der von dem Sofa aufgesogen wird, die Ellenbogen auf den Knien, und einen Moment lang scheinen wir Fremde zu sein, weshalb haben wir uns hier getroffen, zu welchem Zweck haben wir unsere Kinder zusammengeführt, damit sie zu Geschwistern werden, frage ich mich, während die feinen Sonnenstrahlen, die schräg durch die Kiefern fallen, Trauer über uns werfen.

Willst du Kaffee, Oded, frage ich, und er antwortet, nein danke, und ich gehe zu ihm, das scharfe Messer in der Hand, und noch immer glaube ich, dass es in meiner Macht liegt, den bösen Geist der Skepsis zu vertreiben, wenn er mir dabei nur zur Seite stehen würde, aber sein Gesicht ist hart und trocken wie Karton, und ich frage mit gespielter Leichtigkeit, was ist denn plötzlich los, stört dich etwas? Er zieht die Schultern hoch, immer stört einen etwas, oder nicht, fragt er, und in seiner Stimme liegt ein verdeckter Tadel, und ich beharre, du siehst, seit du zurückgekommen bist, besonders verärgert aus, erzähl mir, was los ist.

Lass, sagt er, ich möchte dich nicht mit meinen Schwierigkeiten belasten, du hast genug zu tun mit deinen eigenen, und ich setze mich neben ihn, was für ein Blödsinn, Oded, du musst es mir sagen, ich muss wissen, was in dir vorgeht, und er betrachtet mich zweifelnd, dann bricht es gegen seinen Willen aus ihm heraus, ich war gerade bei Michal, ich habe ihr erzählt, dass du hier eingezogen bist, das war nicht einfach.

Was hat sie gesagt, frage ich, Böen von Angst und Schuld schütteln mich, und er zieht erneut die Schultern hoch, was genau sie gesagt hat, ist nicht wichtig, es ist auch nicht persönlich gemeint, sie weiß, dass ich sie nicht deinetwegen verlassen habe und dass ich auch ohne dich nicht zurückkommen würde, aber es fällt ihr schwer, und mir fällt es schwer, sie so zu sehen, die Wahrheit ist, dass ich gehofft habe, die Kinder würden es ihr erzählen, zu meiner Überraschung hat sie aber nichts davon gewusst, und ich spüre, dass ich wieder hastig atme, und dann frage ich mit Mühe, und was sollen wir also tun, und er sagt, in dieser Angelegenheit gibt es nicht viel zu tun, ich werde versuchen, die Kinder so oft wie möglich herzuholen, bis sie sich erholt hat, das ist nicht gesund für sie, ihre Mutter in diesem Zustand zu sehen, und ich nicke angespannt, vergiss nur nicht, dass wir abgemacht haben, dass Gili morgen allein hier ist, ich möchte ihm an seinem ersten Tag die Möglichkeit geben, sich in Ruhe einzugewöhnen, damit er sich hier nicht als Gast fühlt, und er seufzt, gut, ich hoffe, dass das klappt.

Das muss klappen, sage ich, ich verlange nicht viel, nur einen einzigen Tag, aber der Blick, den er mir zuwirft, ist zornig und distanziert, als hätte ich kein Recht, meine Bedürfnisse über seine zu stellen, mein Kind über ihre Kinder, mit welcher Geschwindigkeit wird die Exfrau zu einer Heiligen, während die neue, auch wenn sie sich ein Bein ausreißt, immer kleinlich aussehen wird.

Vielleicht verschreibst du ihr ein Medikament, schlage ich vor, und er sagt, sie nimmt schon seit Jahren Medikamente, und ich frage überrascht, wirklich, Michal? Sie hat immer so ruhig und ausgeglichen auf mich gewirkt, und er sagt, das täuscht, sie ist alles andere als ruhig und ausgeglichen, und ich versuche, ein erwachsenes Interesse zu zeigen, mein Erschrecken zu verbergen, obwohl diese Nachricht schon nicht mehr von meinem Leben zu trennen ist, und ich frage, wo habt ihr euch überhaupt kennen gelernt, das hast du mir noch nie erzählt, und er zischt, ich habe dir viele Dinge noch nicht erzählt, und das hört sich fast wie eine Drohung an, ich weiche zurück, halte dich von ihm fern, hat meine Mutter gesagt, alle wissen, dass er krank ist, dass er seinen siebzehnten Geburtstag nicht feiern wird.

Wir haben uns an der medizinischen Fakultät kennen gelernt, sagt er zögerlich, wir haben zusammen angefangen zu studieren, und ich frage erstaunt, wirklich, sie hat Medizin studiert? Warum hat sie damit aufgehört? Und er sagt, sie hat etwas Geistigeres gesucht, das ist der offizielle Grund, aber eigentlich hat sie meinetwegen aufgehört, und ich frage erstaunt, deinetwegen, wieso deinetwegen? Wenn einer vorwärts rennt, muss der andere zurückbleiben, sagt er, so ist das normalerweise bei Paaren, sie hat erst im fünften Jahr aufgehört, sie hat Jahre damit vergeudet, irgendetwas zu suchen, am Schluss ist sie Biologielehrerin geworden. Als sie verstand, was für einen Fehler sie gemacht hatte, war es schon zu spät, Maja war schon geboren, sie saß fest, und vielleicht hätte sie sich damit abgefunden, hätte sie nicht mit ansehen müssen, wie ich auf dem Gebiet, auf dem sie selbst arbeiten wollte, vorwärts kam, ich glaube, das ist es, was sie am meisten erschüttert hat.

Angespannt sitze ich neben ihm, wie schnell habe ich doch meine Fähigkeit verloren, ihm ruhig und Anteil nehmend zuzuhören, auf seine Schwierigkeiten einzugehen, jedes seiner Worte empfinde ich als Bedrohung, Oded, das ist wirklich traurig, aber du bist nicht schuld daran, sage ich nachdrücklich, du musst aufhören, dich zu verurteilen, mich überkommt der Gedanke, seine Schuldgefühle ihr gegenüber seien eine Gefahr für mich und ich müsse mich sogleich zur Wehr setzen, meine Fingerknöchel färben sich weiß auf dem Messergriff.

Er seufzt, vermutlich hast du Recht, aber ich war so vertieft in mich selbst, dass ich fast nicht bemerkt habe, was mit ihr los war, als ich jung war, hatte ich einen wahnsinnigen Ehrgeiz, ich wollte der ganzen Welt beweisen, dass der Sohn eines Verrückten Verrückte behandeln kann. Im Lauf der Zeit verstand ich, dass das niemanden beeindruckte, außer meine Mutter, sie hat es all ihren Nachbarinnen erzählt, doch die haben sowieso geglaubt, sie lügt, aber Michal hat unter meinem Ehrgeiz gelitten, und dann haben ihre Eifersuchtsanfälle angefangen, die Frustration und die Medikamente, und in dieser schwierigen Zeit wurden die Kinder geboren, kurz gesagt, nichts ist glatt gegangen, und jetzt habe ich ihr den endgültigen Schlag versetzt.

Ich laufe zwischen den Kartons im Wohnzimmer herum, traurig, wie zwischen Grabsteinen mit roter Aufschrift, stundenlang habe ich gepackt, habe ein Fach nach dem anderen ausgeräumt, während der Junge hilflos in dem Durcheinander herumirrte, langsam und qualvoll wurden seine Kleider aus der Wohnung entfernt, und wozu das alles, nur um das Leid zu verdoppeln und zu verdreifachen? Sein Gesicht verschwindet in dem dämmrigen Zimmer, wir sind beide verloren, verloren, so wie die beiden Kinder in der unterirdischen Wasserquelle von Megiddo verloren waren, ich habe dir doch gesagt, du sollst bei ihr bleiben, sage ich mit einer Stimme, die so dünn und hoch ist wie Gilis, ich habe dich gewarnt, dass sie es nicht ertragen wird, dass du es nicht ertragen wirst, was sollen wir jetzt tun, und ich gehe in die Küche, werfe geräuschvoll Töpfe und Pfannen in die Kartons, die gerade erst leer geräumt wurden, ich will hier nicht wohnen, Oded, ich gehe weg.

Genug, Ella, beruhige dich, schimpft er ungeduldig, mach es mir nicht noch schwerer, es geht nicht darum, etwas zu tun, mit anderen Worten, es gibt keinen Handlungsbedarf, es tut mir Leid, dass ich es dir erzählt habe, das war ein Fehler, und ich mache das Licht an und sage, was war eigentlich kein Fehler von all dem, was wir gewollt und geplant und getan haben, und wie soll ich morgen meinen kleinen Sohn in ein Zuhause bringen, das auf lauter Fehlern aufgebaut wurde, und als ich mich an die kühle Marmorplatte lehne, kommt es mir so vor, als würden die Klagelieder jener Frau, die nicht weit von hier ihr Leben beweint, durch die metallgefassten Glasquadrate des Küchenfensters dringen, als würden sie die Wohnung erfüllen wie Gas aus einem nicht abgeschalteten Herd, bis ich schon nicht mehr weiß, ob die Klagen aus ihrer Kehle dringen oder aus meiner.

20 Es muss alles genau richtig sein, ausgewogen und bemessen, organisiert wie eine militärische Aktion, wie ein Kampf, den man nicht verlieren darf, an alles habe ich gedacht, habe versucht, alle Hürden vorauszusehen, alle Bedürfnisse zu erahnen, den Kühlschrank habe ich mit Lebensmitteln gefüllt, die er mag, die leicht sind und beruhigend auf seinen kleinen Magen wirken, die Schränke habe ich mit Süßigkeiten voll gestopft, damit sie klebrigen Frieden spenden, sein Fenster habe ich mit dem bunten Vorhang versehen, ich habe dafür den doppelten Preis bezahlt, damit er schon heute Morgen fertig ist, immer wieder betrete ich sein Zimmer, um mich zu versichern, dass nichts fehlt, die Kuscheltiere sitzen nach Familien geordnet auf seinem Bett, der Löwe und die Löwin mit ihrem Löwenkind, der Tiger und die Tigerin mit ihrem Tigerkind, ihre Pupillen sind riesig und ihr Blick gelassen, der Geist des Umsturzes hat ihre ruhige Welt nicht erschüttert. Der Computer steht auf dem Tisch, die Bücher in den Regalfächern, die Spielsachen liegen in Strohkörben, und auf dem Teppich steht das in buntes Papier gewickelte Geschenk, und sogar ich selbst bin tadellos verpackt, in einem schwarzen Hosenanzug, mit gewaschenen und zusammengebundenen Haaren, noch nie habe ich mich so sorgfältig darauf vorbereitet, meinen kleinen Sohn zu treffen, es ist, als stünde heute meine ganze Existenz auf dem Prüfstand, meine Liebe und meine Fürsorge, meine Vernunft und mein guter Geschmack, meine Hingabe und meine Treue.

Sogar für Gesellschaft habe ich gesorgt, ich habe am Morgen Talja angerufen und ihr vorgeschlagen, heute mit Jo'av herzukommen, schamlos habe ich sie gebeten, ihm ein Geschenk für sein neues Zimmer mitzubringen, ich gebe dir das Geld zurück, habe ich gesagt, nur bringt ihm etwas mit, damit er spürt, dass es ein festlicher Tag ist, und seid begeistert von seinem Zimmer, ja? Es ist mir sehr wichtig, dass er heute einen Freund zu Besuch hat, das wird ihm helfen, sich zu Hause zu fühlen, und ich hörte all die Worte, die sie nicht aussprach, die ihr aber auf der Zunge lagen, sie begnügte sich mit einem langen Seufzer, natürlich, Ella, wann willst du, dass wir kommen? Und ich überlege genau, am besten ihr kommt, wenn er gegessen und sich ein bisschen in der Wohnung umgesehen hat, wenn er das Geschenk ausgepackt hat, aber noch bevor er traurig werden kann, um halb vier, entschied ich, und sie sagte, kein Problem, und notierte die Adresse.

Bevor ich gehe, kontrolliere ich noch einmal das Zimmer, ob es auch wirklich schön aussieht, ob es groß genug ist, und einen Moment lang denke ich, dass es etwas kleiner ist als sein früheres Zimmer, und werfe noch einmal einen Blick in die Zimmer von Maja und Jotam, sie sind zweifellos größer und heller, und vor allem strahlen sie eine natürlichere häusliche Gelassenheit aus, ein Pullover hängt über der Stuhllehne, ein offenes Buch liegt auf dem Bett, eine Tasse steht auf der Fensterbank, während sein Zimmer noch leblos aussieht, ein Raum wie ein Denkmal, ich bin versucht, die Ordnung ein wenig zu stören, entscheide mich aber sofort wieder anders, schließlich könnte er misstrauisch werden und glauben, dass ein anderes Kind sein Zimmer benutzt und mit seinen Spielsachen gespielt hat, aber wenn ich nicht aufhöre, die Zimmer zu vergleichen, werde ich zu spät kommen, und ich habe ihm versprochen, heute besonders früh da zu sein, ich laufe in meinem dunklen Anzug, geschminkt, gepudert und mit hohen Schuhen, eine Geschäftsfrau, die genau durchdacht hat, was sie anzieht, ich versuche, Sicherheit und Ruhe auszustrahlen, obwohl ich die ganze Nacht kein Auge zugetan habe.

Er steht schon an der Tür des Klassenzimmers, sein Ranzen verbirgt den schmalen Rücken, ich weiß nicht, was heute mit ihm ist, sagt seine Lehrerin, er hat sich überhaupt nicht auf den Unterricht konzentriert und in den Pausen hat er nicht gespielt, und ich sage schnell, wir sind gestern umgezogen, hat er das nicht erzählt? Sie verwuschelt ihm die Haare, nein, er hat kein Wort gesagt, und ich bedeute ihr mit einer Handbewegung, dass ich sie am Abend anrufen werde, um ihr alles zu erklären, natürlich hätte ich das vorher tun müssen, und sie begleitet uns und plappert drauflos, wir sind vor ein paar Monaten ebenfalls umgezogen, meinen Kindern ist es wirklich schwer gefallen, man sagt, so etwas kann für Kinder ziemlich traumatisch sein, fast wie eine Scheidung, und ich zische, vielen Dank für die ermutigenden Worte, und schwanke schnell auf meinen Schuhen mit den hohen Absätzen davon, den mit einem Trauma geschlagenen Jungen hinter mir herziehend. Komm, mein Schatz, ich habe dir das allerbeste Mittagessen gekocht, und dein Zimmer ist schon fertig, und eine Überraschung wartet auf dich, du wirst es nicht glauben, etwas, was du dir sehr gewünscht hast, und weißt du, wer nachher zu uns kommt? Talja und Jo'av wollen uns besuchen, und sie werden dir ein Geschenk für das neue Zimmer mitbringen, und er hört mir schweigend zu, seine Lippen bleiben unbeweglich, aber seine Hand drückt fest die meine. Mach dir keine Sorgen, Gili, so ein Umzug macht richtig Spaß, alle Freunde kommen vorbei, um sich das neue Zimmer anzusehen, und man bekommt viele Geschenke, du wirst sehen, wie schnell du dich eingewöhnst, aber er senkt zweifelnd den Kopf und fragt

schließlich, wer hat vorher in meinem Zimmer gewohnt, und ich sage, noch niemand, aber diese Antwort beruhigt ihn nicht, Papa hat gesagt, dass wir nie wieder in unsere Wohnung zurückkönnen, weil ihr sie an andere Leute verkauft, und ich verfluche Amnon mit zusammengepressten Lippen, warum hat er es so eilig, den Jungen in alles einzuweihen?
Es kann schon sein, dass das irgendwann passiert, sage ich, aber das ist ein langer Prozess, vorläufig steht die Wohnung leer, du kannst hingehen und dich überzeugen, und er fragt, was ist ein Prozess, und ich verkünde, schau, da sind wir schon in unserer kleinen Straße, es ist viel näher zu deiner Schule als von unserer alten Wohnung, und da ist unser Haus, es ist schön, nicht wahr? Immerzu das Wort »unser«, wie klebriger Auswurf, und wir steigen die Treppe hinauf, ich habe den Schlüssel schon in der Hand und schlage ihm vor, vielleicht willst du unsere Tür aufschließen, und freue mich, als er begeistert reagiert, endlich lässt er meine Hand los und nimmt den Schlüssel, doch schon lässt er ihn fallen, der Aufschlag hallt klirrend durch das Treppenhaus, wieder versucht er es, seine Finger, die an diese Aufgabe nicht gewöhnt sind, umklammern den Schlüssel, angestrengt drehen sie ihn in die falsche Richtung, und ich erkläre, Gili, jetzt hast du abgeschlossen, und erst als ich meine Hand auf seine lege und sie bewege wie die Hand einer Puppe, gibt die Tür nach, und er läuft schnell und neugierig in die fremde Wohnung.
Wo ist mein Zimmer, fragt er sofort, und ich führe ihn aufgeregt hin, seine Hände gleiten rasch über das Fell der Kuscheltiere, wühlen in den Strohkörben, um sicherzugehen, dass nichts fehlt, da sind meine Farben, verkündet er, wie ein Händler, der seine Waren anpreist, und da meine Playmobilsachen, da die Karten, die Murmeln, er wundert sich über die kleinsten Gegenstände, die es geschafft haben,

heil hier anzukommen, und erst als er sich beruhigt hat, stürzt er sich begeistert auf das Geschenk. Eine Ritterburg, schreit er und legt sich auf den Teppich, und schon fliegt das zerrissene Einwickelpapier durch das Zimmer und die Burg bietet sich uns in ihrer ganzen Pracht dar. Ich lasse ihn allein in seinem Zimmer und gehe in die Küche, langsam durchquere ich den Flur, das Gesicht ihm zugewandt, sehe, wie er immer tiefer ins Spiel versinkt. Wie seltsam es ist, hier in diesem fremden Haus vor dem Herd zu stehen, ihn nebenan zu wissen und auf ganz gewöhnliche Art zum Essen zu rufen, das Essen ist fertig, Gili, sage ich, und er fragt, wo ist die Küche? Musst du suchen, sage ich, los, such mich, und das macht ihm Spaß, er kommt angerannt, umarmt meine Hüften und staunt, du hast meinen Teller mitgebracht, und ich sage, natürlich habe ich deine Sachen mitgebracht, du wirst nichts vermissen.

Auch den Kakao, fragt er besorgt, als wäre der Kakao sein kostbarster Besitz, für den es keinen Ersatz gibt, und ich ziehe wie eine Zauberin die runde Dose aus dem Schrank, natürlich habe ich auch den Kakao mitgebracht, und er sagt, vergiss nicht, dass er nur uns gehört, und dann macht er sich genüsslich über die Pommes frites und das Schnitzel her, selbst der Salat schmeckt ihm, er verlangt sogar einen Nachschlag, was sonst fast nie vorkommt, das Essen in der neuen Wohnung schmeckt gut, entscheidet er mit lauter Stimme, und ich sage, iss nur, aber sein erstaunlicher Appetit beunruhigt mich, will er etwa, dass nichts für die anderen Kinder übrig bleibt, ist das seine Methode, sein Territorium zu markieren? Der Salat schmeckt super, verkündet er und fragt, ob er noch welchen haben kann, seine Stimme ist laut, fast schreiend, als befände er sich weit entfernt von mir, als säßen wir einander auf zwei Berggipfeln gegenüber und riefen uns Liebesworte zu.

Er scheint alles hinunterzuschlingen, ohne zu kauen, er saugt das Essen in seinen dünnen Körper, und ich schlage vor, vielleicht ruhst du dich ein bisschen aus, damit du kein Bauchweh bekommst, registriere dann die Krümel, die wie ein Halbmond unter seinem Stuhl verstreut liegen, und als im Treppenhaus etwas zu hören ist, bücke ich mich schnell und sammle sie auf, als wären wir Gäste auf Bewährung, und auch er schaut beunruhigt zur Tür, fragt flüsternd, kommen sie, wach und gespannt wie ein wildes Tier, und ich sage, noch nicht, Talja und Jo'av kommen erst in einer Stunde. Nein, was ist mit Jotam und Maja, fragt er, und ich sage, sie kommen erst morgen, da atmet er erleichtert auf, nervös vor seinem leeren Teller sitzend, was soll ich jetzt machen, und bevor er sich Erinnerungen und Vergleichen hingeben kann, schlage ich schnell eine Besichtigung der Wohnung vor, zeige ihm das Schlafzimmer und die Zimmer von Maja und Jotam, und er schaut sich vorsichtig um, mit bebenden Nasenflügeln, er fasst nichts an, zieht mich schnell weiter, er möchte nur in seinem eigenen Zimmer sein, und als wir dorthin zurückkehren, fragt er, warum haben die anderen keinen Vorhang, nur ich, ich will auch keinen Vorhang, aus irgendeinem Grund macht er den Vorteil zu einem Nachteil, und als er ihn aufzieht, beschwert er sich nicht über die Aussicht vor seinem Fenster, er scheint sogar erleichtert zu sein, vielleicht stimmt es ja, was Oded über Kinder gesagt hat, dass Kindern solche Dinge nicht so wichtig sind, dass sie sich an vieles schnell gewöhnen, keine weitere Klage kommt über seine Lippen, nur ein übertriebenes, sinnloses, unberechtigtes Staunen.

Mama, das Zimmer ist riesig, sagt er mit ausgebreiteten Armen, es ist viel größer als mein altes Zimmer, und ich wage nicht, seinen offensichtlichen Irrtum zu korrigieren. Meinst du, frage ich vorsichtig, und er sagt, klar, schau nur, wie viel Platz ich hier habe, das alte Zimmer war eng, und da endlich atme ich auf, mit einem leichten Misstrauen, als hätte ich Nachrichten vernommen, die zu gut sind, um wahr zu sein, ich strecke mich auf seinem Bett aus, während er mit seinen Rittern spielt, die tapfer ihre Burg verteidigen, verschwindet, sonst werdet ihr alle getötet, verkündet er mit ernster Stimme, das ist unsere Burg, nicht eure. Einer nach dem anderen fallen die Ritter von den Mauern, ihre kleinen Körper umgeben die Burg, und schließlich steht dort nur noch ein einziger Ritter, kämpft gegen die Eindringlinge, bis der letzte besiegt ist, und ich schaue aus dem Fenster mit den aufgezogenen Vorhängen, dunkelgraue Krokodile ziehen schnell über den Himmel, kriechen auf ihren kurzen Beinen vorbei, die Mäuler aufgerissen zu einem breiten Grinsen, es scheint, als wäre der Winter zurückgekehrt, und ich ziehe die Decke über mich, wickle mich in den Geruch seiner Bettwäsche, wie er klammere ich mich an Vertrautes, wie er staune ich darüber, dass die Gerüche mit uns umgezogen sind, wie er fühle ich mich nur in seinem Zimmer wohl, eine freundliche Enklave, eine Oase.

Auch wenn er in sein Spiel versunken ist, reagiert er doch auf jedes Geräusch, sein Blick schnellt misstrauisch zur Tür, als fürchte er, es könnte plötzlich eine fremde Gestalt aus einem der Zimmer auftauchen, seine Stimme ist lauter als üblich, dämpft sich aber immer wieder zu einem Flüstern, und als ich aufstehe, um das Geschirr zu spülen, begleitet er mich, und als er auf die Toilette geht, muss ich mit, und so begleiten wir uns gegenseitig durch die Wohnung, über die breiten glatten Fliesen, er rutscht absichtlich mit seinen Strümpfen darauf aus, lässt sich jubelnd fallen. Genau um halb vier klingelt es an der Tür, und ich treibe Gili an, seine ersten Gäste zu empfangen, und er macht vor Freude einen Luftsprung, als er Jo'av sieht, los, schau, was meine Mama mir geschenkt hat, ruft er und zieht ihn hinter sich her, verzichtet diesmal auf meine Begleitung, und ich umarme Talja, die auf einem Arm ihre kleine Tochter trägt, in der anderen Hand das Geschenk, warte einen Moment, Gili, ruft sie ihm nach, wir haben dir ein Geschenk für dein neues Zimmer mitgebracht, und ich beeile mich zu sagen, wirklich, das war doch nicht nötig, und sie schneidet mir eine Fratze und hält ihm das Geschenk hin, das sofort begeistert ausgepackt wird, ein eingerahmtes Bild von drei wunderschönen kleinen Katzen, und Gili freut sich, die sind süß, ruft er, das bin ich, er deutet auf das weiße Kätzchen in der Mitte des Bildes, und das sind Papa und Mama.

Aber sie sind alle drei junge Katzen, protestiert Jo'av, sie sind genau gleich groß, doch Gili bleibt stur, stimmt nicht, das ist eine Familie, er legt das Bild auf sein Bett, und Talja sagt, herzlichen Glückwunsch, was für ein tolles Zimmer, und schon stürzen sie sich auf die Burg, der Plan scheint aufzugehen, doch als wir uns in die Küche setzen, befällt mich ein unangenehmes Gefühl, als hätte ich einen bösen Plan ausgeheckt, zu meiner eigenen Bequemlichkeit und um seine Sinne durch kleine vergängliche Freuden zu vernebeln, damit er nichts von der Merkwürdigkeit der neuen Situation wahrnimmt, die sich mir selbst von Sekunde zu Sekunde stärker offenbart.

Eine riesige Wohnung, sagt Talja, aber ein bisschen eigenartig geschnitten, fast wie ein Labyrinth, nicht wahr? Ich finde es seltsam, dich hier zu sehen, ich bin so sehr an eure alte Wohnung gewöhnt, und ich sage, ja, auch für mich ist es seltsam, und sie betrachtet mich mit einem scharfen Blick und fragt, was soll dein offizieller Aufzug, wo warst du? Mit wem hast du dich getroffen? Mit Gili, antworte ich, und sie sagt, das hört sich nicht gut an, und ich seufze, so ist es momentan nun mal. Wie wird es nur mit dir weitergehen,

Ella, sie lächelt, du hättest es mir überlassen sollen, dein Leben zu organisieren, du stellst alles auf den Kopf, und ich frage beleidigt, was meinst du damit, und sie sagt, bevor du etwas machst, bist du immer viel zu überzeugt von deinen Plänen und hinterher viel zu wenig, schau dir doch bloß dein schuldbewusstes Gesicht an, als würdest du deinen Sohn zur Schlachtbank führen.

Wirklich, frage ich erstaunt, ich habe gedacht, ich strahle Sicherheit und Ruhe aus, und sie sagt, Sicherheit, wirklich, du kannst niemanden täuschen, am wenigsten Gili, und ich seufze wieder, was schlägst du mir also vor? Dein Hosenanzug wird ihn nicht im Geringsten beeindrucken, und die Absätze erst recht nicht, versuche einfach, selbst etwas zufriedener zu sein mit dem Schritt, den du gemacht hast, du hast eine große Wohnung, du hast einen Mann in deinem Leben, einen Mann den du liebst, du hast die Chance, mit ihm eine neue Familie zu gründen, freu dich doch ein bisschen, sei doch nicht so verkrampft.

Du hast Recht, wie immer, gebe ich zu, das Problem ist, dass ich jetzt, da ich hier bin, nur das sehe, was nicht mehr da ist, und sie schimpft, es reicht, hör auf damit, ich habe das Gefühl, dass du auf dem besten Weg bist, auch deine neue Beziehung kaputtzumachen, was ist los mit dir, ist es das, was du willst? Ich warne dich, nicht alle Männer sind so geduldig wie Amnon, und ich frage verwundert, Amnon und geduldig? Was redest du da? Es stimmt ja, dass er schnell gereizt ist, sagt sie, aber in einem tieferen Sinn hat er dich so akzeptiert, wie du bist, er hat sich mit deiner ewigen Krittelei abgefunden, und ich protestiere, was für eine Krittelei, das meiste habe ich für mich behalten oder nur dir erzählt, und sie sagt, vielleicht, aber die ganze Zeit hast du Unbehagen ausgestrahlt, und das war bestimmt nicht leicht für sein empfindliches Ego. Ich gieße uns Kaffee ein und sehe sie erstaunt an, wie kommst du darauf, Talja, erinnerst du dich nicht, wie er sich über alles, was ich getan habe, beklagt hat, wie oft ich gekränkt war, und sie rührt nachdenklich und langsam Zucker in ihren Kaffee.

Oberflächlich gesehen vielleicht, sagt sie, aber du hast immer gewusst, dass seine Liebe nicht davon beeinflusst wird, was du tust oder sagst, er hingegen muss gespürt haben, dass du ihn nur unter bestimmten Bedingungen liebst, dass er sich deiner Liebe nie sicher sein kann, Tatsache ist doch, dass du ihn am Ende verlassen hast, nicht er dich, und ich zucke überrascht die Schultern, mir scheint, als breite sie ein ganz anderes Eheleben vor mir aus, nicht meines, ich schaue aus dem großen Küchenfenster, die Schatten von Kiefern zeichnen ihre Silhouetten mit schwarzer Kohle auf die Wände des gegenüberliegenden Hauses, graue Sperlinge werden zwischen den Zweigen verschluckt. Gleich wird es regnen, sage ich, ich habe gedacht, der Winter sei vorbei, und plötzlich fängt alles von vorn an, und sie betrachtet mich forschend, du siehst so besorgt aus, ich verstehe dich nicht, wenn du solche Angst um deinen Jungen hast und so empfindlich auf jede Regung von ihm reagierst, warum hast du ihm dann die Familie zerstört, das passt nicht zusammen, und ich seufze, das ist ein komplizierter Prozess, er lässt sich nur schwer jemandem erklären, der ihn nicht selbst durchgemacht hat, meine Empfindlichkeit, was Gili betrifft, hat sich seit der Trennung immer mehr gesteigert, je klarer mir wurde, welchen Preis er bezahlen muss, und sie sagt, das Problem ist, dass ihm das nicht gut tut, gib dir nicht solche übertriebene Mühe mit ihm, sei ganz natürlich, er darf ruhig wissen, dass es dir auch schwer fällt, vermittle ihm ein ehrliches Bild der Situation, das wird es ihm leichter machen, glaub mir, er wird sich dann weniger allein fühlen mit seinem Problem.

Wann machst du endlich mal einen Fehler, zische ich böse, damit ich dir auch eine Moralpredigt halten kann, und sie lacht, ich glaube, ich habe schon einen Fehler gemacht, die Kleine läuft ja frei in der Wohnung herum, wer weiß, was sie anstellt, und sofort springen wir beide auf und finden sie auf Majas Bett, wo sie fröhlich die Bücher und Hefte voll schmiert, die sie vom Tisch gezogen hat, aus ihrem Mund tropft Babyspucke, und ich erschrecke, Jasmini, was hast du getan, was soll ich bloß Maja sagen, und Talja zerrt sie aus dem Zimmer, während die Kleine mit den Füßen strampelt und krampfhaft einen violetten Filzstift festhält, als wollte sie ihr Werk auf den Fußbodenfliesen vollenden.

Es tut mir Leid, Ella, reg dich nicht auf, so etwas passiert in jeder Familie, sagt Talja, alle Hefte von Jo'av sind voll geschmiert, du bist als Einzelkind aufgewachsen und erziehst ein Einzelkind, du hast keine Ahnung, was in normalen Familien alles passiert, aber das beruhigt mich nicht, was soll ich nur Maja sagen, ich muss ihr bis morgen neue Hefte kaufen, und ich biete der brüllenden Kleinen einen weichen Schokokuss an, um ihr die Zunge an den Gaumen zu kleben, ich rufe auch Gili und Jo'av, und schon füllt sich das Wohnzimmer mit Lärm, als sie zu dritt ausgerechnet auf Odeds schwarzem Sofa herumhüpfen, die Schokoküsse wie Fackeln in der Hand, und großzügig Schokoladenkrümel verstreuen, bevor ich ihnen vorschlagen kann, lieber mein Sofa zu benutzen, offenbar gibt es doch noch kein »unser«, und ich schaue ihnen hilflos zu, wieder wird mir klar, wie wenig ich mich hier zu Hause fühle, wir sind Gäste, die versuchen, keine Spuren zu hinterlassen.

Willst du, dass wir gehen, bevor er zurückkommt, fragt Talja, als ich zerstreut auf die Uhr schaue, und ich sage, nein, wieso denn, aber der Gedanke an den Mann, der bald die Tür aufmachen wird, ohne seine Kinder, und auf drei fremde, laute Kinder trifft, weckt Unbehagen in mir, und ich hoffe, dass er aufgehalten wird, dass er noch ein paar Notfälle behandeln muss, damit ich inzwischen das Wohnzimmer aufräumen kann. Draußen ist es schon dunkel, ein heftiger Regen malt Schatten an die Wand gegenüber, und ich denke an die Wohnung, aus der ich gestern ausgezogen bin, ich habe die Fenster offen gelassen, alles wird nass werden, und im Wohnzimmer wird der kaputte Rollladen nicht aufhören zu klappern.

Vernünftig, wie sie ist, ignoriert sie meine Worte und zieht der Kleinen ihren Mantel an, komm schon, Jo'av, warum muss man dich immer antreiben, und ich schlage nach einem demonstrativen Zögern vor, vielleicht bleibt ihr zum Abendessen, aber sie lehnt es wie erwartet ab, danke, ein andermal, Ja'ir kommt heute Abend früh nach Hause, ich möchte, dass wir alle zusammen essen, und ich sehe sie vor mir, wie sie alle um den Tisch in ihrer engen Küche sitzen, ihre Köpfe berühren sich fast, und ich versuche, mir unsere Abendessen vorzustellen, werden wir zu dritt essen, worüber werden wir sprechen, werde ich die Mahlzeiten doppelt einnehmen, erst mit Gili und dann später mit Oded, und warum freue ich mich so sehr, dass er sich verspätet, schließlich hat diese aufreibende Aktion doch nur stattgefunden, damit wir zusammen sein können, warum fürchte ich mich so sehr davor, dass es Abend wird, dass er nach Hause kommt. Um mit Gili allein zu sein, hätte ich auch in der alten Wohnung bleiben können.

Ich beachte sorgfältig die alltägliche Routine und verkünde fröhlich, und jetzt in die Badewanne, schau, hier gibt es zwei Badezimmer, eins für uns und eins für euch, und er schreit, ich will in eures, ich will in eures, und ich sage, natürlich, mein Schatz, kein Problem, und verteile die Spielsachen in der fremden Wanne, und er läuft nackt hin, zählt sorgfältig die Schritte von einem Zimmer zum anderen, und plötzlich ist er verlegen, umarmt mich, als würde er sich vor den Wänden schämen, ich treibe ihn an, ins Wasser zu steigen, und genieße den vertrauten Anblick. Genau wie zu Hause, freut er sich, umgeben von Wassertieren, von Kraken, Haifischen, Delfinen, aber diesmal lässt er mich nicht das Wohnzimmer aufräumen, und ich sitze neben ihm auf dem Klodeckel, höre abwesend den Geschichten zu, die er ausspinnt, und erinnere mich plötzlich daran, dass wir hier zusammen gebadet haben, Oded und ich, aneinander geschmiegt, doch es ist, als sei alles, was sich hier abgespielt hat, bevor Gili kam, ausgelöscht, seine Präsenz erfüllt die Wohnung, verdrängt die Stunden der Liebe, die vielen, vielen Stunden der Liebe.

Plötzlich hat er aufgehört zu spielen, er schaut mich fest an und verkündet, vor dem Einschlafen sehe ich im Bett fern, und ich sage, aber Gili, ich habe dir noch keinen Fernseher gekauft, hast du nicht gemerkt, dass kein Fernseher in deinem Zimmer steht? Er klatscht enttäuscht ins Wasser, aber du hast es versprochen, du hast versprochen, dass ich im Bett fernsehen darf, und ich sage, das stimmt, ich habe es versprochen und werde es auch halten, nur nicht sofort, das dauert noch ein paar Tage, und er jammert, aber du hast es versprochen, ich glaube dir nie mehr ein Wort, auf mich bist du immer böse, wenn ich lüge, aber diesmal hast du gelogen, und bevor ich meine Glaubwürdigkeit durch ein bisschen Schimpfen wiederherstellen kann, höre ich ein Hüsteln und drehe mich zu Oded um, der nebenan in der Schlafzimmertür steht, hi, schön, dass du da bist, verkünde ich nervös, stehe auf und gehe auf ihn zu, und Gili schreit sofort, lass mich nicht allein, und ich kehre zu ihm zurück, versuche, in der Mitte zwischen den beiden stehen zu bleiben.

Gili, schau doch, Oded ist gekommen, rufe ich, als wäre das eine Nachricht, die ihn sofort beruhigen würde, und winke Oded näher heran, damit er ins Badezimmer kommt und ein paar freundliche Worte mit dem wütenden kleinen Jungen wechselt, aber er ignoriert meine energischen Handbewegungen und sagt, ich bin durch und durch nass geworden, ich bin stundenlang mit den Kindern im Regen herumgelaufen, ich hoffe nur, dass sie sich nicht erkältet haben, und tatsächlich sind seine Hosenbeine fast bis zu den Knien durchweicht, aus seinen Haaren tropft es, er nimmt ein Handtuch aus dem Schrank und rubbelt sich sorgfältig den Kopf. Warum seid ihr draußen herumgelaufen, frage ich, sie haben doch ein Zuhause, oder? In diese Wohnung konnten wir ja nicht, wie du weißt, sagt er, und Michal war in einem solchen Zustand, dass ich sie nicht zu ihr bringen konnte, erst jetzt ist ihre Mutter gekommen, um sich um die Kinder zu kümmern. Ich setze mich wieder auf den Klodeckel, hier räkelt sich ein verwöhnter kleiner Junge wie ein Krokodiljunges im warmen Badewasser, und dort sind zwei Kinder in nassen Kleidern herumgelaufen, nur meinetwegen, gleich am ersten Tag werde ich, gegen meinen Willen, zu einer bösen Stiefmutter, und auf einmal treibe ich Gili ungeduldig an, es reicht, komm schon raus, und er jammert, nein, noch nicht, ich spiele noch, und ich sage, dann spiel allein weiter, ich muss mit Oded sprechen, und dann entferne ich mich, bevor er protestiert, und sage, Oded, es tut mir wirklich Leid, ich wollte ihm doch nur einen einzigen Tag geben, um sich an die neue Wohnung zu gewöhnen, ich war sicher, dass deine Kinder zu Hause sind, bei Michal, du hättest anrufen und mir sagen sollen, dass sie bei dir sind und dass ihr nicht wisst, wo ihr hingehen sollt.

Ach, wirklich, fragt er hart, und was hättest du gesagt, kein Problem, kommt nach Hause? Sei nicht so scheinheilig, du bestimmst hier doch ohnehin alles, und ich erschrecke vor der Feindseligkeit in seiner Stimme, Oded, um was habe ich denn schon gebeten, doch nur um einen einzigen Nachmittag, einen Nachmittag allein, ist das denn zu viel verlangt? Du benimmst dich, als hätte ich euch für immer aus dem Haus gejagt, und er sagt, genau das war mein Gefühl, und ich protestiere, warum übertreibst du so, ich habe gedacht, du bist bei der Arbeit, und sie sind sowieso bei Michal, ich hatte wirklich keine böse Absicht. Da bin ich mir gar nicht so sicher, zischt er, und ich fauche in seine Richtung, auch ich bin mir gar nicht mehr so sicher, welche Absichten du hast, warum bist du eigentlich nicht mit ihnen ins Kino gegangen oder ins Einkaufszentrum, hast du dich bei Regen mit ihnen auf der Straße rumgetrieben, nur damit du mir Vorwürfe machen kannst? Er sagt, du wirst dich wundern, aber es gibt auch noch andere Gründe, ich gehe in diesen Zeiten nicht mit Kindern an öffentliche Orte, und ich sage, das ist doch völlig übertrieben, das Einkaufszentrum wird bewacht, und er sagt, kein öffentlicher Ort ist sicher. Und warum bist du dann nicht mit zu Michal gegangen, frage ich gereizt, das hättest du doch auch tun können, und er sagt, sie hat mich nicht ins Haus gelassen, und ich seufze, diese Geschichte ergibt keinen Sinn, es kann nicht sein, dass du keine Lösung gefunden hast, wenn du wirklich gewollt hättest, wäre dir schon etwas eingefallen, man kann sie schließlich zur Not immer noch für ein paar Stunden zu irgendwelchen Freunden bringen, das ist doch nicht so kompliziert.

Mama, ich will raus, schreit Gili laut, und ich laufe hinüber, um ihn aus der Wanne zu holen und seine weiche Haut mit einem Handtuch trocken zu reiben, ein unangenehmes, triumphierendes Gefühl breitet sich in mir aus, wir haben sie heute Abend besiegt, wir haben bewiesen, dass diese Wohnung nicht weniger unsere ist als ihre, aber ich hätte nicht gedacht, dass wir so schnell den Preis für unseren Sieg bezahlen müssten, denn als wir das Wohnzimmer betreten, Gili im Pyjama, sauber und duftend, Teddy Scotland in der Hand, schenkt Oded ihm keinen Blick, ganz anders als Amnon, der, wenn Gili aus der Badewanne kam, immer die langen Arme ausgestreckt, ihn auf den Schoß gezogen und an ihm geschnuppert, ihn umarmt und geküsst und gekitzelt hat, bis er vor Vergnügen schrie. Hast du Hunger, Oded, frage ich und versuche, seinen Blick zu fangen, und er sagt, nein, ich habe schon mit den Kindern gegessen, und ich versuche ihn zu überreden, aber du setzt dich doch zu uns, nicht wahr? Jetzt nicht, Ella, ich muss ein paar Anrufe erledigen, sagt er mit einem seltsamen förmlichen Ton, Gili, vielleicht zeigst du Oded deinen Teddy, und er geht rasch auf ihn zu, seine Füße in blauen Strümpfen, und sagt, schau, das ist Teddy Scotlag, und Oded betrachtet mit düsterer Miene das Gesicht des Teddys, als würde ihm ein fremder Mensch vorgestellt, und schließlich sagt er, ich mag Teddys nicht.

Mein Vater hat Teddys schrecklich gern, antwortet Gili heldenhaft, während seine Augen schon feucht werden, er hat ihn mir aus Scotlag mitgebracht, und Mama hat mir eine Ritterburg gekauft, und morgen bekomme ich einen Fernseher in mein Zimmer, er versucht, diesen distanzierten Mann zu beeindrucken, und Oded presst die Lippen zusammen, wirft mir einen finsteren Blick zu und fragt, einen Fernseher im Zimmer? Ja, sage ich, wo ist das Problem? Und er sagt, das Problem ist, dass Maja und Jotam dann auch einen wollen, und ich bin dagegen, es geht nicht, dass er einen bekommt und sie nicht, wir müssen uns abstimmen, und ich sage, dann kauf ihnen doch auch einen, und er zischt zornig, ich kann jetzt nicht ein paar Tausend Schekel für Fernsehapparate ausgeben, ich habe meine Arbeitszeit verkürzt, um mehr mit den Kindern zusammen zu sein. Darauf kann ich keine Rücksicht nehmen, sage ich wütend, ich habe es ihm versprochen, und damit Schluss, es wird also vorläufig keinen Sozialismus hier geben, was ist daran so schlimm, und Gili zieht sich enttäuscht von ihm zurück, dreht ihm den zerdrückten Rücken des Teddys zu, während ich versuche, Oded zu bedeuten, dass wir später darüber sprechen sollten. Nicht vor dem Jungen, flüstere ich, aber er ignoriert meine Bitte, sagt, ich halte es für unmöglich, dass nur dein Kind einen Fernseher bekommt, du versuchst hier eine künstliche Überlegenheit zu schaffen, die niemandem nützen wird, und ich flüstere wieder, wir können doch später darüber sprechen, und sehe, wie Gili blass und verkrampft mitten im Wohnzimmer stehen bleibt, den abgewetzten Teddy in der Hand, dann erlaube ich ihnen eben, dass sie bei mir fernsehen können, wann sie wollen, bietet er mit dünner Stimme an, seine Reife überrascht mich, als wäre er sein Leben lang an solche Kämpfe gewöhnt.

Was für eine großartige Idee, sage ich schnell, das ist wirklich schön von dir, und jetzt komm essen, ich bringe ihn in die Küche, brate ihm schnell ein Ei, mache Salat, belege ihm eine Scheibe Brot, und jetzt iss, mein Schatz, versuche ich ihn zu ermuntern und werfe dem Mann nebenan, der Papiere aus seiner Tasche holt und darin blättert, feindselige Blicke zu, wir werden nicht zu dritt um den Tisch sitzen und uns in Ruhe ein bisschen unterhalten, wir werden nicht lernen, den Rhythmus unseres Kauens aufeinander abzustimmen, ich werde ihn allein lieben, ganz allein, und wieder schlägt die Sehnsucht gegen mein Inneres, die Sehnsucht nach dem natürlichen Vater, den er verloren hat, oder besser gesagt, ich habe das Recht verloren, das mir bis zur Langeweile überflüssig vorgekommen ist, das Recht, Brot und

Salat neben einem Mann zu essen, der meinen Sohn so liebt wie ich.

Möchten Sie morgen gleich in der Früh kommen, glauben Sie, dass Sie es bis dahin aushalten? Vielleicht nehmen Sie noch eine Tablette, höre ich ihn ins Telefon sagen, mit dieser aufmerksamen Stimme, mit der er sich vor wenigen Monaten auch an mich gewandt hat, in seinem Büro, versuchen Sie, sich daran zu erinnern, wie Sie es die letzten Male hingekriegt haben, das wird Ihnen helfen, die Nacht zu überstehen, gut, dann sehen wir uns morgen um halb acht, alles Gute, und so rollt seine Stimme weiter durch die Wohnung, aber sie ist nicht an uns gerichtet, und ich bringe Gili ins Bett, lese ihm noch schnell eine Geschichte vor, ich kann es kaum erwarten, mit Oded die dringenden Angelegenheiten zu besprechen. Und was ist, wenn ich in der Nacht aufwache und dein Zimmer nicht finde, fragt Gili besorgt, dunkle Wolken auf der hellen Stirn, und ich zeige ihm noch einmal den Weg, zähle mit ihm die Schritte und ermutige ihn, ich bin sicher, dass du nicht aufwachst, und er widerspricht, aber ich bin hier noch nicht eingewöhnt, ich darf aufwachen, ich darf zu dir kommen, zu dir, sagt er, als würde ich allein dort liegen, in diesem geräumigen Schlafzimmer, neun Schritte entfernt von seinem.

Ich küsse ihn auf die Stirn, natürlich darfst du das, ich gehe jetzt kurz weg, gleich komme ich zurück und schaue nach, ob du eingeschlafen bist, sage ich und gehe schnell zu Oded, der noch immer im Sessel sitzt, sag ihm gute Nacht, bitte ich, ich übersehe das Telefon in seiner Hand, und er flüstert, einen Moment, ich bin mitten in einem Gespräch, und in den Hörer sagt er, ich schicke es Ihnen gleich per Fax, und macht sich daran, rasch ein paar Formulare auszufüllen. Sag ihm gute Nacht, bitte ich, aber als ich ihn zu Gilis Zimmer begleite, ist er schon eingeschlafen, leises

Schnarchen dringt aus seiner Kehle, eine Hand liegt an seinem Kinn, als wäre er tief in Gedanken versunken. Schau, das ist ein gutes Zeichen, flüstere ich, ich habe gedacht, er würde Stunden brauchen, um einzuschlafen, aber meine Worte scheinen ihn nicht zu beeindrucken, wie sehr mir jetzt dieses wohltuende Ritual fehlt, denke ich, so oft habe ich mit Amnon vor dem Bett des schlafenden Jungen gestanden, beide mit der gleichen Begeisterung, beide bemüht, den geliebten schlafenden Jungen nicht zu wecken, während Oded mich jetzt, nachdem er einen kurzen Blick auf den Jungen geworfen hat, stehen lässt und geht, und wieder ist seine Stimme im Wohnzimmer zu hören, probieren Sie das Medikament noch ein paar Tage, im Allgemeinen verschwinden die Nebenwirkungen nach kurzer Zeit, warten Sie noch ein bisschen, wir müssen versuchen, Zeit zu gewinnen, auch der Alltag übt eine Kraft aus, rufen Sie mich morgen an, dann werden wir sehen, ob es Ihnen besser geht.

Als ich ihm ins Wohnzimmer folge und mich auf mein altes Sofa setze, fährt mir ein dumpfer Schmerz in die Knochen, mir ist, als würden in meinem Körper kalte Wellen zusammenschlagen, während er den Hörer hinlegt und sich mit kühlem Blick mir gegenübersetzt, verschanzt auf seinem dunklen Sofa, mit noch immer nassen Hosen, die schon getrockneten Haare wirr, und ich frage mit klappernden Zähnen, Oded, warum hast du zu Gili gesagt, dass du keine Teddys magst? Und er antwortet, weil ich sie nicht mag, ich habe sie noch nie gemocht, ist das ein Problem? Das Problem ist, dass es ihn kränkt, es ist, als hättest du gesagt, dass du ihn nicht magst.

Warum, ist er ein Teddy, fragt er, und ich zische wütend, rede nicht so klug daher, es ist doch klar, dass er sich mit seinem Teddy identifiziert, und er sagt, du suchst nach Konflikten, wo es keine gibt, es ist doch nichts dabei, einem Kind zu sagen, was man fühlt, ich hätte das auch zu meinen eigenen Kindern gesagt, aber ich lasse mich nicht beschwichtigen, das ist etwas ganz anderes, bei ihnen hättest du es anders gesagt, du hättest ihnen gleichzeitig gezeigt, dass du sie liebst, während es Gili gegenüber die einzigen Worte waren, die du heute überhaupt zu ihm gesagt hast, das war wirklich nicht sehr sensibel, und er betrachtet mich mit düsterem Groll, ist es das, was du nun jeden Abend mit mir vorhast, mir Noten für den Tag zu geben?

Du lässt mir keine Wahl, sage ich, für mich ist es entscheidend, ob Gili sich mit dir wohl fühlt, und es sieht aus, als hättest du nicht die Absicht, es mir leichter zu machen, du hast versprochen, dass es besser würde, wenn wir erst zusammenwohnen, aber das sehe ich noch nicht, und er seufzt, Ella, lass mir Zeit, bedränge mich nicht, es sind kaum zwei Stunden vergangen, seit ich nach Hause gekommen bin, nachdem ich mit meinen Kindern im strömenden Regen herumlaufen musste, weil du nicht erlaubt hast, dass ich sie herbringe, es fällt mir schwer, sensibel zu sein, wenn du gerade einen solchen Mangel an Sensibilität bewiesen hast, und ich fauche, ach so, du willst dich also an mir rächen, ist es das? Nein, sagt er, keine Rache, es ist nur ein Gefühl, das durch die Umstände hervorgerufen wurde, und ich betrachte das dunkle Fenster über seinem Kopf, ein paar Straßen von hier entfernt dringt der Regen in Gilis leeres Zimmer, der Metallrollladen des Wohnzimmers klappert im starken Wind an die Hauswand, niemand ist in der Wohnung, und trotzdem kommt es mir vor, als würden wir alle nass.

Oded, der Junge ist nicht schuld an diesen Umständen, beschwöre ich ihn, ich verstehe es nicht, mit deinen Patienten bist du feinfühlig und geduldig, und diesem Jungen gegenüber, dessen Leben gerade so heftig durcheinander gewirbelt wurde, bist du so gefühllos, würdest du wollen, dass ich mich deinen Kindern gegenüber ebenso verhalte? Er sagt, da ich mir keines Fehlers bewusst bin, kann ich deine Drohung nicht ernst nehmen, wenn du mit deinem Jungen stundenlang im Regen herumläufst, werde ich ganz bestimmt verstehen, wenn du unsensibel bist, und ich zische, fang nicht immer wieder damit an, du weißt, dass dieser Nachmittag eine Ausnahme war, ich wäre froh zu wissen, dass auch dein Verhalten nicht die Regel sein wird, und er sagt, vielleicht, aber Tatsache ist, es war dein Fehler, und ich stehe auf, baue mich vor ihm auf, ein wilder Drang ergreift mich, auf der Stelle von hier wegzugehen, nach Hause zurückzukehren, aber im Zimmer nebenan schläft der Junge und ich muss mit ihm hier bleiben, weißt du, Oded, als du zu Gili gesagt hast, dass du keine Teddys magst, habe ich gespürt, dass ich dich auch nicht mag, und er mustert mich von unten nach oben, ja, das tut mir Leid zu hören.

Doch als er nach mir ins Bett kommt, berühren seine Finger meinen Rücken, Ella, hab doch Geduld, flüstert er, wir sind einfach so in dieses Leben gesprungen, mit dem Kopf voraus, wir werden Zeit brauchen, uns daran zu gewöhnen, und ich gebe ihm keine Antwort, ich hoffe, dass er fortfährt, mich zu besänftigen, aber er schweigt, nur seine Hand streichelt über meinen Hintern, und zum ersten Mal, seit wir uns kennen, krampft sich mein Körper unter seiner Berührung zusammen, gefesselt von diesem neuen deprimierenden Zorn, ich klopfe an eine sich schließende Tür und bitte um Erbarmen für meinen kleinen Sohn. Ich versuche, einen einfachen Handel abzuschließen, vielleicht gewähre ich ihm das Vergnügen dafür, dass er Gili morgen früh anlächelt, Hingabe für ein Lächeln, geschlechtliches Vergnügen gegen väterliche Wärme, wie ein Tauschhandel in der antiken Welt, Öl und Wein boten die alten Kanaaniter den Nomaden gegen Milch und Fleisch, vielleicht ist es das, was hier von mir verlangt wird, dass ich mich wie eine Geschäftsfrau verhalte, nicht umsonst bin ich den ganzen Tag in einem dunklen Anzug und auf hohen Absätzen herumgelaufen, aber die Umstände verhindern sogar diesen einfachen Tausch, heute Nacht geht es nicht, flüstere ich ihm ins Ohr, Gili wird bestimmt bald aufwachen, es ist seine erste Nacht hier, und ich höre, wie er sich bemüht zu lachen, man könnte es unter der Decke tun, schlägt er vor, und ich verweigere mich zum ersten Mal, heute Nacht nicht, Oded.

Es sicht aus, als würde er auf der Schwelle zum Zimmer zögern, seine Füße tappen zum Bett, ein kleiner Ritter ohne Furcht und Tadel, und ich strenge in der Dunkelheit die Augen an, aber nein, da ist niemand, wach und angespannt liege ich da und lausche, ich höre Odeds Atemzüge, die Geräusche in der fremden Wohnung, das Summen des Kühlschranks, ein Motorrad, das unten auf der Straße vorbeifährt, schwere Schritte im Treppenhaus, all das hat mich überhaupt nicht gestört, wenn ich früher hier übernachtet habe und meine Sachen zu Hause auf mich warteten, das Licht der Straßenlaterne, das durch die dünnen Ritzen des Rollladens dringt, vielleicht wäre es doch besser, ihm nachzugeben und die Fremdheit, die uns angesprungen hat wie eine erschrockene Katze, mit einer warmen Berührung zu besänftigen. Mama, wo bist du? Genau in dem Moment, als ich drauf und dran bin, in einen unruhigen Schlaf zu fallen, schwankend wie eine Eisenbahn auf wackligen Schienen, sinkt er neben mir nieder, Mama, bist du da, und er versucht, sich wie immer in die Mitte des Betts zu drücken, zwischen mich und seinen Vater, aber der Gedanke an die körperliche Nähe zwischen ihm und dem fremden Mann bereitet mir Unbehagen, ich schiebe ihn zum Bettrand, trenne ihn mit meinem Körper von Oded, schlaf, mein Schatz, es ist noch nicht Morgen, aber er ist leider hellwach, plappert mit lauter heller Stimme, ich bin auf einen Baum geklettert, erzählt er, der Baum war voller Kinder, ganz ohne einen Erwachsenen, und plötzlich habe ich die weiße Katze von dem Bild gesehen, das Jo'av mir geschenkt hat, sie war ganz weit oben, und ich habe Angst gehabt, dass sie runterfällt, war das ein guter Traum oder ein schlechter? Ich bringe ihn zum Schweigen, wir sprechen morgen früh darüber, du musst jetzt schlafen, sonst bist du morgen müde, doch er schmiegt sich an mich, fieberhaft wach und angespannt, aber ich muss dir viel erzählen, ich habe dir noch nicht erzählt, was heute in der Schule war und was ich gestern bei Papa gemacht habe, auf einmal ist er bereit, jede Frage, die ich ihm am Tag gestellt habe, ausführlich zu beantworten.

Erzähl es mir morgen, flüstere ich, das ist jetzt nicht die richtige Zeit, und er sagt, aber morgen habe ich es vergessen, heute waren Jotam und Ronen auf der Wippe, und als ich mitmachen wollte, haben sie gesagt, ich sei zurückgeblieben, das ist nicht nett, jemanden zurückgeblieben zu nennen, ich bin nicht mehr ihr Freund, und ich sage, aber vielleicht bist du morgen wieder ihr Freund, so etwas ändert sich ganz schnell, und er fragt, was ist ein Prozess, du hast vergessen, es mir zu erklären, und ich sage, ein Prozess ist etwas, was Zeit braucht, etwas, was man langsam aufbaut. Mama, rutsch ein bisschen, ich habe keinen Platz, beschwert er sich, und ich versuche, den schlafenden Körper neben mir etwas zur Seite zu schieben, und Gili sagt, schau, ich habe Teddy Scotlag mitgebracht, und schiebt mir das weiche, ein bisschen staubige Stofftier ins Gesicht, magst du Teddy Scotlag? Scotland, sage ich, natürlich mag ich ihn, und er erklärt, ich habe geglaubt, dass alle Leute Teddys mögen, und ich höre, wie Oded sich umdreht und unruhig atmet,

Gili, du musst schlafen, und wir müssen es auch, flüstere ich ihm ins Ohr, und er protestiert, aber ich bin nicht daran gewöhnt, in dieser Wohnung zu schlafen.

Mach einfach die Augen zu und hör auf zu sprechen, ich nehme dich in den Arm, dann kommt der Schlaf schon, verspreche ich und umarme ihn fest, beschütze ihn mit meinem Körper, als würde ich ihn vor den Geistern schützen, die sich in dieser Wohnung herumtreiben und Kinder fangen, die nachts ihre Betten verlassen, schließlich hat er sich in unzähligen Nächten zwischen mich und seinen Vater gedrückt, wie natürlich war das, aufzuwachen und dieses kleine Geschöpf zwischen uns zu finden, selbst du kannst dir nicht vorstellen, Talja, wie kompliziert die einfachsten Momente werden können, denn wenn ich versuche, auch nur den Verlauf eines einzigen Tages zu rekonstruieren, bekomme ich Beklemmungen, bewegungslos liege ich zwischen dem Mann und dem Jungen, die einander fremd sind, meine Aufgabe ist es, sie zusammenzubringen, bei Tag und bei Nacht, und die schwere Aufgabe, die sie mir auferlegen, weckt tiefe Bitterkeit in mir, bis ich, ohne es zu merken, den Jungen loslasse, der sich sofort auf den Bauch drehen will und wie ein Klotz aus dem Bett fällt. Er hebt den Kopf, senkt ihn aber sofort wieder und schläft auf dem nackten Boden weiter, zu unseren Füßen, als wäre das schon seit jeher sein Platz, und ich steige aus dem Bett, beuge mich über Gili und versuche, ihn hochzuheben, ich umfasse seine Schultern und ziehe ihn hoch, als wäre er bewusstlos, ein Verwundeter auf dem Schlachtfeld, den ich wegschleppen muss, bevor er vom Feind gefangen genommen wird, ich ziehe ihn neun Schritte weit über den glatten Boden zu seinem Zimmer, lege ihn dort auf sein Bett und strecke mich daneben aus, wach und voller Angst vor der Zukunft.

Im großen Schlafzimmer ist Oded allein zurückgeblieben,

mit einem vom Schlaf entspannten Gesicht, mit geschlossenen Lidern, nicht weit von hier schlafen seine beiden Kinder, der Kummer ihrer Mutter weht nachts von den Wänden auf sie herab, am Ende des Viertels schläft Amnon Miller auf dem Rücken seinen tiefen Schlaf, vor dem Perlenvorhang, der sich im Wind bewegt und ein klirrendes Rascheln hören lässt, und nur in unserer Wohnung ist es in dieser Nacht still und leer, kein Kind wird am Morgen fröhlich aus der Tür kommen, den Schulranzen auf dem Rücken, eine Kakaotüte in der Hand. Auf dem kalten Fußboden vor Gilis Bett liege ich wach, während der arme Teddy Scotland gezwungen ist, die Nacht neben dem Mann zu verbringen, der keine Teddys mag, und mir kommt es vor, als sei die Irrfahrt von Teddy Scotland in Odeds Bett trauriger und beängstigender als alle anderen Veränderungen, die seine Welt in den letzten Monaten erlebt hat, ich weine wohl um ihn, als ich am Morgen mit brennenden Augen und schmerzendem Rücken aufwache, um den unschuldigen, liebenswürdigen Teddy Scotland, dessen Leben sich so verändert hat, dass man es nicht mehr wiedererkennt.

21 Mein Rücken ist noch verspannt und tut weh, als ich mich zu ihnen setze, so saßen wir manchmal im Café, Amnon und ich, und warteten auf Gabi, oder Gabi wartete auf uns oder die beiden warteten auf mich, die ich mit leichtem Hochmut die letzten Fetzen ihres Gesprächs auffing. Wir haben es noch nie gemocht, zu dritt zu sein, aber so war unser Leben, wir hatten uns daran gewöhnt, diese und andere Gewohnheiten gaben unserem Leben Sicherheit, es fiel uns schon schwer, zwischen Zwängen und Wünschen zu unterscheiden, und jetzt scheint es mir, als wäre jeder von uns bereit, ganz natürlich in seine ihm vorbestimmte Rolle in diesem Stück zu gleiten, nur die offiziellen Papiere, die zwischen uns auf dem Tisch liegen, erinnern uns alle daran, wozu wir uns hier getroffen haben, nur ihretwegen werde ich höflich behandelt, fast väterlich, denn diese Papiere benötigen meine Unterschrift, nur ihretwegen gelingt es mir, vorläufig diesen kleinlichen Hochmut zu bewahren, denn ich werde nicht unterschreiben, nein, ich weiß, dass ich es nicht tun werde.

Der Vertrag ist schon fertig, teilt mir Amnon strahlend mit, als handelte es sich um eine erfreuliche Nachricht, Gabi hat die ganze Nacht daran gearbeitet, betont er anerkennend und klopft seinem Freund auf die Schulter, und erst da registriere ich verwundert, dass ihre Freundschaft überlebt hat, die Käufer sind wirklich begeistert, morgen fahren sie nach Frankreich zurück, und es ist ihnen wichtig, die ganze Sache vorher zu erledigen, sonst verlieren wir sie noch, er erhebt einen Finger, als wolle er mir drohen. Der Immobilienmarkt ist momentan sehr schwach, Ella, fügt Gabi hinzu, es ist schwierig, Käufer zu finden, die bereit sind, solch eine Summe zu bezahlen, sie bieten euch einen ausgezeichneten Preis, ihr würdet es euch nie verzeihen, wenn ihr diese Möglichkeit verpasst, seine aalglatten Sätze vermitteln die Illusion identischer Interessen, als wären wir noch immer ein Paar mit einer gemeinsamen finanziellen Zukunft, und ich unterbreche ihn, aber Gabi, ich habe gar nicht die Absicht zu verkaufen, ich möchte die Wohnung vermieten, bis ich weiß, wie es mit meinem Leben weitergeht, aus meiner Sicht wäre Verkaufen nicht richtig, auch aus Gilis Sicht nicht, und während ich diese Worte an ihn richte, wundere ich mich selbst über den freundlichen Ton meiner Stimme, als hätte jene Nacht, seit der ich ihn nicht mehr gesehen habe, Spuren von Nähe zurückgelassen, und als ich mich an die Details erinnere, an Gabis über mich gebeugtes Gesicht, kommt es mir vor, als würde ich jene Nacht der gestrigen in meiner neuen Wohnung bei weitem vorziehen, sie war sanfter, in jenem bittern Kampf, der zu einer noch bittereren Umarmung wurde, lag mehr Großherzigkeit.

Es geht nicht, dass immer nur das berücksichtigt wird, was du willst, Ella, sagt Amnon wütend, die Wohnung, in der ich wohne, steht zum Verkauf, zu einem erschwinglichen Preis, und ich will sie kaufen, bevor ein anderer sie mir wegschnappt und ich wieder umziehen muss, auch Gilis wegen, du kannst nicht unser aller Leben auf eine Warteliste setzen, bis du weißt, was mit deinem eigenen passiert, und ich habe plötzlich eine großartige Idee und erwidere lebhaft, aber Amnon, warum willst du überhaupt die andere Wohnung kaufen, warum ziehst du nicht in unsere, das wäre doch für uns alle das Beste. Einen Moment lang glaube ich, dass damit alle Probleme gelöst sind, Gili wird wieder in seiner alten Wohnung sein, und sogar ich könnte manchmal heimlich hingehen, mit dieser oder jener Ausrede, und ich schaue ihn flehend an, aber er schüttelt energisch den Kopf, auf gar keinen Fall, Ella, ich will jetzt vorwärts gehen, nicht rückwärts, das war die Wohnung unserer Familie, ich werde dort keine neue Familie gründen, alles, was ich will, ist, sie loszuwerden, und ich schlucke schweigend meine Enttäuschung hinunter, ich höre die Stimme Gabis, der jetzt an der Reihe ist, sich an mich zu wenden, und denke, wie ähnlich sie sich doch sind. Ella, ich verstehe, dass du ein neues Leben anfängst, sagt er, wozu brauchst du da diesen Klotz am Bein, gemeinsamer Besitz ist immer die Ursache von Streitigkeiten, vielleicht willst du in einem halben Jahr verkaufen, und dann stimmt Amnon nicht zu, wozu wollt ihr die gegenseitige Abhängigkeit aufrechterhalten? Am liebsten möchte ich das Gespräch beenden, ich kann es ihnen ja doch nicht verständlich machen, außerdem ist mir klar, dass sie auch gar nicht hören wollen, wie beängstigend und erschütternd dieser Verzicht auf achtzig Quadratmeter zuzüglich Balkon ist, es scheint, dass ausgerechnet dieser Verzicht unsere Trennung endgültig machen würde, danach wäre unsere Familie ein Teil der sich immer weiter entfernenden Vergangenheit, eine abgeschlossene Geschichte, unumkehrbar, tot, für immer gestorben.

Gabi versucht, mich zu ködern, wenn du diesen Vertrag unterschrieben hast, kannst du die Sache mit der Scheidung vorantreiben, sagt er, wenn du mit einem anderen Mann zusammenlebst, muss dir daran doch gelegen sein, aber auch dieser Köder kommt mir jetzt bedeutungslos vor, ich klammere mich nur an unsere Wohnung, diese einfache und bequeme Wohnung, in die wir den zwei Tage alten Gili gebracht haben, mit nackten Beinen, die Wohnung, die zu einem Innenhof hinausgeht, mit Granatapfelbäumen, deren Blätter nun gerade sprießen, schon bald werden sie violette

Blüten haben, wie volle Weinpokale, die den Hof mit rötlichem Licht erfüllen, wenn ich ihm nur seine Hälfte abkaufen und die Wohnung für mich behalten könnte, aber sie lassen nicht von mir ab, immer wieder beweisen sie mir, dass dies in jeder Hinsicht die richtige Entscheidung ist, moralisch und taktisch gesehen, eine Entscheidung, die uns allen finanzielle Sicherheit und emotionale Stärke ermöglicht, Glück und Reichtum im Zuge unserer Scheidung, und ich betrachte die hellen Straßen, den trockenen Morgenhimmel, nur an den Straßenrändern funkeln Pfützen, eine Erinnerung an den gestrigen Regen, der zwei Kinder durchnässt hat. Nicht weit von hier sitzt Oded Schefer in seiner Praxis mit den violetten Chiffonvorhängen und spricht mit weicher Stimme mit seinen Patienten, vielleicht werde auch ich zu ihm gehen, vielleicht werde ich ihn um Rat fragen, lasst mir ein paar Tage, um darüber nachzudenken, bitte ich, ich kann mich im Moment noch nicht entscheiden.

Wir haben keine paar Tage, sagt Amnon, sie fahren morgen, nicht alles kann sich nach deinem inneren Rhythmus richten, und Gabi fügt sofort hinzu, deine Weigerung würde dich einen hohen Preis kosten, das solltest du bedenken, aber Amnon bringt ihn mit einer Entschiedenheit zum Schweigen, die mir ans Herz greift, hör zu, ich habe in den letzten Monaten versucht, auch Rücksicht auf dich zu nehmen, ich habe es dir nicht schwer gemacht und mich nicht an dir gerächt, obwohl du mir diese Trennung aufgezwungen hast, jetzt ist es an dir, auf mich Rücksicht zu nehmen, für mich ist dieser Verkauf wichtig, und er schweigt und hält mir den Stift hin, du brauchst nur zu unterschreiben, alles Übrige erledige ich, sein Gesicht strahlt in diesem weichen Licht, ein einfaches Gesicht, frei von Schuld und Sünde, er ist rein, das ist überhaupt nicht derselbe Mann, der damals in dem Quadrat der Ausgrabungsstätte umherlief, ihm ist ein Unfall passiert, dessen Folgen er nicht beherrschen konnte, und er bezahlte den Preis, er ist, wie er ist, vielleicht hat er sogar zu mir gepasst, aber es hat ihm nichts genützt, ihm nicht und mir nicht, und vielleicht hat er nicht zu mir gepasst, aber auch das ist egal, denn eine starke Erschütterung hat ihn von mir fortgerissen, und ich nehme ihm den silbernen Kugelschreiber, den ich ihm zum letzten Geburtstag geschenkt habe, aus der Hand und fülle, wie vom Teufel besessen, die Lücken aus, auf die er mit dem Finger deutet, Ella Miller, Ella Miller, Ella Miller.

Als sie erreicht haben, was sie wollten, werden sie sachlich und ungeduldig, sie telefonieren schnell mit dem Rechtsanwalt der Käufer, gehen noch einmal den Vertrag durch, und ich, nachdem ich meine Aufgabe erfüllt habe, kann verschwinden, meine zittrige Unterschrift zurücklassend, kann ich mich auf meinen neuen Weg machen, aber ich klebe noch an diesem paragrafenreichen Vertrag, weigere mich, den Blick von meinem Namen loszureißen, der da neben seinem steht, wie auf einer Heiratsurkunde, die Schicksalhaftigkeit des Augenblicks wird in banale Paragrafen zerlegt, die Trennung hat viele Gesichter, wie sich herausstellt, und die meisten zeigen sich erst im Lauf der Zeit, wenn man glaubt, das Schlimmste schon hinter sich zu haben.

Ich wünsche euch beiden viel Erfolg, ihr habt das Richtige getan, verkündet Gabi, verherrlicht den Moment und macht ihn damit zugleich lächerlich, ich habe das Gefühl, dass er genau dasselbe vor sieben Jahren gesagt hat, als wir diese Wohnung kauften, wie tröstlich hätte dieser Satz sein können, wäre er nur zum richtigen Zeitpunkt über die richtigen Lippen gekommen, ihr habt das Richtige getan, und ich lächle beide an, ein unsicheres Lächeln, und zu meiner Überraschung blicken sie beide voller Sympathie zu mir, meine Not scheint sie zu rühren, entlockt ihnen ein bisschen Freundlichkeit, und Amnon bestellt für mich noch eine Tasse Kaffee, ohne Schlagsahne, betont er, um zu beweisen, dass er sich noch an meine Vorlieben erinnert, eine Tasse Kaffee für eine halbe Wohnung, was für ein Geschäft, und ich betrachte sie erstaunt und frage mich, ob mir ab jetzt jeder Mann großartiger vorkommen wird als der, an dem ich mein neues Leben festgemacht habe, wie ein Fahrrad an einem rostigen Geländer im Treppenhaus. Wie sensibel sie plötzlich sind, angesichts meines Verzichts, sie strahlen eine sanfte Ritterlichkeit aus, ohne jede Schadenfreude, wie zwei Engel behandeln sie mich, und mir fällt es schwer, mich von ihnen zu trennen, aber als ich den letzten Schluck Kaffee getrunken habe, stehen sie wie ein Mann auf, Gabi schließt den Vertrag in seiner Tasche ein und wünscht uns noch einmal viel Erfolg, mit einer übertriebenen Betonung, als hätten wir ihm unsere Verlobung mitgeteilt, und Amnon beugt sich zu mir und fragt, ist alles in Ordnung, und ich nicke, sein Körper verströmt das vertraute Gefühl eines Blutsverwandten, und als ich ihm nachschaue, kommt es mir vor, als sähe ich Gili auf seinen Schultern, wie einen Vogel auf einem Baum.

Menschen aus dem Viertel gehen an mir vorüber, Menschen, die mir halbwegs bekannt vorkommen, ihre Blicke streifen mich, während ich in der Tür des Cafés stehe, neben dem Wachmann, der die Handtaschen der Eintretenden kontrolliert, ich stehe da wie eine Trauernde neben einer rasch aufgebauten Trauerhütte. Bald werden sich die Passanten in einer langen Reihe vor mir aufstellen, sie werden mir die Hand drücken und mir tröstende und ermutigende Worte sagen, das Leben geht weiter, werden sie sagen, was war, ist vergangen, es lohnt sich nicht, um die Vergangenheit zu trauern, du musst nach vorne schauen, denke an das, was du hast, nicht an das, was du nicht hast, das ist die Hymne des Lebens, die laut von den Straßen aufsteigt, die Hymne derer, die vorwärts streben, und ich muss nur einstimmen, damit wir uns zu einem einzigen Chor vereinen, wir streben vorwärts, alle wie ein Mensch, trotz Leid, Enttäuschung, Kränkung, trotz der Angst vor dem Verlassenwerden, vor einer Katastrophe, vor einem Irrtum.

Nirgendwo in dieser großen Stadt gibt es ein Haus, in dem ich zu Hause bin, dabei ist sie so groß, dass ich einige Neubauviertel noch nie betreten habe, viele Tausend dicht bewohnter Häuser, und kein einziges wird sich mir öffnen, wenn ich eines Tages die Wohnung in der Gasse der Bußgebete verlasse, Gili an der Hand, der seinerseits Teddy Scotland festhält, wenn ich bereit bin zuzugeben, dass die Operation misslungen ist, das Transplantat nicht angenommen wurde. Wo werden wir hingehen, vielleicht in das verbrannte Haus im jüdischen Viertel, das am achten Elul zerstört worden ist, im Jahr siebzig nach der Zeitrechnung, wie auch die anderen Häuser der Jerusalemer Oberstadt, oder zu den Grabhöhlen, die in die Felsen des Flusses Kidron gehauen sind, Grabhöhlen, die die Stadt wie ein Gürtel umgaben, oder in das Tal Ben-Hinnom, das Tor zur Hölle, oder zum kanaanitischen Wasserwerk, zu den Schächten und Höhlen, die heimlich unter der Stadtmauer gebaut worden waren, um den Feind zu täuschen, der versuchte, die Herrschaft über die Wasserquellen zu erlangen.

Das ist das Gewicht des Verzichts, sein Stachel, seine Trauer, seine Tiefe, das ist die endgültige Trennung von dem, was mein Zuhause war, von dem Leben, das meines war, schließlich bin ich am Morgen mit dem festen Entschluss hergekommen, nicht zu unterschreiben, und nun stehe ich da, öffne vorsichtig die Tür und schaue mich verstohlen um wie ein Eindringling, warum habe ich nachgegeben, bald werden sie mir weiße, Furcht einflößende Blätter hinhalten, voller Paragrafen, und auch sie werde ich unterschreiben, erschöpft, fast gleichgültig, und dann wird sich herausstellen, dass ich auch auf meinen einzigen Sohn verzichtet habe.

Und ich betrete die dunkle Wohnung, in der die Rollläden heruntergelassen sind, der Strom abgeschaltet, und prüfe sie, als wäre ich vom Amt für Denkmalschutz beauftragt, sie zu klassifizieren, ich muss ausführlich Rechenschaft ablegen, die Verkettung der Umstände bezeugen, die dazu geführt haben, dass diese Stätte verlassen wurde, ob es sich um eine Dürre gehandelt hat, um eine Hungersnot, um Fremdherrschaft oder um eine Naturkatastrophe. Ein dumpfer Geruch von Feuer geht von den nackten Wänden aus, als wäre in einer Ecke ein schwelender Autoreifen versteckt, der seine giftigen Schwaden in meine Richtung schickt, soll ich nach der Ursache des Feuers suchen, nach verkohlten Holzbalken und Asche, nach umgestürzten Mauersteinen und Ziegeln, und ich wiederhole in der Dunkelheit einfache Merksätze, klammere mich an ihnen fest wie an dem Geländer über einem Abgrund, denk dran, in verlassenen Häusern findet man anderes als in zerstörten, die Gegenstände aus den Trümmern eines Hauses sind Zeugen eines begrenzten Zeitraums seiner Geschichte, man kann aus den Gegenständen etwas über das Alltagsleben der Bevölkerung erfahren, so wie es war, bevor die Stätte verlassen oder zerstört wurde.

Merke dir, das Alltagsleben ist nicht ganz statisch, aber der Wandel geht langsam vor sich und gleicht ein wenig der biologischen Entwicklung in der lebendigen Welt, nur manchmal lässt sich ein plötzlicher und bedeutungsvoller Einschnitt erkennen, als Folge einer technischen Errungenschaft, der Erfindung eines neuen Werkzeugs, der Gewinnung eines neuen Materials. Merke dir, im Allgemeinen gibt eine Ausgrabung nicht Aufschluss über alle offenen Fragen, Fakten, die man dabei entdeckt, beantworten alte Fragen, und zugleich werfen sie neue auf. Und man darf die Fundstücke, die zu einem Komplex gehören, nicht mit Gegenständen des benachbarten Komplexes zusammenwerfen, denn dann bekommt man ein ungeordnetes und unverständliches Durcheinander von Fakten.

Merke dir, die Deutung menschlicher Handlungen unterscheidet sich in ihrem Wesen nicht von der Deutung der Phänomene auf naturwissenschaftlichem Gebiet, merke dir, dem Ausgrabenden wird es nie gelingen, alle Bruchstücke eines Bildes zu finden, er muss es entsprechend den historischen Fakten und nach logischen Überlegungen vollenden, auch historische Quellen können falsch sein, irrtümlich oder aus Böswilligkeit, der Archäologe verfügt zu allen Zeiten über eine bestimmte Wahrheit, und sie existiert so lange, bis neue Fakten entdeckt werden, die diese Wahrheit verändern und erweitern.

Wo stand das Sofa, ich kneife die Augen in der dunklen Leere zusammen, wo hing das Bild der Pariserin, ich scheine es schon vergessen zu haben, es ist, als wäre diese Wohnung schon immer leer gewesen, ein heftiges Erschauern drückt mich an die Wand, wie soll ich meine Aufgabe erfüllen, zu schnell sind die meisten Fundstücke entfernt worden, die Überreste können nicht mehr erfasst werden, die Erde wurde nicht gesiebt, eine Ausgrabung, die nicht dokumentiert wurde, ist, als hätte es sie nie gegeben, und mir scheint an diesem Morgen nichts anderes übrig zu bleiben, als die Grube wieder mit der Erde zu schließen, die ausgehoben wurde, merke dir, man darf eine Ausgrabungsstätte nie einfach aufgeben und sich selbst überlassen, man muss sie zudecken, um nachfolgenden Generationen die Möglichkeit zu geben, da fortzufahren, wo die frühere Ausgrabung geendet hat, merke dir, eine Ausgrabung ist wie eine offene Wunde im Körper einer historischen Stätte, und wenn man sie nicht schließt, wie es sich gehört, wird sie weiterwuchern und ihre Umgebung zerstören.

In unserem Schlafzimmer ist eine riesige Matratze zurückgeblieben, auf der ich mich ausstrecke, eine nackte Matratze, helle Samenflecken, Blutflecken in warmen Erdfarben, großflächige gelbliche Urinflecken, Erinnerungen an die nächtlichen Besuche des Jungen, geheime Kontinente, das ist die stumme Landkarte unserer kurzen Familienzeit. Ich prüfe zum letzten Mal den Blick aus dem Fenster, eine dunkle, fast rötliche Wolke sinkt mitten am Vormittag vom Himmel, wird gefangen von den dünnen Zweigen des toten Baums, die sie langsam, mit letzter Kraft ergreifen, und die Wipfel der Zypressen winken mir zum Abschied mit grünschwarzen Fackeln zu, wie bei einer Zeremonie am Tag der Erinnerung, zehn Fackeln zähle ich, wie ein Minjan, unsere zehn gemeinsamen Jahre, die Palmenwipfel neigen sich in plötzlicher Nervosität zur Seite, wie ein Mensch, der versucht, seinen Nebenmann von der Richtigkeit seiner Forderungen zu überzeugen, aber vergeblich, vergeblich.

Ein feuchter Dunst dringt durch das offene Fenster, gleich wird es wieder regnen, ich laufe zum Balkon, um die Wäsche abzunehmen, die ich gestern Abend aufgehängt habe, aber die Leinen sind leer, die Zimmer, an denen ich vorübergehe, sind leer, als wäre ein Dieb hier gewesen und hätte nur eine armselige Matratze zurückgelassen, von der aus man den toten Baum sieht, und wieder lasse ich mich auf sie fallen, meine Knochen ächzen, die Federn quietschen, und mir scheint, als quietschten auch die Angeln der Wohnungstür, kommen etwa Gäste, die wir einst eingeladen haben, vor langer Zeit, und jetzt stehen sie auf der Schwelle und wundern sich über die leere Wohnung, wo werde ich ihnen einen Platz anbieten können, es gibt doch keine Möbel mehr, was werde ich ihnen servieren können, in den Schränken ist doch nichts mehr, worüber werde ich mich mit ihnen unterhalten, meine Kehle ist doch trocken.

Frische Flecken breiten sich auf der Matratze aus, Inseln von Tränen, nein, in dieser Wohnung wird mich kein Mensch mehr besuchen, mit einer Flasche Wein oder einem frischen Hefezopf in der Hand, noch nicht einmal der Hausherr selbst, der vorsichtig zwei Plastikbecher mit Kaffee hält, nachdem er unseren Sohn zur Schule gebracht hat, aber als ich den Blick von der Matratze hebe, sehe ich ihn, etwas gebeugt, von dunklem Licht umgeben, als trüge er eine schwarze Wolke auf dem Rücken, sein Gesicht ist eingefallen, die Augen gesenkt, Amnon Miller, es ist keine Stunde her, da haben wir uns getroffen, und wie sehr hat er sich seither verändert, ich möchte noch ein paar Sachen abholen, sagt er, als müsste er sich für die Störung entschuldigen, aber ich weiß, dass er gekommen ist, um sich zu verabschieden, genau wie ich, und ich höre, wie er zwischen den Zimmern hin und her geht, das Echo verdoppelt seine Schritte, wie wenig wir doch hinterlassen. Was bleibt von uns, Amnon, von unserem gemeinsamen Körper, verbirgt er sich vielleicht irgendwo auf einem himmlischen Dachboden oder im Bauch der Erde, bleibt etwas von unserer Familie zurück, wo wird die Erinnerung an unsere Familie überdauern, Gili ist doch noch zu jung, um sich zu erinnern, obwohl er sich sein ganzes Leben lang danach sehnen wird, nur wir beide, du und ich, werden dokumentieren können, was unsere Familie war, dieser dreiköpfige, dreiherzige Körper, der in der Blüte seiner Jahre getötet wurde.

Als die Matratze neben mir einen vertrauten Seufzer ausstößt, weiß ich, dass sein Körper neben mir liegt, so wie es immer war, Nacht für Nacht, Jahr für Jahr, und wie es nie wieder sein wird, nie wieder werden wir unter dieser Zimmerdecke schlafen, von der das Trommeln nervöser Regentropfen zu hören ist, nie wieder werde ich die Hand ausstrecken und unabsichtlich sein Gesicht berühren, nie wieder werde ich seine Finger in meinen Haaren spüren, nie wieder werden wir von diesen Wänden umgeben sein, denn nicht meinetwegen und nicht seinetwegen und nicht wegen unseres Sohnes sind wir heute hierher gekommen, sondern um diesem Grab die letzte Ehre zu erweisen. Wir hätten hier leben können bis ans Ende unserer Tage und haben es nicht getan, wir hätten noch ein Kind auf die Welt bringen können und haben es nicht getan, wir hätten zusammenbleiben können, bis wir alt und grau werden, und haben es nicht getan, und jetzt, bevor wir als Flüchtlinge in anderen Familien aufgenommen werden, sitzen wir hier auf der fleckigen Matratze wie in einer tiefen Grube, in die wir nacheinander gefallen sind, nicht aus Lust sind wir hier und nicht aus Erbarmen und nicht aus Zorn und nicht aus Furcht, sondern wegen des schnellen, unaufhaltsamen Absturzes, des überstürzten Zusammenpackens, wie am Vorabend des Auszugs aus Ägypten, unsere Hüften gegürtet, die Schuhe an den Füßen, die Stäbe in der Hand, und für einen Moment lassen wir unsere Körper ihre Stimmen verschmelzen zu einem leisen, tiefen Klagelied, dem Klagelied für unsere einstigen Familientage.

Lass mich als Erste hier weggehen, lass mich dir in deinem plötzlichen Schlaf den Rücken zukehren, allein bin ich hergekommen und allein werde ich von hier weggehen, und niemand wird etwas davon wissen, du wirst ruhig und schwer daliegen, und ich werde leise aufstehen und deinen vertrauten Körper betrachten, der mit ausgebreiteten Gliedern auf der Matratze liegt, ich werde mich hinausstehlen, als hätte ich dich im Schlaf ermordet und dir das Kostbarste gestohlen. Hier ist unsere Trennung vollendet worden, in dem Moment, in dem ich begriff, dass sie nie vollendet werden würde, dass ich bis zum letzten Tag dieses Klagelied im Ohr haben werde, mal leiser, mal lauter, es wird durch die Ritzen der Rollläden dringen und vom Asphalt aufsteigen und von den Wolken herunterregnen, es wird sich unter den Flügeln der Vögel verstecken und als Laub von den Bäumen fallen und zwischen den Grashalmen glitzern, es wird sich durch die Luft spannen wie Stromkabel, und es wird ticken zwischen den Uhrzeigern und es wird den Passanten aus den Taschen fallen, und es scheint, als würde dein entschiedener, endgültiger Verzicht auf unsere Wohnung die kommenden Tage formen, auch jene, die vergangen sind, als würde er meinen eigenen Verzicht vollenden. Waren wir von Anfang an zum Verzicht verdammt, stand schon damals, als du zu mir sagtest, ich kenne dich von Thera, du bist dort auf die Palastwand gemalt, dieser Verzicht zwischen uns wie ein Kind, das in naher Zukunft geboren werden soll, hätten wir damals schon wissen können, dass uns zehn Jahre bestimmt sein würden, um uns gegenseitig aufzugeben und für immer loszulassen?

Langsam schleppe ich mich durch die Straßen, und auf dem Display des Handys erkenne ich Odeds Nummer, aber ich gehe nicht ran, ein Berg von Enttäuschungen, so schnell gewachsen wie der Erdhaufen neben einer Ausgrabungsstätte, erhebt sich zwischen ihm und mir, er mag keine Teddys und, wie sich herausstellt, auch keine Kinder, die nicht seine sind. Der frische Zorn steigt neben mir die Treppe hinauf, betritt mit mir die Wohnung, und ich frage mich, ob sie je mein Zuhause sein wird, die vertrauten Gegenstände beruhigen mich ein wenig, die leichten Leinensessel, der Teppich, den wir vom Sinai mitgebracht haben, die Kaffeetasse vom Morgen, und ich gehe ins Schlafzimmer, dessen

Rollläden heruntergelassen sind wie in dem Zimmer, das ich so eilig verlassen habe, die Falten der Decke auf dem Bett bilden die Form menschlicher Körper nach, als würde sich unter ihr ein Liebespaar verbergen, ich ziehe sie zurück, entblöße einen blassen weichen Teddy und setze mich neben ihn, als wäre er mein kranker Sohn. Ohne es zu wollen, schließe ich die Augen, wie stand er hier vor mir, ein Tablett mit zwei Tassen Kaffee und Kuchen in den Händen, wie sagte er, ich habe einen Vorschlag für dich, wie warm und überschäumend war das Glück, fast lächerlich, wie zwei junge Katzen im Bett, eines Morgens erwachte ich überrascht in diesem Glück, und vielleicht erwarten mich hier noch andere Überraschungen, versteckt zwischen den Laken. Wann werden wir beide wieder einmal allein sein, um die Nächte wiederaufleben zu lassen, die Nächte der Liebe, in denen eine Bewegung die andere gebar, ein Wort das andere, als ich ihm glaubte, nur danach sehne ich mich, ihm wieder zu glauben, mir scheint, ich könnte es wieder, wenn wir noch einmal allein hier wären, es ist doch unmöglich, dass alles plötzlich verschwunden ist, als wäre es nie gewesen, und ich umarme den Teddy und wiege ihn, als müsste ich sein Weinen besänftigen, es ist noch zu früh, um aufzugeben, und wozu auch, mein Glück war einen Vormittag lang vollkommen, und ich denke sehnsüchtig an das kommende Wochenende, als wäre es ein kostbares Erinnerungsstück, ich werde Amnon bitten, Gili zu sich zu nehmen, und wir werden wieder allein sein, wir werden den Zorn zum Schmelzen bringen, schließlich ist ihm Liebe vorausgegangen, man findet Liebe nicht einfach auf der Straße, wurde mir einmal gesagt, aber hier, bei uns, gibt es sie.

Als ich schnell aufspringe, um rechtzeitig zur Schule zu kommen, höre ich lauten Lärm aus dem Treppenhaus, es ist Jotams Stimme, daneben hallt noch das Echo einer anderen Kinderstimme, vermutlich hat er einen Freund aus der Klasse mitgebracht, damit Gili sich ausgestoßen fühlt, doch als sie in die Wohnung stürmen und ich einen feindseligen Blick auf diesen bedrohlichen neuen Freund werfe, erkenne ich meinen eigenen Sohn, fröhlich, begeistert, Mama, Oded hat auch mich abgeholt, jubelt er und fügt noch hinzu, schließlich wohnen wir doch jetzt zusammen, und ich küsse seine geröteten Wangen, fahre sogar Jotam durch die Haare, ich lächle beide an, kommt essen, es gibt Schnitzel und Pommes frites, aber Gili schreit, nachher, Mama, Jotam hat meine neue Burg noch nicht gesehen, wir gehen in mein Zimmer spielen und dann in sein Zimmer, und schon flattern sie davon wie zwei Märchenfiguren, und ich bleibe zurück, den Blick auf die Tür gerichtet, durch die Oded hereinkommt, zwei Schulranzen über den Schultern, zwei Mäntel auf dem Arm, offenen Stolz im Gesicht, als habe er mich unbedingt zufrieden stellen wollen.

Ich habe dich angerufen, sagt er, ich wollte dir sagen, dass ich sie beide abhole, aber du bist nicht rangegangen, danke, dass du ihn mitgebracht hast, sage ich, ich war beschäftigt, und er antwortet betont höflich, keine Ursache, fragt aber nicht, wo ich war, meine Antwort müsste sein, bei Amnon, und das würde sofort wieder für Unruhe sorgen, ich war gerade beschäftigt, sage ich noch einmal, aber Oded macht bereits Kaffee, warum fragt er nicht, wo ich war, ist das mangelndes Interesse, Respekt vor meiner Privatsphäre oder Vertrauen, was wäre mir eigentlich lieber, hat Amnons Eifersucht mich bedrückt oder beruhigt, auch wenn man sie nicht vergleichen soll, werde ich solche Vergleiche immer anstellen, ich glaube, selbst wenn ich sagte, ich habe mit meinem Mann geschlafen, ich habe meine Wohnung verkauft, würde er weiter heißes Wasser in die Kanne gießen, würde Milch und Zucker in die Tasse geben und dann sorgfältig den Löffel spülen. Willst du Kaffee, fragt er, und ich nicke, sage, ich habe meine Wohnung verkauft, und er löst die Lippen von der Tasse, wirklich? Warum? Weil Amnon darauf bestanden hat, sage ich, er braucht das Geld, und er fragt, warum hast du mir nicht vorher davon erzählt? Ich zucke mit den Schultern, hülle mich in einen Mantel aus Selbstmitleid, genäht aus dem Stolz der Helden, dem Stolz des Mädchens, das seinen Kummer versteckt, um seine Eltern nicht damit zu belasten.

Ella, ich bitte dich, sagt er, schieb mich nicht ins Abseits, wir sind zusammengezogen, um einander nahe zu sein, nicht um uns voneinander zu entfernen, und ich setze mich dankbar zu ihm an den Küchentisch, alle Bedürfnisse erwachen wieder und hüpfen ausgelassen herum, du bist bei mir, du bist bei mir, du bist noch immer bei mir, und er fragt, nun, ist das endgültig, hast du schon einen Vertrag unterschrieben? Ja, sage ich, heute Morgen, und er schnalzt mit der Zunge, schade, dass du es vorher nicht mit mir besprochen hast, in solchen Dingen darf man nicht übereilt handeln, und ich sehe ihn erstaunt an, bei welchen Dingen darf man das schon? Wenn man zu Hause auszieht? Wenn man beschließt, zusammenzuleben? Und schon höre ich Ablehnung in seiner Stimme, du hast übereilt gehandelt, hoffe nicht, dein Haus mit mir zu bauen, du hättest deines behalten sollen, denn ich habe dir keinen Ersatz zu bieten, zwischen uns ist noch nichts sicher, und mir schnürt sich der Hals zu vor Kränkung, und ich fauche ihn an, beruhige dich, das verpflichtet dich zu nichts.

Er schaut mich beleidigt an, was ist los mit dir, Ella, du verstehst mich nicht richtig, und ich fauche weiter, nicht richtig? Du willst dich einfach vor der Verantwortung drücken, du weißt doch, dass Amnon mich nie aus der Wohnung getrieben hätte, wenn ich nicht zu dir gezogen wäre, das alles ist nur passiert, weil du mich gedrängt hast, mit dir zusammenzuziehen, und jetzt sagst du, man darf nicht übereilt handeln? Sätze, von denen ich nicht gewusst habe, dass sie in mir sind, kommen mir über die Lippen, angriffslustig wie Soldaten im Kampf, und er knallt seine Kaffeetasse auf den Tisch, was ist denn los mit dir, du missverstehst mich die ganze Zeit, du glaubst, dass jeder meiner Schritte gegen dich gerichtet ist, ich kann deine übertriebene Empfindlichkeit nicht mehr ertragen, und ich sage, dann prüfe vielleicht mal deine Schritte, prüfe, was du tust, und vor allem, was du nicht tust.

Er seufzt, ich wollte dir schließlich nur helfen, er steht abrupt auf, und ich frage, wohin gehst du, und er sagt, ich hole Maja ab, und ich bleibe wie versteinert am Tisch sitzen, trinke den Rest seines lauwarm gewordenen Kaffees, wieder habe ich versagt. Mein Kopf sinkt schwer auf den Küchentisch, ich habe das Gefühl, als teilte sich jeder einzelne der vergangenen Tage in Dutzende kürzerer Tage auf, der eine voller Wut und Kränkung, der andere voller Hoffnung und Zauber, und zwischen ihnen gibt es keine Nächte, in denen man sich ausruhen könnte. Einer nach dem anderen stürzen sie sich auf mich, schlagen mich mit ihrer Launenhaftigkeit, wenn ich mich in dir geirrt habe, fängt ein neuer Tag an, und ich werde aufs Neue versuchen, an dich zu glauben, denn die Kinder spielen so vergnügt, denn das frühere Leben ist vorbei, denn vor zwei Tagen habe ich dich noch geliebt, denn meine Töpfe sind nun in deiner Wohnung und meine Kleider in deinem Schrank.

Als er kurz darauf mit Maja hereinkommt, gehe ich ihr entgegen, hi, Maja, wie war dein Tag, was für einen schönen Pulli du anhast, sage ich, und sie sagt, danke, den hat Papa mir gekauft, sie schaut sich neugierig um und erklärt, die Wohnung hat sich sehr verändert, du hast viele Möbel mitgebracht, ihre Stimme klingt streng, und ich sage, ja, ich habe alles mitgebracht, was wir hatten, und sie entscheidet, früher war die Wohnung schöner, jetzt ist sie zu voll. Du wirst dich daran gewöhnen, Maja, sagt Oded schnell und wirft mir einen beunruhigten Blick zu, während sie zwischen den Möbeln umhergeht und sie prüfend und misstrauisch betrachtet und mit ihren dünnen Fingern über sie fährt, als wollte sie ihre Existenz beglaubigen, bis sie sich schließlich mit einem lauten Seufzer auf ihr schwarzes Sofa setzt, Papa, ich habe Hunger, sagt sie, und er läuft wie auf Befehl in die Küche, macht den Kühlschrank auf und verkündet, es gibt Schnitzel mit Pommes frites, als hätte er selbst gekocht, und ich sehe mit heimlicher Missbilligung zu, wie das dünne strahlende Mädchen, das seiner Mutter so ähnlich sieht, gierig das Essen verschlingt, das ich für Gili und Jotam zubereitet habe, es sieht so aus, als müsste ich mich an völlig andere Portionen gewöhnen.

Schön isst du, lobt ihr Vater, und sie lächelt ihn mit unschuldiger Bescheidenheit an, doch mir ist klar, dass an ihrer Art zu essen nichts unschuldig ist, auch dies ist Teil eines Plans, den sie gegen mich geschmiedet hat, denn in dem Moment, als sie das letzte Schnitzel vertilgt, platzt Gili in die Küche, Mama, ich habe Hunger, du hast gesagt, es gibt Schnitzel, und ich sage, das Schnitzel ist gerade gegessen worden, ich mache dir etwas anderes, es wird ein bisschen dauern, das nächste Mal musst du eben kommen, wenn ich dich rufe, und schon fängt er an zu schreien, ich will nichts anderes, ich will Schnitzel, und ich wende mich vorwurfsvoll an Oded, vielleicht holst du Schnitzel vom Supermarkt, alles, was ich gekocht habe, ist weg, und er wirft einen Blick auf die Uhr, ich muss zur Praxis zurück, ich bringe es später mit, und damit lässt er mich allein in der Wohnung zurück, mit drei Kindern, wie eine unerfahrene Babysitterin, die nur zu einem kurzen Besuch gekommen ist und plötzlich von dem Hausherrn allein gelassen wird. Und dennoch wird es einfacher, nachdem er gegangen ist, sogar Maja gibt sich so etwas wie Mühe, sie kommt zu mir, als ich die letzten Kartons in der Küche auspacke, und hält mir ihr zartes helles Handgelenk mit einem selbst gemachten Armband aus Perlen hin, und ich habe das Gefühl, dass ich sie, ohne ihn und ohne die Wellen niederdrückender Sehnsucht, die er in uns beiden weckt, tatsächlich gern haben kann, und sei es auch nur aus Mitleid, ein bedauernswertes Mädchen, auch ihre Welt wurde plötzlich auf den Kopf gestellt, und als sie ein paarmal zu mir kommt und fragt, wie man ein Wort schreibt, helfe ich ihr gern, vielleicht willst du deine Aufgaben hier bei mir machen, schlage ich vor, ich mache ihr auf dem Tisch Platz und setze mich neben sie, lobe ihre schöne Handschrift, ihre ordentlichen Hefte, und da kommen auch Gili und Jotam zu uns, die Hände voller Spielsachen, die sie auf dem Teppich verstreuen, und ich mache für sie heißen Kakao und fülle Kekse in eine Schale, und von Zeit zu Zeit schaue ich hoffnungsvoll zur Tür, komm doch, damit du siehst, was für eine ausgezeichnete Babysitterin ich bin, schau, wie friedlich hier eine Familie zusammenwächst, ohne dich, bestimmt wirst du mich dafür belohnen, bestimmt wirst du mir meine unüberlegten Anschuldigungen vergeben, bestimmt wirst du Interesse an meinem Sohn zeigen, aber wie es der Teufel will, schlägt Maja in dem Moment, als er hereinkommt und ich zu ihm gehe und seine Wange streichle, ihr Englischheft auf und entdeckt die groben Spuren der Buntstifte.

Wer hat in mein Heft gekritzelt, schreit sie, und sofort beschuldigt sie ihn, das war er, und Gili schreit, wieso ich, das war ich nicht, das war die blöde Jasmin, hältst du mich etwa für ein Baby? Sofort versuche ich, ihn zu beschützen, er war es nicht, Maja, die kleine Schwester eines Freundes von Gili war hier, und als ich gerade nicht aufgepasst habe, hat sie in deinem Zimmer herumgetobt, ärgere dich nicht, morgen bringe ich dir ein neues Heft mit, aber Maja lässt sich dadurch nicht beruhigen, die Schwester von einem Freund von ihm, das heißt, dass er doch schuld ist, bellt sie, wenn ihr nicht hier eingezogen wärt, wäre das nicht passiert, und ich versuche, Talja zu zitieren, so ist das in allen Familien, immer kritzelt jemand das Heft von großen Geschwistern voll, und sie sieht mich verächtlich an, als hätte ich den Verstand verloren, aber wir sind keine Familie, schreit sie mich an, oder glaubst du etwa, wir wären eine?

Alle verstummen bei dieser Aussage, doch das Erstaunliche an ihr ist, dass sie so einfach und zutreffend ist, warum ist es mir nicht eingefallen, Talja zu korrigieren, sie auf ihren Fehler hinzuweisen, wir sind keine Familie, was sind wir dann, und er steht hilflos vor seiner Tochter, zum ersten Mal fällt mir eine gewisse Ähnlichkeit zwischen ihnen auf, obwohl sie so viel heller ist als er und ihre Gesichtszüge weicher sind als seine. Es gibt alle möglichen Formen von Familien, Maja, versucht er sie zu beschwichtigen, jetzt, da wir zusammenwohnen, sind wir so etwas wie eine Familie, und sie giftet, wozu wohnen wir überhaupt zusammen, es ist uns besser gegangen ohne sie, und schon mischt sich ihr Bruder ein, Papa, ich will auch einen Fernseher in meinem Zimmer, er wirft sich in die Arme seines Vaters, das ist nicht gerecht, dass nur Gili einen bekommt, und Oded seufzt, was ist heute bloß mit euch los? Da gehe ich nur für ein paar Stunden aus dem Haus, und schon dreht ihr durch, sein tadelnder Blick wandert zu mir, als hätte ich meinen Auftrag nicht gut ausgeführt, und dabei ist es doch gerade seine Anwesenheit, die unsere Ruhe gestört hat.

Mama, du hast es versprochen, du hast mir einen Fernseher für mein Zimmer versprochen, ruft Gili und drückt sich an mich, und Maja schreit, dann will ich auch einen, warum soll nur er einen haben? Jotam stimmt sofort ein, und ich will auch eine Ritterburg, warum hat er ein Geschenk für sein neues Zimmer bekommen und wir nicht? Gili weint schon bitterlich, ich habe ihn mit meiner Ritterburg spielen lassen, aber er lässt mich nicht mit seinen Sachen spielen, und ich betrachte die drei offenen, weit aufgerissenen Münder, die Worte fallen aus ihnen heraus, dickflüssig wie verdorbenes Essen, jeder erbricht sich in die Familienschüssel, und wir sitzen hilflos drum herum, und als ich Oded anschaue, auf einen teilnahmsvollen Blick hoffend, weicht er aus und presst die Lippen zusammen, und ich höre mich sagen, komm, Gili, gehen wir hier weg.

Wohin, schreit er, es scheint ihm schwer zu fallen, sich von der lärmenden Gruppe zu trennen, und ich ziehe ihn gegen seinen Willen mit, vergesse, den Mantel zu nehmen, blind vor Enttäuschung, und wir stürzen hinaus in die Dunkelheit, die Gasse der Bußgebete erstreckt sich schmal und zerbrechlich vor uns, was soll ich ihm jetzt sagen, wohin soll ich ihn bringen? Ich habe ihn mit all meinen Spielsachen spielen lassen, jammert er, und als ich mit seinen spielen wollte, hat er mich nicht gelassen, und ich nehme ihn an der Hand, der Geruch nach familiärem Abendessen dringt aus jeder Wohnung, aus jedem Fenster, und ich schlage vor, komm, gehen wir etwas essen, du hast kein Mittagessen gehabt, willst du eine Pizza? Nehmen wir sie mit nach Hause, fragt er, und ich sage, nein, wir essen sie in der Pizzeria, und er sagt, aber es macht mehr Spaß, sie zu Hause zu essen, und ich wage nicht zu fragen, welchen Ort er mit zu Hause meint, vielleicht die Wohnung, aus der wir gerade geflohen sind, verstoßen und unerwünscht.

Schau nur, wie warm und angenehm es hier ist, sage ich

und setze mich seufzend auf einen hohen Barhocker, dann helfe ich ihm auf den Hocker daneben, und er sitzt da wie ein Zwerg auf Stelzen, und als ich versuche, die allereinfachsten Worte auszusprechen, eine Pizza mit Oliven, merke ich, dass ich sie nicht herausbringe, denn aus meinen Augen strömen plötzlich Tränen, unaufhörlich und unaufhaltsam, und ich greife mir eine Papierserviette und deute mit einem Finger auf die gewünschte Pizza, und Gili schaut mich besorgt an, Mama, nicht weinen, bettelt er, dann will ich eben doch keinen Fernseher, ist doch egal, dass du ihn mir versprochen hast, ich brauche keinen Fernseher in meinem Zimmer, und ich umarme ihn, während meine Verzweiflung durch seinen erwachsenen, rücksichtsvollen Verzicht nur noch größer wird, und sage, ich weine nicht deshalb, mein Schatz.

Warum weinst du denn dann, fragt er, und ich gebe zum ersten Mal zu, weil ich Schwierigkeiten habe, und er schweigt, betrachtet die Pizza, die ihm serviert wird, Mama, ich will zu Hause essen, mit den anderen, sagt er schließlich ernst, als wäre dies seine wohlerwogene Antwort auf mein Bekenntnis, los, kaufen wir eine große Pizza und bringen sie ihnen mit, und ich betrachte ihn erstaunt angesichts dieses plötzlichen Gemeinschaftsgefühls, das innerhalb eines Tages in ihm gewachsen ist, viel schneller als bei mir. Bist du sicher, frage ich, vielleicht essen wir doch lieber hier, du hast bestimmt Hunger, aber er lässt sich nicht beirren, stellt stolz sein gutes Gedächtnis unter Beweis, als er sagt, Maja mag Pizza mit Mais und Jotam mit Pilzen und Oded ohne alles und ich mit Oliven und du mit Tomaten, und so erweitern wir unsere Bestellung, eine große Familienpizza, die alle zufrieden stellen wird, und Gili besteht darauf, selbst den riesigen Karton zu tragen, in stolzem Schweigen geht er neben mir her, überzeugt, dass er den sich selbst auferlegten

Auftrag erfolgreich ausführen wird, er kann den Weg nur mit Mühe erkennen, aber er läuft eilig durch die feuchten Straßen, schwankt die Treppen hinauf, vielleicht ist es Angst, die ihn treibt, die Angst, allein mit mir zu bleiben, vielleicht ist ihm ein kompliziertes Zuhause immer noch lieber als ich allein.

Drei Augenpaare sehen uns mit gespannter Erleichterung entgegen, als wir eintreten, sie stehen noch immer mitten im Wohnzimmer, wie es scheint, genau da, wo wir sie verlassen haben, Jotam macht einen Luftsprung, Pizza, schreit er, habt ihr mir welche mit Pilzen mitgebracht? Und Gili legt das duftende Paket auf den Tisch und gibt jedem sein Stück, und erst dann ist er bereit, sein eigenes zu probieren, und wir setzen uns erschöpft auf die Sofas und kauen nervös. Es scheint, als wären Gili und Jotam immer die Ersten, wenn es ums Verzeihen geht, schon setzen sie sich auf den Teppich, als hätte es nie einen Streit gegeben, und lassen Autos fahren und lachen mit vollem Mund, und danach ist es Maja, die für alle etwas zu trinken holt und vorsichtig Cola in die hohen Gläser gießt, und nur wir beide, derentwegen die drei Kinder hier zusammen sind, sitzen noch immer starr auf unseren Plätzen, wechseln weder ein Wort noch einen Blick, es ist, als ob die Entfremdung, die über Nacht gewachsen ist, uns trennt, als wäre sie ein Schandfleck, als hätten wir uns eines gemeinsam begangenen Betrugs schuldig gemacht, als hätten wir drei Kinder in die Irre geführt, und wir betrachten sie beschämt und hilflos, wen trifft die Schuld und wie schwer wird die Strafe ausfallen?

22

Diese erste Woche ist wie eine Schlange, die mir in die Ferse beißt, an jedem Tag, der vergeht, wächst ein neuer Wirbel an ihrem kalten und abschreckenden Rücken, und die Woche wird immer länger und schlingt sich um meinen Hals, bedroht mich mit ihrem Gift, könnte ich sie doch aus den Wochen, aus den Jahren löschen, denn mir scheint, als wären bereits sieben Jahre vergangen, seit die Möbelpacker meine Sachen hergeschleppt haben, das Sofa und die beiden Sessel, das Bett des Jungen, Teppiche und Schreibtische, Kartons mit Büchern und Spielsachen, Kleidung und Geschirr, die neue Wohnung hat den halben Inhalt der alten Wohnung verschluckt und mir dafür nicht das Gefühl eines Zuhauses gegeben, sondern eher das eines bedrückenden und beschämenden Exils. Und ich warte angespannt auf das Wochenende, vielleicht wird sich dann alles ändern, ohne die Kinder werden wir versuchen, unsere zerbrochene Liebe zu reparieren, die geheimnisvolle Nähe wiederherzustellen, die von uns gewichen ist, denn in den Nächten schlafe ich auf dem Teppich vor Gilis Bett, und in den kurzen Tagen sind die Kinder in der Schule und Oded ist in der Praxis, und wenn er heimkommt, scheint es, als würden wir unsere Worte mit der Axt aus dem Eisklotz heraushauen, der sich zwischen uns aufgerichtet hat.

Ich warte nur auf das Wochenende, auf das Ende dieser ersten, verfluchten Woche, um mit ihm allein zu sein, damit wir uns die grelle Kriegsbemalung vom Gesicht waschen und zu unserer Nähe zurückkehren, an die zu denken mir

Sehnsucht durch den Körper peitscht, hat es sie wirklich gegeben, oder habe ich sie mir nur eingebildet, und jetzt, am Freitagnachmittag, schaue ich immer wieder aus dem Fenster, hoffe, ihn zu sehen, wie er auf das Haus zukommt, in der Hand einen Strauß Blumen oder eine Flasche Wein, doch da sehe ich ihn, begleitet von zwei Kindern, ohne Mutter, er trägt ihre Schulranzen über den Schultern und hat die Arme um sie gelegt, und ich reiße das Fenster weit auf, voller Wut folge ich ihren Bewegungen. Sie verhalten sich so natürlich, als wäre dies schon seit jeher ihr Zuhause, kehren nach Hause zurück wie alle Kinder an einem Freitagnachmittag, Maja geht nun voraus, schnell und zielstrebig, ihre honigfarbenen Haare locken sich auf ihrem Rücken, Jotam läuft verträumt hinterher, und zwischen beiden geht ihr Vater, das Handy am Ohr, das gerade geklingelt hat, und ich, die ich mich auf ein Wochenende ohne Kinder vorbereitet und deshalb Gili zu seinem Vater geschickt habe, verziehe enttäuscht das Gesicht.

Ich habe gedacht, wir würden allein sein, flüstere ich ihm zu, als sie eintreten, und er zischt mir zu, tut mir Leid, an mir liegt es nicht, und ich sehe ihn fragend an, wenn es ihm wirklich Leid täte, könnte ich mich vielleicht damit abfinden, könnte die Enttäuschung über eine verpasste Chance mit ihm teilen, aber warum habe ich das Gefühl, dass es ihm überhaupt nicht Leid tut, dass er seine Kinder dazu benutzt, mich wegzuschieben, und ich frage wütend, warum liegt es nicht an dir? Du hättest Michal sagen können, dass du etwas vorhast, aber er senkt den Blick, natürlich kann er ihr nichts abschlagen, sein Schuldgefühl verschließt ihm den Mund, ich habe gehört, wie er am Telefon stundenlang versucht, sie zu beruhigen, wie er es ihr überlässt, die Besuche der Kinder festzulegen, je nachdem, in welcher Stimmung sie gerade ist. Ich habe sie seit Wochen nicht mehr getroffen, seit jenem Picknick im Rabenpark, und ihr Bild hat sich in mir bis zur Unkenntlichkeit verzerrt, sie ist zu einem alles fordernden und verschlingenden Wesen geworden, die Mutter seiner Kinder, die mit mir um seine Aufmerksamkeit wetteifert, die ihre Kinder schickt, um meine Pläne zu durchkreuzen, die unaufhörlich Krankheiten und Schmerzen erleidet, eine vorzeitliche Schlangengöttin, ein räuberisches und bedauernswertes Geschöpf, das umso schamloser raubt, je bedauernswerter es wird.

Wir haben daran gedacht, aufs Land zu fahren, erklärt er einsilbig, möchtest du mitkommen? Als wären sie eine Familie und ich nur eine zufällige Besucherin, die keinen Einfluss auf ihre Pläne hat, und wieder verzieht sich mein Gesicht vor Überraschung, wohin fahrt ihr, frage ich, und er sagt, in den Galil, zu Freunden von mir, Orna und Dani, ich habe dir von ihnen erzählt, und ich frage vorwurfsvoll, warum hast du mir das nicht vorher gesagt, ich hätte Gili mitnehmen können, und er sagt, Orna hat gerade eben erst angerufen und uns eingeladen, und er schwenkt das Handy, wie zum Beweis seiner Worte, wenn wir allein wären, hätte ich nicht zugesagt, fügt er hinzu, aber für die Kinder ist es doch schön. Was willst du mir damit sagen, tut es dir so sehr Leid wie mir, dass wir nicht allein sind, sehnst du dich so sehr wie ich nach Nähe, aber eine Maske heuchlerischer Väterlichkeit verbirgt sein Gesicht.

Meine Tasche ist gepackt, Papa, verkündet Maja und setzt sich stolz und trotzig auf das Ledersofa, und ich höre seine Stimme aus dem Schlafzimmer, schön, dann hilf doch Jotam, und sie stößt einen Seufzer aus, ich habe keine Lust, ich bin müde, und ich gehe hinüber zu ihm, bleibe in der Schlafzimmertür stehen und frage, fahrt ihr jetzt schon? Ja, sagt er, kommst du mit? Und ich frage, willst du, dass ich mitkomme? Nur wenn du Lust hast, antwortet er vorsichtig, ich kann dich nicht zwingen. Oded, sei ehrlich, sage ich, willst du, dass ich mitkomme oder nicht? Und er richtet sich seufzend von der Schublade mit den Strümpfen auf und sagt, es hängt davon ab, wer das Ich ist, in dessen Namen du sprichst, wenn du verkrampft und enttäuscht und dauernd beleidigt bist, ist es wohl sinnlos, doch wenn du gern mitfährst und versuchst, diesen Ausflug zu genießen, obwohl er nicht das ist, was du gewollt hast, dann würde ich mich freuen.

Wie nett von dir, die Entscheidung mir zu überlassen, aber betrachten wir es doch mal umgekehrt, wenn du feindselig gegen mich bist und mich ignorierst und dich nur um deine Kinder kümmerst wie eine Entenmutter, dann bleibe ich hier, und wenn du bereit bist, auch an mich zu denken und mit mir zu sprechen, so wie früher, dann komme ich gern mit, und er betrachtet mich mit zusammengekniffenen Augen, und mir ist, als hätte er mich die ganze Woche über nicht ein einziges Mal direkt angeschaut, und er sagt, wir werden zu einem passenden Zeitpunkt darüber sprechen, Ella, ich sehe das alles etwas anders als du, aber jetzt bitte ich dich, eine Entscheidung zu treffen, ich möchte gleich los, bevor es zu viel Verkehr gibt. Ich finde es schade, ohne Gili zu fahren, vielleicht fahren wir erst nächste Woche, wenn er zu Hause ist, und er unterbricht mich ungeduldig, Ella, wir sind für heute eingeladen und wir fahren heute, also kommst du mit oder nicht? Ich weiß nicht, murmle ich, meine schwankende Stimme verrät meine Not, was geschieht plötzlich mit mir, so viele schwere Entscheidungen habe ich in den letzten Monaten getroffen, und jetzt fehlt mir selbst bei diesen alltäglichen Angelegenheiten der Mut.

Ich bleibe hier, sage ich schließlich, als er im Kühlschrank den Proviant für unterwegs zusammensucht, alles, was ich voller Euphorie für unser Wochenende gekauft habe, Wein und Käse, frisches Roggenbrot, Äpfel und Bananen, Zimtkuchen, und er presst die Kiefer zusammen, wie du willst, sagt er mit verschlossenem Gesicht und fügt hinzu, ich habe meine Lektion schon gelernt, ich werde dich nie mehr zu etwas zwingen, dann kannst du mir hinterher auch nichts vorwerfen. Schnell stopft er die Lebensmittel in Tüten, leert den Kühlschrank, als hätten sie eine lange Fahrt vor sich, beeilt euch, treibt er seine Kinder an, während er sich den Mantel anzieht, schaut nach, ob ihr nichts vergessen habt, und sie stellen sich neben ihn, winken mir spöttisch zum Abschied zu, als wären sie schon weit entfernt, doch als sie draußen sind, springen sie leichtfüßig die Stufen hinunter, die Rucksäcke über den Schultern, wie unwiderstehlich ist der Anblick einer Familie, die etwas vorhat, wechselnde Landschaften, die am Fenster vorbeiziehen, gemeinsame Pläne, Abenteuer. Was wirst du hier allein tun, zwei ganze Tage, dafür bist du doch nicht zu ihm gezogen, warum versuchst du nicht, dich einzufügen, flexibel zu sein, ihm zu beweisen, dass du bei ihm bist, trotz der Probleme, dass du seine Freunde kennen lernen und ihm mit den Kindern helfen willst, vielleicht ist gerade das die Chance, ihnen näher zu kommen, wenn Gili nicht dabei ist und dich daran hindert, sie so zu sehen, wie sie sind, schließlich sind sie doch nicht schuld, er vielleicht auch nicht, was hätte er überhaupt tun sollen, er sorgt sich genauso um seine Kinder wie du dich um deines, und ich schreie ihnen nach, wartet, ich komme mit.

Unwille zeigt sich auf Majas Gesicht, als sie sich mir zuwendet, aber sie sagt nichts, sie klammert sich an die Hand ihres Vaters, der mir zuruft, dann beeil dich, Ella, ich möchte nicht in einen Stau geraten, und Jotam fragt begeistert, kommt Gili dann auch mit? Nein, sage ich, leider kommt er nicht mit, er ist bei seinem Vater, ich betone diese Worte, als wollte ich sagen, merkt es euch, Kinder, die Wochenenden werden zwischen den Eltern aufgeteilt, auch ihr solltet jetzt bei eurer Mutter sein.

Sei leicht und entspannt, sage ich mir, während ich hastig meine Sachen packe, sonst werde ich ihn verlieren, wie distanziert sein Blick war, und sei natürlich und geduldig den Kindern gegenüber, und sei zugleich auch voller Weiblichkeit und angedeuteter Sinnlichkeit, Anmut und Glanz und Lebensfreude, ich muss ihm beweisen, dass er sich nicht in mir getäuscht hat. Vermutlich habe ich ihn in der letzten Zeit erschreckt, und ich sehne mich so sehr danach, die ganze Schuld auf mich zu laden, zu glauben, dass alles an mir hängt, ich muss mich nur beruhigen, dann wird alles wieder so, wie es früher war, ich packe diese lebenswichtigen Beschlüsse zwischen meine wenigen Kleidungsstücke, und einen Moment lang kommt mir alles so einfach vor, Hauptsache, er ist bei mir, die Kinder werden sich auf dem Rücksitz selbst beschäftigen, und ich werde neben ihm sitzen, die Hand auf seinem Bein, und wer uns von der Seite sieht, aus dem Fenster eines vorbeifahrenden Autos, wird uns bestimmt für eine Familie halten, denn so sieht eine Familie aus, eine Mutter, ein Vater und zwei Kinder, keiner wird auf die Idee kommen, dass mein Sohn anderswo ist und dass diese beiden Kinder gar nicht meine sind, dass ich sie gar nicht will, so wie sie mich nicht wollen, und vielleicht täuscht auch mich dieses verlockende Bild, vielleicht glaube ich selbst daran, und bis wir das Haus seiner Freunde erreichen, werden wir eine richtige Familie sein, die sich nicht ständig von neuem in Frage stellt.

Aber du hast versprochen, dass ich vorn sitzen darf, protestiert Maja mit fordernder Stimme, als ich die Vordertür öffne, und er antwortet sanft, weil ich nicht gewusst habe, dass Ella mit uns kommt, das ist ihr Platz, aber natürlich bin ich wegen seiner verständnisvollen Reaktion schon eingeschnappt und biete mit gespielter Gleichgültigkeit an, kein Problem, dann sitze ich eben hinten, es ist besser, ein Opfer zu sein als eine Täterin, es ist besser, hinten zu sitzen als neben ihm und ihre stechenden Blicke im Rücken zu spüren, und er vergewissert sich müde, wirklich, bist du sicher? Ich mache mir nicht die Mühe zu antworten, ich setze mich auf den Rücksitz, neben Jotam. Vielleicht könnt ihr unterwegs tauschen, schlägt er vor, und ich schweige düster und überlasse es ihr, seinen Vorschlag zurückzuweisen, aber du hast es versprochen, Papa, du hast es mir für die ganze Fahrt versprochen, sie täuscht ein Weinen vor, und meine Beschlüsse fliegen bereits auf starken Flügeln durch das Fenster davon, wie Vögel, die der Knall einer Explosion aufgescheucht hat, schau nur, werde ich zu ihm sagen, wenn ich endlich die Gelegenheit habe, allein mit ihm zu sprechen, merkst du nicht, welche anormalen Verhältnisse du da schaffst, ein zehnjähriges Mädchen sitzt vorn und eine sechsunddreißigjährige Frau hinten? Merkst du nicht, was für eine Botschaft du ihr vermittelst, du ermunterst sie, mit mir zu rivalisieren, statt ihr Grenzen zu setzen, die sie beruhigen und solche Auseinandersetzungen in Zukunft verhindern würden.

Maja dreht sich zu mir um, ihr Porzellangesicht strahlt triumphierend, kennst du Orna und Dani überhaupt, fragt sie und nimmt damit auch die Gastgeber für sich in Beschlag, und ich gebe zu, nein, aber ich werde sie ja gleich kennen lernen, und sie sagt, ich war schon ganz oft dort, genüsslich demonstriert sie ihre Überlegenheit, und Jotam ruft sofort, ich auch, und sie erwidert schnell, aber ich viel öfter, ich bin schon mit Papa und Mama hingefahren, bevor du auf der Welt warst, stimmt's, Papa? Und Oded bestätigt gehorsam, stimmt, aber was spielt das für eine Rolle, das ist kein Wettbewerb, Orna und Dani haben euch beide gern. Mama auch, fügt Maja hinzu, und er bestätigt wieder, ja, stimmt, Mama auch, und sie fragt im Ton eines verwöhnten Kindes, warum kommt sie dann nicht mit uns? Ich bin daran gewöhnt, dass Mama mit uns zu Orna und Dani fährt, und er sagt, ich bin sicher, dass Mama irgendwann mit euch hinfährt, aber ohne mich, Eltern, die sich getrennt haben, fahren am Wochenende nicht mehr zusammen weg, und ich presse die Lippen zusammen, eine bedrückende Stimmung breitet sich im Auto aus, und ich versuche, mich zu erinnern, was er über die Gastgeber erzählt hat, einmal hat er sich beklagt, dass alle gemeinsamen Freunde ihn schneiden, seit er Michal verlassen hat, und er hat ganz nebenbei einige Namen genannt, aber das kam mir damals nebensächlich vor, ein Tropfen Trauer im Meer unserer Liebe. Warum hat er mir überhaupt angeboten, mitzufahren, vielleicht nur aus Höflichkeit, in der Hoffnung, dass ich ablehne, und ich war dumm genug, zuzustimmen und ihnen allen zur Last zu fallen, nur für Jotam bin ich wenig von Nutzen, seine Augen fallen ihm zu, sein Kopf lehnt sich an mich, ganz zufällig, eine Nähe, die nur im Schlaf entsteht, und einen Moment lang bin ich bereit, mich sogar mit dieser bescheidenen Nützlichkeit zufrieden zu geben, doch dieser Kinderkopf an meiner Schulter betont plötzlich das Fehlen meines eigenen Sohnes, vergrößert die Schwere des Betrugs, der darin besteht, dass ich diese Fahrt ohne ihn unternehme, ich darf mich nicht einfach anderen Kindern hingeben, meine Schulter ist nur für diesen einen geliebten Kopf bestimmt. Viele, viele Male haben wir so gesessen, auf dem Rücksitz, dicht aneinander geschmiegt, während Amnon fuhr, und ich legte den Arm um seine Schulter, betrachtete mit unendlicher Bewunderung das zarte Gesicht, die schmale Nase, die fast unsichtbaren Sommersprossen auf seinen Wangen, den besonderen Glanz seiner Augen, den Schwung seiner Lippen, die Wellen seiner dichten braunen Haare, und jetzt schiele ich zornig zu dem breiten geöffneten Mund, aus dem etwas Spucke auf mein Jackett rinnt, den aufgesprungenen Lippen, und meine Schulter beginnt zu jucken, ich rutsche unbehaglich auf meinem Platz herum.

Vor mir, auf dem Beifahrersitz, plappert die Kleine unaufhörlich, jeden Satz fängt sie mit Papa an, Papa, stimmt's, dass Orna und Dani sich freuen, wenn wir sie besuchen, Papa, stimmt's, dass wir mit ihren Kaninchen spielen dürfen, wie beim letzten Mal, Papa, erinnerst du dich noch, wie Dani uns einmal mit seinem Jeep auf einen Ausflug mitgenommen hat und Mama die ganze Zeit Angst hatte, dass wir umkippen, Papa, wie alt war ich damals? Und er hört ihr aufmerksam zu, antwortet freundlich, nur ja keine Spur von Ungeduld. Macht ihm dieses Geschwätz wirklich Spaß, warum bringt er sie nicht mal für einen Moment zum Schweigen und wendet sich mir zu, das Jucken in meiner Schulter wird immer schlimmer, als wäre ich mit einem Tier in Berührung gekommen, gegen das ich allergisch bin, es kitzelt in meinen Nasenlöchern, und ich niese und reibe mir unaufhörlich die Nase, und er wirft mir im Rückspiegel einen Blick zu und fragt, alles in Ordnung? Und als könnte er meine Gedanken lesen, schlägt er vor, wenn es dir unbequem ist, dann schiebe Jotam doch ein bisschen zur Seite, und ich antworte tapfer, nein, es geht schon, und das sind die einzigen Worte, die wir während der langen Fahrt miteinander wechseln, gute drei Stunden, und je länger die Fahrt dauert, desto größer wird meine Reue, sie sitzt neben mir, lehnt ihren Kopf an meine andere Schulter, warum bin ich überhaupt mitgefahren, und ich betrachte die Reklameschilder, die uns verfolgen, nur dieser Joghurt wird Sie erretten, nur ein neues Handy, ein revolutionäres Waschpulver.

Von Zeit zu Zeit erheben sich zwischen den zu schnell erbauten Siedlungshäusern, die sich zusammendrängen wie aufgeschreckte Herden, die begrabenen Städte der Vorzeit, runde oder kegelförmige Hügel, Siedlungen, die wieder und wieder auf alten Ruinen erbaut worden sind, die gefallen und wieder auferstanden sind, und es scheint, als winkte mir jeder einzelne Ruinenhügel mit vom Alter gekrümmten Fingern zu, wie ein Freund aus der Vergangenheit, der weiß, dass er kaum wiederzuerkennen ist, aber vielleicht ist es auch mein Gesicht, das sich bis zur Unkenntlichkeit verändert hat. Vorhin habe ich den Tel Geser erkannt, und gleich wird sich der kopflose Kegel von Megiddo zeigen, der Schutthaufen neben dem Tel, wie ein doppelter Kamelhöcker, und bald werden wir auch Chazor erreichen, das sind die Städte Salomos, die den Archäologen erstaunliche Funde geliefert haben, Paläste aus behauenen Steinen und stilisierte Tore, ausgeklügelte Bewässerungsanlagen, doch letztlich waren es genau diese Ruinenhügel, die bewiesen haben, dass es nie ein vereinigtes Königreich gab, das sich auf Jerusalem gründete, ein gewaltiges Reich mit einer wunderbaren Hauptstadt, und dass das sagenhafte Reich Davids und Salomos nichts anderes war als ein kleines Land um Jerusalem, und es scheint, als hätte meine eigene Vergangenheit etwas mit der Vergangenheit jener Hügel zu tun, die wieder und wieder ausgegraben wurden und jedes Mal ein anderes Gesicht zeigten, und ich betrachte sehnsüchtig den sich wölbenden Bauch der Erde, der uralte Embryonen in sich trägt, Tausende von Jahren alt, die nicht geboren werden wollen. Da ist Megiddo, dort wachsen Dattelpalmen, Feigen und Johannisbrotbäume, fast zweihundert Stufen sind wir hinuntergestiegen, auf einer Treppe, die sich abwärts windet bis zu der unterirdischen Höhle, die in den Fels gehauen wurde, bis wir die Mitte des Berges erreichten, die Höhle neben dem Tel, erschaudernd betrachteten wir den Raum über der Quelle, dort waren zwei Skelette gefunden worden, direkt nebeneinander. Wasser tropfte vom Felsen in die Quelle und ließ ein Plätschern hören, so rhythmisch wie ein schlagendes Herz, wir waren allein, und Amnon sagte, wenn es jetzt ein Erdbeben gibt und der Eingang einstürzt, wird man von uns auch nur zwei Skelette finden, bestimmt glauben sie dann, wir wären Vater und Tochter.

Nicht weit von hier erhebt sich der Tel Jesreel, der verletzte Tel, der versehrte, aufgedeckte, enttäuschende Tel, der den Streit entschieden hat, es war unmöglich, die Überreste der steinernen Paläste Salomo zuzuordnen, nur den berüchtigten Königen des Hauses Omri, ausgerechnet sie waren es, die den Traum der Bergherrscher verwirklichten und ein großes Reich errichteten, und die Erinnerung weckt in mir ein tiefes tröstliches Gefühl, wie ich es schon lange nicht mehr empfunden habe, wie glücklich war ich dort, auf diesem abgegrenzten Gebiet der Ausgrabung, immer wieder die Erde siebend, grau vom Staub.

Als sich die Straße den Feldern nähert, wo undeutlich die letzten Blüten des Winters zu sehen sind, wird das Licht immer schwächer, ich schließe die Augen, stelle mich schlafend, und erst jetzt verstummt Maja, als wäre ihr unentwegtes Reden allein gegen mich gerichtet gewesen, und in die Stille, die sich in dem überheizten Auto ausbreitet, dringen auf einmal die Klänge eines einzelnen Cellos, vielleicht aus dem Radio, es klingt verwirrend wie die Stimme eines Menschen, eine Melodie, die sich immer wiederholt, wie ein Gedanke, der einen nicht loslässt. Wie viele Gesichter hat die Traurigkeit, jeder Ton drückt eine andere aus, und ich habe das Gefühl, als säße ich allein auf dem Rücksitz, das einzige Kind meiner Eltern, und lauschte widerwillig den

Erklärungen meines Vaters, die er mit seinen typischen Handbewegungen begleitet, das ist der Bergweg, das ist der Königsweg, das ist der Weg des Fleisches, hat er es wirklich so gesagt, der Weg des Fleisches, und im Auto war es immer glühend heiß, die Fenster offen, ein warmer Wind schlug mir ins Gesicht. Sind wir wirklich immer nur im Sommer gefahren, den Propheten folgend, den Königen, den Kreuzrittern, den Pilgern, Kriegen, in denen das Blut der Wörter vergossen wurde, unwirkliches Blut, das kaum zu betrauern war, das Blut vieler Menschen, fremder Menschen, die ohnehin schon lange tot waren, selbst wenn sie nicht in jenen Kriegen durch das Schwert gefallen wären, wären sie nicht mehr unter uns gewesen, und ich betrachtete seine immer ordentliche Frisur, der sogar der Wind nichts anhaben konnte, fragte mich, wann er endlich aufhören würde zu reden, und versuchte, mir seinen Kopf ohne Haare vorzustellen, seinen Kopf ohne Mund, würde er schweigen, wenn ich aus dem fahrenden Auto spränge, oder würde er einfach weiterreden, ohne zu bemerken, was passiert war? Die Christen nennen diesen Tel Armageddon, eine Abwandlung von Har Megiddo, er erhob seine Stimme und blieb mit quietschenden Reifen am Straßenrand stehen, im Neuen Testament wird dieser Ort erwähnt, hier soll der letzte Kampf zwischen den Söhnen des Lichts und denen der Finsternis stattfinden, er wandte sein Gesicht zurück, um sich zu vergewissern, dass ich auch zuhörte, du schläfst, schrie er mich an, ich rede mit dir und du schläfst, und meine Mutter verteidigte mich sofort, was willst du denn, sie ist müde, warum darf sie nicht ein bisschen dösen, und er schimpfte, wie immer, sie ist müde, weil sie wieder mal zu spät nach Hause gekommen ist, wer weiß, was sie dort gemacht hat, für ihre Partys hat sie Kraft genug, aber wenn ich versuche, ihr die Geschichte dieses Landes zu erklären, bringt sie kein Interesse auf, er wandte sich wieder zu mir, warnend, du solltest zuhören, das hat mehr mit dir zu tun, als du glaubst.

Die Dämmerung taucht unsere Gesichter bereits in ein kühles Violett, als das Auto vor einem niedrigen Haus am Ende einer Straße stehen bleibt, und endlich löst sich Jotams Kopf von meiner Schulter, mir ist übel, murmelt er und fährt sich mit der Zunge über die aufgesprungenen Lippen, wann kommen wir an? Wir sind schon da, du Dummkopf, antwortet Maja spöttisch, siehst du das nicht? Er drückt sich an mich, Mama, sag ihr doch, und erst dann merkt er, dass ich nicht seine Mutter bin, und ich flüstere ihm zu, beachte sie nicht, du bist ein bisschen durcheinander, weil du geschlafen hast, ich bin bereit, mit ihm ein Bündnis gegen sie zu schließen, aber als wir ausgestiegen sind und sie sich ihm nähert, hüpft er leichtfüßig an ihre Seite, vergisst meine Schulter, die ihm als Kopfkissen gedient hat, und ich folge ihnen die schmalen Holzstufen hinauf, die zum Haus führen, Oded geht an der Spitze, die Taschen in der Hand, Maja hopst hinter ihm her, dann folgt Jotam und am Schluss ich, meine Stellung ist unklar, ich bin weder die Partnerin noch die Mutter, kein Au-pair-Mädchen und keine Freundin der Familie, auch ihr Vater scheint meine Anwesenheit vergessen zu haben, er dreht sich kein einziges Mal zu mir um, um sicherzugehen, dass ich noch da bin, er bleibt nicht stehen, um auf mich zu warten, bis ich plötzlich Lust bekomme, mich einfach davonzumachen und sie, unter den Willkommensrufen der Gastgeber, allein in dem erleuchteten Haus verschwinden zu lassen, mir die Tasche über die Schulter zu hängen und weiterzugehen, schließlich bin ich in jedem Haus, an dessen Tür ich zufällig klopfe, willkommener als in diesem. Vielleicht werde ich heute Nacht dort schlafen, auf dem Tel Jesreel, zwischen den Ruinen der königlichen Ausgrabungsstätte, und mich mit Erde zudecken, und ich bleibe stehen und warte, dass die Tür sich hinter ihnen schließt, aber sie bleibt offen, und der grauhaarige Kopf einer Frau schaut heraus, Ella, sagt sie, als würden wir uns kennen, warum bleibst du draußen stehen, komm herein, es ist nicht so, dass wir Michal erwartet haben, wir sind auf dem Laufenden.

Wenn du wirklich auf dem Laufenden wärst, würdest du wissen, dass ich hier nichts zu suchen habe, sage ich leise, überrasche mich selbst damit, aber sie lächelt auf eine natürliche Art und sagt, so fühlst du dich also? Na gut, wir werden bald über alles sprechen, und ich betrachte sie prüfend, ihr scharf geschnittenes Gesicht, die dicke Brille, die auf der schmalen Nase das Gleichgewicht zu suchen scheint, blasse Lippen, kurz geschnittene graue Haare, sie ist hoch gewachsen und nachlässig gekleidet, ihre alte Hose ist ausgeblichen und fleckig. Nun, komm doch, wenn du schon mal hier bist, sonst kommt die ganze Kälte rein, schimpft sie, plötzlich ungeduldig, und ich betrete hinter ihr das warme Haus, das von einem riesigen Ofen geheizt wird, er steht mitten im Wohnzimmer und schickt Rohre in alle Richtungen, die Kinder springen wild auf dem bunten Polsterlager vor dem eingeschalteten Fernseher herum, ein hoch aufgeschossenes, ernst aussehendes Mädchen sitzt auf dem Sofa, eine Gitarre in der Hand, und beantwortet unwillig Odeds höfliche Fragen, er hat schon eine Flasche Bier gefunden und sich gemütlich hingesetzt.

Seid ihr hungrig, fragt die Frau, Dani ist nach Nazareth gefahren, um Chumus und Fladenbrot zu holen, wir essen gleich, und mit flinken Fingern räumt sie einen Stapel Zeitungen von dem riesigen Marmortisch, ich weiß nicht, warum ich diesen ganzen Mist lese, murrt sie, man müsste jeder Zeitung eine Antidepressionspille beilegen, wie soll man das alles sonst ertragen, sie wendet sich an Oded und fragt, sag, hast du jetzt mehr Patienten wegen der politischen Lage, schließlich können auch schon ganz normale Menschen von dem, was hier passiert, verrückt werden, und er antwortet, im Gegenteil, die Lage scheint meinen Patienten gut zu tun, plötzlich sind alle Menschen um sie herum deprimiert und haben Angst, sie fühlen sich nicht mehr als Ausnahme, sie reagieren geradezu erleichtert auf den kollektiven Schrecken.

Interessant, das hätte ich nicht gedacht, sagt sie, und was ist mit dir selbst, Oded, hast du nicht manchmal die Nase voll davon, ständig nur irgendwelche Leute zu behandeln? Er lächelt, nein, wirklich nicht, ich bin süchtig danach, das ist doch etwas Fantastisches, man kann die meiste Zeit des Tages sich selbst getrost vergessen, beschäftigt sich nur mit anderen und schafft es sogar manchmal, ein Resultat zu erzielen, nur wenn ich die Praxis verlasse, erinnere ich mich plötzlich wieder an mich selbst, leider, und als ich sein trauriges Lächeln sehe, fällt mir auf, dass es schon lange nicht mehr aus seinem Gesicht gewichen ist, und wieder erwacht in mir die Sehnsucht nach ihm, wie er früher war, die Sehnsucht nach unserem kurzen Glück.

Und was ist mit dir, fragt er schnell, malst du zurzeit viel? Sie zündet sich eine Zigarette an, mit gelblich verfärbten Fingerspitzen, und sagt, so viel ich kann, kennst du dieses Bild schon? Sie deutet auf ein großes graues Gemälde an der Wand, und er betrachtet es mit zusammengekniffenen Augen, die leere Regale, erklärt sie geduldig, in letzter Zeit versuche ich, die Leere zu malen, leere Schränke, leere Gefäße, das ist viel schwerer, als ich mir vorgestellt habe, es ist, als würde man Luft malen, man kann sich an nichts festhalten, und Oded stellt sich vor das Bild, sehr beeindruckend, Orna, sagt er anerkennend, weißt du, vor gar nicht langer

Zeit habe ich gelesen, dass nach der Kabbala in einen leeren Raum die Göttlichkeit eintreten kann, und als ich sehe, wie lebhaft er sich mit ihr unterhält, wie er die letzten Silben dehnt, als würde es ihm schwer fallen, sich von den Wörtern zu trennen, fliegt ihm mein Herz zu, und ich beschwöre flüsternd seinen Rücken, du wirst auch mit mir noch so reden, du wirst auch mich noch so anlächeln.

Sie unterbricht das Gespräch, wo bleibt er denn, dieser Trödler, wie lange der braucht, um Fladenbrot zu kaufen, bestimmt treibt er sich wieder in den Kirchen herum und hat vergessen, dass ihr kommt, ich sage dir, Oded, mein Eheleben ist eine einzige Farce, du hast keine Ahnung, wie sehr ich von ihm die Nase voll habe, was fange ich bloß mit ihm an, und Oded lacht, das höre ich schon seit zwanzig Jahren, ihr werdet euch bis an euer Lebensende nicht trennen, warum glaubst du, würde es dir ohne ihn besser gehen? Und ich habe das Gefühl, als spräche er über seinen eigenen, kurzen und traurigen Versuch mit mir, von dem nichts geblieben ist.

Stell dich nicht so naiv, sagt sie und bewegt ihren gelblichen Finger vor seinem Gesicht, Oded, gib dir keine Mühe, das ist doch genau das, was du getan hast, sie wendet sich neugierig zu mir, und du auch, du hast doch auch eine Trennung hinter dir, nicht wahr? Ich nicke traurig, versuche, mich an meine neue Identität zu gewöhnen, ich treffe selten Menschen, die mich nicht von früher kennen, die Amnon nicht kennen, für sie bin ich eine Frau, die eine gescheiterte Familie hinter sich hat, eine vergangene Familie, die sie stumm überallhin begleitet, wie ein dunkler Schatten, sogar bis hierher, in dieses Dorf im Galil.

Du hast eine Tochter, fragt sie, die so alt ist wie Jotam, nicht wahr? Vermutlich kramt sie in ihrem Gedächtnis nach allem, was sie über mich gehört hat, und ich korrigiere sie sofort, einen Sohn, keine Tochter, und sie fragt, und wie kommen die drei miteinander aus? Es geht so, sage ich, es ist nicht leicht, und sie verkündet sofort in einem nicht besonders angenehmen Ton, warum sollte es auch leicht sein? Ich habe gleich zu Oded gesagt, dass es verrückt ist, unter solchen Umständen zusammenzuziehen, warum soll man es den Kindern noch schwerer machen? Aber du weißt ja, wie Männer sind, sie überlegen nie zu Ende, er ist zwar ziemlich gescheit, aber auch er hat seine schwarzen Löcher, die Leichtigkeit, mit der sie unsere Entscheidung als Fehler bezeichnet, als Fehler, den ich hätte vermeiden müssen und nicht vermieden habe, lässt mich zusammenzucken, während ich vor ihrem bedrohlich wirkenden grauen Bild stehe.

Ein Fehler, so eindeutig, dass jedes Kind ihn gesehen hätte, und jetzt bleibt uns nichts anderes übrig, als ihn zuzugeben und uns davon zu befreien, jeder seiner Wege zu gehen, mit seinen Kindern, und ich werfe ihm einen Blick zu, warte, dass er etwas zu seiner Verteidigung sagt, aber er trinkt nachdenklich einen Schluck Bier, seine Lippen schließen sich um den Flaschenhals, und schließlich sagt er, ich bin mir nicht sicher, ob die Kinder das Problem sind.

Natürlich nicht, verkündet sie, die Kinder spiegeln nur eure eigenen Schwierigkeiten wider, aber sie sind anpassungsfähiger als ihr, und sie wachsen schnell, merkt euch, was ich euch sage, wer hat schon mitten im Leben genug Kraft für solche Veränderungen, ich bestimmt nicht, dabei ist es mein Traum, allein zu leben, verkündet sie, und sofort zischt sie, wo treibt er sich nur herum, und Oded lacht, siehst du, du hältst es nicht mal eine Stunde ohne ihn aus, und sie winkt ab, was redest du da, es sind nur die Fladenbrote, die mir fehlen, nicht er, hört zu, kurz bevor ihr gekommen seid, habe ich im Fernsehen eine tolle Sendung über Indien gesehen, über die Kaste der Unberührbaren, es ist erschütternd, wie die leben. Sie wendet sich an mich, wie eine Lehrerin an eine unaufmerksame Schülerin, weißt du, was mich am meisten erschüttert hat, dass sie auch bei den nächsten Reinkarnationen nicht von diesem Fluch befreit werden, auch nach der Wiedergeburt werden sie unberührbar sein, das ist doch schrecklich, oder? Ich nicke, schaue ihr misstrauisch ins Gesicht, ob sie vielleicht versucht, mir etwas anzudeuten, die Reste ihrer Schönheit treten immer deutlicher hervor, je länger ich sie betrachte, sie versucht nicht, die Zeichen des Alterns zu verbergen, wie es üblich ist, sie wirkt stolz und herausfordernd, als wolle sie sagen, wenn ich nicht mehr so schön sein kann, wie ich einmal war, dann ziehe ich es vor, mich nicht auch noch von den vergeblichen Versuchen erniedrigen zu lassen, diese Tatsache zu verdecken.

Da ist er, verkündet sie, als ein groß gewachsener kahlköpfiger Mann mit vollen Plastiktüten das Haus betritt, und ich schaue ihn erstaunt an, er sieht Amnon sehr ähnlich, die gleiche nachlässige Haltung, die gleichen schlenkernden Glieder, und ich denke, das hat mir hier gerade noch gefehlt, vor den wachen Augen der Gastgeberin auf einen Doppelgänger Amnons zu treffen, und da springen Maja und Jotam bereits auf ihn zu, und er sagt verwundert, ihr seid aber gewachsen, Maja, du bist bildschön geworden, und du ein richtiger kleiner Mann, bald könnt ihr schon allein herkommen, ohne Mama und Papa, ihr könnt mir auf dem Feld helfen, und Orna verzieht das Gesicht, nun mach mal halblang, Dani, ich habe nicht die Kraft, mich um zwei kleine Kinder zu kümmern, du lädst doch wieder nur alles auf mir ab, und dann kommt er auf uns zu, seine Oberlippe steht leicht vor, was ihm ein kindliches Aussehen verleiht, sein Blick bleibt mit offener Neugier an mir hängen, er streckt mir die Hand entgegen. Du bist also die neue Frau, will er wissen und schüttelt rhythmisch meine Hand, alle Achtung, Oded, er wendet sich an Orna, du siehst, alle suchen sich junge Frauen, nur ich bleibe an dir hängen, und sie lacht, du Ärmster, niemand hält dich hier mit Gewalt fest, das weißt du, und dann steht sie energisch auf, wischt sich die Hände an ihrem Hemd ab, Dani, deck den Tisch, statt hier rumzuplappern, es ist schon alles fertig, ich muss nur noch den Salat machen.

Soll ich dir helfen, frage ich, und sie sagt, warum nicht, und in der Küche legt sie alles für mich zurecht, ein Holzbrett und einen riesigen Kohl, bitte schneide ihn ganz dünn, und ich habe das Gefühl, dass sie mir genau auf die Finger schaut, während sie schnell Petersilie hackt und in eine blaue Keramikschüssel streut. Ihr seht nicht besonders verliebt aus, sagt sie ruhig, ihr Messer zerteilt schon eine reife Tomate, ihr seht bedrückt und erschöpft aus, ich habe Oded schon seit vielen Jahren nicht mehr so gesehen, nicht einmal in der schlimmsten Zeit mit Michal, und ich schwanke über den weißen Kohlstreifen, wir sind beide ein bisschen überfordert von diesem Schritt, murmle ich und füge sofort hinzu, auch ich habe schon bessere Zeiten erlebt, um anzudeuten, dass auch ich eine Vergangenheit habe, dass auch ich etwas verloren habe, dass es Tage gab, an denen auch ich in meiner Wohnung Freunde bewirtet habe, genau wie sie, meinen Mann geneckt und mit meinem Sohn herumgealbert habe, das war eine angenehmere Lage als die, in der ich mich jetzt befinde, als unerwünschte Besucherin, als zweifelhafte neue Frau, die man schon in der ersten Woche satt hat.

Er hat dich ganz anders beschrieben, beschwert sie sich, als wäre sie reingelegt worden, er hat gesagt, du seist so stark und selbstständig, und ich muss sagen, dass du mir nicht weniger zerbrechlich und bedürftig vorkommst als Michal, der Ärmste, ich glaube nicht, dass er genügend Kraft für eine zweite solche Frau hat, und sie spricht diese Worte, zerbrechlich, bedürftig, voller Abscheu und Missbilligung aus, und ich weiche zitternd vor dem Bild zurück, das sie von mir hat, doch innerlich lehne ich mich auf, ich möchte dich in solch einer Situation sehen, wenn du dein Zuhause und deine Familie für einen Mann aufgegeben hast, der über Nacht fremd und feindselig wird, und ich tue so, als hätte ich bereits vergessen, dass ich Amnon nicht seinetwegen verlassen habe, als wäre die Trennung erst mit dem Verkauf der Wohnung vollzogen worden, mit meinem Umzug in die Gasse der Bußgebete.

Du bist doch nicht böse, wenn ich dir das sage, vergewissert sie sich schnell, ich weiß, dass ich manchmal übertreibe, aus einer Art Drang, den Leuten die Augen zu öffnen, lass mich den Kohl fertig schneiden, sie schiebt mich zur Seite und verwandelt die groben Stücke in winzige Schnipsel und kippt sie schnell in die Schüssel, verschwindet von hier, Kinder, Süßigkeiten gibt es erst nach dem Essen, Dani, wie lange brauchst du noch, um den Tisch zu decken? Sie zieht ein duftendes Blech aus dem Herd, Huhn mit Rosmarin, verkündet sie, und für die Kinder habe ich Frikadellen gemacht, und sofort erscheinen auf dem Tisch auch gebackene Kartoffeln mit saurem Rahm und der Salat, zu dem ich nur wenig beigetragen habe. Das ist doch mehr als genug zu essen, warum hast du mich nach Nazareth gejagt, beklagt sich Dani und sucht auf dem Tisch nach einem freien Platz für die Schüssel mit Chumus, gießt Olivenöl darüber und bestreut das Ganze mit Petersilie, Ella, warum stehst du da so rum, fragt er, setz dich neben Oded, aber Maja schreit sofort, ich sitze neben Papa, und auf der anderen Seite sitzt schon Jotam, also setze ich mich ihnen gegenüber ans Tischende, neben die schweigsame Tochter, sie scheint umso weniger zu reden, je mehr ihre Mutter es tut, ich sitze Oded gegenüber, der nach ein paar Gläsern Bier ruhiger wirkt.

Ich beobachte ihn traurig, als hätte ich ihn schon verloren, und überlege, ob ich ihn noch einmal wählen würde, diesen nicht mehr jungen Mann, mit seiner rauen Haut, den scharfen Falten im Gesicht, den malerischen Lippen, deren Schönheit nicht sofort auffällt, den verschatteten Augen, die mir ausweichen, ich höre seine weiche Stimme, die die Worte in die Länge zieht, und bekomme kaum etwas mit von dem, was gesprochen wird, früher habe auch ich mal vernünftige Bemerkungen zur allgemeinen politischen Lage von mir gegeben, über Ursachen und Schuldige, aber in den letzten Monaten scheint mir diese Fähigkeit abhanden gekommen zu sein, ich bin wie eine Kranke, die sich nur auf ihre Krankheit konzentriert und immer nur darüber spricht, was in ihrer Seele vorgeht, während jedes andere Thema sie gleichgültig lässt. Ein ohrenbetäubender Lärm trifft mich plötzlich, aber der Hausherr beruhigt mich sofort, keine Angst, das sind bloß startende Flugzeuge, wir sind direkt neben einem Luftwaffenflugplatz, im Norden passiert etwas, und zufrieden fügt er hinzu, endlich fällt es diesen impotenten Kerlen ein zu reagieren, doch sofort wird er von seiner Frau unterbrochen, und was hast du davon, wenn sie reagieren, schimpft sie, noch mehr Gewalt? Man muss diesen Teufelskreis einmal durchbrechen, und er verteidigt sich, aber wenn wir nicht reagieren, ist das ein Zeichen von Schwäche, und jegliche Schwäche fordert ihre Angriffslust heraus, das ist dir doch klar, oder?

Es wird langsam Zeit, großzügiger auf sie zuzugehen, sagt Oded, wir haben alle Fehler gemacht, lasst uns eine neue Seite aufschlagen, und ich frage mich, ob er jetzt zu mir spricht, über uns, und Dani greift ihn an, wie kannst du dich einen Psychiater nennen, wenn du so etwas Elementares über die Natur des Menschen nicht begreifst, das sind alles Machtkämpfe, der Starke gewinnt, nicht der Großzügige, und Orna deutet spöttisch auf ihn, da seht ihr's, ausgerechnet wenn sein Sohn beim Militär ist, wird er noch militanter, Oded, gib mir ein Rezept für Schlaftabletten, seit Amit eingezogen worden ist, kann ich kaum schlafen, und Dani seufzt, wann verstehst du endlich, dass das nicht von uns abhängt, glaubst du etwa, ich wünsche mir nicht genauso sehr wie du Frieden? Das Problem ist nur, dass ich niemanden habe, mit dem ich Frieden schließen kann. Das Telefon klingelt und hindert sie daran, ihm zu antworten, sie springt auf, vielleicht ist es Amit, ruft sie und greift nach dem Hörer, er hat schon seit drei Tagen nicht angerufen, hallo, Amit, schreit sie, und sofort senkt sich ihre Stimme, hallo, Michal, wie geht es dir, Süße, klar, du fehlst uns sehr, das nächste Mal kommst du mit den Kindern, geht es dir besser? Ich rufe dich Anfang der Woche an, willst du mit Oded oder mit den Kindern sprechen? Und schon bildet sich eine Schlange vor dem Telefon, alle wollen mit ihren fettigen Fingern nach dem Hörer greifen und mit Mama sprechen, und Maja ist natürlich schneller als ihr Bruder, sie säuselt in den Hörer, Mama, wie fühlst du dich, ja, wir haben hier viel Spaß, aber es ist ein bisschen traurig ohne dich, und Jotam übertrifft sie noch, Mama, vielleicht kommst du auch noch her, ich bin nicht daran gewöhnt, ohne dich hier zu sein, ich vermisse dich, für die Aufregung, die sie hervorruft, spricht sie erstaunlich kurz mit ihren Kindern. Doch das Gespräch mit dem Vater möchte sie in die Länge ziehen, sie hat ihm, wie es scheint, viele Dinge zu sagen, die sich in den wenigen Stunden seit ihrem letzten Zusammentreffen angesammelt haben, und er geht am Marmortisch vorbei hinaus in den Garten, nur seine weiche, besorgte Stimme dringt noch herein, ich senke das Gesicht über den Teller, schiebe das Stück Huhn hin und her, male mit der braunen Soße, die es über den Teller zieht, leere Bilder, ich weiß, dass mich jetzt alle anschauen, auch die Kinder, teils mit Schadenfreude, teils mit Unbehagen angesichts der Tatsache, dass er mich hier sitzen lässt.

Soll ich dir noch Wein nachschenken, fragt Dani, und als ich ihm mein leeres Glas hinhalte, sagt er nachdrücklich, der arme Oded, er tut mir Leid, sie lässt ihn nicht in Ruhe, und überrascht frage ich mich, ob die Dinge von der anderen Seite des Tisches so aussehen, ich habe gedacht, dass ich hier die Ausgestoßene bin, dass sie über meine Erniedrigung spotten, und Orna unterbricht ihn sofort, hör auf, nicht vor den Kindern, und ich schaue zu der gläsernen Schiebetür hinüber, durch die Oded in seiner dunklen Kleidung zu sehen ist, er geht nervös auf dem in goldenem Licht liegenden Rasen hin und her, vorgebeugt, als wäre das Telefon ein schweres Gewicht, das ihm gleich aus der Hand fallen wird, er redet auf das Telefon ein, gestikuliert, vielleicht haben sie ja Recht, vielleicht ist er hier der Bedauernswerte, wie kann er an meinen Problemen Anteil nehmen, wenn er in seinen eigenen versunken ist, und wie soll ich selbst sie aushalten, wir sind wie zwei Kranke, die zusammen in einem Bett gelandet sind, ohne dass ein Arzt zur Verfügung steht, wer von uns beiden kann dem anderen helfen?

Alles in Ordnung, fragt mich Orna, als ich mir die Stirn reibe, willst du ein Glas Wasser? Ich bedanke mich und trinke das Glas schnell aus, während Dani ihr die Hand auf die Schulter legt, wenn so die Paare von heute aussehen, dann bleibe ich lieber mit dir zusammen, sagt er, und sie schüttelt seine Hand ab, lass mich, du alter Nörgler, aber ich lächle ihm bedrückt zu, und da geht die Glastür auf, Oded kommt herein und bringt einen Schwall Kälte von draußen mit, seufzend legt er das Telefon hin.

Geht das die ganze Zeit so, mit diesen Gesprächen, fragt Orna leise, denn die Kinder sind schon vom Tisch aufgestanden und sitzen mit Lutschern vor dem Fernseher, und er sagt, es wird von Tag zu Tag schlimmer, sie erholt sich nicht, und Orna verzieht missmutig das Gesicht, warum sollte sie sich auch erholen, wenn du sie mit solcher Ergebenheit behandelst, wenn du ihr jederzeit zur Verfügung stehst, zischt sie, schau dich doch an, die Schuldgefühle sind dir doch förmlich ins Gesicht geschrieben, du flehst ja förmlich danach, bestraft zu werden, wie beschränkt diese Psychiater doch sind, sie erkennen nicht, was direkt unter ihrer Nase passiert, und ich juble insgeheim und bin bereit, ihr alles zu verzeihen, was sie mir an den Kopf geworfen hat, sie soll bloß so weitermachen, schau, was du tust, du kränkst Ella, du kränkst dich selbst, aber vor allem schadest du Michal, auf diese Art wird sie sich nie erholen, und du weißt, dass ich Michal gern habe, fügt sie schnell hinzu, aber wenn du dich für die Trennung entschieden hast, dann ziehe auch einen Schlussstrich.

Ich versuche doch nur, mich menschlich anständig zu verhalten, sagt er ruhig und sieht mich dabei erstaunt an, ich kann ihren Kummer doch nicht ignorieren, sie fährt ihn jedoch, ohne zu zögern, an, das klingt ganz gut, aber du musst vorausschauen, auf diese Art geht es nie zu Ende, Oded, vielleicht willst du ja, dass es nie zu Ende geht, vielleicht willst du ja, dass sich ihr Zustand so verschlechtert, bis du keine Wahl mehr hast und zu ihr zurückkehren musst, und er lächelt bitter, du also auch, Orna, die ganze Zeit unterstellt man mir böse Absichten, und sie sagt, es ist auch nicht auszuhalten, wie hartnäckig du eine Atmosphäre von Schuld und Zweifel verbreitest, los, bringen wir erst mal die Kinder ins Bett, dann können wir uns unterhalten wie erwachsene Menschen. Dani kichert, das macht sie am allerliebsten, allen das Leben in Ordnung zu bringen, aber wenn es um sie geht, soll nur einer wagen, auch bloß ein halbes Wort zu sagen, dann gnade ihm Gott, und sofort bringt sie ihn zum Schweigen, Dani, hast du Zigaretten mitgebracht? Nein, sagt er, du hast mir nur Chumus und Fladenbrot aufgetragen, und sie mault, nein, auch Zigaretten, siehst du nicht, dass ich keine mehr habe, lauf schnell zur Tankstelle und hol welche, und er steht unwillig auf, ich weiß genau, dass du es nicht gesagt hast, und sie sagt, du bist schon ganz senil, dreimal habe ich dich daran erinnert.

Hast du ihm wirklich gesagt, er soll Zigaretten mitbringen, frage ich sie seltsam betroffen, als er das Zimmer verlassen hat, und sie lacht, natürlich nicht, aber was macht es schon, ihn ein bisschen zu ärgern, er ist ja gleich losgerannt, und Oded schimpft, langsam, langsam, Orna, bring ihr nicht alle deine Tricks auf einmal bei, das muss ich dann nämlich ausbaden, und sie schaut uns nachdenklich an, beruhige dich, du wirst es nicht ausbaden müssen, für mich sieht es nicht danach aus, als ob ihr überhaupt noch lange durchhalten würdet, sagt sie leise und legt sich sofort die Hand auf den Mund, Entschuldigung, manchmal spricht mein Mund ganz von alleine, ich habe es wirklich nicht so gemeint, aber ihre Worte schweben durch das Zimmer wie fünf schwarze Raben, ihr werdet es nicht durchhalten, ihr werdet es nicht durchhalten, krächzen sie, und dann verfolge ich schweigend die abendliche Betriebsamkeit, kümmere mich weder um das Geschirr noch um die Kinder, in diesem Haus, in dem ich noch nie war und in dem ich nie wieder sein werde, Besucherin für einen Abend in ihrem Leben, Besucherin für ein paar Monate in seinem. Von weitem schaue ich dem Durcheinander zu, ein nicht mehr ganz junger Mann versucht, seine Kinder ins Bett zu bringen, eine Frau, die schon nicht mehr schön ist, versucht, die Ordnung in ihrer Küche wiederherzustellen, und ich, die ich beiden gleich fremd bin, betrachte erschüttert meine Umgebung, ich bin wie ein Gegenstand, der Tausende von Jahren in der Tiefe der Erde gelegen hat, und plötzlich wird er freigelegt und kommt mit einer neuen Umgebung in Berührung, die ihm einen physikalischen und chemischen Schock versetzt und unumkehrbare Prozesse in Gang setzt, und ich erinnere mich an das Amulett aus Holz, das am Grund des Meeres begraben war, zusammen mit einem gesunkenen Fischerboot, und als es ans Licht kam und trocknete, zerbröselte es innerhalb kürzester Zeit und wurde zu Staub.

Du sollst mich berühren, ich will dich spüren, ohne dich bin ich matt und stumpf ... Die Stimme ihrer heranwachsenden Tochter dringt erstaunlich kräftig aus ihrem Zimmer, begleitet von dünnen Gitarrenklängen, während wir um eine Schachtel Zigaretten sitzen, die mit trotzigem Nachdruck auf den Tisch geknallt wurde, eine weitere Flasche Wein wird aufgemacht, sogar Oded trennt sich von seinen Kindern, er ist ganz nassgespritzt von der Badeorgie, und ich betrachte ihn, bewege das Weinglas in meinen Händen hin und her, jetzt, da die Kinder schlafen, werden wir aufs Neue die Gestalt von Liebenden annehmen, und wenn wir ein bisschen betrunken ins Bett gehen, werden wir in der Dunkelheit nach Vorsprüngen tasten, an denen wir uns festhalten können, ein Verlangen, tiefer als Lust, wird uns heute Nacht besänftigen, aber da sind leichte, flinke Schritte zu hören und Maja kommt aus dem Flur, in einem langen Nachthemd, mit wilden Locken und vorgeschobenem Mund, und sie setzt sich sofort auf den Schoß ihres Vaters, schmiegt ihren Körper an seinen, als zöge sie sich ein Kleidungsstück an, legt ihren Kopf auf seine Schulter und murmelt, Papa, ich kann nicht einschlafen, ich bin nicht daran gewöhnt, hier ohne Mama zu schlafen.

Maja, wirklich, das macht dir doch nichts mehr aus, ein großes Mädchen wie du, sagt Orna schnell, geh und probier es noch einmal, lass deinen Papa hier mit uns zusammensitzen, aber sie bricht in zorniges Weinen aus, Papa, ich kann nicht einschlafen, Papa, leg dich zu mir, bis ich eingeschlafen bin, und er drückt ihr die Lippen aufs Haar, ich bin hier, ganz nah bei dir, meine Schöne, geh und versuch zu schlafen, ich bin sicher, dass du gleich einschläfst, und sie strampelt mit den Beinen, du hast mir versprochen, dass du bei mir schläfst, und er sagt, ich komme später zu dir, aber sie lässt nicht locker, du hast es mir versprochen, Papa, und er steht schwerfällig auf, während sie wie ein Affe an seinem Hals hängt und ihre Beine um seine Hüften schlingt, er ignoriert die scharfen, ablehnenden Zeichen, die Orna ihm mit Händen und Lippen macht, er verschwindet in dem mit einem grünen Teppich bedeckten Flur und hinterlässt feuchte Fußspuren.

Uff, ich habe zu viel gegessen, klagt Orna, legt die Hand auf ihren Bauch und fügt sofort flüsternd hinzu, sie ist hart geworden, die Kleine, früher war sie nicht so, die Kinder können einem wirklich Leid tun, es war schon klug von mir, mich nicht scheiden zu lassen, so jung und dumm ich als Mutter auch war, das wenigstens habe ich verstanden, reagiert deine Tochter auch so extrem? Sohn, korrigiere ich sie, ich habe einen Sohn, und das Lied aus dem verschlossenen Zimmer begleitet meine wiedererwachte Traurigkeit, du sollst mich berühren, ich will dich spüren, ohne dich bin ich matt und stumpf ...

Sie schreibt und komponiert Lieder, unsere Tochter, sagt Orna mit einer Kopfbewegung zu der verschlossenen Tür, und ich habe das Gefühl, dass sie das Wort »unsere« betont, aber vielleicht sind es auch meine Ohren, die dieses Wort besonders deutlich hören, sie kann das noch sagen, im Gegensatz zu mir, Scheidungskinder gehören manchmal ihren Vätern und manchmal ihren Müttern, aber nie mehr werden sie »unsere« sein, und wieder quält mich Gilis Abwesenheit, wie hätte er es genossen, auf diesem Polsterlager herumzuhüpfen und mit einem Lutscher vor dem Fernseher zu sitzen, morgen früh mit Jotam auf dem Rasen Ball zu spielen, Jotam wird ihm bestimmt erzählen, welchen Spaß sie hatten, und er wird mich erstaunt anschauen und fragen, warum bist du ohne mich gefahren, warum hast du nicht auf mich gewartet?

Mir kommt es vor, als könnte ich ihn durch die beschlagene Glastür sehen, wie er auf dem Rasen zwischen den drei Eichen tanzt, die nackten Füße berühren kaum den Boden, schnell stehe ich auf und gehe zur Tür, kehre aber sofort verlegen zu meinem Platz zurück, reibe mir die Augen, Orna schaut mich neugierig an, was habe ich denn gesagt, ist es, weil ich etwas Falsches gesagt habe? Ich seufze, nein, es ist in Ordnung, alles, was du gesagt hast, habe ich mir in der letzten Zeit selbst schon gesagt, und schon ertappe ich mich dabei, wie ich ihr unsere Geschichte erzähle, in allen Einzelheiten, von unserem ersten zufälligen Treffen und wie am Anfang alles wunderbar war und wie er mich gedrängt hat, zu ihm zu ziehen, wie er versprochen hat, dass sich seine Beziehung zu Gili bessern würde, wenn wir erst alle zusammenlebten, und wie am Schluss nur alles schlimmer wurde, wie er zu ihm gesagt hat, dass er keine Teddys mag, die Stimme bleibt mir im Hals stecken, als spräche ich über eine Misshandlung, stell dir das vor, der Junge zeigt ihm seinen Teddy, und er sagt, ich mag keine Teddys, und wenn wir nach Hause kommen, erzähle ich weiter und rolle die Schuldschrift auf, die so frisch und zugleich so alt ist, steht er noch nicht einmal auf, das findest du vielleicht nicht so schlimm, aber ich bin daran gewöhnt, dass Amnon aufstand und uns entgegenkam und den Jungen sofort umarmt hat, er hat mich so sehr enttäuscht, gestehe ich der fremden Frau, die mit gerunzelter Stirn zuhört, ich habe so sehr an ihn geglaubt, noch nie im Leben habe ich mich so reingelegt gefühlt.

Warum verlässt du ihn dann nicht einfach, fragt sie kühl, bläst blassen Zigarettenrauch in meine Richtung, wozu brauchst du ihn überhaupt, seine Kinder gehen dir auf die Nerven, seine Frau ist euch eine Last, er kommt mit deinem Jungen nicht zurecht, warum hältst du also daran fest, schließlich hast du deinen Mann nicht seinetwegen verlassen, und ich seufze, aber seinetwegen bin ich nun ohne Wohnung, mein Mann hat mich gedrängt, unsere Wohnung zu verkaufen, und sie sagt, na und, dann kauf eine kleinere für dich und deinen Jungen, und Schluss, sie macht eine entschiedene Handbewegung, um das Ende unserer Beziehung anzuzeigen, und ich sage, aber das ist nicht so einfach, es ist uns zusammen gut gegangen, ich habe ihn so sehr geliebt, wir haben eine gemeinsame Zukunft geplant, ich kann das alles nicht einfach so wegwerfen, er hat mir versprochen, dass alles gut wird, wenn wir erst zusammenwohnen.

Aber das ist schrecklich kindisch, Ella, sagt sie, was nützt es dir, dass er es versprochen hat, willst du ihn deshalb vor Gericht schleppen? Weil er keine Teddys mag? Als er es dir versprochen hat, hat er daran geglaubt, und inzwischen hat er herausgefunden, dass er sein Versprechen nicht halten kann, was willst du dagegen tun? Ihn anklagen? Es ist lächerlich, was du da sagst, siehst du das nicht? Und ich schüttle den Kopf, warum ist das lächerlich, er muss die Verantwortung für seine Handlungen übernehmen, und sie sagt, aber auch du bist verantwortlich für das, was du getan hast, er hat dich nicht gezwungen, zu ihm zu ziehen, du hast entschieden, mit ihm zu leben, du kannst dich nicht wie ein kleines Mädchen benehmen und ihm die Schuld daran geben, dass er nicht so ist, wie du gedacht hast, er hat dich nicht absichtlich betrogen, er hat daran geglaubt, dass alles gut wird, und er hat sich geirrt und du bist reingefallen, und wieder reibt sie sich den Bauch, als hätten wir beide zu viel gegessen.

Was willst du damit eigentlich sagen, murmle ich wütend, und sie seufzt, dass du die Verantwortung für deine Entscheidungen übernehmen musst, man kann einem Menschen nicht einfach von morgens bis abends nur sagen, wie enttäuschend er ist, das hält niemand aus, und ich sage, aber wenn es doch wahr ist, wenn er mich wirklich enttäuscht hat? Dann verlass ihn, sagt sie, du kannst ihn schließlich nicht ändern, oder ändere du dich, du musst deine Erwartungen mit der Wirklichkeit abstimmen oder gehen, Ella, das sind die beiden Möglichkeiten, die du hast, verstehst du? Sie beugt sich zu mir, ihr Gesicht ist dicht vor meinem, auch wenn all deine Vorwürfe wahr sind, ist deine Haltung völlig falsch, du glaubst, dass dir etwas zusteht, du glaubst, dass die Dinge nach den Regeln des Anstands ablaufen müssen, aber in Wirklichkeit herrschen die Gesetze des Dschungels, hast du das nicht gewusst? Und ich schaue sie feindselig an, sie stellt sich das alles so leicht vor, als ginge es nur um die Trennung von Eigelb und Eiweiß, ich möchte sie sehen, wie sie mit einer solchen Enttäuschung fertig würde, und sie fährt fort, hör zu, ich kenne Oded seit vielen Jahren, ich liebe ihn von ganzem Herzen, aber ich sehe auch seine Schwächen, er ist einer von den Männern, die uns Frauen glauben machen, dass sie all unsere Sehnsüchte verwirklichen werden, aber davon ist er weit entfernt. Er ist misstrauisch und sehr verschlossen, er kann sich nicht hingeben, ja, er gibt sich nicht wirklich hin, deshalb ist er meiner Meinung nach auch in hohem Maße für die Verschlimmerung von Michals Zustand verantwortlich, ihr einziger Weg, seine Aufmerksamkeit zu erringen, war, dass sie immer kranker wurde, aber am Schluss hat sie ihn genau deshalb verloren, es ist schade um sie, sie ist eine wunderbare Frau, und ich nicke, höre ihr gebannt zu, als würde sie mir erklären, dass ich mein Schicksal in die Hände eines gefährlichen Verbrechers gelegt habe.

Aber das kann nicht sein, widerspreche ich, er war in all den Monaten so wunderbar und hilfsbereit, ich habe mein Glück gar nicht fassen können, ich konnte kaum glauben, dass es tatsächlich wahr ist, und sie ringt wieder die Hände und fragt erstaunt, sag mal, wo lebst du eigentlich, weißt du nicht, dass ein Mann, wenn er eine Frau erobern will, die größten Anstrengungen unternimmt, die sich nachher in Luft auflösen, hast du das gar nicht in Betracht gezogen? Und ich schüttle beschämt den Kopf, ich habe geglaubt, dass diese Regel nicht für uns gilt.

Sag, hast du keine Freundinnen, fährt sie fort, hast du niemanden, mit dem du dich beraten kannst? Ich kann es gar nicht glauben, dass du so naiv bist, ich sage nicht, dass er dir absichtlich etwas vorgemacht hat, und bestimmt nicht, dass er ein Ungeheuer ist, er ist ein tiefsinniger und interessanter Mann, und seine Absichten sind gut, aber er hat harte Seiten, er ist innerlich tief verletzt, und darauf baut er seine Herrschaft auf, ist dir das nicht aufgefallen? Er muss herrschen, er muss bestimmen, sonst fühlt er sich bedroht und von allem abgeschnitten. Er war sehr in dich verliebt, vielleicht ist er auch jetzt noch in dich verliebt, aber ihr seid in einem etwas realistischeren Stadium angelangt, man kann vor der Wirklichkeit nicht fliehen, du musst ihn entweder so nehmen, wie er ist, und die schönen Augenblicke mit ihm genießen, wenn sie eben kommen, oder du verlässt ihn, eure Liebesgeschichte hat gerade erst angefangen, wenn sie überhaupt schon angefangen hat, vergiss alles, was vorher war, es wird nicht zurückkommen. Aber es gibt Dinge, die ich auf keinen Fall akzeptieren kann, zum Beispiel sein Verhältnis zu meinem Sohn, sage ich, und sie steckt sich wieder eine Zigarette an, du solltest deine Erwartungen vielleicht überprüfen, Ella, dein Sohn hat schließlich einen Vater, er braucht bestimmt keinen zweiten, übrigens hatte ich auch nicht den Eindruck, dass du ein besonders warmes Verhältnis zu seinen Kindern hast, stichelt sie. Und ich erwidere, glaub mir, ich bemühe mich, aber jedes Mal, wenn ich versuche, ihnen näher zu kommen, wird es durch irgendetwas kaputtgemacht, ich bin sicher, wenn er sich Gili gegenüber anders verhalten würde, fiele es mir auch leichter mit ihnen. Da bin ich mir gar nicht so sicher, sagt sie, mir scheint, als hättet ihr euch völlig in die Sache mit den Kindern verstrickt, statt Liebende zu sein, habt ihr euch zu Anwälten eurer Kinder gemacht, du identifizierst dich mit deinem Sohn, er sich mit Maja und Jotam, und so bleibt euch nichts, woran ihr euch gemeinsam festhalten könnt. Ihr benutzt die Kinder als Stellvertreter für eure eigenen Bedürfnisse, ich glaube nicht, dass dein Sohn unbedingt eine innige Beziehung zu Oded braucht, du bist es, die das braucht, aber ihr müsst euch beruhigen, was die Kinder betrifft, erlaube mir noch zu sagen, dass sie wachsen, vielleicht hast du auch davon noch nie gehört, sie wachsen blitzschnell, Amit ist gestern erst geboren und heute schon beim Militär, die Kinder sind nicht das Problem und auch nicht die Lösung.

Vom Polsterlager dringen von Zeit zu Zeit Schnarchtöne herüber, sie kommen aus der Kehle ihres Mannes, der sich gleich zu Beginn unseres Gesprächs zurückgezogen und vor dem eingeschalteten Fernseher ausgestreckt hat, sein Schnarchen ersetzt die Gitarre, die inzwischen verklungen ist, vermutlich ist ihre Tochter ebenfalls schlafen gegangen, und ich spähe manchmal zum Flur hinüber, wie lange braucht er nur, um Maja ins Bett zu bringen, statt mit ihm zu sprechen, unterhalte ich mich mit seiner Freundin, einer fremden, klugen und grausamen Frau, als wären wir es, die die Scherben unseres Lebens zusammenfügen und eine gemeinsame Zukunft planen müssten, sie bemerkt meine Blicke und fragt, wartest du etwa noch auf ihn, ich bin sicher, dass er längst eingeschlafen ist, komm, schauen wir nach, und ich folge ihr zu dem Zimmer, das für uns bestimmt ist, er liegt auf dem Rücken und schläft, mit offenem Mund, sogar im Schlaf sieht er besorgt aus, seine Arme hat er weit von sich gestreckt wie ein Gekreuzigter, und auf jedem Arm ruht ein Kinderkopf, und ich betrachte enttäuscht die Matratzen, die für uns zusammengelegt wurden, mir bleibt nur die Wahl, neben welchem der Kinder, die mir beide nicht gehören, ich die Nacht verbringen will.

Nachdem sie mir ein großes Handtuch gegeben hat, wie ein unfreundliches Zimmermädchen, sagt sie, hör zu, ich habe das Gefühl, dass du überhaupt noch nicht verstanden hast, mit wem du zusammenlebst, ich habe mich entschieden, mit einem Felsbrocken zusammenzuleben, das hat Nachteile, aber er wird nie zerbrechen, Oded ist viel weniger stabil, als es den Anschein hat, er kann es in einer feindseligen Atmosphäre nicht aushalten, er hat seine eigenen Methoden, sich zu distanzieren, ich warne dich, quält euch nicht zu lange, gib dem Ganzen noch ein paar Wochen, und wenn es dann nicht besser wird, mach einen Schnitt, sie seufzt, schade, dass ich dich nicht früher getroffen habe, sag, kannst du noch zu deinem Mann zurück? Ich habe irgendwie das Gefühl, dass er zu dir gepasst hat, zumindest was deine hohen Erwartungen angeht, du scheinst an etwas Gutes gewöhnt zu sein, warum hast du ihn eigentlich verlassen?

Du kannst mir glauben, dass ich das schon selbst nicht mehr weiß, es war unausweichlich, wie eine Naturkatastrophe, und sie betrachtet mich skeptisch über ihre Brille hinweg, ich glaube nicht an solche Sachen, sagt sie dann, vielleicht verstehst du einfach deine Motive noch nicht, sag, kannst du zu ihm zurück? Nein, sage ich, dazu ist es zu spät, ich habe ihn auch nicht mehr geliebt, füge ich schnell hinzu, versuche, mich vor ihren peinigenden Bemerkungen zu schützen, und sie lacht, Liebe ist nichts, was man fühlt, Liebe ist wie Gesundheit, man bemerkt sie nicht, solange man gesund ist, erst wenn man krank ist, realisiert man, dass man sie verloren hat. Vielleicht ist es dir zu leicht gemacht worden und du hast Schwierigkeiten gesucht, Herausforderungen, wer weiß, wenn es das ist, was du suchst, bist du an den Richtigen geraten, sie deutet mit einer theatralischen Bewegung auf den schlafenden Mann, eingerahmt von seinen Kindern, und jetzt gute Nacht.

Ich habe das Gefühl, in einer Jugendherberge mit fremden Rucksackwanderern gelandet zu sein, ihre Bewegungen stören mich, ihre schnellen Atemzüge, das Krähen eines verwirrten Hahns um Mitternacht, wenn ich doch nur eines der schlafenden Kinder wegbewegen und an den Rand der Matratze rollen könnte, um den Platz neben Oded einzunehmen, um ihm wenigstens während der Nacht nahe zu sein, vielleicht könnte ich ihn sogar aufwecken und ihm zuflüstern, dass ich etwas verstanden habe, dass die Buchstaben sich langsam zusammenfügen, oder ich könnte es ihm vielleicht durch die Art meiner Berührung zeigen, durch die Art meiner Küsse, aber sie liegen wie Leibwächter neben ihm, und ich wälze mich am Rand der Matratze, ich kann hier nicht einschlafen, Maja kann sogar im Schlaf den Mund nicht halten, sie murmelt laut vor sich hin, und auch ihr Gemurmel beginnt und endet mit Papa, und Jotam ist still, tritt aber nach allen Seiten, ich gehöre nicht zu ihnen, ich gehöre nicht hierher, ich möchte nach Hause, auch wenn mein Zuhause weder Dach noch Wände hat, denn als ich ein Kind war, hatte ich schließlich auch kein richtiges Zuhause, und trotzdem habe ich mich immer danach gesehnt, dorthin zurückzukehren, ich hatte die Pflicht, es zu bewahren, ich selbst musste das Fundament sein, hast du keine Freundinnen, hat sie gefragt, und es fällt mir schwer, darauf zu antworten, ich habe immer leicht Freunde gefunden, aber ebenso leicht habe ich auch wieder losgelassen, nur Dina begleitet mich durch die Jahre, und auch von ihr habe ich mich in der letzten Zeit zurückgezogen, vielleicht ist es das, was sie mir damals andeuten wollte, dass er nicht zu mir passt, dass ich einen Felsen brauche, auf den ich einschlagen kann, ohne ihn zu zerstören, und ich stehe auf, nehme meine Decke und das Kissen und suche mir einen Platz zum Schlafen, in einem Haus, das ich nicht kenne, tastend bahne ich mir den Weg zum Lager vor dem Fernseher, an der Wand liegen ein paar Decken, ich strecke mich neben ihnen aus, die Trennung von der fremden Familie erleichtert mich, als hätte ich mich von einer Bürde befreit, und als sich der Schlaf schon über mich senkt wie eine Dunstwolke, bemerke ich, dass sich die Decke neben mir bewegt, die schweren Glieder des Hausherrn spannen sich für einen Moment und werden dann gleich wieder weich, und ich spüre im Schlaf eine verschwommene Fröhlichkeit, ich bin zu dir zurückgekehrt, Amnon, schau nur, dieses Lager hat sich in einen Zauberteppich verwandelt, der mich auf wunderbare Weise in mein früheres Leben zurückgebracht hat, aber wenn du das bist, Amnon, wo ist dann Gili, wo ist das Kind unserer Liebe, und seine Stimme scheint mir zu antworten, er ist noch nicht geboren, er wird erst in neun Monaten geboren.

23

Die Kinder tragen die Zeit auf ihren schmalen Schultern, wie kleine Lastenträger beladen sie sich mit ihr und gehen vorwärts, in ihren Turnschuhen vom letzten Jahr, in dunklen Gummistiefeln, in Sandalen mit abgetragenen Sohlen, sie fahren mit dem Tretroller, mit einem Fahrrad, auf Inlineskates, ihre Haare wehen im Wind, ihre weichen Gesichtszüge machen den Feind weniger bedrohlich, nicht von uns sind sie abhängig, sondern von der Zeit, nicht wir ziehen sie auf, sondern die Zeit, nicht uns vertrauen sie, sondern ihr, sie gehorchen ihren Befehlen, und hinter ihrem Rücken lassen sie uns für sich sorgen. Denn nur so können sie existieren.

Die Geschichte unseres Lebens ist ihnen auf die glatte Haut geschrieben, wird mit Malstiften auf zerknitterte Blätter gemalt, wird von ihren brüchigen Stimmen erzählt. Sie werden schneller erwachsen, als wir es wurden, wir sind vormittags nur für ein paar Stunden getrennt, aber wenn wir uns mittags wieder treffen, haben sich ihre Züge schon verändert, wir werden sie kaum erkennen, in ihren distanzierten Blicken zeigt sich die Scham ihrer Liebe, und der Glanz ihrer Augen, mit denen sie uns anschauen, verblasst immer mehr. Wann wird der Tag kommen, an dem ich ihm zur Last werde, wann wird die Sekunde kommen, an der ich ihm meine Liebe versichere und er nicht antwortet, sondern nur höflich schweigt? Wie kurz ist die Geschichte dieser Liebe, deren Ende von Anfang an feststeht, danach wird es nur noch sehnsüchtige Erinnerungen geben, die er nicht wird hören wollen, und wir, die Mütter, die zum ersten Mal im Leben eine vollkommene Liebe erfahren haben, ohne Wenn und Aber, werden uns mit dem Ende abfinden, doch womit werden wir die Lücke füllen können, die sie hinterlässt? Wie erlogen ist unser Glück, wie zweifelhaft und bedauernswert, auf wen werden wir unsere Hoffnung setzen können, an wen haben wir uns bereitwillig gebunden, an Geschöpfe, die sich mit Zauberkraft aus unserem Griff befreien können, mit dieser uralten, kategorischen Kraft, und je mehr wir uns bemühen, sie festzuhalten, umso grausamer wird die Trennung sein.

Ist das vielleicht der Stock, an dem sie festgehalten haben wie junge Hunde, jeder an einem Ende, schreiend und heulend und nicht bereit, loszulassen, und hier ist er immer noch, er liegt zwischen den Sträuchern wie eine tote Schlange, zu nichts nütze, durchgeweicht vom Regen, rissig geworden von der Sonne, wenn es so ist, wird er mir gehören, ich klettere auf einen der Felsen, den langen Stock in der Hand, und betrachte das Getöse auf dem Schulhof, wie ein Prophet vor der Stadt, die dem Untergang geweiht ist, wie sind das starke Zepter und der herrliche Stab so zerbrochen ... Werde ich unter all den Kindern, die noch immer im Hof spielen, überhaupt sein Gesicht erkennen, seine Stimme aus diesen vielen Stimmen heraushören, so oft sind wir in den letzten Monaten hin und her gerissen worden, und trotzdem erscheint der Weg, der vor uns liegt, von der Höhe des Felsens aus klarer als je zuvor, das scheint die einzige Wahrheit zu sein, noch ein paar Jahre oder Stunden, noch ein Wimpernschlag, dann wird er wie jene Jugendlichen sein, die jetzt mit großen Schritten an mir vorbeigehen, heiser lachend, und ich drücke den Stock an die Brust und frage mich, ob Mandeln aus ihm blühen werden oder ob er sich in eine Schlange verwandelt, wenn ich ihn auf die Erde werfe.

Da ist das Klingeln zu hören, ich muss hier weggehen, in eine der Wohnungen, die mich in einer der gewundenen Gassen erwartet, ich muss durch die menschenleeren Zimmer gehen, Fliesen und Schritte zählen, aus den Fenstern schauen, doch noch immer bleibe ich stehen, es fällt mir schwer, mich von dem vertrauten und dennoch so fremden Anblick zu trennen. Ein schwarzer Hund rennt quer durch den Park, Raben sammeln sich um ihn, als wären sie seine Nachkommen, und ich frage mich, wie viele Jahre ein Rabe lebt, wie lange ein Hund, ein Baum, wie lange lebt die Liebe, so sieht eine Welt ohne Liebe aus, eine Welt, die von der Zeit beherrscht wird, einem herzlosen Diktator, nur absolute Unterwerfung wird die Demut ermöglichen, die notwendig ist, um zu überleben, Ehrfurcht vor dem, was sich nicht ändern lässt, und ich, die ich Liebe gesucht habe, wie eine Forscherin, die ihre Hypothese mit dem ersten Zeugnis beweisen will, das ihr in die Finger kommt, habe mich auf Oded gestürzt, er war der untrügliche Beweis, dass das ganze Hin und Her zu einem guten Ende führen würde, dass das Leben nach der Trennung all die Mühsal rechtfertigen würde, aber vielleicht ist jetzt die Zeit gekommen, heute um acht Uhr morgens, mit dem Suchen aufzuhören, sich damit abzufinden, dass etwas fehlt, denn mit meinem Stock werde ich diesen Park durchqueren, mit meinem Stock werde ich sein Haus verlassen, und es wird noch immer keinen Beweis geben.

Wie ich es mir in den letzten Monaten angewöhnt habe, beobachte ich die Elternpaare, die sich am Schultor von ihren Kindern verabschieden, so wie man ein Naturschauspiel beobachtet, was wissen sie, was ich nicht weiß, sind sie geduldiger als ich, können sie ihre Erwartungen besser mit der Wirklichkeit abstimmen oder haben sie einfach Glück, was für einen Morgen haben sie hinter sich, was für eine

Nacht, und ich denke an unsere Morgen, die Kinder öffnen müde die Augen und sehen ein zerstrittenes Zuhause, falls man das überhaupt noch ein Zuhause nennen kann. Der Zorn hat verzweifeltem Staunen Platz gemacht, wie unzulänglich er ist, wie unzulänglich ich bin, wie belastend ausgerechnet die alltäglichsten Momente, die scheinbar natürlichsten, wenn man abends im Wohnzimmer sitzt, vor dem Fernseher, und ein kleiner Junge im Pyjama auf dem Teppich mit seinen Autos spielt, mit warmem Körper und vom Baden feuchten Haaren, aber dieser Junge ist nicht meiner, seine Anwesenheit betont die Abwesenheit meines Sohnes, und auch das Wissen, dass er nicht weit entfernt von hier ist, dass ich ihn morgen oder übermorgen sehen werde, besänftigt mich nicht, und wie bedrückend es ist, in diesem Wohnzimmer mit meinem eigenen Sohn zu sitzen, der auf dem Teppich mit seinen Autos spielt, und zu wissen, dass Oded genau das Gleiche fühlt, dass er hofft, der Junge würde endlich ins Bett gehen und ihn von seiner Anwesenheit befreien, und zu meinem Erschrecken identifiziere ich mich ein paar Sekunden lang mit seinem Bedürfnis und bringe Gili schnell ins Bett, in der vergeblichen Hoffnung, dass uns dann leichter zumute ist, und wie belastend die ständige Angst vor den Streitereien zwischen den Kindern ist, wenn alle gemeinsam in der Wohnung sind, die Angst ist nicht weniger schlimm als die Streitereien selbst und als die andauernde Rivalität, der wir uns unwillkürlich immer aussetzen, und am schlimmsten ist es ausgerechnet in der Küche, die sich in ein Schlachtfeld verwandelt hat. Wie feindliche Banden bewegen wir uns dort, stehlen uns gegenseitig das Brot aus dem Mund, und wenn ich feststelle, dass wieder einmal das gesamte Essen verschwunden ist, das ich für Gili vorbereitet habe, stürze ich mich wütend auf den Kühlschrank, kurz bevor sie nach Hause kommen, und trinke den süßen Joghurt, den Maja besonders gern mag, und den Kakao, der für Jotam bestimmt war, und stopfe den Rest Reis in mich hinein, und das Durcheinander in meinem Magen entspricht genau dem Geschmack dieser Tage in diesem Haus, ihrer Schande und ihrer Schmach. Wenn es nur möglich wäre, dass wir uns für einen einzigen Abend von diesem Zorn befreien, aber er begleitet uns offenbar bei allem, was wir tun, auch wenn wir in einem Restaurant sitzen, wenn wir ins Kino gehen oder Freunde besuchen, die kleinste Gebärde, das beiläufigste Wort kann ihn wecken, und sofort geht es los mit lautem Fauchen, schrecklichen Beschuldigungen, und die unbeholfenen Beschwichtigungsversuche entzünden ihn nur aufs Neue, gerade die Tage ohne Kinder sind die gefährlichsten, weil es dann keinen Grund gibt, zumindest den höflichen Schein zu wahren, dann wird die Bitterkeit offen sichtbar, bis wir schließlich aufgeben. In den Nächten, in denen seine Kinder bei ihrer Mutter sind, schläft er in der Praxis, und Gili und ich sind allein in der großen Wohnung, die nur langsam warm wird, an deren Geruch und Geräusche wir uns noch immer nicht gewöhnt haben, wie schal ist unser Sieg, sogar die Spiegel zeigen uns andere Gesichter, gezeichnet von ständiger Anspannung, ja, wieder und wieder kehrten die Bewohner zurück und erbauten ihre Siedlungen auf den Ruinen der alten, wieder und wieder stellte der Mensch die gleichen Gegenstände her, Kochtöpfe, Kerzen, Münzen, und genauso stellen wir immer wieder das gleiche Unbehagen her. Quält euch nicht zu lange, hat sie damals gesagt, und nun sind aus einer Woche viele Wochen geworden, und wir sind nicht gerettet.

Am Schultor hält ein prachtvoller Jeep, und ein gut aussehender Mann steigt aus, langsam, obwohl es doch schon spät ist, er hebt ein hübsches kleines Kind heraus, dann noch einen Jungen, den ich kenne, beide Kinder haben die schönen Augen ihrer Mutter, ich laufe schnell zu ihnen hinüber, wie geht es Keren, ich habe sie schon lange nicht mehr gesehen, sage ich zu ihrem Mann, und plötzlich zweifle ich, ob er es überhaupt ist, so viel dunkler ist sein Gesicht seit jener Schabbatfeier zu Beginn des Schuljahres geworden.

Nicht so gut, antwortet er mit düsterer Miene, sie ist krank, und ich frage erschrocken, ist es etwas Ernstes? Er schaut mich an, als kämpfe er mit sich, unsicher, ob er es mir sagen soll, dann bricht es aus ihm heraus, ja, leider, und sofort verschwindet er durch das Tor, seine Kinder an den Händen, die mich mit besorgten blauen Augen angeschaut haben, und ich versuche, mich zu erinnern, wann ich Keren das letzte Mal gesehen habe, ob es damals war, als sie sich neben uns auf den Rasen gesetzt hat, ich habe in der letzten Zeit überhaupt keinen Appetit, ich kriege nur mit Mühe etwas herunter, sagte sie damals, sie fuhr sich durchs Haar, ihre Haut war gelblich, sie sprach über die Sicherheit unserer Kinder, machte sich Sorgen über die Anzahl der Wachmänner in der Schule, und ich frage mich, wer sie die ganze Zeit bewacht hat, ein beschämendes Bewusstsein meiner Gesundheit packt mich, und ich nehme meinen Stock und gehe weiter. Orna hat sich geirrt, man fühlt Gesundheit doch, und die habe ich noch nicht verloren, soweit ich weiß, und vielleicht schaffe ich es ja auch irgendwann, Liebe zu fühlen, und nicht nur ihren Verlust, und ich wende dem Rabenpark den Rücken zu, laufe rasch zu der Adresse, die in meinem Notizbuch steht, die morgendliche Kühle verschwindet langsam aus den Straßen, macht einer zaghaften Frühlingssonne Platz, der noch nicht zu trauen ist.

Das muss das Haus sein, eine dicke Frau steht im Eingang und tippt eine Nummer in ihr Telefon, das Handy in meiner Tasche klingelt, aber ich ignoriere es, ich gehe an der Frau vorbei, als wartete sie nicht auf mich, um mir an diesem Morgen einige Wohnungen in dieser Gegend zu zeigen, die groß genug sind für meine Bedürfnisse und die ich mir leisten kann, eine Wohnung für zwei Personen, und erst als ich weit genug entfernt bin, rufe ich die Frau an, ich kann heute nicht, ich muss leider absagen, vielleicht ist diese Flucht auch eine Flucht vor dem Urteil, das schon gefallen ist, und was werde ich Gili sagen, wie werde ich ihm einen weiteren Umzug erklären, aber die Zeit für diese Fragen scheint noch nicht gekommen zu sein, denn jemand, der vor den Flammen um sein Leben rennt, kann nicht innehalten und über seine Handlungen nachdenken, und schon bin ich an der Kreuzung, die Autos kreisen den Platz ein, in der Mitte wachsen rote Tulpen, sie glänzen wie eine Samtdecke in dem goldenen Licht.

Zum ersten Mal fällt mir auf, dass der Fußboden im Treppenhaus wie ein Schachbrett gemustert ist, Fliesen in Schwarz und Weiß, wie im Zimmer meines Vaters, ich steige langsam hinauf, schiebe den Stock vor mir her wie eine Blinde. Zu meiner Freude ist die Sekretärin nicht da, der Empfangsraum ist leer und still wie ein verlassener Militärposten, nur das Summen des Bohrers aus der benachbarten Zahnarztpraxis ist zu hören, ich nähere mich dem Behandlungszimmer und lege das Ohr an die Tür, Stille, vermutlich ist niemand da, ich werde nicht sehen, wie er dasitzt und zustimmend nickt, den Mund leicht geöffnet, als lauschte er mit den Lippen und nicht mit den Ohren, vorsichtig klopfe ich, und als keine Antwort kommt, öffne ich langsam und mit pochendem Herzen die Tür. Nur ein einziges Mal war ich hier, einen intensiven und kurzen Augenblick lang, wie schnell und geheimnisvoll verlief damals meine Genesung, doch sogar dieses Zimmer hat sich bis zur Unkenntlichkeit verändert, es ist dämmrig und stickig wie ein Schuppen.

Ich frage mich, ob überhaupt noch jemand sich die Mühe macht, herzukommen, ob noch jemand an dieses Zimmer und den Mann darin glaubt, und ich setze mich in den bequemen Ledersessel, in den ich damals kraftlos gesunken bin, wundere mich über seine Schäbigkeit, meine Augen gewöhnen sich langsam an das durch die Vorhänge violett gefärbte Dämmerlicht, ich bemerke einige Kartons, die an der Wand stehen, und zu meiner Verblüffung erkenne ich auf ihnen meine Handschrift, kurze Worte, die mit Hoffnung und Angst geschrieben wurden, Schlafzimmer, Wohnzimmer, Küche, packt er etwa seine Sachen ein, und zieht aus, wo ist er überhaupt, ich schaue mich beunruhigt um, als würde ich zum ersten Mal in seine innere Welt blicken und ein bedrohliches Chaos entdecken.

Erst jetzt bemerke ich die Person, die bewegungslos auf dem Sofa liegt, ist das vielleicht einer seiner Patienten, der dort vergessen wurde, während er mit seinem Leben hadert, erschrocken springe ich auf, betrachte verwirrt die zerbrechliche Gestalt, auf ihrem Gesicht liegt die Gelassenheit, die ich von den Momenten unserer Liebe kenne, Ella, sagt er plötzlich, ohne die Augen zu öffnen, endlich bist du gekommen, ich warte schon so lange auf dich, seine Stimme klingt monoton und abgehackt, sie klingt wie eine Tonbandaufnahme, die von den Wänden hallt, und ich frage leise, Oded, warum liegst du hier, warum arbeitest du nicht? Und wieder antwortet er mit dieser seltsamen Stimme, ich habe Urlaub, habe ich dir nicht erzählt, dass ich Urlaub habe?

Du hast mir vieles nicht erzählt, sage ich, warum hast du Urlaub? Weil ich auf dich warte, sagt er, wie kann ich arbeiten, wenn ich auf dich warte, ich muss mit dir reden, und ich frage erstaunt, mit mir reden, ich verstehe dich nicht, du hast tausend Möglichkeiten gehabt, mit mir zu reden, und sie nicht genutzt, und plötzlich wartest du hier auf mich?

Ich hatte keine Möglichkeiten, sagt er und dreht das Gesicht zu mir, du hast mir keine Chance gegeben, ich rede die ganze Zeit mit dir, aber du hörst nicht zu, ich bitte dich die ganze Zeit, dass du aufhörst, mir zu misstrauen, mich so hart zu verurteilen und von mir etwas zu verlangen, was ich nicht geben kann, und der Ernst seiner Worte weckt den üblichen Zorn in mir, und ich sage, was habe ich schon von dir verlangt, dass du meinem Jungen gute Nacht sagst? Ist das schon zu viel? Erspare mir deine scheinheilige Ansprache, mit Worten bist du gut, aber deine Worte sind nicht viel wert, was soll das heißen, von dir etwas zu verlangen, was du nicht geben kannst? Es ist doch wohl eher so, dass du überhaupt nichts geben kannst.

Er seufzt, es tut mir Leid, Ella, ich war dumm, ich habe gedacht, dass ich deine Hoffnungen erfüllen kann, vielleicht ist das gut für einen Therapeuten, so fest an seine Kraft zu glauben, aber außerhalb der Praxis scheint das nicht zu funktionieren, es tut mir wirklich Leid, und ich schreie, es tut dir Leid? Das ist alles, was du zu sagen hast? Als hättest du mich aus Versehen angerempelt und Kaffee über mich verschüttet, als hättest du eine Verabredung vergessen, warum schämst du dich nicht, sag mir das, und er springt auf und schaut mich an, seine Augen füllen sich mit schwarzer Feindseligkeit wie überlaufende Tassen, und er sagt, es wird langsam Zeit, dass du dich auch selbst hinterfragst, glaubst du etwa, es ist ein großes Vergnügen, mit dir zusammenzuleben? Du willst nur nehmen, du hast beschlossen, dass du für alles, was du durchmachen musstest, eine Entschädigung verdienst, jedes Problem empfindest du als Teil einer Verschwörung gegen dich, du kannst immer nur anklagen, Ella, du hast keine Geduld für die Probleme anderer, mit Steinen kommst du vermutlich zurecht, aber Menschen sind einfach zu viel für dich. Verschone mich mit deiner Diagnose, zische ich, umklammere den Stock und gehe zur Tür, du hast mich und Gili in eine unerträgliche Situation gebracht, du hast uns falsche Versprechungen gemacht, du hast dich von mir entfernt, als ich dich am meisten gebraucht habe, ist es da ein Wunder, dass ich heftig reagiere, aber mach dir keine Sorgen, ich werde dich nicht länger belasten, sobald ich eine Wohnung gefunden habe, bin ich weg, mit diesen Worten mache ich die Tür auf und sehe im Neonlicht, das aus dem Treppenhaus hereinfällt, wie sich sein Gesicht verzerrt, als er sich umdreht, wie spitz sich seine Schultern unter dem dünnen Hemd abzeichnen, du hast Recht, sagt er mit leiser Stimme, ich habe dich getäuscht, ich habe nichts, was ich dir geben könnte, ich bin leer, ich bin am Ende, ich kann niemandem etwas geben, deshalb mache ich Urlaub. Einen Moment lang glaube ich, dass er mich damit nur weiter angreifen, unseren Streit fortsetzen will, aber seine Stimme wird plötzlich erschreckend laut, ich habe Michals Leben zerstört, und jetzt zerstöre ich deins, ich darf mit keiner Frau zusammenleben, ich darf keine Kinder aufziehen, ich darf keine Kranken behandeln, sein Rücken krümmt sich unter heftigem Schluchzen, und als ich die Tür schließe und vor ihm stehe, hilflos, gestützt auf meinen Stock, erinnere ich mich an einen fernen rosigen Morgen am Ende des Sommers, als ich in der Tür meines Vaters stand, die Blätter der Palme im Fenster blitzten wie silberne Messerschneiden, und ich sagte zu seinem über den Schreibtisch gebeugten Rücken, Papa, ich verlasse das Haus, ich ziehe ins Studentenheim, überzeugt, dass er mir mit offizieller Stimme Erfolg wünschen und den Blick kaum von seinem Buch heben würde, aber zu meiner Überraschung stand er auf, warf sich aufs Bett und vergrub das Gesicht in einem Kissen, sein Rücken zitterte, und ich stand mit offenem Mund da, das hatte ich noch nie gesehen, ich hatte nicht geglaubt, dass ihn neben seinen kosmischen Betrachtungen irgendetwas interessiert, ich hätte mich am liebsten neben ihn gesetzt und seinen Rücken gestreichelt, und noch lieber hätte ich mich neben ihn auf das Bett geworfen und ebenfalls geweint, geweint über die Liebe, die uns fehlte, wie sehr hat meine Seele die deine verletzt, Papa, und deine die meine, wie sehr sind wir voreinander erschrocken.

Lange stand ich da, an den Türstock gelehnt, bis ich die Tür hinter mir zumachte und davonging, und jetzt, vor diesem schluchzenden Mann, murmle ich, Oded, beruhige dich, sei nicht so hart zu dir selbst, du hast nichts mit Absicht getan, aber meine Worte verstärken seine Selbstanklage nur noch, alles, was ich anfasse, geht kaputt, ich bin nicht anders als mein Vater, meine Mutter hat immer gesagt, dass ich mich verstelle, dass ich eigentlich genauso bin wie er, nie war ich gut genug für sie, nie war ich eine Entschädigung für das Leid, das er ihr verursacht hat, auch du hast von mir gewollt, dass ich dich für dein Leid entschädige, ich weiß offenbar nicht, wie man das macht, und ich setze mich erschrocken neben ihn auf das Sofa, versuche, seine Schultern zu streicheln, die wie gebrochene Flügel beben, meine Hände fahren verwirrt über seinen Rücken, so kennen wir uns nicht, bin ich überhaupt bereit, ihn kennen zu lernen?

Oded, beruhige dich, flüstere ich, du bist deinen Kindern ein wunderbarer Vater, und ich bin sicher, dass du ein guter Therapeut bist, sei nicht so streng mit dir, deine Absichten waren gut, wir sind uns in einer schweren Zeit begegnet, wir haben beide Schutz gesucht, da ist es doch kein Wunder, dass wir zerbrochen sind, aber noch ist nicht alles verloren, zwischen vollkommenem Scheitern und vollkommenem Glück gibt es noch Platz, beruhige dich, ich werde dir helfen, ich spreche so leise, als hätte meine Stimme Angst, von mir gehört zu werden, es tut mir Leid, Oded, ich weiß noch nicht einmal, was genau, komm, steh jetzt auf, gehen wir nach Hause, aber er beruhigt sich nicht, sein Weinen gleicht jetzt einem leisen trockenen Husten, ich möchte hier bleiben, murmelt er, mir geht es zu Hause nicht gut, ich fühle mich dort nicht wohl, wenn die Kinder nicht da sind, und ich beeile mich zu sagen, dann holen wir die Kinder eben, ich hole sie von der Schule ab, und er wimmert, aber ich will nicht, dass sie mich so sehen, das wird sie erschrecken, und ich sage, mach dir keine Sorgen, ich werde ihnen sagen, dass du krank bist, komm erst einmal nach Hause, sage ich noch einmal und merke, dass ich dieses Wort seit langer Zeit zum ersten Mal ernst meine.

Als wir das Treppenhaus betreten, mache ich das Licht in der Praxis aus und schließe die Tür ab, als wäre das hier eine Fabrik, die in Konkurs gegangen ist und dem Erbarmen der Gläubiger überlassen wird, ich nehme ihn am Arm und führe ihn über die schwarz-weißen Fliesen wie einen alten Mann, der sich verlaufen hat und die Hilfe einer Fremden braucht. Sein Blick unter den schweren Augenbrauen ist gesenkt, die Lippen sind zusammengepresst, sein Rücken ist so verkrampft wie immer, er schreckt ein wenig zurück, als wir die laute Straße betreten, und schützt die Augen mit den Händen gegen die Sonne, ich hänge mich bei ihm ein, und so gehen wir durch den späten Vormittag, im Schatten der schräg gewachsenen Kiefer, wie schmal ihr Stamm ist und wie lang, bis hinauf zu dem dünnen Wipfel, ein einsamer Vogel sinkt plötzlich vom Himmel, als würde jemand auf ihn schießen und er suchte zwischen den schwarzen Nadeln und Zapfen Schutz.

Stütz dich auf mich, wenn dir das Gehen schwer fällt, ermutige ich ihn, aber er geht aufrecht und angespannt weiter, obwohl er die Füße kaum von dem schwarzen Asphalt heben kann, sein Arm ist wie versteinert, sein Atem ist warm und seine Haut verströmt den säuerlichen Geruch von Krankheit. Wir spiegeln uns in den Glasscheiben des Cafés, dünn, dunkel, langsam, wie zwei Uhrzeiger, an unserem Ecktisch, unter der Plastikfolie, die bald, mit Beginn des Sommers, heruntergenommen werden wird, sitzt jetzt ein anderes Paar, das vor Glück strahlt, wie wir damals, das ist der Lauf der Welt, stelle ich ohne Groll fest, der Lauf der Welt.

Zu Hause angekommen, führe ich ihn vorsichtig zum Bett, ich ziehe ihm die Schuhe aus und lege ihm die Hand auf die Stirn, du hast Fieber, sage ich und mache ihm gleich einen Tee mit Zitrone und schaue zu, wie er trinkt, willst du noch einen Tee, willst du etwas zu essen, frage ich und versuche, seine zusammengepressten Lippen zu einer Antwort zu bewegen. Es ist in Ordnung, Ella, ich will nur ein bisschen ausruhen, murmelt er schließlich, und schon fallen ihm die Augen zu, mir ist kalt, flüstert er, ich decke ihn zu und betrachte ihn besorgt, halte dich fern von ihm, er ist krank, hat meine Mutter einmal zu mir gesagt, und jetzt denke ich, das ist es, was Dina gemeint hat, vielleicht wird es Zeit, dass ich einmal mit ihr rede, nach all diesen Monaten, um herauszufinden, wovor sie mich gewarnt hat, aber ich zögere, meine Hand weicht vor dem Telefon zurück, und statt sie anzurufen, erkundige ich mich bei der Auskunft nach der Nummer des Hauses im Dorf, am Ende der Straße, mit den Holzstufen, die zum Eingang hinaufführen. Hier ist Ella, sage ich, als ich Ornas ungeduldige Stimme höre, ich war vor ein paar Wochen mit Oded bei euch, ich muss dich um Rat fragen, und als ich anfange, ihr seinen

Zustand zu beschreiben, unterbricht sie mich und sagt, das war zu erwarten, Ella, ich habe dich gewarnt, er hat seine eigenen Methoden, sich zu distanzieren, ja, er hatte schon einige kurze Zusammenbrüche dieser Art in der Vergangenheit und er hat sie überwunden, nein, er wurde noch nie in die Psychiatrie eingewiesen, mach dir keine Sorgen, er wird sich fangen und wieder so werden wie vorher, das ist kein Grund, bei ihm zu bleiben oder ihn zu verlassen, aber wenn du dich entscheidest, bei ihm zu bleiben, musst du deine Einstellung ändern, dann musst du dich so verhalten, als hinge alles nur von dir ab.

Als ich ins Schlafzimmer zurückgehe und mich zu ihm auf den Bettrand setze, fällt mir ein, wie ich Gili stundenlang in den Armen gewiegt habe, wenn er krank war, wie ich nicht gewagt habe, auch nur eine Sekunde innezuhalten, aus Angst, er könnte aufwachen, wie ich all meine eigenen Bedürfnisse ignoriert habe, und wie viel Freiheit lag doch in dieser vollkommenen Selbstaufgabe, wie viel Kraft, die alle Sorgen und Zwänge vertrieb, und als ich jetzt diesen Mann betrachte, der zwischen den Decken liegt, breitet sich eine sanfte Ruhe im Zimmer aus, denn mir ist, als würde ich den Schlaf jenes Jungen bewachen. Mein Sohn wächst und braucht mich immer weniger, an seiner statt ist mir plötzlich ein sonderbarer, verwirrender Ersatz geboren worden, ich hoffte, er würde mich unter seine Fittiche nehmen, ich versuchte, mich unter seine Flügel zu schmiegen, und habe dort keinen Platz gefunden, und ausgerechnet seine Hilflosigkeit schenkt mir eine einzigartige Ruhe, so etwas wie Glück, das Gefühl vollkommener Liebe, wie ich sie Amnon gegenüber nie empfunden habe. Sein Adamsapfel bewegt sich, sein Gesichtsausdruck verändert sich schnell, sein Mund öffnet und schließt sich, als versuchte er, mich zu überreden, als versuchte er, etwas zu versprechen, als flehte er um sein Leben, und mir ist, als würde ich die Bilder seiner Kindheit auf seinem Gesicht sehen und zugleich die zukünftigen Bilder seines Alters, ein ganzes Leben, das zwischen vollkommenem Glück und vollkommenem Versagen schwebt, und ich hebe die heruntergefallene Decke auf und lege sie über ihn, setze mich an den Computer, der in der anderen Ecke des Zimmers steht.

Wer zerstörte den schönsten Palast, damit niemand dorthin zurückkehren konnte, das Haus der doppelten Äxte, das große Labyrinth, welche geheimnisvolle Kraft hat diese erste vollendete europäische Kultur weggewischt, das Atlantis Platos, wer vernichtete das antike Volk, dessen Kunst erstaunlich komplex war, das den schnaubenden Stier im Bauch der Erde anbetete? Waren es mächtige Naturgewalten, eine Reihe von Erdbeben und Flutwellen, oder waren es Eindringlinge, die über das Meer oder vom Kontinent kamen, die Dorier mit ihren eisernen Dolchen, die Mykener, die ihre Inseln verließen, denn es mehren sich die Beweise, dass die Zivilisation auf Kreta weiter existierte, auch nachdem Thera von schwammigem, vulkanischem Tuffstein bedeckt worden war. Die Formen der Krüge änderten sich zwar, und es scheint, als hätte sich die Bevölkerung eher der Befestigung als der Kunst zugewandt, dem Schutz der Wasserquellen, doch während sie Menschen opferten, um die Natur zu versöhnen, kamen Eindringlinge und brachten Zerstörung über die reiche, hoch entwickelte Gesellschaft, über den ausgedehnten prachtvollen Palast, über die lebenden und die gemalten Gestalten, und unter ihnen die Pariserin, wehe denen, die am Meer wohnen, dem Volk der Kreter ...

Mittags, als ich den Schulhof betrete, rennt Gili überrascht auf mich zu, ein lausbubenhaftes Lächeln im Gesicht, Mama, warum holst du mich ab, heute bin ich doch bei

Papa, hast du das vergessen, du bringst immer alles durcheinander. Es sieht so aus, als würde ihn mein Irrtum amüsieren, und ich muss zugeben, dass ich es nicht vergessen habe, ich bin gekommen, um Jotam abzuholen, weil sein Papa krank ist, und ich bin erleichtert, dass er diese Begründung als ganz natürlich hinnimmt, er bietet sich sogar an, Jotam zu holen, und zieht mich hinter sich her über den Hof. Meine Mama holt dich ab, verkündet er ihm fröhlich, und ich hänge mir Jotams Ranzen über die Schulter und erkläre ihm, dein Papa wartet zu Hause auf dich, er fühlt sich nicht wohl, sein verängstigtes und zugleich dankbares Gesicht rührt mein Herz, ich streiche ihm über die Haare, die wild gewachsen sind, verwische die Spuren der verunglückten Frisur.

Hand in Hand gehen wir hinauf zu Majas Klasse, wir finden sie, allein in einer Ecke des großen Raums, wie sie nachdenklich ihre Hefte einpackt, keines der anderen Kinder spricht sie an, warum hat sie keine Freundinnen, überlege ich erstaunt, und mir wird bewusst, dass sie noch nie einen Gast mit nach Hause gebracht hat. Was ist passiert, fragt sie sofort, wo ist Papa, und ich sage, Papa wartet zu Hause auf euch, er fühlt sich nicht ganz wohl, mach dir keine Sorgen, und als wir das Schulhaus verlassen, werfe ich einen Blick über den Hof, um zu sehen, ob Amnon schon gekommen ist, und tatsächlich sehe ich ihn neben der Wippe stehen und sich angeregt mit einer der Mütter unterhalten, seine Handbewegungen sind lebhaft, und ich frage mich, wann er so gesellig geworden ist. Warte einen Moment, Mama, Gili rennt auf mich zu, winkt mit einem weißen Blatt, als hielte er eine Fahne in der Hand, und schreit, ich habe ein Bild für Oded gemalt, und ich gehe ihm entgegen, was für ein tolles Bild, verkünde ich, noch bevor ich die Figur erkenne, einen dicken lächelnden Teddy, hastig mit

Kreide gemalt, ich weiß, dass Oded keine Teddys mag, sagt er ernst, aber mein Bild wird ihm gefallen, und ich verabschiede mich und verlasse den Hof, ohne Amnon zu grüßen, obwohl ich gern mit ihm gesprochen und ihn gefragt hätte, warum er damals, als wir uns zum ersten Mal trafen, Thera erwähnte, aber was spielt das jetzt für eine Rolle, es gibt keinen Weg zurück, es hat nie einen gegeben.

Als wir durch das grün gestrichene Metalltor treten, auf dem ich eines Morgens, zu Beginn dieses Schuljahres, festsaß, gefangen zwischen Himmel und Erde, mit Blick auf die ausgeblichenen Rasenflächen und die Mülltonnen, greife ich nach den beiden Kindern, die schweigend neben mir hergehen, sie schmiegen sich dichter an mich, und gemeinsam überqueren wir die Straße zum Rabenpark, und obwohl Gili nicht dabei ist, habe ich das Gefühl einer erstaunlichen und unschuldigen Vollkommenheit, als könnte ich, indem ich diese zwei Scherben einer Familie zusammenfüge, auch meine eigenen Scherben richten, ausgerechnet jetzt, ohne meinen Sohn, ohne Oded, ausgerechnet jetzt, da ich mit diesen fast fremden Kindern allein bin, die die Schwäche ihrer Eltern spüren und sich an mir festhalten.

Habt ihr Hunger, frage ich und schlage ihnen vor, uns vor den Kiosk auf die warmen Plastikstühle zu setzen, ich kaufe für sie Falafel im Fladenbrot und schaue ihnen vergnügt beim Essen zu, wie sehr Jotam seinem Vater ähnelt und Maja ihrer Mutter, als wären sie dazu bestimmt, das gescheiterte Paar zu verewigen, und trotzdem sieht Jotam auch Gili ähnlich, und das Mädchen erinnert mich von Sekunde zu Sekunde mehr an mich selbst, der gleiche hochmütige Blick, der eine unerträgliche Verletztheit verbirgt. Wie war es heute bei euch, frage ich, und Jotam nimmt ein angekautes Falafelstück aus dem Mund und antwortet, weißt du, heute Morgen hat Ronen beim Gesprächskreis erzählt, dass seine Mutter sehr krank ist, aber sie hat ihm versprochen, dass sie die Krankheit besiegen wird, und ich frage erschrocken, wirklich, was hat sie? Jotam beißt wieder in sein Fladenbrot und sagt mit vollem Mund, eine Krankheit, ich weiß nicht, welche, sie ist im Krankenhaus.

Aber Papa ist in Ordnung, nicht wahr, will Maja wieder wissen, ihre mangofarbenen Locken liegen dicht an ihrem Gesicht, mir fällt auf, wie verfilzt sie sind, und ich denke, vielleicht frage ich sie nachher, ob ich sie kämmen soll. Natürlich ist er in Ordnung, sage ich schnell, er hat ein bisschen Fieber, das ist alles, und sie schlägt vor, vielleicht gehen wir jetzt nach Hause, ich möchte Papa sehen, und wir setzen unseren Weg fort, die gewundene Straße hinunter, die von den Sonnenstrahlen nicht getroffen wird und deshalb so dämmrig und kühl ist, als führte sie durch eine Zitrusplantage, und als wir zu Hause ankommen und in der Tür zum Schlafzimmer stehen, öffnet er sofort die Augen und streckt die Arme nach seinen Kindern aus, als hätte er sie wochenlang nicht gesehen, und sie springen mit Jacken und Schuhen auf das Bett und drücken sich erleichtert an ihn.

An den Türstock gelehnt, betrachte ich sie, nein, ich werde mich ihnen vorläufig nicht anschließen, und vielleicht werde ich das nie tun, vielleicht werden wir nie eine Familie werden, die sich wie selbstverständlich in einem Bett zusammenfindet, und trotzdem wird das, was wir erreichen, bedeutungsvoll sein, jeder gelassene fröhliche Moment ein Sieg. Schaut, verspreche ich ihnen im Stillen, auf eine seltsame Weise wird das Leben kostbar werden, und obwohl ich mich nicht zu euch aufs Bett lege, bin ich bei euch, denn hinter den vielen einander widersprechenden Bedürfnissen steht eine Sehnsucht, und das Ganze scheint von mir abzuhängen und in meiner Hand zu liegen, ich werde Wunder vollbringen können, wenn ich es nur will, wie eine Göttin, die die Menschen von ihren Wunden heilt, und ich gehe zu Oded und halte ihm das etwas zerknitterte weiße Blatt Papier hin und sage beiläufig, das schickt dir Gili, und er betrachtet nachdenklich das Bild, wie schön, sagt er, ich hänge es hier neben dem Bett auf.

Ich lasse sie zu dritt zurück und stelle mich an das Fenster, das zur Gasse hinausgeht, eine schwangere Frau kommt den Hang herauf, mit einem vor Anstrengung roten Gesicht, fast kann man ihr schweres Atmen hören, nein, nicht aus Zweifeln wird diese späte Familie geboren, sondern aus einem Bewusstsein der Notwendigkeit, nur vollkommener Glaube wird die Blutsbande ersetzen können, nicht die Forderung nach dem, was uns zusteht, sondern nach dem, was uns verpflichtet, vielleicht ist das der Bund, den mein Vater mir vor etlichen Monaten nahelegte, der Gelassenheit und Glück verleiht, und warum war es mir unmöglich, das mit Amnon zu schaffen, wie viel hätten wir gewinnen können, wir drei, aber wir haben es nicht vermocht.

Als ich das Zimmer betrete, in der Hand eine heiße Tasse Tee, höre ich Jotam sagen, Papa, weißt du, dass bald Pessach ist, heute haben wir den Auszug aus Ägypten durchgenommen, glaubst du, dass das wirklich so war? Und Oded antwortet, darum geht es, meine ich, gar nicht, ob das wirklich so war, aber frag Ella, sie kennt sich in solchen Dingen aus, und als alle drei mich anschauen, bin ich einen Moment lang so verlegen, als stünde ich wieder in einem Vortragssaal, und ich habe das Gefühl, wenn ich dieses kleine Publikum überzeugen kann, werde ich auch mich selbst überzeugen. Vermutlich werden wir nie wissen, ob es wirklich so war, sage ich, bis jetzt wurde kein Beweis für diese Geschichte gefunden, aber ich glaube trotzdem, dass sie auf wirklichen Ereignissen beruht, denn die Wunder, von denen dort die Rede ist, Blut, Finsternis und die anderen ägyptischen

Plagen, hängen mit einer Naturkatastrophe zusammen, die wirklich passiert ist, vor Tausenden von Jahren, und da wir dazu neigen, Angst vor etwas zu haben, was uns in der Vergangenheit schon einmal in Angst versetzt hat, haben die alten Geschichtsschreiber dieses Ereignis genau wie jenes frühere beschrieben, das sie so fürchteten. Aber der Auszug aus Ägypten ist doch eine fröhliche Geschichte, nicht wahr, fragt Maja, die Kinder Israels wurden aus der Sklaverei befreit, und ich sage, ja, du hast Recht, die alten Geschichtsschreiber erinnerten sich an eine schreckliche Geschichte von einer Welt, die zerstört wurde, eine Geschichte, die von Generation zu Generation weitergegeben wurde, und sie haben diese Geschichte umgewandelt in eine Geschichte der Befreiung und der Rettung, und sie fragt, und haben diejenigen, die die Geschichte geschrieben haben, geglaubt, dass sie wahr ist, und ich sage, ich denke, sie haben zumindest unter allen Umständen an sie glauben wollen.

24

Wie haben ihre Augen gestrahlt, als sie uns alle zum Fest einlud, und dabei kannte sie keinen von uns richtig, es war, als stünde sie an der Straßenecke und versuchte, Passanten in ihr Haus einzuladen, um ihr Glück mit ihnen zu feiern. Aus welchem Anlass gebt ihr das Fest, hat jemand gefragt, und sie hat geantwortet, einfach so, wir haben Lust zu feiern, und hat ihren Mann angeschaut, als teilte sie ein Geheimnis mit ihm, und eine leichte Röte stieg ihr ins Gesicht, und ich, in meiner Torheit, wich zurück, als hätte sie ihre Hände in das allgemeine Sammelbecken des Glücks gesteckt, es mit vollen Händen herausgeschöpft und mir kein bisschen übrig gelassen. War es damals ein schönes Fest, wie viele Flaschen Wein wurden entkorkt, welche Musik wurde gespielt, wer von den Menschen, die sich hier versammelt haben, um sie auf ihrem letzten Weg zu begleiten, ist damals zu ihrem Fest gekommen, wer von diesen vielen Menschen, die fassungslos aus den Autos steigen und sich langsam in Bewegung setzen, während ein Frühlingswind aus der Wüste ihnen durch die Haare fährt, Röcke und Ärmel aufbläht, die Haut ähnlich gelb verfärbt wie ihr Gesicht in den letzten Monaten, plötzlich sehen wir uns alle ähnlich, stehen wir alle kurz vor dem Tod.

Es war ein Freitag, so wie heute, als ich ihn zum ersten Mal sah, bei der Schabbatfeier, er war blass und distanziert, und als ich ihm jetzt einen Blick zuwerfe, fällt mir zum ersten Mal auf, wie sehr er seither gealtert ist, die Längsfalten in seinem Gesicht sind tiefer geworden, die Haut an seinem

Hals schlaffer, sein Haar matter, und mir ist, als würden mir ausgerechnet diese nun deutlich sichtbaren Zeichen des Alterns das Gefühl geben, ihm nah zu sein, fast stolz, schließlich ist er an meiner Seite gealtert, jede äußerliche Veränderung wird von nun an mir gehören, uns, zum Guten oder zum Schlechten, wie ein Vermögen, das im Lauf eines gemeinsamen Lebens angesammelt wurde, und ich betrachte ihn mit jener Behutsamkeit, die ich mir ihm gegenüber in letzter Zeit angewöhnt habe, und frage mich, ob ich ihn wieder auswählen würde, ob ich ihn mir überhaupt je ausgewählt habe, ein starker Drang hat mich ihm zu Füßen geworfen und ihn mir, gemeinsam sind wir zwischen den Ruinen herumgekrochen und haben drei Kinder hinter uns hergezogen.

Wir gehen auf noch ungebahnten Wegen, einen Weg durch die Stadt des Todes, bekannte Gesichter mischen sich mit unbekannten, Seufzer mit Husten, langsam folgen wir dem in weiße Tücher gehüllten Körper, der auf einer Trage liegt, als wäre er aus einem Katastrophenort evakuiert worden und würde nun an einen besseren Ort gebracht, wo er gesunden könnte. Die Trauer schwärzt die Gesichter wie ein Schleier, als wir uns um den Ort versammeln, der für sie bestimmt ist, ein Sturm der Tränen wandert von Auge zu Auge, ein Bruder des Sandsturms, der um uns herum tobt und versucht, die Zeremonie zu sabotieren, gleich wird er die Erde in die Grube zurückwerfen, während er den leichten Körper der Toten zum Himmel trägt, zum Firmament, das sich über uns spannt, so niedrig ist es heute, staubschwer wie ein Lampenschirm, der zu tief aufgehängt wurde.

Von unserem Platz am Rand der Trauergemeinde können wir nicht sehen, was passiert, nur die lauten Geräusche des Grabens in der steinigen Erde dringen an unser Ohr, und in der Stille zwischen den Spatenstichen schärfen sich unsere Sinne, bis auch die kleinsten Geräusche wahrzunehmen sind, das Rascheln von Papiertaschentüchern, die über tränennasse Augen fahren, das Schlucken staubiger Spucke, das leise Knistern wehender Haare, und über allem der Geruch der feuchten Erde. So hat sie in ihrem Garten gearbeitet, nicht weit von hier, und ich erinnere mich, wie ich einmal Gili dort abgeholt habe und sie im Garten traf, nachdenklich auf einen Spaten gestützt, der genauso aussah wie die Spaten, die jetzt ihre Totengräber benutzen, sie trug eine kurze rote Hose und ein dünnes Hemd und sah aus wie ein junges Mädchen, ihre Schenkel waren mit Erde bedeckt, schau doch, was ich gepflanzt habe, sagte sie und wischte sich den Schweiß von der Stirn, einen Kirschbaum. Ihr kleiner Sohn sprang um sie herum, schwankend, als wäre er betrunken, und sie packte ihn und küsste ihn auf den Mund und sagte, wenn Jonathan groß ist, werden schon Kirschen am Baum hängen, er wird sie pflücken und essen können, und als wir im Garten Limonade tranken, ging das Tor auf, ihr Mann kam herein und sie wandte ihm das Gesicht zu, wie schön, dass du früher kommst, und er hob den Kleinen hoch und küsste ihn ebenfalls auf den Mund, auf dem noch der Geschmack ihrer Lippen lag, und jetzt schaut er uns an, ihr kleiner Sohn, der sich auf den Schultern seines Vaters windet und den Ernst des Kaddisch mit vergnügten Jauchzern unterbricht, und ich höre plötzlich die Stimme seines großen Bruders, Ronen, der versucht, gemeinsam mit seinem Vater den geheimnisvollen Text zu lesen, stockend und verhalten, als müsste er in der Klasse vortragen, und seine dünne Stimme erinnert mich für einen Moment an die Stimme Gilis, an die Stimme Jotams, so werden auch sie eines Tages dastehen, vor einem Erdhügel, und den Kaddisch für ihre Mütter sprechen.

Von unserem Platz kann ich den Kleinen deutlich sehen, der auf den Schultern seines Vaters sitzt und von der ganzen Gemeinde getragen zu werden scheint, von Hunderten von Schultern, wie ein Bräutigam am Hochzeitstag, seine Augen, die so hell sind wie die seiner Mutter, strahlen vor Vergnügen, während er die vielen Leute betrachtet, sein Lächeln wird breiter, als sei er sicher, dass sich alle Anwesenden nur versammelt haben, um ihm eine Freude zu machen, und beim Anblick des kleinen Jungen, der gestern seine Mutter verloren hat, fangen wir alle erneut an zu weinen, und er schaut sich erstaunt um und fragt langsam und zögernd, als wären es seine ersten Worte, Papa, warum weinen alle? Die Antwort seines Vaters höre ich schon nicht mehr, schwere Seufzer und das Heulen des Windes übertönen seine Stimme, und ich wische mir die Augen, schaue mich um, von Minute zu Minute werden wir uns ähnlicher, unsere Augen werden rot wie die Augen von Schmetterlingen, unsere Haare gelblich, die Zungen kleben an unseren Gaumen, als wären wir alle an einer Massenausgrabung beteiligt und würden uns erbarmungslos unter die Stadt graben, schaut, gelbe Milch fällt vom Himmel auf die Erde, der immer stärker werdende Wind ist schwer von Sand und Samen, ein elektrisch aufgeladener Wind, voller Lavastaub, der in der Luft schwebt.

Von weitem sehe ich einen großen Mann, der seine Sonnenbrille von den hellen Augen nimmt und mir zunickt, auch als ich ihn das erste Mal sah, war er von Staub bedeckt, bei wie vielen Beerdigungen sind wir schon zusammen gewesen, Amnon, wie viele Tote haben wir zu ihrer letzten Ruhestätte geleitet, und ich habe das Gefühl, als würde mir seine Anwesenheit unter den Trauergästen eine Art geheimer Sicherheit verleihen, wie damals, als er durch das Ausgrabungsareal schritt, nun sind wir wieder zusammen, wenn auch mitten unter Hunderten von Menschen, begleiten wir einer den anderen von weitem durchs Leben. Am nächsten Sonntag sollen wir uns im Rabbinat treffen, um die Scheidung endgültig zu vollziehen, vor drei ernsten Rabbinern werden wir stehen, wie jene, die Keren nun begraben und um Gnade für ihre Seele beten, so werde ich von dir den Scheidungsbrief empfangen, ich werde mit gesenktem Kopf zwischen den Wänden des Raumes gehen, von feindseligen Blicken begleitet, lange weiße Bärte werden über schwarze Roben hängen, geschieden, geschieden, werden sie sagen, nicht mehr geheiligt.

Keren hat die Freitage geliebt, höre ich ihren Mann sagen, dessen Stimme sich nur mit Mühe über das Weinen erhebt, sie liebte den Empfang des Schabbat, wenn die ganze Familie zusammen war, wir möchten jetzt für sie das Lied singen, das wir immer gesungen haben, ich weiß, dass du uns hörst, Keren, ich weiß, dass du jetzt mit uns singst, ich verspreche dir, dass wir dir an jedem Freitag dieses Lied singen werden und dass wir hören werden, wie du es mit uns singst, er hustet vor Anstrengung, räuspert sich, Friede mit Euch, dienende Engel, Engel des Höchsten, des Königs aller Könige, des Heiligen, gelobt sei Er. Euer Kommen sei zum Frieden, Engel des Friedens, Engel des Höchsten, des Königs aller Könige, des Heiligen, gelobt sei Er ... Seine Stimme, die immer wieder bricht, zieht die schwache Stimme seines Sohnes hinter sich her, während die Trauergäste zögern, ob sie einstimmen sollen oder ob dieses Lied nur für die engsten Angehörigen bestimmt ist, es ist das Lied, das die Vorstellung eines sorgfältig gedeckten Tisches weckt, frisch gewaschene und gekämmte Kinder, ein Kuchen im Ofen, eine schön gekleidete Frau, die Königin Schabbat, kommt, wir suchen die Königin Schabbat, die wunderschöne Braut, die jede Woche aufs Neue mit ihrem Bräutigam verheiratet wird, hat die Lehrerin damals gerufen, und die Kinder sprangen auf und rannten los, war es an jenem Tag, als sie sagte, wir machen heute Abend ein Fest, jeder, der kommen will, ist eingeladen, es wird viel Wein geben und gute Musik, es lohnt sich, und ihr Mann stand neben ihr, den Arm um ihre Schulter gelegt, und erklärte allen Interessierten den Weg, und schon bildete sich eine fröhliche Versammlung um sie, ja, natürlich werden wir kommen, warum nicht, was hast du gesagt, wo man abbiegen muss, in die erste Straße nach dem Platz?

Es scheint, als reichte seine Kraft nur bis zum Ende der zweiten Strophe, von weitem sehe ich, wie er sich in die Arme einer älteren Frau fallen lässt, seiner Mutter, wie es aussieht, und in diesem Moment stimmt die Trauergemeinde ein, mit heiseren Stimmen singen sie, Euer Kommen sei zum Frieden, Engel des Friedens, und der Kleine, der inzwischen auf anderen Schultern schaukelt, winkt mit der Sonnenblume, die für ihn aus einem der Sträuße gezogen worden ist, Papa, sehe ich Mama nie mehr, fragt er plötzlich, mit einer Stimme, in der mehr Staunen als Trauer liegt, und wieder ruft seine Frage eine Welle aus Tränen hervor, und zwischen all den Klagen meine ich ein bekanntes Geräusch zu hören, das mich schon seit langem begleitet, lang anhaltend wie die Sirene am Tag der Erinnerung, und als ich mich umschaue, erkenne ich die hellen mangofarbenen Locken, die im Wind wehen, ein verzerrtes Gesicht, halb verborgen hinter ihren Händen. Seit Monaten habe ich sie nicht mehr gesehen, ich bin ihr ausgewichen, und jetzt ist sie hier und weint hemmungslos, als hätte sie den ihr liebsten Menschen verloren, und es ist, als würde das unterdrückte Weinen, das damals aus dem Schlafzimmer drang, jetzt befreit hervorbrechen, und auf einmal antworte ich ihr mit meinen Tränen, unser Weinen bildet einen zweistimmigen Chor, der eine Geschichte erzählt, für die es keine Beweise und kein Ende gibt.

Zwanzig Jahre sind vergangen, seit ich am Grab Gil'ads stand, meine Mutter versuchte, mich zu stützen, aber ich wich zurück, versteckte mich zwischen den Grabsteinen, sah seinen glatten Körper vor mir, der in der Nacht geleuchtet hatte wie eine Kerze, du hast mich vergeblich gewarnt, Mama, wie konntest du dir nur einbilden, ich hätte von seiner Krankheit nichts gewusst, und trotzdem wollte ich ihn, vielleicht sogar deshalb, vielleicht war ich von der Vergänglichkeit stärker angezogen als von der Zukunft, war es vielleicht die Angst, nicht frei wählen zu können, die mich dazu brachte, zu früh die Hoffnung aufzugeben? Hinter den Grabsteinen versteckte ich mich, während sein junger Körper mit Erde bedeckt wurde, und als alle gegangen waren, nahm ich einen kleinen Stock und grub in der Erde, wenn ich nur tief genug grübe, würde ich ein Haus finden, das mein Haus wäre, die Knochen eines jungen Mannes würde ich finden, und er würde mein Geliebter sein.

Als sich die Menschen langsam zerstreuen, mit vor Trauer verzerrten Gesichtern und geröteten Augen, mit schleppenden Schritten, die, trotz allem, eine plötzliche Lust auf das Leben offenbaren, legt sich plötzlich der Wind, als hätten alle in diesem Augenblick aufgehört zu trauern, ich hänge mich bei Oded ein, darauf aus, von der Menge verschluckt zu werden, aber er bleibt einen Moment stehen, als wollte er warten, und auf einmal scheint es, als sei meine Angst vor einem Zusammentreffen verschwunden, als gebe es sogar ein sonderbares Bedürfnis, gemeinsam Schiwa zu sitzen, gemeinsam zu trauern um alles, was wir verloren haben, und während sich die Trauergemeinde langsam zurückzieht, wie sich eine riesige Welle vom Land zurückzieht und Strandgut freigibt, scheinen auch wir vier ungeschützt dazustehen, und ich sehe Michal, die uns den Rücken zuwendet, langsam weggehen, sie trägt die hellblaue Bluse, die einmal die Farbe des Himmels gespiegelt hat, ihr Rock weht im Wind, und ich schaue ihr nach, warte, möchte ich rufen, lauf noch nicht weg, ich muss dir etwas Wichtiges sagen. Als hätte sie meine Gedanken gehört, bleibt sie plötzlich stehen und dreht sich um und kommt zögernd auf uns zu, und ich senke den Blick, betrachte ihre Füße in den schwarzen hochhackigen Sandalen, da ist sie schon bei uns und gibt ihrem ehemaligen Mann förmlich die Hand, als würde sie ihn gerade erst kennen lernen, ihr Gesicht ist hager geworden, ich stehe wie versteinert neben ihm, halte die Luft an, aber dann wendet sie sich auch mir zu, und ich ergreife verwirrt die weiche weiße Hand, auf deren Rücken sich Adern schlängeln wie Bäche, es tut mir so Leid, flüstere ich, als beklagte sie einen Toten und ich müsste sie trösten, und sie flüstert, mir auch, es möge uns nichts Schlimmes mehr passieren, und als sich uns schwere, vorsichtige Schritte nähern, weiß ich, dass Amnon sich neben mich stellt, und ich lehne mich einen Moment lang an ihn, denn der Wind lässt uns schwanken, als wollte er unseren festen Stand prüfen, wir stehen dicht beieinander, und ich überlege, ob jemand, der uns jetzt von außen betrachtete, erkennen könnte, wer zu wem gehört.

Der Sandsturm, der wieder an Stärke gewinnt, schlägt die letzten Trauergäste in die Flucht, sie laufen davon, um sich in ihre Autos zu retten, wegzufahren und eine Wolke schmutziger Abgase zurückzulassen, sogar die Familie verlässt den frischen, mit Blumensträußen bedeckten Grabhügel, der Kleine sitzt wieder auf den Schultern seines Vaters und trägt stolz die Sonnenblume, die den Kopf hängen lässt, er schwankt bei jedem Schritt hin und her, nur wir bleiben zurück, es fällt uns schwer, uns zu trennen, wir stehen in einiger Entfernung vom Grab, um einen Flecken Erde, der von den Spaten der Totengräber noch unberührt ist, in das noch kein Mensch gesenkt worden ist, ein durchsichtiger Kreis von Kindern scheint uns zu umgeben, Kinder mit glatten, leeren Gesichtern gehen siebenmal um uns herum, wie die Braut unter dem Hochzeitsbaldachin um ihren Bräutigam, das sind unsere Kinder, jene, die geboren wurden, jene, die noch geboren werden, und die, die nie die Welt erblicken sollen.

Wütend verweht der Wind die Spuren der Trauergäste, die jetzt schon ihrer Wege gegangen sind, lässt Zeugnisse und Beweise verschwinden, bis es so aussieht, als wäre nie ein Mensch hier gewesen, wütend zerrt er an unserer Kleidung, und wir gehen langsam hintereinander zwischen den Grabsteinen hindurch, unter dem schweren Himmel, treten versehentlich auf die Reihen der Erinnerungskerzen, auf die ausgedorrten Beete, die sich an den Steinen festklammern, Michals Absätze hinterlassen kleine Löcher in der Erde, die unter Amnons schweren Sohlen wieder verschwinden, und dahinter unsere Schritte auf den schmalen Wegen zwischen den Grabsteinen, ein Schritt nach dem anderen, eine Reihe nach der anderen, wie eine Schrift, die in die Erde geritzt und nur von ihr gelesen werden kann.

Die Originalausgabe erschien 2005 unter dem Titel
Thera bei Keshet Publishers
© 2005 Zeruya Shalev
Vermittelt durch: The Institute for
the Translation of Hebrew Literature
Für die deutsche Ausgabe
© 2005 Berlin Verlag, Berlin
Alle Rechte vorbehalten
Umschlaggestaltung:
Nina Rothfos und Patrick Gabler, Hamburg
Gesetzt aus der Stempel Garamond
durch psb, Berlin
Druck & Bindung: Ebner & Spiegel, Ulm
Printed in Germany 2005
ISBN 3-8270-0474-8

Zeruya Shalev
Liebesleben

Roman
Aus dem Hebräischen von Mirjam Pressler

Ein letzter Tango in Jerusalem. Das faszinierende Porträt einer jungen Frau, die für eine *amour fou* alles verliert und dafür zuletzt sich selbst auf die Spur kommt.

»Dieses Buch gehört zu den besten, die ich in diesen Jahren gelesen habe.«

Marcel Reich-Ranicki

»Ein hoch erotisches Buch.«

Hellmuth Karasek

»Ein ganz großartiges Buch, es ist hinreißend, vor allem wegen dieser unglaublichen Sprache.«

Iris Radisch

»... *Shalev* treibt ihre Erzählerin in einen sie und uns mitreißenden Redestrom und entfesselt ein Leseabenteuer, spannend, feurig, clever und gewagt ...«

DIE ZEIT

BERLIN VERLAG

Zeruya Shalev
Mann und Frau

Roman
Aus dem Hebräischen von Mirjam Pressler

Na'ama Neuman entdeckt eines Morgens dass ihr an sich kerngesunder Mann Udi gelähmt im Bett liegt – Symptome einer Krankheit oder Indiz einer Verweigerung? Szenen einer Ehe, einer Ehe, die zu scheitern droht und dann doch eine zweite Chance erhält – intelligent, einfühlsam und sprachlich hinreißend erzählt.

»Das ist ein Buch von erstaunlicher Intensität und Intelligenz ...«

Marcel Reich-Ranicki

»Es ist ein atemloses Buch.«

taz

»*Zeruya Shalev* redet und überredet, blufft und verblüfft und lässt uns am Ende doch ungläubig darüber staunen, wie rein und sauber die Luft ist nach einem solchen Erzählgewitter ...«

DIE ZEIT

BERLIN VERLAG